JEFFERY DEAVER

# La silla vacía

punto de lectura

Título: La silla vacía
Título original: *The empty chair*

Traducción: Carmen Beatriz Frascotto

*Torrelaguna, 60. 28043 Madrid (España)* www.puntodelectura.com

ISBN: 84-663-6880-9
Depósito legal: B-50.657-2006
Impreso en España – Printed in Spain

Diseño de portada: Ordaks
Fotografía de portada: © Don Mason / Corbis / Cover
Diseño de colección: Punto de Lectura

Impreso por Litografía Rosés, S.A.



43 / 5

JEFFERY DEAVER



# La silla vacía

Traducción de Carmen Beatriz Frascotto

*Para Deborah Schneider...*
*La mejor agente, la mejor amiga*

*Del cerebro, y sólo del cerebro, surgen nuestros placeres, alegrías, risas y bromas, así como nuestros pesares, dolores, aflicciones y lágrimas… El cerebro también es la sede de la locura y del delirio, de los miedos y temores que nos asaltan de día o de noche.*

HIPÓCRATES

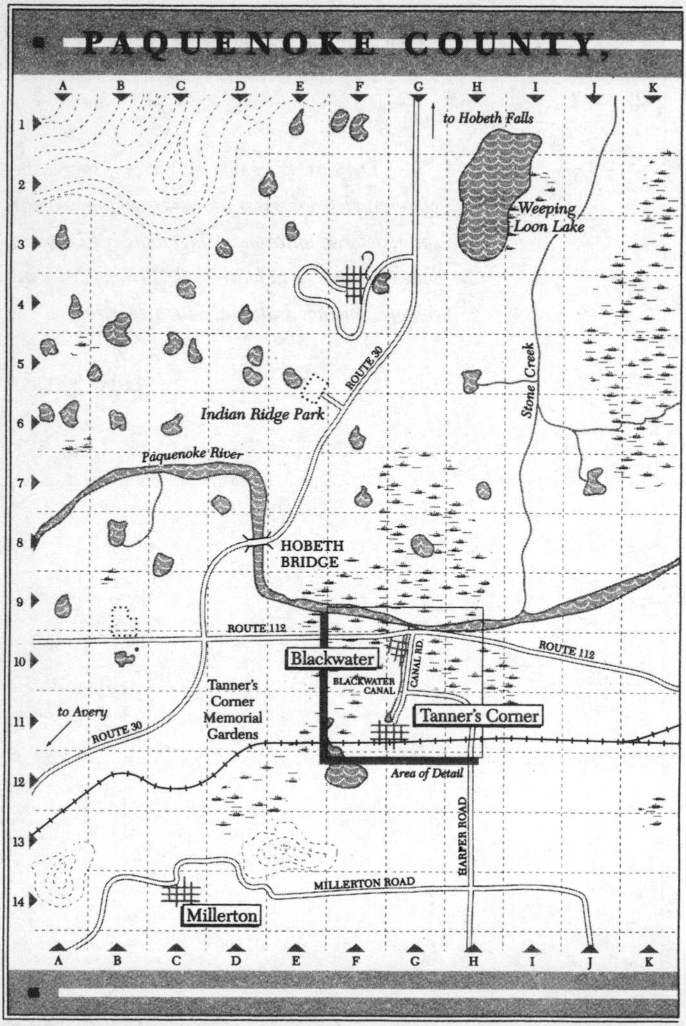
PAQUENOKE COUNTY,
to Hobeth Falls
Weeping Loon Lake
ROUTE 30
Stone Creek
Indian Ridge Park
Paquenoke River
HOBETH BRIDGE
ROUTE 112
Blackwater
CANAL RD.
BLACKWATER CANAL
Tanner's Corner Memorial Gardens
to Avery
ROUTE 30
Tanner's Corner
Area of Detail
HARPER ROAD
MILLERTON ROAD
Millerton

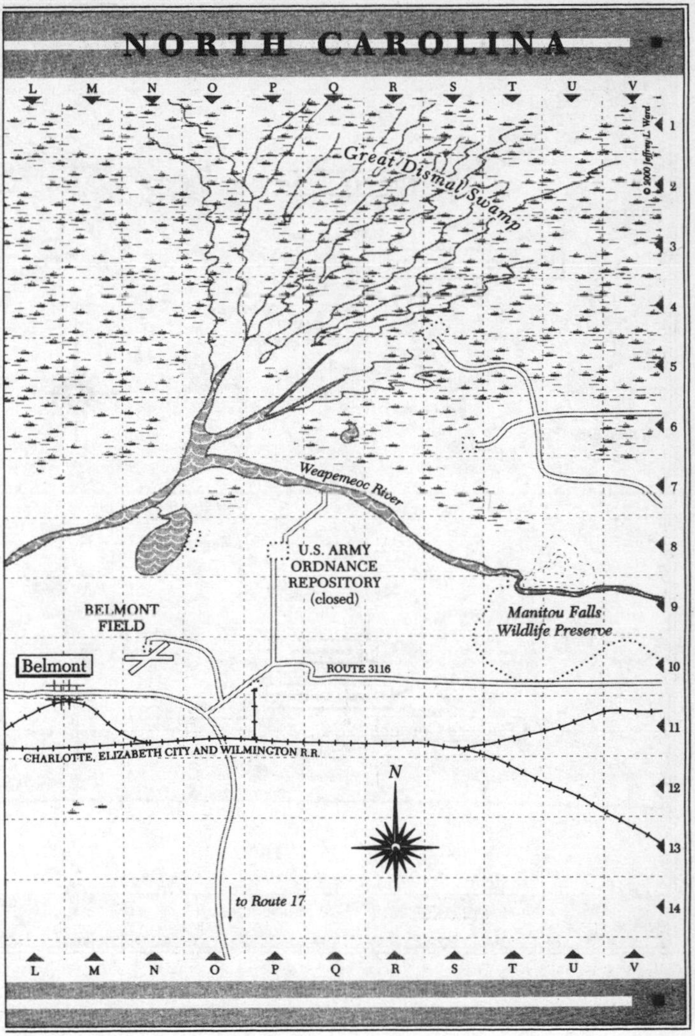
NORTH CAROLINA
L M N O P Q R S T U V
1 2 3 4 5 6 7 8 9 10 11 12 13 14
Great Dismal Swamp
© 2000 Jeffrey L. Ward
Weapemeoc River
U.S. ARMY
ORDNANCE
REPOSITORY
(closed)
BELMONT
FIELD
Manitou Falls
Wildlife Preserve
Belmont
ROUTE 3116
CHARLOTTE, ELIZABETH CITY AND WILMINGTON R.R.
N
to Route 17

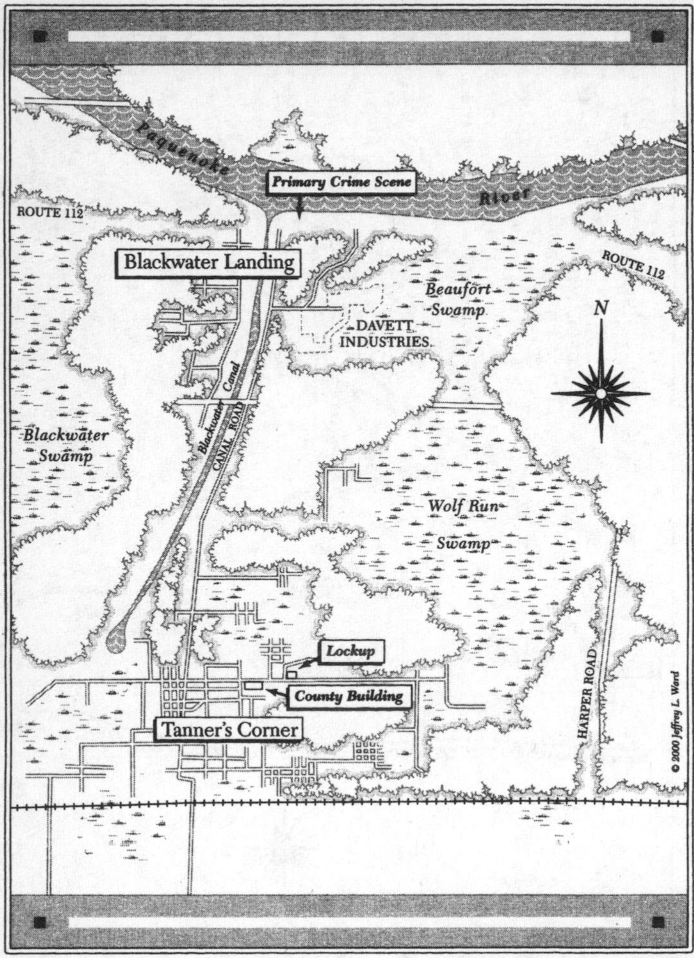

Paquenoke
River
Primary Crime Scene
ROUTE 112
Blackwater Landing
ROUTE 112
Beaufort Swamp
DAVETT INDUSTRIES
N
Blackwater Canal
CANAL ROAD
Blackwater Swamp
Wolf Run Swamp
Lockup
County Building
Tanner's Corner
HARPER ROAD
© 2000 Jeffrey L. Ward

# I

# Al norte del Paquo

# 1

Vino aquí a poner flores en el lugar donde el muchacho murió y la chica fue secuestrada.

Vino aquí porque era una muchacha corpulenta y tenía la cara picada de viruelas y no demasiados amigos.

Vino porque se esperaba que lo hiciera.

Vino porque quería hacerlo.

Desgarbada y sudorosa, con sus 26 años a cuestas, Lydia Johansson caminó a lo largo del arcén de tierra de la ruta 112, donde había aparcado su Honda Accord; bajó cuidadosamente la colina hasta la orilla llena de barro, donde el canal Blackwater se unía al opaco río Paquenoke.

Vino aquí porque pensó que era lo correcto.

Vino aunque se sentía asustada.

No había pasado mucho tiempo desde el amanecer, pero ese agosto había sido el más caluroso en años en Carolina del Norte y Lydia ya estaba sudando en su blanco uniforme de enfermera cuando se dirigió al claro de la orilla, rodeado de sauces, gomeros y laureles de anchas hojas. Encontró con facilidad el lugar que buscaba; la cinta amarilla de la policía era muy evidente a través de la bruma.

Sonidos de la mañana temprana. Somormujos, un animal paciendo en el denso matorral cercano, viento cálido a través de las juncias y las hierbas del pantano.

Señor, estoy asustada, pensó. Recordó vívidamente las escenas más horrorosas de las novelas de Stephen King y

Dean Koontz que leía hasta tarde por las noches con su compañera, una pinta de Ben & Jerry's.

Más ruidos en el matorral. Vaciló, miró a su alrededor. Luego siguió.

—Eh —dijo la voz de un hombre. Muy cerca.

Lydia gritó y se dio vuelta. Casi dejó caer las flores:

—Jesse, me asustaste.

—Perdón. —Jesse Corn estaba detrás de un sauce llorón, cerca del claro delimitado por las cintas. Lydia notó que sus ojos estaban fijos en lo mismo: una silueta blanca y brillante en el suelo, donde había sido encontrado el cuerpo del muchacho. Alrededor de la línea que indicaba la cabeza de Billy había una mancha oscura, que, siendo enfermera, reconoció inmediatamente como sangre vieja.

—De manera que aquí es donde sucedió —murmuró.

—Así es, sí. —Jesse restregó su frente y se atusó el lacio mechón de cabello rubio. Su uniforme, el traje beis del Departamento del Sheriff del Condado de Paquenoke, estaba arrugado y polvoriento. Oscuras manchas de sudor aparecían bajo sus brazos. Tenía treinta años y una astucia juvenil.

—¿Cuánto tiempo hace que estás aquí? —le preguntó.

—No lo sé. Quizá desde las cinco.

—Vi otro coche —dijo ella—. Arriba en la carretera. ¿Es el de Jim?

—No. El de Ed Schaeffer. Está al otro lado del río. —Jesse señaló las flores con la cabeza—. Son bonitas.

Después de un momento, Lydia miró las margaritas que tenía en la mano.

—Dos dólares cuarenta y nueve. En Food Lion. Las compré anoche. Sabía que no habría nada abierto tan temprano. Bueno, Dell lo está, pero no vende flores. —Se preguntó por qué estaba divagando. Miró nuevamente a su alrededor—. ¿No tienes idea de dónde está Mary Beth?

Jesse negó con la cabeza.

—Ni un indicio.

—Supongo que quieres decir que él tampoco.

—Él tampoco. —Jesse miró su reloj. Luego hacia el agua oscura, los densos juncos y hierbas tupidas, el muelle podrido.

A Lydia no le gustó que un policía del condado, que llevaba una gran pistola, pareciera estar tan nervioso como ella. Jesse comenzó a subir la colina cubierta de hierba hacia la carretera. Hizo una pausa, miró las flores.

—¿Sólo dos dólares noventa y nueve?

—Cuarenta y nueve. Food Lion.

—Es una ganga —dijo el joven policía, dirigiendo la mirada hacia el denso mar de hierba. Volvió a la colina—. Estaré arriba al lado del coche patrulla.

Lydia Johansson se acercó a la escena del crimen. Se imaginó a Jesús, se imaginó ángeles y oró durante unos minutos. Oró por el alma de Billy Stail, que había sido liberada de su cuerpo ensangrentado en aquel mismo lugar apenas ayer por la mañana. Oró porque la pena que visitaba Tanner's Corner terminara pronto.

Oró por ella también.

Más ruido en el matorral. Chasquidos, crujidos.

Aunque el día estaba más claro ahora, el sol apenas podía iluminar Blackwater Landing. El río era profundo en ese punto y estaba bordeado por desmadejados sauces negros y gruesos troncos de cedros y cipreses —algunos vivos, otros no, y todos sofocados por musgos y viñas salvajes. Hacia el noreste, no muy lejos, se hallaba el pantano Great Dismal, y Lydia Johansson, como toda Exploradora que se preciara del condado Poquenoke, conocía todas las leyendas del lugar: la dama del lago, el ferroviario sin cabeza... Pero no eran esas apariciones las que la preocupaban; Blackwater Landing tenía su propio fantasma: el muchacho que había secuestrado a Mary Beth McConnell.

Lydia abrió su bolso y encendió un cigarrillo con manos temblorosas. Se sintió un poco más tranquila. Caminó a lo largo de la orilla. Se detuvo ante un campo de hierbas altas y espadañas, que se doblaban por la brisa ardiente.

Escuchó que en la cima de la colina un motor se ponía en marcha. ¿Jesse no se iba, verdad? Lydia miró hacia allí, alarmada. Pero vio que el coche no se había movido. Supuso que sólo se trataba de poner en funcionamiento el aire acondicionado. Cuando volvió a mirar hacia el agua percibió que las juncias, las espadañas y las plantas de arroz salvaje todavía se doblaban, ondeaban, susurraban.

Como si alguien estuviera allí, acercándose a la cinta amarilla, manteniéndose cerca del suelo.

Pero no, no, por supuesto que no era así. Se trata sólo del viento, se dijo. Y reverentemente colocó las flores en el hueco de un nudoso sauce negro que no estaba lejos de la espeluznante silueta del cuerpo despatarrado, salpicado de sangre oscura como las aguas del río. Comenzó a rezar otra vez.

En la orilla contraria a la escena del crimen, el policía Ed Schaeffer se reclinó sobre un roble e ignoró los madrugadores mosquitos que revoloteaban cerca de sus brazos, descubiertos por las mangas cortas de su camisa de uniforme. Se agachó hasta ponerse en cuclillas y escudriñó nuevamente el suelo del bosque buscando señales del muchacho.

Tuvo que afirmarse contra una rama, estaba mareado por la fatiga. Como la mayoría de los policías del departamento del Sheriff del condado, había estado despierto durante casi veinticuatro horas, buscando a Mary Beth McConnell y al muchacho que la había secuestrado. Pero mientras uno a uno los demás se habían ido a casa, a ducharse y comer y dormir unas horas, Ed había seguido en la búsqueda. Era el policía con más años de servicio y el más corpulento (cincuenta y un años y ciento veinte kilos de peso, en su mayoría inútiles), pero la fatiga, el hambre y las articulaciones rígidas no lo iban a detener en su búsqueda de la chica.

El policía observó el suelo otra vez.

Accionó el botón transmisor de su radio.

—Jesse, soy yo. ¿Estás ahí?

—Adelante.

Murmuró:

—He encontrado huellas dactilares. Son recientes. A lo sumo tienen una hora.

—¿Piensas que es él?

—¿Quién otro podría ser? ¿A esta hora de la mañana, a este lado del Paquo?

—Parece que tenías razón —dijo Jesse Corn—. No lo creí al principio, pero diste en el blanco.

La teoría de Ed consistía en que el muchacho volvería a aquel lugar. No a causa del cliché, acerca del retorno a la escena del crimen, sino porque Blackwater Landing siempre había sido su lugar de caza y durante años, cuando se metía en problemas de algún tipo, siempre regresaba.

Ed miró a su alrededor, sintió que el miedo reemplazaba a la fatiga y la incomodidad mientras observaba la infinita maraña de hojas y ramas que lo rodeaban. Dios, pensó el policía, el muchacho está aquí, en algún lugar. Habló por su radio:

—Las huellas parecen ir hacia ti, pero no lo puedo decir con seguridad. Estaba caminando sobre hojas casi todo el tiempo. Mantén los ojos abiertos. Voy a ver desde dónde vino.

Con un crujido de rodillas, Ed se puso de pie y tan silenciosamente como puede hacerlo un hombre tan grande, siguió los pasos del muchacho hacia la dirección por donde habían venido —adentrándose en el bosque—, lejos del río.

Siguió el rastro del chico cerca de trescientos metros y vio que llevaba hacia un antiguo refugio de caza, una choza gris lo suficientemente grande para tres o cuatro cazadores. Las aberturas para las armas de fuego estaban oscuras y el lugar parecía vacío. Bien, pensó. Bien... Probablemente no esté aquí. Pero quizás...

Respirando con fuerza, Ed Schaeffer hizo algo que no había hecho en cerca de un año y medio: sacó su arma de la cartuchera. Agarró el revolver con una mano sudorosa y caminó hacia adelante, mirando alternativamente hacia el refugio y el suelo, decidiendo cuál era el mejor lugar para pisar y mantener en silencio sus pasos.

¿El muchacho tendría un arma? se preguntó, dándose cuenta de que estaba tan expuesto como un soldado que desembarca en una playa pelada. Imaginó el cañón de un fusil que aparecía velozmente en una de las aberturas, apuntándole. Ed sintió un enfermizo ataque de pánico y corrió, en cuclillas, los últimos treinta metros hacia el costado de la choza. Se apretó contra la madera deteriorada por el tiempo mientras retenía el aliento y escuchó con cuidado. No oyó nada adentro, excepto un débil rumor de insectos.

Bien, se dijo. Echa una mirada. Rápido.

Antes de que el valor lo abandonara, Ed se levantó y miró a través de la abertura para armas de fuego.

Nadie.

Luego entrecerró los ojos enfocando el suelo. Una sonrisa se dibujó en su cara ante lo que vio.

—Jesse —llamó por su radio con entusiasmo.

—Adelante.

—Estoy en un refugio quizá a medio kilómetro al norte del río. Creo que el chico pasó la noche aquí. Hay algunos envases vacíos de comida y botellas de agua. Un rollo de cinta para cañería, también. ¿Y adivina qué? Veo un mapa.

—¿Un mapa?

—Sí. Parece un mapa de la región. Podría mostrarnos dónde tiene a Mary Beth. ¿Tú qué opinas?

Pero Ed Shaefffer nunca supo cuál fue la reacción de su colega frente a ese buen trabajo policial; los alaridos de la mujer llenaron el bosque y la radio de Jesse Corn quedó en silencio.

Lydia Johansson trastabilló hacia atrás y volvió a gritar cuando el muchacho saltó de las altas hierbas y le asió por los brazos con dedos que la oprimían.

—¡Oh, Dios mío, no me hagas daño! —suplicó.

—Cállate —murmuró el chico con rabia, mirando a su alrededor, con movimientos bruscos y malicia en sus ojos. Era alto y huesudo, como la mayoría de los chicos de dieciséis años de la Carolina rural, y muy fuerte. Su piel estaba roja e inflamada, al parecer por un choque contra una planta venenosa, y lucía un descuidado corte de pelo que parecía que se había hecho él mismo.

—Sólo traje unas flores… ¡eso es todo! Yo no…

—Shhh —murmuró.

Pero sus largas y sucias uñas se hundieron dolorosamente en su piel y Lydia pegó otro grito. Con enojo apretó una mano sobre su boca. Ella sintió que se apretaba contra su cuerpo y olió su olor agrio y sucio.

Torció la cabeza para liberarse.

—¡Me estás haciendo daño! —dijo con un quejido.

—¡Cállate de una vez! —Su voz sonaba irritada, como el crujido del hielo al partirse, y gotas de saliva manchaban su cara. La sacudió furiosamente como si fuera un perro desobediente. Uno de sus zapatos se salió en la lucha, pero él no prestó atención a la pérdida y apretó nuevamente su mano contra la boca de la chica hasta que ella dejó de moverse.

De la cima de la colina Jesse Corn gritó:

—¿Lydia? ¿Dónde estás?

—Shhh —le advirtió nuevamente el muchacho, con ojos bien abiertos y un destello de locura—. Grita y te haré mucho daño. ¿Lo comprendes? ¿Lo comprendes bien? —se llevó la mano al bolsillo y le mostró un cuchillo.

Ella dijo que sí con la cabeza.

Él la arrastró hacia el río.

Oh, allí no. Por favor, no, pensó dirigiéndose a su ángel guardián. No dejes que me lleve allí.

Al norte del Paquo…

Lydia miró hacia atrás y vio a Jesse Corn parado al lado de la carretera, a una distancia de casi cien metros, haciendo sombra sobre sus ojos con una mano, oteando el panorama.

—¿Lydia? —llamó.

El muchacho la empujó más rápido.

—¡Por Dios, ven!

—¡Eh! —gritó Jesse, viéndolos por fin. Comenzó a bajar la colina.

Pero ya estaban a la orilla del río, donde el chico había escondido un pequeño esquife bajo algunas raíces y hierbas. Tiró a Lydia dentro del bote y se alejó de la orilla, remando fuerte hacia el lado más lejano del río. Encalló el bote y la sacó de un tirón. Luego la arrastró hacia los bosques.

—¿Adónde vamos? —susurró.

—A ver a Mary Beth. Vas a estar con ella.

—¿Por qué? —murmuró Lydia, que ahora lloraba—. ¿Por qué yo?

Pero él no dijo nada más, sólo hizo sonar sus uñas distraídamente y la arrastró tras de sí.

—Ed —exclamó Jesse Corn con urgencia a través del transmisor—. Oh, es un lío. Tiene a Lydia. Lo perdí.

—¿Qué tiene a quién? —Jadeando por el esfuerzo, Ed Schaeffer se detuvo. Había comenzado a correr hacia el río cuando escuchó el grito.

—Lydia Johansson. La tiene a ella también.

—Mierda —murmuró el pesado policía, que maldecía con tanta frecuencia como sacaba el arma de la cartuchera—. ¿Por qué lo haría?

—Está loco —dijo Jesse—. Esa es la razón. Está más allá del río y se dirige a donde estás.

—Bien. —Ed pensó durante un momento—. Probablemente volverá aquí para sacar las cosas del refugio. Me esconderé dentro, lo agarraré cuando entre. ¿Tiene un arma?

—No pude ver.

Ed suspiró.

—Bien, entonces... Ven aquí tan pronto como puedas. Llama a Jim también.

—Ya lo hice.

Ed soltó el rojo botón del transmisor y miró hacia el río por encima del matorral. No había señales del chico ni de su nueva víctima. Jadeando, corrió de vuelta al refugio y buscó la puerta. La abrió de una patada. La madera se deslizó hacia adentro con un quejido y Ed entró rápido, arrodillándose frente a la abertura.

Estaba tan excitado y tenía tanto miedo, se concentraba tanto en lo que estaba a punto de hacer cuando el muchacho llegara, que al principio no prestó atención alguna a los dos o tres pequeños puntos negros y amarillos que zumbaban frente a su cara. O al cosquilleo que comenzó en su cuello y fue bajando por su columna.

Pero luego el cosquilleo se convirtió en explosiones de terrible dolor en sus hombros, después a lo largo de sus brazos y bajo los mismos.

—Oh, Dios —gritó, jadeando, saltando y mirando anonadado las docenas de avispas, de la especie amarilla, las más nocivas, que se agrupaban sobre su piel. Las apartó con un manotazo de pánico pero el gesto enfureció más a los insectos. Lo picaron en la muñeca, la palma, la punta de los dedos. Gritó. El dolor era el peor que había sentido, peor que cuando se rompió una pierna, peor que el día que había tomado la sartén de hierro sin saber que Jean había dejado el fuego encendido.

Entonces el interior del refugio se volvió oscuro a medida que la nube de avispas salían del enorme avispero gris del rincón que había sido aplastado por la puerta cuando la abrió de una patada. Serían cientos los insectos que lo atacaban. Se introducían en su pelo, se asentaban sobre sus brazos, en sus orejas, se deslizaban por debajo de su camisa, dentro de sus pantalones, como si supieran que era inútil picar la tela y buscaran la piel. Corrió hacia la puerta, destrozando la camisa para sacársela y vio con horror masas de insectos dorados pegados a su vientre enorme y a su pecho. Renunció a tratar de quitárselos y se limitó a correr estúpidamente hacia el bosque.

—¡Jesse, Jesse, Jesse! —gritó pero se dio cuenta que su voz era un susurro; las picaduras del cuello le habían cerrado la garganta.

¡Corre! Se dijo. Corre hacia el río.

Y lo hizo. Con una velocidad mayor a la que había corrido en su vida, rompiendo todo a través del bosque. Sus piernas se movían con furia. Anda... Sigue andando, se ordenó a sí mismo. No te detengas. Gana la carrera a estos pequeños bastardos. Piensa en tu mujer, piensa en los mellizos.

Corre, corre, corre… Había menos avispas ahora a pesar de que todavía podía ver treinta o cuarenta manchitas negras que se aferraban a su piel, con sus obscenos traseros levantados para picarlo otra vez.

Estaré en el río en tres minutos. Saltaré al agua. Se ahogarán. Yo estaré bien… ¡Corre! Escapa del dolor… el dolor… ¿Cómo algo tan pequeño puede causar tanto dolor? Oh, cómo duele…

Corrió como un caballo de carreras, corrió como un gamo, moviéndose con velocidad por el matorral bajo del bosque que era apenas una niebla opaca en sus ojos llenos de lágrimas.

Él…

Pero espera, espera. ¿Qué estaba mal? Ed Schaeffer miró hacia abajo y se dio cuenta de que no corría en absoluto. Ni siquiera estaba en pie. Yacía sobre el suelo a diez metros del refugio y sus piernas no corrían sino que se movían espasmódicamente.

Buscó el transmisor y a pesar de que su pulgar estaba hinchado al doble de su tamaño por el veneno logro apretar el botón transmisor. Pero entonces las convulsiones que comenzaron en sus piernas se extendieron a su torso y cuello y brazos, y dejó caer la radio. Por un momento escuchó la voz de Jesse Corn en el micrófono, y cuando ésta se detuvo, escuchó el zumbido rítmico de las avispas, que se convirtió en un minúsculo hilo de sonido y finalmente el silencio.

# 2

Sólo Dios lo podía curar. Y no estaba dispuesto a hacerlo. No es que le importara, pues Lincoln Rhyme era un hombre de ciencia antes que teólogo, de manera que no había viajado a Lourdes o Turín ni a ningún templo baptista a buscar el consejo de un curandero maníaco, sino en un lugar muy distinto, a aquel hospital de Carolina del Norte, con la esperanza de convertirse, si no en un hombre entero, al menos en uno menos limitado.

Rhyme condujo su silla de ruedas motorizada Storm Arrow, roja como un Corvette, lejos de la rampa de la furgoneta en la cual él, su ayudante y Amelia Sachs habían atravesado las quinientas millas que les separaban de Manhattan. Con sus labios perfectos alrededor de la pajilla del controlador, hizo girar a la silla como un experto y aceleró pasillo arriba hacia la puerta de entrada del Instituto de Investigaciones Neurológicas del Centro Médico de la Universidad de Carolina del Norte en Avery.

Thom retrajo la rampa del negro y brillante Chrysler Grand Rollx, una furgoneta accesible a las sillas de ruedas.

—Ponla en el espacio para minusválidos —le gritó Rhyme. Emitió una risita.

Amelia Sachs levantó una ceja hacia Thom, quien dijo:

—Buen humor. Aprovéchalo. No durará.

—Te he oído —exclamó Rhyme.

El ayudante se llevó la furgoneta y Sachs alcanzó a Rhyme. Hablaba por su teléfono móvil, con una empresa local de alquiler de coches. Thom pasaría gran parte de la semana próxima en el cuarto de hospital de Rhyme y Sachs quería la libertad de disponer de su tiempo, quizás de hacer algunas excursiones por la región. Además, era una persona que prefería los coches deportivos antes que las furgonetas, y por principio evitaba los vehículos cuya velocidad máxima fuera de dos dígitos.

Sachs había estado al teléfono durante cinco minutos y finalmente cortó sintiéndose frustrada.

—No me importaría esperar pero la musiquilla es terrible. Probaré más tarde. —Consultó su reloj—. Sólo son las diez y media. Pero este calor es demasiado. Quiero decir, excesivo. —Manhattan no es precisamente el lugar más templado del mundo en agosto, pero se encuentra mucho más al norte que el estado de Carolina del Norte y al dejar la ciudad el día anterior, con rumbo sur a través del túnel Holland, la temperatura rondaba los veinte grados y el aire estaba seco como la sal.

Rhyme no prestaba ninguna atención al calor. Su mente se concentraba únicamente en la misión que lo llevaba allí. Delante de ellos la puerta automatizada se abrió obedientemente (este lugar sería, supuso, el Tiffany's de las comodidades accesibles a discapacitados) y entraron al fresco corredor. Mientras Sachs se informaba, Rhyme le echaba una ojeada a la planta principal. Se fijó en media docena de sillas de ruedas sin ocupar, agrupadas y polvorientas. Se preguntó qué habría sido de sus ocupantes. Quizás el tratamiento en aquel lugar había tenido tanto éxito que habían desechado las sillas y se habían graduado como usuarios de andaderas y muletas. Quizá algunos habían empeorado y estaban confinados en camas o sillas motorizadas.

Quizá algunos hubieran muerto.

—Por aquí —dijo Sachs, señalando con la cabeza hacia arriba del hall. Thom se unió a ellos en el ascensor (puerta de doble anchura, pasamanos, botones a medio metro del suelo) y pocos minutos después encontraron la habitación que buscaban. Rhyme se dirigió hacia la puerta, que disponía de un intercomunicador de manos libres. Exclamó un bullicioso «Abrete, sésamo» y la puerta se abrió.

—Muchos dicen lo mismo —pronunció con lentitud una coqueta secretaria cuando entraron—. Usted debe ser el señor Rhyme. Le diré a la doctora que está aquí.

La doctora Cheryl Weaver era una mujer sofisticada y elegante, de poco más de cuarenta años. Rhyme notó inmediatamente que sus ojos eran rápidos y sus manos, como conviene a un cirujano, parecían fuertes. Sus uñas estaban sin pintar y las llevaba cortas. Se levantó de su escritorio, sonrió y apretó las manos de Sachs y de Thom, saludó con la cabeza a su paciente.

—Doctora. —Los ojos de Rhyme recorrieron los títulos de los numerosos libros que poblaban los estantes. Luego la multitud de certificados y diplomas, todos de buenas escuelas e instituciones renombradas, si bien las credenciales del médico no constituían una sorpresa para él. Meses de investigaciones habían convencido a Rhyme de que el centro médico universitario de Avery era uno de los mejores hospitales del mundo. Sus departamentos de oncología e inmunología se encontraban entre los más activos del país y el instituto de neurología de la doctora Weaver establecía las pautas en la investigación y tratamiento de las lesiones de la médula espinal.

—Qué suerte conocerlo al fin —dijo la doctora. Bajo su mano se encontraba una carpeta de 8 cms. de grosor. Su propio historial, supuso el criminalista, preguntándose lo que el especialista habría escrito sobre su caso: «¿Alentador?»

«¿Difícil?» «¿Sin esperanzas?»—. Lincoln, usted y yo hemos hablado algunas veces por teléfono. Pero quiero revisar todos los preliminares nuevamente. En beneficio de ambos.

Rhyme asintió con un seco movimiento de cabeza. Estaba preparado para tolerar algunas formalidades, aunque tenía poca paciencia con las reiteraciones y esa conversación parecía estar tomando ese cariz.

—Usted ha leído lo que se ha escrito sobre el Instituto. Y sabe que hemos comenzado algunos ensayos de una nueva técnica de reconstrucción y regeneración de la médula espinal. Pero debo recalcar nuevamente que se trata de algo *experimental*.

—Lo comprendo.

—La mayoría de los tetrapléjicos que he tratado saben más de neurología que un médico generalista. Y apuesto que usted no es una excepción.

—Sé algo sobre ciencias —dijo Rhyme humildemente—. Sé algo sobre medicina. —Y le ofreció un ejemplo de su característico encogimiento de hombros, un gesto que la doctora Weaver pareció notar y archivar.

—Bueno, perdóneme si repito lo que ya sabe —continuó ella—, pero es importante que comprenda lo que esta técnica puede hacer y lo que no.

—Por favor —dijo Rhyme—. Continúe.

—Nuestro enfoque es que hay que hacer un ataque total al lugar de la lesión. Utilizamos la cirugía tradicional de descompresión para reconstruir la estructura ósea de las vértebras mismas y para proteger el lugar donde ocurrió su lesión. Luego, injertamos dos cosas en el lugar de la lesión: la primera, tejido del sistema nervioso periférico del propio paciente. Y la otra sustancia que injertamos son células embrionarias del sistema nervioso central, las que...

—Ah, el tiburón —dijo Rhyme.

—Correcto. Tiburón azul, sí.

—Lincoln nos lo estaba contando —dijo Sachs—. ¿Por qué tiburón?

—Por razones inmunológicas, compatibilidad con los seres humanos. Además —agregó la doctora, riendo— se trata de un pez muy grande, de manera que podemos obtener mucho material embrionario de uno solo.

—¿Por qué embrionario? —preguntó Sachs.

—Es el sistema nervioso central de los *adultos* el que no se regenera naturalmente —Rhyme gruñó, impaciente por la interrupción—. Obviamente, el sistema nervioso de un bebé tiene que crecer.

—Exactamente. Entonces, además de la cirugía de descompresión y los microinjertos, hacemos otra cosa con lo que estamos muy entusiasmados: hemos desarrollado algunas drogas nuevas que pensamos que pueden tener un efecto significativo en la mejora de la regeneración.

Sachs preguntó:

—¿Hay riesgos?

Rhyme la miró, con la esperanza de llamar su atención. Conocía los riesgos. *Él* había tomado la decisión. No quería que ella interrogara a la doctora. Pero la atención de Sachs se concentraba en la doctora Weaver. Rhyme reconoció su expresión. Era la manera en que examinaba la foto de la escena de un crimen.

—Por supuesto que hay riesgos. Las drogas en sí mismas no son especialmente peligrosas. Pero cualquier tetrapléjico C4 sufrirá un daño pulmonar. Usted ahora no necesita respirador pero con la anestesia hay probabilidad de crisis respiratoria. También el estrés del procedimiento podría causar disreflexia autonómica y como resultado un grave aumento de la presión sanguínea (estoy segura de que está familiarizado con esto), que en su momento podría derivar en un ataque de consecuencia cerebral. Además está el riesgo de trauma quirúrgico en el lugar de su lesión inicial; aunque ahora no tiene ningún quiste ni derivación, la operación y el aumento de fluidos resultante podría incrementar esa presión y causar un daño adicional.

—Lo que significa que se podría poner peor —dijo Sachs.

La doctora Weaver asintió y miró la carpeta, aparentemente para refrescar su memoria, si bien no la abrió. Elevó la mirada.

—Usted tiene movimiento en un músculo lumbrical, en el dedo anular de su mano izquierda, y un buen control de los músculos del hombro y cuello. Lo podría perder en parte o por completo. Y también perder la capacidad de respirar espontáneamente.

Sachs permaneció inmóvil.

—Ya veo —dijo al fin, y sus palabras salieron en un tenso suspiro.

Los ojos de la doctora estaban fijos en los de Rhyme.

—Tiene que sopesar estos riesgos a la luz de lo que espera conseguir: no será capaz de caminar de nuevo, si eso es en lo que está pensando. Los procedimientos de esta clase han tenido un éxito limitado con las lesiones de la médula espinal a nivel lumbar y torácico, mucho más abajo y mucho menos graves que su lesión. Han obtenido un éxito sólo marginal con las lesiones cervicales y ninguno en absoluto con un trauma del nivel C4.

—Soy un jugador —dijo rápidamente. Sachs le dirigió una mirada preocupada: ella sabía que Rhyme no era un jugador en absoluto. Era un científico que vivía su vida de acuerdo a principios cuantificables y documentados. Pero él simplemente agregó—: Quiero la operación.

La Dra. Weaver asintió y no pareció ni contenta ni descontenta con su decisión.

—Necesita que se le hagan algunas pruebas que podrían llevarnos algunas horas. La operación está programada para pasado mañana. Tengo cerca de mil formularios y cuestionarios para que los rellene. Volveré enseguida con los papeles.

Sachs se levantó y siguió a la doctora fuera del cuarto. Rhyme la escuchó preguntar:

—Doctora yo tengo… —La puerta se cerró.

—Conspiración —murmuró Rhyme a Thom—. Rebelión en las filas.

—Está preocupada por ti.

—¿Preocupada? Esa mujer conduce a doscientos kilómetros por hora y juega a los pistoleros en el South Bronx. A *mí* me van a inyectar células embrionarias de pez.

—Tú sabes lo que quiero decir.

Rhyme movió la cabeza con impaciencia. Sus ojos se volvieron a un rincón del despacho de la doctora Weaver, donde una columna vertebral, presumiblemente real, descansaba en un soporte de metal. Parecía demasiado frágil para contener la complicada vida humana que una vez habría sostenido.

La puerta se abrió. Sachs entró en el despacho. Alguien entró detrás de ella pero no era la doctora Weaver. El hombre era alto, delgado a no ser por una discreta tripa, y llevaba el uniforme marrón de los policías del condado. Sin sonreír, Sachs dijo:

—Tienes visita.

Al ver a Rhyme, el hombre se sacó su sombrero reglamentario y saludó. Sus ojos se fijaron no en el cuerpo de Rhyme, como hacía la mayoría de la gente al conocerlo, sino que se dirigieron inmediatamente a la columna vertebral en su soporte que se encontraba detrás del escritorio de la doctora.

—Sr. Rhyme, yo soy Jim Bell. El primo de Roland Bell, ¿recuerda? Me dijo que estaría en esta ciudad y he venido de Tanner's Corner.

Roland estaba en el Departamento de Policía de Nueva York y había trabajado con Rhyme en varios casos. En la actualidad era el compañero de Lon Sellitto, un detective que Rhyme había conocido durante años. Roland le había dado a Rhyme los nombres de algunos de sus familiares a los que podía llamar cuando estuviera en Carolina del Norte para la operación, en caso de que quisiera visitas. Jim Bell era uno de ellos, recordó Rhyme. Mirando por detrás del sheriff hacia la puerta por donde su ángel de misericordia, la doctora Weaver, debía entrar, el criminalista dijo distraídamente:

—Encantado de conocerte.

Bell le ofreció una sombría sonrisa. Dijo:

—En realidad, señor, no sé si seguirá encantado mucho tiempo.

# 3

Había un parecido, podía ver Rhyme, mientras se concentraba más profundamente en el visitante.

El mismo físico enjuto, largas manos y pelo que escaseaba, la misma naturaleza tolerante de su primo Roland de Nueva York. Este Bell parecía más bronceado y arrugado. Probablemente pescaba y cazaba mucho. Un sombrero Stetson le vendría mejor que el de la policía. Bell tomó asiento en una silla cercana a Thom.

—Tenemos un problema, Sr. Rhyme.

—Llámame Lincoln, por favor.

—Continúa —Sachs urgió a Bell—. Cuéntale lo que me contaste a mí.

Rhyme miró a Sachs con frialdad. Había conocido a este hombre hacía tres minutos y ya estaban confabulados.

—Soy sheriff en el condado de Paquenoke. Eso queda a cerca de treinta kilómetros al este. Tenemos un problema y yo pensé en lo que me comentó mi primo. Habla de Ud. con muchísima admiración, señor…

Rhyme le indicó impacientemente con la cabeza que continuara. Pensando: ¿Dónde diablos está mi doctora? ¿Cuántos formularios tiene que encontrar? ¿Está *ella* también en la conspiración?

—De todas formas, esta situación… Pensé en llegarme hasta aquí y preguntarle si nos podía dedicar un poco de su tiempo.

Rhyme se rió, con un sonido que no tenía ni pizca de humor.

—Estoy a punto de que me operen.

—Oh, lo comprendo. Por nada del mundo me gustaría interferir. Estoy pensando en unas pocas horas... No necesitamos mucha ayuda, espero. Mire, el primo Rol me contó algunas cosas que usted hizo en las investigaciones allá en el norte. Tenemos un laboratorio criminalístico básico pero la mayoría del trabajo forense de por aquí se hace en Elizabeth City o en Raleigh. Nos lleva semanas tener alguna respuesta. Y no tenemos semanas. Tenemos horas. En el mejor de los casos.

—¿Para qué?

—Para encontrar a dos chicas que han sido secuestradas.

—El secuestro es un delito federal —señaló Rhyme—. Llama al FBI.

—No puedo recordar la última vez que tuvimos un agente federal en el condado, aparte de un caso de autorizaciones ilegales. Para cuando el FBI llegue aquí y se instale, esas chicas pueden estar muertas.

—Cuéntanos lo que pasó —dijo Sachs. Había puesto su cara de interés, percibió Rhyme con cinismo y desagrado.

Bell dijo:

—Ayer uno de nuestros chicos del instituto local fue asesinado y una chica del colegio secuestrada. Luego, esta mañana, el criminal volvió y secuestró otra chica. —Rhyme se dio cuenta que la cara del hombre se ensombreció—. Colocó una trampa y uno de mis policías está muy grave. Se halla aquí, en el centro médico, en coma.

Rhyme vió que Sachs dejó de hundir la uña de uno de sus dedos en su pelo para rascar su cuero cabelludo y que prestaba atención profunda a Bell. Bueno, quizá no eran conspiradores, pero Rhyme sabía por qué ella estaba tan interesada en un caso en el cual no tenían tiempo de participar. Y no le gustaba para nada la razón.

—Amelia —comenzó, echando una fría mirada al reloj que estaba apoyado en la pared del despacho de la doctora Weaver.

—¿Por qué no, Rhyme? ¿En qué nos puede perjudicar? Apartó su largo pelo rojo hacia los hombros, donde quedó como una cascada inmóvil.

Bell miró una vez más la columna vertebral que estaba en el rincón.

—Somos una unidad pequeña, señor. Hicimos lo que pudimos. Todos mis policías y algunas otras personas estuvieron toda la noche buscando, pero el hecho es que no lo pudimos encontrar, ni a él ni a Mary Beth. Pensamos que Ed, el policía que está en coma, echó una mirada a un mapa que muestra dónde puede haber ido el muchacho. Pero los médicos no saben cuándo se despertará, si lo hace. —Miró a Rhyme a los ojos, implorándole—. Le quedaríamos agradecidos si echara una mirada a las pruebas que encontramos y nos diera cualquier sugerencia sobre el lugar al que se dirige el muchacho. Este tema nos sobrepasa. Nos hace falta ayuda.

Pero Rhyme no comprendía. El trabajo de un criminalista consiste en analizar las pruebas para ayudar a los investigadores a identificar un sospechoso y luego testificar en el juicio.

—Sabes quién es el criminal, conoces dónde vive. El fiscal de distrito tendrá un caso irrebatible. —Aunque hubieran fastidiado la investigación en la escena del crimen —de la manera en que la policía de las pequeñas ciudades solía hacerlo— habrían dejado pruebas de sobra para obtener una condena.

—No, no. No es el juicio lo que nos preocupa, señor Rhyme. Es *encontrarlos* antes de que él mate a esas chicas. O al menos a Lydia. Pensamos que Mary Beth ya puede estar muerta. Mire, cuando esto sucedió me puse a hojear un manual de la policía estatal sobre investigación criminal. Decía que en el caso de un secuestro con fines sexuales generalmente se tienen 24 horas para encontrar a la víctima; después de ese tiempo se deshumanizan a los ojos del secuestrador y le es indiferente matar.

Sachs dijo:

—Llamaste muchacho al criminal. ¿Cuántos años tiene?

—Dieciséis.

—Delincuente juvenil.

—Técnicamente —dijo Bell—. Pero su historial es peor que el de la mayoría de nuestros delincuentes adultos.

—¿Han hablado con su familia? —preguntó la pelirroja, como si fuese una conclusión inevitable que tanto ella como Rhyme estaban en el caso.

—Los padres están muertos. Tiene padres adoptivos. Registramos su habitación en su casa. No encontramos ningún escondrijo secreto, ni diarios, ni nada.

Nunca se encuentra, pensó Lincoln Rhyme, deseando con ansias que aquel hombre saliera corriendo hacia su impronunciable condado y se llevara sus problemas con él.

—Creo que debemos ayudarlo, Rhyme —dijo Sachs.

—Sachs, la operación…

Ella dijo:

—¿Dos víctimas en dos días? Podría ir a más. —Los criminales progresivos son como adictos. Para satisfacer su ingente necesidad psicológica de violencia, la frecuencia y gravedad de sus actos van en aumento.

Bell asintió:

—Dices bien. Y hay cosas que no mencioné. Ha habido otras tres muertes en el condado Paquenoke en los últimos dos años y un suicidio cuestionable hace apenas unos días. Pensamos que el muchacho puede estar involucrado en todos ellos. Lo que ocurre es que no encontramos suficientes pruebas para detenerlo.

¿Pero entonces yo no estaba trabajando en estos casos, o sí? Pensó Rhyme antes de reflexionar que el orgullo sería probablemente el pecado que lo destruiría.

Con pocas ganas sintió que su motor mental se ponía en marcha, intrigado por los enigmas que el caso presentaba. Lo que había mantenido cuerdo a Lincoln Rhyme después de su accidente, lo que le había detenido ante la idea de encontrar a algún Jack Kevorkian que le ayudara con un suicidio asistido, eran los desafíos mentales como aquél.

—Tu operación no es hasta pasado mañana, Rhyme —presionó Sachs—. Y todo lo que tienes hasta entonces son esas pruebas.

Ah, tus motivos ocultos están apareciendo, Sachs...

Pero ella tenía un buen argumento. Él permanecería largo tiempo inactivo hasta la operación. Y sería un tiempo inactivo preoperatorio, lo que significaba *sin* whisky escocés de dieciocho años. ¿De todas formas, qué podía hacer un tetrapléjico en una pequeña ciudad de Carolina del Norte? El enemigo mayor de Lincoln Rhyme no lo constituían los espasmos, el dolor fantasma o la disreflexia que asuelan a los pacientes medulares; era el aburrimiento.

—Os daré un día —dijo finalmente Rhyme—. Siempre y cuando no demore la operación. He estado en lista de espera durante catorce meses para conseguir este tratamiento.

—Es un trato, señor, —dijo Bell. Su cansado rostro se iluminó.

Pero Thom negó con la cabeza.

—Escucha, Lincoln, no estamos aquí para trabajar. Estamos aquí para tu operación y luego nos vamos. Yo no tengo ni la mitad del equipo que necesito para cuidarte cuando estás trabajando.

—Estamos en un *hospital*, Thom. No me sorprendería en absoluto que encuentres aquí *casi* todo lo que necesitas. Hablaremos con la doctora Weaver. Estoy seguro de que le encantará ayudarnos.

El ayudante, resplandeciente en su camisa blanca, pantalones marrones planchados y corbata, dijo:

—Para que conste, no creo que sea una buena idea.

Pero como ocurre con los cazadores de todas partes —tengan o no movilidad— una vez que Lincoln Rhyme tomó la decisión de ir tras su presa, nada más le importaba. Ignoró a Thom y comenzó a interrogar a Jim Bell.

—¿Cuánto tiempo hace que está huyendo?

—Sólo un par de horas —dijo Bell—. Lo que haré es ordenar que un policía traiga aquí las pruebas que encontramos y quizás un mapa de la región. Estaba pensando…

Pero la voz de Bell se hizo inaudible cuando Rhyme sacudió la cabeza y frunció el entrecejo. Sachs reprimió una sonrisa; ella sabía lo que estaba pensando.

—No —dijo Rhyme con firmeza—. Nosotros iremos allí. Tendrás que establecernos en algún lugar. ¿Me repites cuál es la capital del condado?

—Uhm, Tanner's Corner.

—Ubícanos en algún lugar en que podamos trabajar. Necesitaré un asistente forense… ¿Tienes un laboratorio en la oficina?

—¿Nosotros? —preguntó el asombrado sheriff—. Ni en sueños.

—Bien, te prepararemos una lista del equipo que necesitaremos. Puedes pedirlo prestado a la policía del Estado. —Rhyme miró el reloj de la pared—. Podemos estar allí dentro de media hora. ¿Verdad, Thom?

—Lincoln…

—¿*Verdad*?

—En media hora —musitó el resignado ayudante.

¿*Ahora* quién estaba de mal humor?

—Pide los papeles a la doctora Weaver. Nos los llevaremos. Los puedes rellenar mientras Sachs y yo trabajamos.

—Está bien.

Sachs estaba escribiendo una lista del equipamiento forense básico. La sostuvo para que Rhyme la leyera. Él asintió y después dijo:

—Agrega una unidad del gradiente de densidad. Por lo demás, me parece bien.

Ella escribió el nombre del artículo en la lista y se la entregó a Bell, quien la leyó, meneando la cabeza con incertidumbre.

—Trataré de conseguir todo, por supuesto. Pero realmente no quiero que se tomen tantas molestias…

—Jim, supongo que puedo hablar francamente.

—Seguro.

El criminalista dijo en voz baja:

—Limitarnos a examinar algunas pruebas no servirá de nada. Si queréis que esto funcione, Amelia y yo debemos estar a cargo de la persecución. Al cien por cien. Ahora quiero que me lo digas claramente: ¿supondría eso un problema para alguien?

—Me aseguraré de que no lo sea.

—Bien. Entonces ve a conseguir ese equipo. Necesitamos *movernos*.

El sheriff Bell se quedó un momento de pie, asintiendo, con el sombrero en una mano y la lista de Sachs en la otra, antes de dirigirse a la puerta. Rhyme creía que el primo Roland, un hombre con muchos dichos del sur, tenía una expresión que cuadraba con la cara de un sheriff. No estaba muy seguro de cómo iba la frase, pero tenía que ver con cazar a un oso por la cola.

—Otra cosa más —dijo Sachs, deteniendo a Bell cuando salía por la puerta, que se paró y volvió—. ¿El asesino? ¿Cómo se llama?

—Garrett Hanlon. Pero en Tanner's Corner lo llaman el Muchacho Insecto.

Paquenoke es un pequeño condado al noroeste de Carolina del Norte. Tanner's Corner, aproximadamente en el centro del condado, es la ciudad más grande y está rodeada por agrupamientos más pequeños y aislados de poblados residenciales o comerciales, tales como Blackwater Landing, en la ribera del río Paquenoke —llamado el Paquo por la gente del lugar—, unos pocos kilómetros al sur de la capital del condado.

Al sur del río se ubica la mayoría de las áreas residenciales y de compras. La tierra en este lugar está salpicada de suaves pantanos, bosques, campos y estanques. Casi toda la población vive en esta mitad. Al norte del Paquo, por el otro lado, la tierra es traicionera. El pantano Great Dismal ha invadido y engullido asentamientos de caravanas, casas, los pocos molinos y fábricas que existían de ese lado del río. Ciénagas pobladas de víboras reemplazaron los estanques y los campos, y los bosques, en gran parte muy antiguos, son impenetrables a menos que uno tenga la suerte de encontrar un sendero. Nadie vive en esa parte del río excepto gente de mala vida y algunos pocos locos del pantano. Hasta los cazadores tienden a evitar la región después del incidente de dos años atrás, cuando unos jabalíes atraparon a Tal Harper y ni siquiera después de matar a tiros a la mitad de ellos pudo impedir que el resto lo devorara antes de que llegara la ayuda.

Como la mayoría de la gente del condado, Lydia Johansson raramente se aventuraba al norte del Paquo, y cuando lo hacía, nunca se alejaba de la civilización. Ahora se dio cuenta, con una abrumadora sensación de desesperación, que al cruzar el río había atravesado algún tipo de frontera, hacia un lugar del cual podría no volver jamás. Una frontera que no era sólo geográfica sino también espiritual.

Se sentía aterrorizada al ser arrastrada por aquel ser. Por supuesto, aterrorizada por la forma en que miraba su cuerpo, aterrorizada por su tacto, aterrorizada por la posibilidad de morir de calor o de insolación, o por la mordedura de víboras. Pero lo que la asustaba más era darse cuenta de lo que había dejado en el lado sur del río: su vida frágil y cómoda, a pesar de lo humilde que era, con sus pocos amigos y colegas enfermeras del servicio hospitalario, los doctores con los que tonteaba sin resultados, las fiestas con pizza, las reposiciones de la serie *Seinfeld*, sus libros de terror, el helado, los hijos de su hermana. Hasta llegó a recordar con anhelo las partes más conflictivas de su vida: la lucha contra los kilos, la pelea para dejar de fumar, las noches en soledad, los largos periodos sin que la llamara el hombre con el que se encontraba ocasionalmente. Ella lo llamaba su «novio», si bien sabía que tomaba deseos por realidades... Incluso todas esas cosas parecían cargadas de emoción, sólo en razón de su familiaridad.

Pero no había ni una pizca de comodidad en el lugar en que se encontraba en ese momento.

Recordó la terrible escena en el refugio del cazador: el policía Ed Schaeffer yacía inconsciente sobre el suelo, con sus brazos y rostro grotescamente hinchados por las picaduras de las avispas. Garrett había murmurado: «No debería haberlas hostigado. Las avispas amarillas sólo atacan cuando su nido está en peligro. Fue culpa *suya*.»

Caminó hacia adentro lentamente y los insectos lo ignoraron. Cogió algunas cosas. Le ató las manos por delante y luego la guió hacia el bosque a través del cual habían estado caminando unos cuantos kilómetros.

El muchacho se movía de una manera rara, sacudiéndola en una dirección, luego en otra. Hablaba para sí. Se rascaba los manchones rojizos de la cara. Una vez se detuvo en un charco de agua y lo miró fijamente. Esperó hasta que algún bicho o araña se retirara de la superficie y entonces sumergió su rostro en el agua, mojando su piel ardiente. Miró sus pies, luego se quitó el zapato que le quedaba y lo tiró lejos. Siguieron su camino en la tórrida mañana.

Ella observó el mapa que sobresalía de su bolsillo.

—¿Adónde vamos? —le preguntó.

—Cállate. ¿De acuerdo?

Diez minutos más tarde la obligó a quitarse los zapatos y vadearon un arroyo poco profundo y contaminado. Después de cruzarlo la sentó. Garrett lo hizo también frente a ella y, mientras miraba sus piernas y escote, lentamente secó sus pies con un kleenex que sacó de su bolsillo. Ella sintió el mismo asco que había tenido cuando por primera vez tomó una muestra de tejidos de un cadáver en la morgue del hospital. Él le volvió a colocar los zapatos, le ató los cordones apretados, asiendo sus tobillos mas tiempo del necesario. Luego consultó el mapa y la condujo de nuevo hacia los bosques.

Haciendo sonar las uñas, rascándose la cara...

Poco a poco, los marjales se hicieron más enmarañados y el agua más oscura y profunda. Ella supuso que se dirigían hacia el pantano Great Dismal, a pesar de que no podría imaginar por qué. Justo cuando parecía que no podían ir más allá a causa de las aguas estancadas, Garrett se encaminó a un enorme bosque de pinos, que, para alivio de Lydia, era mucho más fresco que los expuestos pantanos.

Él encontró otro sendero y la condujo por él hasta que llegaron a una colina abrupta. Una serie de rocas llevaban a la cima.

—No puedo subirla —dijo Lydia, luchando por parecer desafiante—. No con mis manos atadas. Resbalaré.

—Chorradas —murmuró el muchacho con ira, como si ella fuera idiota—. Tienes puestos tus zapatos de enfermera. Se agarran bien. Mírame a mí. Yo estoy descalzo y la puedo escalar. ¡Mira mis pies, mira! —Le mostró las plantas. Eran callosas y amarillas—. Ahora levanta el culo de ahí. Cuidado, cuando llegues a la cima no camines más. ¿Me oyes? Eh, ¿estás escuchando? —Otro silbido, una gota de saliva le tocó la mejilla y pareció quemar su piel como ácido.

Dios, cómo te odio, pensó Lydia.

Comenzó a trepar. Hizo una pausa a medio camino, miró hacia atrás. Garrett la observaba de cerca, haciendo sonar sus uñas. Observaba sus piernas, enfundadas en medias blancas y con su lengua se acariciaba los dientes delanteros. Luego miró más arriba, debajo de su falda.

Lydia siguió subiendo. Escuchaba la respiración sibilante del chico a medida que iba tras ella.

En la cima de la colina había un claro y de él un solo sendero llevaba a un tupido grupo de pinos. Lydia comenzó a caminar por el sendero, hacia la sombra.

—¡Eh! —gritó Garrett—. ¿No me oíste? ¡Te dije que no te movieras!

—¡No estoy tratando de escapar! —gritó ella—. Hace calor. Estoy tratando de salir del sol.

Él señaló el suelo a un metro. Había una espesa manta de ramas de pino en medio del sendero.

—Podías haber caído dentro —su voz sonó áspera—. Podrías haberlo arruinado.

Lydia miró de cerca. Las hojas de pino cubrían un profundo pozo.

—¿Qué hay allí abajo?

—Es una trampa mortal.

—¿Qué hay dentro?

—Ya sabes, una sorpresa para quienquiera que nos siga. —Esto lo dijo con orgullo, con una sonrisa burlona, como si hubiera sido muy inteligente al concebirlo.

—¡Pero *cualquiera* puede caer dentro!

—Mierda —murmuró el muchacho—. Esto está al norte del Pasquo. Los únicos que podrían tomar este camino son las personas que nos persiguen. Y se merecen todo lo que les pase. Sigamos caminando. —Otra vez con voz sibilante. La tomó de la muñeca y la condujo bordeando el pozo.

—¡No tienes que agarrarme tan fuerte! —protestó Lydia.

Garrett la miró; luego disminuyó un poco el apretón, pero su toque suave, demostró ser mucho más preocupante; comenzó a acariciarle la muñeca con el dedo del medio, que a ella le recordaba una garrapata llena de sangre buscando un lugar para agujerear su piel.

# 4

La furgoneta Rollx pasó un cementerio. El Memorial Gardens de Tanner's Corner. Se estaba celebrando un funeral y Rhyme, Sachs y Thom observaron la sombría procesión.

—Mirad el ataúd —dijo Sachs.

Era pequeño, el de un niño. Los acompañantes, todos adultos, eran pocos. Alrededor de veinte personas. Rhyme se preguntó por qué la asistencia era tan escasa. Sus ojos se elevaron por encima de la ceremonia y examinaron las ondulantes colinas del camposanto y, más lejos las millas de bosque oscuro y tierra pantanosa que se desvanecían a la distancia. Dijo:

—No es un mal cementerio. No me importaría que me enterraran en un lugar como éste.

Sachs, que había estado mirando el funeral con expresión preocupada, le lanzó una fría mirada; con la operación a las puertas no le gustaba que hablara de muerte.

Entonces Thom condujo la furgoneta por una curva cerrada y, siguiendo el coche del departamento de policía del condado de Paquenoke que ocupaba Jim Bell, aceleró por un tramo recto de la carretera; el cementerio desapareció detrás.

Como Bell había prometido, Tanner's Corner estaba a treinta kilómetros del centro médico de Avery. El cartel BIENVENIDOS notificaba a los visitantes que la ciudad estaba habitada por 3.018 almas, lo que podía ser cierto aunque sólo se veía a un minúsculo porcentaje de ellos a lo largo de la calle principal en esa calurosa mañana de agosto. El polvoriento lugar parecía una ciudad fantasma. Una pareja de ancianos estaba sentada en un banco, mirando hacia la calle vacía. Rhyme descubrió dos hombres con aspecto enfermizo y esquelético que debían de ser los borrachos del lugar. Uno se sentaba en el bordillo, con la costrosa cabeza en sus manos, probablemente superando la resaca. El otro estaba sentado contra un árbol, mirando la lustrosa furgoneta con ojos hundidos que aún a la distancia parecían amarillentos. Una mujer flacucha limpiaba perezosamente el escaparate de la tienda de artículos varios. Rhyme no vio a nadie más.

—Tranquilo —observó Thom.

—Es una forma de decirlo —apostilló Sachs, que obviamente compartía con Rhyme una sensación de intranquilidad ante la ciudad vacía.

La calle principal consistía en una gastada franja de viejos edificios y dos pequeños centros comerciales. Rhyme observó dos supermercados, dos farmacias, dos bares, un restaurante, una tienda de ropas femeninas, una compañía de seguros y una combinación de tienda de vídeos, golosinas y manicura. El concesionario de coches A-OK estaba embutido entre un banco y una proveedora de artículos marinos. Todos vendían cebo. Una valla publicitaria anunciaba un McDonald's a 10 kilómetros por la ruta 17. Otra mostraba una pintura, descolorida por el sol, de los buques de la Guerra Civil *Monitor* y *Merrimack*. «Visite el Museo Ironclad.» Había que recorrer treinta y cinco kilómetros para ver esa atracción.

A medida que Rhyme absorbía todos esos detalles de la vida de una pequeña ciudad, se daba cuenta con desaliento de cuán desubicado como criminalista se encontraba en ese lugar. Podía analizar con éxito las pruebas en Nueva York porque había vivido allí durante muchos años. Había desmenuzado la ciudad caminado por sus calles, estudiado su historia y flora y fauna, pero en Tanner's Corner y sus alrededores no conocía nada del suelo, del aire, del agua, nada de los hábitos de los residentes, los coches que les gustaban, las casas en las que vivían, las industrias que los empleaban, los anhelos que los motivaban.

Rhyme recordó haber trabajado para un detective veterano en el Departamento de Policía de Nueva York (NYPD) cuando era un recluta novato. El hombre había sermoneado a sus subordinados:

—Que alguien me diga: ¿qué significa la expresión «como un pez fuera del agua»?

El joven oficial Rhyme había contestado:

—Significa: fuera de su elemento. Confundido.

—Sí, bien, ¿y qué pasa cuando un pez está fuera del agua? —soltó irritado el viejo policía canoso—. No se quedan *confundidos*. Quedan jodidamente *muertos*. La mayor amenaza individual que enfrenta un investigador es la falta de familiaridad con su medio. Recordadlo.

Thom aparcó la furgoneta y cumplió con el ritual de bajar la silla de ruedas. Rhyme sopló en el controlador de la Storm Arrow y rodó hacia la empinada rampa del edificio del condado, que había sido añadida, sin duda con pocas ganas, al ponerse en vigencia la ley sobre americanos con discapacidades.

Tres hombres en ropa de trabajo y con fundas para navajas en sus cinturones salieron por la puerta lateral de la oficina del sheriff al lado de la rampa. Caminaron hacia un Chevy Suburban color granate.

El más delgado de los tres dio un codazo al más grande, un hombre enorme con una coleta trenzada y barba, y señaló con la cabeza a Rhyme. Entonces sus ojos —casi al unísono— escudriñaron el cuerpo de Sachs. El grandote captó el cuidado cabello, el físico ligero, las ropas impecables y el arete dorado de Thom. Con un rostro inexpresivo susurró algo al tercero del trío, un hombre que parecía un comerciante conservador del Sur. Se encogió de hombros. Perdieron interés en los visitantes y se subieron al Chevy.

*Pez fuera del agua...*

Bell, que caminaba al lado de la silla de Rhyme, notó su mirada.

—Ese es Rich Culbeau, el grandote. Y sus compinches. Sean O'Sarian —el flacucho— y Harris Tomel. Culbeau no es ni la mitad de problemático de lo que parece. Le gusta hacerse el patán pero generalmente no da trabajo.

O'Sarian les devolvió la mirada desde el asiento de pasajeros, si bien Rhyme no pudo saber si estaba mirando a Thom o a Sachs.

El sheriff se encaminó hacia el edificio. Tuvo que manipular la puerta que estaba al final de la rampa para discapacitados; la pintura la había dejado trabada.

—No hay muchos inválidos por aquí —observó Thom. Luego le preguntó a Rhyme—. ¿Cómo te encuentras?

—Estoy bien.

—No lo parece. Estás pálido. Te tomaré la tensión en cuanto estemos dentro.

Entraron al edificio. Databa de cerca de 1950, evaluó Rhyme. Pintadas de un verde institucional, las salas estaban decoradas con dibujos de dedos de una clase de primaria, fotografías de Tanner's Corner a través de su historia y una media docena de avisos de empleo para trabajadores del condado.

—¿Esto estará bien? —preguntó Bell, abriendo una puerta—. La usamos para el almacenamiento de pruebas pero ahora estamos sacando todo eso y poniéndolo en el sótano.

Una docena de cajas se alineaban en las paredes. Un oficial se esforzaba en mover un enorme televisor Toshiba para sacarlo del cuarto. Otro llevaba dos cajas de botellas de zumo llenas de un líquido claro. Rhyme las miró. Bell se rió. Dijo:

—Todo esto resume la típica actividad delictiva en Tanner's Corner: robar artículos de electrónica y destilar alcohol ilegalmente.

—¿Eso es licor? —preguntó Sachs.

—Auténtico. Con treinta días de añejamiento.

—¿De la marca Ocean Spray? Preguntó Rhyme con ironía, mirando las botellas.

—Es el envase favorito de los destiladores, a causa de su ancha boca. ¿Le gusta beber?

—Sólo whisky.

—Siga así. —Bell señaló con la cabeza las botellas que el oficial sacaba por la puerta—. Los federales y la oficina de impuestos se preocupan por sus ingresos. *Nosotros* nos preocupamos porque perdemos ciudadanos. Esta partida no es demasiado mala. Pero gran parte del licor destilado ilegalmente está mezclado con formaldehído, diluyente de pinturas o fertilizante. Perdemos a dos ciudadanos por año debido a malas partidas.

—¿Por qué se suele llamar «moonshine» al alcohol ilegal? —preguntó Thom.

Bell contestó:

—Porque solían hacerlo por las noches en lugares abiertos bajo la luz de la luna llena, de manera que no necesitaban linternas y, como supondrá, para no atraer a los funcionarios.

—Ah —dijo el joven, cuyas preferencias, sabía Rhyme, se decantaban por los St Emilion, Pomerol y borgoñas blancos.

Rhyme examinó el cuarto.

—Necesitaremos más energía eléctrica. —Señaló con la cabeza el único enchufe de la pared.

—Podemos instalar algunos cables —dijo Bell—. Haré que alguien se ocupe de ello.

Envió a un policía con este encargo y luego explicó que había llamado al laboratorio de la policía estatal de Elizabeth City y había hecho un pedido urgente del equipo forense que Rhyme quería. Los elementos llegarían en una hora. Rhyme se dio cuenta de que para el condado Paquenoke eso era actuar a la velocidad del rayo y percibió una vez más la urgencia del caso.

*En el caso de un secuestro sexual generalmente se tienen veinticuatro horas para encontrar a la víctima; después, ésta se deshumaniza a los ojos del secuestrador, que puede matarla sin darle importancia al hecho.*

El policía volvió con dos gruesos cables eléctricos que tenían múltiples enchufes conectados en los extremos. Los fijó al suelo.

—Servirán muy bien —dijo Rhyme. Luego preguntó—: ¿Cuántas personas tenemos trabajando en el caso?

—Tengo tres policías veteranos y ocho rasos. También personal de comunicaciones: dos personas y cinco administrativos. Generalmente los compartimos con Planeamiento, Zonificación y el Departamento de Obras Públicas (DPW), lo que constituye un asunto delicado para nosotros, pero a causa del secuestro y de su venida aquí y lo demás, tendremos a todos los que necesitemos. El supervisor del condado nos apoyará. Ya hablé con él.

Rhyme miró hacia la pared, frunciendo el entrecejo.

—¿Qué pasa?

—Necesita una pizarra —dijo Thom.

—Yo estaba pensando en un *mapa* de la región. Pero sí, quiero una pizarra también. Una grande.

—Hecho —dijo Bell. Rhyme y Sachs intercambiaron sonrisas. Esta era una de las expresiones favoritas del primo Roland Bell.

—¿Luego podré ver a sus policías veteranos de aquí? Para una sesión de información.

—Y aire acondicionado —dijo Thom—. Este lugar necesita estar más fresco.

—Veremos qué podemos hacer —dijo Bell a la ligera, pues probablemente no entendía la obsesión de los del Norte con las temperaturas moderadas.

El ayudante dijo con firmeza:

—No es bueno para él soportar un calor como éste.

—No te *preocupes* por eso —dijo Rhyme.

Thom levantó una ceja hacia Bell y dijo con soltura:

—Tenemos que refrescar el cuarto. O si no me lo llevo de vuelta al hotel.

—Thom —le advirtió Rhyme.

—Me temo que no hay otra salida —dijo el ayudante.

Bell dijo:

—Ningún problema. Me ocuparé de ello. —Anduvo hasta la puerta y llamó—: Steve, ven aquí un momento.

Entró un joven de pelo muy corto y uniforme de policía.

—Este es mi cuñado, Steve Farr. —Era el más alto de los policías que habían visto hasta ese momento, llegaría fácilmente al metro noventa de estatura, y tenía orejas redondas que sobresalían de forma cómica. Parecía sólo medianamente incómodo al ver a Rhyme; sus anchos labios pronto esbozaron una sonrisa espontánea que sugería tanto confianza como competencia. Bell le dio la tarea de encontrar un aparato de aire acondicionado para el laboratorio.

—Me ocupo ya mismo, Jim. —Se pellizcó el lóbulo de la oreja, se dio vuelta haciendo sonar los talones como un soldado y desapareció en el hall.

Por la puerta apareció la cabeza de una mujer.

—Jim, está Sue McConnell en la línea tres. Realmente está fuera de sí.

—Bien. Hablaré con ella. Dile que ya voy —Bell le explicó a Rhyme—: Es la madre de Mary Beth. Pobre mujer... Perdió a su marido por un cáncer hace justamente un año y ahora pasa esto. Le cuento —agregó, moviendo la cabeza—, yo tengo dos niños y puedo imaginarme lo que ella...

—Jim, me pregunto si podríamos encontrar ese mapa —lo interrumpió Rhyme—. Y haz que coloquen la pizarra.

Bell parpadeó inseguro frente al tono abrupto de la voz del criminalista.

—Esta bien, Lincoln. Y si nos ponemos demasiado sureños por aquí, si nos movemos con mucha lentitud para vosotros los yanquis, nos metereis un poco de prisa, ¿verdad?

—Oh, apuesta lo que quieras a quc lo harć, Jim.

Uno de tres.

Uno de los tres policías veteranos de Jim Bell parecía contento de conocer a Rhyme y a Sachs. Bueno, al menos de ver a Sachs. Los otros dos saludaron formalmente con la cabeza y era obvio que deseaban que esa extraña pareja nunca hubiera dejado la Gran Manzana.

El policía agradable, treinta años y ojos legañosos, se llamaba Jesse Corn. Había estado en la escena del crimen temprano por la mañana y, con dolorosa culpabilidad, admitió que Garrett había huido con otra víctima, Lydia, justo en sus narices. Para cuando Jesse había cruzado el río, Ed Schaeffer estaba casi muerto por el ataque de las avispas.

Uno de los policías que les dispensó un frío recibimiento era Mason Germain, de baja estatura y poco más de cuarenta años. Ojos oscuros, rasgos grisáceos, postura un poco demasiado perfecta para un ser humano. Su pelo estaba peinado hacia atrás y mostraba unos surcos dejados por el peine que parecían hechos con regla. Usaba demasiada loción para después de afeitarse, con un olor barato a almizcle. Saludó a Rhyme y a Sachs con un movimiento rígido y prudente y Rhyme imaginó que se alegraba de que el criminalista fuera un discapacitado para no tener que estrechar su mano. Sachs, siendo una mujer, tenía derecho sólo a un condescendiente «señorita».

Lucy Kerr era el tercer policía veterano y no se hallaba más feliz de ver a los visitantes de lo que lo estaba Mason. Era una mujer alta: apenas más baja que la imponente Sachs. Esbelta y con un aire atlético, su cara era larga y bonita. El uniforme de Mason estaba arrugado y manchado, pero el de Lucy estaba perfectamente planchado. Su pelo rubio estaba recogido en una trenza tirante. Fácilmente se la podía imaginar como modelo de L.L. Bean o Land's End: en botas, tejanos y chaleco.

Rhyme sabía que su frío recibimiento podría entenderse como una reacción automática frente a policías intrusos (en especial un inválido y una mujer, y del Norte, ni más ni menos). Pero no tenía demasiado interés en ganárselos. A cada minuto que pasaba sería más difícil encontrar al secuestrador . Y Rhyme tenía una cita con el cirujano que de ninguna manera quería perderse.

Un hombre de sólida estructura —el único policía negro que había visto Rhyme— entró con una gran pizarra y desplegó un mapa del condado Paquenoke.

—Pégalo allí, Trey. —Bell señaló la pared. Rhyme escudriñó el mapa. Era bueno, muy detallado.

Rhyme dijo:

—Ahora, decidme exactamente lo que sucedió. Comenzad por la primera víctima.

—Mary Beth McConnell —dijo Bell—. Tiene veintitrés años. Una estudiante graduada del campus de Avery.

—Sigue. ¿Qué pasó ayer?

Mason dijo:

—Bueno, era muy temprano. Mary Beth estaba...

—¿Podría ser más específico? —preguntó Rhyme—. Respecto a la hora.

—Bueno, no lo sabemos con certeza —respondió Mason fríamente—. No había ningún reloj detenido como en el *Titanic*, ¿sabe?

—Debe de haber sido antes de las ocho —comentó Jesse—. Billy, el chico asesinado, estaba afuera haciendo jogging y la escena del crimen queda a media hora de su casa. Estaba tratando de obtener algunos créditos en la escuela de verano y tenía que volver a las ocho y media para ducharse e ir a clase.

Bien, pensó Rhyme, asintiendo:

—Sigamos.

Mason continuó.

—Mary Beth tenía entre manos un trabajo académico, como desenterrar antiguos objetos indios en Blackwater Landing.

—¿Qué es eso, una ciudad? —preguntó Sachs.

—No, sólo un área no incorporada al lado del río. Con cerca de tres docenas de casas, una fábrica. Sin tiendas ni nada. En su mayoría bosques y pantanos.

Rhyme detectó números y letras a lo largo de los márgenes del mapa.

—¿Dónde? —preguntó—. Muéstreme.

Mason señaló la ubicación G-10.

—Nosotros lo vemos así: Garrett llega y coge a Mary Beth. La va a violar pero Billy Stail está afuera corriendo y los ve desde la carretera y trata de detenerlo. Garrett agarra una pala y mata a Billy. Le destroza la cabeza. Luego toma a Mary Beth y desaparece.

La mandíbula de Mason estaba rígida.

—Billy era un buen chico. Realmente bueno. Iba a la iglesia habitualmente. La última temporada interceptó un pase en los últimos dos minutos de un partido que estaba empatado con Albemarle High y corrió...

—Estoy seguro de que era un gran chico —dijo Rhyme impaciente—. ¿Garrett y Mary Beth van a pie?

—Sí —contestó Lucy—. Garrett no quiere conducir. Ni siquiera tiene licencia. Pienso que es a causa de que sus padres murieron en un accidente de tráfico.

—¿Qué pruebas físicas encontraron?

—Bueno, tenemos el arma utilizada para el asesinato —dijo Mason con orgullo—. La pala. Realmente nos aseguramos de manipularla correctamente. Usamos guantes. Y realizamos la cadena de custodia como dicen los libros.

Rhyme esperó algo más. Finalmente preguntó:

—¿Qué más encontraron?

—Bueno, algunas huellas plantares. —Mason miró a Jesse, quien dijo—: Oh, bien. Les saqué algunas fotos.

—¿Eso es *todo*? —preguntó Sachs.

Lucy asintió, con los labios apretados ante la implícita crítica de los norteños.

Rhyme:

—¿Investigaron la escena?

Jesse dijo:

—Seguro que lo hicimos. Sólo que no había nada más.

*¿No había nada más?* En una escena en que un criminal mata a una víctima y secuestra a otra debería haber suficientes pruebas como para hacer una *película* de quién hizo qué a quién y probablemente lo que cada miembro del reparto había estado haciendo en las últimas veinticuatro horas. Parecía

que se enfrentaban a dos perpetradores: el Muchacho Insecto y la incompetencia policial. Rhyme intercambió una mirada con Sachs y vio que ella pensaba lo mismo.

—¿Quién dirigió la investigación? —preguntó Rhyme.

—Yo lo hice —dijo Mason—. Llegué allí el primero. Estaba cerca cuando recibimos la llamada.

—¿Y cuándo fue *eso*?

—A las nueve y media. Un camionero vio el cuerpo de Billy desde la carretera y llamó al nueve uno uno.

Y el muchacho fue asesinado antes de las ocho. Rhyme no estaba contento. Una hora y media —al menos— es un tiempo muy largo para dejar sin protección la escena de un crimen. Se podían robar muchas evidencias, se podían añadir muchas otras. El chico podría haber violado y matado a la chica y escondido el cuerpo, luego podría haber vuelto para eliminar algunas pruebas y colocar otras que despistaran a los investigadores.

—¿Usted mismo hizo las investigaciones? —le preguntó Rhyme a Mason.

—En un primer momento. Luego llegaron tres, cuatro policías al lugar. Peinaron el área muy concienzudamente.

¿Y sólo encontraron el arma del crimen? Dios todopoderoso... Sin mencionar el daño realizado por cuatro policías no familiarizados con la técnica de investigación de la escena del crimen.

—¿Puedo preguntar —dijo Sachs— cómo saben que Garrett es el criminal?

—Yo lo *vi* —dijo Jesse Corn—. Cuando se llevaba a Lydia esta mañana.

—Eso no significa que matara a Billy y secuestrara a la otra chica.

—Oh —dijo Bell—. Las huellas dactilares las obtuvimos de la pala.

Rhyme asintió y dijo al sheriff:

—¿Y sus huellas estaban archivadas a causa de arrestos previos?

—Correcto.

Rhyme dijo:

—Ahora contadme lo de *esta* mañana.

Jesse habló primero.

—Era temprano. Justo después de la salida del sol. Ed Schaeffer y yo estabamos vigilando la escena del crimen por si a Garrett se le ocurría volver. Ed estaba al norte del río, yo estaba al sur. Lydia aparece por el lugar para poner unas flores. La dejo sola y vuelvo al coche. Supongo que no tendría que haberlo hecho. Lo siguiente que sé es que Lydia está gritando y veo que los dos desaparecen por el Paquo. Se han ido antes de que yo pueda encontrar un bote o algo que me permita cruzar. Ed no contestaba a su radio. Yo estaba preocupado por él y cuando llegué allí lo encontré al borde de la muerte por las picaduras. Garrett había puesto una trampa.

Bell dijo:

—Pensamos que Ed sabe dónde tiene a Mary Beth. Pudo mirar un mapa que estaba en ese refugio donde Garrett se escondía. Pero lo picaron las avispas antes de que pudiera decirnos lo que mostraba el mapa y Garrett lo debe de haber llevado con él después de que secuestró a Lydia. No lo pudimos encontrar.

—¿Cómo está el policía? —preguntó Sachs.

—En estado de shock a causa de las picaduras. Nadie sabe si vivirá o no. O si recordará algo en caso de hacerlo.

De manera que nos apoyamos en la evidencia, pensó Rhyme. Lo que era, después de todo, lo que prefería; mucho mejor que testigos, por supuesto.

—¿Alguna pista a partir de la escena de esta mañana?

—Encontramos esto. —Jesse abrió un maletín y sacó una zapatilla de correr dentro de un envase de plástico—. Garrett la perdió cuando estaba cogiendo a Lydia. Nada más.

Una pala en la escena de ayer, una zapatilla en la de hoy… Nada más. Rhyme miró sin esperanzas la zapatilla solitaria.

—Ponedla allí —señaló una mesa con la cabeza—. Contadme algo más sobre las otras muertes en las que se sospecha de Garrett.

Bell dijo:

—Ocurrieron por todo Blackwater Landing y sus alrededores. Dos de las víctimas se ahogaron en el canal. Las pruebas parecían indicar que se habían caído y golpeado la cabeza. Pero el investigador médico dijo que podrían haber sido golpeadas intencionalmente y luego sumergidas en el agua. Garrett fue visto por sus casas no mucho antes de que se ahogaran. Luego el año pasado alguien murió a causa de picaduras. Avispas. Justo como Ed. Sabemos que Garrett lo hizo.

Bell quiso seguir hablando pero Mason lo interrumpió. Dijo en voz baja:

—Una chica de apenas veinte años, como Mary Beth. Realmente agradable, buena cristiana. Estaba durmiendo la siesta en el porche trasero de su casa. Garrett le tiró un nido de avispones. La picaron ciento treinta y siete veces. Tuvo un ataque al corazón.

Lucy Kerr dijo:

—Yo acudí a la llamada. Lo que vi fue realmente horrible. Murió despacio. Muy dolorosamente.

—Oh, ¿y el funeral que pasamos cuando veníamos hacia aquí? —preguntó Bell—. Ese era Todd Wilkes. Tenía ocho años. Se mató.

—Oh, no —murmuró Sachs—. ¿Por qué?

—Bueno, había estado bastante enfermo —explicó Jesse Corn—. Pasaba más tiempo en el hospital que en su casa. Estaba realmente destrozado. Pero hay más: se vio a Garrett gritándole hace unas semanas, le decía de todo. Estábamos pensando que Garrett lo siguió acosando y asustándolo hasta que no pudo más.

—¿El motivo? —preguntó Sachs.

—Es un psicópata, ese es su motivo —escupió Mason—. La gente se ríe de él y él se venga. Tan simple como eso.

—¿Esquizofrénico?

Lucy dijo:

—No es lo que dicen sus consejeros en la escuela. Lo llaman personalidad antisocial. Posee un alto coeficiente intelectual. Tenía muy buenas notas en sus informes escolares, antes de que empezara a hacer novillos hace dos años.

—¿Tenéis una foto de él? —preguntó Sachs.

El sheriff abrió un archivo.

—Ésta es la foto del informe por el ataque con el nido de avispas.

La imagen mostraba a un muchacho delgado, de pelo corto, con cejas prominentes y en una sola línea y ojos hundidos. Había una erupción en su mejilla.

—Aquí hay otra —Bell desplegó un recorte de periódico. Mostraba una familia de cuatro miembros en un almuerzo campestre. La leyenda al pie decía: «Los Hanlon en el picnic anual de Tanner's Corner, una semana antes del trágico accidente de coche en la ruta 112 que costó las vidas de Stuart, de 39 años, y de Sandra, de 37, y su hija Kaye, de 10. En la foto también aparece Garrett, de 11, que no estaba en el coche en el momento del accidente».

—¿Puedo ver el informe de la escena del crimen de ayer? —preguntó Rhyme.

Bell abrió una carpeta. Thom la tomó. Rhyme no tenía un dispositivo para pasar las páginas, de manera que su ayudante lo hacía.

—¿Puedes sostenerlo mejor?

Thom suspiró.

Pero el criminalista estaba irritado. Se había trabajado con mucho descuido en la escena del crimen. Había fotos Polaroid que mostraban algunas huellas pero no se había puesto una regla antes de sacarlas, para poder saber su tamaño. Además, ninguna de las huellas tenía una tarjeta numerada que indicara que habían sido hechas por diferentes individuos.

Sachs también se dio cuenta y sacudió la cabeza, haciendo un comentario.

Lucy, a la defensiva, dijo:

—¿Siempre hacéis eso? ¿Poner tarjetas?

—Por supuesto —dijo Sachs—. Es el procedimiento rutinario.

Rhyme siguió examinando el informe. Se trataba de una descripción sumaria de la ubicación y la postura del cuerpo del muchacho. Rhyme pudo ver que la línea que la delimitaba en el suelo había sido hecha con pintura en aerosol, que no debe utilizarse pues arruina las huellas y contamina la escena del crimen.

No se habían guardado puñados de tierra para encontrar indicios en el lugar donde se había encontrado el cuerpo o donde había habido un obvio forcejeo entre Billy, Mary Beth y Garrett. Y Rhyme podía ver colillas de cigarrillos sobre el suelo, que pueden proporcionar muchas claves, pero no se había guardado ninguna.

—Siguiente.

Thom dio vuelta a la hoja.

El informe sobre los puntos de fricción, las huellas dactilares, era un poco mejor. La pala tenía cuatro huellas enteras y diecisiete parciales, todas identificadas positivamente como pertenecientes a Garrett y a Billy. La mayoría de ellas eran latentes pero había unas pocas evidentes —fácilmente visibles sin productos químicos ni utilizando fuentes de luz alternativas— en una mancha de barro del mango. Sin embargo, Mason se había descuidado cuando trabajaba en la escena y las huellas de sus guantes de látex sobre la pala cubrían muchas del asesino. Rhyme hubiera cesado a un técnico que hubiese manejado con tanto descuido la evidencia, pero como había otras huellas dactilares buenas, en este caso daba igual.

El equipo llegaría pronto. Rhyme dijo a Bell:

—Voy a necesitar un técnico forense para que me ayude con los análisis y el equipo. Preferiría un policía pero lo importante es que conozca la ciencia. Y que conozca esta región. Un nativo.

El pulgar de Mason trazó un círculo sobre el reborde del gatillo de su revolver.

—Podemos encontrar a alguien pero yo pensé que usted era el experto. Quiero decir, ¿no es por eso que lo trajimos?

—Una de las razones por las cuales trabajo para vosotros es que *yo* sé cuando necesito ayuda —miró a Bell—. ¿Tienes a alguien en mente?

Fue Lucy Kerr la que contestó:

—El hijo de mi hermana —Benny— estudia ciencias en la UNC*. Bachiller.

—¿Listo?

—Las mejores calificaciones. Sólo que es... un poco silencioso.

—No lo quiero por su conversación.

* Universidad de Carolina del Norte. *(N. de la T.)*

—Lo llamaré.

—Bien —dijo Rhyme—. Ahora quiero que Amelia investigue las escenas de los crímenes: el cuarto del muchacho y Blackwater.

Mason dijo:

—Pero —movió su mano señalando el informe— ya lo hicimos. Pasamos un peine fino.

—Me gustaría que ella los examinara de nuevo —dijo Rhyme, seco. Luego miró a Jesse—. Tú conoces la región. ¿Podrías ir con ella?

—Seguro. Con mucho gusto.

Sachs le lanzó una mirada aviesa. Pero Rhyme conocía el valor de un galanteo; Sachs necesitaría ayuda, y mucha. Rhyme no pensaba que Lucy o Mason pudieran mostrarse ni la mitad de colaboradores con ella que el enamoriscado Jesse Corn.

Rhyme dijo:

—Quiero que Amelia tenga un arma.

—Jesse es nuestro experto en pertrechos —dijo Bell—. Puede encontrarte un buen Smith Wesson.

—Apuesta a que sí.

—Dejadme llevar algunas esposas también —pidió Sachs.

—Seguro.

Bell percibió que Mason, con aspecto descontento, miraba el mapa.

—¿De qué se trata? —preguntó el sheriff.

—¿Realmente quieres mi opinión? —preguntó Mason.

—¿Te la pregunté, no?

—Haz lo que te parezca mejor, Jim —dijo Mason con voz tensa—, pero no creo que tengamos tiempo para más investigaciones. Hay mucho territorio ahí afuera. Tenemos que buscar a ese muchacho y encontrarlo rápido.

Pero fue Lincoln Rhyme quien respondió. Con los ojos en el mapa, en la ubicación G-10, el último lugar en que alguien había visto a Lydia Johansson con vida, dijo:

—No tenemos suficiente tiempo para movernos rápido.

# 5

—Lo queríamos —susurró el hombre con cautela, como si hablar demasiado alto conjurara los espíritus malignos. Miró intranquilo alrededor del polvoriento patio delantero en el que se encontraba una camioneta sin ruedas apoyada sobre bloques de cemento—. Llamamos a los servicios sociales y preguntamos específicamente por Garrett. Porque habíamos oído lo que le pasó y sentíamos pena por él. Pero la verdad es que desde el principio resultó un problema. No era como ninguno de los chicos que habíamos tenido. Hicimos lo que pudimos, pero le digo una cosa, pienso que él no lo ve de esa manera. Estamos asustados. Muy asustados.

Estaba en el deteriorado porche delantero de su casa al norte de Tanner's Corner, hablando con Amelia Sachs y Jesse Corn. Amelia estaba allí, en casa de los padres adoptivos de Garrett, con el único propósito de examinar su cuarto, pero a pesar de la urgencia, dejaba que Hal Babbage siguiera con su cháchara con la esperanza de saber un poco más acerca de Garrett Hanlon; Amelia Sachs no compartía enteramente la opinión de Rhyme de que la evidencia era la única clave para encontrar criminales.

Pero lo único que revelaba esta conversación era que los padres adoptivos estaban aterrorizados, como decía Hal, pensando que Garrett pudiera volver para hacerles daño a ellos o a los niños. Su mujer, que estaba a su lado en el porche, era una señora gorda con pelo rizado color de herrumbre.

Tenía puesta una camiseta de las que regalan las estaciones de radio rurales del oeste. MIS BOTAS DANZAN CON WKRT. Al igual que los de su marido, los ojos de Margaret Babbage a menudo recorrían el patio y el bosque circundante, esperando el retorno de Garrett, supuso Sachs.

—No es que alguna vez le hayamos hecho algo —continuó el hombre—. Nunca lo azoté, el Estado ya no deja hacerlo, pero era firme con él, le hacía cumplir las normas. Por ejemplo, comemos a una hora determinada. Me empeño en ello. Sólo que Garrett nunca aparecía a esa hora. Yo guardaba la comida bajo llave cuando no era la hora de comer, de manera que pasó bastante hambre. A veces lo llevaba a las reuniones de estudio bíblico de los sábados para padres e hijos y él lo *odiaba*. Se limitaba a sentarse y no decía una palabra. Me hacía pasar vergüenza, le aseguro. Y lo reñía para que limpiara su cuarto, que parece una pocilga —vaciló, entre la cólera y el miedo—. Son cosas que hay que hacer que los chicos cumplan. Pero yo *sé* que me odia por ello.

La mujer ofreció su propio testimonio:

—Éramos amables con él. Pero no va a acordarse de eso. Va a acordarse de los momentos en que fuimos estrictos. —Su voz tembló—. Y está pensando en vengarse.

—Le aseguro que nos protegeremos —advirtió el padre adoptivo de Garrett, hablando ahora con Jesse Corn. Señaló con la cabeza un montón de clavos y un martillo herrumbroso que descansaban en el porche—. Estamos cerrando las ventanas con clavos, pero si trata de colarse… nos protegeremos. Los niños saben qué hacer. Saben dónde está la escopeta. Les he enseñado a usarla.

¿Los incitaba a disparar contra Garrett? Sachs estaba escandalizada. Había visto varios niños en la casa, observando a través de las cortinas. Parecían no tener más de diez años.

—Hal —dijo Jesse Corn con severidad, adelantándose a Sachs—, no hagas nada por propia iniciativa. Si ves a Garrett, nos llamas. Y no dejes que los pequeños toquen ni un arma de fuego. Vamos, tú sabes bien lo que hay que hacer.

—Hacemos ejercicios de tiro —dijo Hal a la defensiva—. Todos los jueves por la noche después de cenar. Saben como manejar un arma. Entrecerró los ojos como si viera algo en el patio. Preparándose para el momento.

—Me gustaría ver su cuarto —dijo Sachs.

Hal se encogió de hombros.

—Como guste. Pero va a ir sola. Yo no me meto allí. Acompáñalos, Mags.

Tomó el martillo y un puñado de clavos. Sachs observó la empuñadura de una pistola que sobresalía de la cintura del pantalón. El hombre comenzó a poner los clavos en el marco de una ventana.

—Jesse —dijo Sachs—, ve por el costado hacia el fondo y controla su ventana, mira si preparó alguna trampa.

—No va a poder ver nada —explicó la madre—. Pintó las ventanas de negro.

—¿Pintadas?

Sachs continuó:

—Entonces limítate a cubrir las cercanías de la ventana. No quiero ninguna sorpresa. Mantén los ojos abiertos para vigilar posiciones de tiro y no presentes un buen blanco.

—Seguro. Posiciones de tiro. Lo haré —y asintió de forma exagerada diciéndole así que en realidad no tenía experiencia táctica. Desapareció por el costado del patio.

La mujer dijo a Sachs:

—Su cuarto está por aquí.

Sachs siguió a la madre adoptiva de Garrett a lo largo de un sombrío pasillo lleno de ropa lavada y zapatos y pilas de revistas. *Family Circle*, *Christian Life*, *Guns & Ammo*, *Field and Stream*, *Reader's Digest*.

Su cuello se alargaba cada vez que pasaba frente a una puerta, sus ojos se movían a derecha e izquierda, y sus largos dedos acariciaban la culata de madera de su revólver. La puerta del cuarto del muchacho estaba cerrada.

*Garrett tiró dentro un nido de avispas. La picaron 137 veces...*

—¿Realmente teme que pueda volver?

Después de una pausa la mujer dijo:

—Garrett es un muchacho conflictivo. La gente no lo entiende y yo siento por él más cariño que Hal. No sé si volverá, pero si lo hace habrá problemas. A Garrett no le importa lastimar a la gente. Una vez en la escuela... Los chicos abrían constantemente su taquilla y le dejaban notas, ropa interior sucia y cosas. Nada terrible, sólo travesuras. Pero Garrett construyó una jaula que se abría de forma automática si se manipulaba la cerradura de la taquilla. Puso una araña dentro. La siguiente vez que la quisieron forzar, la araña picó a uno de los chicos en la cara. Casi lo dejó ciego... Sí, temo que vuelva.

Se detuvieron frente a una puerta. Sobre la madera estaba escrito a mano: PELIGRO. NO ENTRAR. Por debajo estaba pegado un dibujo de una avispa amenazadora, mal hecho con tinta.

No había aire acondicionado y Sachs descubrió que las palmas de sus manos sudaban. Se las secó en los vaqueros.

Encendió la radio Motorola y se colocó los audífonos que había pedido prestados a la oficina de comunicaciones del departamento central del sheriff. Tardó un momento en encontrar la frecuencia que Steve Farr le había dado. La recepción era malísima.

—¿Rhyme?

—Estoy aquí, Sachs. Estoy esperando. ¿Dónde has estado?

Ella no quería decirle que había gastado unos minutos tratando de saber más acerca de la psicología de Garrett Hanlon. Se limitó a contestar:

—Nos llevó un tiempo llegar hasta aquí.

—Bueno, ¿qué tenemos? —preguntó el criminalista.

—Voy a entrar.

Le indicó a Margaret con un ademán que volviera a la sala, luego le dio una patada a la puerta y saltó hacia atrás, bien apoyada contra la pared del pasillo. Ningún sonido salía del cuarto mal iluminado.

*La picaron 137 veces...*

Bien. Saquemos la pistola. ¡Ve, ve, ve! Empujó hacia adentro.

—Dios mío. —Sachs adoptó una posición de combate de bajo perfil.

Ejerciendo una ansiosa presión sobre el gatillo, mantuvo el arma firme como una roca apuntando la figura que se veía dentro.

—¿Sachs? —llamó Rhyme—. ¿Qué pasa?

—Un minuto —murmuró, encendiendo la luz de arriba. La mira del arma enfocó un póster del terrible monstruo de la película *Alien*.

Con su mano izquierda abrió la puerta del armario. Vacío.

—Todo está bajo control, Rhyme. Debo decir, sin embargo, que no me gusta nada su manera de decorar.

Fue entonces cuando el hedor la impactó —ropas sin lavar, olores corporales. Y algo más...

—Uf —murmuró.

—¿Sachs? ¿Qué pasa? —La voz de Rhyme sonaba impaciente.

—El lugar hiede.

—Bien, tú conoces mi norma.

—Siempre *oler* primero la escena del crimen. Desearía no haberlo hecho.

—Pensaba limpiar a fondo —la señora Babbage se había acercado silenciosamente y estaba detrás de Sachs—. Lo debería haber hecho antes de que usted llegara. Pero tenía miedo de entrar. Además, el olor a mofeta es difícil de eliminar a menos que se lave con zumo de tomate. Pero Hal piensa que es una pérdida de dinero.

*Eso* era. Por encima del olor de ropa sucia estaba la peste como a goma quemada de almizcle de mofeta. Con las manos apretadas con desesperación, casi al borde de las lágrimas, la madre adoptiva de Garrett susurró:

—Se pondrá furioso al ver que ha roto la puerta.

Sachs le dijo:

—Necesito quedarme sola en la habitación —acompañó a la mujer hasta la puerta y la cerró.

—El tiempo pasa, Sachs —le espetó Rhyme.

—Estoy en ello —contestó. Miró a su alrededor, asqueada por las sábanas grises y manchadas, los montones de ropa sucia, los platos pegados unos con otros con comida vieja, las bolsas de plástico llenas del polvo de patatas y maíz frito. Aquel lugar la ponía nerviosa. Inconscientemente se llevó los dedos al cuero cabelludo y empezó a rascarse compulsivamente. Se detuvo y luego rascó un poco más. Se preguntó por qué estaba tan enfadada. Quizá porque la falta de higiene sugería que sus padres adoptivos no se interesaban para nada en el muchacho y que esta negligencia había contribuido a que se convirtiera en un asesino y un secuestrador.

Sachs examinó el cuarto con rapidez y notó que había docenas de manchas y huellas dactilares y plantares sobre el alféizar de la ventana. Parecía que el chico usaba la ventana más que la puerta principal y se preguntó si encerrarían bajo llave a los niños por la noche.

Se volvió hacia el muro que estaba frente a la cama y entrecerró los ojos. Sintió que un escalofrío la recorría entera.

—Tenemos un coleccionista aquí, Rhyme.

Miró la docena de grandes tarros; terrarios llenos de colonias de insectos agrupados, rodeando charcos de agua en el fondo de cada uno. Etiquetas de caligrafía descuidada identificaban las especies: *Water Boatman... Diving Bell Spider**. Una lupa mellada descansaba en una mesilla cercana, al lado de una antigua silla de oficina que parecía que Garrett hubiera encontrado en una pila de trastos.

—Sé por qué lo llaman el Chico Insecto —dijo Sachs, luego le contó a Rhyme lo de los tarros. Tembló de asco cuando una horda de minúsculos insectos húmedos se movieron en conjunto a lo largo del vidrio de uno de ellos.

—Ah, eso es bueno para nosotros.

—¿Por qué?

—Porque es una afición extraña. Si lo entusiasmara el tenis o coleccionar monedas, sería más difícil para nosotros tratar de ubicarlo en localizaciones específicas. Ahora, sigue trabajando en la escena —hablaba suavemente, con una voz casi alegre. Ella sabía que se estaría imaginando que caminaba por la cuadrícula, el procedimiento para investigar la escena de un crimen—, utilizando como propios los brazos y piernas de ella. Como jefe de Investigaciones y Recursos, la unidad forense y de escena del crimen del NYPD, Lincoln Rhyme a menudo había trabajado él mismo las escenas del crimen en casos de homicidios, dejándose generalmente más

* Barquero de agua... Araña campana buceadora. *(N. de la T.)*

horas en la tarea que los oficiales más jóvenes. Ella sabía que caminar por la cuadrícula era lo que él más echaba de menos de su vida anterior al accidente.

—¿Cómo está el equipo de la escena del crimen? —preguntó Rhyme. Jesse Corn había conseguido uno en el cuarto de equipamiento del departamento del sheriff para que Sachs lo usara.

Ella abrió el polvoriento maletín de metal. No contenía ni una décima parte del material de su maletín de Nueva York, pero al menos tenía lo básico: pinzas, una linterna, sondas, guantes de látex y bolsas para las pruebas.

—Lo esencial —dijo.

—Somos peces fuera del agua esta vez, Sachs.

—Estoy de acuerdo contigo, Rhyme —se puso los guantes mientras miraba el cuarto. El dormitorio de Garrett constituía lo que se conoce como escena secundaria del crimen: no era el lugar donde se había cometido el crimen sino donde se había, por ejemplo, planificado, o donde el criminal huía y se escondía después del hecho delictivo. Hacía mucho tiempo que Rhyme le había enseñado que estos lugares a menudo eran más valiosos que las escenas primarias, porque los delincuentes tienden a ser menos cuidadosos en lugares como aquellos, arrojando los guantes y las ropas y dejando armas y otras evidencias.

Comenzó su examen siguiendo el modelo de cuadrícula, recorriendo el suelo en franjas paralelas muy próximas, de la misma forma en que se corta el césped, metro a metro; luego yendo perpendicularmente y caminando por el mismo espacio otra vez.

—Háblame, Sachs, háblame.

—Es un lugar horripilante, Rhyme.

—¿Horripilante? —refunfuñó—. ¿Qué diablos significa «horripilante»?

A Lincoln Rhyme no le gustaban las observaciones imprecisas. Le gustaban los adjetivos duros y específicos como frío, barroso, azul, verde, agudo. Incluso cuando ella comentaba que algo era «grande» o «pequeño» se quejaba («Dime centímetros o milímetros, Sachs, o no me digas nada».) Amelia Sachs examinaba las escenas de crimen armada con un Glock 10, guantes de látex y una cinta métrica Stanley.

Bueno, pensó, yo me siento muy *horrorizada*. ¿Eso no significa algo?

—Ha pegado unos pósters. De las películas *Alien*. Y de *Starship Troopers* de esos bichos gigantes que atacan a la gente. También ha hecho algunos dibujos. Son violentos. El lugar es asqueroso. Restos de comida, muchos libros, ropas, los bichos en los tarros. No hay mucho más.

—¿Las ropas están sucias?

—Sí. Tengo una buena, un par de pantalones, bien manchados. Los ha usado mucho; deben tener una tonelada de indicios en ellos. Y tienen dobladillo. Suerte para nosotros, la mayoría de los chicos de su edad sólo usan vaqueros —los dejó caer en una bolsa de plástico para pruebas.

—¿Camisas?

—Sólo camisetas —dijo—. Nada con bolsillos. —A los criminalistas les encantan los dobladillos y los bolsillos; contienen todo tipo de claves útiles—. Tengo un par de cuadernos aquí, Rhyme, pero Jim Bell y los otros policías ya los deben de haber examinado.

—No supongas *nada* del trabajo en la escena del crimen de nuestros colegas —dijo Rhyme con ironía.

—Aquí están.

Ella comenzó a pasar las páginas.

—No son diarios. No hay mapas. Nada de secuestros... Hay sólo dibujos de insectos... imágenes de los que tiene en los terrarios.

—¿Algún dibujo de chicas, de mujeres jóvenes? ¿Algo sado-sexual?

—No.

—Trae todo. ¿Qué me dices de los libros?

—Hay cerca de cien. Textos escolares, libros de animales, de insectos... Espera tengo algo aquí, un anuario de la escuela secundaria de Tanner's Corner. Tiene seis años.

Rhyme hizo una pregunta a alguien que estaba con él. Siguió con la comunicación telefónica.

—Jim dice que Lydia tiene veintiséis años. Debería haber terminado la escuela hace ocho años. Pero busca la página de la chica McConnell.

Sachs buscó en la M.

—Sí. La foto de Mary Beth ha sido recortada con una hoja filosa de algún tipo. Definitivamente, el chico concuerda con el perfil de un cazador al acecho.

—No estamos interesados en perfiles. Estamos interesados en las pruebas. De los otros libros, los que están en los estantes, ¿cuáles son los más leídos?

—¿Cómo puedo yo...?

—Suciedad en las páginas —soltó Rhyme con impaciencia—. Comienza con los que están más cerca de su cama. Trae cuatro o cinco de ellos.

Eligió los cuatro que tenían las páginas más ajadas: *The Enthomologist's Handbook*, *The Field Guide to Insects of North Carolina*, *Water Insects of North America*, *The Miniature World**.

—Los tengo —Rhyme. Hay muchos pasajes marcados. Asteriscos en algunos de ellos.

* *Manual del entomólogo*, *Guía de campo de insectos de Carolina del Norte*, *Insectos acuáticos de Norteamérica*, *El mundo en miniatura* (N. de la T.)

—Bien. Tráelos. Pero debe haber algo más *específico* en el cuarto.

—No puedo encontrar nada.

—Sigue mirando, Sachs. Tiene dieciséis años. Tú conoces los casos de delincuentes juveniles en los que hemos trabajado. Los cuartos de los adolescentes son el centro de su universo. Comienza a pensar como alguien de dieciséis años. ¿Dónde esconderías cosas?

Ella miró bajo el colchón, dentro y debajo de los cajones del escritorio, en el armario, bajo las almohadas grisáceas. Luego iluminó con la linterna entre la pared y la cama.

—Encontré algo aquí, Rhyme... —dijo.

—¿Qué?

Encontró una masa de apretados Kleenex y un pote de crema Vaselina de Cuidado Intensivo. Examinó uno de los kleenex. Estaba manchado con lo que parecía semen seco.

—Docenas de toallitas de papel bajo la cama. Parece un chico activo con su mano derecha.

—Tiene dieciséis años —dijo Rhyme—. Resultaría poco usual que no lo *fuera*. Pon una en la bolsa. Podríamos necesitar su ADN.

Sachs encontró más cosas bajo la cama: un marco barato en el que había pintado toscas imágenes de insectos: hormigas, avispas y cucarachas. Dentro había montado la foto recortada del anuario de Mary Beth McConnell. También había un álbum con una docena de otras fotos de Mary Beth. Eran cándidas. La mayoría de ellas mostraban a la joven en lo que parecía ser un campus universitario o caminando por la calle de una pequeña ciudad. Dos la mostraban en bikini en un lago. En ambas se agachaba y la foto enfocaba su escote. Sachs le contó a Rhyme lo que había encontrado.

—La chica de sus sueños —musitó Rhyme—. Sigue.

—Creo que debería guardarlas en una bolsa y concentrarnos en la escena primaria.

—En un minuto o dos, Sachs. Recuerda —fue idea *tuya*, como buena samaritana, y no mía.

Al oírlo, Sachs se enfadó.

—¿Qué quieres? —preguntó acaloradamente—. ¿Quieres que busque huellas digitales? ¿Qué aspire cabellos?

—Por supuesto que no. No buscamos pruebas para el fiscal de distrito que podamos presentar en un juicio, lo sabes. Todo lo que necesitamos es algo que nos dé una idea de dónde puede haber llevado a las chicas. No las va a traer de vuelta a casa. Tiene un lugar que ha preparado justo para ellas. Y ha estado allí anteriormente para dejarlo listo. Puede que sea joven y raro pero todavía huele a delincuente organizado. Aun si las muchachas están muertas, apuesto a que les eligió tumbas agradables y cómodas.

A pesar de todo el tiempo que habían trabajado juntos, a Sachs todavía le molestaba la insensibilidad de Rhyme. Sabía que formaba parte de la esencia de un criminalista, era el distanciamiento que se debe tener del horror del crimen, pero le resultaba duro. Quizá porque reconocía que tenía la misma capacidad para esa frialdad dentro de sí, esa separación anestesiante que los mejores investigadores de la escena del crimen deben encender como un interruptor de luz, una separación que en ocasiones Sachs temía que pudiera enmudecer su corazón irreparablemente.

*Tumbas agradables y cómodas...*

Lincoln Rhyme, cuya voz nunca era más seductora que cuando imaginaba una escena del crimen, le dijo:

—Sigue, Sachs, llega a él. *Conviértete* en Garrett Hanlon. ¿En qué estás pensando? ¿Cómo es tu vida? ¿Qué haces minuto a minuto en ese cuarto? ¿Cuáles son tus pensamientos más secretos?

Los mejores criminalistas, le había dicho Rhyme, eran como los novelistas de talento, que se imaginaban a sí mismos como sus personajes y podían olvidarse del mundo de los otros.

Sus ojos examinaron el cuarto una vez más. Tengo dieciséis años. Soy un chico con problemas, soy huérfano, los chicos de la escuela se burlan de mí, tengo dieciséis años, tengo dieciséis años.

Un pensamiento surgió y lo atrapó antes de que desapareciera.

—Rhyme, ¿sabes qué es extraño?

—Dímelo, Sachs —dijo suavemente, alentándola.

—Es un adolescente, ¿verdad? Bueno, recuerdo a Tommy Briscoe, salí con él cuando *yo* tenía dieciséis años. ¿Sabes lo que tenía en todas las paredes de su cuarto?

—En mi época y a csa cdad lo que teníamos era un maldito póster de Farrah Fawcett.

—Exactamente. Garrett no tiene ni un solo póster de una chica en cueros, ni de *Playboy*, ni de *Penthouse*. No tiene las Cartas Mágicas, ni Pokémon, ni juguetes. Ni Alanis, ni Celine. No hay ningún póster de músicos de rock... Y, eh, oye esto: no tiene vídeo, ni televisor, ni estéreo o radio. No tiene Nintendo. Dios mío, tiene dieciséis años y ni siquiera tiene un ordenador —su ahijada tenía doce años y su cuarto era realmente como una sala de exhibiciones de productos electrónicos.

—Quizá se trate de dinero —los padres sustitutos.

—Diablos, Rhyme, si yo tuviera su edad y quisiera escuchar música me *construiría* una radio. Nada detiene a los adolescentes. Pero esas no son las cosas que lo excitan.

—Excelente, Sachs.

Puede ser, reflexionó, ¿pero qué significa? Registrar observaciones constituye la mitad de la tarea de un científico forense; la otra mitad, la mitad mucho más importante, es sacar conclusiones útiles a partir de esas observaciones.

—Sachs.

—Shhh.

Se empeñó en dejar de lado la persona que realmente era: la policía de Brooklyn, la aficionada a potentes coches General Motors, la ex modelo de la tienda de ropa interior Chantelle en la Quinta Avenida, campeona de tiro con pistola, la mujer que llevaba el pelo rojo largo y cortas las uñas por temor a que el hábito de rascarse el cuero cabelludo y la piel le estropeara su perfecta carne con todavía más señales de tensión.

Trató de convertir en humo a esa mujer y emerger como un chico de dieciséis años conflictivo y asustado. Alguien que necesitaba, o quería, tomar a las mujeres por la fuerza. Que necesitaba, o quería, matar.

¿Qué siento?

«No me interesan los placeres normales, la música, la televisión, los ordenadores. No me interesa el sexo normal,» dijo, casi para sí. «No me interesan las relaciones normales. Las personas son como insectos, pueden ser enjauladas. En realidad, *todo* lo que me interesa son los insectos. Constituyen mi único motivo de solaz. Mi única diversión.» Pensó en esto mientras caminaba frente a los tarros. Luego miró el suelo a sus pies.

—¡Las huellas de la silla!

—¿Qué?

—La silla de Garrett... tiene ruedecillas. Está frente a los tarros. Todo lo que hace es ir rodando de un lado a otro, observar los insectos y dibujarlos. Mierda, probablemente también les habla. Toda su vida son esos bichos. —Pero las huellas en la madera se detenían antes de llegar al tarro que estaba al final de la hilera. Contenía avispas amarillas. Los pequeños insectos amarillos y negros zumbaban con enojo, como si fueran conscientes de su intrusión.

Caminó hasta el pote, lo miró con cuidado. Dijo a Rhyme:

—Hay un tarro lleno de avispas. Pienso que es su caja fuerte.

—¿Por qué?

—No está para nada cerca de los otros. Nunca lo mira —lo puedo deducir por las huellas de la silla. Y todos los demás tienen agua, son bichos acuáticos. Éste es el único que contiene insectos voladores. Es una gran idea, Rhyme: ¿quién buscaría dentro de algo así? Y hay cerca de treinta centímetros de trozos de papel en el fondo. Pienso que enterró algo allí.

—Fíjate dentro.

Abrió la puerta y le pidió a la señora Babbage un par de guantes de cuero. Cuando se los acercó encontró a Sachs mirando dentro del pote de las avispas.

—No va a tocar eso, ¿verdad? —preguntó en un desesperado murmullo.

—Sí.

—Oh, a Garrett le dará un ataque. Grita a todo el que le toca su pote de avispas.

—Señora Babbage, Garrett es un delincuente en fuga. Que le grite a alguien no es de interés a estas alturas.

—Pero si llega a venir y ve que usted estuvo tocando... Quiero decir... Podría perder el control. —Nuevamente la amenaza de lágrimas.

—Lo encontraremos antes de que regrese —dijo Sachs con tono seguro—. No se preocupe.

Sachs se puso los guantes, y envolvió la funda de una almohada alrededor de su brazo desnudo. Lentamente apartó el tejido de malla que hacía de tapón y buscó dentro. Dos avispas aterrizaron en el guante pero se fueron volando al momento. El resto ignoró por completo la intrusión. Tuvo cuidado de no perturbar el nido.

*La picaron 137 veces…*

Cavó apenas unos centímetros antes de encontrar la bolsa de plástico.

—Lo tengo —la sacó del tarro. Una avispa se escapó y desapareció en la casa antes que volviera a colocar el tapón de malla.

Se sacó los guantes de cuero y se colocó los de látex. Abrió la bolsa y desparramó su contenido sobre la cama. Un ovillo de fino hilo de pescar. Algún dinero: cerca de cien dólares en efectivo y cuatro dólares de plata Eisenhower. Otro marco de foto; en éste estaba la foto del periódico de Garrett y su familia, una semana antes del accidente de coche que mató a sus padres y hermana. En una corta cadena había una llave vieja y deteriorada, como el llavín de un coche, a pesar de que no tenía un logotipo, sólo un número de serie. Le contó todo a Rhyme.

—Bien, Sachs. Excelente. No sé lo que significa pero es un comienzo. Ahora vuelve a la escena original. A Blackwater Landing.

Sachs se detuvo y miró alrededor del cuarto. La avispa que se había escapado había vuelto y trataba de meterse en el pote. Se preguntó qué clase de mensaje estaría mandando a sus colegas insectos.

—No puedo mantener este ritmo —le dijo Lydia a Garrett—. No puedo ir tan rápido —jadeó. El sudor le corría por la cara. Su uniforme estaba empapado.

—Quieta —la regaño con ira. Necesito escuchar. No lo puedo hacer si protestas todo el tiempo.

¿Escuchar qué?, se preguntó la chica.

Él consultó nuevamente el mapa y la llevó por otro sendero. Todavía estaban en lo profundo del bosque de pinos, pero, incluso fuera del alcance del sol, ella se sentía mareada y reconocía los primeros síntomas de una insolación.

El muchacho la miró, sus ojos se posaron de nuevo en sus pechos.

Hizo sonar las uñas.

El inmenso calor.

—Por favor —murmuró entre sollozos—. ¡No puedo más! ¡Por favor!

—¡Cállate! No te lo diré más veces.

Una nube de mosquitos volaba alrededor de su cara. Inhaló uno o dos y escupió con asco para limpiarse la boca. Dios, como odiaba estar allí, en el bosque. Lydia Johansson odiaba estar al aire libre. A la mayoría de la gente le gustaban los bosques y las piscinas y los patios traseros. Pero su felicidad consistía en una frágil placidez que tenía lugar casi siempre en el interior: su trabajo, hablar con sus otras amigas solteras frente a un margarita en los viernes por la noche, los libros de terror y la televisión, las incursiones a los centros comerciales para hacer muchas compras, las noches ocasionales con su amigo.

Alegrías de interior, todas ellas.

El exterior le recordaba las comidas al aire libre de sus amigas casadas, le recordaba las familias sentadas alrededor de las piscinas mientras los niños jugaban con juguetes hinchables, los picnics, las esbeltas mujeres en ropa deportiva y chanclas.

El exterior le recordaba a Lydia una vida que quería pero no tenía, le recordaba su soledad.

Él la condujo a lo largo de otro sendero, fuera del bosque. De repente los árboles desaparecieron y un enorme pozo se abrió frente a ellos. Era una antigua mina. Agua verde azulada llenaba el fondo. Se acordó de que años atrás los niños solían venir a nadar allí, antes de que el pantano comenzara a comerse la tierra al norte del Paquo y la región se hiciera más peligrosa.

—Vamos —dijo Garrett, indicando el camino con la cabeza.

—No. No quiero. Me da miedo.

—Me interesa una mierda lo que quieres —soltó—. ¡Vamos!

Asió con fuerza sus manos atadas y la llevó por un empinado sendero hacia una saliente rocosa. Garrett se despojó de su camisa y se inclinó, se mojó con agua la piel dañada. Se rascó y se apretó las ronchas, examinó sus uñas. Asqueroso. Miró hacia Lydia.

—¿Quieres hacerlo? Está buena. Puedes quitarte el vestido, si quieres. Nadar un poco.

Horrorizada ante el pensamiento de encontrarse desnuda delante del chico, se negó con firmeza, moviendo la cabeza. Luego se sentó cerca del borde y se echó agua sobre su rostro y manos.

—No la bebas. Tengo esto.

Sacó una polvorienta bolsa de arpillera de detrás de una roca, que debía de haber guardado recientemente. Extrajo una botella de agua y algunos paquetes de galletas de queso con mantequilla de cacahuete. Comió un paquete de galletas y bebió media botella de agua. Le ofreció lo que quedaba.

Lydia negó con la cabeza, asqueada.

—Joder, no tengo SIDA ni nada si es lo que estás pensando. Deberías beber algo.

Ignorando la botella, Lydia acercó su boca al agua de la mina y dio un sorbo profundo. El agua era salada y metálica. Repelente. Se atragantó y casi vomitó.

—Jesús, te lo dije —exclamó Garrett con brusquedad. Le ofreció el agua otra vez—. Está muy contaminada. Deja de ser una jodida estúpida. —Le tiró la botella. Ella la tomó torpemente con sus manos atadas y bebió hasta dejarla vacía.

Beber el agua la refrescó inmediatamente. Se relajó un poco y preguntó:

—¿Dónde está Mary Beth? ¿Qué has hecho con ella?

—Está en un lugar al lado del océano. Una antigua mansión de banquero.

Lydia sabía lo que quería decir. Para alguien de Carolina, «banquero» significaba alguien que vivía en los Outer Banks, las islas que forman una barrera en la costa del Atlántico. De manera que allí era donde estaba Mary Beth. Y Lydia comprendió por qué estaban viajando hacia el este, hacia la tierra de pantanos, sin casas y con muy pocos lugares para esconderse. Probablemente el chico tenía un bote escondido para llevarlos a través del pantano de la Intercoastal Waterway, luego a Elizabeth City y a través del estrecho de Albemarle a los Bancos.

Él continuó:

—Me gusta ese lugar. Está realmente bien ¿Te gusta el océano? —Se lo preguntó como si estuviera manteniendo una conversación normal. Por un momento el miedo de la chica disminuyó. Pero luego él se puso rígido otra vez y escuchó algo; se llevó un dedo a los labios para indicarle silencio, frunció las cejas con enfado y su lado oscuro retornó. Por fin negó con la cabeza mientras decidía si lo que había oído era o no una amenaza. Frotó el dorso de la mano contra su cara, rascando otra roncha—. Vámonos —señaló con un ademán hacia el empinado sendero hacia el borde de la mina—. No está lejos.

—Nos llevará un día llegar a los Outer Banks. Más.

—Oh, diablos, no vamos a ir hoy allí —se rió fríamente como si ella hubiera hecho un comentario idiota—. Nos esconderemos cerca de aquí y dejaremos a los gilipollas que nos buscan que se nos adelanten. Dormiremos por aquí —no la miraba cuando lo dijo.

—¿Dormir aquí? —murmuró ella con desaliento.

Pero Garrett no dijo nada más. Comenzó a llevarla hacia arriba, por la empinada cuesta, hacia el borde de la mina y los bosques de pinos que quedaban más allá.

# 6

¿Cuál es el atractivo de la escena de una muerte?

A menudo Amelia Sachs se había hecho esta pregunta, cuando caminaba por la cuadrícula de docenas de escenas de crímenes, y se la hizo ahora nuevamente, cuando estaba en el arcén de la ruta 112 en Blackwater Landing, mirando hacia el río Paquenoke.

Aquel era el lugar en que el joven Billy Stail murió ensangrentado, donde dos mujeres jóvenes fueron secuestradas, donde la vida de un esforzado policía cambió para siempre, quizá terminó, por culpa de cientos de avispas. Y aun bajo el sol despiadado, la atmósfera de Blackwater Landing era sombría e intranquilizadora.

Examinó el lugar cuidadosamente. Allí, en la escena del crimen, una cuesta empinada cubierta de desperdicios descendía desde el arcén de la ruta 112 a las orillas barrosas del río. Donde el suelo se nivelaba había sauces, cipreses y montones de pastos altos. Un muelle viejo y carcomido se extendía unos diez metros dentro del río y luego se sumergía bajo la superficie del agua.

No se veían casas en el área inmediata, a pesar de que Sachs había visto algunas grandes mansiones coloniales no lejos del río. Aunque eran obviamente costosas, notó que hasta esta porción residencial de Blackwater Landing, como la misma capital del condado, parecía fantasmal y abandonada. Le llevó un momento comprender la razón: no había niños jugando en los patios a pesar de estar en las vacaciones del verano. No había piscinas hinchables, ni bicicletas, ni patines. Esto le recordó el funeral con el que se habían cruzado hacía una hora —y el ataúd del niño— y se esforzó por alejar sus pensamientos de ese triste recuerdo para volver a la tarea.

Examinar la escena. Una cinta amarilla circundaba dos áreas. La más cercana incluía un sauce enfrente del cual habían depositado varios ramos de flores, era el lugar donde Garrett secuestró a Lydia. La otra era un claro polvoriento rodeado por una arboleda donde el muchacho había matado a Billy Stail, llevándose a Mary Beth el día anterior. En medio de esta escena había una cantidad de agujeros poco profundos en el suelo, donde la chica estuvo cavando para encontrar puntas de flechas y objetos antiguos. A sesenta centímetros del centro de la escena estaba la silueta pintada con aerosol que representaba el lugar en que cayó el cuerpo de Billy.

¿Pintura en aerosol?, pensó, apenada. Aquellos policías obviamente no estaban acostumbrados a las investigaciones de homicidios.

Un coche del departamento del sheriff se detuvo en el arcén y de él salió Lucy Kerr. Justo lo que necesito, más chapuceros, pensó. La policía saludó a Sachs con frialdad:

—¿Encontraste algo útil en la casa?

—Unas pocas cosas —Sachs no explicó más y movió la cabeza hacia la ladera de la colina.

Por los cascos escuchó la voz de Rhyme:

—¿La escena del crimen está tan pisoteada como aparece en las fotos?

—Como si una manada de reses hubiera pasado por aquí. Debe de haber dos docenas de huellas.

—Mierda —murmuró el criminalista.

Lucy había oído el comentario de Sachs pero no dijo nada, se limitó a seguir mirando hacia la oscura confluencia donde el canal se unía al río.

Sachs preguntó:

—¿Ese es el bote en que el chico se fue? —miró hacia el esquife, varado en la barrosa orilla.

—Ése de allí, sí —dijo Jesse Corn—. No es de él. Lo robó a unas personas que viven río arriba. ¿Quieres examinarlo?

—Después. Ahora, ¿por dónde *no* habría venido para llegar hasta aquí? Ayer, quiero decir. Cuando mató a Billy.

—¿Que no hubiera venido? —Jesse señaló el este—. No hay nada por allí. Pantanos y carrizos. Ni siquiera se puede atracar un bote. De manera que vino por la ruta 112 y bajó al embarcadero. O, como tenía bote, supongo que pudo haber llegado remando.

Sachs abrió el maletín de escena del crimen y le dijo a Jesse:

—Quiero una muestra de la tierra de por aquí.

—¿Muestras?

—Porciones de tierra, ya sabes.

—De la tierra de aquí...

—Sí.

—Seguro —dijo el policía. Luego preguntó—: ¿Por qué?

—Porque si encontramos tierra que *no* se corresponda con la que hay aquí, podría ser del lugar donde Garrett tiene a esas dos chicas.

—También —dijo Lucy— podría ser del jardín de Lydia o del patio de Mary Beth o provenir de los zapatos de algunos chicos que hayan estado pescando hace unos días.

—Podría ser —dijo Sachs pacientemente—. Pero necesitamos hacerlo de todas formas. —Entregó a Jesse una bolsa de plástico. Se alejó caminando, contento de ser útil. Sachs comenzó a descender la colina. Se detuvo, abrió el maletín de la escena del crimen otra vez. No había bandas elásticas. Observó que Lucy Kerr sujetaba el final de su trenza con algunas—. ¿Me las prestas? —preguntó—. ¿Las bandas elásticas?

Después de una breve pausa la policía se las quitó. Sachs las puso alrededor de sus zapatos.

—Así sabré cuales son mis huellas —le explicó.

Como si con este lío eso supusiera alguna diferencia, pensó.

Caminó hacia la escena del crimen.

—Sachs, ¿qué tienes? —preguntó Rhyme. La recepción del sonido era peor que antes.

—Puedo ver el escenario muy claramente —dijo, estudiando el suelo—. Hay demasiadas huellas. Deben de haber sido ocho o diez personas diferentes las que han caminado por aquí en las últimas veinticuatro horas. Pero tengo una idea de lo que sucedió: Mary Beth estaba arrodillada. Los zapatos de un hombre se acercan por el oeste, en dirección del canal. Son de Garrett. Recuerdo la suela del zapato que encontró Jesse. Puedo ver dónde se para Mary Beth y da un paso hacia atrás. Los zapatos de un segundo hombre se acercan por el sur. Billy. Bajó al embarcadero. Se mueve rápido, en general sobre los dedos de los pies, de manera que corre a toda velocidad. Garrett va hacia él. Forcejean. Billy se apoya en un sauce. Garrett se le acerca. Más forcejeos. —Sachs estudió la blanca silueta del cuerpo de Billy—. La primera vez que Garrett golpea a Billy con la pala, le da en la cabeza. Billy cae. Ese golpe no lo mata. Entonces Garrett lo golpea en la nuca cuando está en el suelo. Ese golpe lo remató.

Jesse emitió una risa sorprendida, mirando fijamente la misma silueta como si estuviera viendo algo completamente diferente de lo que ella veía.

—¿Cómo sabes todo eso?

Distraídamente ella dijo:

—Por las manchas de sangre. Hay unas pequeñas gotas aquí —señaló el suelo—. Significa que cayeron aproximadamente desde una altura de un metro noventa, de la cabeza de Billy. Pero esa gran mancha diseminada, que parece ser de una carótida o yugular cortada, se formó cuando estaba en el suelo... Bien, Rhyme, voy a comenzar la investigación.

Caminar la cuadrícula. Paso a paso. Los ojos en la tierra y el césped, los ojos en el tronco nudoso de los robles y sauces, hacia las ramas salientes («La escena de un crimen es *tridimensional*, Sachs», le recordaba a menudo Rhyme.)

—¿Las colillas de cigarrillos todavía están allí? —preguntó Rhyme.

—Las tengo —Sachs se volvió hacia Lucy—. Esas colillas de cigarrillos —dijo, señalando el suelo—. ¿Por qué no las recogieron?

—Oh —respondió Jesse por Lucy—, esas son de Nathan.

—¿De quién?

—Nathan Groomer. Uno de nuestros policías. Ha estado tratando de dejar el tabaco pero no puede lograrlo del todo.

Sachs suspiró pero consiguió evitar decirles que cualquier policía que fumara en la escena del crimen merecía que lo suspendieran. Examinó el suelo cuidadosamente pero resultó inútil. Cualquier fibra visible, trocitos de papel u otras evidencias físicas habían sido recogidas o llevadas por el viento. Caminó hacia la escena del secuestro de esa mañana, pasó la cinta amarilla y comenzó la cuadrícula alrededor del sauce. Ida y vuelta, luchando contra el mareo provocado por el calor.

—Rhyme, no hay mucho por aquí... pero... espera. Tengo algo —había visto un destello blanco, cerca del agua.

Se dirigió hacia allí y tomó cuidadosamente un kleenex doblado. Sus rodillas protestaron, por la artritis que le molestaba desde hacía años. Antes perseguir a criminales que hacer ejercicios de doblar las rodillas, pensó—. Kleenex. Parece similar a los que encontré en casa de Garrett, Rhyme. Sólo que esta vez tiene sangre. Bastante sangre.

Lucy preguntó:

—¿Piensas que se le cayó a Garrett?

Sachs lo examinó.

—No lo sé. Todo lo que puedo decir es que no pasó la noche aquí. El contenido de humedad es demasiado bajo. El rocío de la mañana casi lo habría desintegrado.

—Excelente, Sachs. ¿Dónde aprendiste eso? No recuerdo haberlo mencionado nunca.

—Sí, lo hiciste —dijo, distraída—. Tu texto. Capítulo doce. Edición rústica.

Sachs descendió hasta el agua, buscó dentro del pequeño bote. No encontró nada. Luego preguntó:

—Jesse, ¿me puedes llevar al otro lado?

Por supuesto que podía, y muy complacido. Ella se preguntó cuánto tiempo pasaría antes de que le soltara la primera invitación a tomar un café. Sin ser invitada, Lucy también subió al esquife y partieron. El trío remó en silencio atravesando el río, que tenía una corriente sorprendentemente agitada.

En la otra orilla Sachs encontró huellas en el barro: los zapatos de Lydia, la fina suela del calzado de enfermera. Y las huellas de Garrett, un pie descalzo y otro en zapatillas de correr con la suela que le era familiar. Siguió las huellas dentro del bosque. Llevaban al refugio de caza donde Ed Schaeffer había sido picado por las avispas. Sachs se detuvo, consternada.

¿Qué diablos había pasado?

—Dios, Rhyme, parece que alguien barrió la escena.

Los criminales usan a menudo escobas y hasta sopladores de hojas para destruir o confundir las evidencias de las escenas del crimen.

Pero Jesse Corn dijo:

—Oh, eso es por el helicóptero.

—¿Helicóptero? —repitió Sachs, atónita.

—Bueno, sí. El servicio médico, para sacar a Ed Schaeffer.

—Pero la corriente de aire provocada por los rotores arruinó el lugar —dijo Sachs—. La norma de procedimiento exige trasladar al paciente de la escena antes de que baje el helicóptero.

—¿Norma de procedimiento? —preguntó Lucy Kerr incisivamente—. Perdón, pero estábamos un poco preocupados por Ed. Tratando de salvar su vida, como sabes.

Sachs no respondió. Entró a la choza lentamente para no molestar a la docena de avispas que volaban alrededor de un nido aplastado. Pero los mapas y otras pistas que había visto dentro el policía Schaeffer ya no estaban y el vendaval del helicóptero había mezclado tanto la capa superior del suelo que no tenía sentido tomar una muestra de tierra.

—Volvamos al laboratorio —les dijo Sachs a Jesse y Lucy.

Estaban regresando a la orilla cuando oyeron un estrépito detrás. Un hombre enorme se movió con dificultad hacia ellos desde la maraña de arbustos que rodeaba un grupo de sauces negros.

Jesse Corn sacó su arma pero, antes que hubiera terminado de hacerlo, Sachs tenía el Smittie prestado fuera de la cartuchera, con el gatillo listo y la mira filosa apuntando al pecho del intruso. Este se quedó helado y levantó sus brazos parpadeando de sorpresa.

Tenía barba, era alto y corpulento, llevaba el pelo en una trenza. Vaqueros, camiseta gris, chaleco de lona. Botas. Algo en él le resultaba familiar.

¿Dónde lo había visto antes?

Bastó que Jesse mencionara su nombre para que Sachs se acordara. «Rich.»

Uno del trío que habían visto antes a la salida del edificio del condado. Rich Culbeau, recordaba el inusual nombre. Sachs evocó también cómo él y sus amigos habían mirado su cuerpo con tácita codicia y a Thom con un aire de desprecio; siguió apuntándole con la pistola un momento más largo de lo que hubiera hecho en otra ocasión. Lentamente bajó el cañón del arma hacia el suelo, desmartilló y lo volvió a colocar en su funda.

—Lo lamento —dijo Culbeau—. No tenía intenciones de asustar a nadie. Hola, Jesse.

—Esta es la escena de un crimen. —dijo Sachs.

En su auricular escuchó la voz de Rhyme:

—¿Quién está allí?

Ella se apartó, susurrando al micrófono:

—Uno de esos personajes de *Deliverance* que vimos esta mañana.

—Estamos trabajando aquí, Rich —dijo Lucy—. No podemos tenerte en nuestro camino.

—No tengo intenciones de *interponerme* en vuestro camino —dijo, dirigiendo su mirada hacia los bosques—. Pero tengo tanto derecho a tratar de conseguir esos mil dólares como cualquiera. No podéis evitar que busque.

—¿Qué mil dólares?

—Diablos —soltó Sachs al micrófono—, hay una recompensa, Rhyme.

—Oh, no. Lo último que necesitamos.

De los factores principales que contaminan las escenas del crimen y obstaculizan las investigaciones, los buscadores de recompensas y recuerdos son los peores.

Culbeau explicó:

—La ofrece la madre de Mary Beth. Esa mujer tiene algún dinero y apuesto que al atardecer, si esa chica no aparece, ofrecerá dos mil dólares. Quizá más —dijo, luego miró a Sachs—. No voy a causar ningún problema, señorita. Usted no es de aquí, me mira y piensa que le merezco poca confianza, la escuché hablar de *Deliverance* en ese sofisticado aparato que tiene. Por lo demás me gustó más el libro que la película. ¿Lo leyó? Bueno, no importa. Sólo espero que no siga dando demasiada importancia a las apariencias. Jesse, cuéntale quién rescató a esa chica que el año pasado se perdió en el Great Dismal. Ese lugar está lleno de víboras y cazadores furtivos y toda la región la estaba buscando.

Jesse dijo:

—Rich y Harris Tomel la encontraron. Tres días perdida en el pantano. Se hubiera muerto de no ser por ellos.

—Por mí, querrás decir. A Harris no le gusta que sus botas se ensucien.

—Usted estuvo muy bien —dijo Sachs secamente—. Sólo quiero asegurarme de que no perjudica nuestras posibilidades de encontrar a esas mujeres.

—Eso no va a pasar. No hay razón para que usted se ponga brava conmigo —Culbeau se dio vuelta alejándose pesadamente.

—¿Brava? —preguntó Sachs.

—Significa enfadada, sabes.

Se lo dijo a Rhyme, al que le relató el encuentro.

Él le dio poca importancia.

—No tenemos tiempo para preocuparnos de los paisanos, Sachs. Debemos seguir el rastro... Y rápido. Vuelve aquí con lo que encontraste.

Cuando estaban sentados en el bote de camino hacia la otra orilla del canal, Sachs preguntó:

—¿Cuántos problemas nos puede dar?

—¿Culbeau? —respondió Lucy—. Es muy holgazán. Fuma droga y bebe demasiado pero nunca ha hecho algo peor que romper algunas mandíbulas en público. Creemos que tiene un escondite en algún lugar y ni siquiera por mil dólares puedo imaginar que se aleje demasiado de él.

—¿Qué hacen él y sus compinches?

Jesse preguntó:

—¿Oh, también los viste? Bueno, Sean, el delgaducho, y Rich no tienen lo que llamaríamos empleos de verdad. Limpian y hacen algunos trabajos ocasionales. Harris Tomel ha asistido al instituto, al menos dos años. Siempre está tratando de comprar algún negocio o de conseguir alguna transacción. Según he oído no le va bien con lo que emprende. Pero los tres tienen dinero y eso significan que están en la destilación ilegal.

—¿De licor? ¿Y no los detenéis?

Tras un momento de silencio Jesse dijo:

—A veces, vas buscándote problemas. Y a veces no.

Lo que constituía un principio filosófico sobre la labor policial que Sachs sabía que difícilmente se limitaba al Sur.

Atracaron en la orilla sur del río, cerca de las escenas de los crímenes; Sachs salió del bote antes de que Jesse pudiera ofrecerle su mano, aunque lo hizo de todos modos.

De repente, una forma enorme y oscura apareció ante su vista. Una barcaza negra, motorizada, de 12 metros de largo bajó por el canal, luego los pasó y se dirigió al río. Leyó en uno de sus costados: DAVETT INDUSTRIES.

Sachs preguntó:

—¿Qué es eso?

Lucy respondió:

—Una empresa de fuera de la ciudad. Transportan cargamentos por la Intracoastal a través del canal de Dismal Swamp y hasta Norfolk. Asfalto, papel alquitranado, cosas como ésas.

Rhyme la oyó a través de la radio y dijo:

—Pregúntale si había algún cargamento por los alrededores en el momento del asesinato. Consigue el nombre de la tripulación.

Sachs lo mencionó a Lucy pero esta dijo:

—Ya lo hice. Una de las primeras cosas que hicimos Jim y yo —su respuesta fue cortante—. Dio negativo. Si tienes interés en saberlo, también investigamos a todos los que en la ciudad generalmente se desplazan por la ruta del canal y la ruta 112. No hubo ninguna pista.

—Buena idea —dijo Sachs.

—Sólo una norma de procedimiento —respondió Lucy fríamente y caminó hacia su coche como una niña formal que está en la escuela secundaria y por fin ha logrado infligir un hiriente desaire a la primera de la clase.

# 7

—No le dejaré hacer nada hasta que coloquéis un acondicionador de aire en este cuarto.

—Thom, no tenemos tiempo para eso —exclamó Rhyme. Luego dijo a los trabajadores dónde descargar los instrumentos que había enviado la policía estatal.

Bell dijo:

—Steve anda por ahí tratando de conseguir uno. No es tan fácil como pensé.

—No lo necesito.

Thom explicó pacientemente:

—Estoy preocupado por la disrreflexia.

—No recuerdo haber oído que la temperatura sea mala para la presión sanguínea, Thom —siguió Rhyme—. ¿Lo has leído en algún lado? *Yo* no lo leí. Quizá me pudieras enseñar dónde lo leíste.

—No necesito tus sarcasmos, Lincoln.

—Oh, soy sarcástico, ¿verdad?

El ayudante se dirigió pacientemente a Bell:

—El calor hace que se hinchen los tejidos. El edema causa un aumento de la presión e irritación. Y *eso* puede provocar disreflexia. Que lo puede matar. Necesitamos un acondicionador de aire. Es tan simple como eso.

Thom era el único de los ayudantes cuidadores de Rhyme que había sobrevivido más de unos pocos meses al servicio del criminalista. Los otros o se habían ido o habían sido despedidos perentoriamente.

—Enchufa eso allí —ordenó Rhyme a un policía que colocaba en un rincón un baqueteado cromatógrafo de gases.

—No —Thom se cruzó de brazos y se paró frente a la extensión de cable. El policía vio la expresión en la cara del ayudante y se detuvo sin saber qué hacer, no estaba preparado para enfrentarse al persistente joven—. Cuando tengamos el acondicionador de aire instalado y en funcionamiento... *entonces* lo enchufamos.

—Dios mío —Rhyme hizo una mueca. Uno de los aspectos más frustrantes de un tetrapléjico consiste en la incapacidad de descargar la ira. Después de su accidente, Rhyme rápidamente se dio cuenta de cómo un acto tan simple como caminar o apretar los puños, sin mencionar arrojar un objeto pesado o dos (pasatiempo favorito de Blaine, la ex-mujer de Rhyme), ayudaba a disipar la furia—. Si me *enfado* podría comenzar a tener espasmos o contracturas —señaló Rhyme poniéndolo a prueba.

—Ni los espasmos ni las contracturas te matarán, pero la disrreflexia sí lo hará —Thom lo expresó con una pretendida ligereza que enfureció más a Rhyme.

Bell dijo con cautela:

—Dadme cinco minutos —desapareció y los policías siguieron transportando el equipo. El cromatógrafo quedó por el momento sin enchufar.

Lincoln Rhyme estudió los aparatos. Se preguntó cómo sería realmente cerrar los dedos nuevamente *alrededor* de un objeto. Con su dedo anular izquierdo podía tocar y tenía una leve sensación de presión. Pero asir realmente algo, sentir su textura, peso, temperatura... era algo inimaginable.

Terry Dobyns, el terapeuta del NYPD, el hombre que había estado sentado al lado de la cama de Rhyme cuando despertó después del accidente en una escena de crimen que lo dejó tetrapléjico, había explicado al criminalista todas las consabidas etapas del duelo. Le había asegurado a Rhyme que las experimentaría, y que sobreviviría a todas ellas. Pero lo que el doctor no le mencionó era que ciertas etapas vuelven a escondidas. Que las llevas contigo como virus inactivos que pueden irrumpir en cualquier momento.

En los últimos años había vuelto a sentir desesperación y negación.

Ahora estaba lleno de furia. Claro, había dos mujeres jóvenes secuestradas y un asesino en fuga. Estaba ansioso por ir volando a la escena del crimen, caminar por la cuadrícula, recoger evidencias escondidas en el suelo, mirarlas por las extraordinarias lentes de un microscopio combinado, presionar los botones de los ordenadores y demás instrumentos, caminar por el cuarto mientras sacaba sus conclusiones.

Quería ponerse a trabajar sin preocuparse porque el jodido calor pudiera matarlo. Pensó nuevamente en las mágicas manos de la doctora Weaver, en la operación.

—Estás muy callado —dijo Thom con cautela—. ¿Qué estás planeando?

—No estoy planeando nada. Por favor, ¿podrías enchufar el cromátografo dc gases y encenderlo? Necesita un tiempo para calentarse.

Thom vaciló y luego caminó hacia el aparato y lo hizo funcionar. Colocó el resto del equipo en una mesa de fibra vulcanizada.

Steve Farr entró a la oficina, arrastrando un enorme acondicionador de aire Carrier. El policía aparentemente era tan fuerte como alto y el único indicio del esfuerzo que hacía era el tono rojizo de sus prominentes orejas.

Jadeó:

—Lo robé de Planeamiento y Zonificación. Esa gente no nos gusta mucho.

Bell ayudó a Farr a instalar la unidad en la ventana y un momento después entraba una corriente de aire frío al cuarto.

Una figura apareció en la puerta, en realidad *obturaba* la puerta. Era un hombre de más de veinte años. Hombros corpulentos, frente prominente. De un metro noventa de estatura y cerca de los ciento treinta kilos de peso. Por un momento Rhyme pensó que podría ser un familiar de Garrett y que el hombre había venido a amenazarlos. Pero con una voz aguda y tímida dijo:

—Soy Ben.

Los tres hombres lo miraron fijamente mientras él observaba con intranquilidad la silla de ruedas y las piernas de Rhyme.

Bell dijo:

—¿Qué quieres?

—Bueno, estoy buscando al señor Bell.

—Yo soy el sheriff Bell.

Los ojos del muchacho seguían observando con embarazo las piernas de Rhyme. Desvió rápidamente la mirada, luego aclaró su garganta y tragó.

—Oh, bueno. ¿Soy el sobrino de Lucy Kerr? —parecía que formulaba preguntas en lugar de afirmar.

—¡Oh, mi asistente forense! —dijo Rhyme—. ¡Excelente! Justo a tiempo.

Otra mirada a las piernas, a la silla de ruedas. —La tía Lucy no me dijo…

¿Qué dirá ahora? Se preguntó Rhyme.

—… No me dijo nada acerca de un trabajo forense —continuó entre dientes—. Soy sólo un estudiante, estoy en la UNC en Avery. Hum, señor, ¿qué significa «justo a tiempo»?

—la pregunta estaba dirigida a Rhyme pero Ben miraba al sheriff.

—Significa: ve a esa mesa. En cualquier minuto llegarán muestras y tienes que ayudarme a analizarlas.

—Muestras... Está bien. ¿Qué clase de peces serán? —preguntó a Bell.

—¿Peces? —respondió Rhyme—. ¿Peces?

—Lo que pasa, señor —dijo suavemente el hombretón, todavía mirando a Bell—, es que me gustaría mucho ayudar pero debo decir que tengo una experiencia muy limitada.

—No estamos hablando de peces. ¡Estamos hablando de muestras de una *escena de crimen*! ¿Qué pensabas?

—¿Escena de crimen? Bueno, no lo sabía —Ben se dirigió al sheriff.

—Puedes hablarme a *mí* —lo reprendió Rhyme.

Un leve rubor apareció en el rostro del muchacho y sus ojos se aprestaron a atender. Su cabeza pareció temblar cuando se obligó a mirar a Rhyme.

—Yo sólo... Quiero decir... él es el sheriff.

Bell respondió:

—Pero Lincoln dirige las operaciones. Es un científico forense de Nueva York. Nos está ayudando en esta situación.

—Seguro —sus ojos seguían en la silla de ruedas, en las piernas dc Rhyme, en el controlador bucal. Volvían a la seguridad del suelo.

Rhyme decidió que odiaba a aquel hombre, que actuaba como si el criminalista fuera la clase más extraña de fenómeno circense.

Una parte de su ser también odiaba a Amelia Sachs, por organizar toda esta distracción, y sacarlo de sus células de tiburón y de las manos de la doctora Weaver.

—Bueno, señor...

—Llámame Lincoln.

—La cosa es que yo me especializo en socio-zoología marina.

—¿Y qué es eso? —preguntó con impaciencia Rhyme.

—Básicamente el comportamiento de la vida animal en el mar.

Oh, espléndido, pensó Rhyme. No sólo tengo un ayudante que siente fobia ante los inválidos sino que también es una especie de psiquiatra de peces.

—Bueno, no importa. Eres un científico. Los principios son los principios. Los protocolos son los protocolos. ¿Has utilizado un cromatógrafo de gases?

—¡Sí, señor!

—¿Y microscopios de combinación y comparación?

Un movimiento de cabeza afirmativo, si bien no tan convencido como le hubiera gustado a Rhyme.

—Pero... —miró a Bell por un momento pero volvió obedientemente a la cara de Rhyme—. La tía Lucy sólo me pidió que pasara por aquí. No sabía que ella suponía que yo podría ayudarles en un caso... No estoy realmente seguro... Quiero decir, tengo que asistir a clase.

—Ben, tú tienes que *ayudarnos* —dijo Rhyme secamente.

El sheriff explicó:

—Garrett Hanlon...

Ben dejó que el nombre se asentara en algún lugar de su imponente cabeza.

—Oh, ese chico de Blackwater Landing.

El sheriff le explicó acerca de los secuestros y el ataque de las avispas contra Ed Schaeffer.

—Dios, lo siento por Ed —dijo Ben—. Lo conocí una vez en la casa de la tía Lucy.

—De manera que te necesitamos —asintió Rhyme, tratando de reconducir la conversación por carriles adecuados.

—No tenemos ni un indicio de dónde se ha ido con Lydia —siguió el sheriff—. Apenas si tenemos tiempo para salvar a esas mujeres. Y, bueno... como puedes ver, el señor Rhyme necesita que alguien lo ayude.

—Bueno... —una mirada hacia Rhyme, pero sin fijar la vista— es que pronto tengo unas pruebas que hacer. Estoy en la universidad y muy liado. Como les dije...

Rhyme dijo pacientemente:

—No tenemos realmente más opciones en este caso, Ben. Garrett nos lleva tres horas de adelanto y podría matar a alguna de sus víctimas en cualquier momento, si no lo ha hecho ya.

El zoólogo miró alrededor del cuarto para encontrar un respiro pero no encontró nada.

—Pienso que puedo dedicarle algún tiempo, señor.

—Gracias —dijo Rhyme. Inhaló por el controlador y se movió hacia la mesa donde estaban los instrumentos. Se detuvo y los miró. Sus ojos se dirigieron a Ben—. Ahora, si puedes cambiarme el catéter nos pondremos a trabajar.

El hombretón pareció anonadado. Murmuró:

—Usted quiere que yo...

—Es una broma —dijo Thom.

Pero Ben no sonrió. Movió nerviosamente la cabeza y con la gracia de un bisonte caminó hacia el cromatógrafo y comenzó a estudiar el panel de control.

* * *

Sachs corrió hacia el laboratorio improvisado en el edificio del condado y Jesse Corn mantuvo el ritmo de la marcha a su lado.

Caminando más pausadamente, un momento después, Lucy Kerr se unió a ellos. Saludó a su sobrino Ben y presentó al muchacho a Sachs y a Jesse. Sachs sostenía en alto un grupo de bolsas.

—Estas son las evidencias del cuarto de Garrett —dijo, y luego levantó otras bolsas—. Estas son de Blackwater Landing, la escena primaria.

Rhyme miró las bolsas, pero lo hizo con desaliento. No sólo había allí muy pocas evidencias físicas sino que estaba preocupado nuevamente por lo que se le había ocurrido antes: tenía que analizar los indicios sin un conocimiento de primera mano de la región circundante.

*Pez fuera del agua…*

Tuvo una idea.

—Ben, ¿cuánto hace que vives aquí? —preguntó el criminalista.

—Toda mi vida, señor.

—Bien. ¿Cómo se llama esta región del estado?

Se aclaró la garganta.

—Creo que es North Coastal Plain.

—¿Tienes algunos amigos que sean geólogos especializados en esta región? ¿Cartógrafos? ¿Naturalistas?

—No. Todos son biólogos marinos.

—Rhyme —dijo Sachs—, cuando estábamos en Blackwater Landing vi una barcaza, ¿recordáis? Transportaba asfalto o papel alquitranado proveniente de una fábrica de los alrededores.

—La empresa de Henry Davett —dijo Lucy.

Sachs preguntó:

—¿No tendrían un geólogo en plantilla?

—No lo sé —respondió Bell—, pero Davett es ingeniero y ha vivido aquí durante años. Probablemente conoce el lugar mejor que nadie.

—Hazle una llamada, por favor.

—Enseguida —Bell desapareció y volvió un momento después—. Hablé con Davett. No tiene ningún geólogo en plantilla pero dijo que él podría ayudar. Estará aquí en media hora —luego el sheriff preguntó—: Entonces, Lincoln, ¿cómo quieres encarar la búsqueda?

—Yo estaré aquí, contigo y con Ben. Vamos a examinar las evidencias. Quiero un pequeño equipo de rescate en Blackwater Landing ya, en el lugar que Jesse vio desaparecer a Garrett y Lidia. Yo guiaré al grupo lo mejor que pueda, dependiendo de lo que revelen las evidencias.

—¿A quién quieres en el grupo?

—Sachs al mando —ordenó Rhyme—. Y Lucy con ella. Bell asintió y Rhyme se dio cuenta que Lucy no reaccionó ante esas órdenes acerca de la cadena de mando.

—Me gustaría ofrecerme para la tarea —dijo Jesse Corn rápidamente.

Bell miró a Rhyme, quien asintió. Luego agregó:

—Probablemente uno más…

—¿Cuatro personas? ¿Eso es *todo*? Preguntó Bell, frunciendo el ceño—. Diablos, podría conseguir docenas de voluntarios.

—No, en un caso como este son preferibles menos personas.

—¿Quién es el cuarto? —preguntó Lucy—. ¿Mason Germain?

Rhyme miró hacia la puerta, no vio a nadie afuera. Bajó la voz.

—¿Qué pasa con Mason? Tiene una historia. No me gustan los policías con historias. Me gustan las tablas rasas.

Bell se encogió de hombros.

—El hombre ha sobrellevado una vida dura. Creció al norte del Paquo, en el lado que no se debe. El padre trató de encauzar su vida con un par de negocios y luego comenzó a destilar licor ilegalmente y cuando los funcionarios fiscales lo atraparon se suicidó. El propio Mason comenzó desde la nada y llegó a donde está. Hay una expresión por aquí, que dice: demasiado pobre para pintar, demasiado orgulloso para blanquear con cal. Eso es Mason. Siempre se queja de que no lo dejan progresar, que no puede obtener lo que desea. Es un hombre ambicioso en una ciudad que no tiene lugar para la ambición.

Rhyme observó,

—Y anda a la caza de Garrett.

—Buen observador.

—¿Por qué?

—Mason casi llegó a suplicar que lo nombraran investigador principal en ese caso del que te hablamos, la chica que murió de resultas de las picaduras de avispas en Blackwater, Meg Blanchard. A decir verdad, pienso que la víctima tenía, cómo explicarte, una conexión con Mason. Quizá estuvieran saliendo. Quizá habría algo más, no lo sé. Pero él quería detener a Garrett a toda costa. Sin embargo, no pudo presentar argumentos consistentes. Cuando el viejo sheriff se jubiló, la Junta de Supervisores esgrimió en contra de Mason lo de Garrett. Conseguí el puesto y él no, aun siendo de más edad y con más años en la fuerza.

Rhyme sacudió la cabeza.

—No necesitamos personas exaltadas en una operación como esta. Elige a otro.

—¿Ned Spoto? —sugirió Lucy.

Bell se encogió de hombros.

—Es un buen hombre. Seguro. Puede tirar bien, pero no lo hará a menos que tenga necesidad.

Rhyme dijo:

—Sólo asegúrate de que Mason esté lejos de la búsqueda.

—No le va a gustar.

—Eso no nos importa —insistió Rhyme—. Encuéntrale otra cosa que hacer. Algo que parezca importante.

—Lo haré lo mejor que pueda —masculló Bell con incertidumbre.

Steve Farr se apoyó en la puerta.

—Acabo de hablar al hospital —anunció—. Ed todavía está en estado crítico.

—¿Ha dicho algo? ¿Acerca del mapa que vio?

—Ni una palabra. Todavía está inconsciente.

Rhyme se volvió a Sachs.

—Bien… Idos. Deteneos donde desaparece el rastro en Blackwater Landing y esperad mis noticias.

Lucy miraba indecisa las bolsas de pruebas.

—¿Realmente piensas que es la manera de encontrar a esas chicas?

—*Sé* que lo es —respondió Rhyme secamente.

Ella dijo con escepticismo:

—Me parece que va a ser magia.

Rhyme se rió.

—Oh, eso es *exactamente* lo que es. Juegos de manos, sacar conejos de la chistera. Pero recuerda que la ilusión se basa… ¿en qué, Ben?

El muchacho aclaró la garganta, se ruborizó y negó con la cabeza:

—Hum, no sé a lo que se refiere, señor.

—La ilusión se basa en la *ciencia*. Es así —dirigió una mirada a Sachs—. Os llamaré tan pronto como encuentre algo.

Las dos mujeres y Jesse Corn dejaron el cuarto.

Entonces, con la valiosa evidencia preparada frente a él, el equipo familiar en calentamiento, solucionada la política interna, Lincoln Rhyme apoyó la cabeza en el cabecero de la silla de ruedas y observó las bolsas que Sachs le había entregado deseando, o forzando, o quizá sólo permitiendo que su mente vagara por donde sus piernas no podían caminar, que tocara lo que sus manos no podían sentir.

# 8

Los policías estaban conversando.

Mason Germain, cruzado de brazos, se apoyaba en el muro del pasillo, al lado de la puerta que conducía a las taquillas policiales del departamento del sheriff. Apenas podía oír sus voces.

—¿Por qué estamos aquí sin hacer nada?

—No, no, no... ¿No lo habéis oído? Jim ha enviado una patrulla de rescate.

—¿De veras? No, no lo sabía.

Maldición, pensó Mason, que tampoco lo había escuchado.

—Lucy, Ned y Jesse, y la policía de Washington.

—No, es de Nueva York. ¿Visteis su pelo?

—No me importa el pelo que tenga. Me importa que encontremos a Mary Beth y a Lydia.

—A mí tambien. Sólo estoy diciendo...

A Mason se le revolvieron más las tripas. ¿Sólo enviaron cuatro personas a perseguir al Muchacho Insecto? ¿Bell estaba loco?

Corrió con ímpetu por el pasillo, hacia la oficina del sheriff y casi chocó con el propio Bell que salía del depósito donde se había establecido ese tipo extraño, el que estaba en silla de ruedas. Bell miró al veterano policía con sorpresa.

—Eh, Mason... Te estaba buscando.

No buscabas mucho, pensó, al menos no lo parece.

—Quiero que vayas a buscar a Culbeau.

—¿Culbeau? ¿Para qué?

—Sue McConnell ofrece algún tipo de recompensa por Mary Beth y Culbeau quiere obtenerla. No queremos que estropee la búsqueda. Quiero que lo mantengas controlado. Si no está allí, espera en su casa hasta que aparezca.

Mason ni siquiera se molestó en contestar a este extraño pedido.

—Enviaste a Lucy a buscar a Garrett y no me lo dijiste.

Bell miró de arriba abajo al policía.

—Ella y un par más se dirigen a Blackwater Landing, a ver si pueden encontrar su rastro.

—Sabías que yo quería ir con la patrulla de rescate.

—No puedo mandar a todos. Culbeau ya estuvo en Blackwater una vez en el día de hoy. No puedo dejar que fastidie la búsqueda.

—Vamos, Jim. No me digas estupideces.

Bell suspiró.

—Está bien. ¿La verdad? Mason, estás tan enloquecido por prender a ese muchacho, que he decidido no enviarte allí. No quiero que se cometa ningún error. Hay vidas en juego. Debemos encontrarlo y encontrarlo rápido.

—Ésa es mi intención, Jim. Tú ya lo sabes. Hace tres años que estoy detrás de este chico. No puedo creer que me dejes afuera y entregues el caso a ese anormal que está allí.

—Eh, basta de hablar así.

—Vamos. Yo conozco Blackwater diez veces mejor que Lucy. Solía vivir allí, ¿recuerdas?

Bell bajó la voz.

—Quieres encontrar al chico con *demasiado* fervor, Mason. Podría afectar tu juicio.

—¿Lo piensas *tú*? ¿O lo piensa *él*? —Señaló con la cabeza el cuarto desde donde ahora se escuchaba el espeluznante quejido de la silla de ruedas. Lo ponía tan nervioso como el torno de un dentista. Mason no deseaba ni imaginar los problemas que acarrearía que Bell le hubiera pedido ayuda a ese anormal.

—Vamos, los hechos son los hechos. Todo el mundo sabe lo que sientes por Garrett.

—Y todo el mundo está de acuerdo *conmigo*.

—Bueno, se va a hacer lo que te he dicho. Tienes que aceptarlo.

El policía rió con amargura.

—De manera que ahora hago de niñera para un patán que destila licor ilegal.

Bell miró más allá de Mason, se acercó a otro policía.

—Hola, Frank...

El oficial, alto y robusto, se movió sin prisas hacia los dos hombres.

—Frank, tu vas con Mason. A casa de Rich Culbeau.

—¿Le vamos a llevar una citación judicial? ¿Qué ha hecho ahora?

—No, ningún papel. Mason te lo contará. Si Culbeau no está en su casa, limitaos a esperar y dejadle claro a él y a sus compinches que no deben acercarse a la patrulla de rescate. ¿Lo has comprendido, Mason?

El policía no contestó. Dio la vuelta y se alejó de su jefe, que le gritó:

—Es lo mejor para todos.

No lo creo así, pensó Mason.

—Mason...

Pero el hombre no contestó y entró en la oficina donde estaban los otros policías. Frank lo siguió un momento después. Mason ignoró al grupo de hombres uniformados que hablaban del Muchacho Insecto y de la linda Mary Beth y de cómo Billy Stail corrió de forma increíble 92 yardas. Caminó hacia su oficina y buscó una llave en el bolsillo del uniforme. Abrió su escritorio y sacó un Speedloader extra, le puso seis proyectiles 357. Deslizó el arma en la funda de cuero, abrochándola a su cinturón. Se detuvo en la puerta de la oficina. Su voz sobrepasó el ruido de las conversaciones cuando se dirigió a Nathan Groomer, un policía de pelo rubio rojizo de cerca de treinta y cinco años.

—Groomer, voy a hablar con Culbeau. Te vienes conmigo.

—Bueno —empezó Frank lentamente, sosteniendo en la mano el sombrero que había ido a buscar a su taquilla—. Pensé que Jim quería que fuera *yo*.

—Yo quiero a Nathan —dijo Mason.

—¿Rich Culbeau? —preguntó Nathan—. Somos como el agua y el aceite. Lo fui a buscar tres veces para interrogarlo y acabé haciéndole un poco de daño la última vez. Yo llevaría a Frank.

—Sí —apuntó Frank—. El primo de Culbeau trabaja con mi suegro. Piensa que soy pariente suyo. Me escuchará.

Mason miró fríamente a Nathan.

—Te quiero a ti.

Frank probó nuevamente.

—Pero Jim dijo...

—Y te quiero *ahora*.

—Vamos, Mason —dijo Nathan con voz quebrada—. No hay razón para que te enfades conmigo.

Mason estaba mirando un trabajado señuelo, un pato silvestre, que estaba en el escritorio de Nathan, su talla más reciente. Este hombre tiene talento, pensó. Luego preguntó al policía:

—¿Estás listo?

Nathan suspiró y se puso de pie.

Frank preguntó:

—¿Pero qué le diré a Jim?

Sin contestar, Mason salió de la oficina. Nathan lo siguió. Se dirigieron al coche patrulla de Mason y se montaron en él. Mason sintió un calor agobiante; encendió el motor y el acondicionador de aire a toda marcha.

Después de ponerse los cinturones, como un cartel aconsejaba que hicieran todos los ciudadanos responsables, Mason dijo:

—Ahora escucha. Yo...

—Oh, vamos, Mason, no te pongas así. Sólo te decía lo que es más sensato. Quiero decir, el año pasado Frank y Culbeau...

—Cállate y escucha.

—Bien, escucharé. Creo que no tienes por qué hablarme en esa forma... Bien. Estoy escuchando. ¿Qué ha hecho Culbeau ahora?

Pero Mason no contestó. Le preguntó:

—¿Dónde está tu Ruger?

—¿Mi rifle para ciervos? ¿El M77?

—Sí.

—En mi camión. En casa.

—¿Tienes montada la mira telescópica Hightech?

—Por supuesto que sí.

—Lo iremos a buscar.

Salieron del aparcamiento y tan pronto como estuvieron en la calle principal, Mason apretó el botón que encendía el faro de destello, la luz roja y azul giratoria ubicada en el techo del coche, pero no hizo funcionar la sirena. Aceleró y salieron de la ciudad.

Nathan se metió a la boca un chicle Red Indian, lo que no podía hacer cuando estaba Jim presente. A Mason no le importaba.

—El Ruger… entonces ésa es la razón por la que me querías a mí y no a Frank.

—Correcto.

Nathan Groomer era el mejor tirador de rifle del departamento, uno de los mejores en el condado Paquenoke. Mason lo había visto acertar a un ciervo macho de diez puntos a setecientos metros.

—Entonces. ¿Después de que buscamos el rifle nos vamos a casa de Culbeau?

—No.

—¿Adónde vamos?

—Nos vamos de caza.

—Hay casas bonitas por aquí —observó Amelia Sachs.

Ella y Lucy Kerr se dirigían al norte por Canal Road, de regreso a Blackwater Landing, desde el centro de la ciudad. Jesse Corn y Ned Spoto, un policía regordete en la treintena, se encontraban detrás en un segundo coche patrulla.

Lucy echó un vistazo a las mansiones que miraban hacia el canal, las elegantes casas coloniales que había visto Sachs, sin decir nada.

Nuevamente Sachs se sintió impresionada por la situación de abandono de las casas y patios, la ausencia de niños. Justo como las calles de Tanner's Corner.

Niños, reflexionó otra vez.

Luego se dijo: No caigamos en *eso*.

Lucy dobló a la derecha de la ruta 112 y luego salió al arcén, donde habían estado hacía exactamente media hora, la cresta desde donde se veía la escena del crimen. El coche de Jesse Corn se detuvo detrás. Los cuatro descendieron por el embarcadero hacia la orilla del río y subieron al esquife. Jesse se puso nuevamente en posición para remar y murmuró:

—Hermano, al norte del Paquo —lo dijo con un tono lúgubre, que al principio Sachs tomó por una broma, pero luego se dio cuenta de que ni ella ni los demás sonreían. Al otro lado del río bajaron del bote y siguieron las huellas de Garrett y Lydia hasta el refugio de caza donde Ed Schaeffer había sido picado. Más allá, a unos quince metros en dirección a los bosques, éstas desaparecían.

A la orden de Sachs se desplegaron en abanico, moviéndose en círculos cada vez más amplios, buscando cualquier indicio de la dirección que Garrett podría haber tomado. No encontraron nada y regresaron al lugar donde desaparecían las huellas.

Lucy dijo a Jess:

—¿Conoces ese sendero? ¿Aquel por el que se largaron los traficantes después de que Frank Sturgis los encontrara el año pasado?

Él asintió y comentó a Sachs:

—Está a unos cincuenta metros hacia el norte. Por ese lado —señaló—. Garrett debe conocerlo probablemente y es la mejor manera de atravesar los bosques y los pantanos de aquí.

—Vamos a comprobarlo —dijo Ned.

Sachs se preguntó cómo manejar de la mejor manera el conflicto inminente y decidió que había sólo un camino: de frente. No funcionaría ser demasiado delicada, no cuando eran tres contra uno (Jesse Corn, creía, estaba de su lado sólo *amorosamente*).

—Deberíamos quedarnos aquí hasta saber de Rhyme.

Jesse mantuvo una débil sonrisa en su cara, sintiéndose dividido.

Lucy negó con la cabeza.

—Garrett *debe* de haber tomado ese camino.

—No lo sabemos con seguridad —dijo Sachs.

—El bosque se vuelve muy espeso por aquí —acotó Jesse.

Ned dijo:

—Todo ese pasto, carrizos y espadañas. Muchas enredaderas también. Si no se toma ese sendero, no hay *forma* de salir de aquí y hacerlo rápido.

—Tendremos que esperar —dijo Sachs, pensando en una parte del libro de texto de Lincoln Rhyme sobre criminalística, *Evidencias Físicas*:

*Muchas investigaciones que involucran a un sospechoso en fuga se ven arruinadas por ceder al impulso de moverse rápidamente y entablar una persecución intensa cuando, de hecho, en la mayoría de los casos, un lento examen de las evidencias señalará un claro sendero hacia la puerta del sospechoso y permitirá un arresto más seguro y eficiente.*

Lucy Kerr dijo:

—Lo que pasa es que alguien de la ciudad no comprende realmente a los bosques. Si nos encaminamos por ese sendero ganaremos el doble de tiempo. Garrett lo debe de haber cogido.

—Puede haber vuelto a la orilla del río —señaló Sachs—. Quizá tenía otro bote escondido a favor o en contra de la corriente.

—Eso es cierto —dijo Jesse, ganándose una mirada sombría de Lucy.

Un largo momento de silencio, los cuatro de pie inmóviles, mientras los mosquitos los castigaban y sudaban bajo un sol despiadado.

Finalmente Sachs se limitó a decir:

—Esperaremos.

Tras afirmar su decisión, se sentó en la que probablemente era la roca más incómoda de todos los bosques y estudió con interés fingido a un pájaro carpintero que agujereaba fieramente un roble frente a ellos.

# 9

—Primero, la escena primaria —anunció Rhyme a Ben—. Blackwater. —Señaló con la cabeza el conglomerado de evidencias que se hallaba sobre la mesa—. Primero dediquémonos a la zapatilla de correr de Garrett. La que se le cayó cuando agarró a Lydia.

Ben la tomó, abrió la bolsa plástica y comenzó a tocar su interior.

—¡Guantes! —ordenó Rhyme—. Usa siempre guantes de látex cuando manipules las pruebas.

—¿Por las huellas dactilares? —preguntó el zoólogo, mientras se los ponía a toda velocidad.

—Ésa es una razón. La otra es la contaminación. No queremos confundir los lugares en que *tú* has estado con los lugares en que ha estado el criminal.

—Seguro. Bien —Ben sacudió violentamente su voluminosa cabeza rapada, como si temiera olvidar esa regla. Cogió la zapatilla. La escudriñó—. Parece que hubiera grava o algo así en su interior.

—Mierda, no le dije a Amelia que pidiera tableros de examinar esterilizados. —Rhyme miró alrededor del cuarto—. ¿Ves esa revista que está allí? ¿*People*?

Ben la tomó. Movió la cabeza.

—Tiene tres semanas.

—No me *importa* si son actuales o no las historias acerca de la vida amorosa de Leonardo Di Caprio —murmuró

Rhyme—. Saca los formularios de suscripción que están dentro... ¿No odias estas cosas? Pero son buenas para nosotros, salen de la impresora pulcros y esterilizados, de manera que se pueden usar como mini-tableros de examen.

Ben hizo como se le instruyó y vertió sobre la tarjeta la tierra y las piedras.

—Pon una muestra en el microscopio y deja que le eche una mirada. —Rhyme acercó su silla de ruedas a la mesa, pero el ocular estaba demasiado alto para él por unos pocos centímetros—. Maldición.

Ben evaluó el problema.

—Quizá lo pueda sostener para que pueda usted mirar.

Rhyme se rió con desaliento.

—Pesa cerca de quince kilos. No, tendremos que encontrar un...

Pero el zoólogo levantó el aparato y, con sus brazos corpulentos, lo sostuvo con firmeza. Rhyme no podía, por supuesto, mover los botones para enfocar, pero vio lo suficiente para obtener una idea de lo que era la prueba.

—Trozos de caliza y tierra. ¿Pueden provenir de Blackwater Landing?

—Hum —dijo Ben lentamente—, lo dudo. Allí por lo general hay sólo barro y basura.

—Examina una muestra de eso a través del cromatógrafo. Quiero saber qué más hay.

Ben montó la muestra dentro y apretó el botón para su examen.

La cromatografía es la herramienta ideal del criminalista. Fue desarrollada justo a principios de siglo por un botánico ruso, y no tuvo demasiado uso hasta 1930; el mecanismo sirve para analizar compuestos tales como comida, drogas, sangre, porciones de vestigios y aisla elementos puros que se encuentran en ellos. Existe una media docena de variaciones del proceso, pero el tipo más común utilizado en la ciencia forense es el cromatógrafo de gases, que quema una muestra de la evidencia. Los vapores resultantes se separan luego para indicar las sustancias componentes que constituyen la muestra. En un laboratorio de investigaciones forenses, el cromatógrafo generalmente está conectado a un espectrómetro de masas, que puede identificar específicamente muchas de las sustancias.

El cromatógrafo de gases sólo funciona con materiales que puedan vaporizarse, es decir, arder a temperaturas relativamente bajas. La caliza no podría encenderse, por supuesto. Pero Rhyme no estaba interesado en rocas; estaba interesado en los materiales que se habían adherido a la tierra y la grava. Ellos podrían señalar más específicamente los lugares en los que Garrett había estado.

—Nos llevará un momento —dijo Rhyme. Mientras esperamos, miremos la tierra que está en las *suelas* de la zapatilla de Garrett. De verdad, Ben, *amo* las suelas. De los zapatos y de los neumáticos también. Son como esponjas. Recuérdalo.

—Sí, señor. Lo haré, señor.

—Trata de extraer algo de tierra y veamos si procede de un lugar distinto a Blackwater Landing.

Ben raspó la tierra sobre otra tarjeta de suscripción, que sostuvo frente a Rhyme, quien la examinó cuidadosamente. Como científico forense, conocía la importancia de la tierra. Se pega a las ropas, deja huellas como las migas de Hansel y Gretel hacia y desde la casa del criminal y relaciona al criminal con la escena del crimen como si estuvieran esposados. Existen aproximadamente 1.100 tipos diferentes de suelo y si una muestra de una escena de crimen tiene color idéntico a la tierra del patio del sospechoso, las probabilidades indican que el criminal estuvo allí. La similitud en la composición de los suelos también puede afianzar la conexión. Locard, el gran criminalista francés, desarrolló un principio forense que lleva su nombre y que sostiene que en todo crimen siempre hay alguna transferencia entre el criminal y la víctima o la escena del crimen. Rhyme había descubierto que, en el caso de un homicidio o asalto invasivo, después de la sangre la tierra es la sustancia que se transfiere más a menudo.

Sin embargo, el problema con el polvo como evidencia es que resulta *demasiado* prevalente. Con el fin de que posea algún significado forense, un poco de tierra cuya procedencia podría ser el criminal, debe ser diferente a la tierra que se encuentra de por sí en la escena del crimen.

El primer paso en el examen del polvo consiste en comparar una muestra del suelo conocido de la escena con la muestra que el criminalista cree que procede del criminal.

Rhyme explicó esto a Ben y el joven tomó una bolsa de tierra, que Sachs había marcado como *Muestra del suelo — Blackwater Landing*, junto con la fecha y la hora de su recogida. También había una anotación hecha con una mano que no era la de Sachs. *Recogida por el policía J. Corn*. Rhyme se imaginó al joven policía trajinando ansiosamente para cumplir con el pedido de Sachs. Ben vertió algo de esta tierra en una tercera tarjeta de suscripción. La colocó al lado del polvo que había sacado de la suela de Garrett.

—¿Cómo las comparamos? —preguntó el muchacho, mirando los aparatos.

—Con tus ojos.

—Pero...

—Limítate a mirar. Mira si el color de la muestra desconocida es diferente al color de la muestra conocida.

—¿Cómo lo hago?

Rhyme se obligó a responder con calma:

—Limítate a *mirarlas*.

Ben miró fijamente un montón, luego el otro.

De nuevo. Una vez más.

Y luego otra vez.

Vamos, vamos... no es tan complicado. Rhyme se esforzó en tener paciencia. Una de las cosas más difíciles del mundo para él.

—¿Qué ves? —preguntó Rhyme—. ¿Es diferente la tierra de las dos escenas?

—Bueno, no lo puedo decir exactamente, señor. Pienso que una es más clara.

—Míralas en el microscopio de comparación.

Ben montó las muestras en el aparato indicado y miró a través de los oculares.

—No estoy seguro. Es difícil de decir. Pienso... quizá *haya* alguna diferencia.

—Déjame ver.

Una vez más los fornidos músculos sostuvieron con firmeza el microscopio y Rhyme observó por los oculares.

—Definitivamente diferente a la conocida —dijo Rhyme—. Con una coloración más clara. Tiene más cristales en ella. Más granito, arcilla y distintos tipos de vegetación. De manera que no es de Blackwater Landing... Si tenemos suerte proviene de su escondrijo.

Una leve sonrisa cruzó los labios de Ben, la primera que Rhyme había visto.

—¿Qué?

—Oh, bueno, esa es la palabra que usamos para designar la cueva de una morena... —la sonrisa del muchacho se desvaneció pues la mirada de Rhyme le dijo que no era ni el momento ni el lugar para anécdotas.

El criminalista dijo:

—Cuando tengas los resultados de la caliza en el cromatógrafo, haz lo mismo con la tierra de la suela.

—Sí, señor.

Un momento más tarde la pantalla del ordenador conectada con el cromatógrafo/espectrómetro parpadeó y aparecieron líneas con forma de montañas y valles. Luego se abrió una ventana y el criminalista maniobró con su silla de ruedas para acercarse. Chocó contra una mesa y la Storm Arrow se movió hacia la izquierda, sacudiendo a Rhyme.

—¡Mierda!

Los ojos de Ben se abrieron alarmados.

—¿Está bien, señor?

—Sí, sí, sí. —murmuró Rhyme—. ¿Qué está haciendo aquí esta jodida mesa? No la necesitamos.

—La apartaré de su camino —saltó Ben, tomando la pesada mesa con una mano como si estuviera hecha de madera balsa, colocándola en un rincón—. Lo lamento, debería haber pensado en ello.

Rhyme ignoró la incómoda contrición y contempló la pantalla.

Grandes cantidades de nitratos, fosfatos y amoniaco.

Era muy preocupante pero no dijo nada por el momento; quería ver qué sustancias había en el polvo que Ben extrajo de la suela. Enseguida aquellos resultados también estuvieron en pantalla.

Rhyme suspiró.

—Más nitratos, más amoniaco... en cantidad. Nuevamente altas concentraciones. Más fosfatos. También detergente... también... y... algo más... ¿Qué demonios es eso?

—¿Dónde? —preguntó Ben inclinándose hacia la pantalla.

—En la parte inferior. La base de datos lo ha identificado como canfeno. ¿Sabes algo sobre eso?

—No, señor.

—Bueno, Garrett caminó sobre eso, sea lo que sea —miró la bolsa con las evidencias—. Ahora, ¿qué más tenemos? Ese pañuelo blanco que encontró Sachs...

Ben tomó la bolsa y la acercó a Rhyme. Había mucha sangre en el pañuelo de papel. Observó la otra muestra, el kleenex que Sachs había encontrado en el cuarto de Garrett.

—¿Son los mismos?

—Parecen iguales —dijo Ben—. Ambos blancos y del mismo tamaño.

—Dáselos a Jim Bell. Dile que quiero un análisis de ADN. Versión urgente —dijo Rhyme.

—Un, hum... ¿qué es eso, señor?

—El análisis somero del ADN, la reacción de la cadena de polimerasa. No tenemos tiempo para hacer un RFLP, la versión de uno en seis mil millones. Sólo quiero saber si se trata de la sangre de Billy Stail o de otra persona. Haz que alguien consiga muestras del cuerpo de Billy y de Mary Beth y Lydia.

—¿Muestras? ¿De qué?

Rhyme se obligó una vez más a tener paciencia.

—De material genético. Cualquier tejido del cuerpo de Billy. En el caso de las mujeres, lo más fácil será conseguir algunos cabellos, siempre que tengan el bulbo piloso. Haz que un policía encuentre un cepillo o peine en los cuartos de baño de Mary Beth y Lydia y los entregue al mismo laboratorio que hará la prueba del kleenex.

El joven tomó la bolsa y dejó el cuarto. Volvió un momento después.

—Lo tendrán en alrededor de una hora o dos, señor. Van a mandarla al centro médico de Avery, no a la policía del Estado. El agente Bell, perdón... el *sheriff* Bell pensó que sería más fácil.

—¿Una hora? —murmuró Rhyme haciendo una mueca—. Demasiado tiempo.

No podía dejar de preguntarse si esta demora sería tan importante como para evitar que encontraran al Muchacho Insecto antes de que matara a Lydia o a Mary Beth.

Ben estaba de pie con sus abultados brazos a los costados.

—Hum, podría llamarlos otra vez. Les conté lo importante que era, pero... ¿Quiere que lo haga?

—Está bien, Ben. Seguiremos trabajando aquí. Thom, es el momento de nuestros diagramas.

El ayudante escribió en la pizarra a medida que Rhyme le iba dictando:

ENCONTRADO EN LA ESCENA PRIMARIA DEL CRIMEN
BLACKWATER LANDING

Kleenex con sangre
Polvo de caliza
Nitratos
Fosfatos
Amoniaco
Detergente
Canfeno

Rhyme observó la pizarra. Más preguntas que respuestas...

*Pez fuera del agua...*

Sus ojos se fijaron en la pila de polvo que Ben había extraído de la suela del chico. Luego se le ocurrió algo.

—¡Jim! —gritó con una voz retumbante que sobresaltó a Thom y a Ben—. ¡Jim! ¿Dónde demonios está? ¡¡Jim!!

—¿Qué? —el sheriff entró corriendo al cuarto, alarmado—. ¿Algo va mal?

—¿Cuántas personas trabajan en este edificio?

—No lo sé. Cerca de veinte.

—¿Y viven por toda la región?

—Más que eso. Algunos llegan de Pasquotank, Albemarle y Chowan.

—Los quiero a todos aquí y ahora.

—¿Qué?

—A todos los del edificio. Quiero muestras de tierra sacadas de sus zapatos… Espera: y las alfombrillas de sus coches.

—Tierra…

—¡Tierra! ¡Polvo! ¡Barro! Ya sabes. ¡Lo quiero ahora!

Bell se fue. Rhyme dijo a Ben:

—¿Ese soporte? ¿Allí arriba?

El zoólogo se movió pesadamente hacia la mesa sobre la cual estaba un largo soporte con una cantidad de tubos de ensayo.

—Es el aparato para probar el gradiente de densidad. Traza un perfil de la gravedad específica de materiales como el polvo.

El muchacho asintió.

—He oído hablar de él. Nunca he usado uno.

—Es fácil. Esas botellas de allí —Rhyme miraba hacia dos botellas oscuras. Una tenía una etiqueta que decía tetra, y la otra etanol—. Tú mezcla el líquido de esas botellas como yo te vaya diciendo y llena los tubos casi hasta el borde.

—Bien. ¿Qué conseguiremos?

—Comienza a mezclar. Te lo diré cuando hayas terminado.

Ben mezcló los elementos químicos de acuerdo con las instrucciones de Rhyme y luego llenó veinte tubos con bandas alternativas de líquidos de colores diferentes, etanol y tetrabromoetano.

—Vierte un poco de la muestra del polvo de la zapatilla de Garrett en el tubo de la izquierda. La tierra se separará y eso nos dará un perfil. Conseguiremos muestras de los empleados de aquí que vivan en diferentes zonas del condado. Si alguna de ellas es igual a la de Garrett significa que el polvo que se le pegó a la zapatilla podría ser de por allí.

Bell llegó con el primero de los empleados y Rhyme explicó lo que iba a hacer. El sheriff sonrió con admiración.

—Es una gran idea, Lincoln. El primo Roland sabe lo que hace cuando te alaba.

Pero, pasada media hora, esa tarea se reveló fútil. Ninguna de las muestras obtenidas de las personas que trabajaban en el edificio se parecía a la tierra encontrada en la suela de la zapatilla de Garrett. Rhyme frunció el ceño cuando la última muestra de polvo de los empleados se asentó en el tubo.

—Maldición.

—Sin embargo era una buena posibilidad —dijo Bell.

Una pérdida de tiempo precioso.

—¿Debo tirar las muestras? —preguntó Ben.

—No. Nunca tires tus muestras sin registrarlas —dijo con firmeza. Luego recordó que no tenía que ser demasiado hiriente en sus instrucciones; aquel joven sólo les ayudaba por hacerle un favor a su pariente—. Thom, ayúdanos. Sachs pidió una cámara Polaroid a la oficina estatal. Debe de estar aquí en algún lugar. Encuéntrala y toma primeros planos de todos los tubos. Anota el nombre de cada empleado al dorso de las fotos.

El ayudante encontró la cámara y se puso a trabajar.

—Ahora analicemos lo que Sachs encontró en la casa de los padres adoptivos de Garrett. Los pantalones de esa bolsa, mira si hay algo en los bajos.

Ben abrió cuidadosamente la bolsa de plástico y examinó los pantalones.

—Sí, señor, algunas agujas de pino.

—Bien. ¿Cayeron de la rama o están cortadas?

—Parece que cortadas.

—Excelente. Eso significa que el chico les *hizo* algo. Las cortó a propósito. Y ese propósito *puede* tener que ver con el crimen. Todavía no sabemos de qué se trata pero adivino que es un camuflaje.

—Huelo a mofeta —dijo Ben, olfateando las ropas.

Rhyme afirmó:

—Eso es lo que dijo Amelia. No nos ayuda en nada, sin embargo. No en este momento.

—¿Por qué no? —preguntó el zoólogo.

—Porque no hay forma de relacionar un animal salvaje con una ubicación específica. Una mofeta *estacionaria* sería de ayuda, una móvil no lo es. Vamos a mirar los indicios de las ropas. Corta un par de trozos de los pantalones y examínalos por el cromatógrafo.

Mientras esperaban los resultados, Rhyme examinó el resto de las pruebas procedentes del cuarto del chico.

—Déjame ver ese cuaderno, Thom.

El ayudante le pasó las páginas. Contenían sólo malos dibujos de insectos. Movió la cabeza. Nada de utilidad en ellos.

—¿Esos otros libros? —Rhyme señaló los cuatro tomos de tapa dura que Sachs había encontrado en el cuarto. Uno, *The Miniature World*, había sido leído con tanta frecuencia que estaba destrozado. Rhyme notó pasajes rodeados de círculos, subrayados o marcados con asteriscos. Pero ninguno de los pasajes le dio indicio alguno en relación a dónde habría pasado su tiempo el muchacho. Parecían datos triviales sobre insectos. Dijo a Thom que los pusiera a un lado.

Luego, Rhyme observó lo que Garrett había escondido en el bote de las avispas: dinero, fotos de Mary Beth y de la familia del muchacho. La llave. El hilo de pescar.

El dinero consistía en una masa arrugada de billetes de cinco y diez dólares. Notó que no había ninguna anotación útil al margen de los mismos (donde muchos criminales escriben mensajes o planes, ya que una manera rápida de deshacerse de pruebas incriminatorias es comprar algo y enviar el billete al agujero negro de la circulación). Rhyme hizo que Ben los pasara por el PoliLight —una fuente de luz alternativa— y encontró que tanto los dólares de papel como los de plata contenían fácilmente cien huellas dactilares parciales diferentes, demasiadas como para proporcionar indicios útiles. No se veía una etiqueta con el precio en el marco de la foto ni en el hilo de pescar y por ello ninguna manera de relacionarlos con alguna tienda que Garrett frecuentara.

—El hilo de pescar pesa muy poco —comentó Rhyme, mirando el ovillo—. Es demasiado delgado, ¿no es así, Ben?

—Difícilmente se podría pescar algún pez significativo con él, señor.

Los resultados de los vestigios en el pantalón del muchacho parpadearon en la pantalla del ordenador. Rhyme leyó en voz alta:

—Queroseno, más amoniaco, más nitratos y el canfeno otra vez. Otro diagrama, Thom, si eres tan amable.

Dictó.

ENCONTRADO EN LA ESCENA SECUNDARIA DEL CRIMEN
EL CUARTO DE GARRETT

Almizcle de mofeta
Agujas de pino cortadas
Dibujos de insectos
Fotos de Mary Beth y de su familia
Libros de insectos
Hilo de pescar

Dinero
Llave desconocida
Queroseno
Amoniaco
Nitratos
Canfeno

Rhyme miró fijamente los diagramas. Por fin dijo:

—Thom, haz una llamada. A Mel Cooper.

El ayudante tomó el teléfono y marcó el número de memoria.

Cooper, que había trabajado en la oficina forense del NYPD, probablemente pesaba la mitad que Ben. Aunque parecía un tímido agente de seguros, era uno de los hombres más importantes del país en investigación forense.

—¿Me puedes poner el altavoz, Thom?

Thom presionó un botón y un instante después se escuchó la suave voz de tenor de Cooper:

—Hola, Lincoln. Algo me dice que no estás en el hospital.

—¿Cómo te has dado cuenta, Mel?

—No se necesita mucho razonamiento deductivo. La identificación de la llamada dice Edificio del Gobierno del Condado de Paquenoke. ¿Estás posponiendo tu operación?

—No. Sólo ayudando en un caso de este lugar. Escucha, Mel, no tengo mucho tiempo y necesito información sobre una sustancia llamada canfeno. ¿Has oído hablar de ella?

—No. Pero quédate en la línea. Voy a consultar la base de datos.

Rhyme oyó un tecleo frenético. Cooper también era el hombre más rápido en el teclado que Rhyme hubiera conocido.

—Bien, aquí estamos... Interesante...

—No necesito algo *interesante*, Mel. Necesito datos.

—Es un terpeno, carbono e hidrógeno. Derivado de plantas. Solía ser un ingrediente en pesticidas pero fue prohibido a comienzos de los ochenta. Su uso mayoritario comenzó a fines del siglo XIX. Entonces se utilizaba como combustible para lámparas. Era de alta tecnología en su época: reemplazó al aceite de ballena. Entonces era tan común como el gas natural. ¿Estás tratando de encontrar a un sospechoso desconocido?

—No es una persona desconocida, Mel. Es *muy* conocido. Lo que pasa es que no lo podemos encontrar. ¿Lámparas antiguas? De manera que los vestigios de canfeno probablemente significan que se ha estado ocultando en un lugar construido en el siglo XIX.

—Posiblemente. Pero hay otra posibilidad. Dice aquí que el único uso actual del canfeno es en los perfumes.

—¿De qué tipo?

—Perfumes, lociones para después de afeitar y cosméticos mayormente.

Rhyme reflexionó sobre ello.

—¿Qué porcentaje de canfeno hay en un perfume acabado? —preguntó.

—Sólo vestigios. Partes por mil.

Rhyme siempre había dicho a sus equipos forenses que nunca tuvieran miedo de hacer deducciones atrevidas al analizar las pruebas. Sin embargo, tenía en cuenta, a su pesar, el poco tiempo que les podría quedar de vida a las chicas y sentía que apenas tenía recursos suficientes como para seguir uno de los caminos potenciales.

—Tendremos que tirar a suertes en esta ocasión —anunció—. Supondremos que el canfeno proviene de viejas lámparas, no de perfumes, y actuaremos de acuerdo a ello. Ahora escucha, Mel, también voy a mandarte la fotocopia de una llave. Necesito que me digas de dónde es.

—Fácil. ¿De un coche?

—No lo sé.

—¿De una casa?

—No lo sé.

—¿Reciente?

—Ni idea.

Cooper dudó:

—Puede ser menos fácil de lo que pensé. Pero házmela llegar y haré lo que pueda.

Cuando cortaron, Rhyme ordenó a Ben que fotografiara ambos lados de la llave y le mandara un fax a Cooper. Luego trató de conseguir a Sachs por la radio. No funcionaba. La llamó a su teléfono móvil.

—¿Diga?

—Sachs, soy yo.

—¿Qué pasa con la radio?

—No hay recepción.

—¿Por qué camino debemos ir, Rhyme? Hemos cruzado el río, pero perdimos la huella. Y, francamente… —su voz se hizo un susurro— los nativos están intranquilos. Lucy me quiere comer para la cena.

—Se han hecho los análisis básicos pero no sé qué hacer con todos los datos, estoy esperando a ese hombre de la fábrica de Blackwater Landing, Henry Davett. Tendría que estar aquí en cualquier momento. Pero escucha, Sachs, hay algo más que debo decirte. Encontré vestigios significativos de amoniaco y nitratos en las ropas de Garrett y en la zapatilla que perdió.

—¿Una bomba? —preguntó Sachs, demostrando su estupor en la voz.

—Parece que sí. Y ese hilo de pescar que encontraste es demasiado liviano como para pescar en serio. Pienso que lo utiliza para preparar los cables para detonar el artefacto. Ve despacio. Busca trampas. Si ves algo que parezca un indicio, recuerda que podría estar amañado.

—Lo haré, Rhyme.

—Estate quieta. Espero poder darte pronto más indicaciones.

Garrett y Lydia habían recorrido otras tres o cuatro millas.

El sol estaba alto. Quizá fuera mediodía y el aire estaba tan caliente que quemaba. Lydia había eliminado rápidamente el agua embotellada que había bebido en la mina y ahora se sentía desmayar de calor y de sed.

Como si lo hubiera percibido, Garrett dijo:

—Pronto llegaremos. Es un lugar más fresco. Y tengo más agua.

Estaban a cielo abierto. Bosques ralos, pantanos. No había casas ni caminos. Había muchos senderos antiguos que se abrían en diferentes direcciones. Sería casi imposible para quienquiera que los persiguiera encontrar por dónde habían ido: las sendas eran como un laberinto.

Garrett tomó por una de esas sendas estrechas, rocas a la izquierda, una pendiente de seis metros a la derecha. Caminaron cerca de un kilómetro a lo largo de esa ruta y luego se detuvieron. Garrett miró hacia atrás.

Cuando pareció satisfecho al ver que nadie los seguía, se dirigió a los matorrales y volvió con una cuerda de nylon, como un fino hilo de pescar, que colocó a lo ancho del sendero a pocos centímetros del suelo. Era casi imposible que alguien lo viera. Lo conectó a un palo, que a su vez apoyó contra una botella de vidrio de diez o doce litros, llena de un líquido lechoso. Había un residuo a un costado de la botella y su olor llegó hasta Lidia: amoniaco. La horrorizó. ¿Era una bomba?, se preguntó. Como enfermera del departamento de urgencias había tratado a varios adolescentes heridos al fabricar bombas caseras. Recordó la forma en que sus pieles ennegrecidas habían sido lastimadas por la explosión.

—No puedes hacer eso —murmuró.

—No me des sermones de mierda —hizo sonar las uñas—. Voy a terminar esto y luego nos vamos a casa.

*¿A casa?*

Lydia observó, paralizada, la gran botella que él cubrió de ramas.

Garrett la llevó por el sendero una vez más. A pesar del intenso calor del día, ahora se movían más rápidamente y ella se esforzó por mantener el paso de Garrett, que parecía ensuciarse más a cada minuto, estaba cubierto de polvo y trozos de hojas muertas. Como si estuviera él también convirtiéndose, lentamente en un insecto, a medida que sus pasos lo alejaban de la civilización. Le hizo recordar una historia que había que leer en la escuela pero que ella nunca terminó.

—Ahí arriba —Garrett señaló una colina—. Allí está el lugar donde nos quedaremos. Iremos al mar por la mañana.

Su uniforme estaba empapado de sudor. Los primeros dos botones de su traje blanco se habían desabrochado y se veía el blanco del sostén. El chico miraba a cada rato la piel redondeada de sus pechos. Pero a ella poco le importaba; por el momento, lo único que le interesaba era escapar del mundo exterior; llegar hasta donde hubiera alguna sombra fresca, donde fuera que la llevara.

Quince minutos más tarde salieron de los bosques, y llegaron a un claro. Frente a ellos había un viejo molino harinero, rodeado de cañas, espadañas y altos pastos. Se encontraba ubicado al lado de un arroyo que en gran parte había sido absorbido por el pantano. Un costado del molino se había quemado. Entre los escombros aparecía una chimenea chamuscada, lo que se llamaba «Monumento Sherman» por el general de la Unión que quemó casas y edificios durante su marcha al mar, dejando un panorama de chimeneas ennegrecidas a su paso.

Garrett la condujo al frente del molino, la porción no tocada por el fuego. La empujó para que atravesara la pesada puerta de roble, luego la cerró y puso el cerrojo. Por un largo instante se quedó escuchando. Cuando pareció seguro de que nadie los seguía, le entregó otra botella de agua. Lydia luchó contra la necesidad de beber de golpe el contenido. Se llenó la boca de agua, sintió frescura en su boca reseca y luego tragó lentamente.

Cuando terminó, él le arrebató la botella, desató sus manos y se las volvió a atar a la espalda.

—¿Tienes que hacerlo? —le preguntó Lydia con enfado.

El joven hizo una mueca ante la tonta pregunta. La hizo sentar en el suelo.

—Siéntate aquí y mantén cerrada tu jodida boca. —Garrett se sentó en el lado opuesto y cerró los ojos. Lydia movió la cabeza hacia la ventana y escuchó por si oía el sonido de helicópteros o barcas en el pantano o el ladrido de los perros de la patrulla de rescate. Pero sólo oyó la respiración de Garrett, y en su desesperación decidió que en realidad, era el sonido de Dios mismo que la abandonaba.

# 10

Una figura, acompañada por Bill Jim, apareció en el marco de la puerta.

Era un hombre en la cincuentena: su pelo que comenzaba a escasear; rostro redondo y distinguido. Llevaba sobre uno de sus brazos una chaqueta azul. Su camisa blanca estaba perfectamente planchada con mucho almidón, si bien en las axilas aparecían oscuras manchas de sudor. Una corbata rayada se mantenía en su lugar con una pinza.

Rhyme pensó que podía ser Henry Davett; los ojos del criminalista eran una de las partes de su cuerpo que habían salido incólumes del accidente, su visión era perfecta, y leyó el monograma que llevaba en la pinza de la corbata a tres metros de distancia: WWJD.

¿William? ¿Walter? ¿Wayne?

No tenía idea de quién podría ser.

El hombre miró a Rhyme, entrecerró los ojos para apreciar mejor la situación, y lo saludó con un movimiento de cabeza. Entonces Jim Bell dijo:

—Henry, quiero presentarte a Lincoln Rhyme.

De manera que no se trataba de un monograma. Aquél *era* Davett. Rhyme devolvió el saludo y llegó a la conclusión de que la pinza de la corbata probablemente había pertenecido al padre. William Ward Jonathan Davett.

Entró en el cuarto. Sus perspicaces ojos se posaron sobre el equipo.

—Ah, ¿conoce los cromatógrafos? —preguntó Rhyme al observar un destello de reconocimiento.

—Mi departamento de Investigación y Desarrollo posee dos. Pero este modelo... —movió la cabeza críticamente—. Ya ni se fabrica. ¿Por qué los utiliza?

—El presupuesto estatal, Henry —dijo Bell.

—Os enviaré otro.

—No es necesario.

—Esto es basura —dijo el hombre con brusquedad—. Tendré uno nuevo aquí en veinte minutos.

Rhyme dijo:

—*Obtener* la evidencia no es el problema. El problema está en interpretarla. Ahí es donde necesitamos su colaboración. Este es Ben Kerr, mi ayudante forense.

Estrecharon las manos. Ben parecía aliviado al ver que otra persona sin minusvalía estaba en el cuarto.

—Siéntate, Henry —dijo Bell, acercando una silla con rueditas. El hombre se sentó e inclinándose un poco hacia delante, se arregló cuidadosamente la corbata. El gesto, la postura, los pequeños círculos de los ojos confiados fueron percibidos por Rhyme, quien pensó: encantador, elegante... y un hombre de negocios terriblemente duro.

Se preguntó otra vez acerca de las letras WWJD. No estaba seguro de haber resuelto el enigma.

—Todo esto es por las muchachas secuestradas, ¿verdad?

Bell asintió.

—Nadie realmente se atreve y lo dice, pero en el fondo de nuestras mentes... —miró a Rhyme y a Ben— estamos pensando que Garrett ya podría haber violado y asesinado a Mary Beth, y tirado su cuerpo en algún lugar.

*Veinticuatro horas...*

El sheriff continuó

—Pero todavía tenemos la posibilidad de salvar a Lydia, esperamos... y debemos detener a Garrett antes que secuestre a alguien más.

El hombre de negocios dijo con enfado,

—Y Billy, qué vergüenza. Oí que sólo trataba de ser un buen samaritano y salvar a Mary Beth cuando lo mataron.

—Garrett le aplastó la cabeza con una pala. Horroroso.

—De manera que el tiempo es muy valioso. ¿Qué puedo hacer? —Davett se volvió a Rhyme—. Usted dijo que había que interpretar algo.

—Tenemos algunos indicios de dónde ha estado Garrett y hacia dónde se encamina con Lydia. Tengo la esperanza de que usted conozca un poco la zona de por aquí y pueda ayudarnos.

Davett asintió.

—Conozco la zona muy bien. He estudiado ingeniería geológica y química. También he vivido en Tanner's Corner toda mi vida de manera que estoy muy familiarizado con el condado de Paquenoke.

Rhyme movió la cabeza señalando los diagramas.

—¿Puede echarles un vistazo y decirnos lo que piensa? Estamos tratando de relacionar estos indicios con una ubicación específica.

Bell agregó:

—Probablemente se trate de un lugar al que puedan llegar a pie. A Garrett no le gustan los coches. No quiere conducir.

Davett se puso las gafas y acomodó la cabeza hacia atrás, mirando el muro.

ENCONTRADO EN LA ESCENA PRIMARIA DEL CRIMEN
BLACKWATER LANDING

Kleenex con sangre
Polvo de caliza
Nitratos
Fosfato
Amoniaco
Detergente
Canfeno

ENCONTRADO EN LA ESCENA SECUNDARIA DEL CRIMEN
EL CUARTO DE GARRETT

Almizcle de mofeta
Agujas de pino cortadas
Dibujos de insectos
Fotos de Mary Beth y de la familia
Libros de insectos
Hilo de pescar
Dinero
Llave desconocida
Queroseno
Amoniaco
Nitratos
Canfeno

Davett examinó la lista de arriba abajo, tomándose su tiempo, mientras sus ojos se entrecerraban varias veces. Frunció el ceño levemente.

—¿Nitratos y amoniaco? ¿Sabe usted lo que eso puede significar?

Rhyme asintió.

—Pienso que dejó algunos explosivos para detener a la patrulla de rescate. Ya se lo dije.

Con una mueca, Davett volvió al diagrama.

—El canfeno... Creo que se utilizaba en faroles antiguos. Como las lámparas de petróleo.

—Es cierto. De manera que pensamos que el lugar en que tiene a Mary Beth es antiguo. De siglo XIX.

—Debe de haber miles de casas y graneros y chozas antiguas por los alrededores... ¿Qué más? Polvo de caliza... No permitirá que podamos reducir mucho las posibilidades. Existe una enorme veta de caliza que corre a través de todo el condado de Paquenoke. Solía dar mucho dinero. —Se levantó y movió un dedo trazando una diagonal en el mapa, desde el borde sur del Great Dismal Swamp hasta el sudoeste, de la localización L-4 a la C-14—. Podría encontrar caliza en cualquier lugar a lo largo de esa línea. Eso no nos ayudará mucho. Pero —se alejó un poco y cruzó los brazos— el fosfato es útil. Carolina del Norte es un importante productor de fosfato pero no se extrae por aquí, sino más al sur. De manera que, combinado con el detergente podría decir que ha estado cerca de agua contaminada.

—Demonios —dijo Jim Bell—. Eso sólo nos dice que ha estado en el Paquenoke.

—No —respondió Davett—, el Paquo está tan limpio como agua de pozo. Es oscuro pero sus aguas proceden del Great Dismal Swamp y del lago Drummond.

—Oh, es agua mágica —dijo el sheriff.

—¿Qué es eso? —preguntó Rhyme.

Davett explicó:

—Algunos de los que vivimos aquí desde hace mucho tiempo llamamos al agua del Great Dismal agua mágica. Está llena de ácido tánico procedente de la descomposición de los cipreses y enebros. El ácido mata las bacterias de manera que se conserva fresca por mucho tiempo; antes de que llegara la refrigeración la usaban como agua potable en los viajes en barco. La gente pensaba que poseía propiedades mágicas.

—Entonces —siguió Rhyme, que nunca se interesaba demasiado en los mitos locales si no lo ayudaban en su actividad forense—, si no es el Paquenoke, ¿dónde ubicarían los fosfatos?

Davett miró a Bell.

—¿Dónde realizó el secuestro más reciente?

—En el mismo lugar en que secuestró a Mary Beth. Blackwater Landing —Bell señaló en el mapa moviendo su dedo hacia el norte, hacia la localización H-9—. Cruzó el río, se dirigió a un refugio de caza que está por ahí y se encaminó media milla al norte. Luego la patrulla de rescate perdió el rastro. Están esperando que nosotros les demos instrucciones.

—Oh, entonces no hay dudas —dijo Davett con una confianza alentadora. El empresario movió su dedo hacia el este—. Cruzó Stone Creek. Aquí. ¿Lo veis? Algunas de las cascadas forman una espuma como de cerveza, por las cantidades de detergentes y fosfatos que hay en el agua. Comienza cerca de Hobeth Falls al norte y hay una tonelada de aguas residuales. En esa ciudad no saben nada de planificación y zonificación.

—Bueno —dijo Rhyme—. Ahora, una vez que cruzó el arroyo, ¿tiene alguna idea del camino que pudo haber seguido?

Davett consultó nuevamente el diagrama.

—Si se encontraron agujas de pino entonces debo pensar en este camino —señaló en el mapa I-5 y J-8—. Hay pinos por todos lados en Carolina del Norte pero por aquí los bosques son generalmente de robles, cedros antiguos, cipreses y gomeros. El único bosque grande de pinos que conozco está al nordeste. Aquí. En camino al Great Dismal. —Miró con detenimiento los diagramas durante un instante, luego negó con la cabeza—. Me temo que no hay mucho más que pueda decir. ¿Cuántos grupos de búsqueda tenéis por allí?

—Uno —respondió Rhyme.

—¿Qué? —Davett se volvió hacia él, frunciendo el ceño—. ¿Sólo uno? Está bromeando.

—No —dijo Bell, que parecía a la defensiva frente al firme interrogatorio de Davett.

—Bueno, ¿cuántos hombres lo componen?

—Cuatro policías —dijo Bell.

Davett sonrió con burla.

—Es una locura —mostró el mapa con la mano—. Tienen cientos de kilómetros cuadrados. Se trata de Garrett Hanlon... el Muchacho Insecto. Directamente *vive* al norte del Paquo. Puede dejaros fuera de terreno en un minuto.

El sheriff se aclaró la garganta.

—El señor Rhyme piensa que es mejor no utilizar demasiada gente.

—No se puede dejar de utilizar mucha gente en una situación como esta —dijo Davett a Rhyme—. Debería tener cincuenta hombres, proporcionarles rifles y hacer que explorasen la zona hasta que lo encontrasen. Lo está haciendo todo mal.

Rhyme se dio cuenta que Ben escuchaba el discurso de Davett con expresión mortificada. El zoólogo supondría, naturalmente, que uno *debería* usar guantes de seda cuando discute con inválidos. Sin embargo, el criminalista respondió con calma,

—Una gran cacería sólo conseguiría que Garrett mate a Lydia y luego desaparezca.

—No —dijo Davett con énfasis—, lo asustaría y la dejaría ir. Tengo cerca de cuarenta y cinco personas trabajando en un turno de la fábrica en estos momentos. Bueno, una docena son mujeres. No queremos que se impliquen. Pero los hombres... Déjeme traerlos. Encontraremos algunas armas de fuego. Los buscaríamos por Stone Creek.

Rhyme se podía imaginar lo que treinta o cuarenta cazadores aficionados al botín podrían hacer en una búsqueda como ésa. Negó con la cabeza.

—No, no es la manera de manejar la situación.

Sus ojos se encontraron y por un momento un pesado silencio se instaló en el cuarto. Davett se encogió de hombros y fue el primero en mirar para otro lado, pero su retirada no significaba que Rhyme tuviera razón. Significaba lo opuesto: una protesta enfática que decía que al ignorar sus consejos Rhyme y Bell actuaban por su cuenta y riesgo.

—Henry —dijo Bell—, acordé dejar que el señor Rhyme dirigiera la operación. Le estamos muy agradecidos.

Parte de los comentarios del sheriff iban dirigidos al propio Rhyme, y eran una forma implícita de pedir disculpas por las opiniones de Davett.

Por su parte Rhyme estaba encantado de ser la diana de la franqueza de Davett. Si bien admitirlo le resultaba chocante, ya que no creía para nada en premoniciones, pero sintió que la presencia de ese hombre allí constituía una señal de que la operación quirúrgica saldría bien y que tendría un efecto benéfico en su estado. Lo sintió a causa del breve intercambio que había tenido lugar, en el cual el inflexible empresario lo había mirado a los ojos y le había dicho que cometía un tremendo error. Davett ni siquiera se dio cuenta del estado de Rhyme; todo lo que consideró fueron las acciones de Rhyme, su decisión, sus actitudes. Su cuerpo dañado no tenía importancia para Davett. Las manos mágicas de la doctora Weaver lo acercarían un paso más al lugar en que todo el mundo lo trataría de esta forma.

El empresario dijo:

—Rezo por esas chicas —luego se volvió a Rhyme—. Rezaré también por usted, señor. —La mirada duró un segundo más que una despedida normal y Rhyme percibió que la última promesa fue hecha con sinceridad y literalmente.

—Henry es un poco obstinado —dijo Bell cuando Davett salió de la estancia.

—Tiene intereses propios aquí, ¿verdad? —preguntó Rhyme.

—La chica que murió a causa de las avispas el año pasado. Meg Blanchard...

*La picaron 137 veces*. Rhyme asintió.

Bell continuó:

—Trabajaba en la compañía de Henry. Iba a la misma iglesia a la que pertenecen él y su familia. No es distinto a la mayoría de la gente de aquí: piensa que la ciudad estaría mejor sin Garrett Hanlon. Sólo que tiende a pensar que *su* manera de manejar las cosas es la mejor.

*Iglesia... oración...* Rhyme de repente comprendió algo. Le preguntó a Bell:

—La pinza de la corbata de Davett... ¿La *J* es por Jesús?

Bell rió.

—Lo descubriste. Oh, Henry destrozaría a un competidor sin mover una ceja pero es diácono en la iglesia. Va tres veces a la semana o algo así. Una de las razones por las cuales le gustaría mandar un ejército contra Garrett es que piensa que el muchacho probablemente sea un pagano.

Rhyme todavía no lograba descifrar el resto de las iniciales.

—Me rindo. ¿Qué significan las otras letras?

—Quieren decir «¿Qué haría Jesús?» Eso es lo que los buenos cristianos de por aquí se preguntan cuando se enfrentan a una decisión importante. Yo mismo no tengo ni un indicio de lo que él haría en un caso como éste. Pero te digo lo que *yo* haré: llamar a Lucy y a tu amiga y ponerlas sobre el rastro de Garrett.

—¿Stone Creek? —dijo Jesse Corn después que Sachs transmitiera el mensaje de Rhyme a la patrulla de rescate. El policía señaló—: Un kilómetro hacia allí.

Comenzó a caminar por los matorrales, seguido por Lucy y Amelia. Ned Spoto estaba en la retaguardia y sus ojos claros escudriñaban nerviosamente los alrededores.

En cinco minutos salieron de la maraña y tomaron un sendero muy transitado. Jesse les indicó que lo siguieran hacia la derecha, al este.

—¿Este es el sendero? —Sachs preguntó a Lucy—. ¿El que pensabas que había tomado el chico?

—Exacto —respondió Lucy.

—Tenías razón —aceptó Sachs en voz baja, sólo para sus oídos—. Pero no obstante teníamos que esperar.

—No, *tú* tenías que demostrar quién estaba al mando —dijo Lucy con brusquedad.

Es completamente cierto, pensó Sachs. Luego añadió:

—Pero ahora sabemos que probablemente haya una bomba en el rastro. No lo sabíamos antes.

—De todas maneras yo hubiera buscado trampas. —Lucy se quedó en silencio y continuó por el sendero, con los ojos fijos en el suelo, demostrando que de verdad ella habría buscado esas trampas.

En diez minutos llegaron a Stone Creek, con sus aguas lechosas y llenas de espuma por los contaminantes. En la orilla encontraron dos grupos de huellas: las de zapatos, de pequeño tamaño pero profundas, dejadas probablemente por una mujer corpulenta, Lydia, sin duda y los pies descalzos de un hombre. Aparentemente Garrett había desechado la otra zapatilla.

—Crucemos por aquí —dijo Jesse—. Conozco los bosques de pinos que mencionó el señor Rhyme. Este es el camino más corto para llegar a ellos.

Sachs se acercó al agua.

—¡Detente! —gritó Jesse de repente.

Ella se quedó paralizada, se agachó con la mano en la pistola.

—¿Qué pasa? —preguntó. Lucy y Ned sonrieron frente a su reacción. Estaban sentados sobre unas rocas, quitándose los zapatos y las medias.

—Si te mojas las medias y sigues caminando —dijo Lucy—, necesitarás una docena de vendajes antes de avanzar cien metros. Ampollas.

—No sabes mucho de caminatas, ¿no? —le preguntó Ned a la policía.

Jesse Corn emitió una risita exasperada ante lo que había dicho su colega.

—Porque vive en la *ciudad*, Ned. Como me imagino que no serás un experto en metros y rascacielos.

Sachs ignoró tanto la burla como la galante defensa; se quitó los botines y las negras medias que le llegaban al tobillo. Se enrolló los pantalones.

Comenzaron a cruzar el arroyo. El agua estaba fría como el hielo; resultaba maravillosa. Lamentó que la corta caminata por el arroyo terminara.

Esperaron unos pocos minutos en el otro lado para que se les secaran los pies, luego se pusieron las medias y los zapatos. Buscaron por la orilla hasta que hallaron las huellas de nuevo. El grupo siguió el rastro hasta los bosques, pero como el suelo se tornaba más seco y más enmarañado, lo perdieron.

—Los pinos están en esa dirección —dijo Jesse. Señaló al nordeste—. Lo más sensato para ellos es haber ido derecho por aquí.

Siguiendo sus instrucciones, marcharon otros veinte minutos, en hilera, escudriñando el suelo por si aparecía alguna trampa. Entonces el roble, el acebo y los juncos dieron paso al enebro y el pinabete. Delante de ellos, a unos cuatrocientos metros, emergió una línea de abundantes pinos. Pero ya no había ninguna señal de huellas del secuestrador ni de sus víctimas. Ni indicio alguno de por dónde habían entrado al bosque.

—Demasiado grande —murmuró Lucy—. ¿Cómo vamos a encontrar el rastro allí?

—Despleguémonos en abanico —sugirió Ned. Él también parecía cohibido por la maraña de vegetal que tenía delante—. Si ha puesto una bomba aquí será difícil verla.

Estaban a punto de separarse cuando Sachs levantó la cabeza.

—Esperad. Quedaos aquí —ordenó, comenzando a caminar lentamente por el matorral, con los ojos en el suelo buscando trampas. A quince metros de los demás policías, en una arboleda de plantas en flor que ahora estaban sin hojas y rodeadas de pétalos en descomposición, encontró las huellas de Garrett y Lydia sobre la tierra polvorienta. Conducían a un sendero abierto que se adentraba en el bosque.

—¡Venid por aquí! —gritó—. Seguid mis huellas. Está libre de trampas.

Un momento después los tres policías se reunieron con ella.

—¿Cómo las encontraste? —preguntó un admirado Jesse Corn.

—¿Qué hueles? —preguntó Sachs.

—A mofeta —dijo Ned.

Sachs explicó:

—Garrett tenía olor a mofeta en los pantalones que encontré en su casa. Me imaginé que había estado por aquí antes. Me limité a seguir el olor.

Jesse rió y dijo a Ned:

—¿Qué tal para una chica de ciudad?

Ned puso los ojos en blanco y comenzaron a caminar por el sendero, moviéndose con lentitud hacia la línea de pinos.

Varias veces a lo largo de esa ruta pasaron por zonas amplias y baldías. Los árboles y los arbustos estaban secos. Sachs se sentía nerviosa a medida que marchaban a través de esas zonas, en que la patrulla estaba expuesta por completo a un ataque. En la mitad del segundo claro y después de otro gran susto, cuando un pájaro o un animal movió los arbustos levantando algo de polvo, sacó su teléfono celular.

—Rhyme, ¿estás ahí?

—¿Qué pasa? ¿Habéis encontrado algo?

—Volvimos a encontrar el rastro. Pero dime, ¿alguna de las evidencias señala que Garrett sabe disparar?

—No —contestó Rhyme—. ¿Por qué?

—Hay algunas zonas baldías en los bosques por aquí, la lluvia ácida o la contaminación quemaron todas las plantas. Tenemos *cero* resguardo. Es el lugar perfecto para una emboscada.

—No veo ningún indicio que tenga que ver con armas de fuego. Tenemos los nitratos pero si provinieran de munición también hubiéramos encontrado granos de pólvora quemados, limpiador, grasa, cordita, fulminante de mercurio. No hay nada de eso.

—Lo que significa que no ha disparado un arma de fuego hace tiempo —dijo Sachs.

—Correcto.

Ella cortó la comunicación.

Mirando alrededor con cautela, temerosos, caminaron varios kilómetros más, rodeados por el olor a trementina en el aire. Arrullados por el calor y el sonido de los insectos, estaban todavía en el sendero que Garrett y Lydia habían transitado, aunque no se veían huellas. Sachs se preguntó si no las habían perdido.

—¡Alto! —gritó Lucy Kerr poniéndose de rodillas. Ned y Jesse se quedaron helados. Sachs sacó la pistola en una fracción de segundo. Luego se dio cuenta de a qué se refería Lucy: el brillo plateado de un cable a través del camino.

—Diablos —dijo Ned—. ¿Cómo lo viste? Es completamente invisible.

Lucy no respondió. Se deslizó al costado del sendero, siguiendo el cable. Delicadamente sacó unas ramas. Las hojas crujientes y cálidas hacían ruido a medida que eran levantadas una a una.

—¿Quieres que llame a los artificieros de Elizabeth City? —preguntó Jesse.

—Shhh —ordenó Lucy.

Las cuidadosas manos de la policía pusieron las hojas a un lado, milímetro a milímetro.

Sachs retenía el aliento. En un caso reciente había sido víctima de una bomba anti-persona. No había quedado muy lastimada pero recordó que en un instante, el tremendo ruido, el calor, la ola de presión y escombros la habían envuelto por completo. No quería que le sucediera otra vez. Sabía también que demasiadas bombas caseras eran rellenadas con cojinetes, a veces con monedas, a modo de metralla mortal. ¿Garrett habría hecho también algo así? Recordó la imagen: sus ojos sombríos y hundidos. Recordó el bote de insectos. Recordó la muerte de esa mujer en Blackwater Landing producida por las picaduras. Recordó a Ed Schaeffer en coma por el veneno de las avispas. Sí, decidió, Garrett prepararía la trampa más dañina que pudiera inventar.

Se encogió cuando Lucy sacó la última hoja del montón.

La policía suspiró y se sentó sobre los talones.

—Es una araña —murmuró.

Sachs también la vio. No se trataba de hilo de pescar, en absoluto, sino de un largo hilo de araña.

Se pusieron de pie.

—Araña —dijo Ned, riéndose. Jesse también se rió.

Pero sus voces no sonaban alegres y cuando comenzaron a andar nuevamente por el sendero Sachs se dio cuenta de que cada uno levantaba cuidadosamente los pies por encima del hilo brillante.

Lincoln Rhyme, tenía la cabeza hacia atrás, los ojos escudriñando la pizarra.

ENCONTRADO EN LA ESCENA SECUNDARIA DEL CRIMEN
EL CUARTO DE GARRETT

Almizcle de mofeta
Agujas de pino cortadas
Dibujos de insectos
Fotos de Mary Beth y de su familia
Libros de insectos
Hilo de pescar
Dinero
Llave desconocida
Queroseno
Amoniaco
Nitratos
Canfeno

Suspiró con enfado. Se sentía completamente inútil. Las pruebas eran inexplicables para él.

Sus ojos se posaron sobre el libro de insectos.

Miró a Ben.

—Así que eres un estudiante, ¿verdad?

—Cierto, señor.

—Lees mucho, me imagino.

—Es la manera en que paso gran parte de mi tiempo, si no estoy en el campo.

Rhyme observaba los lomos de los libros que Amelia había traído del cuarto de Garrett. Reflexionó:

—¿Qué dicen acerca de una persona sus libros favoritos? Me refiero a lo que no es obvio, es decir, que está interesada en el tema de los libros.

—¿Qué quiere decir?

—Bueno, si una persona tiene muchos libros de auto-ayuda, eso dice algo. Si la mayoría son novelas, eso dice otra cosa. Estos libros de Garrett son todos manuales, ninguno es de ficción. ¿Qué puedes decir?

—No lo sé —el hombretón miró una vez las piernas de Rhyme, involuntariamente en apariencia. Luego volvió su atención al diagrama de evidencias. Habló entre dientes:

—Realmente no puedo comprender a las personas. Los animales son mucho más comprensibles para mí. Son mucho más sociables, más predecibles, más coherentes que la gente. Tremendamente más inteligentes, además —luego se dio cuenta de que estaba divagando y ruborizándose, dejó de hablar.

Rhyme miró nuevamente los libros.

—Thom, ¿puedes alcanzarme el dispositivo para libros? —conectado al ECU, o unidad de control ambiental, que Rhyme podía manipular con el único dedo que podía mover, el dispositivo usaba una armazón de goma para pasar las páginas de los libros—. ¿Está en la furgoneta, verdad?

—Creo que sí.

—Espero que lo hayas traído. Te *dije* que lo trajeras.

—He dicho que *creo* que está —dijo el ayudante con calma—. Iré a ver si está allí —añadió, y salió del cuarto.

*Terriblemente más inteligentes además...*

Thom retornó un momento después con el dispositivo.

—Ben —llamó Rhyme— ¿Ese libro que está encima?

—¿Allí? —preguntó el joven, mirando los libros. Era *Field Guide to Insects of North Caroline.*

—Ponlo en el dispositivo —se obligó a mostrarse paciente—. Si eres tan amable.

El ayudante mostró a Ben cómo montar el libro y luego enchufó un conjunto distinto de cables al ECU ubicado bajo la mano de Rhyme.

Leyó la primera página y no encontró nada útil. Luego su mente ordenó a su dedo anular que se moviera. Un impulso se disparó del cerebro, bajó en espiral hacia abajo por un minúsculo axón sobreviviente en su médula espinal, pasando al lado de un millón de congéneres muertos, luego bajó por el brazo de Rhyme hasta su mano.

El dedo se movió unos milímetros.

El propio dedo del dispositivo se movió de costado. La página se dio vuelta.

# 11

Siguieron el sendero a través del bosque, rodeados por el aceitoso olor de los pinos y la dulce fragancia de una planta que encontraron y que Lucy Kerr identificó como una variedad de enredadera.

Mientras miraba el sendero que recorrían, con un ojo en las trampas, Lucy se dio cuenta de repente, de que no habían visto ninguna huella de Garrett o de Lydia durante mucho tiempo. Aplastó lo que creyó un bicho en su cuello y que resultó ser sólo un hilillo de sudor, escociéndole mientras bajaba por su piel. Aquel día Lucy se sentía sucia. En otros momentos, por las noches o en sus días libres, le gustaba estar afuera, en su jardín. Tan pronto como llegaba de la oficina del sheriff a su casa, se vestía con pantalones cortos gastados, una camiseta y zapatillas de correr azules abiertas en las costuras y se iba a trabajar en uno de los tres lados que rodeaban su casa colonial dc color verde pálido. El hogar que Bud le había cedido ansiosamente como parte del divorcio, mortificado por la culpa. Allí Lucy cuidaba sus violetas, diversas variedades de orquídeas y lirios. Sacaba las malas hierbas, colocaba las plantas en espalderas, les echaba agua y les murmuraba palabras de aliento como si estuviera hablando con los niños que ella pensó que tendría con Buddy algún día.

A veces, al realizar alguna tarea que la llevaba al interior del Estado, para entregar una citación o preguntar por qué el Honda o Toyota escondido en el garage de alguien estaba inscrito como propiedad de otro, Lucy observaba una planta joven y una vez terminada la actividad policial, la extraía y llevaba a su casa como si fuera un huérfano. De esta forma adoptó a su orquídea Solomon's Seal, también a una planta tuckahoe y a un hermoso arbusto azulado, que con sus cuidados había crecido hasta medir dos metros.

Ahora sus ojos se dirigían a las plantas que pasaban de largo en esa imperiosa búsqueda: un saúco, un acebo de montaña, unos penachos. Pasaron una hermosa prímula nocturna, luego unas espadañas y plantas de arroz salvaje, más altas que cualquiera de los integrantes de la patrulla, con hojas tan filosas como cuchillos. Lucy conocía incluso el nombre de las malas hierbas.

El sendero llevaba a una colina empinada, una serie de rocas de seis metros de alto. Lucy escaló la cuesta con facilidad pero se detuvo en la cima. Pensó: «No, hay algo que anda mal».

A su lado, Amelia Sachs subió hasta la meseta e hizo una pausa. Un momento más tarde aparecieron Jesse y Ned. Jesse respiraba con esfuerzo pero para Ned, que nadaba y hacía deportes, la marcha resultaba liviana.

—¿Qué pasa? —preguntó Amelia a Lucy, viendole el entrecejo fruncido.

—Esto no tiene sentido. Que Garrett venga por aquí.

—Hemos estado siguiendo el sendero, como nos dijo el señor Rhyme —dijo Jesse—. Es el único conjunto de pinos con el que nos hemos encontrado. Las huellas de Garrett indicaban este camino.

—Lo *hacían*. Pero hace un rato largo que no las vemos.

—¿Por qué piensas que no ha venido por aquí? —preguntó Amelia.

—Mirad lo que crece por aquí —señaló—. Más y más plantas de pantano. Y ahora que estamos sobre esta pendiente podemos ver mejor el suelo: mirad cuán pantanoso se está tornando. Vamos, piensa en ello, Jesse. ¿Adónde va Garrett por aquí? Nos dirigimos derechos al Great Dismal.

—¿Qué es eso? —le preguntó Amelia—. ¿El Great Dismal?

—Un enorme pantano, uno de los mayores de la Costa Este —explicó Ned.

Lucy continuó:

—No hay refugio aquí, no hay casas ni caminos. Lo mejor que podría hacer por este camino es seguir andando con dificultad hasta Virginia, pero le llevaría días.

Ned Spoto agregó:

—Y en esta época del año no se fabrica el repelente de insectos necesario para evitar que te coman vivo. Sin mencionar a las víboras.

—¿No hay ningún lugar en el que se pudiera esconder? ¿Grutas? ¿Casas? —Sachs miró a su alrededor.

Ned dijo:

—No hay cavernas. Quizá unos pocos edificios viejos. Pero lo que pasa es que el curso de las aguas ha cambiado. El pantano viene hacia aquí y muchas de las casas y cabañas viejas están sumergidas. Si Garrett viniese por aquí, estaría en un callejón sin salida.

Lucy dijo:

—Creo que debemos dar la vuelta.

Pensó que Amelia sufriría un ataque al oír esta propuesta, pero la joven se limitó a tomar su teléfono celular y hacer una llamada. Dijo en el teléfono:

—Estamos en el bosque de pinos, Rhyme. Hay un sendero pero no podemos encontrar ningún indicio de que Garrett haya pasado por aquí. Lucy dice que no tiene ningún sentido que él tome este camino, que la mayor parte del terreno es pantanoso al nordeste. No tiene dónde ir.

Lucy se explicó:

—Estoy pensando que puede haber ido hacia el oeste. O hacia el sur y cruzar el río otra vez.

—De esa forma podría llegar a Millerton —sugirió Jesse.

Lucy asintió:

—Un par de grandes fábricas de ese lugar cerraron cuando las empresas se fueron a Méjico. Los bancos ejecutaron un montón de propiedades. Hay docenas de casas abandonadas donde se podría esconder.

—O al sudeste —sugirió Jesse—. Allí iría yo. Seguiría la ruta 112 o la línea férrea. Hay un montón de casas y graneros viejos también por allí.

Amelia le repitió todo a Rhyme.

Mientras Lucy Kerr pensaba: «qué hombre extraño es, con una discapacidad tan terrible y una confianza en sí mismo tan acentuada».

La policía de Nueva York escuchó y luego cortó la comunicación.

—Lincoln dice que sigamos marchando. Las evidencias no sugieren que haya ido en otra dirección.

—No es que no haya pinos al oeste o al sur —soltó Lucy.

Pero la pelirroja negó con la cabeza.

—Podría ser lógico, pero no es lo que muestran las evidencias. Seguimos por aquí.

Ned y Jesse miraban a una mujer y a otra. Lucy observó la cara de Jesse y captó su ridículo arrobamiento; obviamente, no la iba a apoyar. Insistió:

—No. Pienso que deberíamos regresar y ver si podemos encontrar dónde abandonaron del camino.

Amelia bajó la cabeza y miró directamente a Lucy a los ojos:

—Te diré algo... Podemos llamar a Jim Bell si quieres.

Un recordatorio de que Jim había declarado que el maldito Lincoln Rhyme dirigía la operación y que *él* había puesto a Amelia al mando de la patrulla de rescate. Era una locura, un hombre y una mujer que probablemente no habían estado nunca antes en el estado de Carolina del Norte, dos personas que no conocían nada de la gente o la geografía de la zona y que indicaban a los que habían nacido allí cómo hacer su trabajo.

Pero Lucy Kerr sabía que había firmado para hacer una tarea donde, como en el ejército, se seguía la cadena de mando.

—Muy bien —murmuró con enojo—. Pero quiero dejar sentado que estoy en contra de ir por este camino. No tiene ningún sentido —se volvió y comenzó a caminar por el sendero, dejando atrás a los otros. Sus pisadas se silenciaron de repente, cuando pisó una espesa capa de agujas de pino que cubría el sendero.

El teléfono de Amelia sonó y ella se detuvo para coger la llamada.

Lucy caminó con rapidez delante de Amelia, sobre la espesa capa de agujas, tratando de controlar su ira. Garrett no podría, en absoluto, haber tomado ese camino. Era una pérdida de tiempo. Tendrían que tener perros. Tendrían que llamar a Elizabeth City y hacer que venieran los helicópteros de la policía estatal.

Luego el mundo se convirtió en algo difuso y se sintió caer hacia delante, con un pequeño grito. Apoyó sus manos para amortiguar la caída.

—¡Jesús!

Lucy cayó fuertemente y el golpe la dejó sin aliento. Las agujas de pino se incrustaron en sus palmas.

—No te muevas —dijo Amelia Sachs, poniéndose de pie después de haber empujado a Lucy.

—¿Por qué demonios lo hiciste? —jadeó Lucy. Sus manos le ardían por el impacto contra el suelo.

—¡No te *muevas*! Ned y Jesse, vosotros tampoco.

Ned y Jesse quedaron paralizados, las manos en sus armas, mirando alrededor, sin saber lo que pasaba.

Amelia, con un gesto de dolor, se levantó, pisó cautelosamente fuera de las agujas de pino y buscó un palo largo en el bosque. Se movió hacia delante lentamente, tocando el suelo con el palo.

A medio metro de Lucy, donde había estado a punto de pisar, el palo desapareció bajo un montón de ramas de pino.

—Es una trampa.

—Pero no hay un hilo sobre el sendero —dijo Lucy—. Me estaba fijando.

Cuidadosamente Amelia sacó las ramas y las agujas. Descansaban sobre una red de hilo de pescar y cubrían un pozo de medio metro de profundidad.

—El hilo de pescar no era para hacer una trampa de tropezar —dijo Ned—. Era para hacer eso, un pozo mortal. Lucy, casi caíste dentro.

—¿Y en el fondo? ¿Hay una bomba? —preguntó Jesse.

Amelia dijo:

—Permíteme tu linterna —él se la entregó. Ella iluminó con su luz el pozo y luego retrocedió con rapidez.

—¿Qué es? —preguntó Lucy.

—No es una bomba —respondió Amelia—. Es un nido de avispas.

Ned miró.

—Cristo, qué bastardo…

Amelia levantó cuidadosamente el resto de las ramas, exponiendo el agujero y el nido, que tenía el tamaño aproximado de una pelota de fútbol.

—Joder —musitó Ned, cerrando los ojos, considerando sin duda lo que hubiera sido encontrarse con cien avispas que le picaran alrededor de los muslos y la cintura.

Lucy se restregó las manos que le escocían por la caída. Se puso de pie.

—¿Cómo lo sabías?

—No lo sabía. Quien llamó fue Lincoln. Estaba leyendo los libros de Garrett. Encontró un pasaje subrayado acerca de un insecto llamado hormiga león. Cava un pozo y pica a su enemigo mortalmente cuando cae en él. Garrett lo había rodeado con un círculo y la tinta sólo tenía unos días. Rhyme recordó las agujas de pino cortadas y el hilo de pescar. Se imaginó que el chico podría cavar una trampa y me pidió que buscara una cama de ramas de pino sobre el sendero.

—Quememos el nido —propuso Jesse.

—No —dijo Amelia.

—Pero es peligroso...

Lucy estuvo de acuerdo con Amelia.

—Un fuego descubriría nuestra posición y Garrett sabría donde estamos. Limitémonos a dejarlo a descubierto de manera que la gente pueda verlo. Volveremos después y lo destruiremos. De todas formas es muy difícil que alguien venga por aquí.

Amelia asintió. Hizo una llamada con su teléfono.

—Lo encontramos, Rhyme. Nadie se lastimó. No había una bomba. Puso dentro un nido de avispas... Bien. Tendremos cuidado... Sigue leyendo ese libro. Avísanos si encuentras algo más.

Otra vez empezaron a caminar por el sendero y cubrieron un cuatrocientos metros antes de que Lucy encontrara fuerzas para decir:

—Gracias. Tenías razón en pensar que Garrett vendría por aquí. Yo estaba equivocada —vaciló un largo momento y luego agregó—: Jim hizo una buena elección cuando os trajo de Nueva York para esto. No estaba muy entusiasmada con la idea al principio pero los resultados cantan.

Amelia frunció el ceño.

—¿Nos trajo? ¿Qué quieres decir?

—Para ayudarnos.

—Jim no lo hizo.

—¿Cómo? —preguntó Lucy.

—No, no. Estábamos en el centro médico de Avery, donde Lincoln será sometido a una operación. Jim oyó que estaríamos allí, así que se acercó esa mañana para preguntar si examinaríamos unas pruebas.

Una larga pausa. Luego Lucy rió a medida que el alivio se apoderaba de ella.

—Pensé que había gorroneado dinero del condado para traeros por avión a todos vosotros después del secuestro de ayer.

Amelia negó con la cabeza.

—La operación no se hace hasta pasado mañana. Teníamos tiempo libre. Eso es todo.

—Ese muchacho, Jim. Nunca nos dijo una palabra acerca de ello. Puede ser muy callado a veces.

—¿Estabas preocupada porque creías que Jim pensaba que no podíais resolver el caso?

—Eso es exactamente lo que creí.

—El primo de Jim trabaja con nosotros en Nueva York. Le dijo a Jim que vendríamos por un par de semanas.

—Espera, ¿te refieres a Roland? —preguntó Lucy—. Claro que lo conozco. Conocí también a su mujer, antes de que falleciera. Sus hijos son encantadores.

—Estuvieron en casa en una barbacoa no hace mucho —dijo Amelia.

Lucy rió otra vez.

—Creo que estaba paranoica... ¿De manera que estuvisteis en Avery? ¿En el centro médico?

—Así es.

—Allí es donde trabaja Lydia Johansson. Sabes, es enfermera allí.

—No lo sabía.

Una docena de recuerdos destellaron en la mente de Lucy Kerr. Algunos la emocionaron cálidamente, otros los habría evitado gustosamente como al enjambre de avispas que casi se puso en movimiento en la trampa de Garrett. No sabía si estaba dispuesta o no a comentarlos con Amelia Sachs. Se contentó con añadir:

—Es la razón por la cual estoy tan empeñada en salvarla. Tuve ciertos problemas médicos hace algunos años y Lydia fue una de mis enfermeras. Es una buena persona. La mejor.

—La salvaremos —dijo Amelia, con un tono que a veces, no siempre, pero a veces, Lucy escuchaba en su propia voz. Un tono que no dejaba ninguna duda.

Ahora caminaban con más lentitud. La trampa los había asustado a todos y el calor los abrumaba.

Lucy preguntó a Amelia:

—¿Esa operación a la que se someterá tu amigo... es por su estado?

—Sí.

—¿Por qué pones esa cara? —preguntó Lucy, percibiendo una sombra en el rostro de la mujer.

—Probablemente no tenga resultados positivos.

—¿Entonces por qué se opera?

Amelia le explicó:

—Hay una probabilidad de que salga bien. Una pequeña probabilidad. Es cirugía experimental. Nadie que tenga el tipo de lesión que padece Lincoln, tan seria, ha mejorado nunca.

—¿Y tú no quieres que él se opere?

—No quiero, no.

—¿Por qué no?

Amelia vaciló.

—Porque podría matarlo. O dejarlo aún peor.

—¿Le hablaste de ello?

—Sí.

—Pero no dio resultado —dijo Lucy.

—Ninguno.

Lucy asintió.

—Me imagino que es un hombre algo obstinado.

Amelia dijo:

—Te quedas corta.

Un chasquido sonó cerca de ellas, en el matorral, y para cuando Lucy había encontrado su pistola, Amelia ya había apuntado con precisión al pecho de un pavo salvaje. Los cuatro miembros de la patrulla de rescate sonrieron, pero la diversión duró un instante y fue reemplazada por nerviosismo cuando la adrenalina se descargó en sus corazones.

Con las pistolas nuevamente en sus fundas, con sus ojos escudriñando el sendero, siguieron adelante, dejando de lado las conversaciones.

* * *

Existían varias categorías en las que se dividían las personas cuando se trataba de la lesión de Rhyme.

Algunas tomaban la actitud bromista y franca. Chistes sobre inválidos, no dejaban títere con cabeza.

Otras, como Henry Davett, ignoraban por completo su estado.

La mayoría hacía como Ben: trataban de simular que Rhyme no existía y rezaban para poder escapar lo antes posible.

Era esta actitud la que Rhyme más odiaba. Constituía el recordatorio más evidente de lo diferente que era. Pero no tenía tiempo para reflexionar sobre la actitud de su ayudante sustituto. Garrett estaba llevando a Lydia a una zona cada vez más deshabitada. Y Mary Beth Connell podría estar muriendo de asfixia, de deshidratación o por una herida.

Jim Bell entró al cuarto.

—Quizá haya buenas noticias del hospital. Ed Schaeffer dijo algo a una de las enfermeras. Enseguida quedó nuevamente inconsciente, pero lo tomo como una buena señal.

—¿Qué dijo? —preguntó Rhyme—. ¿Algo que vio en ese mapa?

—La enfermera dice que sonó como «importante». Luego «oliva» —Bell caminó hacia el mapa. Señaló un punto al sudeste de Tanner's Corner—. Hay un zona residencial por aquí. Pusieron a las calles nombres de plantas, frutas y esas cosas. Una de ellas se llama Oliva. Pero eso queda mucho más al sur de Stone Creek. ¿Les digo a Lucy y Amelia que lo verifiquen? Pienso que deberíamos hacerlo.

Ah, el eterno conflicto, reflexionó Rhyme: ¿confiar en la evidencia o confiar en los testigos? Si elegía mal, Lydia o Mary Beth podrían morir.

—Deben permanecer donde están, al norte del río.

—¿Está seguro? —preguntó Bell dudando.

—Sí.

—Bien —dijo Bell.

El teléfono sonó y con la firme presión de su dedo anular izquierdo, Rhyme contestó.

La voz de Sachs resonó en sus cascos.

—Estamos en un punto muerto, Rhyme. Hay cuatro o cinco senderos aquí, que van en diferentes direcciones y no tenemos ni una pista de cuál ha tomado Garrett.

—No tengo nada más que decirte, Sachs. Estamos tratando de identificar más indicios.

—¿Nada más en los libros?

—Nada específico. Pero resultan fascinantes. Constituyen una lectura muy seria para un chico de dieciséis años. Es más inteligente de lo que me imaginé. ¿Dónde estás exactamente, Sachs? —Rhyme levantó la vista—. ¡Ben! Ve al mapa, por favor.

Ben se dirigió con toda su corpulencia hacia el muro y se ubicó al lado del mapa.

Sachs consultó con alguien más de la patrulla. Luego dijo:

—Cerca de seis kilómetros al norte de donde cruzamos Stone Creek, en una línea bastante recta.

Rhyme se lo repitió a Ben, que puso su mano en una parte del mapa. Localización J-7.

Cerca del dedo gordo de Ben había una disposición en forma de L, no identificada.

—Ben, ¿tienes idea de qué hay en ese lugar?

—Pienso que es la antigua mina.

—Oh, Dios mío —musitó Rhyme, moviendo su cabeza con frustración.

—¿Qué? —peguntó Ben, alarmado pensando que había hecho algo incorrecto.

—¿Por qué demonios nadie me dijo que había una mina por allí?

La cara redonda de Ben parecía más inflada que nunca. Se tomó la acusación como algo personal.

—Yo no...

Pero Rhyme ni siquiera escuchaba. No había nadie a quien culpar salvo a sí mismo por esa omisión. Alguien le *había* hablado de la mina, Henry Davett, cuando explicó que la caliza había sido explotada en gran escala en la zona unos años atrás. ¿De qué otra forma producen las empresas caliza industrial? Rhyme debería haber preguntado por una mina tan pronto como lo escuchó. Y los nitratos no eran de bombas en absoluto, sino de explosivos para romper las rocas, ese tipo de residuo puede durar años.

Dijo al teléfono:

—Hay una mina abandonada no lejos de vosotros. Al sudeste.

Una pausa. Palabras lejanas. Ella dijo:

—Jesse la conoce.

—Garrett *estuvo* allí. No sé si todavía está. De manera que tened cuidado. Y recordad que puede no estar poniendo bombas, pero deja trampas. Llámame cuando encontréis algo.

Ahora que Lydia se había alejado del mundo exterior y no se sentía descompuesta por el calor y la fatiga, se dio cuenta de que tenía que luchar con el mundo interior y de que resultaba ser igualmente terrible.

Su captor iba y venía por momentos, miraba por la ventana, luego se acuclillaba haciendo sonar las uñas, miraba el cuerpo de Lydia y volvía a pasearse. Una vez, Garrett observó el suelo del molino y cogió algo. Se lo puso en la boca y masticó con apetito. Ella se preguntó si sería un insecto y el pensamiento casi la hizo vomitar.

Estaban en lo que debería de haber sido la oficina del molino. Desde donde estaba, podía ver un pasillo, parcialmente quemado por el fuego, que llevaba a otra serie de cuartos, probablemente donde se depositaba el grano y donde se molía. A través de los muros y el techo quemado del corredor brillaba la luz de la tarde.

Algo naranja le llamó la atención. Frunció los ojos y vio bolsas de Doritos. También de patatas fritas Cape Cod y galletas. Y más mantequilla de cacahuete Planters y paquetes de crackers de queso como los que el chico tenía en la mina.

Gaseosas y agua Deer Park. No había visto todo eso cuando llegaron al molino.

¿Para qué toda esta comida? ¿Cuánto tiempo permanecerían allí? Garrett dijo que sólo durante esa noche pero había suficientes provisiones para quedarse un mes. ¿La mantendría aquí por más tiempo del que había dicho en un principio?

Lydia preguntó:

—¿Está bien Mary Beth? ¿Le hiciste daño?

—Oh, sí, como si la fuera a lastimar —dijo el chico sarcásticamente—. No lo creo.

Lydia se dio la vuelta y estudió los rayos de luz que perforaban los restos del pasillo. De afuera llegaba un sonido chirriante, la piedra giratoria del molino, supuso.

Garrett continuó, condescendiente:

—La única razón por la que la llevé es para asegurarme de que está bien. Quería salir de Tanner's Corner. Le gusta la playa. Quiero decir, ¿a quién no? Mejor que esa porquería de Tanner's Corner. —Hizo sonar sus uñas con más rapidez, con más estruendo. Estaba agitado y nervioso. Con sus enormes manos rasgó una de las bolsas de patatas. Comió varios puñados, los masticó con descuido y de su boca cayeron algunos trocitos. Enseguida bebió un bote entero de Coca Cola. Comió más patatas—. Este lugar se quemó hace dos años. No sé quién lo hizo. ¿Te gusta ese sonido? ¿La rueda hidráulica? Es muy tranquilizante. La rueda da vueltas y más vueltas. Me recuerda a una canción que mi padre solía cantar por casa, todo el tiempo. «*Gran rueda, sigue dando vueltas…*». —Se atiborró de comida y siguió hablando. Por un momento, ella no pudo entender. El chico tragó—… Mucho por aquí. Te sientas por la noche y escuchas las cigarras y las ranas. Si me dirijo al mar, como ahora, paso la noche aquí. Te gustará por la noche. —Dejó de hablar y de repente se inclinó hacia ella.

Demasiado asustada para mirarlo directamente, mantuvo la vista baja pero se dio cuenta de que él la estudiaba al detalle. Luego, en un instante, el muchacho se alejó de un salto y se acuclilló a su lado.

Lydia hizo un gesto de disgusto cuando percibió su olor corporal. Esperó que sus manos se deslizarán sobre su pecho y entre las piernas.

Pero parecía que él no estaba interesado en ella. Garrett desplazó una roca y levantó algo que encontró debajo.

—Un ciempiés —sonrió. El insecto era largo y amarillo verdoso. A ella le dieron náuseas—. Son limpios. Me gustan. —Dejó que subiera por su mano y su muñeca—. No son insectos —peroró—. Son como primos. Son peligrosos si tratas de lastimarlos. Su picadura es muy mala. Los indios de por aquí solían machacarlos y poner el veneno en la punta de sus flechas. Cuando un ciempiés está asustado emite veneno y luego escapa. Su enemigo se desliza por el gas y muere. Es muy salvaje, ¿no?

Garrett se quedó callado y estudió el ciempiés con atención, del modo en que la propia Lydia miraba a su sobrina y su sobrino: con afecto, divertido, casi con amor.

Lydia sintió que se iba llenando de horror en su interior. Sabía que debía mantenerse en calma, que no tenía que discutir con Garrett sino seguirle la corriente. Pero al ver ese bicho repugnante caminar por su brazo, al escuchar el sonido de sus uñas, al observar su piel manchada, sus ojos húmedos, los pedazos de comida en su mentón, sintió un espasmo de pánico.

Mientras el asco y el miedo hervían en su interior, Lydia imaginó que una voz suave la impulsaba. «¡Sí, sí, sí!» Una voz que sólo podía pertenecer a su ángel guardián.

*¡Sí, sí, sí!*

Se echó hacia atrás. Garrett levantó la vista, sonriendo por la sensación del insecto sobre su piel, curioso por lo que la chica estaba haciendo. Lydia lo golpeó tan fuerte como pudo con ambos pies. Tenía piernas vigorosas, acostumbradas a llevar su gran cuerpo durante turnos de ocho horas en el hospital; el golpe hizo que él cayera hacia atrás. Golpeó la cabeza contra el muro con un sonido sordo y quedó tendido en el suelo, atontado. De repente gritó, soltó un alarido salvaje y se apretó el brazo; el ciempiés debía de haberle picado.

¡Sí! Pensó Lydia triunfante mientras se levantaba. Se puso de pie y corrió ciegamente hacia el cuarto de molienda, al final del pasillo.

# 12

De acuerdo al cálculo de Jesse Corn, ya estaban casi en la mina.

—Nos faltan cinco minutos —dijo a Sachs. Luego la miró dos veces y después de pensarlo otras dos dijo—: ¿Sabes?, quería preguntarte… Cuando sacaste tu arma, cuando salió ese pavo salvaje de los matorrales… bueno, y también cuando en Blackwater Landing, Rich Culbeau nos sorprendió… eso fue… extraordinario. Sabes cómo clavar un clavo, sin duda.

Ella conocía, por Roland Bell, esa expresión sureña que significaba «tirar».

—Es uno de mis pasatiempos favoritos —dijo.

—¡No bromees!

—Es más fácil que correr —dijo Sachs—. Y más barato que anotarse en un gimnasio.

—¿Has estado en competiciones?

Sachs asintió.

—En el Club de Pistola North Shore de Long Island.

—¿Qué me dices? —exclamó Jesse con entusiasmo desbordante—. ¿En los torneos Bullseye de la NRA*?

—Sí.

* Asociación Nacional del Rifle. *(N. de la T.)*

—¡Es mi deporte favorito también! Bueno, tiro al pichón y tiro al vuelo, por supuesto. Pero mi especialidad son las armas de cinto.

La de Sachs también, pero pensó que sería mejor no encontrar demasiadas cosas en común con su adorador.

—¿Recargas con tu propia munición? —preguntó Jesse.

—Sí. Bueno, con los 38 y los 45. No con los cartuchos, por supuesto. El problema mayor consiste en sacar las burbujas de los proyectiles.

—¡Guau! ¿No me digas que fundes tus propias balas?

—Lo hago —admitió Sachs, recordando cuando en las mañanas de domingo los apartamentos de todo su edificio olían a *waffles* y bacon y el suyo a menudo estaba impregnado del atractivo aroma del plomo fundido.

—Yo no lo hago —dijo Jesse, como disculpándose—. Compro los cartuchos con el fulminante.

Caminaron unos pocos minutos en silencio, todos con los ojos fijos en el suelo, alertas ante las trampas mortales.

—Bien —dijo Jesse Corn, con una tímida sonrisa y apartando el rubio cabello de su húmeda frente—. Te mostraré mi... —Sachs lo miró inquisitivamente y él continuó—. Quiero decir, ¿cuál es tu mejor puntuación? ¿En el circuito Bullseye? —Como ella vacilara, él la alentó—: Vamos, me lo puedes decir. Es sólo un deporte... Y, bueno, yo he estado compitiendo durante diez años. Te saco un poco de ventaja.

—Dos mil setecientos —dijo Sachs.

Jesse asintió.

—Sí, ése es el torneo a que me refiero, el de la rotación con tres pistolas, con un máximo de novecientos puntos para cada una. ¿Cuál es tu mejor puntuación?

—La que te he dicho —contestó Sachs, con una mueca de dolor, pues la artritis se dejaba sentir en sus rígidas piernas—. Dos mil setecientos.

Jesse se volvió hacia ella, buscando señales que le confirmaran que se trataba de una broma. Cuando vio que ella no reía, lanzó una carcajada.

—Pero esa es una puntuación perfecta.

—No creas que la consigo en *todos* los torneos. Pero me preguntaste por la mejor.

—Pero... —Sus ojos estaban muy abiertos—. Nunca *había conocido* a nadie que disparara y obtuviera dos mil setecientos.

—Bueno, ahora ya lo has conocido —dijo Ned, riéndose con ganas—. Y no te sientas mal, Jess, sólo es un deporte.

—Dos mil... —el joven policía movió la cabeza.

Sachs decidió que tendría que haber mentido. Con esta información acerca de sus proezas balísticas, parecía que el amor de Jesse Corn por ella estaba sellado.

—Di, cuando esto acabe... —dijo Jesse tímidamente—, si tienes tiempo libre, quizá tú y yo podamos ir al campo de tiro y gastar algunas municiones.

Y Sachs pensó: mejor una caja de balas Winchester del 38 que un vaso de cerveza Starbucks acompañado de la información de lo difícil que es encontrar mujeres en Tanner's Corner.

—Veremos cómo salen las cosas.

—Es una cita —dijo él, utilizando la palabra que ella tenía la esperanza de que no surgiera.

—Allí —dijo Lucy—. Mirad.

Se detuvieron al borde del bosque y vieron la mina frente a ellos.

Sachs hizo que se agacharan. Mierda, cómo duele. Todos los días tomaba unos medicamentos a base de condroitina y glucosamina, pero con la humedad y el calor de Carolina del Norte sus articulaciones sufrían una barbaridad. Observó el enorme pozo de casi doscientos metros de anchura y treinta de profundidad. Los muros eran amarillos, como huesos viejos, y descendían abruptamente. En el fondo había agua verde y salobre que olía a ácido. La vegetación en veinte metros a la redonda había desaparecido de forma trágica.

—Manteneos lejos del agua —les advirtió Lucy en un susurro—. Es mala. Había chicos que solían nadar aquí, no mucho después de que cerraran la mina. Mi sobrino vino una vez, el hermano pequeño de Ben. Pero yo me limité a mostrarle la foto del forense, cuando pescaron a Kevin Dobbs después de que se ahogara y pasara en el agua una semana. Nunca más volvió.

—Creo que el doctor Spock da el mismo consejo —dijo Sachs. Lucy se rió.

Sachs, pensando nuevamente en niños.

Ahora no, ahora no…

Su teléfono vibró. A medida que se acercaban a su presa, había quitado el sonido. Contestó. La voz de Rhyme crepitó:

—Sachs, ¿dónde estás?

—Al borde de la mina —murmuró.

—¿Alguna señal del chico?

—Acabamos de llegar. No hay nada todavía. Vamos a empezar a buscar. Todos los edificios han sido demolidos y no veo ningún lugar donde pueda esconderse. Pero hay una docena de lugares en que podría haber dejado una trampa.

—Sachs…

—¿Qué pasa, Rhyme? —Su tono solemne la dejó helada.

—Hay algo que debo decirte. Acabo de recibir del centro médico los resultados del análisis del ADN y serológico. Del kleenex que encontraste en la escena esta mañana.

—¿Y?

—Es el semen de Garrett, sí. Y la sangre… es de Mary Beth.

—La violó —murmuró Sachs.

—Ten cuidado, Sachs, pero muévete rápido. No creo que a Lydia le quede mucho tiempo.

Se escondió en un depósito sucio y oscuro que hacía un tiempo solía usarse para guardar el grano.

Con las manos atadas atrás, todavía mareada por el calor y la deshidratación, Lydia Johansson había atravesado a tropezones el luminoso pasillo, alejándose de donde Garrett yacía retorciéndose Había encontrado ese lugar donde ocultarse, en la planta de abajo del cuarto de molienda. Cuando entró y cerró la puerta, una docena de ratones corrieron sobre sus pies y tuvo que esforzarse para controlarse y no gritar.

Ahora prestaba atención para oír las pisadas de Garrett sobre el sonido de la rueda del molino que estaba cerca.

El pánico la inundaba y comenzaba a lamentar su huída desafiante. Pero no había vuelta atrás, decidió. Había lastimado a Garrett y ahora él se vengaría si la encontraba. Quizá le haría algo peor. Su única oportunidad era tratar de escapar.

No, decidió, esa no era la forma correcta de pensar. Uno de sus libros de ángeles decía que no existe algo como «tratar». Algo se hacía o no se hacía. Ella no iba a *tratar* de huir. Ella *iba* a huir. Sólo necesitaba tener fe.

Lydia miró a través de una rendija en la puerta del depósito, escuchó cuidadosamente. Le oyó en uno de los cuartos cercanos, hablando despacio consigo mismo y abriendo brutalmente las puertas de los depósitos y los armarios. Esperaba que él pensara que había salido corriendo por el pasillo quemado, pero era obvio, por su búsqueda metódica, que sabía que ella todavía estaba allí. No podía quedarse más en el depósito. La encontraría. Miró a través de la rendija de la puerta y como no lo veía, se deslizó fuera del cuarto y corrió a otro adyacente, moviéndose silenciosamente con sus zapatos blancos. La única salida de ese cuarto era una escalera que llevaba a la segunda planta. Subió con dificultad, con las manos, al no poder mantener el equilibrio, chocando con las paredes y con la barandilla de hierro forjado.

Escuchó resonar su voz por el pasillo.

—¡Hiciste que me picara! —gritó—. Me duele, me duele.

«Ojalá te hubiera picado en un ojo o en la entrepierna», pensó Lydia y se empeñó en subir la escalera. «¡Jódete, jódete, jódete!»

Lo escuchó abrir con violencia las puertas de los armarios de la planta inferior. Escuchó sus lamentos guturales. Imaginó que podía oír el sonido de sus uñas.

Tembló de pánico otra vez. Las náuseas aumentaban.

El cuarto al final de la escalera era amplio y tenía una cantidad de ventanas que daban a la parte quemada del molino. Había una puerta, que al estar sin cerrojo, abrió de un empujón. Entró en la misma zona de molienda: dos grandes ruedas de molino se encontraban en el centro. El mecanismo de madera estaba podrido; el sonido que había oído no se debía a las muelas sino a la rueda hidráulica, movida por el arroyo desviado. Todavía daba vueltas lentamente. El agua de color herrumbre caía en cascada hacia un pozo profundo y angosto, como un aljibe. Lydia no podía ver el fondo. El agua debe de haber drenado y retornado al arroyo por alguna parte bajo la superficie.

—¡Detente! —gritó Garrett.

Saltó asustada al oír el sonido de su voz enojada. Él estaba en la puerta. Sus ojos rojos estaban muy abiertos. Se apretaba el brazo en el que había un enorme moretón negro y amarillo.

—Hiciste que me picara —murmuró, mirándola con odio—. Está muerto. ¡Tu me hiciste matarlo! ¡Yo no quería pero tú me obligaste! Ahora mueve el culo y baja. Tengo que atarte las piernas también.

Se movió hacia delante.

Ella miró su huesuda cara, sus cejas unidas, sus grandes manos, sus ojos furiosos. En su mente irrumpieron diversas imágenes: un paciente de cáncer que se moría lentamente; Mary Beth McConnell encerrada en algún lugar; el chico devorando las patatas fritas; el ciempiés mientras corría; las uñas que sonaban. El mundo exterior. Sus largas noches sola, esperando, desesperadamente, una breve llamada telefónica de su novio. Llevar las flores a Blackwater Landing, aun cuando realmente no quería hacerlo...

Era demasiado para ella.

—Espera —dijo Lydia, serenamente.

Él pestañeó. Dejó de caminar.

Ella le sonrió, de la forma que sonreiría a un enfermo terminal, y enviando una oración de despedida a su novio, con las manos todavía atadas a la espalda, se zambulló de cabeza en el estrecho pozo de aguas oscuras.

* * *

Las líneas del retículo de la mira telescópica Hitech se posaron en los hombros de la policía pelirroja.

*Ése* es un cabello bonito, pensó Mason Germain.

Él y Nathan Groomer estaban en una loma desde la que se divisaba la antigua mina de Anderson Rock Products, a unos cien metros de la patrulla de rescate.

Nathan manifestó finalmente la conclusión a la que había llegado hacía media hora.

—Esto no tiene nada que ver con Rich Culbeau.

—No, no tiene que ver. No exactamente.

—¿Qué significa «no exactamente»?

—Culbeau anda por aquí. Con Sean O'Sarian.

—*Ese* muchacho mete más miedo que dos Culbeaus.

—No te lo discuto —dijo Mason—. Y Harris Tomel también. Pero eso no es lo que estamos haciendo.

Nathan volvió a mirar a los policías y a la pelirroja.

—Me imagino que no. ¿Por qué estás apuntando a Lucy Kerr con mi rifle?

Después de un momento, Mason le devolvió el Ruger M77 y dijo:

—Porque no traje mis jodidos binoculares. Y no era a Lucy a quien miraba.

Caminaron por la saliente. Mason iba pensando en la pelirroja. Pensando en la bonita Mary Beth McConnell. Y en Lydia. Pensando también cómo a veces la vida no trascurre de la forma en que uno desea. Mason Germain sabía, por ejemplo, que él ya debería haber ascendido a un rango superior. Sabía que debería haber solicitado la promoción de otra forma. De la misma manera en que debería haber manejado las cosas de otra manera, cuando Kelley lo dejó por ese camionero cinco años antes y, ya puestos, haber manejado también de forma diferente todo su matrimonio *antes* de que ella lo dejara.

Y debería haber manejado el primer caso de Garrett Hanlon de forma muy diferente también. El caso en el que Meg Blanchard se despertó de la siesta y encontró las avispas amontonadas en su pecho, rostro y manos... Ciento treinta y siete picaduras y una terrible muerte lenta.

Ahora estaba pagando por esas malas decisiones. Su vida consistía en una serie de días tranquilos, en los que se preocupaba, sentado en su porche y bebía demasiado, sin encontrar siquiera la energía para sacar su bote al Pasquo y salir a pescar. Trataba desesperadamente de solucionar lo que quizá no tenía arreglo.

—¿Entonces, me vas a decir lo que estamos haciendo? —preguntó Nathan.

—Estamos buscando a Culbeau.

—Pero acabas de decir... —la voz de Nathan se extinguió. Como Mason no dijo nada más, el policía suspiró ruidosamente—. La casa de Culbeau, o donde se supone que está, se encuentra a diez o doce kilómetros de distancia y aquí estamos al norte del Paquo, yo con mi rifle para ciervos y tú con tu boca cerrada.

—Lo estoy diciendo por si Jim *pregunta*. Estábamos por aquí buscando a Culbeau —dijo Mason.

—¿Y lo que estamos haciendo realmente es...?

Nathan Groomer podía podar árboles a quinientos metros con su rifle Ruger. Podía convencer en cinco minutos a un conductor, con 0,50 de alcohol en sangre, de que descendiera de su coche. Si se quisiera molestar en tratar de hacerlo, podría tallar señuelos que se venderían por quinientos dólares a los coleccionistas. Pero su talento y cualidades no iban mucho más allá.

—Vamos a cazar a ese muchacho —dijo Mason.

—Garrett.

—Sí, Garrett. ¿Quién si no? *Ellos* lo harán salir para nosotros —señaló con la cabeza la pelirroja y los policías—. Y *nosotros* lo cazaremos.

—¿Qué quieres decir con «cazar»?

—Tú le dispararás, Nathan. Y lo dejaras muerto como una piedra.

—¿Le dispararé?

—Sí, señor.

—Espera un poco. No vas a destruir *mi* carrera porque te mueres de ganas de cazar a ese muchacho.

—No tienes una carrera —soltó Mason—. Tienes un *empleo*. Y si quieres mantenerlo harás lo que te diga. Escucha, he hablado con él, con Garrett... Durante las otras investigaciones, cuando mató a esa gente.

—¿Sí? ¿De veras? Bueno, te creo, por supuesto.

—¿Y sabes lo que me dijo?

—No. ¿Qué?

Mason estaba procurando pensar si lo que decía era verosímil. Luego, al recordar a Nathan, concentrado y terco mientras pasaba hora tras hora lijando el dorso de un pato de madera, perdido en una inconsciencia feliz, el policía veterano continuó:

—Garrett dijo que si lo necesitaba mataría a cualquier policía que tratara de detenerlo.

—¿Dijo eso? ¿Ese muchacho?

—Sí. Me miró directamente a los ojos y lo dijo. Y dijo que también le daría mucha alegría hacerlo. Que esperaba que yo fuera el primero, pero que mataría a cualquiera que tuviera a mano.

—Ese hijo de puta. ¿Se lo dijiste a Jim?

—Por supuesto. ¿Piensas que no lo haría? Pero no le prestó la más mínima atención. Me gusta Jim Bell. Sabes que es así. Pero la verdad es que está más preocupado en *conservar* su cómodo puesto que en *ejercerlo.*

El policía asentía con la cabeza; una parte de Mason estaba asombrada por la facilidad con que Nathan se dejaba convencer: ni siquiera se le ocurría que podría haber otra razón por la que estaba tan ansioso de cazar a ese muchacho.

El tirador de élite pensó un momento.

—¿Lleva Garrett un arma?

—No lo sé, Nathan. Pero dime: ¿cuán difícil es conseguir un arma en Carolina del Norte? ¿La frase «caen de los árboles» te dice algo?

—Es verdad.

—Mira, ni Lucy ni Jesse, ni siquiera Jim, aprecian a ese chico como yo.

—¿Apreciar?

—Apreciar el peligro, quiero decir —dijo Mason.

—Oh.

—Hasta ahora ha matado a tres personas, probablemente también ahorcó a Todd Wilkes. O al menos lo asustó tanto que se suicidó. Lo que es un asesinato igualmente. Y la chica murió de las picaduras. ¿Te acuerdas de Meg? ¿Viste esas fotos de su rostro después de que las avispas hicieran su trabajo? Luego piensa en Ed Schaeffer. Tú y yo estuvimos bebiendo con él la semana pasada. Ahora está en el hospital y puede que nunca despierte.

—No es que yo sea un francotirador o algo así, Mason.

Pero Mason Germain no iba a ceder ni un ápice.

—*Sabes* lo que harán los jueces. Tiene dieciséis años. Van a decir: «Pobre muchacho. Sus padres están muertos. Internémoslo en un reformatorio». Luego saldrá en seis meses o en un año y volverá a las andadas. Asesinará a otro futbolista destinado a Chapel Hill, a alguna otra chica de la ciudad quien nunca mató una mosca.

—Pero...

—No te preocupes, Nathan. Estás haciendo un favor a Tanner's Corner.

—Eso no es lo que iba a decir. La cosa es, que si lo matamos, perdemos toda posibilidad de encontrar a Mary Beth. Es el único que sabe donde está.

Mason rió amargamente.

—¿Mary Beth? ¿Piensas que está viva? De ninguna manera. Garrett la violó y la mató, y la enterró en alguna tumba poco profunda en algún lugar. Podemos dejar de preocuparnos por ella. Ahora nuestro deber es asegurarnos de que no le pasará lo mismo a nadie más. ¿Estás conmigo?

Nathan no dijo nada, pero el chasquido que hizo el policía al colocar los largos proyectiles cubiertos de cobre en la recámara de su rifle fue respuesta suficiente.

# II

# La Cierva Blanca

# 13

Fuera de la ventana había un gran nido de avispas.

Apoyando la cabeza contra el grasiento cristal de su prisión, una exhausta Mary Beth lo miraba fijamente.

Más que cualquier otra cosa de ese lugar terrible, el nido, gris y húmedo y repugnante, le producía una sensación de desesperanza.

Más que los barrotes que Garrett había soldado con tanto cuidado fuera de las ventanas. Más que la gruesa puerta de roble, bien cerrada con tres grandes cerrojos. Más que el recuerdo de la terrible marcha desde Blackwater Landing en compañía del Muchacho Insecto.

El nido de las avispas tenía la forma de cono, con su vértice hacia el suelo. Se apoyaba sobre la bifurcación de una rama que Garrett había apuntalado cerca de la ventana. El nido debía de ser el hogar de cientos de insectos lustrosos y de color negro y amarillo que salían y entraban del agujero que estaba en su parte inferior.

Garrett ya se había ido cuando ella despertó esa mañana y después de quedarse en la cama cerca de una hora, atontada y con náuseas por el golpe brutal que recibiera en la cabeza la noche anterior, Mary Beth se irguió sobre sus inseguras piernas y miró por la ventana. La primera cosa que vio fue el nido fuera de la ventana del fondo, cerca del dormitorio.

Las avispas no habían hecho su nido allí; era Garrett quien lo había colocado fuera de la ventana. Al principio, ella no podía imaginar la causa. Pero después, con una sensación de desesperación, lo comprendió: su captor lo había dejado como un estandarte de victoria.

Mary Beth había aprendido bien sus lecciones de historia. Sabía acerca de guerras, de ejércitos que conquistaban otros ejércitos. La razón por la que llevaban banderas y estandartes no consistía sólo en identificar a los bandos; también consistía en recordar a los vencidos quién los controlaba ahora.

Y Garrett había vencido.

Bueno, había ganado la *batalla*; todavía estaba por verse el resultado de la guerra.

Mary Beth se tocó la herida de la cabeza. Había sido un golpe terrible en la sien, que le había arrancado unos trozos de piel. Se preguntó si se infectaría.

Encontró una banda elástica en su mochila y ató su largo pelo castaño en una coleta. El sudor goteaba por su cuello y sintió una aguda necesidad de beber. Estaba sin aliento a causa del calor asfixiante de los cuartos cerrados. Pensó en quitarse su gruesa camisa de *denim*, preocupada por las víboras y las arañas, siempre llevaba mangas largas cuando iba a cavar alrededor de matorrales o de pastos crecidos. Pero ahora, a pesar del calor, decidió dejarse la camisa. No sabía cuando retornaría su captor y llevaba sólo un sujetador de encaje rosa bajo la camisa. Garrett Hanlon de seguro no necesitaba ningún aliciente en *ese* sentido.

Con una última mirada al nido, Mary Beth se alejó de la ventana. Luego caminó una vez más por los tres ambientes de la choza, buscando inútilmente una brecha en el lugar. Se trataba de un edificio sólido y muy antiguo, con gruesas paredes, una combinación de troncos cortados a mano y pesadas tablas unidas entre sí por clavos. Por la ventana de enfrente se veía un gran campo con altos pastos que terminaba en una hilera de árboles a cien metros de la casa. La propia cabaña se encontraba en otro grupo de gruesos árboles. Mirando por la ventana de atrás, la del nido de avispas, apenas si podía ver a través de los troncos la superficie brillante del estanque que habían rodeado el día anterior para llegar a la casa.

Los cuartos en sí mismos eran pequeños pero sorprendentemente limpios. En la sala había un largo canapé marrón y dorado, varias sillas viejas alrededor de una mesa de comedor barata y una segunda mesa donde se encontraban una docena de botellas de zumo cubiertas con malla de red y llenas de los insectos que el chico coleccionaba. Un segundo cuarto contenía un colchón y una cómoda. Un tercer cuarto estaba vacío, excepto por varios botes medio llenos de pintura marrón, ubicados en un rincón; parecía que Garrett había pintado recientemente el exterior de la cabaña. El color era oscuro y deprimente y no podía imaginar por qué lo había elegido así, hasta que se dio cuenta de que tenía el mismo tono que la corteza de los árboles que rodeaban la cabaña. Camuflaje. Se le ocurrió nuevamente algo que ya había pensado antes, que el chico era mucho más cauteloso, y más peligroso de lo que había imaginado.

En la sala había pilas de alimentos: comida basura e hileras de frutas y vegetales enlatados de la marca Farmer John. Desde el rótulo un impasible granjero le sonreía, una imagen tan obsoleta como la Betty Crocker de los años cincuenta. Examinó desesperadamente la cabaña para encontrar agua o gaseosas, algo para beber, pero no encontró nada. Las frutas y vegetales envasados estarían llenos de zumo pero no había ningún abrelatas ni ninguna clase de herramienta o utensilio para abrirlos. Tenía su mochila con ella, pero había dejado sus herramientas de arqueología en Blackwater Landing. Trató de abrir un bote golpeándolo contra un costado de la mesa, pero el metal no cedió.

Escaleras abajo se encontraba un sótano o depósito subterráneo, al que se llegaba por una puerta que estaba en el suelo de la habitación principal de la choza. La miró una vez y se estremeció de repugnancia, sintió que su piel se erizaba. La noche anterior, después de que pasara un tiempo desde que se fuera Garrett, Mary Beth había reunido todo su valor y había descendido los endebles escalones, llegando a un sótano de techo bajo, donde buscó una salida de la horrible cabaña. Pero no había salida, sólo docenas de cajas, botes y bolsas viejas.

No había oído el regreso de Garrett y de repente el chico corrió escaleras abajo hacia ella. Mary Beth gritó y trató de huir, pero lo único que recordaba era que yacía en el suelo sucio, con su pecho salpicado de la sangre que también se pegaba en sus cabellos, y Garrett, que olía a adolescente sin bañar, y caminaba lentamente hacia ella, la rodeaba con sus brazos, con los ojos fijos en sus pechos. La levantó y ella sintió su pene rígido mientras la llevaba lentamente hacia la planta superior, sordo a sus protestas...

¡No!, se dijo. No pienses en eso.

O en el dolor. O en el miedo.

¿Y dónde estaba Garrett ahora?

Tan asustada como se había sentido ayer, con él dando vueltas alrededor de la cabaña, ahora casi se sentía igual, temiendo que la hubiera olvidado. O se hubiera matado en un accidente, o le hubieran disparado los policías que la buscaban. Y se moriría de sed en aquel lugar. Mary Beth recordaba un proyecto en el que se había implicado junto a su tutor universitario: el desenterramiento, patrocinado por la Sociedad Histórica de Carolina del Norte, de una tumba, para realizar análisis de ADN en el cuerpo de un cadáver y verificar si correspondía a un descendiente de Sir Francis Drake, como afirmaba una leyenda local. Para su horror, cuando se quitó la tapa del ataúd, los huesos del brazo del cadáver estaban levantados y había rasguños en el interior de la tapa. El hombre había sido enterrado vivo.

Esta cabaña sería su ataúd. Y nadie...

¿Qué era eso? Mirando por la ventana del frente, creyó ver movimientos justo en el límite del bosque. A través de los matorrales y las hojas le pareció que podía ser un hombre. Sus ropas y su sombrero de ala ancha eran oscuros, y había algo que inspiraba confianza en su postura y modo de andar, pensó: parece un misionero en la selva.

Pero espera... ¿Había realmente alguien allí? ¿O se trataba solamente de la luz en los árboles? No lo podía discernir.

—¡Aquí! —gritó. Pero la ventana estaba cerrada con clavos y aun si hubiera estado abierta, dudaba que la pudieran oír a esa distancia, ya que su voz estaba muy débil a causa de la sequedad de su garganta.

Agarró su mochila, esperando que todavía tuviera el silbato que su paranoide madre había comprado para protegerla. Mary Beth se había reído de la idea, ¿un silbato contra las violaciones en Tanner's Corner?, pero ahora lo buscó desesperadamente.

Pero el silbato no estaba. Quizá Garrett lo hubiera encontrado y cogido cuando ella se desmayó en el colchón ensangrentado. Bueno, de todos modos gritaría para conseguir ayuda, gritaría tan fuerte como pudiera, a pesar de su garganta reseca. Mary Beth tomó uno de los botes de insectos, con la intención de romperlo contra la ventana. Lo elevó hacia atrás como un lanzador de béisbol a punto de arrojar la última pelota de un partido. Luego su mano descendió. ¡No! El Misionero se había ido. Donde había estado veía ahora un oscuro tronco de sauce, pasto y un laurel, moviéndose con el viento cálido.

Quizá eso fuera todo lo que había visto.

Quizá él no hubiera estado allí en absoluto.

Para Mary Beth McConnell, acalorada, asustada, torturada por la sed, la verdad y la ficción se mezclaban y todas las leyendas que había estudiado sobre ese terrible territorio de Carolina del Norte parecían tornarse reales. Quizá el Misionero fuera uno más del elenco de personajes imaginarios, como la Dama del lago Drummond.

Como los otros fantasmas del Great Dismal Swamp.

Como la Cierva Blanca de la leyenda india, una historia que se parecía en forma alarmante a la suya propia.

Con la cabeza a punto de estallar, mareada por el calor, Mary Beth se acostó en el canapé con olor a moho y cerró los ojos, mientras las avispas volaban cerca, para luego entrar al nido gris, el estandarte de la victoria de su captor.

Lydia sintió el fondo del arroyo bajo sus pies y dio un salto hacia la superficie.

Ahogada y escupiendo agua, se encontró en un charco pantanoso cerca de 15 metros aguas abajo del molino. Con las manos todavía atadas a su espalda, movió las piernas con fuerza para enderezarse e hizo una mueca de dolor. Tenía un esguince o se había roto el tobillo al chocar con la paleta de madera de la rueda hidráulica cuando saltó al canal. Pero en aquel punto el agua tenía dos metros de profundidad y si no pataleaba se ahogaría.

El dolor de su tobillo era tremendo, pero Lydia consiguió remontar a la superficie. Descubrió que al llenar los pulmones y descansar sobre la espalda podía flotar y mantener su rostro sobre la superficie, mientras daba patadas con su pierna sana dirigiéndose a la orilla.

Había avanzado un metro y medio cuando sintió algo frío y resbaladizo en la nuca, que se enrollaba alrededor de su cabeza y oreja, en búsqueda de su cara. ¡Una víbora! Se percató con pánico. Recordó un caso del mes anterior en la sala de urgencias: un hombre que trajeron con la picadura de una víbora de agua, su brazo hinchado casi al doble de su tamaño. Estaba loco de dolor. Lydia dio una vuelta completa y la musculosa víbora se deslizó ante su boca. Gritó. Pero con los pulmones vacíos y sin poder flotar, se hundió bajo la superficie y comenzó a ahogarse. Perdió de vista a la víbora. ¿Dónde está? ¿Dónde? pensó ansiosamente. Una picadura en la cara podría dejarla ciega. En la yugular o la carótida, moriría.

*¿Dónde*? ¿Estaba encima? ¿Dispuesta a picar?

Por favor, por favor, ayúdame, suplicó a su ángel guardián.

Y quizá el ángel la escuchó. Porque cuando apareció nuevamente en la superficie no había señales de la víbora. Finalmente tocó la suciedad del fondo del arroyo con sus pies cubiertos por las medias. Había perdido los zapatos en la zambullida. Hizo una pausa, recobrando el aliento, tratando de calmarse. Con lentitud se dirigió a la orilla, subió por el empinado terraplén de barro y palos resbaladizos que le hacían descender un paso por cada dos que conseguía subir a tropezones. Cuidado con la arcilla de Carolina, se dijo; puede tragarte como arenas movedizas.

Justo cuando lograba salir del agua, un disparo, muy cercano, hendió el aire.

¡Jesús! ¡Garrett tiene un arma! ¡Está disparando!

Se tiró nuevamente al agua y se hundió bajo la superficie. Permaneció tanto como pudo, pero al final tuvo que salir. Luchando por recobrar el aliento, subió a tierra firme en el momento en que un castor golpeaba nuevamente con la cola, haciendo un nuevo estruendo. El animal desapareció rumbo a su dique, grande, de 60 metros de largo. Sintió que una risa histérica se apoderaba de ella a causa de la falsa alarma, pero pudo controlarse.

Luego caminó con dificultad hacia los carrizos y el barro y se recostó, jadeando y escupiendo agua. Después de cinco minutos recuperó el aliento. Se sentó y miró a su alrededor.

Ni señales de Garrett. Se esforzó por ponerse de pie. Trató de liberar sus manos, pero la cinta adhesiva se mantenía firme, a pesar de haberse empapado. Desde allí podía ver la chimenea quemada del molino. Se orientó y decidió qué dirección tomar para encontrar el sendero que la llevaría al sur del Paquo, a casa. No estaba muy lejos de él; su trayecto por el arroyo no la había conducido muy lejos del molino.

Pero Lydia no tenía la voluntad suficiente para moverse.

Se sentía paralizada por el miedo, por la desesperanza.

Entonces pensó en su serie de televisión favorita, *Touched by an Angel*, y cuando pensaba en el programa tuvo otro recuerdo, de la última vez que la había visto. Justo cuando terminó y empezó la publicidad, la puerta de su casa en la ciudad se abrió y apareció su novio con un paquete con seis botellas. Era poco común que le hiciera una visita sorpresa y Lydia se quedó encantada. Pasaron juntos dos horas gloriosas. Decidió que su ángel le había proporcionado ese recuerdo en ese momento como una señal de que había esperanzas cuando menos las esperaba…

Asiándose a ese pensamiento con firmeza, rodó con dificultad y se puso de pie. Comenzó a andar por los juncos y los pastos del pantano. De un lugar cercano le llegó un sonido gutural. Un leve gruñido. Sabía que había linces por ahí, al norte del río. También osos y jabalíes. Pero aun cuando cojeaba y sentía mucho dolor, se encaminó con tanta confianza hacia el sendero como si estuviera haciendo las rondas en su trabajo, distribuyendo píldoras y chismorreos, levantando el ánimo a los pacientes bajo su cuidado.

Jesse Corn encontró una bolsa.

—¡Aquí! Mirad aquí. Tengo algo. Una talega.

Sachs bajó por una ladera rocosa hacia donde estaba el policía, señalando algo en un saliente calizo, que había quedado plana por una explosión. Podía ver las ranuras donde los taladros habían horadado la piedra para colocar la dinamita. No era de extrañar que Rhyme hubiera encontrado tanto nitrato; aquel lugar era un gran campo de demoliciones.

Se acercó a Jesse. Estaba de pie frente a una vieja bolsa de tela.

—Rhyme, ¿puedes oírme? —dijo Sachs por su teléfono.

—Adelante. Hay mucho ruido de estática pero te puedo oír.

—Encontramos una bolsa por aquí —le contó ella. Luego le preguntó a Jesse—. ¿Cómo la llamáis?

—Talega. Lo que en otros lugares llaman bolsa de arpillera.

Sachs le dijo a Rhyme:

—Es una vieja bolsa de arpillera. Parece que hay algo en ella.

Rhyme preguntó:

—¿Garrett la dejó?

Sachs miró al suelo, donde el piso de piedra se unía a los muros.

—Se trata sin lugar a dudas de las huellas de Garrett y de Lydia. Conducen a una subida hacia el borde de la mina.

—Vayamos en su búsqueda —dijo Jesse.

—Todavía no —dijo Sachs—. Necesitamos examinar la bolsa.

—Descríbela —ordenó el criminalista.

—Arpillera. Vieja. Unos 60 por 90 centímetros. No hay mucho dentro. Está cerrada. No atada, sólo doblada.

—Ábrela con cuidado, recuerda las trampas.

Sachs bajó un costado de la bolsa y miró adentro.

—Está limpia, Rhyme.

Lucy y Ned descendieron por el sendero y los cuatro permanecieron alrededor de la bolsa como si fuera el cuerpo de un ahogado que hubieran sacado de la mina.

—¿Qué hay en ella?

Sachs se puso guantes de látex, que estaban muy blandos a causa del sol. Inmediatamente sus manos comenzaron a sudar y a escocer por el calor.

—Botellas de agua vacías. Deer Park. No tienen el precio de la tienda ni etiqueta de inventario. Envolturas de dos paquetes de mantequilla de cacahuete Planters y de crackers de queso. Tampoco se puede identificar la procedencia. ¿Quieres los códigos UPC* para localizar las partidas?

—Si tuviéramos una semana, quizá —murmuró Rhyme—. No, no te molestes. Más detalles de la bolsa —le ordenó.

—Hay algo impreso en ella. Pero está demasiado descolorido para que lo podamos leer. ¿Alguien quiere probar?

Nadie pudo leer la inscripción.

—¿Alguna idea de lo que contenía originalmente? —preguntó Rhyme.

Sachs tomó la bolsa y la olió.

—Rancio. Debe de haber estado guardada durante mucho tiempo. No puedo decir qué contenía. —Sachs dio vuelta

* Códigos de barras. *(N. de la T.)*

a la bolsa de adentro hacia afuera y la golpeó fuertemente con la palma de la mano. Unos pocos granos de maíz, viejos y arrugados, cayeron al suelo—. Maíz, Rhyme.

—Como mi nombre* —rió Jesse.

Rhyme preguntó:

—¿Hay granjas por allí?

Sachs hizo la pregunta a la patrulla.

—Granjas lecheras, no de cereales —dijo Lucy, mirando a Ned y a Jesse, que asintieron.

Jesse dijo:

—Pero se les da de comer maíz a las vacas.

—Claro —dijo Ned—, diría que la bolsa proviene de algún depósito de forraje y granos. O de un almacén.

—¿Escuchaste eso, Rhyme?

—Forraje y grano. Bien. Haré que Ben y Jim Bell lo investiguen. ¿Algo más, Sachs?

Ella se miró las manos. Estaban ennegrecidas. Dio vuelta a la bolsa.

—Parece que hubiera hollín y restos de fuego en la bolsa, Rhyme. No se quemó, pero estaba apoyada en algo que ardió.

—¿Alguna idea de qué fue?

—Parecen pedazos de carbón vegetal. De manera que creo que se trata de madera.

—Bien —dijo Rhyme—. Lo pongo en la lista.

Sachs miró las huellas de Lydia y de Garrett.

—Seguimos tras sus pasos de nuevo —le dijo a Rhyme.

—Te llamaré cuando tenga más respuestas.

Sachs anunció a la patrulla de rescate:

* Juego de palabras con «corn»: maíz. *(N. de la T.)*

—Volvemos arriba —sintió el dolor lacerante de sus rodillas, miró hacia arriba, al borde de la mina y murmuró—: No parecía tan alto cuando llegamos aquí.

—Oh, sí, es una norma. Las colinas son dos veces más altas al subirlas que al bajarlas —dijo Jesse Corn, quien parecía tener una reserva inagotable de aforismos, mientras cortésmente la dejaba pasar delante para subir el angosto sendero.

# 14

Lincoln Rhyme, ignorando una mosca negra y verde que volaba por las inmediaciones, estudiaba el último diagrama de evidencias.

ENCONTRADO EN UNA ESCENA SECUNDARIA
DEL CRIMEN — LA MINA

Vieja bolsa de arpillera — Con un nombre ilegible
Maíz — ¿Forraje y cereales?
Huellas de algo chamuscado
Agua Deer Park
Crackers de queso
Mantequilla de cacahuete Planters

La evidencia más inusual es la mejor. Nada le hacía más feliz a Rhyme que encontrar en una escena del crimen algo completamente imposible de identificar. Porque eso significaba que si lo conseguía sólo habría unas limitadas procedencias con las que se podía relacionar.

Pero estos elementos, la evidencia que Sachs encontró en la mina, eran comunes. Si la inscripción de la bolsa hubiera sido legible, entonces la podría haber rastreado y encontrar una única procedencia. Pero no se podía leer. Si el agua y las galletas tuvieran etiquetas con el precio, podrían relacionarse con las tiendas que las vendieron o dar con un empleado que recordara a Garrett y que pudiera tener alguna información sobre dónde encontrarlo. Pero no las tenían. ¿Y madera chamuscada? Conducía a todas las barbacoas del condado Paquenoke. Inútil.

El maíz podía ser de utilidad y Jim Bell y Steve Farr estaban en ese momento al teléfono, llamando a proveedores de maíz y cereales; pero Rhyme dudaba que los empleados tuvieran algo más que decir salvo: «Sí. Vendemos maíz. En viejas bolsas de arpillera. Como lo hace todo el mundo.»

¡Maldición! No se sentía nada cómodo en aquel lugar. Necesitaba semanas, meses, para conocer la región.

Pero por supuesto, no tenían ni semanas ni meses.

Sus ojos se movieron de diagrama en diagrama, tan veloces como la mosca.

ENCONTRADO EN LA ESCENA PRIMARIA DEL CRIMEN
BLACKWATER LANDING

Kleenex con sangre
Polvo de caliza
Nitratos
Fosfatos
Amoniaco
Detergente
Canfeno

Nada más se podía deducir de ese diagrama.

Volveré a los libros de insectos, decidió.

—Ben, ese libro de allí, *The Miniature World*. Quiero mirarlo.

—Sí, señor —dijo el joven, que estaba distraído, mirando en el diagrama de evidencias. Levantó el libro y se lo acercó a Rhyme.

Por un momento el libro permaneció en el aire sobre el pecho del criminalista. Rhyme echó a Ben una mirada irónica, que lo miró a su vez, después de un instante, dio un salto repentino y retrocedió, al darse cuenta de que le ofrecía algo a alguien que necesitaría de la intervención divina para cogerlo.

—Oh, pues, Sr. Rhyme... mire —dijo abruptamente Ben, con la cara roja—. Lo lamento tanto. No estaba pensando, señor. Hombre, qué estupidez. Yo realmente...

—Ben —dijo Rhyme con calma— cierra tu jodida boca.

El hombretón pestañeó, conmocionado. Tragó saliva. El libro, minúsculo en su mano grande, descendió.

—Fue un accidente, señor. Ya le dije que yo...

—Cállate.

Ben se calló. Cerró la boca. Miró alrededor del cuarto para encontrar ayuda, pero no había ayuda en el horizonte. Thom estaba de pie contra el muro, silencioso, de brazos cruzados, sin deseos de convertirse en un guardián de paz de la ONU.

Rhyme continuó, rezongando en voz baja:

—Actúas como si estuvieras pisando huevos y me tienes harto. Deja de humillarte, joder.

—¿Humillarme? Sólo trataba de comportarme de forma amable con alguien que... Quiero decir...

—No, no es eso lo que hacías. Has estado tratando de maquinar cómo diablos salir de aquí sin mirarme más de lo necesario y sin inquietar tu propia y delicada pequeña psique.

Los corpulentos hombros se pusieron rígidos.

—Bueno, bien, señor, no creo que lo que dice sea completamente justo.

—Gilipolleces. Ya es hora de que me quite los guantes... —Rhyme rió con sarcasmo—. ¿Te gusta *esta* metáfora? ¿Yo, quitándome los guantes? Algo que no podré hacer con mucha rapidez, ¿te parece?... ¿Qué tal como chiste de inválidos?

Ben estaba desesperado por escapar, por salir corriendo, pero sus piernas macizas estaban fijas como troncos de roble.

—Lo que tengo no es contagioso —rugió Rhyme—. ¿Piensas que te lo puedo pegar? No es así. Caminas por aquí como si respiraras un aire contaminado y luego tuvieran que arrastrarte a *ti* en una silla de ruedas. ¡Demonios, si hasta temes que solo con *mirarme* pudieras terminar como yo!

—¡Eso no es verdad!

—¿No lo es? Pienso que sí... ¿Cómo es posible que te aterrorice de esa manera?

—¡No es así! —gritó Ben—. ¡En absoluto!

Rhyme estaba furioso.

—Sí, te atemorizo. Estás *aterrado* de encontrarte en el mismo cuarto donde estoy yo. Eres un jodido cobarde.

El joven se inclinó hacia delante, arrojando saliva por los labios, con su mandíbula temblando, y contestó a los gritos:

—¡Bueno, que te jodan, Rhyme! —por un momento la rabia lo dejó sin habla. Luego continuó—. Vine aquí para hacerle un favor a mi tía. ¡Me trastoca todos los planes y no me pagan ni un centavo! Escucho que ordena a todos los que le rodean como si fuera alguna jodida *prima donna*. Quiero decir, no sé de dónde diablos sale, señor... —su voz se extinguió y miró a Rhyme, que se reía a carcajadas...

—¿Qué? —rugió Ben—. ¿De qué demonios se ríe?

—¿Ves que fácil es? —preguntó Rhyme, con una risa ahogada. También Thom tenía dificultades para evitar sonreír.

Ben respiró hondo y se enderezó, luego se limpió la boca. Irritado, fatigado. Movió la cabeza.

—¿Qué quiere decir? ¿Qué es fácil?

—Mirarme a los ojos y decirme que soy un pesado. —Rhyme siguió, con una voz tranquila—. Ben, yo soy como todos. No me gusta cuando la gente me trata como a una muñeca de porcelana. Y sé que a la gente no le gusta tener que preocuparse porque vayan a romperme.

—Me toma por tonto. Dijo todas esas cosas sólo para hacerme enfadar.

—Digamos que para hacerte entender —Rhyme estaba seguro de que Ben nunca sería como Henry Davett, un hombre que se interesaba sólo por el corazón, el espíritu, de un ser humano e ignoraba la envoltura. Pero al menos había conseguido que el zoólogo diera unos pasos en dirección al entendimiento.

—Debería irme por esa puerta y no regresar nunca.

—Mucha gente lo haría así, Ben. Pero te necesito. Eres capaz. Tienes talento para la investigación forense. Bueno, sigamos. Rompimos el hielo. Sigamos trabajando.

Ben comenzó a montar *The Miniature World* en el marco que daba vuelta las páginas. Mientras lo hacía, miró a Rhyme y preguntó:

—¿De manera que hay mucha gente que lo mira a los ojos y lo llama hijo de puta?

Rhyme miraba la cubierta del libro y lo remitió a Thom, quien dijo:

—Oh, seguro... Por supuesto que lo hacen después de que llegan a conocerlo.

Lydia todavía estaba a 30 metros del molino.

Se movía tan rápido como podía hacia el sendero que la llevaría a la libertad, pero su tobillo le dolía mucho y obstaculizaba significativamente su avance. También tenía que moverse despacio. Un trayecto que fuera realmente silencioso requería del uso de las manos. Pero, como algunas víctimas de lesiones cerebrales con las que había trabajado en el hospital, tenía un equilibrio limitado y sólo se limitaba a avanzar tropezando de claro en claro, haciendo mucho más ruido de lo deseable.

Recorrió un amplio círculo en el espacio frente al molino. Se detuvo. Ni una señal de Garrett. Ningún sonido en absoluto, excepto el ruido de la corriente del arroyo desviado al caer al condenado pantano.

Un metro y medio más, tres metros.

Vamos, ángel, pensó. Quédate conmigo un poco más. Ayúdame a pasar por esto. Por favor... Apenas unos minutos y estaremos listos para irnos a casa.

Oh, por Dios, cómo duele. Se preguntó si se le habría roto el hueso. El tobillo estaba hinchado y ella sabía que, si se trataba de una fractura, caminar sin un soporte como ahora podría empeorar las cosas diez veces. El color de la piel se ponía oscuro, lo que significaba vasos rotos. La septicemia era una posibilidad. Pensó en la gangrena. Amputación. ¿Si eso le pasara qué diría su novio? La dejaría, supuso. Su relación, en el mejor de los casos, era informal, al menos por parte de él. Además Lydia sabía, por su trabajo en oncología, cómo desaparecía la gente de la vida de los pacientes cuando comenzaban a perder partes del cuerpo.

Se detuvo y escuchó, miró a su alrededor. ¿Había huido Garrett? ¿Había desistido de encontrarla y se había ido a los Outer Banks para estar con Mary Beth?

Lydia se siguió moviendo hacia el sendero que la conduciría de vuelta a la mina. Una vez que lo encontrara tendría que moverse aún con más cuidado, para evitar la trampa explosiva. No recordaba exactamente dónde la había preparado el chico.

Otros metros... y allí estaba, el sendero que llevaba a casa.

Se detuvo una vez más, escuchando. Nada. Observó una víbora plácida, de piel oscura, que tomaba el sol en el tocón de un viejo cedro. Hasta luego, la saludó. Me voy a casa.

Lydia avanzó.

Y entonces la mano del Muchacho Insecto surgió de debajo de un frondoso laurel y la cogió por el tobillo sano. Con las manos atadas, Lydia no pudo hacer mucho más que doblarse hacia un lado de manera que su sólido trasero amortiguara la fuerza de la caída. La víbora despertó asustada por su grito y desapareció.

Garrett se le montó encima, aplastándola contra el suelo, con el rostro rojo de furia. Debía de haber permanecido en aquel lugar quince minutos. En silencio, sin moverse ni un centímetro hasta que la chica estuviera a la distancia adecuada para cogerla. Como una araña esperando su próxima presa.

—Por favor —murmuró Lydia, sin aliento por la sorpresa y horrorizada al ser traicionada por su ángel—. No me hagas daño…

—Silencio —susurró el chico con rabia, mirando alrededor—. Se me acabó la paciencia contigo —la hizo levantarse con brusquedad. Podría haberla tomado de un brazo o haberla hecho ponerse de espaldas y facilitar así la postura. Pero no lo hizo; la rodeó por atrás con los brazos y sus manos tocaron sus pechos, así la puso de pie. Ella sintió el cuerpo tenso del muchacho que se frotaba desagradablemente contra su espalda y trasero. Finalmente, después de un instante interminable, la soltó pero le rodeó el brazo con sus dedos huesosos y la impulsó detrás de él hacia el molino, indiferente a sus sollozos. Sólo se detuvo una vez, para examinar una larga fila de hormigas que llevaban minúsculos huevos a través del sendero.

—No les hagas daño —murmuró. Y observó los pies de ella cuidadosamente para asegurarse de que obedecía.

Con un sonido que Rhyme siempre comparaba con el de un carnicero afilando un cuchillo, el dispositivo dio vuelta a otra hoja de *The Miniature World*, que era, a juzgar por su deteriorado estado, el libro favorito de Garrett Hanlon.

*Los insectos están extraordinariamente bien preparados para sobrevivir. La polilla del abedul, por ejemplo, es blanca por naturaleza, pero en las regiones que circundan la Manchester industrial, en Inglaterra, el color de la especie se torna negro para mimetizarse con el hollín de los troncos de los árboles y aparecer con menos nitidez ante sus enemigos.*

Rhyme pasó algunas páginas más, accionando el botón de su controlador ECU con su dedo anular izquierdo sano. Leyó los pasajes que Garrett había marcado. El párrafo sobre el pozo de la hormiga león salvó a la patrulla de rescate de caer en una de las trampas del muchacho y Rhyme estaba tratando de sacar más conclusiones del libro.

Como especialista en peces, Ben le había dicho que la conducta animal a veces constituye un buen modelo para los humanos, especialmente en lo que a asuntos de supervivencia se refiere.

*La mantis religiosa se frota el abdomen contra las alas, produciendo un sonido espantoso que desorienta a sus perseguidores. La mantis, por otra parte, puede ingerir cualquier criatura viviente más pequeña que ella misma, incluyendo pájaros y mamíferos...*

*Se cree que los escarabajos peloteros proporcionaron al hombre antiguo la idea de la rueda...*

*Un naturalista llamado Réaumur observó en el siglo* XVIII *que las avispas hacen nidos de papel a partir de fibras de madera y saliva. Eso le dio la idea de hacer papel a partir de la pulpa de madera, no de tela, como los fabricante de papel venían haciendo hasta entonces…*

Entre todo esto, ¿qué era valioso para el caso? ¿Habría algo que pudiera ayudar a Rhyme a encontrar a dos seres humanos que andaban por algún lugar en ciento sesenta kilómetros cuadrados de bosques y pantanos?

*Los insectos hacen mucho uso del sentido del olfato. Para ellos es un sentido multidimensional. Realmente «sienten» los olores y los utilizan para muchas cosas. Para la educación, para la inteligencia, para la comunicación. Cuando una hormiga encuentra comida, vuelve al nido dejando una huella olorosa, al tocar esporádicamente el suelo con su abdomen. Cuando otras hormigas encuentran el rastro lo siguen hasta dar con la comida. Conocen en qué dirección ir porque el olor tiene «forma», el extremo más angosto del mismo señala hacia la comida como una flecha direccional. Los insectos también usan los olores para localizar a enemigos que se aproximan. Ya que un insecto puede detectar una sola molécula de olor a millas de distancia, raramente es sorprendido por un enemigo…*

El sheriff Jim Bell entró rápidamente en el cuarto. En su atormentado rostro lucía una sonrisa.

—Acabo de hablar con una enfermera del hospital. Hay noticias de Ed. Parece que está saliendo del coma y dijo algo. Su médico nos va a llamar dentro de unos minutos. Espero descubrir lo que quiso decir con «oliva» y si vio algo específico en ese mapa del refugio.

A pesar de su escepticismo acerca del testimonio de las personas, Rhyme decidió que se sentiría feliz con un testigo. El desaliento, la desorientación de un pez fuera del agua pesaban con agobio sobre él.

Bell caminó lentamente por el laboratorio, mirando con expectación hacia la puerta cada vez que se acercaban unos pasos.

Lincoln Rhyme nuevamente se desperezó, apoyando la cabeza en el cabecero de la silla. Sus ojos iban al diagrama de las evidencias, luego al mapa, luego de vuelta al libro. Y todo el tiempo la mosca verde y negra volaba alrededor del cuarto con una desesperación sin objeto, que parecía equipararse con la suya.

En las cercanías un animal cruzó corriendo el sendero y desapareció.

—¿Qué fue eso? —preguntó Sachs señalando con la cabeza. A ella el animal le había parecido un cruce entre un perro y un gran gato de albañal.

—Un zorro gris —dijo Jesse—. No los veo con demasiada frecuencia. Pero es cierto que no voy a menudo a pasear por el norte del Paquo.

Caminaron con lentitud mientras trataban de seguir las difusas indicaciones del paso de Garrett por el lugar. Todo el tiempo se mantenían alerta ante el temor que hubiera más trampas mortales y emboscadas en los bosques y matorrales circundantes.

Una vez más Sachs tuvo el presentimiento que la había acosado desde que vieron el funeral del niño esa mañana. Dejaron atrás los pinos y se encontraron en un tipo diferente de bosque. Los árboles eran los que se verían en una jungla tropical. Cuando le preguntó por ellos, Lucy le dijo que eran gomeros tupelo, viejos cipreses pelones, cedros. Estaban unidos por una red de musgos y viñas trepadoras que absorbían el sonido como una niebla espesa y que acentuaba la sensación de claustrofobia de Sachs. Había setas, moho y hongos por todas partes y los rodeaban ciénagas de aguas espumosas. El aroma en el aire era de podredumbre.

Sachs miró el suelo del camino. Le preguntó a Jesse:

—Estamos a millas de la ciudad, ¿quién hace estos senderos?

Él se encogió de hombros.

—En su mayoría malos pagadores.

—¿Qué es eso? —preguntó Sachs, recordando que Rich Culbeau había dicho lo mismo.

—Ya sabes, alguien que no paga sus deudas. Básicamente significa gentuza. Destiladores de licor ilegal, chicos, gente del pantano, falsificadores.

Ned Spoto tomó un sorbo de agua y dijo:

—A veces recibimos llamadas: ha habido un tiroteo, alguien está gritando, alguien necesita ayuda, hay luces misteriosas que hacen señales. Cosas como esas. Sólo que en el momento que llegamos, no hay nada... Ni un cuerpo, ni un asesino, ni un testigo. A veces encontramos un rastro de sangre pero no lleva a ninguna parte. Respondemos a la llamada, debemos hacerlo, pero nadie del departamento viene solo por estos lugares, nunca.

Jesse dijo:

—Te sientes diferente por aquí. Ya sé que suena cómico, pero sientes que la vida es diferente, más barata. Prefiero arrestar a un par de chicos armados y drogados en un supermercado que venir aquí respondiendo a una llamada. Al menos en la ciudad hay reglas. De alguna manera sabes qué esperar. Por aquí... —se encogió de hombros.

Lucy asintió.

—Es verdad. Y las reglas normales no se aplican a *nadie* al norte del Paquo. Ni a nosotros, ni a ellos. Te puedes encontrar disparando antes de leerle a alguien sus derechos y estaría perfectamente bien. Es difícil de explicar.

A Sachs no le gustó esa conversación tensa. Si los demás policías no hubieran estado tan sombríos y calmos, hubiera pensado que estaban montando un espectáculo para asustar a la chica de Nueva York.

Finalmente se detuvieron en un lugar donde el sendero se bifurcaba en tres direcciones. Caminaron cerca de quince metros por cada una de ellas pero no pudieron encontrar ninguna pista de cuál habían tomado Garrett y Lydia. Volvieron al cruce.

Sachs escuchó las palabras de Rhyme resonando en su mente: «Ten cuidado, Sachs, pero avanza velozmente. No pienso que nos quede mucho tiempo».

*Avanza velozmente…*

Pero no había indicios de la dirección que deberían tomar y cuando Sachs miró los obstruidos senderos, pareció imposible que alguien, ni siquiera Lincoln Rhyme, descubriera por donde se había ido su presa.

Entonces sonó el teléfono y tanto Lucy como Jesse la miraron con expectación, esperando, como Sachs, que Rhyme tuviera alguna nueva sugerencia acerca del camino a tomar.

Sachs respondió, escuchó al criminalista y asintió. Colgó. Tomó aliento y miró a los tres policías.

—¿Qué? —preguntó Jesse Corn.

—Lincoln y Jim acaban de saber de Ed Schaeffer. Parece que se despertó el tiempo suficiente para decir, «amo a mis hijos», y luego murió… Piensan que anteriormente había dicho algo como «Olivo», pero resulta que todo lo que trataba de decir es «amo». Es todo lo que dijo. Lo lamento.

—Oh, Jesús —murmuró Ned.

Lucy bajó la cabeza y Jesse le puso un brazo alrededor de los hombros.

—¿Qué hacemos ahora? —preguntó.

Lucy levantó la vista. Sachs pudo ver lágrimas en sus ojos.

—Vamos a detener a ese muchacho, eso es lo que vamos a hacer —dijo con una triste determinación—. Vamos a elegir el sendero más lógico y seguiremos en esa dirección hasta encontrarlo. Y vamos a caminar rápido. ¿Estás de acuerdo? —preguntó a Sachs, que no tenía problema en ceder el mando momentáneamente a la policía.

—Por supuesto.

# 15

Lydia había visto cien veces esa mirada en los ojos de los hombres.

Una necesidad. Un deseo. Un apetito.

A veces, una urgencia sin sentido. A veces, una inepta expresión de amor.

Esta muchacha grandota, con pelo grasoso, que en su adolescencia tuvo granitos y luego el rostro como picado de viruelas, creía que tenía poco que ofrecer a los hombres. Pero sabía también que le pedirían, al menos durante algunos años, una cosa y hacía tiempo que había decidido que para pasarlo bien tendría que explotar el poco poder que poseía; por ello, Lydia Johansson se encontraba ahora en un terreno de juego que le era muy familiar.

Estaban de regreso en el molino, nuevamente en la oscura oficina. Garrett estaba de pie a su lado y su cuero cabelludo relucía por el sudor a través de su pelo corto e irregular. Su erección era muy evidente a través de los pantalones.

Sus ojos se deslizaron por el pecho de Lydia, donde el uniforme empapado y translúcido se había desgarrado en su caída al canal (¿o lo había hecho él cuando la cogió en la senda?), el tirante de su sostén estaba roto (¿lo había roto Garrett?).

Lydia se alejó un poco, con una mueca de dolor por su lesión en el tobillo. Apretándose contra la pared, sentada, con las piernas extendidas, estudió esa *mirada* en los ojos del muchacho. Sintió una repulsión fría, como ante una araña.

Y sin embargo, pensó: ¿Debería permitirle?

Él era joven. Se correría en un instante y todo acabaría. Quizá después se durmiera y Lydia podría encontrar su cuchillo y liberarse las manos. Luego le daría un golpe y lo ataría a *él*.

Pero esas manos rojas y huesudas, la cara llena de granos próxima a la mejilla, el repugnante aliento y el hedor de su cuerpo… ¿Cómo podría soportarlos? Lydia cerró los ojos un instante. Rezó una plegaria tan insustancial como su sombra de ojos Blue Sunset. ¿Sí o no?

Pero si había ángeles cerca se mantuvieron en silencio sobre esta decisión particular.

Todo lo que tendría que hacer sería sonreírle. Estaría dentro de ella en un minuto. O ella podría tomarlo en su boca… No significaría nada.

*Fóllame rápido y luego veamos una película…* Una broma entre su novio y ella. Lo recibía en la puerta, con el conjunto rojo que había comprado en Sears por correo. Le echaba los brazos alrededor de los hombros y le susurraba esas palabras.

Si lo haces, pensó, podrías escapar.

¡Pero no puedo!

Los ojos de Garrett estaban fijos en ella. Recorrían su cuerpo. Su pene no la podía violar con más plenitud de lo que la violaban sus ojos en aquellos momentos. Jesús, no era sólo un insecto, el chico era una mutación de uno de los libros de terror de Lydia, algo que podrían haber imaginado Dean Koontz o Stephen King.

Sus uñas hacían ruido.

Ahora estaba examinando sus piernas, redondas y suaves, su mejor parte, creía Lydia.

Garrett rugió:

—¿Por qué estás llorando? Fue culpa tuya que te hicieras daño. No deberías haberte escapado. Déjame ver. —Señaló el tobillo hinchado—. Unos imbéciles de la escuela me empujaron colina abajo detrás de la estación Mobile el año pasado —dijo—. Me torcí el tobillo. Tenía ese mismo aspecto. Dolía como la gran puta.

Termina con todo esto, se dijo Lydia. Estarás mucho más cerca de casa.

*Fóllame rápido...*

¡No!

Pero no se alejó cuando Garrett se sentó frente a ella. Tomó su pierna. Sus largos dedos, Dios, qué grandes, la sujetaron por la pantorrilla y luego rodearon el tobillo. Temblaba. Miró los agujeros de sus medias blancas, por donde sobresalía su carne rosada. Estudió su pie.

—No hay una herida. Pero está todo negro. ¿Por qué?

—Puede ser una fractura.

El chico no respondió, tampoco parecía condolido. Era como si el dolor no tuviera sentido para él. Como si no pudiera entender que un ser humano podía estar sufriendo. Su interés constituía sólo una excusa para tocarla.

Ella extendió un poco más la pierna y los músculos palpitaron con el esfuerzo de levantarla. Su pie tocó el cuerpo de Garrett cerca de la ingle.

Los párpados del chico bajaron. Su respiración se hizo más rápida.

Lydia tragó saliva.

Él movió el pie de Lydia. Frotó su pene a través de la ropa mojada. Estaba tan rígido como la paleta de madera de la rueda hidráulica con la que la chica se había golpeado tratando de escapar.

Garrett deslizó la mano hacia arriba de la pierna. Lydia sintió que las uñas rasgaban su panty.

No...

Sí...

. La abrió

uedas se-

ada y me-

Hanlon se
delantera
menudo
del cedro

de Black-
. Estaba
es lleva-
iró hacia
Se volvió
tamente
ío abajo

¿Cómo,

pués de
las ro-
rabajos
s por la
a en las
s. Esta-

paralizó.
acia atrás y se dilataron las ventanas
ndamente. Dos veces.
ueó el aire. Tenía un olor agrio. Pa-
e lo reconoció. Amoniaco.
uró el chico, con los ojos muy abier-
han llegado tan rápido?
tó ella.

pisaron! ¡Estarán aquí en diez minu-
eden haber llegado tan pronto? —Se
Lydia. Ella nunca vio tanta furia y
ien—. ¿Dejaste algo en la senda? ¿Les

segura de que estaba a punto de ma-
mente fuera de control.
Lo prometo.
có. Lydia trató de huir pero él pasó a
staba frenético; rasgó la tela cuando se
antalones, la ropa interior, los calceti-
uerpo delgado, la erección que sólo ha-
oco. Desnudo, corrió a un rincón del
pas dobladas sobre el suelo. El chico se
bién.
cabeza y miró por la ventana, a través
fuerte olor a amoniaco. De manera que
do una bomba, había usado el amoniaco
nismo; había llovido sobre la patrulla de
s y dejándolos ciegos.
hablando casi en un susurro:
egar adonde está Mary Beth.
minar —dijo Lydia sollozando—. ¿Qué

Él sacó la navaja del bolsillo de sus pantalone
con un fuerte chasquido. Se volvió hacia ella.

—No, no, por favor...

—Estás lesionada. No hay manera que p
guirme.

Lydia miró la hoja de la navaja. Estaba manch
llada. Su aliento era entrecortado.

Garrett se le acercó. Lydia comenzó a gritar.

¿Cómo habían llegado tan pronto? Garrett F
lo preguntó otra vez, mientras corría desde la parte
del molino hacia el arroyo, el pánico que sentía tan
invadía su corazón de la forma en que el veneno
había lastimado su cara.

Sus enemigos habían cubierto el territorio des
water Landing hasta el molino en unas pocas hora
asombrado; había pensado que encontrar su rastro
ría al menos un día, probablemente dos. El chico m
el sendero que venía de la mina. Ni señal de ellos.
hacia la dirección opuesta y comenzó a caminar len
por otro sendero que llevaba más allá de la mina,
desde el molino.

Hizo sonar las uñas mientras se preguntaba: «
cómo, cómo?»

«Relájate», se dijo. «Hay mucho tiempo.» De
que la botella de amoniaco se hiciera pedazos contr
cas, los policías se moverían tan despacio como esc
peloteros empujando bolas de estiércol, preocupado
existencia de otras trampas. En unos minutos él estar
ciénagas y no podrían seguirlo. Ni siquiera con perro
ría con Mary Beth en ocho horas.

Entonces Garrett se detuvo.

A un costado de la senda había una botella plástica de agua, vacía. Parecía que alguien acabase de arrojarla. El chico husmeó el aire, tomó la botella, olió dentro. ¡Amoniaco!

Una imagen atravesó su mente: una mosca atrapada en la tela de una araña. Pensó: ¡Mierda! ¡Me engañaron!

Una voz de mujer ladró:

—Quieto ahí, Garrett —una linda pelirroja en vaqueros y camiseta negra salió de los matorrales. Tenía una pistola en la mano y apuntaba directamente a su pecho. Sus ojos se dirigieron al cuchillo del chico y luego a su cara.

—Está aquí —gritó la mujer—. Lo tengo —luego bajó la voz y miró a Garrett a los ojos—. Haz lo que te digo y no saldrás lastimado. Quiero que dejes caer la navaja y te tumbes en el suelo, boca abajo.

Pero el muchacho no se tumbó.

Se limitó a quedarse quieto, en una postura desgarbada e incómoda, haciendo un ruido compulsivo con sus uñas. Parecía totalmente asustado y desesperado.

Amelia Sachs observó otra vez el cuchillo manchado, que el chico sostenía firmemente en la mano. Mantuvo la mira del Smith & Wesson en el pecho de Garrett.

Los ojos le ardían por el amoniaco y el sudor. Se pasó una manga por la cara.

—Garrett… —habló con calma—. Túmbate. Nadie te va a lastimar si haces lo que te decimos.

Oyó unos gritos en la distancia.

—Tengo a Lydia —avisó Ned Spoto—. Está bien. Mary Beth no está aquí.

La voz de Lucy preguntaba, «¿Dónde estás, Amelia?»

—En el sendero hacia el arroyo —exclamó Sachs—. Tira la navaja, Garrett. Al suelo. Luego túmbate.

Él la miró con cautela, las manchas rojas en su piel y los ojos húmedos.

—Vamos, Garrett. Somos cuatro. No hay forma de escapar.

—¿Cómo? —preguntó—. ¿Cómo me encontraron? —su voz era infantil, no parecía la de un muchacho de dieciséis años.

Amelia no le dijo que habían encontrado la trampa de amoniaco y el molino gracias a Lincoln Rhyme, por supuesto. Justo cuando habían empezado a marchar por el sendero del medio, en la encrucijada del bosque, el criminalista la había llamado. Había dicho: «Uno de los empleados de los depósitos de forraje y granos con el que habló Jim Bell dijo que por aquí no se utiliza el maíz para la alimentación de animales. Dijo que probablemente el maíz provenía de un molino y Jim conoce un molino abandonado que se quemó el año pasado. Eso explicaría las marcas de hollín».

Bell se puso al teléfono y explicó a la patrulla cómo llegar al molino. Luego Rhyme habló de nuevo y añadió: «También tengo una idea acerca del amoniaco».

Rhyme había estado leyendo los libros de Garrett y encontró un pasaje subrayado acerca del uso que hacen los insectos de los olores para comunicarse advertencias. Había decidido que como el amoniaco no se encuentra en explosivos comerciales, como el tipo utilizado en la mina, Garrett había preparado, probablemente, algo con amoniaco en una trampa con el hilo de pescar, con el propósito de que cuando los perseguidores lo desparramaran, él lo podría oler y saber que estaban cerca para escapar.

Después de que encontraron la trampa, había sido idea de Sachs llenar una de las botellas de agua de Ned con amoniaco, rodear silenciosamente el molino y verter el amoniaco en el suelo fuera del edificio, para hacer salir al chico.

Y lo hizo salir.

Pero todavía Garrett no escuchaba las instrucciones. Miró alrededor y estudió la cara de Sachs, como si tratara de decidir si ella le dispararía realmente.

Se rascó un grano de la cara y se enjugó el sudor, luego agarró el arma con más firmeza, miró a derecha y a izquierda mientras sus ojos se llenaban de desesperación y pánico.

Con temor a hacerlo correr o a que la atacara, Sachs trató de hablarle como una madre que quiere hacer dormir a su hijo.

—Garrett, haz lo que te digo. Todo saldrá bien. Sólo haz lo que te digo. Por favor.

—¿Lo tienes en la mira? Dispara —estaba susurrando Mason Germain.

A cien metros de donde esa perra de Nueva York se enfrentaba con el asesino, Mason y Nathan Groomer se encontraban en la cima de una colina pelada.

Mason estaba de pie. Nathan estaba tendido boca abajo sobre el suelo caliente. Había afirmado el Ruger con bolsas de arena en un suave declive de oportunas rocas y se concentraba en el control de su respiración, de la forma en que se supone hacen los cazadores de alces, gansos y los seres humanos antes de disparar.

—Sigue —le urgió Mason—. No hay viento. Tienes una visión clara. ¡Dispara!

—Mason, el chico no está haciendo *nada*.

Vieron a Lucy Kerr y a Jesse Corn caminar hacia el claro, unirse a la pelirroja, sus armas también apuntaban al muchacho. Nathan continuó:

—Todos lo tienen cubierto y él sólo tiene una navaja. Una pequeña e insignificante navaja. Parece que se va a entregar.

—No se va a entregar —escupió Mason Germain, que pasó su peso liviano de un pie a otro con impaciencia—. Te lo digo, está fingiendo. Va a matar a uno de nosotros tan pronto como tengan la guardia baja. ¿No significa nada para ti que Ed Schaeffer esté muerto? —Steve Farr había llamado hacía media hora con la triste noticia.

—Vamos, Mason. Estoy tan afligido por eso como cualquiera. No tiene nada que ver con las reglas de combate. Además, mira, por favor. Lucy y Jesse están a dos metros del chico.

—¿Estás preocupado por si les das a *ellos*? Joder, si a esta distancia puedes acertar a una moneda, Nathan. Nadie tira mejor que tu. Dispara. Haz tu disparo.

—Yo...

Mason estaba observando la curiosa obrita de teatro que tenía lugar en el claro. La pelirroja bajó su arma y dio un paso adelante. Garrett todavía tenía la navaja. Su cabeza se movía hacia atrás y hacia delante.

La mujer dio otro paso hacia él.

Oh, eso es mucha *ayuda*, perra.

—¿Está en tu línea de fuego?

—No. Pero, escucha —explicó Nathan—, ni se supone siquiera que *estemos* aquí.

—Esa no es la cuestión —musitó Mason—. Estamos aquí. Yo autoricé un apoyo para proteger a la patrulla de rescate y te estoy ordenando que hagas un disparo. ¿Quitaste el seguro?

—Sí, lo quité.

—Entonces dispara.

Observó por la mira telescópica.

Mason vio como el cañón del Ruger se paralizaba, mientras Nathan se mimetizaba con su arma. Mason lo había visto antes, cuando cazaba con amigos que eran mucho mejores deportistas que él mismo. Era una cosa espeluznante que Mason no comprendía. Tu arma se vuelve parte de ti antes de disparar, casi por ella misma.

Mason esperó el estruendoso ruido del arma al disparar.

Ni una leve brisa. Una diana nítida. Un fondo claro.

¡Dispara, dispara, dispara! Era el mensaje silencioso de Mason.

Pero en lugar del ruido del disparo del rifle, escuchó un suspiro. Nathan bajó la cabeza.

—No puedo.

—Dame el jodido rifle.

—No, Mason. Vamos.

Pero la expresión de los ojos del policía veterano silenció al tirador, que le entregó el rifle y se puso a un lado.

—¿Cuántos proyectiles hay en el cargador? —soltó Mason.

—Yo…

—¿Cuántos proyectiles? —dijo Mason mientras se acostaba sobre el vientre y tomaba una posición idéntica a la de su colega un momento antes.

—Cinco. Pero no lo tomes como algo personal, Mason, tú no eres el mejor tirador de rifle en el mundo y hay tres inocentes en el campo de mira y si tu… —pero su voz se desvaneció. Había sólo un lugar al que podía ir esa frase y Nathan no quiso continuar.

Ciertamente, Mason sabía que no era el mejor tirador del mundo. Pero había matado cien ciervos. Y había conseguido puntuaciones altas en el campo de tiro de la policía estatal de Raleigh. Además, buen o mal tirador, Mason sabía que el Muchacho Insecto tenía que morir y tenía que morir ahora.

Él también respiró con regularidad, dobló el dedo alrededor del gatillo que tenía un reborde y descubrió que

Nathan había mentido; nunca había quitado el seguro del rifle. Ahora Mason apretó el botón con enfado y empezó a controlar su respiración una vez más.

*Dentro, fuera.*

Enfocó la mira en la cara del muchacho.

La pelirroja se acercó más a Garrett y por un momento su hombro estuvo en la línea de fuego.

Jesús, mi Dios, lo estás poniendo difícil, señorita. Ella se ladeó y salió de su vista. Luego su nuca apareció en el centro de la mira. Osciló a la izquierda pero permaneció cerca del centro de la mira.

*Respira, respira.*

Mason, dejando de lado el hecho de que sus manos temblaban mucho más de lo que deberían, se concentró en la cara manchada de su diana.

Bajó la mira al pecho de Garrett.

La pelirroja se ladeó nuevamente entrando en la línea de fuego. Luego se movió y salió.

Mason sabía que tenía que apretar el gatillo con suavidad. Pero, como le ocurría tan a menudo en la vida, la cólera lo invadió y decidió por él. Apretó el gatillo con un movimiento espasmódico.

# 16

Detrás de Garrett, un trozo de tierra saltó en el aire; él se llevó la mano a la oreja, donde, como Sachs, había sentido pasar la trayectoria de la bala.

Un instante después, el sonido estruendoso del rifle llenó el claro.

Sachs se dio vuelta. De la demora entre el ruido de la bala y el del rifle dedujo que el tiro no había partido de Lucy ni de Jesse, que estaban a unos cien metros. Los policías también miraron hacia atrás, con las armas levantadas, tratando de detectar al tirador.

Agachada, Sachs miró la cara de Garrett y vio sus ojos, llenos de terror y confusión. Por un momento, apenas un instante, no era el asesino que había aplastado el cráneo de un muchacho ni el violador que había ensangrentado a Mary Beth McConnell e invadido su cuerpo. Era un niño pequeño asustado, gimoteando:

—¡No, no!

—¿Quién es? —gritó Lucy Kerr—. ¿Culbeau? —se ocultaron tras unos matorrales.

—Cúbrete, Amelia —exclamó Jesse—. No sabemos a quién disparan. Podría ser un amigo de Garrett, que nos toma de blanco.

Pero Sachs no lo creía. La bala estaba destinada a Garrett. Escudriñó las cimas de las colinas cercanas, buscando señales del francotirador.

Otro bala silbó. Todavía más lejos de su objetivo.

—Santa María —dijo Jesse Corn, emitiendo con dificultad este juramento aparentemente desacostumbrada en él—. Mirad, allá arriba, ¡es *Mason*! Y Nathan Groomer. En ese alto.

—¿Es *Germain*? —preguntó Lucy con amargura, entrecerrando los ojos. Furiosamente apretó el botón de transmisión de su Handi-Talkie y rugió—: Mason, ¿qué diablos estás haciendo? ¿Estás allí? ¿Me recibes?… Central. Vamos, Central. Maldición, no tengo recepción.

Sachs sacó su teléfono celular y llamó a Rhyme, que le contestó un segundo después. Ella escuchó su voz, apagada, a través del altavoz.

—Sachs, ¿has…?

—Lo tenemos, Rhyme. Pero ese policía, Mason Germain, está en una colina cercana, disparando contra el muchacho. No podemos comunicarnos con él por radio.

—¡No, no, no! No puede matarlo. Controlé la degradación de la sangre en el pañuelo de papel. ¡Mary Beth estaba viva anoche! Si Garrett muere nunca la encontraremos.

Sachs dio a gritos esta información a Lucy pero todavía la policía no podía llegar a Mason con la radio.

Otro disparo. Una roca se hizo añicos y los roció con polvo.

—¡Detenedlo! —sollozó Garrett—. No, no… Tengo miedo. ¡Haced que se detenga!

Sachs le dijo a Rhyme:

—Pregunta a Bell si Mason tiene un teléfono celular y haz que lo llame y le diga que deje de disparar.

—Está bien, Sachs…

Rhyme colgó.

*Si Garrett muere nunca la encontraremos…*

Amelia Sachs tomó un rápida decisión y arrojó su arma al suelo. Luego caminó hacia delante, enfrentando a Garrett, a sólo medio metro del chico, poniéndose directamente entre él y el rifle de Mason. Pensó: en el tiempo que tarde en moverme, Mason podría apretar el gatillo y la bala, precediendo la ola de sonido del disparo, podría dirigirse en línea recta a mi espalda.

Dejó de respirar. Se imaginó que podía sentir el proyectil penetrando en su cuerpo.

Pasaron unos segundos. No hubo más disparos.

—Garrett, tienes que dejar esa navaja.

—¡Tratasteis de matarme! ¡Me engañasteis!

Ella se preguntó si le clavaría el cuchillo, con ira o pánico.

—No. No tenemos nada que ver con eso. Mira, estoy frente a ti. Te protejo. No volverá a disparar.

Garrett estudió detenidamente el rostro de Sachs con sus ojos crispados.

Ella se preguntó si Mason estaba esperando que se moviera hacia un costado lo suficiente como para apuntar a Garrett. A todas luces Mason era un mal tirador e imaginó quc una bala destrozaba su espina dorsal.

Ah, Rhyme, pensó, estás aquí para operarte a fin de ser más como yo, quizá hoy yo me vuelva más como tú…

Jesse Corn corría colina arriba a través de los matorrales. Movía sus brazos y gritaba:

—¡Mason, deja de disparar! ¡Deja de disparar!

Garrett seguía examinando a Sachs de cerca. Luego tiró la navaja a un costado y empezó compulsivamente a hacer ruido con las uñas una y otra vez.

Mientras Lucy se apresuraba a poner las esposas a Garrett, Sachs se volvió hacia la colina desde donde Mason había disparado. Lo vio de pie, hablando por teléfono. Pareció mirarla directamente, luego guardó el teléfono en el bolsillo y empezó a bajar la colina.

—¿En qué demonios estabas pensando? —rugió Sachs al ver a Mason. Caminó en línea recta hacia él. Se detuvieron a medio metro uno del otro; ella lo sobrepasaba en treinta centímetros.

—Estaba salvándote el culo, señorita —replicó Mason groseramente—. ¿No te diste cuenta de que el chico tenía un arma?

—Mason... —Jesse Corn intentó suavizar la situación—, ella trataba de poner un poco de calma, es todo. Hizo que el chico se entregara.

Pero Amelia Sachs no necesitaba hermanos mayores. Dijo:

—He estado realizando arrestos durante años. No me iba a atacar. La única amenaza provenía de *ti*. Podrías haber herido a alguno de *nosotros*.

—Tonterías —Mason se inclinó hacia ella y Sachs pudo oler su loción para después de afeitar, que parecía usar en cantidad.

Se alejó de la nube de perfume y dijo:

—Y si hubieras matado a Garrett, Mary Beth probablemente habría muerto de hambre o asfixia.

—Ella está muerta —soltó Mason—. Esa chica yace en una tumba en algún lugar y nunca encontraremos su cuerpo.

—Lincoln tiene un informe sobre su sangre —respondió Sachs—. Estaba viva anoche.

Mason hizo una pausa. Murmuró:

—Anoche no es ahora.

—Vamos, Mason —dijo Jesse—. Todo salió bien.

Pero Mason no se calmaba. Levantó los brazos y se golpeó los muslos. Miró a Sachs a los ojos y dijo:

—De todos modos, no sé para qué mierda te necesitamos aquí.

—Mason —irrumpió Lucy Kerr—, déjalo ya. No hubiéramos encontrado a Lydia de no ser por el señor Rhyme y Amelia. Les estamos agradecidos. Termina ya.

—*Ella* es la que no termina.

—Cuando alguien me coloca en la línea de fuego es mejor que tenga una muy buena razón para ello —dijo Sachs con calma—. Y que estés a la caza de ese chico porque no has sido capaz de sustentar un caso contra él, no es ninguna razón.

—No te metas en mi forma de hacer el trabajo. Yo…

—Bien, esto se tiene que terminar aquí —dijo Lucy— tenemos que volver a la oficina. Todavía trabajamos en la presunción de que Mary Beth no está muerta y tenemos que encontrarla.

—Eh —llamó Jesse Corn—. Aquí está el helicóptero.

Un helicóptero del centro médico aterrizó en un claro cerca del molino de donde los médicos sacaron a Lydia en una camilla; padecía una leve insolación y tenía un tobillo en malas condiciones. Le había dado un ataque de histeria cuando Garrett se le había acercado con un cuchillo y aunque resultó que lo que quería era cortar un trozo de tela adhesiva para ponerle en la boca, todavía estaba muy conmocionada. Logró calmarse lo suficiente para contar que Mary Beth no estaba en ningún lugar cerca del molino. Garrett la había escondido cerca del mar en alguna parte, en los Outer Banks. No sabía dónde exactamente. Lucy y Mason habían tratado de que Garrett hablara, pero siguió mudo y se sentó, con las manos esposadas en la espalda, mirando el suelo con mal humor.

Lucy dijo a Mason:

—Tú, Nathan y Jesse id con Garrett hasta la Easedale Road. Haré que Jim os mande un coche. En el desvío Possum

Creek. Amelia quiere examinar el molino. Yo la ayudaré. Enviad otro coche a Easedale en media hora aproximadamente para buscarnos.

Sachs se sintió feliz manteniendo por largo tiempo los ojos fijos en los de Mason, desafiante. Pero él volcó su atención hacia Garrett. Miró al chico asustado como un guardián que vigilara a un prisionero en el corredor de la muerte. Mason hizo una señal con la cabeza a Nathan.

—Vayámonos. ¿Las esposas están bien puestas?

—Sí, lo están —contestó Jesse.

Sachs estaba contenta de que Jesse fuera con ellos para mantener a Mason bajo control. Había oído historias de prisioneros «fugados» a los que los oficiales que los transportaban habían apaleado. En ocasiones terminaban muertos.

Mason cogió a Garrett fuertemente del brazo y le obligó a levantarse. El chico lanzó una mirada desesperanzada hacia Sachs. Luego Mason lo llevó por el sendero.

Sachs le dijo a Jesse Corn:

—Mantén un ojo en Mason. Necesitaremos la cooperación de Garrett para encontrar a Mary Beth. Si está demasiado asustado o furioso no le sacarás nada.

—Me aseguraré de que no sea así, Amelia —la miró con calor—. Se necesitan agallas para hacer lo que hiciste. Ponerte delante del chico. Yo no lo habría hecho.

—Bueno —Amelia no estaba en condiciones de soportar más admiración—. A veces te limitas a actuar y no piensas.

Él asintió con entusiasmo, como si agregara esta reflexión a su repertorio.

—Oh, ejem... te quería preguntar, ¿tienes un apodo?

—Ninguno.

—Bien. Me gusta «Amelia» tal como suena.

Por un momento ridículo ella pensó que él la besaría para celebrar la captura. Entonces Jesse empezó a caminar detrás de Mason, Nathan y Garrett.

Vaya, pensó una exasperada Amelia Sachs, mirando como Jesse se volvía para saludarla alegremente con la mano: uno de los policías quiere matarme de un disparo y otro está deseando reservar turno en la iglesia y preparar el banquete de bodas.

Sachs recorrió la cuadrícula cuidadosamente dentro del molino, concentrándose en el cuarto en el que Garrett había mantenido a Lydia. Caminó hacia atrás y hacia delante, un paso cada vez.

Sabía que habría algunas pistas que podrían acercarles a donde estaba oculta Mary Beth McConnell. Sin embargo, a veces la conexión entre un criminal y una localización determinada era tan sutil que existía sólo microscópicamente y aunque Sachs trabajó meticulosamente en el cuarto no encontró nada útil. Solo polvo, restos de quincalla y madera quemada proveniente de los muros que se habían caído durante el incendio del molino, comida, agua, envoltorios vacíos y la cinta adhesiva que Garrett había traído (todo sin etiquetas identificatorias). Encontró el mapa que el pobre Ed Schaeffer había vislumbrado. Mostraba la ruta de Garrett hacia el molino, pero no estaba marcada ninguna otra localización final.

Con todo, investigó dos veces. Luego otra más. Parte de ello se debía a las enseñanzas de Rhyme, parte también a la propia naturaleza de Sachs. (¿Y también sería, se preguntó, una táctica inconsciente de dilación? ¿Para posponer lo más posible la cita de Rhyme con la doctora Weaver?)

Luego oyó la voz de Lucy:

—Tengo algo.

Sachs había sugerido que la policía investigara el cuarto de molienda. Allí era donde Lydia les había dicho que había tratado de escapar de Garrett y Sachs razonó de que si había habido una lucha algo podría haber caído de los bolsillos de Garrett. Le había impartido a la policía un curso rápido de cómo caminar por la cuadrícula, le había dicho qué buscar y cómo manipular adecuadamente las pruebas.

—Mira —dijo Lucy con entusiasmo mientras le entregaba a Sachs una caja de cartón—. La encontré oculta detrás de la rueda del molino.

Dentro había un par de zapatos, una chaqueta impermeable, una brújula y un mapa de la costa de Carolina del Norte. Sachs también notó el manto de fina arena que cubría los zapatos y su presencia en los dobleces del mapa.

Lucy empezó a abrir el mapa.

—No —dijo Sachs—. Podría haber alguna pista dentro. Espera hasta que estemos con Lincoln.

—Pero podría haber marcado el lugar donde tiene a Mary Beth.

—Podría haberlo hecho. Pero seguirá marcado cuando lleguemos al laboratorio. Si perdemos un indicio ahora, lo perdemos para siempre. Sigue buscando adentro —añadió—. Yo quiero examinar el sendero por donde iba el chico cuando lo detuvimos. Lleva al agua. Quizá haya escondido un bote por allí. Podría haber otro mapa o algo.

Sachs abandonó el molino y marchó hacia el arroyo. Mientras pasaba la altura desde donde había disparado Mason, dobló una curva y se encontró con dos hombres que la miraban. Llevaban rifles.

Oh, no. Ellos no.

—Bueno —dijo Rich Culbeau. Alejó con la mano una mosca que había aterrizado en su frente tostada. Movió la cabeza y su trenza gruesa y brillante osciló como la cola de un caballo.

—Gracias mil, señora —le dijo el otro con un leve sarcasmo.

Sachs recordó su nombre: Harris Tomel, el que se parecía a un empresario sureño tanto como Culbeau parecía un ciclista.

—Nos quedamos sin recompensa —continuó Tomel—. Y estuvimos afuera todo el día bajo el sol caliente.

Culbeau dijo:

—¿Les dijo el chico donde está Mary Beth?

—Deberéis hablar con el sheriff Bell de ello —respondió Sachs.

—Sólo pensé que lo podría haber dicho.

Entonces ella se preguntó cómo habrían encontrado el molino. Podrían haber seguido la patrulla de rescate, pero también podrían haber recibido un aviso confidencial, quizá de Mason, que esperaba un poco de apoyo a su operativo con el francotirador.

—Yo tenía razón —continuó Culbeau.

—¿En qué? —preguntó Sachs.

—Sue McConnell elevó la recompensa a dos mil dólares. —dijo, y se encogió de hombros.

Tomel agregó:

—Tan cerca y sin embargo tan lejos.

—Si me disculpan, tengo trabajo que hacer. —Sachs pasó a su lado, preguntandose dónde estaría el otro de esta banda, el delgaducho.

Oyó un ruido fuerte a su espalda y notó inmediatamente que la pistola salía de la funda. Se dio la vuelta de inmediato y se agachó, mientras el arma desaparecía en la mano del flacucho y pecoso Sean O'Sarian, que se alejó de ella con rapidez, sonriendo como el travieso de la clase.

Culbeau sacudió la cabeza:

—Sean, vamos.

Ella alargó la mano.

—Quiero que me la devuelvas.

—Sólo miraba. Buen arma. Harris colecciona armas. Ésta es buena, ¿no te parece, Harris?

Tomel no dijo nada, se limitó a suspirar y se enjugó el sudor de la frente.

—Te estás metiendo en problemas —dijo Sachs.

Culbeau dijo:

—Devuélvesela, Sean. Está demasiado enfadada por tu travesura.

Sean simuló entregársela, con la culata hacia delante, luego sonrió y alejó la mano.

—Oye, cariño, ¿de dónde eres exactamente? Oí que de Nueva York. ¿Cómo es por allí? Apostaría que es un lugar desenfrenado.

—Deja de jugar con la maldita arma —musitó Culbeau—. Perdimos el dinero. Hagámonos a la idea y volvamos a la ciudad.

—Dame el arma ahora —masculló Sachs.

Pero O'Sarian daba vueltas, apuntando a los árboles como si fuera un niño de diez años jugando a policías y ladrones.

—Pum, pum…

—Bien, olvídalo —Sachs se encogió de hombros—. De todos modos no es mía. Cuando te canses de jugar, llévala de vuelta al departamento del sheriff —dio la vuelta alejándose de O'Sarian.

—Eh —dijo él, con el ceño fruncido por el disgusto que le provocaba que ella no quisiera jugar más—. Tú no…

Sachs se escabulló a la derecha de Sean, se agachó y apareció detrás del hombre velozmente, aferrándolo por la nuca con una llave. En medio segundo, la navaja automática estaba fuera del bolsillo de Sachs, la hoja abierta y la punta haciendo manchitas rojas en la parte inferior del mentón de O'Sarian.

—¿Qué demonios estás haciendo? —soltó el hombre; entonces se dio cuenta de que al hablar su garganta presionaba contra el filo del cuchillo. Se calló.

—Está bien, está bien —dijo Culbeau, levantando las manos—. No...

—Dejad caer vuestras armas al suelo —dijo Sachs—. Todos vosotros.

—*Yo* no hice nada —protestó Culbeau.

—Escuche, señorita —dijo Tomel tratando de parecer razonable—, no queremos problemas. Nuestro amigo es...

La punta de la navaja se incrustó en el mentón barbudo de Sean.

—Ahh, ¡hacedlo, hacedlo! —dijo desesperado, O'Sarian, con los dientes apretados—. Poned en el suelo las jodidas armas.

Culbeau bajó su rifle y lo dejó en el suelo. Tomel también.

Asqueada por el olor a suciedad de O'Sarian, Sachs deslizó la mano por el brazo del hombre y cogió su pistola. Él la soltó. Sachs retrocedió, empujó a O'Sarian y le apuntó.

—Sólo estaba jugando —dijo O'Sarian—. Lo suelo hacer. Me hago el tonto. No significa nada. Decidle que hago el tonto...

—¿Qué pasa aquí? —dijo Lucy Kerr, caminando sendero abajo, la mano en la culata de su pistola.

Culbeau movió la cabeza.

—Sean hacía el imbécil.

—Lo que le matará algún día —dijo Lucy.

Sachs cerró la navaja automática con una mano y se la puso de nuevo en el bolsillo.

—Mirad, estoy herido. Mirad, ¡sangre! —O'Sarian mostró un dedo manchado.

—Maldición —dijo Tomel respetuosamente, si bien Sachs no tenía ni idea de a qué se refería.

Lucy miró a Sachs.

—¿Quieres hacer algo respecto a todo esto?

—Tomar una ducha —respondió.

Culbeau rió.

Sachs añadió:

—No tenemos tiempo que perder con ellos.

La policía señaló a los hombres con la cabeza.

—Esta es la escena de un crimen. Vosotros, muchachos, perdisteis la recompensa —señaló los rifles—. Si queréis cazar, hacedlo en otra parte.

—Oh, como si estuviéramos en temporada —observó O'Sarian con sarcasmo, burlándose de Lucy por la estupidez de su comentario—. Quiero decir, demonios.

—Entonces volved a la ciudad, antes de que compliquéis vuestras vidas más de lo que lo habéis hecho hasta ahora.

Los hombres levantaron sus rifles. Culbeau bajó la cabeza y dijo algo al oído de O'Sarian. Éste se encogió de hombros y sonrió. Por un momento Sachs pensó que Culbeau lo iba a golpear. Pero entonces el hombre se calmó y se dirigió a Lucy.

—¿Encontraron a Mary Beth?

—Todavía no. Pero tenemos a Garrett y él nos dirá dónde está.

Culbeau dijo:

—Me gustaría haber ganado la recompensa pero me alegro de que lo hayáis cogido. Ese chico es conflictivo.

Cuando se fueron, Sachs preguntó:

—¿Encontraste algo más en el molino?

—No. Pensé que sería mejor venir aquí para ayudarte a encontrar el bote.

Mientras seguían andando por el sendero, Sachs dijo:

—Una cosa que olvidé. Debemos enviar a alguien a esa trampa, el nido de avispas, para que las mate y tape el pozo.

—Oh, Jim envió a Trey Williams, uno de nuestros policías, que fue allí con un bote de líquido para rociar las avispas y una pala. Pero no había avispas. Era un nido viejo.

—¿Vacío?

—Así es.

De manera que al final no era una trampa, sólo una treta para demorar su marcha. Sachs reflexionó también en que la botella de amoniaco tampoco tenía el fin de lastimar a alguien. Garrett podía haberla preparado para que se derramara sobre sus perseguidores, dejándolos ciegos. Pero la había colgado al costado de un pequeño risco. Si no hubieran encontrado el hilo de pescar y hubieran tropezado con él, la botella hubiera caído sobre rocas que estaban a tres metros por debajo del sendero, advirtiendo a Garrett por el olor del amoniaco, pero sin herir a nadie.

Una vez más se le presentó la imagen de los ojos abiertos y asustados de Garrett.

*Estoy asustado. ¡Haz que se detenga!*

Sachs se dio cuenta de que Lucy le hablaba.

—¿Perdona?

La policía dijo:

—¿Dónde aprendiste a usar ese arpón para sapos. Es tuyo ese cuchillo?

—Entrenamiento en la selva.

¿En la selva? ¿Dónde?

—Un lugar llamado Brooklyn —respondió Sachs.

Esperar.

Mary Beth McConnell estaba de pie al lado de la sucia ventana. Se encontraba nerviosa y mareada por el asfixiante calor de su prisión y la torturante sed. No había encontrado en toda la casa ni una gota de líquido para beber. Mirando a través de la ventana posterior de la cabaña, más allá del nido de avispas, podía ver botellas de agua vacías en un montón de basura. Se burlaban de ella y su vista la hacía sentirse aún más sedienta, si cabe. Sabía que con ese calor no podía durar más de uno o dos días sin nada que beber.

¿Dónde estás? ¿Dónde? Le habló silenciosamente al Misionero.

Si hubiera estado un hombre allí, y no fuera sólo una creación de su imaginación desesperada y enloquecida por la sed.

Se inclinó contra el muro caliente de la cabaña. Se preguntó si se desmayaría. Trató de tragar pero no había ni una gota de humedad en su boca. El aire envolvía su rostro, asfixiándola como lana caliente.

Luego pensó con ira: Oh, Garrett… Sabía que traerías problemas. Recordó el viejo dicho: Ninguna buena obra queda sin castigo.

Nunca tendría que haberle ayudado… Pero, ¿cómo no hacerlo? ¿Cómo no salvarlo de esos compañeros de instituto? Recordó haber visto a cuatro de ellos, observando a Garrett después de que el año pasado se desmayara en Maple Street. Un muchacho alto y despreciativo, amigo de Billy Stail, del equipo de fútbol, se bajó la cremallera de sus pantalones Guess y sacó su pene dispuesto a orinar sobre él. Ella se acercó corriendo, le gritó de todo y cogió el teléfono celular del muchacho para llamar una ambulancia para Garrett.

Lo *tenía* que hacer, por supuesto.

Pero cuando lo salvé, fui suya…

Al principio, después de este incidente, a Mary Beth le divertía que él la siguiera como un tímido admirador. La llamaba a su casa para contarle cosas que había escuchado en las noticias, le dejaba regalos (pero *qué* regalos: una lustrosa cucaracha verde en una pequeña jaula; torpes dibujos de arañas y ciempiés; una libélula en un hilo, ¡viva!).

Pero luego ella empezó a notar que él se encontraba cerca con demasiada frecuencia. Solía escuchar sus pisadas a sus espaldas cuando caminaba desde el coche para dirigirse a su casa, tarde por la noche. Veía una figura en los árboles, cerca de su casa en Blackwater Landing. Escuchaba su voz aguda y misteriosa musitando palabras que no podía entender, hablando o cantando para sí. Él se hacía el encontradizo en Main Street y se dirigía a ella en línea recta, dándole charla, ocupando su valioso tiempo, haciéndola sentirse más y más nerviosa. Observando, tan avergonzado como deseoso, sus pechos, piernas y pelo.

Mary Beth, Mary Beth... ¿Sabes que si se extendiera, por decirlo así, una tela de araña alrededor del mundo, pesaría menos de 30 gramos...? Oye, Mary Beth, ¿sabes que una tela de araña es algo casi cinco veces más resistente que el acero? ¿Y que es mucho más elástica que el nylon? Algunas telas son realmente cómodas, son como hamacas. Las moscas se acuestan sobre ellas y nunca vuelven a despertar.

Debería haberse dado cuenta, reflexionó ahora, de que muchas de sus conversaciones se referían a arañas e insectos que cazan sus presas.

Así recordó otros momentos: para evitar encontrarse con él encontró nuevas tiendas donde comprar, distintos caminos a su casa, diferentes senderos por donde andar con su bicicleta de montaña.

Pero luego pasó algo que anuló todos los esfuerzos por distanciarse de Garrett Hanlon: Mary Beth había hecho un descubrimiento. Sucedió a orillas del río Paquenoke, justo en el corazón de Blackwater Landing, un lugar que el muchacho consideraba su reino particular. Sin embargo, era un descubrimiento tan importante que ni siquiera una banda de destiladores de licor ilegal y mucho menos un muchacho huesudo, obsesionado con los insectos, hubieran podido apartarla del lugar.

Mary Beth no sabía por qué la historia le gustaba tanto. Pero siempre había sido así. Recordó cuando fue al Williamsburg colonial siendo pequeña. Se trataba de un trayecto de sólo dos horas desde Tanner's Corner, un lugar donde la familia iba a menudo. Mary Beth memorizó las rutas de acceso a la ciudad para saber cuándo habían casi llegado a destino. Entonces, cerraba los ojos y después de que su padre aparcaba el Buick, hacía que su madre la llevara de la mano al parque, de manera que pudiera abrir los ojos y jugar a que estaba verdaderamente de regreso en la América colonial.

Sintió este mismo alborozo, sólo que cien veces mayor, cuando andaba caminando por las orillas del Paquenoke en Blackwell Landing la semana anterior, con los ojos en el suelo. Notó algo medio enterrado en la tierra barrosa. Cayó de rodillas y comenzó a apartar la tierra con el cuidado de un cirujano al exponer un corazón enfermo. Y, sí, allí estaban: viejos vestigios, la evidencia que una asombrada Mary Beth McConnell, de veintitrés años, había estado buscando con desesperación. Evidencias que podrían confirmar su teoría, con las que rescribiría la historia americana.

Como todos los de Carolina del Norte, y la mayoría de los escolares de América, Mary Beth McConnell había estudiado sobre la Colonia Perdida de Roanoke en la clase de historia: a fines del siglo XVI, un asentamiento de colonos ingleses llegó a la isla Roanoke, entre la tierra firme de Carolina del Norte y los Outer Banks. Después de contactos mayormente armoniosos entre los colonos y nativos del lugar, las relaciones se deterioraron. Como el invierno se acercaba y los provisiones escaseaban, el gobernador John White, que había fundado la colonia, se embarcó hacia Inglaterra en búsqueda de auxilio. Pero cuando regresó a Roanoke, los colonos, más de cien hombres, mujeres y niños, habían desaparecido.

La única pista sobre lo que había sucedido era la palabra «Crotoan» tallada en la corteza de un roble cercano a la colonia. Se trataba del nombre indio de Hatteras, unos ochenta kilómetros al sur de Roanoke. La mayoría de los historiadores sostenían que los colonos murieron en el mar camino a Hatteras, o que fueron asesinados al llegar, si bien no existían registros de que alguna vez hubieran desembarcado allí.

Mary Beth había visitado la isla Roanoke varias veces y vio la reproducción de la tragedia representada en un pequeño teatro de la localidad. Se sintió conmovida y pasmada por la obra. Pero nunca pensó demasiado acerca del suceso histórico hasta que fue mayor y estaba estudiando en la Universidad de Carolina del Norte en Avery, donde leyó con detenimiento sobre la Colonia Perdida. Un aspecto de la historia que presentaba interrogantes sin respuesta acerca del destino de los colonos se refería a una muchacha llamada Virginia Dare y la leyenda de la Cierva Blanca.

Era una historia que Mary Beth McConnell, hija única, con algo de rebelde y empecinada, podía comprender muy bien. Virginia Dare fue la primera niña inglesa nacida en los Estados Unidos. Era la nieta del gobernador White y una de los colonos perdidos. Supuestamente, decían los libros de historia, murió con ellos en Hatteras o en el camino hacia allí. Pero a medida que Mary Beth seguía con la investigación, descubrió que no mucho después de la desaparición de los colonos, cuando más británicos comenzaron a asentarse en Eastern Seaboard, empezaron a surgir leyendas locales sobre la Colonia Perdida.

Un relato contaba que los colonos no fueron asesinados directamente, sino que sobrevivieron y siguieron habitando entre las tribus locales. Virginia Dare creció y se convirtió en una hermosa joven rubia y de tez blanca, con fuerte voluntad e independencia. Un curandero se enamoró de ella, pero Virginia lo rechazó y poco después desapareció. El curandero alegó que no le había hecho daño pero que, por haberlo rechazado, la había convertido en una cierva blanca.

Nadie le creyó, por supuesto, pero pronto la gente de la región comenzó a ver a una hermosa cierva blanca que parecía ser la jefa de todos los animales de la región. La tribu, temerosa por los poderes aparentes de la cierva, organizó una partida para capturarla.

Un valiente joven logró seguir sus huellas y realizó un disparo casi imposible con una flecha con punta de plata. Penetró en el pecho de la cierva y cuando agonizaba, levantó los ojos hacia el cazador, con una mirada asombrosamente humana.

Él tartamudeó:

—¿Quién eres?...

—Virginia Dare —murmuró la cierva y murió.

Mary Beth había decidido estudiar con ahínco la historia de la Cierva Blanca. Pasó largos días y noches en los archivos académicos de la UNC en Chapel Hill y en la Universidad Duke. Leyó diarios viejos y gacetas de los siglos XVI y XVII; encontró una gran cantidad de referencias a «ciervos blancos» y misteriosas «bestias blancas» en el noreste de Carolina del Norte. Pero no se las había visto por Roanoke ni por Hatteras. Las criaturas eran vistas a lo largo de «los bancos de aguas negras del río Serpentine, que fluye al oeste del Great Swamp».

Mary Beth conocía el poder de la leyenda y también creía que hay algo de verdad hasta en los cuentos más fantasiosos. Razonó que quizá los colonos perdidos, temerosos de un ataque de las tribus locales, habían dejado escrita la palabra «Crotoan» para despistar a sus atacantes y escaparon al oeste, no al sur, donde se asentaron a lo largo del serpenteante río Paquenoke, cerca de Tanner's Corner, en lo que ahora se llamaba Blackwater Landing. Allí los colonos perdidos se hicieron más y más poderosos y los indios, asustados ante la amenaza, los atacaron y mataron. Virginia Dare, se permitió imaginar Mary Beth, interpretando la leyenda de la Cierva Blanca, podría haber sido uno de los últimos colonos vivos, luchando hasta la muerte.

Bueno, aquella era su teoría, pero no había encontrado hasta entonces ninguna prueba que la sustentara. Había pasado días rondando alrededor de Blackwater Landing con antiguos mapas, tratando de ubicar con exactitud dónde podrían haber desembarcado los colonos y dónde había estado su asentamiento. Finalmente aquella semana, caminando a lo largo de las orillas del Paquo, había hallado evidencias de la Colonia Perdida.

Recordó el horror de su madre cuando le dijo que iba a realizar un trabajo arqueológico en Blackwater Landing.

—*Allí* no —dijo la obesa mujer con amargura, como si ella misma estuviera en peligro—. Allí es donde el Muchacho Insecto mata a la gente. Si te encuentra, te hará daño.

—Madre —replicó Mary Beth—, eres como esos gilipollas de la escuela que lo molestan.

—Has dicho esa palabra otra vez. Te pedí que no lo hicieras. La palabra con «G».

—Mamá, por favor, pareces baptista ortodoxo sentado en el banco de los ansiosos —lo que significaba la primera fila de la iglesia, donde se sentaban los feligreses que estaban particularmente preocupados por su propio estado moral, o más posiblemente, por el ajeno.

—Hasta el mismo nombre da miedo —susurró Sue McConnell. «Blackwater»*.

Mary Beth le explicó que había docenas de ríos llamados Blackwater en Carolina del Norte. Cualquier río que fluyese de las tierras pantanosas se denominaba río de aguas negras ya que estaban oscurecidas por depósitos de vegetación en descomposición. El Paquenoke era alimentado por el Great Dismal Swamp y las ciénagas circundantes.

Pero esta información no sirvió en absoluto de alivio a su madre.

—Por favor, no vayas, cariño —la mujer disparó su propia flecha con punta de plata—. Ahora que tu padre no está, si algo te sucediera a ti no tendría a nadie... Estaría sola. No sabría qué hacer. No quieres eso, ¿verdad?

Pero Mary Beth, alentada por la adrenalina que empujaba a los exploradores y científicos, había empacado sus pinceles, botes y bolsas de recolección, la pala de jardinero, y se había ido el día anterior por la mañana con el calor húmedo y amarillo a continuar con su trabajo arqueológico.

¿Y qué había pasado? Había sido atacada y secuestrada por el Muchacho Insecto. Su madre había tenido razón.

Ahora, sentada en aquella cabaña calurosa y desagradable, dolorida, mareada y casi delirando por la sed, pensó en su madre. Tras perder a su marido por culpa de un cáncer que lo consumió, la vida de esta mujer estaba destrozada. Había dejado a sus amigas, el trabajo voluntario en el hospital y cualquier semejanza con una vida de rutina y normalidad.

* Aguas Negras .*(N. de la T.)*

Mary Beth se encontró asumiendo el papel de padre, mientras su madre se hundía en un mundo reducido a la televisión a todas horas y a la comida basura. Regordeta, insensata y egoísta, no era más que un niño patético.

Pero una de las cosas que su padre había enseñado a Mary Beth, a través de su vida así como de su penosa muerte, era que uno tenía que hacer lo que estaba destinado a realizar y no variar el rumbo por nadie. Ella no había dejado de estudiar y después buscó un empleo cerca de la casa, como le había rogado su madre. Equilibró la necesidad de apoyo que le pedía su progenitora con sus propios deseos, terminar la universidad primero y, cuando se graduara el año siguiente, encontrar un empleo para hacer un trabajo de campo serio en antropología americana. Si el empleo estaba cerca, bien. Pero si consistía en realizar excavaciones para estudiar a los nativos en Santa Fe o a los esquimales en Alaska, o a los afroamericanos en Manhattan, allí es donde iría. Estaría siempre presente para su madre, pero tenía su propia vida que cuidar.

Excepto que en vez de estar cavando y recogiendo más evidencias en Blackwater Landing, consultando con su tutor universitario y escribiendo propuestas, realizando análisis de los restos que había encontrado, estaba atrapada en el nido de amor de un adolescente psicótico.

Una ola de desaliento la invadió.

Sintió las lágrimas.

Pero las detuvo en seco.

¡Para!... Sé fuerte. Sé la hija de tu padre, que luchó contra su enfermedad cada minuto del día, sin descansar. No seas la hija de tu madre.

Sé Virginia Dare, que reanimó a los colonos perdidos.

Sé la Cierva Blanca, la reina de todos los animales del bosque.

Y entonces, justo cuando pensaba en una ilustración de un ciervo majestuoso que había visto en un libro de leyendas de Carolina del Norte, hubo otro atisbo de movimiento al borde del bosque. El Misionero salió de entre los árboles, con una enorme mochila sobre los hombros.

¡Era real!

Mary Beth cogió uno de los botes de Garrett, que contenía un escarabajo tan grande como un dinosaurio, y lo estrelló contra la ventana. El bote destrozó el cristal y se hizo añicos en los barrotes de hierro del exterior.

—¡Ayúdeme! —gritó con una voz que apenas se podía oír a causa de su garganta seca—. ¡Ayuda!

A cien metros el hombre hizo una pausa. Miró alrededor.

—¡Por favor! ¡Ayúdeme! —un largo gemido.

El hombre miró hacia atrás. Luego a los bosques.

Ella respiró hondo y trató de gritar otra vez pero su garganta se cerró. Comenzó a ahogarse, escupió sangre.

A través del campo, el Misionero siguió caminando hacia adentro del bosque. Un momento más tarde desapareció de su vista.

Se sentó pesadamente sobre el enmohecido canapé e inclinó la cabeza con desaliento contra el muro. De repente miró hacia arriba; sus ojos habían detectado un movimiento otra vez. Estaba cerca, en la cabaña. El escarabajo del bote, el triceratops en miniatura, había sobrevivido al trauma de perder su casa. Mary Beth lo observó subir obstinadamente hacia la cima de un cristal roto, abrir un conjunto de alas, luego extender un segundo conjunto, que revoloteó invisible y lo llevó del alféizar de la ventana a la libertad.

# 17

—Lo cogimos —le contó Rhyme a Jim Bell y a su cuñado, el policía Steve Farr—, Amelia y yo. Ése era el trato. Ahora debemos volver a Avery.

—Bueno, Lincoln —comenzó Bell con delicadeza—, lo que sucede es que Garrett no dice nada. No nos dice nada acerca de dónde está Mary Beth.

Ben Kerr permanecía cerca, al lado de la línea quebrada que aparecía en la pantalla del ordenador conectada al cromatógrafo, y parecía inseguro. Su vacilación inicial había desaparecido y ahora parecía lamentar el final de la tarea. Amelia Sachs estaba en el laboratorio también. Mason Germain no, lo que era positivo, Rhyme estaba furioso con él, porque con el tiroteo del molino puso en peligro la vida de Sachs. Bell había ordenado airadamente al policía que, de momento, se mantuviera fuera del caso.

—Sí, lo reconozco —dijo Rhyme, respondiendo a la tácita solicitud de más ayuda de Bell y rechazando la idea—. Pero la chica no está en peligro inmediato —Lydia había informado que Mary Beth estaba viva y les había indicado en líneas generales dónde podía estar. Una búsqueda bien dirigida en los Outer Banks probablemente daría con ella en unos días. Rhyme ahora estaba listo para la operación. Se aferraba a un extraño amuleto de buena suerte, el recuerdo de la agria discusión con Henry Davett, el hombre de la mirada de acero templado. La imagen del empresario lo impulsaba a regresar al hospital para terminar con los análisis y someterse al bisturí. Estaba a punto de indicarle a Ben cómo empaquetar el equipo forense cuando Sachs asumió la causa de Bell.

—Encontramos algunas evidencias en el molino, Rhyme. En realidad, Lucy lo hizo. Buenas evidencias.

Rhyme dijo con acritud:

—Si son buenas entonces otra persona será capaz de descubrir adónde conducen.

—Mira, Lincoln —comenzó Bell con su razonable acento de Carolina—, no deseo presionarte pero tú eres el único de aquí que tiene experiencia en delitos graves como éste. Estaríamos perdidos si tratáramos de entender lo que *eso* nos dice, por ejemplo —señaló con la cabeza el cromatógrafo—. O si este montón de tierra o esa huella significan algo.

Rhyme restregó la cabeza contra el mullido cabecero de la Storm Arrow y miró la cara suplicante de Sachs. Con un suspiro, preguntó finalmente:

—¿Garrett no dice *nada*?

—Ha hablado —dijo Farr, tocando una de sus inmensas orejas—. Pero niega haber matado a Billy y dice que sacó a Mary Beth de Blackwater Landing por su propio bien. Eso es todo. No dice una palabra acerca de dónde se encuentra.

Sachs dijo:

—Con este calor, Rhyme, podría morir de sed.

—O de inanición —señaló Farr.

Oh, por Dios santo...

—Thom —gruñó Rhyme—, llama a la doctora Weaver. Dile que estaré aquí un tiempo más. Recalca que será poco.

—Es todo lo que te estamos pidiendo, Lincoln —dijo Bell con el alivio reflejado en su cara arrugada—. Una hora o dos. Te aseguro que lo valoramos, te haremos ciudadano honorario de Tanner's Corner —bromeó el sheriff—. Te daremos la llave de la ciudad.

Lo que me hará abrir la puerta con más velocidad y salir corriendo de aquí, pensó cínicamente Rhyme. Le preguntó a Bell:

—¿Dónde está Lydia?

—En el hospital.

—¿Está bien?

—Nada serio. La mantendrán en observación un día.

—¿Qué dijo *exactamente*? —preguntó Rhyme.

Sachs dijo:

—Que Garrett le contó que tiene a Mary Beth al este de aquí, cerca del mar. En los Outer Banks. También dijo que no la secuestró realmente. Se fue con él por su propia voluntad. Él la andaba buscando y ella se sintió feliz de estar donde estaba. También me dijo que cogimos a Garrett completamente desprevenido. Él nunca pensó que llegáramos tan rápido al molino. Cuando olió el amoniaco entró en pánico, se cambió la ropa, la amordazó y salió por la puerta.

—Bien... Ben, tenemos algunas cosas que examinar.

El zoólogo asintió, se puso los guantes de látex, una vez más, sin que Rhyme tuviera que decírselo, y esperó expectante.

Rhyme preguntó acerca de la comida y el agua encontradas en el molino. Ben se las mostró. El criminalista observó:

—No hay etiquetas de tiendas. Como en las otras cosas. Nada que nos sea útil. Mira si hay algo adherido a los lados pegajosos de la cinta adhesiva.

Sachs y Ben se inclinaron sobre el rollo y pasaron diez minutos examinándolo, lupa en mano. Sachs extrajo fragmentos de madera del lado pegajoso y Ben nuevamente sostuvo el instrumento de manera que Rhyme pudiera ver por los oculares. Pero bajo el microscopio quedaba claro que los fragmentos correspondían a la madera del molino.

—Nada —dijo Sachs.

Ben entonces buscó el mapa que mostraba el condado de Paquenoke. Estaba marcado con una equis y flechas que indicaban el camino de Garrett hacia el molino desde Blackwater Landing. Tampoco tenía una etiqueta con el precio, ni proporcionaba indicaciones de hacia dónde se había dirigido el muchacho tras abandonar el molino.

Rhyme le dijo a Bell:

—¿Tenéis un ESDA?

—¿Un qué?

—Un aparato de detección electrostática.

—Ni siquiera sé lo que es.

—Detecta las muescas que quedan cuando se ha escrito sobre un papel. Si Garrett hubiera escrito algo en un papel que estuviera sobre el mapa, el nombre de una ciudad o una dirección, podríamos verlo.

—Bueno, no tenemos uno. ¿Llamo a la policía del Estado?

—No. Ben, enciende una linterna sobre el mapa en un ángulo pequeño, casi paralelo. Fíjate si hay muescas.

Ben lo hizo y a pesar de que buscaron en cada centímetro del mapa no pudieron ver evidencias de escritura u otras marcas.

Rhyme le ordenó a Ben que examinara el otro mapa, el que Lucy había encontrado en el molino harinero.

—Veamos si hay algún vestigio en los dobleces. Es demasiado grande para que usemos tarjetas de suscripción de las revistas. Ábrelo sobre un periódico.

Salió más arena. Rhyme percibió inmediatamente que en realidad era arena marina, de la clase que podría encontrarse en los Outer Banks. Los granos eran claros y no opacos, como hubiera ocurrido si se tratase de arena del interior del territorio.

—Observa una muestra en el cromatógrafo. Veamos si hay algún otro vestigio que nos sea útil.

Ben encendió el ruidoso artefacto.

Mientas esperaban los resultados, extendió el mapa sobre la mesa. Bell, Ben y Rhyme lo examinaron cuidadosamente. Mostraba la costa este de los EE UU, desde Norfolk, en Virginia, y las rutas marítimas de Hampton Roads siguiendo hacia el sur hasta Carolina del Sur. Observaron cada centímetro pero Garrett no había rodeado con un círculo ni marcado ninguna localidad.

Por *supuesto* que no, pensó Rhyme, nunca es tan fácil. También usaron la linterna con este mapa. Pero no encontraron muescas de escritura.

Los resultados del cromatógrafo brillaron sobre la pantalla. Rhyme los miró rápidamente.

—No nos ayudan mucho. Cloruro de sodio, sal, junto con yodo, material orgánico... todo corresponde con el agua de mar. Pero casi no hay ningún otro vestigio. No nos ayuda a relacionar la arena con una ubicación específica. —Rhyme señaló con la cabeza las zapatillas que estaban en la caja con el mapa. Le preguntó a Ben—: ¿Algún otro vestigio en ellas?

El joven las examinó con cuidado, les quitó los cordones, justo antes de que Rhyme le pidiera que lo hiciese. Este chico posee buenas cualidades para ser criminalista, pensó. No tendría que malgastar su talento en peces neuróticos.

Las zapatillas eran unas Nike viejas, tan comunes que era imposible rastrearlas en una tienda específica donde Garrett las hubiera comprado.

—Parece que hay trozos de hojas secas. Arce y roble. Por decir algo.

Rhyme asintió.

—¿Nada más en la caja?

—Nada.

Rhyme observó los otros diagramas de evidencias. Sus ojos se detuvieron en las referencias al canfeno.

—Sachs, ¿en el molino había lámparas antiguas en los muros? ¿O faroles?

—No —contestó Sachs—. Ninguno.

—¿Estás segura —insistió con un gruñido— o sencillamente no te fijaste?

Ella se cruzó de brazos y dijo con calma:

—Los suelos eran de tablas de castaño de veinte centímetros de ancho, los muros de yeso y listones. Había un graffiti en uno de los muros, realizado en pintura en aerosol azul. Decía: «Josh y Brittany, amor perpetuo» con faltas de ortografía. Se veía una mesa estilo Shaker, agrietada en el medio, pintada de negro, tres botellas de agua Deer Park, un paquete de galletas de mantequilla de cacahuete Reese, cinco bolsas de Doritos, dos bolsas de patatas fritas Cape Cod, seis botes de Pepsi, cuatro botes de Coca Cola, ocho paquetes de mantequilla de cacahuete y galletas de queso Planters. Había dos ventanas en el cuarto. Una estaba tapada. En la otra quedaba solo un cristal entero, los demás estaban rotos, y habían robado todos los herrajes de puertas y ventanas. Había enchufes anticuados y salientes en los muros. Y, sí, estoy segura que no había lámparas antiguas.

—Ja, te pilló, Lincoln —dijo Ben riendo.

Siendo ahora uno del grupo, el joven fue recompensado con una mirada furiosa de Rhyme. El criminalista miró una vez más a las evidencias, luego sacudió la cabeza y dijo a Bell:

—Lo lamento, Jim, todo lo que puedo decirte es que Mary Beth está oculta en una casa no lejos del océano, si las hojas caídas están cerca del lugar, no cerca del agua. Porque el arce y el roble no crecen en la arena. Y es vieja, por lo de las lámparas de canfeno. Siglo XIX. Es todo lo que puedo decirte, me temo.

Bell estaba mirando al mapa de la costa este, negando con su cabeza.

—Bueno, voy a hablar con Garrett nuevamente, y veré si quiere cooperar. Si no, haré una llamada al fiscal del distrito e intentaré obtener una instancia de información. Si ocurre lo peor, organizaré una búsqueda en los Outer Banks. De verdad, Lincoln, me salvas la vida. No te lo puedo agradecer suficiente. ¿Te quedas un momento?

—Sólo el suficiente para mostrarle a Ben como guardar el equipo.

Rhyme pensó espontáneamente en su talismán, Henry Davett. Pero descubrió con sorpresa que su alivio por haber terminado la tarea se veía disminuido por su frustración porque la respuesta definitiva al enigma del paradero de Mary Beth McConnell todavía se le escapaba. Pero, como su ex mujer solía decirle cuando salía por la puerta de su piso, a la una o las dos de la madrugada para investigar la escena de un crimen, no se puede salvar a todo el mundo.

—Te deseo suerte, Jim.

Sachs le dijo a Bell:

—¿Te importa si voy contigo? ¿A ver a Garrett?

—Por supuesto que no —le contestó el sheriff. Parecía querer agregar algo, quizá sobre el encanto femenino que les podía ayudar a obtener más información del chico. Pero luego, aparente y sensatamente, reflexionó Rhyme, Bell se lo pensó mejor.

Rhyme dijo:

—Vamos a trabajar, Ben… —movió su silla hasta la mesa que sostenía los tubos de gradiente de densidad—. Ahora escucha con cuidado. Las herramientas de un criminalista son como las armas de un oficial táctico. Tienen que ser empacadas y guardadas correctamente. Debes tratarlas como si la vida de alguien dependiera de ellas porque, créeme, así será. ¿Me estás oyendo, Ben?

—Le escucho.

# 18

La cárcel de Tanner's Corner era una estructura que quedaba a doscientos metros largos del Departamento del sheriff.

Sachs y Bell caminaron hacia el lugar a lo largo de la acera abrasadora. Ella se sintió nuevamente afectada por la cualidad de ciudad fantasma de Tanner's Corner. Los borrachos que habían visto cuando llegaron por primera vez aún estaban en el centro de la ciudad, sentados en un banco, silenciosos. Una mujer huesuda y bien peinada aparcó su Mercedes en una hilera de lugares vacíos, salió del coche y caminó hacia el salón de manicura. El coche reluciente parecía por completo fuera de lugar en la pequeña ciudad. No había nadie más en la calle. Sachs notó que media docena de tiendas habían quebrado. Una de ellas había sido una juguetería. En el escaparate se podía ver el maniquí de un bebé que tenía puesto un *body* desteñido por el sol. ¿Dónde, pensó otra vez, están todos los niños?

Miró entonces al otro lado de la calle y vio un rostro que la observaba desde las oscuras profundidades del bar de Eddie. Entrecerró los ojos.

—¿Esos tres tipos? —dijo, señalando con la cabeza.

Bell miró.

—¿Culbeau y sus compinches?

—Sí. Son conflictivos. Me quitaron el arma —dijo Sachs—. Uno de ellos. O'Sarian.

El sheriff frunció el ceño.

—¿Qué sucedió?

—La recuperé —contestó ella, lacónica.

—¿Quieres que lo haga arrestar?

—No. Sólo pensé que deberías saberlo: están molestos porque perdieron la recompensa. Si me lo preguntas, sin embargo, te diré que es algo más que eso. Están a la caza del chico.

—Ellos y el resto del pueblo.

Sachs dijo:

—Pero el resto del pueblo no lleva armas cargadas.

Bell rió y dijo:

—Bueno, no todos, por supuesto.

—También tengo cierta curiosidad por saber cómo aparecieron en el molino.

El sheriff pensó un momento.

—¿Estás pensando en Mason?

—Sí —dijo Sachs.

—Quiero que se vaya de vacaciones esta semana. Pero no hay posibilidad de que ello suceda. Bueno, ya llegamos. No es una cárcel muy grande. Pero funciona.

Entraron al edificio de una planta, construido con bloques livianos de hormigón. Por suerte, el ruidoso acondicionador de aire mantenía los cuartos frescos. Bell dijo a Sachs que colocara su pistola en un cajón. Él también lo hizo y ambos se dirigieron al cuarto de interrogatorios. Bell cerró la puerta.

Con un mono azul, cortesía del Estado, Garrett Hanlon estaba sentado frente a una mesa, frente a Jesse Corn. El policía sonrió a Sachs y ella contestó con una sonrisa más pequeña. Luego miró al chico y le impresionó su expresión de tristeza y desesperación.

*Estoy asustado. ¡Haz que se detenga!*

En su cara y en sus manos había ronchas que no estaban allí antes. Sachs preguntó:

—¿Qué le pasa a tu piel?

Él se miró el brazo y se lo frotó tímidamente.

—Hiedra venenosa —musitó.

Con una voz amable, Bell le dijo:

—¿Te leyeron tus derechos, verdad? ¿Te los leyó la policía Kerr?

—Sí.

—¿Y los comprendes?

—Creo que sí.

—Hay un abogado en camino. El señor Fredericks. Viene de una reunión en Elizabeth City y llegará enseguida. No tienes que decir nada hasta que esté aquí. ¿Lo entiendes?

El chico asintió.

Sachs miró al espejo que permite ver sin ser visto. Se preguntó quién estaría del otro lado, manipulando la cámara de vídeo.

—Pero esperamos que hables con nosotros, Garrett —siguió Bell—. Tenemos cosas realmente importantes que preguntarte. Primero de todo, ¿es verdad? ¿Mary Beth está viva?

—Seguro que lo está.

—¿La violaste?

—Pero, *nunca* lo haría —dijo el muchacho y el sentimiento dio paso momentáneamente a la indignación.

—Pero tú la secuestraste —dijo Bell.

—Realmente no.

—¿*Realmente* no?

—Ella, digamos, no comprendía que Blackwater Landing es peligroso. Tuve que sacarla de allí o no estaría segura. Eso es todo. La salvé. Digamos que a veces uno tiene que hacer que alguien haga cosas que no quiere hacer. Por su propio bien. Y… ¿sabe?, luego lo entienden.

—¿Ella está en algún lugar cerca de la playa, no? ¿En los Outer Banks, verdad?

El chico parpadeó al oír esto y sus ojos rojos se estrecharon. Se estaría dando cuenta de que habían encontrado el mapa y hablado con Lydia. Bajó los ojos a la mesa. No dijo nada más.

—¿Dónde está exactamente, Garrett?

—No puedo decírselo.

—Hijo, estás en una situación difícil. Tienes por delante una posible condena por asesinato.

—Yo no maté a Billy.

—¿Cómo sabes que es Billy de quién te estoy hablando? —preguntó rápidamente Bell. Jesse Corn levantó una ceja mirando a Sachs, impresionado por el ingenio de su jefe.

Las uñas de Garrett sonaron.

—Todo el mundo sabe que mataron a Billy —sus ojos veloces abarcaron el cuarto. Se detuvieron inevitablemente en Amelia Sachs. Ella pudo soportar la mirada suplicante sólo durante un instante, luego tuvo que mirar a otro lado.

—Tenemos tus huellas dactilares en la pala que lo mató.

—¿La pala? ¿Que lo mató?

—Sí.

El chico pareció pensar en lo que había sucedido.

—Recuerdo haberla visto tirada sobre el suelo. Quizá la levanté.

—¿Por qué?

—No lo sé. No pensaba en lo que hacía. Me sentía muy raro al ver a Billy tirado allí, todo ensangrentado.

—Bueno, ¿tienes idea de quién mató a Billy?

—Ese hombre. Mary Beth me dijo que estaba, digamos, haciendo este proyecto para la universidad allí, cerca del río y Billy se detuvo para hablar con ella. Entonces apareció ese hombre. Había estado siguiendo a Billy, comenzaron a discutir, a pelear y ese tipo tomó la pala y lo mató. Entonces llegué yo y se escapó.

—¿Lo viste?

—Sí, señor.

—¿Por qué estaban discutiendo? —preguntó Bell, con escepticismo.

—Por drogas o algo así, dijo Mary Beth. Sonaba como que Billy le estaba vendiendo drogas a los chicos del equipo de fútbol. Digamos, ¿esos esteroides?

—Sí —dijo Jesse Corn, con una risa irónica.

—Garrett —dijo Bell—. Billy no andaba en la droga. Lo conocí bien y nunca tuvimos información acerca de esteroides en el instituto.

—Sabemos que Billy te molestaba mucho —dijo Jesse—. Billy y un par de otros muchachos del equipo.

Sachs pensó que no era correcto que dos policías adultos se asociaran para hacerlo hablar.

—Se burlaban de ti. Te llamaban Chico Bicho. Una vez le diste un golpe a Billy y él y sus amigos te dieron una paliza.

—No recuerdo.

—El director Gilmore nos lo contó —dijo Bell—. Tuvieron que llamar a los de seguridad.

—Quizá. Pero no lo maté.

—Ed Schaeffer murió, sabes. Lo picaron esas avispas que estaban en el refugio y murió.

—Lamento que haya sucedido. No fue *culpa* mía. Yo no puse allí ese nido.

—¿No era una trampa?

—No, se encontraba allí, en el refugio de caza. Yo iba allí muchas veces, hasta dormía ahí, y no me molestaban. Las avispas de chaqueta amarilla sólo pican cuando temen que hagas daño a su familia.

—Bueno, cuéntanos de ese hombre que dices que mató a Billy —dijo el sheriff—. ¿Lo has visto antes por los alrededores?

—Sí, señor. Dos o tres veces en los últimos dos años. Caminaba a través de los bosques que circundan Blackwater Landing. Una vez lo vi cerca de la escuela.

—¿Blanco, negro?

—Blanco y era alto. Quizá de la edad del señor Babbage...

—¿Alrededor de los cuarenta años?

—Sí, creo. Tenía el pelo rubio; usaba un mono de color marrón y una camisa blanca.

—Pero sólo encontramos tus huellas dactilares y las de Billy en la pala —señaló Bell—. Las de nadie más.

Garrett dijo:

—Ya. Creo que llevaba guantes.

—¿Por qué llevaría guantes en esta época del año? —preguntó Jesse.

—Probablemente para no dejar huellas digitales —respondió Garrett.

Sachs volvió a pensar en las huellas de fricción encontradas en la pala. Ni ella ni Rhyme las habían tomado personalmente. A veces es posible obtener imágenes de huellas de fibras en guantes de cuero. Las huellas de guantes de lana o algodón eran mucho menos detectables, si bien las fibras de tela se pueden desprender y quedar atrapadas en las minúsculas astillas de una superficie de madera como el mango de una herramienta.

—Bueno, lo que dices puede haber sucedido, Garrett —dijo Bell—. Pero a nadie le parece que sea la verdad.

—¡Billy estaba muerto! Yo sólo levanté la pala y la miré. Lo que no debería haber hecho. Pero lo hice. Eso es todo lo que pasó. Sabía que Mary Beth estaba en peligro, así que me la llevé para que estuviera segura —dijo, lanzando a Sachs una mirada suplicante.

—Volvamos a ella —dijo Bell—. ¿Por qué estaba en peligro?

—Porque estaba en Blackwater Landing —hizo sonar de nuevo sus uñas. Es una costumbre diferente a la mía, reflexionó Sachs. Yo me hinco las uñas en la carne, él las hace sonar. ¿Cuál es peor? Se preguntó. La mía, decidió, es más destructiva.

El chico volvió sus ojos húmedos y encendidos hacia Sachs. ¡Para! ¡No puedo aguantar esa mirada! pensó ella, mirando hacia otro lado.

—¿Y Todd Wilkes? ¿El chico que se colgó? ¿Lo amenazaste?

—¡No!

—Su hermano te vio gritándole la semana pasada.

—Estaba arrojando cerillas encendidas en un hormiguero. Eso es malo y mezquino y le dije que parara.

—¿Qué pasó con Lydia? —dijo Bell—. ¿La secuestraste?

—Estaba preocupado por ella también.

—¿Porque estaba en Blackwater Landing?

—Correcto.

—Ibas a violarla, ¿no?

—¡No! —Garrett comenzó a llorar—. No le iba a hacer daño. ¡Ni a nadie! ¡Y no maté a Billy! ¡Todos tratan de hacerme decir que hice algo que no hice!

Bell consiguió un kleenex y se lo alcanzó al muchacho.

La puerta se abrió de repente y entró Mason Germain. Probablemente era la persona que observaba a través del espejo simulado y por el aspecto de su rostro era obvio que había perdido la paciencia. Sachs olió su colonia barata; había llegado a detestar aquel perfume persistente.

—Mason… —comenzó Bell.

—Escúchame, muchacho, ¡dinos donde está esa chica y dínoslo rápido! Porque si no lo haces te vas a Lancaster y te quedarás allí hasta que te rompan el culo… ¿Has oído hablar de Lancaster, no? Porque en caso de que no lo hayas hecho, déjame decirte…

—Muy bien, ya es suficiente —ordenó una voz aguda.

Un hombre pequeño, pero de aspecto combativo entró en el cuarto. Era más bajo que Mason, con el pelo cortado a navaja y perfectamente peinado. Vestía un traje gris, con todos los botones abrochados, una camisa azul bebé y una corbata a rayas. Llevaba zapatos con tacones de seis centímetros.

—No digas una palabra más —le indicó a Garrett.

—Hola Cal —dijo Bell, poco complacido por la presencia del visitante. El sheriff presentó a Sachs y a Calvin Fredericks, el abogado de Garrett.

—¿Qué demonios estáis haciendo interrogando a mi cliente sin estar yo presente? —señaló a Mason con la cabeza—. ¿Y qué demonios es toda esa charla sobre Lancaster? Tendría que hacer que *tú* fueras detenido por hablar así a mi cliente.

—Él sabe donde está la chica, Cal —murmuró Mason—. No lo quiere decir. Le leyeron sus derechos…

—¿Un muchacho de dieciséis años? Bueno, me inclino a desechar por completo este caso, así llegaré a casa temprano para la cena. —Se volvió hacia Garrett—. ¿Qué tal, jovencito, cómo te va?

—Me pica la cara.

—¿Te han rociado con Mace*?

—No señor, me pasa así, sin más.

* Compuesto químico usado en aerosol, que tiene el efecto combinado del gas lacrimógeno y el nervioso. *(N. de la T.)*

—Haremos que te lo miren, que te pongan alguna crema o algo. Bien, seré tu abogado. El Estado me designó. No tienes que pagarme. ¿Te leyeron tus derechos? ¿Te dijeron que no tienes que decir nada?

—Sí, señor. Pero el sheriff Bell quería hacerme unas preguntas.

El abogado le dijo a Bell:

—Oh, esto es muy interesante, Jim. ¿En qué estabas pensando? ¿Cuatro policías en el cuarto?

Mason dijo:

—Estábamos pensando en Mary Beth McConnell. La chica que secuestró.

—Supuestamente.

—Y violó —murmuró Mason.

—¡No lo hice! —gritó Garrett.

—Tenemos un maldito pañuelo de papel con su semen en él —gruñó Mason.

—¡No, no! —dijo el chico y su cara se puso roja como un tomate—. Mary Beth se lastimó. Eso es lo que pasó. Se golpeó la cabeza y yo, digamos, le limpié la sangre con un kleenex que tenía en el bolsillo. Y acerca de lo demás… a veces yo, sabéis, me toco… Sé que no debo. Sé que está mal. Pero no puedo evitarlo.

—Shhh, Garrett —dijo Fredericks— no le tienes que explicar nada a nadie. Ahora, este interrogatorio terminó —le dijo a Bell—. Llevadlo de vuelta a su celda.

Mientras Jesse Corn lo conducía hacia la puerta, Garrett se detuvo de repente y miró a Sachs.

—Por favor, tienes que hacer algo por mí. ¡Por favor! En mi cuarto en casa, tengo unos botes.

—Vamos, Jesse —ordenó Bell—. Llévatelo.

Pero Sachs se encontró diciendo:

—Espera. ¿Los botes? ¿Con tus insectos?

El chico asintió.

—¿Les pondrás agua? O al menos déjalos salir. Para que tengan una posibilidad. El señor y la señora Babbage no harán nada para mantenerlos con vida. Por favor...

Sachs vaciló, sintiendo sobre ella los ojos de todos. Luego asintió.

—Lo haré. Te lo prometo.

Garrett le sonrió débilmente.

Bell le lanzó a Sachs una un mirada inquisitiva, luego señaló la puerta y Jesse se llevó al muchacho. El abogado iba a ir tras ellos, pero Bell le incrustó un dedo en el pecho.

—Tú no vas a ningún lado, Cal. Nos sentamos aquí hasta que aparezca McGuire.

—No me toques, Bell —murmuró. Pero se sentó como le indicaron—. Señor Jesús, qué es todo este follón, vosotros hablando con un adolescente de dieciséis años sin...

—Joder, Cal, cállate. No estaba induciendo a una confesión, que de todos modos no nos dio, y aunque lo hubiera hecho no la usaría. Tenemos más pruebas de las necesarias para encerrarlo de por vida. Todo lo que me importa es encontrar a Mary Beth. Está en algún lugar de los Outer Banks y ese territorio constituye un pajar muy grande para encontrar una aguja sin ayuda.

—De ninguna manera. No dirá otra palabra.

—Podría morir de sed, Cal, de inanición. De insolación, enfermar...

Como el abogado no le contestó, el sheriff dijo:

—Cal, ese chico es una amenaza. Hay gran cantidad de informes de denuncias contra él...

—Que mi secretaria me leyó cuando veníamos hacia aquí. Demonios, la mayoría son por vagancia. Oh, y por fisgonear, lo que resulta cómico, ya que ni siquiera estaba en la propiedad del demandante, sólo holgazaneando en la acera.

—El nido de avispas hace unos años —dijo Mason con ira—. Meg Blanchard.

—Vosotros lo dejasteis libre —señaló contento el abogado—. Ni siquiera se le acusó de ello.

Bell dijo:

—Esta vez es diferente, Cal. Tenemos testigos, tenemos evidencias incontrastables y ahora Ed Schaeffer está muerto. Podemos hacerle a este chico todo lo que queramos.

Un hombre delgado, con traje azul de lino, entró en el cuarto de interrogatorios. Tenía el pelo gris y ralo, la cara arrugada de un hombre de cincuenta y cinco años. Saludó a Amelia con un leve movimiento de cabeza y a Federicks con expresión sombría.

—He escuchado lo suficiente como para pensar que se trata de uno de los casos más fáciles de asesinato en primer grado, secuestro y ataque sexual que he tenido en años.

Bell le presentó a Sachs a Bryan McGuire, el fiscal del condado de Paquenoke.

—Tiene dieciséis años —dijo Fredericks.

Con una voz firme, el fiscal del distrito dijo:

—Si no fuera esta jurisdicción lo juzgarían como un adulto y le darían doscientos años de cárcel.

—Dese prisa McGuire —dijo Fredericks con impaciencia—. Usted quiere lograr un trato. Conozco ese tono.

McGuire movió la cabeza hacia Bell y Sachs dedujo que el sheriff y el fiscal de distrito ya habían tenido, con anterioridad, una conversación a este respecto.

—Por supuesto que queremos un trato —siguió Bell—. Hay una buena posibilidad de que la chica esté viva y queremos encontrarla antes que pase algo irreparable.

McGuire dijo:

—Cal, tenemos tantos cargos contra este chico, que te asombrarás de lo flexibles que podemos ser.

—Asómbreme —dijo el gallito abogado defensor.

—Podría conformarme con dos cargos de detención ilegal y violencia y dos cargos de homicidio involuntario en primer grado, uno por Billy Stail y otro por el policía que murió. Sí, señor, estoy dispuesto a hacerlo. Todo condicionado a que se encuentre viva a la chica.

—Ed Schaeffer —contraatacó el abogado—. Eso fue accidental.

Mason exclamó con furia:

—Fue una jodida trampa que preparó el muchacho.

—Te daré homicidio involuntario en primer grado por Billy —ofreció McGuire— y homicidio por negligencia por el policía.

Fredericks reflexionó un momento sobre la oferta.

—Dejadme ver qué puedo hacer —haciendo ruido con los tacones, el abogado desapareció en dirección a las celdas para consultar con su cliente. Volvió cinco minutos después. No estaba contento.

—¿Qué pasó? —preguntó Bell, desalentado al ver la expresión del abogado.

—No hubo suerte.

—¿Se opone rotundamente?

—Por completo.

Bell musitó:

—Si sabes algo y no nos lo dices, Cal... no me interesa un rábano el secreto entre abogado y cliente.

—No, no, Jim, de verdad. Dice que está protegiendo a la chica, que está contenta donde está y que deberíais ir a buscar a ese otro tipo de mono marrón y camisa blanca.

Bell dijo:

—Ni siquiera tiene una buena descripción y si nos da una la cambiará mañana porque la está inventando.

McGuire atusó su ya bien alisado cabello. La defensa usa Aqua Net, podía oler Sachs. La acusación, Brylcreem.

—Escucha, Cal, es tu problema. Yo te ofrezco lo que te ofrezco. Nos dices el paradero de la chica; si ella está viva, yo mantengo los cargos reducidos. Si no lo consigues, lo llevaré a juicio y pediré la luna. Ese muchacho nunca volverá a ver el exterior de una prisión. Ambos lo sabemos.

Silencio por un momento.

Fredericks dijo:

—Tengo una idea.

—¿Qué? —dijo McGuire con escepticismo.

—No, escuchad... tuve un caso en Albemarle hace un tiempo, una mujer afirmaba que su hijo había huido del hogar. Pero parecía sospechoso.

—¿El caso Williams? —preguntó McGuire— ¿Esa mujer negra?

—Ese mismo.

—Oí hablar de él. ¿Tú la representaste?

—Exacto. Nos contaba unas historias muy extrañas y tenía un historial de problemas mentales. Yo contraté a ese psicólogo de Avery, esperando que me pudiera ayudar a demostrar que estaba enajenada. Le hizo unos tests. Durante uno de ellos se quebró y nos contó lo que había pasado.

—Hipnosis, ¿esa tontería sobre la recuperación de la memoria? —preguntó McGuire.

—No, es otra cosa. El psicólogo la llama la terapia de la silla vacía. No sé exactamente cómo funciona, pero realmente la hizo hablar. Como si todo lo que necesitara fuera un empujón. Dejadme hacerle una llamada a este tipo y que venga a hablar con Garrett. El chico puede ser más razonable... Pero —el abogado defensor incrustó un dedo en el pecho de Bell—, todo lo que hablen es secreto y no te pongas impaciente, pues primero lo tenemos que decidir el tutor *ad litem* y yo.

Bell miró a McGuire y asintió. El fiscal dijo:

—Llámelo.

—Bien —Fredericks se dirigió al teléfono que estaba en el rincón del cuarto de interrogatorios.

Sachs dijo:

—Disculpe.

El abogado se volvió hacia ella.

—Ese caso en el que lo ayudó el psicólogo, el caso Williams...

—¿Sí?

—¿Qué pasó con el chico? ¿Huyó?

—No, la madre lo mató. Lo envolvió en alambre de gallinero, le puso un peso y lo ahogó en un estanque que tenía detrás de la casa. Eh, Jim, ¿qué hay que marcar para llamar fuera?

El grito fue tan fuerte que quemó su seca garganta como fuego; Mary Beth presintió que le dañaría para siempre las cuerdas vocales.

El Misionero, caminando por el borde de los bosques, se paró. Llevaba la mochila sobre uno de sus hombros y en la mano llevaba un tanque, como un rociador de malas hierbas. Miró a su alrededor.

Por favor, por favor, por favor, pensaba Mary Beth. Ignorando el dolor, probó otra vez:

—¡Por aquí! ¡Ayúdeme!

Él miró la cabaña. Comenzó a alejarse.

Ella tomó aliento, pensó en el sonido de las uñas de Garrett, sus ojos húmedos y la rígida erección, pensó en la muerte valiente de su padre, en Virginia Dare... Y emitió el grito más fuerte que diera nunca.

Esta vez el Misionero se detuvo, miró nuevamente hacia la cabaña. Se quitó el sombrero, dejó la mochila y el tanque en el suelo y comenzó a correr hacia ella.

Gracias... Mary Beth empezó a llorar. ¡Oh, gracias!

Era delgado y estaba muy bronceado. En la cincuentena pero en buena forma. A todas luces un hombre acostumbrado al aire libre.

—¿Qué pasa? —gritó, jadeando, cuando estaba a quince metros, y disminuyo su velocidad—. ¿Estás bien?

—¡Por favor! —dijo con voz áspera. El dolor de su garganta era atroz. Escupió más sangre.

Él caminó con cautela hasta la ventana rota, mirando los trozos de cristal en el suelo.

—¿Necesitas ayuda?

—No puedo salir. Alguien me secuestró…

—¿Secuestró?

Mary Beth se enjugó la cara, que estaba mojada por las lágrimas de alivio y el sudor.

—Un chico del instituto de Tanner's Corner.

—Espera… Lo escuché. Estaba en las noticias. ¿*Tú* eres la chica que secuestró?

—Así es.

—¿Dónde está ahora?

Trató de hablar pero su garganta le dolía demasiado. Respiró profundamente y finalmente contestó:

—No lo sé. Se fue anoche. Por favor… ¿tiene agua?

—Una cantimplora, con mis cosas. La traeré.

—Y llame a la policía. ¿Tiene teléfono?

—No —negó con la cabeza e hizo una mueca—. Trabajo para el condado —señaló la mochila y el tanque—. Estamos matando marihuana, ya sabes, esas plantas que los chicos siembran por aquí. El condado nos provee de teléfonos celulares pero nunca quise tener ninguno. ¿Estas herida? —estudió su cabeza, la sangre seca.

—Estoy bien. Pero… agua… Necesito agua.

Él trotó de vuelta a los bosques y por un terrible momento Mary Beth pensó que se iría. Pero cogió una cantimplora verde oliva y corrió de regreso. La chica la tomó con manos temblorosas y se obligó a beber lentamente. El agua era tibia y olía a moho, pero nunca había bebido algo tan delicioso.

—Voy a tratar de sacarte de aquí —dijo el hombre. Caminó a la puerta delantera. Un momento después Mary Beth escuchó un ruido débil pues él intentó patcar la puerta o empujarla con un hombro. Otro ruido. Dos más. Tomó una roca y golpeó contra la madera. No tuvo efecto. Volvió a la ventana—. Ni se mueve —se secó el sudor de la frente mientras examinaba los barrotes de las ventanas—. Desde luego, construyó una prisión en este lugar. Si uso una sierra tardaré horas. Bien, iré por ayuda. ¿Cuál es tu nombre?

—Mary Beth McConnell.

—Voy a llamar a la policía y después volveré y te sacaré.

—Por favor, no tarde.

—Tengo un amigo que no vive muy lejos. Llamaré al nueve-uno-uno desde su casa y volveremos. Ese chico… ¿tiene un arma?

—No sé. No vi ninguna. Pero no lo sé.

—Quédate tranquila, Mary Beth. Vas a estar bien. No suelo correr, pero hoy lo haré —se dio vuelta y corrió a campo traviesa.

—Señor… gracias…

Pero él no escuchó su agradecimiento. Corrió a través de carrizos y pastos altos, desapareciendo en el bosque sin siquiera detenerse a coger sus cosas. Mary Beth se quedó parada frente a la ventana, meciendo la cantimplora como si fuera un niño recién nacido.

# 19

En la calle, frente a la cárcel, Sachs vio sentada en un banco del parque, en la acera de una charcutería a Lucy Kerr; estaba bebiendo un té helado Arizona.

Observó en la fachada del lugar un cartel de CERVEZA FRÍA. Le preguntó a Lucy:

—¿Tenéis una ley de envases* abiertos en Tanner's Corner?

—Sí —respondió Lucy—. Y nos la tomamos muy en serio. La ley dice que si vas a beber de un envase, debe estar abierto.

Le tomó un segundo registrar la broma. Sachs se rió. Dijo:

—¿Quieres algo más fuerte?

Lucy negó, mirando el té helado.

—Con esto estoy bien.

Sachs salió un minuto después con una cerveza ligera Sam Adams, con exceso de espuma, en un gran vaso de plástico. Se sentó al lado de la policía. Contó a Lucy la discusión entre McGuire y Fredericks y la idea acerca del psicólogo.

—Espero que funcione —comentó Lucy—. Jim estaba calculando que debe de haber miles de casonas viejas en

* Ley por la cual no se pueden llevar envases abiertos de bebidas alcohólicas en coches que anden por carreteras del Estado. *(N. de la T.)*

los Outer Banks. Debemos limitar de algún modo la búsqueda.

No dijeron nada durante unos minutos. Un adolescente solitario pasó montado en un ruidoso monopatín y desapareció. Sachs comentó la ausencia de niños en la ciudad.

—Es verdad —dijo Lucy—. No había pensado en ello, pero no hay muchos niños por aquí. Creo que la mayoría de las parejas se han mudado, a lugares más cercanos a la carretera interestatal, o a ciudades más grandes. Tanner's Corner no es la clase de lugar que elegiría alguien que quiera progresar.

Sachs preguntó:

—¿Tienes hijos?

—No. Buddy y yo no los tuvimos. Luego nos separamos y después nunca encontré a nadie. Mi gran pena, debo decir, es no tener hijos.

—¿Cuánto hace que te divorciaste?

—Tres años.

Sachs se sorprendió de que la joven no se hubiera vuelto a casar. Era muy atractiva; en especial por sus ojos. Cuando Sachs había sido modelo profesional en Nueva York, antes de decidirse a seguir la carrera de su padre en la policía, había pasado mucho tiempo con gente muy guapa. Pero muy a menudo la mirada de esas personas era vacía. Si los ojos no eran bonitos, dedujo Amelia Sachs, la persona tampoco lo era.

Dijo a Lucy:

—Oh, encontrarás a alguien y tendrás una familia.

—Tengo mi trabajo —dijo Lucy con rapidez—. No se puede tener todo en la vida, ya sabes.

Quedaba algo sin decir, algo que Sachs sintió que Lucy quería contar. Se preguntó si debía presionarla o no. Probó con un enfoque indirecto.

—Debe de haber miles de hombres en el condado de Paquenoke que se mueran por salir contigo.

Tras un instante, Lucy dijo:

—La verdad es que no salgo mucho.

—¿De verdad?

Otra pausa. Sachs miró de arriba abajo la calle polvorienta y desierta. El chico del monopatín hacía rato que se había ido. Lucy tomó aliento para decir algo, pero optó por un largo sorbo de té helado. Luego, al parecer guiada por un impulso, la policía dijo:

—¿Recuerdas el problema médico del que te hablé?

Sachs asintió.

—Cáncer de mama. No estaba muy avanzado, pero el doctor dijo que probablemente necesitara una mastectomía radical de ambos pechos. Y es lo que hicieron.

—Lo lamento —dijo Sachs, frunciendo el ceño comprensivamente—. ¿Pasaste por los tratamientos?

—Sí. Estuve al rape un tiempo. Me daba una apariencia interesante —bebió más té helado—. Hace tres años y medio que no tengo nada. Hasta ahora, muy bien —continuó Lucy—. Realmente me desestabilizó lo que me pasó. No había antecedentes de cáncer en mi familia. La abuela está tan fuerte como un caballo. Mi madre todavía trabaja cinco días a la semana en la Mattamuskeet National Wildlife Reserve*. Ella y mi padre se van de marcha por los Apalaches una o dos veces al año.

Sachs preguntó:

—¿No puedes tener niños a causa de la radiación?

—Oh, no, usaron un escudo protector. Es sólo que... creo que no me siento muy dispuesta a salir. Ya sabes dónde va la mano de un hombre después de que lo besas en serio por primera vez...

Sachs no se lo podía discutir.

* Reserva Nacional de Mattamuskeet. *(N. de la T.)*

—A veces conozco a algún tipo agradable y tomamos un café o algo así, pero en diez minutos me empiezo a preocupar por lo que pensará en el momento en que lo descubra. Termino por no contestar a sus llamadas telefónicas.

Sachs dijo:

—¿Así que has desechado tener una familia?

—Quizá, cuando sea mayor encuentre un viudo con un par de chicos crecidos. Sería agradable.

Lo dijo de manera casual, pero Sachs podía percibir en su voz que se lo había repetido a menudo a sí misma. Quizá todos los días.

Lucy bajó la cabeza y suspiró.

—Entregaría mi placa en un segundo con tal de tener hijos. Pero la vida no siempre toma la dirección que queremos.

—¿Y tu ex te dejó después de la operación? Repíteme su nombre.

—Bud. No *enseguida*. Fue ocho meses más tarde. Demonios, no puedo culparlo.

—¿Por qué lo dices?

—¿Qué?

—¿Que no puedes culparlo? —preguntó Sachs.

—Es que no puedo. Cambié y terminé siendo diferente. Me convertí en alguien por quien él no sentía nada.

Sachs calló por un rato y luego comentó:

—Lincoln es diferente. Tan diferente como puede ser.

Lucy lo pensó bien.

—¿De manera que hay más entre vosotros dos que el ser… como lo diría mejor… colegas?

—Sí —dijo Sachs.

—Pensé que podría ser así —luego rió—. Tú eres una policía dura de la gran ciudad… ¿Qué opinas acerca de los niños?

—Me gustaría tener hijos. Pop, mi padre, quería tener nietos. También era policía. Le gustaba la idea de tres generaciones en la fuerza. Pensó que la revista *People* podía publicar algo sobre nosotros. Le gustaba mucho *People*.

—¿Hablas en pasado?

—Murió hace unos años.

—¿Lo mataron en su ronda?

Sachs vaciló pero contestó finalmente:

—Cáncer.

Lucy se quedó callada por un instante. Miró a Sachs de soslayo, luego a la cárcel.

—¿Él puede tener hijos? ¿Lincoln?

La espuma había bajado en el vaso de cerveza y Sachs bebió con ansia.

—Teóricamente, sí.

Optó por no decir a Lucy que esa mañana, cuando estaban en el Instituto de Investigaciones Neurológicas de Avery, la razón por la cual se había escabullido del cuarto con la doctora Weaver era para preguntarle si la operación afectaría las posibilidades de tener hijos de Rhyme. La doctora había contestado que no y comenzó a explicarle la intervención necesaria para dejarla embarazada. Pero justo entonces apareció Jim Bell para pedirles ayuda.

Tampoco le dijo a la policía que Rhyme soslayaba el tema de los niños siempre que se suscitaba y ella se quedaba especulando por qué era tan renuente a considerar el asunto. Podría haber cantidad de razones, por supuesto: su temor a que una familia pudiera interferir con su práctica de la criminología, que necesitaba para mantener su cordura, o su conocimiento de que los tetrapléjicos, al menos estadísticamente, tienen un tiempo de vida más corto que los que no lo son. O quizá quisiera conservar la libertad de despertar un día y decidir que ya era suficiente y que no quería vivir más. Quizá todas ellas, junto con la creencia de que él y Sachs difícilmente fueran los padres más normales (a lo que podía haber contestado ella: «¿Y que es exactamente ser normal en estos días?»).

Lucy reflexionó:

—Siempre me pregunté si seguiría trabajando si tuviera hijos. ¿Y tú?

—Llevo un arma pero generalmente me dedico a la escena del crimen. He suprimido los riesgos. Debo conducir más despacio, también. Tengo en estos momentos, en mi garaje de Brooklyn, un Camaro que le ganaría a trescientos caballos. Realmente no me puedo imaginar poniéndole un asientito de bebé —una carcajada—. Creo que tendría que aprender a conducir una camioneta Volvo con cambios automáticos. Quizá podría tomar lecciones.

—Puedo verte saliendo en estampida del aparcamiento de Food Lion.

El silencio se hizo entre las dos, ese silencio extraño de los desconocidos que han compartido secretos complicados y se dan cuenta de que no pueden ir más lejos.

Lucy miró su reloj.

—Debo volver a la comisaría. Debo ayudar a Jim a hacer llamadas sobre los Outer Banks —tiró la botella vacía a la basura. Movió la cabeza—. Sigo pensando en Mary Beth. Me pregunto cómo estará, si está bien, si está asustada.

Sin embargo, mientras la oía, Amelia Sachs no pensaba en la chica sino en Garrett Hanlon. Como habían estado hablando de niños, Sachs se estaba imaginando cómo se sentiría si *ella* tuviera un hijo acusado de asesinato y secuestro. Que enfrentaba la perspectiva de pasar la noche en un calabozo. Quizá cientos de noches, quizá miles.

Lucy se detuvo.

—¿Vuelves?

—En un minuto o dos.

—Espero verte antes de que os vayáis. —La policía desapareció por la calle.

Unos pocos minutos después, la puerta de la cárcel se abrió y salió Mason Germain. Ella nunca lo había visto sonreír y tampoco lo hacía ahora. Contempló la calle pero no la vio. Caminó por la deteriorada acera y desapareció en uno de los edificios, una tienda o un bar, en camino hacia el edificio del condado.

Entonces un coche se detuvo del otro lado de la calle y salieron dos hombres. Uno era el abogado de Garrett, Cal Federicks, y el otro un hombre corpulento en la cuarentena. Usaba camisa y corbata, el botón superior desabrochado y el torpe nudo de su corbata a rayas a bastantes centímetros del mentón. Había enrollado las mangas y llevaba una chaqueta deportiva colgada del brazo. Sus pantalones color castaño tenían arrugas impresionantes. Su cara tenía la bondad de un maestro de escuela primaria. Entraron a la cárcel.

Sachs tiró el vaso en un barril de aceite que estaba al lado de la charcutería. Cruzó la calle vacía y los siguió adentro.

# 20

Cal Fredericks presentó al doctor Elliot Penny a Sachs.

—Oh, ¿trabajas con Lincoln Rhyme? —preguntó el doctor, sorprendiendo a Sachs.

—Cierto.

—Cal me dijo que la detención de Garrett se debe en gran parte a vosotros dos. ¿Está aquí? ¿Lincoln?

—En este momento está en el edificio del condado. Probablemente no permanezca allí mucho tiempo.

—Tenemos un amigo en común. Me gustaría saludarlo. Pasaré a verlo si tengo la posibilidad.

Sachs dijo:

—Estará allí todavía una hora o algo así —se volvió a Cal Fredericks. ¿Puedo preguntarle algo?

—Sí, señora —dijo el abogado defensor con cautela; Sachs estaba, al menos en teoría, trabajando para el enemigo.

—Mason Germain estaba hablando con Garrett hace un rato. Mencionó un lugar llamado Lancaster. ¿Qué es?

—El Centro de Detención para Delincuentes Violentos. Garrett será trasladado allí después de la acusación. Permanecerá allí hasta el juicio.

—¿Es un centro juvenil?

—No, no. De adultos.

—Pero Garrett tiene dieciséis años —dijo Sachs.

—McGuire lo juzgará, si no podemos conseguir una alegación, como a un adulto.

—¿Cómo es de malo ese Centro?

—¿Qué, Lancaster? —El abogado encogió sus estrechos hombros—. Le harán daño. No hay forma de evitarlo. No sé cuanto daño. Pero se lo harán sin duda. Un chico como él va a estar al final de la cadena alimentaria en VFDC*.

—¿No podría estar separado de los demás?

—Allí no. Todos los internos están juntos. Básicamente constituye un gran corral. Lo mejor que podemos hacer es esperar que los guardias lo protejan.

—¿No hay posibilidad de fianza?

Fredericks se rió.

—No hay juez en el mundo que fije una fianza en un caso como este. Garrett sólo espera eso para escapar.

—¿Hay algo que podamos hacer para que lo lleven a otro centro? Lincoln tiene amigos en Nueva York.

—¿Nueva York? —Fredericks le obsequió con una sonrisa sureña, amable pero forzada—. No creo que esas relaciones tengan mucho peso al sur de la línea Mason-Dixon. Probablemente ni siquiera al oeste del Hudson. —Señaló a Penny con la cabeza—. No, nuestra mejor apuesta consiste en hacer que Garrett coopere y luego conseguir una alegación.

—¿No deberían estar aquí sus padres adoptivos?

—Sí que deberían. Los llamé pero Hal dijo que el chico se las tiene que arreglar solo. Ni siquiera me dejó hablar con Maggie, su madre.

—Pero Garrett no puede estar tomando decisiones por sí mismo —protestó Sachs—. Sólo es un chico.

* Violent Felony Detention Center: Centro de Detención para delincuentes violentos. *(N. de la T.)*

—Bueno —explicó Fredericks—, antes de que se acuerde la acusación o el alegato, el juzgado designará un tutor *ad litem*. No se preocupe, estará protegido.

Sachs se volvió al doctor:

—¿Qué va a hacer? ¿Qué es este test de la silla vacía?

El doctor Penny miró al abogado, que asintió con la cabeza, autorizando la explicación.

—No es un test. Es una especie de terapia Gestalt, una técnica conductual, conocida porque se obtienen resultados muy velozmente en la comprensión de ciertos tipos de conducta. Voy a hacer que Garrett imagine que Mary Beth está sentada en una silla frente a él y haré que le hable. Que le explique por qué la secuestró. Espero hacerle comprender que la chica está trastornada y asustada y que lo que hizo es incorrecto. Que ella estará mejor si nos dice donde está.

—¿Y eso funcionará?

—En realidad no suele utilizarse para este tipo de situaciones pero pienso que dará resultado.

El abogado miró su reloj.

—¿Está listo, doctor?

El doctor asintió.

—Vamos —el doctor y Fredericks desaparecieron en el cuarto de interrogatorios.

Sachs se quedó atrás y sacó un vaso de agua del refrigerador. Lo bebió lentamente. Cuando el policía que estaba tras el mostrador volvió a prestar atención al periódico, Sachs se introdujo rápidamente en el cuarto de observación, donde estaba la cámara de video que grababa a los sospechosos. El cuarto estaba vacío. Cerró la puerta y se sentó. Observó el cuarto de interrogatorios. Podía ver en el medio a Garrett, en una silla. El doctor se sentaba a la mesa. Cal Fredericks permanecía en el rincón, de brazos cruzados, con un tobillo sobre una rodilla, lo que revelaba la altura de sus gruesos tacones.

Una tercera silla, desocupada, estaba frente a Garrett.

Sobre la mesa había refrescos. Los botes transpiraban por la condensación.

A través del altavoz barato y ruidoso, puesto sobre el espejo, Sachs escuchó sus voces.

—Garrett, soy el doctor Penny. ¿Cómo estás?

No hubo respuesta.

—Hace un poco de calor aquí, ¿verdad?

Garrett no dijo nada. Miró hacia abajo. Hizo sonar sus uñas. Sachs no pudo escuchar el sonido. Descubrió que su propio pulgar se hundía en la carne de su dedo índice. Sintió la humedad. Vio la sangre. Detente, detente detente, pensó y se obligó a bajar los brazos.

—Garrett, estoy aquí para ayudarte. Trabajo con tu abogado, el señor Fredericks, y estamos tratando de conseguirte una sentencia reducida por lo que pasó. Podemos ayudarte pero necesitamos tu cooperación.

Fredericks dijo:

—El doctor te hablará, Garrett. Vamos a tratar de descubrir algunas cosas. Pero todo lo que digas quedará entre nosotros. No se lo contaremos a nadie sin tu permiso. ¿Lo entiendes?

Garrett asintió.

—Recuerda, Garrett —dijo el doctor—, nosotros somos los chicos buenos. Estamos de tu lado... Ahora quiero probar algo.

Los ojos de Sachs observaban al muchacho, que se rascó una roncha. Dijo:

—Está bien.

—¿Ves esta silla aquí?

El doctor Penny señaló la silla con la cabeza y el chico la miró.

—La veo.

—Vamos a hacer una especie de juego. Tú vas a simular que hay alguien muy importante sentado en la silla.

—¿Como el presidente?

—No, quiero decir alguien muy importante para ti. Alguien a quien conozcas en la vida real. Vas a fingir que está sentado frente a ti. Quiero que le hables. Y quiero que seas muy sincero con esta persona. Que le digas todo lo que quieres decirle. Comparte tus secretos con ella. Si estás enfadado, se lo dices. Si la quieres también. Si la deseas, como desearías a una chica, se lo dices. Recuerda que está bien decir absolutamente todo. Nadie se sentirá mal contigo.

—¿Sólo hablar con la silla? —Garrett preguntó al doctor—. ¿Por qué?

—Por una parte, te hará sentir mejor acerca de las cosas que sucedieron hoy.

—¿Quiere decir cosas como que me detuvieron?...

Sachs sonrió.

El doctor Penny pareció reprimir una sonrisa también y movió la silla vacía hacia Garrett.

—Ahora, imagina que alguien importante está sentado aquí. Digamos Mary Beth McConnell. Y que tienes algo que decirle, ahora es tu oportunidad. Algo que nunca dijiste antes porque es demasiado fuerte. Algo realmente importante. No alguna tontería.

Garrett miró nerviosamente alrededor del cuarto, contempló a su abogado, que lo alentó con un movimiento de cabeza. El chico respiró profundamente y luego expiró con lentitud.

—Bien. Creo que estoy listo.

—Bueno. Ahora imagínate a Mary Beth en la...

—Pero no quiero decirle nada a *ella* —interrumpió Garrett.

—¿No quieres?

Negó con la cabeza.

—Ya le dije todo lo que quería decirle.

—¿No hay nada más?

El chico vaciló.

—No sé... Quizá. Sólo... la cosa es que me imagino a otra persona en la silla. ¿Podría ser de esta manera?

—Bueno, por ahora quedémonos con Mary Beth. Dices que quizá haya algo que querías decirle. ¿Qué es? ¿Quieres decirle cómo te falló o te lastimó? ¿O te hizo enfadar? ¿Cómo quieres arreglar las cosas con ella? Cualquier cosa, Garrett. Puedes decir cualquier cosa. Estará bien.

Garrett se encogió de hombros.

—Hum, ¿por qué no puede ser otra persona?

—Por ahora, digamos que tiene que ser Mary Beth.

El muchacho se volvió de repente hacia el espejo y miró directamente hacia donde estaba sentada Sachs. Involuntariamente, Sachs retrocedió, como si él supiera que ella estaba allí, aun cuando de ninguna manera podía verla.

—Sigue —lo alentó el doctor.

El chico se volvió hacia el doctor Penny.

—Bien. Creo que puedo decir que estoy contento porque está segura.

La casa del doctor se iluminó.

—Bien, Garrett. Comencemos por ahí. Dile que la salvaste. Dile por qué —señaló la silla con la cabeza.

Garrett miró nerviosamente la silla vacía. Comenzó:

—Ella estaba en Blackwater Landing y...

—No. Recuerda que estás hablando con Mary Beth. Finge que está sentada en la silla.

El muchacho se aclaró la garganta.

—Estabas en Blackwater Landing. Era muy, muy peligroso. La gente resulta herida en Blackwater Landing, puede ser asesinada. Estaba preocupado por ti. No quería que el hombre del mono te hiciera daño.

—¿El hombre del mono? —preguntó el doctor.

—El que mató a Billy.

El doctor miró al abogado que estaba detrás de Garrett y movía la cabeza.

El doctor Penny preguntó:

—Garrett, tú sabes que aun cuando hayas salvado de verdad a Mary Beth, ella puede *pensar* que hizo algo para enfadarte.

—¿Enfadarme? No hizo nada para enfadarme.

—Bueno, la alejaste de su familia.

—Me la llevé para asegurarme de que estuviera a salvo —recordó las reglas del juego y miró otra vez hacia la silla—. Te llevé para asegurarme de que estuvieras a salvo.

—No puedo evitar pensar, dijo el doctor con suavidad, que hay algo más que quieres decir. Lo sentí hace un momento, que hay algo muy importante pero no quieres.

Sachs también lo había notado en la cara del muchacho. Sus ojos estaban confundidos pero estaba intrigado por el juego del doctor. ¿Qué pasaba por su cabeza? Había *algo* que quería decir. ¿Qué era?

Garrett se miró las uñas largas y mugrientas.

—Bueno, quizá haya algo.

—Sigue.

—Es… algo fuerte.

Cal Fredericks se inclinó hacia delante, tenía un lapicero y un block de papel.

El doctor Penny dijo suavemente:

—Veamos la escena… Mary Beth está aquí. Está esperando. Quiere que se lo digas.

Garrett preguntó:

—¿Lo quiere? ¿Usted piensa que sí?

—Sí —lo animó el doctor—. ¿Quieres decirle algo acerca del lugar en que está ahora? ¿Del lugar adonde la llevaste?

¿Cómo es? ¿Quizá quieras decirle por qué la llevaste allí en particular?

—No —dijo Garrett—. No quiero decirle nada acerca de eso.

—¿Entonces qué le quieres decir?

—Yo... —su voz se quebró. Sus uñas sonaron.

—Sé que es difícil.

Sachs también se inclinó hacia adelante en su silla. Vamos, se encontró diciendo, vamos, Garrett. Queremos ayudarte. Coopera un poco.

El doctor Penny continuó con voz hipnótica.

—Sigue, Garrett. Aquí está Mary Beth sentada en la silla. Está esperando. Se pregunta qué le vas a decir. Háblale —el doctor acercó a Garrett el refresco y el chico tomó unos largos sorbos. Las esposas chocaron contra el bote cuando lo levantó con ambas manos. Después de este respiro momentáneo, el doctor continuó—: ¿Qué es lo que realmente le quieres decir? ¿Eso tan importante? Veo que lo quieres decir. Veo que lo necesitas decir. Y pienso que ella necesita escucharlo.

El doctor acercó la silla vacía con un empujoncito.

—Aquí está, Garrett, sentada justo frente a ti, mirándote. ¿Qué es lo que quieres decirle y que hasta ahora no has podido? Ahora es tu oportunidad. Adelante.

Otro trago de Coca-cola. Sachs percibió que las manos del chico temblaban. ¿Qué vendría?, se preguntó. ¿Qué estaba apunto de decir?

De repente, sobresaltando a los hombres que estaban en el cuarto, Garrett se inclinó hacia delante y le declaró a la silla:

—Tú me gustas realmente, Mary Beth. Y... pienso que te amo —hizo algunas inspiraciones profundas, hizo sonar las uñas varias veces, luego cogió los brazos de la silla nerviosamente y bajó la cabeza, con la cara roja como un tomate.

—¿Eso es lo que querías decir?

Garrett asintió.

—¿Nada más?

—Uhm, no.

Esta vez fue el doctor quien miró al abogado y movió la cabeza.

—Señor —empezó Garrett—. Doctor... Tengo, digamos, una pregunta.

—Adelante, Garrett.

—Bien... hay un libro mío que me gustaría que me trajeran de casa. Se llama *The Miniature World*. ¿Sería posible?

—Veremos si se puede hacer —dijo el doctor. Miró, más allá de Garrett, hacia Fredericks, que puso los ojos en blanco mostrando su frustración. Los hombres se levantaron y se pusieron las chaquetas.

—Es todo de momento, Garrett.

El muchacho asintió.

Sachs se levantó rápidamente y salió hacia la habitación delantera. El policía del mostrador no se había dado cuenta de nada.

Fredericks y el doctor salieron mientras Garrett era llevado nuevamente a su celda.

Jim Bell entró por la puerta. Fredericks lo presentó al doctor y el sheriff peguntó:

—¿Algo?

Fredericks negó con la cabeza.

—Nada.

Bell dijo en un tono sombrío:

—Acabo de estar con el magistrado. Van a hacer la acusación a las seis y llevarlo a Lancaster esta noche.

—¿*Esta noche*? —dijo Sachs.

—Es mejor sacarlo de la ciudad. Hay algunas personas por aquí a quienes les gustaría llevar el asunto a su modo.

El doctor Penny dijo:

—Puedo probar después. Ahora está muy agitado.

—Por supuesto que está agitado —murmuró Bell—. Acaba de ser arrestado por asesinato y secuestro. Eso me pondría nervioso a mí también. Haga todo lo que quiera en Lancaster pero McGuire establecerá los cargos y nosotros lo llevaremos antes de la noche. Por otra parte, Cal, debo decírtelo: McGuire lo acusará de asesinato en primer grado.

En el edificio del condado, Sachs encontró a Rhyme tan intratable como pensó que estaría.

—Vamos, Sachs, ayuda al pobre Ben con el equipo y vámonos ya. Le dije a la doctora Weaver que estaríamos en el hospital en algún momento de este *año*.

Pero ella se paró junto a la ventana y miró afuera. Finalmente dijo:

—Rhyme...

El criminalista levantó los ojos; parpadeó mientras la estudiaba como estudiaría un fragmento de evidencia que no pudiera identificar.

—No me gusta esto, Sachs.

—¿Qué?

—No me gusta ni un poco. Ben, no. Tienes que sacarle la armadura antes de guardarlo.

—¿Armadura? —Ben luchaba para cerrar la caja del ALS, la fuente alternativa de luz, utilizada para representar sustancias invisibles al ojo desnudo.

—La varilla —explicó Sachs y se encargó ella misma de empaquetar el artefacto.

—Gracias. —Ben empezó a enrollar un cable de ordenador.

—Esa mirada que tienes, Sachs. *Eso* es lo que no me gusta. Tu mirada y el tono de tu voz.

—Ben —preguntó Sachs—, ¿nos puedes dejar solos unos minutos?

—No, no puede —gruñó Rhyme—. No tenemos tiempo. Tenemos que terminar e irnos.

—Cinco minutos —dijo ella.

Ben miró de Rhyme a Sachs y, como ella lo contemplaba con una mirada implorante y no enojada, le ganó la batalla y el joven salió del cuarto.

Rhyme trató de convencerla.

—Sachs, hicimos todo lo que pudimos. Salvamos a Lydia. Encontramos al criminal. Garrett presentará un alegato y les dirá donde está Mary Beth.

—No les va a decir donde está.

—Pero ese no es nuestro problema. No hay nada más.

—No creo que Garrett sea culpable.

—¿De haber matado a Mary Beth? Estoy de acuerdo contigo. La sangre demuestra que probablemente esté viva pero…

—Quiero decir, de haber matado a Billy.

Rhyme sacudió la cabeza, para sacarse un molesto mechón de pelo de la frente.

—¿Crees que lo hizo ese hombre de mono castaño que mencionó Jim?

—Sí, así es.

—Sachs, es un muchacho conflictivo y sientes pena por él. *Yo* también siento pena por él. Pero…

—Eso no tiene nada que ver.

—Tienes razón, no tiene nada que ver —gruñó Rhyme—. Lo *único* que interesa son las evidencias. Y las evidencias muestran que no hay un hombre en mono castaño y que Garrett es culpable.

—Las evidencias *sugieren* quc cs culpable, Rhyme. No lo prueban. Las evidencias pueden interpretarse de muchas formas. Además, yo poseo algunas evidencias propias.

—¿Cuáles son?

—Me pidió que le cuidara los insectos.

—¿Y?

—¿No te parece un poco raro que un asesino de sangre fría se preocupe por lo que le sucede a unos jodidos insectos?

—Eso no es una evidencia, Sachs. Esa es su estrategia. Es la guerra psicológica, que trata de destruir nuestras defensas. Recuerda que el chico es inteligente. Tiene un alto coeficiente, buenas notas. Mira su material de lectura. Son cosas sesudas; ha aprendido mucho de los insectos. Una, por ejemplo, es que no poseen un código moral. Todo lo que les importa es sobrevivir. *Ésas* son las lecciones que Garrett aprendió. *Ése* ha dominado su desarrollo infantil. Resulta triste, pero no es nuestro problema.

—¿Sabes?, esa trampa que puso, la trampa cubierta de ramas de pino...

Rhyme asintió.

—Sólo tenía medio metro de profundidad. ¿Y el nido de avispas en su interior? Estaba vacío. No había avispas. Y la botella de amoniaco no estaba preparada para hacer daño a nadie, sino para advertirle de alguna manera que una patrulla de rescate se acercaba al molino.

—Esa no es una evidencia empírica, Sachs. Como el pañuelo de papel ensangrentado, por ejemplo.

—Dijo que se había masturbado. Y que Mary Beth se golpeó la cabeza y él le limpió la herida con el pañuelo. De todas formas, si la hubiera violado, ¿qué sentido tiene el pañuelo?

—Para limpiar después...

—No encaja en el perfil de violación que conozco.

Rhyme se citó a sí mismo, del preámbulo a su texto sobre ciencia criminalística:

—«Un perfil es una *guía*. La evidencia es...»

—... Dios» —ella completó la cita—. Bien, entonces, había muchas huellas en la escena. Recuerda que habían pisado por todas partes. Alguna de esas huellas podrían ser del hombre del mono.

—No hay otras huellas dactilares en el arma del crimen.

—Garrett afirma que el hombre usaba guantes —contestó ella.

—Pero tampoco había huellas de fragmentos de cuero.

—Podrían haber sido de tela. Déjame examinarlo y...

—«*Podría* ser, *podría* ser...». Vamos, Sachs, estas son puras especulaciones.

—Pero tú deberías haberlo oído cuando hablaba de Mary Beth. Estaba preocupado por ella.

—Actuaba. ¿Cuál es mi regla número uno?

—Tienes un montón de reglas número uno —musitó ella.

Él siguió imperturbable.

—No puedes confiar en los testigos.

—El chico cree que la ama, se preocupa por ella. Realmente piensa que la está protegiendo.

Una voz de hombre los interrumpió.

—Oh, la está protegiendo. —Sachs y Rhyme miraron hacia la puerta. Era el doctor Elliot Penny. Agregó—: La está protegiendo de sí mismo.

Sachs los presentó.

—Quería conocerte, Lincoln —dijo el doctor Penny—. Soy experto en psicología forense. Bert Markham y yo estuvimos juntos en un congreso de la AALEO el año pasado y él siente mucha admiración por ti.

—Bert es un buen amigo —dijo Rhyme—. Lo acaban de nombrar jefe del área forense del Departamento de Policía de Chicago.

El doctor Penny señaló el pasillo con la cabeza.

—El abogado de Garrett está allí con el fiscal del distrito, pero no creo que el resultado de esa entrevista sea muy positivo para el chico.

—¿Qué quería decir hace un momento, acerca de que él la quiere proteger de sí mismo? —preguntó Sachs con cinismo—. ¿Es algún tipo de tontería sobre personalidades múltiples?

—No —replicó el doctor, en absoluto confundido por su abrasivo escepticismo—. Hay a todas luces algún conflicto emocional o mental, pero no es nada tan exótico como un caso de personalidades múltiples. Garrett sabe exactamente lo que hizo a Mary Beth y Billy Stail. Estoy completamente seguro de que la ha escondido en algún lugar para mantenerla alejada de Blackwater Landing, donde es probable que haya matado a esa otra gente en el transcurso de los últimos años. Y asustó a… ¿cómo se llama?, ese chico Wilkes e hizo que se suicidara. Pienso que estaba planeando violar y matar a Mary Beth al mismo tiempo que asesinó a Billy pero que la parte de él que, entre comillas, *la ama*, no le dejó. La sacó de Blackwater Landing tan pronto como pudo para evitar hacerle daño. Pienso que realmente la *violó*, a pesar de que para él eso no es una violación, sino sólo la consumación de lo que ve como, entre comillas, su *relación*. Tan normal para él como para un marido con su mujer en la luna de miel. Pero todavía sentía el impulso de matarla y por eso volvió a Blackwater Landing el día siguiente y consiguió una víctima sustituta, Lydia Johansson. Sin duda iba a matarla en lugar de Mary Beth.

—Supongo que no trabaja para la defensa —dijo Sachs con acritud— si ese es su comprensivo testimonio.

El doctor Penny negó con la cabeza.

—Por lo que pude oír ese muchacho irá a la cárcel con o sin testigos expertos.

—Yo no pienso que haya matado al chico. Y pienso que el secuestro no está tan claro como usted lo pinta.

El doctor Penny se encogió de hombros.

—Mi opinión profesional es que lo hizo. Es obvio que no lo sometí a todos los tests, pero exhibe una clara conducta asocial y psicopática, y estoy pensando en tres importantes sistemas diagnósticos: *The International Classification of Diseases**, el *DSM-IV*** y el *Revised Psychopathy Checklist****. ¿Debería hacerle una batería completa de tests? Por supuesto. Pero claramente presenta una personalidad sin afectividad y antisocial/criminal. Tiene un alto coeficiente intelectual, exhibe modelos de pensamiento estratégico y conducta de delincuente organizado, considera aceptable la venganza, no manifiesta remordimientos... es una persona muy peligrosa.

—Sachs —dijo Rhyme— ¿qué sentido tiene? Ya no es nuestra tarea.

Ella lo ignoró, a él y a sus ojos penetrantes.

—Pero, doctor..

El doctor levantó una mano.

—¿Puedo hacerle una pregunta?

—Qué?

—¿Usted tiene hijos?

Una vacilación.

—No —contestó—, ¿por qué?

* La Clasificación Internacional de Enfermedades. *(N. de la T.)*

** Diagnosis and Statistical Manual: Manual de Diagnosis y Estadística. *(N. de la T.)*

*** La Lista Revisada de Psicopatías. *(N. de la T.)*

—Es comprensible que usted sienta simpatía por él, pienso que todos la sentimos, pero podría estar confundiéndola con algún sentimiento maternal latente.

—¿Qué quiere decir?

El doctor continuó:

—Quiero decir que si siente usted algún deseo de tener hijos puede no ser capaz de adoptar una opinión objetiva acerca de la inocencia o la culpa de un adolescente de dieciséis años. En especial de uno que es huérfano y ha padecido momentos difíciles en su vida.

—Yo puedo adoptar un papel perfectamente objetivo —masculló Sachs—. Lo que pasa es que hay demasiadas cosas que no cuadran. Los motivos de Garrett no tienen sentido, él...

—Los motivos son la pata floja de la mesa de la evidencia, Sachs, lo sabes.

—No necesito más máximas, Rhyme —gruñó ella.

El criminalista suspiró frustrado y miró al reloj.

El doctor Penny prosiguió:

—Le escuché preguntar a Cal Fredericks sobre Lancaster, acerca de lo que le pasaría al muchacho.

Ella levantó una ceja.

—Bueno, pienso que puede ayudarlo —dijo el doctor—. Lo mejor que puede hacer es pasar algún tiempo con él. El condado designará un asistente social para que trabaje con el tutor que nombra el tribunal y usted tendrá que obtener su aprobación pero estoy seguro de que se puede arreglar. Hasta quizá le cuente lo que pasó con Mary Beth.

Mientras consideraba estas palabras Thom apareció en la puerta.

—La camioneta está afuera, Lincoln.

Rhyme miró el mapa por última vez y luego se volvió hacia la puerta.

—Una vez más en la brecha, queridos amigos...

Jim Bell entró al cuarto y puso una mano sobre el brazo insensible de Rhyme.

—Estamos organizando una búsqueda por los Outer Banks. Con un poco de suerte la encontraremos en unos días. Oye, no puedo agradecerte lo suficiente, Lincoln.

Rhyme aceptó sus palabras con un movimiento de cabeza y deseó buena suerte al sheriff.

—Iré a visitarte al hospital, Lincoln —dijo Ben—. Te llevaré algo de *scotch*. ¿Cuándo te dejaran comenzar a beber nuevamente?

—No lo suficientemente pronto.

—Le ayudaré a Ben a terminar con esto —le dijo Sachs.

Bell le dijo:

—Luego te acercamos a Avery.

Sachs asintió.

—Gracias. Estaré pronto allí, Rhyme.

Parecía que el criminalista ya hubiera partido de Tanner's Corner, mental si no físicamente No dijo nada. Sachs sólo escuchó el quejido cada vez más débil de la Storm Arrow a medida que se alejaba por el pasillo.

Quince minutos después ya habían guardado la mayor parte del equipo forense. Sachs mandó a Ben a su casa, agradeciéndole sus esfuerzos como voluntario.

De inmediato apareció Jesse Corn a su lado. Ella se preguntó si habría estado al acecho en el pasillo, esperando la oportunidad de encontrarla sola.

—Es un personaje, ¿verdad? —preguntó Jesse—. Me refiero al señor Rhyme. —El policía comenzó a apilar cajas sin ninguna necesidad.

—Lo es —dijo Sachs sin comprometerse.

—Esa operación de la que habla, ¿lo pondrá bien?

*Lo matará. Lo pondrá peor. Lo convertirá en un vegetal.*

—No.

Sachs pensó que Jesse preguntaría, ¿entonces por qué se somete a ella? Pero el policía le ofreció otro de sus dichos: «A veces uno se encuentra en la necesidad de hacer algo. Sin importar que parezca inútil».

Sachs se encogió de hombros, pensando: Sí, a veces es así.

Cerró los pasadores en la caja de un microscopio y enrolló los últimos cables eléctricos. Se fijó en una pila de libros sobre la mesa, los que había encontrado en el cuarto de Garrett de la casa de sus padres adoptivos. Cogió *The Miniature World*, el libro que el chico había pedido al doctor Penny. Lo abrió. Pasó las páginas, leyó un pasaje.

> *Hay 4.500 especies conocidas de mamíferos en el mundo pero más de 980.000 especies conocidas de insectos y se estima que dos o tres millones más no han sido descubiertas aún. La diversidad y asombrosa resistencia de estas criaturas despiertan más que la simple admiración. Uno piensa en el término acuñado por el biólogo y entomólogo de Harvard E. O. Wilson «Biofilia», con el cual designa la afiliación emocional que los seres humanos sienten hacia otros organismos vivos. A todas luces existe una oportunidad tan favorable para conectar con los insectos como para hacerlo con los animales domésticos, un perro o un caballo de carreras, o, para el caso, con otros seres humanos.*

Sachs miró hacia el pasillo, donde Cal Fredericks y Bryan McGuire todavía estaban trabados en su complicado torneo verbal. Era obvio que el abogado de Garrett lo perdía.

Sachs cerró el libro de golpe. Escuchó en su mente las palabras del doctor.

Lo mejor que puede hacer es simplemente pasar algún tiempo con él.

Jesse dijo:

—Oye, puede ser un poco complicado que vayamos al campo de tiro. Pero, ¿te apetece tomar un café?

Sachs se rió interiormente. De manera que después de todo había conseguido su invitación.

—Realmente no puedo. Voy a dejar este libro en la cárcel. Luego tengo que ir al hospital en Avery. ¿Y si lo dejamos para otra ocasión?

—Prometido.

# 21

En Eddie's, el bar ubicado a cien metros de la cárcel, Rich Culbeau dijo con severidad:

—Esto no es un juego.

—No creo que sea un juego —dijo Sean O'Sarian—. Yo sólo me reí. Quiero decir, mierda... que es una risa, nada más. Estaba mirando ese anuncio de ahí —señaló con la cabeza la grasienta pantalla de televisión que se encontraba sobre el estante de Beer Nuts—. En donde este tipo trata de llegar al aeropuerto y su coche...

—Lo haces demasiado a menudo. Te distraes. No prestas atención.

—Está bien. Te escucho. Vamos por atrás. La puerta estará abierta.

—Eso es lo que iba a preguntar —dijo Harris Tomel—. La puerta de atrás de la cárcel nunca está abierta. Siempre está cerrada con llave y tiene, como sabes, una tranca por la parte interior.

—La tranca no estará y la puerta no tendrá cerrojo. ¿Está bien?

—Si tú lo dices —comentó Tomel con escepticismo.

—Estará abierta —siguió Culbeau—. Entramos. La llave de su celda estará sobre la mesa, la pequeña mesa de metal. ¿Sabéis cuál?

Por supuesto que lo sabían. Cualquiera que hubiese pasado una noche en la cárcel de Tanner's Corner tendría que haberse golpeado los tobillos en esa jodida mesa fijada en el suelo cerca de la puerta, en especial si entraba por embriaguez.

—Sí, adelante —dijo O'Sarian, ahora prestando atención.

—Abrimos la celda con la llave y entramos. Le doy al chico con el aerosol de pimienta. Le coloco una bolsa, tengo un costal como el que uso para ahogar gatitos en el estanque, se lo pongo en la cabeza y lo saco por atrás. Puede gritar si quiere pero nadie lo oirá. Harris, tu estarás esperando en el camión. Colócalo con la parte posterior bien cerca de la puerta. Déjalo en marcha.

—¿Adónde lo llevaremos? —preguntó O'Sarian.

—A ninguna de nuestras casas —dijo Culbeau, preguntándose si O'Sarian pensaba que llevarían a un preso secuestrado a una de sus casas. Lo que significaba, si es que era sí, que el joven flacucho era más estúpido de lo que Culbeau pensaba—. El viejo garaje, cerca de las vías.

—Bien —aceptó O'Sarian.

—Lo sacamos del camión allí. Tengo mi soplete de propano y empezamos a trabajar en el chico. Me imagino que nos llevará cinco minutos, a lo más, y nos dirá donde está Mary Beth.

—Y entonces nosotros… —la voz de O'Sarian se apagó.

—¿Qué? —gruñó Culbeau. Luego murmuró— ¿Vas a decir algo que quizá no quieres decir, en voz alta y en público?

O'Sarian también le contestó en un susurro:

—Estabas hablando de usar un soplete con el muchacho. No me parece a mí que sea peor lo que yo pregunto… acerca de después.

Culbeau no pudo por menos que estar de acuerdo, aunque sin embargo no se lo dijo a O'Sarian. Se limitó a comentar:

—Suceden accidentes.

—Es verdad —acordó Tomel.

O'Sarian jugó con el tapón de una botella de cerveza, con el que se limpió las uñas. Se había puesto de mal humor.

—¿Qué pasa? —preguntó Culbeau.

—Esto se está volviendo arriesgado. Sería más fácil llevar al chico a los bosques. Al molino.

—Pero él ya no está en los bosques cerca del molino —dijo Tomel.

O'Sarian se encogió de hombros.

—Me estoy preguntando si el dinero merece la pena.

—¿Quieres echarte atrás? —Culbeau se rascó la barba, pensando que hacía tanto calor que debería afeitársela, pero de esa manera su triple mentón se vería más—. Preferiría dividirlo entre dos que entre tres.

—No... tú sabes que no. Todo está muy bien —los ojos de O'Sarian vagaron nuevamente hacia la televisión. Una película llamó su atención y movió la cabeza, abriendo enormes los ojos, ante la aparición de una de las actrices.

—Esperad un momento —dijo Tomel, mirando por la ventana—. Mirad —señalaba con la cabeza el exterior.

La policía pelirroja de Nueva York, la que era tan rápida con el cuchillo, caminaba por la calle, llevando un libro.

Tomel dijo:

—Es una chica muy bonita. No me importaría conocerla mejor.

Pero Culbeau recordó sus fríos ojos y la punta firme del cuchillo bajo la barbilla de O'Sarian. Dijo:

—Este pájaro no vale la pólvora que se gasta en él.

La pelirroja entró en la cárcel.

O'Sarian también estaba mirando.

—Bueno, esto nos jode un poco las cosas.

Culbeau dijo lentamente:

—No, de ninguna manera. Harris, trae aquí ese camión. Y deja en marcha el motor.

—¿Pero qué hacemos con *ella*? —preguntó Tomel.

Culbeau dijo:

—Tengo suficiente aerosol de pimienta.

Dentro de la cárcel, el policía Nathan Groomer se recostó sobre la destartalada silla y saludó a Sachs.

El enamoramiento de Jesse Corn se había vuelto tedioso; la sonrisa formal de Nathan resultó un alivio para ella.

—Buenas, señorita.

—¿Eres Nathan, verdad?

—Sí.

—Éste de aquí es un señuelo, ¿no? —Sachs miró hacia el escritorio.

—¿Esta cosa vieja? —preguntó con humildad.

—¿Qué es?

—Una hembra de pato salvaje. De cerca de un año. El pato. No el señuelo.

—¿Tú mismo los haces?

—Es una afición que tengo. En mi escritorio del edificio principal tengo dos más. Puedes verlos, si quieres. Pensé que os ibais.

—Nos iremos pronto. ¿Cómo está?

—¿Quién? ¿El sheriff Bell?

—No, Garrett.

—Oh, no lo sé. Mason vino a verlo, estuvieron conversando. Trató de hacerle decir dónde está la chica. Pero Garrett no dijo nada.

—¿Mason está dentro ahora?

—No, ya se fue.

—¿Qué sabes del sheriff Bell y de Lucy?

—Nada, ya se fueron. Están en el edificio del condado. ¿Te puedo ayudar en algo?

—Garrett quería este libro —lo sostuvo en alto—. ¿Se lo puedo dar?

—¿Qué es, una Biblia?

—No, es sobre insectos.

Nathan lo tomó y lo examinó cuidadosamente, buscando armas, supuso ella. Luego se lo devolvió.

—Ese chico me da escalofríos. Parece salido de una película de terror. *Deberías* darle una Biblia.

—Me parece que sólo le interesa este libro.

—Creo que estás en lo cierto. Pon tu arma en esa caja que está allí y te dejaré pasar.

Sachs puso el Smith & Wesson dentro y caminó hacia la puerta, pero Nathan la miraba expectante. Ella levantó una ceja.

—Bueno, creo que tienes un cuchillo también.

—Oh, seguro. Me olvidé.

—Las normas son las normas, ya sabes.

Ella entregó la navaja automática. Él la dejó caer al lado de la pistola.

—¿Quieres las esposas, también? —Sachs tocó el estuche donde las guardaba.

—No. No puede haber mucho problema con ellas. Recuerdo el caso de un reverendo que sí tuvo un problema, pero eso sucedió sólo porque su esposa llegó temprano a casa y lo encontró esposado a los barrotes del cabecero con Sally Anne Carlson encima. Ven, te dejaré entrar.

Rich Culbeau, flanqueado por un nervioso Sean O'Sarian, estaba de pie al lado de un mustio matorral de lilas en la parte posterior de la cárcel. La puerta trasera del edificio daba a un gran campo lleno de pastos, basura, restos de automóviles y electrodomésticos. También algunos flácidos condones.

Harris Tomel condujo su flamante Ford F-250 sobre el bordillo y retrocedió. Culbeau pensó que debería de haber venido por el otro lado porque corrían el riesgo de que se les viera mucho, pero no había nadie en las calles y además, después de que el quiosco cerrara, no había motivo para que alguien parara por aquel lugar. Al menos el camión era nuevo y tenía un buen silenciador; no hacía ningún ruido.

—¿Quién está en la oficina? —preguntó O'Sarian.

—Nathan Groomer.

—¿Esa chica policía está con él?

No lo sé. ¿Cómo demonios puedo saberlo? Pero si está allí, habrá tenido que saltar su pistola y ese cuchillo con el que te tatuó en la cara.

—¿Oirá Nathan si la chica grita?

Evocando una vez más los ojos de la pelirroja y el destello de la hoja de su cuchillo, Culbeau dijo:

—Es más probable que grite el muchacho.

—Bueno, entonces, ¿qué pasa si lo hace?

—Le pondremos la bolsa en la cabeza enseguida. Ten. —Culbeau entregó a O'Sarian un bote rojo y blanco de pimienta en aerosol—. Apunta hacia abajo porque la gente se agacha.

—¿Qué pasará?... Quiero decir, ¿nos alcanzará a nosotros?

—No, si no te lo tiras en tu jodida cara. Es como un chorro. No como una nube.

—¿Quién de los dos me toca?

—El chico.

—¿Qué pasa si la chica está más cerca?

Culbeau musitó:

—Ella es mía.

—Pero...

—Ella es mía.

—Bien —acordó O'Sarian.

Bajaron la cabeza cuando pasaron por la ventana mugrienta de la parte posterior de la cárcel y se detuvieron en la puerta de metal. Culbeau se dio cuenta de que estaba abierta unos centímetros.

—Ves, no tiene el cerrojo —murmuró. Sintió que le había ganado una partida a O'Sarian. Luego se preguntó por qué sentía que necesitaba hacerlo—. Bien, haré una señal con la cabeza. Entonces entramos rápido, les echamos el aerosol... y sé generoso con esa porquería —le entregó a O'Sarian una gruesa bolsa—. Luego le pones esto en la cabeza.

O'Sarian cogió el bote con firmeza, y señaló con la cabeza una segunda bolsa que había aparecido en la mano de Culbeau.

—De manera que también nos llevamos a la chica.

Culbeau suspiró y dijo exasperado:

—Sí, Sean. La llevamos...

—Oh. Está bien. Sólo quería saber.

—Cuando hayan caído, los arrastráis hacia fuera rápido. No os detengáis por nada.

—Bien... Oh, quería decirte que traje mi Colt.

—¿Qué?

—Tengo mi 38. Lo traje —señaló su bolsillo con la cabeza.

Culbeau se detuvo un momento. Luego dijo:

—Bien... Cerró su gran mano alrededor del pomo de la puerta.

# 22

¿Sería este paisaje lo último que viera? Se preguntó.

Desde su cama del hospital, Lincoln Rhyme podía ver el parque del Centro Médico Universitario de Avery. Arboles frondosos, una senda que caracoleaba a través del césped tupido y verde y una fuente de piedra que, según le había dicho la enfermera, era una réplica del famoso pozo del campus de la UNC en Chapel Hill.

Desde el dormitorio de su casa en Central Park West en Manhattan, Rhyme podía ver el cielo y algunos edificios de la Quinta Avenida, pero sus ventanas estaban muy alejadas del suelo y no podía visualizar el propio Central Park, a menos que la cama se ubicara justo contra los cristales, lo que le permitía mirar hacia abajo y ver el césped y los árboles.

Aquí, quizá porque el edificio había sido construido pensando en los pacientes con lesiones medulares y afecciones neurológicas, las ventanas estaban más bajas; hasta las vistas son accesibles aquí, se dijo con ironía.

Luego se preguntó, otra vez, si la operación tendría éxito o no. Si sobreviviría.

Lincoln Rhyme sabía que lo más frustrante era la incapacidad de hacer las cosas simples.

El viaje de Nueva York a Carolina del Norte, por ejemplo, había sido un proyecto preparado con tanta anticipación, planeado con tanto cuidado, que la dificultad del trayecto no le había traído ningún problema. Pero la carga agobiante de su lesión se volvía más pesada cuando se trataba de pequeñas tareas que una persona sana podía hacer sin pensar. Rascarte cuando te pica la sien, cepillarte los dientes, enjuagar los labios, abrir una gaseosa, sentarte en una silla para mirar por la ventana y observar cómo se rebozan las golondrinas en la tierra del parque…

Reflexionó sobre la tontería que estaba haciendo.

Había consultado los mejores neurólogos del país y él mismo, que era un científico, había leído y comprendido todo lo escrito sobre la casi imposibilidad de una mejora neurológica en un paciente con una lesión espinal del C4. Sin embargo, estaba decidido a seguir adelante con la operación propuesta por Cheryl Weaver, a pesar de la posibilidad de que el panorama bucólico en un hospital desconocido, de una ciudad desconocida, constituyera la última imagen de la naturaleza que viera en su vida.

*Por supuesto que hay riesgos.*

Entonces, ¿por qué lo hacía?

Oh, había una muy buena razón.

Sin embargo, era una razón que al frío criminalista que había se la hacía difícil aceptar. Una razón que nunca se atrevería a manifestar en voz alta. Porque no tenía nada que ver con ser capaz de andar por la escena de un crimen buscando evidencias. Nada que ver con cepillarse los dientes o sentarse en la cama. No, no, se trataba exclusivamente de Amelia Sachs.

Por fin había admitido la verdad: que le aterrorizaba perderla. Había meditado que más tarde o más temprano ella encontraría otro Nick, el guapo agente que había sido su amante hace unos años. Pensaba que era algo inevitable, en tanto él permaneciera inmóvil como estaba. Ella quería hijos. Quería una vida normal y por eso Rhyme estaba dispuesto a arriesgar su vida, a arriesgarse a que su estado empeorara, con la esperanza de alguna mejora.

Sabía por supuesto que la operación no le permitiría pasear por la Quinta Avenida con Sachs del brazo. Sólo esperaba una mejora minúscula; acercarse levemente a lo que sería una vida normal. Acercarse levemente a Sachs. Pero impulsado por toda su prodigiosa imaginación, Rhyme podía verse cerrando la mano sobre la de ella, apretándola y sintiendo la débil presión de su piel.

Algo muy pequeño para cualquier otra persona del mundo, pero un milagro para Rhyme.

Thom entró en el cuarto. Después de una pausa dijo:

—Un comentario...

—No quiero ninguno. ¿Dónde está Amelia?

—Te lo haré de todos modos. No has tomado alcohol en cinco días.

—Lo sé. Y me molesta mucho.

—Estás preparándote para la operación.

—Son las órdenes del médico —dijo Rhyme malhumorado.

—¿Cuándo han significado algo para ti las órdenes de un médico?

Un encogimiento de hombros.

—Me van a llenar el cuerpo de no se qué tipo de porquería. Pensé que no sería *inteligente* añadir algo al cóctel de mi circulación sanguínea.

—No lo sería, tienes razón. Pero le hiciste caso a tu doctora. Me siento orgulloso de ti.

—Oh, orgullo, esa sí que es una emoción útil.

Pero Thom no se impresionó por su sarcasmo. Continuó:

—Pero quiero decirte algo...

—Lo vas a decir de todos modos, lo quiera yo o no.

—He leído algo, Lincoln, acerca del procedimiento.

—Oh, ¿lo has hecho? En tu tiempo libre, supongo.

—Sólo quiero decirte que si esta vez no funciona, volveremos. El año próximo. Dos años. Cinco años. Entonces saldrá bien.

Dentro de Lincoln Rhyme los sentimientos estaban tan muertos como su médula espinal, pero logró decir:

—Gracias, Thom. Ahora, ¿dónde está esa doctora? Estuve trabajando duro para coger a unos secuestradores psicóticos para esta gente. Pensé que me tratarían un poco mejor de lo que lo están haciendo.

Tom respondió:

—Sólo se ha retrasado diez minutos, Rhyme. Y hoy le hemos cambiado la cita dos veces.

—Se acerca más a los veinte minutos. Ah, aquí está...

La puerta del cuarto del hospital se abrió de golpe. Rhyme levantó la vista, esperando ver a la doctora Weaver. Pero no era ella.

Entró el sheriff Jim Bell, con la cara cubierta de sudor. En el pasillo, detrás de él, estaba su cuñado, Steve Farr. Ambos hombres parecían muy trastornados.

El primer pensamiento del criminalista fue que habían encontrado el cuerpo de Mary Beth. Que el chico la había matado realmente y su próximo pensamiento fue que Sachs reaccionaría muy mal ante la noticia, pues su fe en el chico se vería destruida.

Pero Bell traía novedades diferentes.

—Lamento tener que decírtelo, Lincoln —Rhyme supuso que el mensaje era algo más cercano a él personalmente y no relacionado con Garrett Hanlon y Mary Beth McConnell—. Iba a llamarte por teléfono —dijo el sheriff—. Pero entonces pensé que debía decírtelo en persona. De manera que vine.

—¿Qué pasa, Jim? —preguntó Rhyme.

—Se trata de Amelia.

—¿Qué? —preguntó Thom.

—¿Qué pasa con ella? —Rhyme no podía, como es lógico, sentir a su corazón golpeando en el pecho, pero podía sentir la sangre agolpándose en su barbilla y sienes—. ¿Qué pasó? ¡Dime!

—Rich Culbeau y sus compinches fueron a la cárcel. No sé exactamente que tenían en mente, probablemente nada bueno, pero, de todos modos, lo que encontraron fue a mi policía, Nathan, esposado en el cuarto de delante. Y la celda estaba vacía.

—¿La celda?

—La celda de Garrett —continuó Bell, como si esto explicara todo.

Rhyme todavía no podía entender su significado.

—¿Qué...?

Con voz áspera el sheriff explicó:

—Nathan dijo que Amelia lo redujo a punta de pistola y sacó a Garrett de la cárcel. Es una huída criminal. Están fugados, están armados y nadie tiene pista alguna de adónde van.

# III

# Tiempo de esfuerzo

## III

[illegible]

[illegible]

[illegible]

[illegible]

[illegible]

[illegible] los [illegible]

[illegible] la ciudad [illegible]

[illegible] ¿Es esto verdad?

# 23

Correr.

Lo mejor que podía. A Sachs las piernas le pesaban y calambres de dolor provocados por la artritis recorrían su cuerpo. Estaba empapada en sudor y ya se sentía mareada por el calor y la deshidratación.

Todavía se sentía conmocionada al pensar en lo que había hecho.

Garrett estaba a su lado, corriendo silenciosamente a través del bosque que se hallaba en las afueras de Tanner's Corner.

*Esto es demasiado estúpido, muchacha....*

Cuando Sachs entró en la celda para entregar a Garrett *The Miniature World*, observó la cara feliz del chico cuando cogió el libro. Pasaron uno o dos segundos y, casi como si otra persona la obligara a ello, pasó los brazos por los barrotes y tomó al chico por los hombros. Aturdido, Garrett desvió la mirada.

—No, mírame —le ordenó Sachs—. Mírame.

Por fin él lo hizo. Ella estudió entonces su cara inflamada, su boca temblorosa, los pozos oscuros de los ojos, las espesas cejas.

—Garrett, necesito saber la verdad. Esto es sólo entre tú y yo. Dime, ¿mataste a Billy Stail?

—Juro que no lo hice. ¡Lo juro! Fue ese hombre, el de mono castaño. *Él* mató a Billy. ¡Esa es la verdad!

—Eso no es lo que demuestran los datos, Garrett.

—Pero la gente puede ver una cosa de forma diferente —había contestado el chico con voz tranquila—. Digamos, de la forma en que *nosotros* podemos ver lo mismo que ve una mosca, pero no es lo mismo.

—¿Qué quieres decir?

—Nosotros vemos que algo se mueve, algo confuso cuando la mano de alguien trata de aplastar la mosca, pero la forma en que trabajan los ojos de la mosca consiste en que ve una mano que se detiene cien veces en mitad del movimiento hacia abajo. Como un montón de fotos fijas. Es la misma mano, el mismo movimiento, pero la mosca y nosotros lo vemos de forma diferente… y los colores… miramos algo de color rojo definido para nosotros, pero algunos insectos ven una docena de tipos diferentes de rojo.

*Las evidencias sugieren que es culpable, Rhyme. No lo prueban. Las evidencias se pueden interpretar de muchas formas diferentes.*

—Lydia —insistió Sachs, cogiendo con más firmeza al muchacho— ¿por qué la secuestraste?

—Ya le conté a todos por qué… Porque ella también estaba en peligro. Blackwater Landing… es un lugar peligroso. La gente muere allí. La gente desaparece. Sólo la estaba protegiendo.

Por supuesto que es un lugar peligroso, pensó Sachs. ¿Pero es peligroso a causa *tuya*?

Amelia le dijo entonces:

—Ella dijo que la ibas a violar…

—No, no, no… Lydia saltó al agua y su uniforme se mojó y se desgarró. Yo le miré, bueno, la parte superior. Su pecho. Y me excité. Pero eso es todo.

—Y Mary Beth. ¿Le hiciste daño, la violaste?

—¡No, no, no! ¡Ya te lo dije! Se golpeó en la cabeza y yo le limpié la herida con ese pañuelo. Nunca haría una cosa así, no a Mary Beth.

Sachs lo miró un rato más.

*Blackwater Landing... es un lugar peligroso.*

Finalmente preguntó:

—Si te saco de aquí, me llevarás donde está Mary Beth?

Garrett había fruncido el ceño.

—Si lo hago, la traerás de vuelta a Tanner's Corner. Y podrían hacerle daño.

—Es la única manera, Garrett. Te sacaré de aquí si me llevas a ella. Lincoln Rhyme y yo podemos garantizar su seguridad.

—¿Podéis hacerlo?

—Sí. Pero si no estás de acuerdo te quedarás en la cárcel durante mucho tiempo. Si Mary Beth muere por tu causa, se tratará de asesinato, como si le hubieras disparado. Nunca saldrás de la cárcel.

Él miró por la ventana. Parecía que sus ojos seguían el vuelo de un insecto que Sachs no podía ver.

—Está bien.

—¿Cuán lejos está?

—A pie, nos llevará ocho, diez horas. Depende.

—¿De qué?

—De cuántos nos persigan y de lo cuidadosos que seamos al partir.

Garrett lo dijo rápidamente. Su tono seguro preocupó a Sachs, era como si el chico ya hubiera pensado que alguien lo sacaría de allí, o que se escaparía y que ya había maquinado cómo evitar la persecución.

—Espera aquí —respondió Sachs. Regresó a la oficina. Se acercó al cajón, sacó su pistola y su cuchillo y, contra todo lo que había aprendido y contra todo buen sentido, apuntó el Smith & Wesson hacia Nathan Groomer.

—Lamento hacer esto —murmuró—. Necesito la llave de la celda y después quiero que te vuelvas y pongas las manos a la espalda.

Con los ojos muy abiertos Nathan vaciló, debatiéndose, quizá entre sacar o no el arma que tenía al costado. O tal vez, se dijo ella sin pensar nada. El instinto o los reflejos o simplemente la cólera podrían haber hecho que sacara el arma de la cartuchera.

—Esto es demasiado estúpido, muchacha —dijo.

—La llave.

Él abrió el cajón y puso la llave sobre la mesa y colocó sus manos a la espalda. Ella lo esposó con sus propias esposas. Luego arrancó el teléfono del muro.

Después liberó a Garrett, a quien había esposado también. La puerta trasera de la cárcel parecía estar abierta. Como creyó oír pisadas y el motor de un coche en marcha; optó por la puerta delantera. Se escaparon tranquilamente, sin que nadie los detectara.

Ahora, a dos kilómetros de la ciudad, rodeados de matorrales y árboles, el chico la guió por un sendero mal definido. Las cadenas de las esposas hacían ruido cuando señalaba la dirección que debían tomar.

Ella pensaba: «¡Pero, Rhyme, no podía hacer otra cosa! ¿Lo comprendes? No tenía opción.» Si el centro de detención de Lancaster era lo que suponía, al chico lo violarían y lo golpearían desde el primer día y quizá lo asesinaran antes que pasara una semana. Sachs sabía también que ésta era la única forma de encontrar a Mary Beth. Rhyme había agotado las posibilidades de las evidencias y el desafío que se leía en los ojos de Garrett le decía que el muchacho nunca cooperaría.

«No, no confundo los sentimientos maternales con la preocupación por los demás, doctor Penny. Todo lo que sé es que si Lincoln y yo tuviéramos un hijo sería tan testarudo y obcecado como nosotros y si algo nos sucediera, rogaría para que alguien lo protegiera en la forma que estoy protegiendo a Garrett…».

Andaban con rapidez. Sachs se asombraba por la elegancia con que el muchacho se deslizaba por el bosque, a pesar de tener las manos esposadas. Parecía saber dónde poner sus pies exactamente, qué plantas se podían apartar con facilidad y cuáles ofrecían resistencia. Sabía dónde el suelo era demasiado blando para poder caminar sobre él.

—No pises aquí —le dijo serio—. Esa es arcilla de la bahía de Carolina. Te atrapará como pegamento.

Marcharon durante media hora hasta que el suelo se encharcó y el aire se enrareció, con olores de metano y podredumbre. Por fin la ruta se hizo intransitable, el sendero terminaba en una densa ciénaga, y Garrett la condujo a un camino asfaltado de doble vía. Caminaron por los matorrales que estaban al lado del arcén.

Varios coches pasaron tranquilamente, sus conductores no prestaban atención al delito que estaban presenciando.

Sachs los observó con envidia. Estaba huyendo desde hacía sólo veinte minutos, reflexionó, y ya sentía nostalgia, que le apretaba el corazón, por la normalidad de la vida de los demás e inquietud por el viraje que había dado la suya.

*Esto es demasiado estúpido, muchacha.*

—¡Eh, aquí!

Mary Beth McConnell se despertó de un salto.

Con el calor y la atmósfera opresiva de la cabaña, se había quedado dormida en el maloliente canapé.

La voz, muy cerca, llamó de nuevo.

—Señorita, ¿está bien? ¿Hola? ¿Mary Beth?

Saltó de la cama y caminó rápidamente hacia la ventana rota. Se sentía mareada, tuvo que bajar la cabeza durante un instante y apoyarse en el muro. El dolor martillaba ferozmente su sien. Pensó: «Que te jodan, Garrett.»

El dolor disminuyó algo, su visión se aclaró. Siguió caminando hacia la ventana.

Era el Misionero. Traía con él a su amigo, un hombre alto y casi calvo con pantalones grises y una camisa de trabajo. El Misionero llevaba un hacha.

—¡Gracias, gracias! —murmuró Mary Beth.

—Señorita, ¿está bien?

—Estoy bien. El chico no regresó —su voz todavía sonaba ronca y le dolía la garganta. Le alcanzaron otra cantimplora con agua y ella se la bebió toda.

—Llamé a la policía de la ciudad —le dijo el Misionero—. Están en camino. Llegaran en quince o veinte minutos. Pero no los esperaremos. Vamos a sacarte ahora, entre los dos.

—No se lo puedo agradecer lo suficiente.

—Apártate un poco. He estado cortando leña toda mi vida y esa puerta se convertirá en un montón de astillas en un minuto. Este es Tom. Trabaja para el condado también.

—Hola, Tom.

—Hola. ¿Tu cabeza está mejor? —preguntó Tom, frunciendo el ceño.

—Parece peor de lo que es —dijo ella, tocando la costra.

*Tum, tum.*

El hacha se incrustó en la puerta. Desde la ventana ella podía ver la hoja cuando el hombre la levantaba y captaba los rayos del sol. El filo de la herramienta brillaba, lo que significaba que era muy agudo. Mary Beth solía ayudar a su padre a cortar leña para la chimenea. Recordaba cómo le gustaba mirarle cuando al final de la tarea sacaba filo al hacha con una piedra de afilar. Las chispas naranja volaban por el aire como los fuegos de artificio del cuatro de julio.

—¿Quién es este muchacho que te secuestró? —preguntó Tom—. ¿Alguna especie de pervertido?

*Tum, tum.*

—Es un chico del instituto de Tanner's Corner. Da miedo. Mire todo esto —señaló los insectos en los botes.

—Caramba —dijo Tom, acercándose a la ventana y mirando hacia adentro.

*Tum.*

Se oyó un crujido porque el Misionero había arrancado un trozo de madera de la puerta.

*Toc.*

Mary Beth miró a la puerta. Garrett debía de haberla reforzado, quizá clavó dos puertas juntas. Le dijo a Tom:

—Me siento como si fuera uno de sus malditos insectos. Él… —Mary Beth se sintió desmayar cuando el brazo izquierdo de Tom atravesó velozmente la ventana y la cogió del cuello de la camisa. Su mano derecha se adhirió a su pecho. Tom dio un tirón hacia la ventana y la aplastó contra los barrotes. Plantó su boca húmeda, con olor a tabaco y cerveza, sobre sus labios. Su lengua salió de repente y trató de penetrar entre los dientes de Mary Beth.

Tom le tanteó el pecho, pellizcándola, tratando de encontrar su pezón a través de la camisa, mientras ella doblaba la cabeza para alejarla de él, escupiendo y gritando.

—¿Qué diablos estás haciendo? —exclamó el Misionero, dejando caer el hacha. Corrió hacia la ventana.

Pero antes que pudiera apartar a Tom, Mary Beth cogió la mano que toqueteaba su pecho y la empujó hacia abajo con fuerza. Incrustó la mano de Tom en una punta del cristal que sobresalía del marco de la ventana. Él gritó de dolor y sorpresa y la soltó, trastabillando.

Enjugándose la boca, Mary Beth corrió desde la ventana al centro del cuarto.

El Misionero le gritó a Tom:

—¿Por qué mierda haces eso?

¡Golpéalo! Pensaba Mary Beth. Clávalo con el hacha. Está loco. Entrégalo a la policía también.

Tom no escuchaba. Subió el brazo ensangrentado y examinó el corte.

—Jesús, Jesús, Jesús...

El Misionero musitó:

—Te *dije* que tuvieras paciencia. La hubiéramos sacado en veinte minutos y estaría con las piernas abiertas en tu casa en media hora. Ahora tenemos un lío.

Con las piernas abiertas...

Este comentario se registró en la mente de Mary Beth un instante antes que su consecuencia: que no habían llamado a la policía; que nadie vendría a rescatarla.

—Hombre, ¡mira esto! ¡Mira! —Tom levantó su muñeca cortada, de donde la sangre caía en cascada sobre su brazo.

—Joder —susurró el Misionero—. Tenemos que hacer que lo suturen. Estúpido de mierda. ¿Por qué no pudiste esperar? Vamos, te lo tienen que ver.

Mary Beth vió a Tom marchar a tropezones por el campo. Se detuvo a tres metros de la ventana.

—¡Jodida puta! Prepárate. Volveremos. —Miró hacia abajo y se agachó un momento, desapareciendo. Cuando se levantó tenía en su mano sana una roca del tamaño de una naranja grande. La tiró entre los barrotes. Mary Beth trastabilló al entrar en el cuarto. No le dio por treinta centímetros escasos. La chica, sollozando, se hundió en el canapé.

Mientras los hombres caminaban hacia el bosque, escuchó a Tom repetir:

—¡Prepárate!

Estaban en la casa de Harris Tomel, una hermosa mansión colonial de cinco dormitorios con un terreno de buen tamaño cubierto de césped, que su dueño nunca había cuidado. La idea de Tomel sobre el mantenimiento del jardín consistía en aparcar su F-250 al frente y su Suburban al fondo.

Lo hacía así porque, al ser el chico ilustrado del trío, y como poseía más camisetas que camisas escocesas, Tomel tenía que parecer un hombre duro con más empeño. Oh, seguro, había pasado un tiempo en una prisión federal, pero fue por un timo de porquería en Raleigh, donde vendía acciones y bonos de compañías cuyo único problema consistía en que no existían. Podía disparar tan bien como un francotirador, pero Culbeau nunca supo que hubiera zurrado a nadie solo, piel contra piel, al menos a nadie que no estuviera atado. Tomel también *pensaba* demasiado las cosas, dedicaba demasiado tiempo a sus ropas y pedía bebidas caras, aun en Eddie's.

De manera que, a diferencia de Culbeau, que trabajaba duro en lo suyo, tanto en lo legal e ilegal, y a diferencia de O'Sarian, que trabajaba duro seduciendo camareras que le mantuvieran limpia su caravana, Harris Tomel dejaba que su casa y su patio se deterioraran, con la esperanza, deducía Culbeau, de provocar la impresión de que era un tipo jodido y despreciable.

Pero eso era asunto de Tomel y los tres hombres no estaban en su casa, con su desaliñado patio, para discutir de jardinería; estaban allí por una única razón. Porque Tomel había heredado una colección de armas que superaba a todas las demás, después de que su padre fuera a Spivy Pond para pescar en el hielo, una víspera de Año Nuevo de hacía algunos años, y no saliera a la superficie unos días después.

Los tres estaban en la bodega recubierta de madera, mirando las cajas de armas de la misma forma que Culbeau y O'Sarian habían estado, hace veinte años, frente al quiosco de golosinas baratas de Peterson's Drugs en Maple Street, decidiendo qué robar.

O'Sarian escogió el negro Colt AR-15, una versión del M-16, porque siempre estaba hablando de Vietnam y miraba todas las películas bélicas que podía encontrar.

Tomel cogió la hermosa escopeta Browning con incrustaciones, que Culbeau codiciaba tanto como a todas las mujeres de la región, aún cuando era amante de los rifles y muy capaz de acertar en el pecho de un ciervo a trescientos metros antes de convertir de un tiro a un pato en un nido de plumas. Aquel día eligió el elegante Winchester 30-06 de Tomel, con una mira telescópica del tamaño de Tejas.

Empacaron muchas municiones, agua, el teléfono móvil de Culbeau y comida. Licor ilegal, por supuesto.

También llevaron sacos de dormir. A pesar de que ninguno de ellos esperaba que la caza durara mucho tiempo.

# 24

Un sombrío Lincoln Rhyme penetró en el desmantelado laboratorio forense del edificio del condado de Paquenoke.

Lucy Kerr y Mason Germain estaban al lado de la mesa donde antes habían puesto los microscopios. Tenían los brazos cruzados y cuando entraron Thom y Rhyme, ambos policías miraron al criminalista y a su ayudante con una mezcla de desprecio y sospecha.

—¿Cómo demonios pudo hacerlo? —preguntó Mason—. ¿En qué estaba pensando?

Pero estos eran dos de los muchos interrogantes acerca de Amelia Sachs que no podían ser contestados, al menos no todavía, de manera que Rhyme se limitó a preguntar:

—¿Hay alguien herido?

—No —dijo Lucy—. Pero Nathan quedo muy trastornado después de ver que le apuntaba el cañón de la Smith & Wesson. Que *nosotros* cometimos la locura de entregarle a Sachs.

Rhyme se esforzó por aparentar tranquilidad en la superficie, su corazón, no obstante, albergaba muchos temores por la chica. Lincoln Rhyme confiaba en las evidencias sobre todas las cosas y las evidencias mostraban claramente que Garrett Hanlon era un secuestrador y un asesino. Sachs, engañada por el calculado montaje del chico, estaba tan en riesgo como Mary Beth o Lydia.

Jim Bell entró en el cuarto.

—¿Se llevó algún coche? —prosiguió Rhyme.

—No lo creo —dijo Bell—. Estuve averiguando y no falta ningún vehículo por ahora.

Bell miró el mapa, todavía sujeto al muro.

—Esta no es una región desde donde sea fácil salir sin ser visto. Hay muchos cenagales y pocos caminos. Yo he...

Lucy dijo:

—Consigue algunos perros, Jim. Irv Wanner entrena un par de mastines para la policía del Estado. Llama al capitán Dexter de Elizabeth City y que te de el número de Irv. Él les seguirá la pista.

—Buena idea —dijo Bell—. Nosotros...

—Quiero proponer algo —interrumpió Rhyme.

Mason lanzó una carcajada irónica.

—¿Qué? —preguntó Bell.

—Quiero hacer un trato contigo.

—No hay trato —dijo Bell—. Ella es una delincuente en fuga. Armada, por añadidura.

—No le va a disparar a nadie —dijo Thom.

Rhyme continuó:

—Amelia está convencida de que no hay otra forma de encontrar a Mary Beth. Por eso lo hizo. Va con el chico a donde está escondida.

—No me interesa —dijo Bell—. No se puede andar sacando asesinos de la cárcel.

—Dame veinticuatro horas antes de llamar a la policía del Estado. Los encontraré para ti. Podemos arreglar algo con los cargos. Pero si se involucran perros y algunos agentes estatales, sabemos que se ajustaran a los reglamentos y eso significa que hay posibilidad de que alguien salga lastimado.

—Ese es un trato muy difícil y arriesgado, Lincoln —dijo Bell—. Tu amiga nos ha arrebatado a nuestro prisionero...

—No hubiera sido vuestro prisionero a no ser por mí. Nunca lo habríais encontrado por vuestra cuenta.

—Ni hablar —dijo Mason—. Estamos perdiendo tiempo y están más lejos cada minuto que pasamos hablando. Soy de la opinión de hacer que todos los hombres de la ciudad salgan a buscarlos ahora. Con el rango de policías. Haz lo que sugirió Henry Davett. Entrega rifles y…

Bell lo interrumpió y preguntó a Rhyme:

—Si te damos veinticuatro horas, entonces, ¿qué ganamos nosotros?

—Me quedaré y te ayudaré a encontrar a Mary Beth. Lleve el tiempo que lleve.

Thom dijo:

—La operación, Lincoln…

—Olvida la operación —murmuró Rhyme, sintiendo desesperación al decirlo. Sabía que la agenda de la doctora Weaver era tan apretada que si perdía la cita asignada para operarse tendría que anotarse de nuevo en la lista de espera. Luego le pasó por la mente que una de las razones por la cual Sachs hacía lo que hacía era evitar que Rhyme se sometiera a la cirugía. Ganar unos pocos días más y darle la oportunidad de cambiar de opinión. Pero apartó este pensamiento, diciéndose con rabia: encuéntrala, sálvala. Antes de que Garrett la añada a la lista de sus víctimas.

*La picaron 137 veces…*

Lucy dijo:

—Estamos presenciando algo que podríamos llamar lealtad dividida, ¿verdad?

Mason:

—Sí, ¿cómo sabemos que no nos enviará al granero de Robin Hood y la dejará escapar?

—Porque —explicó pacientemente Rhyme— Amelia está equivocada. Garrett es un asesino y sólo la utilizó para escapar de la cárcel. En cuanto no la necesite la matará.

Bell caminó unos instantes, mirando al mapa.

—Bien, lo haremos Lincoln. Tienes veinticuatro horas.

Mason suspiró.

—¿Y cómo diablos la va a encontrar en esa selva? —señaló el mapa. ¿Irá a llamarla y preguntarle dónde está?

—Es exactamente lo que voy a hacer. Thom, pongamos de nuevo el equipo en condiciones. ¡Y que alguien traiga de vuelta a Ben Kerr!

Lucy Kerr estaba hablando por teléfono en la oficina contigua al cuarto de investigaciones.

—Policía del Estado de Carolina del Norte, Elizabeth City —respondió una fresca voz de mujer—. ¿En qué puedo ayudarle?

—Detective Gregg.

—Un momento, por favor.

—¿Hola? —se escuchó la voz de un hombre después de un instante.

—Pete, soy Lucy Kerr y estoy en Tanner's Corner.

—Hola, Lucy, ¿qué pasa? ¿Qué hay de esas chicas perdidas?

—Lo tenemos bajo control —dijo Lucy, con voz tranquila a pesar de que sentía rabia porque Bell había insistido en que recitara las palabras que Lincoln Rhyme le había dictado—. Pero tenemos otro pequeño problema.

*Pequeño problema…*

—¿Qué necesitas? ¿Un par de agentes?

—No, sólo la localización de un teléfono celular.

—¿Tienes una autorización?

—Un empleado del juez te la manda en este momento.

—Dame los datos del teléfono y los números de serie.

Lucy le dio la información.

—¿Cuál es el código del área, dos uno dos?

—Es un número de Nueva York. El que lo posee está dando vueltas ahora.

—No es ningún problema —dijo Gregg—. ¿Quieres una grabación de la conversación?

—Sólo la localización.

Y una clara visualización del objetivo…

—Cuando… espera. Aquí está el fax… —Hizo una pausa mientras leía—. Oh, ¿sólo se trata de una persona perdida?

—Eso es todo —contestó Lucy a su pesar.

—Sabes que es caro. Tendremos que hacerte una factura.

—Lo comprendo.

—Bien, espera un momento, llamaré a los técnicos. —Se oyó un sonido débil.

Lucy se sentó al escritorio, con los hombros caídos, flexionando la mano izquierda y mirando sus dedos, toscos por sus años de jardinera, con una vieja cicatriz hecha con el asa de metal de un cajón de estiércol y la huella dejada en su dedo anular por los cinco años que usó el anillo de boda.

Flexionar, extender.

Observando las venas y los músculos ocultos por la piel, Lucy Kerr se dio cuenta de algo. Que el delito de Amelia Sachs había reventado una cólera que vivía en su interior y que era más intensa que cualquier cosa que hubiera sentido en su vida.

Cuando le sacaron una parte de su cuerpo se había sentido avergonzada y luego abandonada. Cuando su marido la dejó, se había sentido culpable y resignada y cuando finalmente sintió rabia por esos acontecimientos, se enfadó con una especie de cólera que irradia un calor inmenso pero nunca estalla en llamaradas.

Pero por una razón que no podía comprender, esta mujer policía de Nueva York había hecho que la simple furia al rojo vivo saliera con una explosión del corazón de Lucy, como las avispas que habían irrumpido fuera del nido y matado a Ed Schaeffer de una forma tan horrible.

Una furia al rojo vivo por la traición a Lucy Kerr, que nunca causó un daño intencionado a nadie, mujer que amaba las plantas, que había sido una buena esposa para su marido, una buena hermana, una buena mujer policía, una mujer que sólo quería los placeres inocentes que la vida proporciona con generosidad a todos, pero que parecía rehusarle a ella.

No más vergüenza o culpa o resignación o pena.

Simple furia, ante las traiciones en su vida. La traición de su cuerpo, de su marido, de Dios.

Y ahora de Amelia Sachs.

—¿Hola, Lucy? —preguntó Pete desde Elizabeth City—. ¿Estás ahí?

—Sí, estoy aquí.

—Vale... ¿estás bien? Suenas un poco rara.

Ella se aclaró la garganta.

—Muy bien. ¿Arreglaste todo?

—Para cuando quieras. ¿Cuándo va a hacer una llamada ese tipo?

Lucy miró hacia el otro cuarto. Gritó:

—¿Listo?

Rhyme asintió.

Al teléfono, ella dijo:

—En cualquier momento a partir de ahora.

—Quédate en línea —dijo Gregg—. Me conectaré.

Por favor, haz que funcione, pensó Lucy. Por favor...

Y luego agregó una posdata a su oración: ... y, Dios querido, déjame hacer un disparo certero contra esa Judas.

Thom ajustó los cascos a la cabeza de Rhyme. El ayudante marcó después un número.

Si el teléfono de Sachs estaba desconectado sonaría tres veces y luego el agradable tono de voz de la señorita del buzón comenzaría a hablar.

Una llamada... dos...

—Hola.

Rhyme creyó que nunca había sentido tanto alivio como al escuchar su voz.

—Sachs, ¿estás bien?

Una pausa.

—Estoy bien.

Vio que en el otro cuarto la cara taciturna de Lucy asentía.

—Escúchame, Sachs. Escúchame. Sé por qué lo hiciste, pero tienes que entregarte. Tú... ¿estás ahí?

—Estoy aquí, Rhyme.

—Sé lo que estás haciendo. Garrett accedió a llevarte hasta Mary Beth.

—Es verdad...

—No puedes confiar en él —dijo Rhyme, pensando con desesperación: en mí tampoco. Vio a Lucy mover un dedo haciendo un círculo, queriendo decir: que siga hablando—. He hecho un trato con Jim. Si lo traes de vuelta arreglaran algo con los cargos contra ti. Todavía no está involucrado el Estado. Y yo estaré aquí todo el tiempo necesario para encontrar a Mary Beth. He postergado la operación..

Por un instante cerró los ojos, traspasado por la culpa. Pero no tenía opción. Se imaginó cómo había sido la muerte de esa mujer en Blackwater Landing, la muerte de Ed Schaeffer... Imaginó a las avispas pululando por el cuerpo de Amelia. Tenía que traicionarla con el fin de salvarla.

—Garrett es inocente, Rhyme. Sé que lo es. No podía dejar que fuera al centro de detención. Lo matarían allí.

—Entonces procuraremos que lo encierren en otro lugar. Y repasaremos las evidencias. Encontraremos *más* evidencias. Lo haremos juntos. Tú y yo. Lo decimos así, Sachs, ¿verdad? Tú y yo… Siempre tú y yo. No hay *nada* que no podamos encontrar.

Hubo una pausa.

—Nadie está del lado de Garrett. Está solo, Rhyme.

—Lo podemos proteger.

—No puedes proteger a nadie de toda una ciudad, Lincoln.

—No menciones nombres de pila —dijo Rhyme—. Eso trae mala suerte, ¿recuerdas?

—Todo este asunto es de mala suerte.

—Por favor, Sachs…

Ella dijo:

—A veces sólo tienes que guiarte por la fe.

—¿Ahora quién está recitando máximas? —se obligó a reír, en parte para tranquilizarla, en parte, para tranquilizarse él.

Débiles ruidos de estática.

Vuelve a casa, Sachs, estaba pensando Rhyme. ¡Por favor! Todavía podemos salvar algo de todo esto. Tu vida es tan precaria como el nervio de mi cuello, la delgada fibra que todavía funciona.

Y que me es tan preciosa como tú.

Ella dijo:

—Garrett me dice que podemos llegar hasta Mary Beth esta noche o mañana por la mañana. Te llamaré cuando la tenga.

—Sachs, no cortes aún. Una cosa. Déjame decirte una cosa.

—¿Qué?

—Sea lo que sea lo que pienses de Garrett, no confíes en él. Tú piensas que es inocente. Pero trata de aceptar que quizá no lo sea. Tú sabes cómo nos manejamos en las escenas de crimen, Sachs.

—Con una mente abierta —recitó la regla—. Sin prejuicios. En la creencia de que todo es posible.

—Correcto. Prométeme que lo recordarás.

—Está esposado, Rhyme.

—Mantenlo así. Y no permitas que se acerque a tu arma.

—No lo haré. Te llamaré cuando tenga a Mary Beth.

—Sachs…

La línea quedó muda.

—Maldición —murmuró el criminalista. Cerró los ojos, trató de sacarse los cascos con una sacudida furiosa. Thom se inclinó hacia delante y levantó el aparato de la cabeza de Rhyme. Con un movimiento le arregló el oscuro cabello.

Lucy colgó el teléfono en el otro cuarto y se alejó de él. Rhyme pudo ver por su expresión que la localización no había funcionado.

—Pete dijo que están a cuatro kilómetros del centro de Tanner's Corner.

Mason musitó:

—¿No pueden calcular con más exactitud?

Lucy dijo:

—Si hubiera estado hablando unos minutos más la habrían podido localizarla con una exactitud de cinco metros.

Bell estaba examinando el mapa.

—Bien, cuatro kilómetros hacia fuera de la ciudad.

—¿Crees que regresaría a Blackwater Landing? —preguntó Rhyme.

—No —dijo Bell—. Sabemos que se dirigen a los Outer Banks y Blackwater Landing le llevaría a la dirección opuesta.

—¿Cuál es el mejor camino para ir a los Banks? —preguntó el criminalista.

—No pueden ir a pie —dijo Bell, caminando hacia el mapa—. Tendrán que conseguir un coche o un coche y un bote. Hay dos formas de llegar allí. Pueden tomar la ruta 112 hacia el sur, hasta la 17. Eso los llevaría hasta Elizabeth City y podrían coger un bote o seguir por la 17 todo el tramo hasta la 158 y conducir hasta las playas. O podrían tomar Harper Road... Mason, lleva a Frank Sturgis y a Trey y vete a la 112. Haz una barricada en Belmont.

Rhyme notó que aquella era la ubicación M-10 del mapa.

El sheriff continuó:

—Lucy, tú y Jesse ireis por Harper hasta Millerton Road. Quedáos allí —eso era en H-14.

Bell llamó a su cuñado a la habitación.

—Steve, tu coordinarás las comunicaciones y proporcionarás a todos receptores de mano si todavía no los tienen.

—Seguro, Jim.

Bell les dijo a Lucy y a Mason:

—Decid a todos que Garrett tiene puesto uno de nuestros monos para detenidos. Son azules. ¿Qué tiene puesto tu chica? No lo recuerdo.

—Ella no es mi chica —dijo Rhyme.

—Perdón...

Rhyme masculló:

—Vaqueros y una camiseta negra.

—¿Tiene sombrero?

—No.

Lucy y Mason se dirigieron a la puerta.

Un instante después en el cuarto sí lo estaban Bell, Rhyme y Thom.

El sheriff llamó a la policía del Estado y dijo al detective que los había ayudado con el localizador de llamadas que mantuviera a alguien en aquella frecuencia pues la persona perdida podría llamar más tarde.

Rhyme notó que Bell hizo una pausa. Miró a Rhyme y dijo al teléfono:

—Te agradezco la oferta, Pete. Pero hasta ahora se trata de una persona perdida. Nada serio. —colgó y luego murmuró—. Nada serio. Jesús, por Dios…

Quince minutos más tarde, Ben Kerr entraba en la oficina. Realmente parecía contento por estar de vuelta, pese a que se le notaba afligido por las noticias que habían hecho necesario su regreso.

Con ayuda de Thom terminó de desembalar el equipo forense de la policía estatal mientras Rhyme observaba el mapa y los diagramas de las evidencias que estaban en el muro.

ENCONTRADO EN LA ESCENA PRIMARIA DEL CRIMEN
BLACKWATER LANDING

Kleenex con sangre
Polvo de caliza
Nitratos
Fosfatos
Amoniaco
Detergente
Canfeno

ENCONTRADO EN LA ESCENA SECUNDARIA DEL CRIMEN
EL CUARTO DE GARRETT

Almizcle de mofeta
Agujas de pino cortadas
Dibujos de insectos

Fotos de Mary Beth y de su familia
Libros de insectos
Hilo de pescar
Dinero
Llave desconocida
Queroseno
Amoniaco
Nitratos
Canfeno

ENCONTRADO EN UNA ESCENA SECUNDARIA
DEL CRIMEN — LA MINA

Vieja bolsa de arpillera — Con un nombre ilegible
Maíz — ¿Forraje y cereales?
Huellas de algo chamuscado
Agua Deer Park
Crackers de queso
Mantequilla de cacahuete Planters

ENCONTRADO EN UNA ESCENA SECUNDARIA
DEL CRIMEN — EL MOLINO

Mapa de los Outer Banks
Arena de una playa oceánica
Residuos de hojas de roble y arce

Mientras Rhyme miraba éste último diagrama, se dio cuenta de cuán pocas evidencias había encontrado Sachs en el molino. Siempre se daba el mismo problema cuando se localizaban pistas evidentes en escenas de crímenes, como el mapa y la arena. Psicológicamente la atención del observador flaquea y busca con menos diligencia. Ahora deseaba que tuvieran más evidencias de esa escena.

Entonces Rhyme recordó algo. Lydia había dicho que Garrett se había cambiado de ropas en el molino cuando la patrulla de rescate se acercaba. ¿Por qué? La única razón era que sabía que las ropas que había escondido podían revelar dónde había escondido a Mary Beth. Miró a Bell.

—¿Dijiste que Garrett tiene puesto un mono de la prisión?

—Es verdad.

—¿Tienes la ropa que vestía cuando fue detenido?

—Debe de estar en la cárcel.

—¿Puedes hacer que las envíen?

—¿Las ropas? Enseguida.

—Haz que las pongan en una bolsa de papel —ordenó—. Que no las desdoblen.

El sheriff llamó a la cárcel y dijo a un policía que trajera las ropas. Por la parte de conversación que escuchó, Rhyme dedujo que el policía estaba más que contento de ayudar a encontrar a la mujer que lo había amarrado de forma tan vergonzosa.

Rhyme observó el mapa de la costa este. Podrían limitar la búsqueda a las casas viejas, por la lámpara de canfeno, y a las que estaban alejadas de la playa, por la pista de las hojas de roble y arce. Pero el enorme tamaño de la región abrumaba. Cientos de kilómetros.

El teléfono de Bell sonó. Contestó y habló durante un minuto, luego cortó. Caminó hacia el mapa.

—Ya han colocado las barricadas. Garrett y Amelia pueden dirigirse hacia al interior para evitarlas —señaló la ubicación M-10— pero desde donde están Mason y Frank tienen una buena perspectiva y los verían.

Rhyme preguntó:

—¿Qué me dices de esa línea de ferrocarril al sur de la ciudad?

—No se usa para el transporte de pasajeros. Es una línea de carga y no tiene horario programado para trenes. Pero se puede marchar por los rieles. Por eso puse la barricada en Belmont. Yo creo que tomarán ese camino. También estoy pensando en que Garrett podría esconderse por un tiempo en la reserva de Vida Salvaje de Manitou Falls, con su interés por los bichos, la naturaleza y demás, probablemente pasa mucho tiempo allí —Bell señaló la ubicación T-10.

Farr preguntó:

—¿Qué nos dices del aeropuerto?

Bell miró a Rhyme.

—¿Amelia puede robar un aeroplano?

—No, no sabe volar.

Rhyme observó una referencia en el mapa. Preguntó:

—¿Qué es esa base militar?

—Se utilizó como depósito de armas en las décadas de los sesenta y setenta. Ha permanecida cerrada durante años. Pero hay túneles y refugios antiaéreos por todo el lugar. Necesitaríamos dos docenas de hombres para custodiar el recinto y aun así Garrett podría encontrar un sitio para esconderse.

—¿Está patrullada?

—Ya no.

—¿Qué es ese espacio cuadrado? ¿En la ubicación E-5 y la E-6?

—¿Eso? Probablemente un viejo parque de diversiones —dijo Bell, mirando a Farr y a Ben.

—Así es —dijo Ben—. Mi hermano y yo solíamos ir cuando éramos niños. Se llamaba, ¿cómo?, Indian Ridge o algo parecido.

Bell asintió:

—Era una recreación de un poblado indio. Lo cerraron hace unos años, porque nadie iba ya. Williamsburg y Six Flags eran mucho más populares. Es buen lugar para esconderse pero queda en dirección opuesta a los Outer Banks. Garrett no iría allí.

Bell tocó el lugar H-14.

—Lucy está aquí. Garrett y Amelia tienen que continuar por Harper Road en esos lugares. Si salen del camino se meterían en cenagales llenos de arcilla. Llevaría días atravesarlos, si sobrevivieran, lo que es muy dudoso. De manera que... Creo que nos limitaremos a esperar y ver que sucede.

Rhyme asintió distraído y movió los ojos como su amiga, la mosca inquieta, ahora ausente, de un mojón topográfico del condado de Paquenoke a otro.

# 25

Garrett Hanlon llevó a Amelia por el ancho camino asfaltado; andaban más lentamente que antes, exhaustos por el ejercicio y el calor.

A Sachs la zona le resultaba familiar. Se dio cuenta de que iban por Canal Road: la ruta que habían tomado desde el edificio del condado, aquella mañana, para examinar las escenas de crimen de Blackwater Landing. Enfrente podía ver el oscuro fluir del río Paquenoke. A través del canal se hallaban esas casas señoriales y hermosas de las que habían hablado con Lucy cuando estuvieron juntas en el lugar.

Miró a su alrededor.

—No lo entiendo. Esta es la entrada principal a la ciudad. ¿Por qué no hay barricadas?

—Piensan que vamos por una ruta diferente. Colocaron barricadas al sur y al este.

—¿Cómo lo sabes?

Garrett respondió:

—Todos piensan que soy imbécil. Piensan que soy estúpido. Cuando eres diferente es lo que la gente cree. Pero no lo soy.

—¿Pero vamos hacia donde está Mary Beth?

—Seguro. Sólo que no es por donde piensan.

Una vez más la confianza y reserva de Garrett la preocuparon, pero su atención se centró nuevamente en la ruta y siguieron caminando en silencio. En veinte minutos estaban a poco menos de un kilómetro de la intersección donde Canal Road terminaba en la ruta 112, el lugar en que Billy Stail fuera asesinado.

—¡Escucha! —musitó el chico, tomándole el brazo con sus manos esposadas.

Ella levantó la cabeza pero no oyó nada.

—A los matorrales —salieron de la ruta y se colocaron junto a un grupo de acebos pinchudos.

—¿Qué? —preguntó ella.

—Shhh.

Un momento después un gran camión de plataforma apareció detrás de ellos.

—Viene de la fábrica —murmuró Garrett—. Está por ahí arriba.

El letrero del camión indicaba que era de Davett Industries. Sachs reconoció el nombre del hombre que los había ayudado con las evidencias. Cuando pasó volvieron al camino.

—¿Cómo lo pudiste oír?

—Hay que ser cauteloso todo el tiempo. Como las polillas.

—¿Las polillas? ¿Qué quieres decir?

—Las polillas son muy inteligentes. Digamos que sienten las ondas de ultrasonido. Tienen unas cosas que les sirven como detectores de radar. Cuando el murciélago emite un sonido para encontrarlas, las polillas cierran sus alas, se tiran al suelo y se esconden. Los insectos también pueden percibir campos magnéticos y electrónicos. Pueden captar cosas de las que nosotros no nos damos cuenta. ¿Sabes que pueden dirigir insectos por medio de ondas de radio? O hacerlos ir; depende de la frecuencia —se calló, movió la cabeza hacia otro lado y quedó inmóvil en esa posición. Luego la miró nuevamente y dijo—: tienes que escuchar todo el tiempo. De otra manera te pueden pillar.

—¿Quiénes? —Preguntó Sachs, insegura.

—Lo sabes, todos. —De inmediato indicó el camino con la cabeza, hacia Blackwater Landing y Paquenoke—. En diez minutos estaremos seguros. Nunca nos encontrarán.

Sachs se estaba preguntando qué le sucedería a Garrett verdaderamente cuando encontraran a Mary Beth y volvieran a Tanner's Corner. Habría todavía algunos cargos contra él. Pero si Mary Beth corroboraba la historia del asesino verdadero, el hombre con el mono castaño, entonces el fiscal del distrito podría aceptar que secuestró a Mary Beth por el bien de ella. Todos los juzgados penales reconocían la defensa de otros como justificación. Probablemente anularían los cargos.

¿Y quién era el hombre del mono? ¿Por qué andaba al acecho en los bosques de Blackwater Landing? ¿Había sido él el que asesinara a los otros residentes en los últimos años y trataba de culpar a Garrett de las muertes? ¿Era él el que había aterrorizado al joven Todd Wilkes hasta que se suicidó? ¿Había una banda de narcotraficantes en la que estaba implicado Billy Stail? Ella sabía que los problemas de droga en una ciudad pequeña eran tan serios como en una ciudad grande.

Luego se le ocurrió algo más: que Garrett podía identificar al verdadero asesino de Billy Stail, el hombre del mono, quien en éste momento podría estar enterado de la huída y andar a la caza de Garrett y de ella misma. Para silenciarlos. Quizá tendrían…

De repente Garrett se quedó inmóvil con expresión de alarma en su rostro. Se dio vuelta.

—¿Qué? —susurró Sachs.

—Un coche, a gran velocidad.

—¿Dónde?

—Shhh.

Un rayo de luz que venía de atrás captó sus miradas.

*Tienes que escuchar todo el tiempo. De otra manera te pueden pillar.*

—¡No! —gritó Garrett, consternado, y la arrastró a un grupo de juncos.

Dos patrulleros del condado de Paquenoke corrían por Canal Road. Sachs no pudo ver quien conducía el primero, pero el policía del asiento de pasajeros, el mismo que había conseguido la pizarra para Rhyme, fruncía los ojos mientras escudriñaba los bosques. Llevaba una escopeta. Lucy Kerr conducía el segundo coche. Jesse Corn estaba sentado a su lado.

Garrett y Sachs yacían en una mata tupida que los ocultaba.

Las polillas cierran sus alas y se dejan caer al suelo...

Los coches pasaron a gran velocidad y frenaron hasta detenerse en el lugar en que Canal Road llegaba a la ruta 112. Aparcaron perpendicularmente a la ruta, bloqueando ambos sentidos. Los policías bajaron con sus armas preparadas.

—Barricada —musitó Sachs—. Mierda.

—No, no, no —susurró Garrett, atónito—. Se suponía que pensarían que estábamos yendo para el *otro* lado, al este. ¡*Tenían* que pensarlo así!

Un turismo pasó por su lado y disminuyó la velocidad al final de la ruta. Lucy le hizo señas e interrogó al conductor. Lo hicieron salir del vehículo y abrieron la cajuela, que examinaron con mucho cuidado.

Garrett se acurrucó en el nido de pasto.

—¿Cómo demonios se imaginaron que vendríamos por aquí? —susurró—. ¿*Cómo*?

«Porque tienen a Lincoln Rhyme», se respondió Sachs.

—Todavía no ven nada, Lincoln —le dijo Jim Bell.

—Amelia y Garrett no van a estar caminando en medio de Canal Road —dijo Rhyme de mal humor—. Estarán entre los arbustos, tratando de no ser vistos.

—Ya establecieron una barricada y se encuentran controlando todos los coches —dijo Jim Bell—. Incluso cuando conocen a los conductores.

Rhyme miró otra vez el mapa del muro.

—¿No hay otra forma en que puedan ir al oeste desde Tanner's Corner?

—Desde la cárcel el único camino a través de los pantanos es Canal Road hasta la ruta 112 —pero Bell parecía dudar—. Debo decir, sin embargo, Lincoln, que llevar a todos a Blackwater Landing es un gran riesgo... Si realmente se dirigen al este, a los Outer Banks, van a pasar por otro lado y no los encontraremos jamás. Esta idea tuya, bueno... es un poco inverosímil.

Pero Rhyme creía que era correcta. Cuando estuvo mirando el mapa veinte minutos antes, siguiendo la ruta que el chico había tomado con Lydia, que llevaba al Great Dismal Swamp y poco más, se había empezado a preguntar sobre el secuestro de Lydia. Recordó entonces lo que dijo Sachs aquella mañana, cuando estaban en el campo persiguiendo a Garrett:

*Lucy dice que no tiene sentido que venga por aquí.*

Eso hizo que se autoformulase una pregunta que nadie había contestado satisfactoriamente aún. «¿*Por qué* exactamente Garrett secuestró a Lydia Johansson?» Para matarla como víctima sustituta era la respuesta del doctor Penny. Pero, como resultó después, no la había matado a pesar de tener el tiempo suficiente para hacerlo. Ni la violó. Ni existía ningún otro motivo para secuestrarla. Eran dos desconocidos, ella no lo había provocado, él no parecía estar obsesionado con ella y ella no fue testigo del asesinato de Billy. ¿Por qué lo habría hecho?

Entonces Rhyme recordó cómo Garrett contó a Lydia, por propia iniciativa, que Mary Beth permanecía oculta en los Outer Banks, y que allí estaba feliz. Que no necesitaba que la rescataran. ¿Por qué daría voluntariamente esta información? Y la evidencia en el molino, la arena de playa, el mapa de los Outer Banks... Lucy lo había encontrado con facilidad, de acuerdo a lo dicho por Sachs. Con demasiada facilidad. La escena, decidió Rhyme, fue preparada, como dicen los expertos forenses cuando las pruebas han sido colocadas para engañar a los investigadores.

Rhyme gritó con amargura:

—¡Nos engañó!

—¿Qué quieres decir, Lincoln? —preguntó Bell.

—Nos engañó —dijo el criminalista. Un chico de dieciséis años los había burlado a todos. Desde el principio. Rhymele explicó a Bell que Garrett se había quitado la zapatilla de forma intencional, en la escena del secuestro de Lydia. La llenó de polvo de caliza, lo que haría que cualquiera con conocimientos de la región, Davett, por ejemplo, pensara en la mina, donde el chico había colocado otra evidencia, la bolsa chamuscada y el maíz, que a su vez conducían al molino.

Se suponía que los perseguidores encontrarían a Lydia, junto con el resto de evidencias sembradas, para convencerlos de que Mary Beth estaba en una casa en los Outer Banks.

Lo que significaba, por supuesto, que estaba en la dirección opuesta, al oeste de Tanner's Corner.

El plan de Garrett era brillante. Pero había cometido un solo error, suponer que llevaría varios días a la patrulla de rescate encontrar a Lydia, para quien había dejado toda esa comida. Para entonces el muchacho estaría con Mary Beth en el verdadero escondite y los policías permanecerían peinando los Outer Banks.

Por eso Rhyme seguía preguntado a Bell cuál era el mejor camino para ir al oeste de Tanner's Corner. «Blackwater Landing», contestaba sin dudar, el sheriff, «la ruta 112.» Y Rhyme había ordenado que Lucy y los policías se dirigieran allí tan rápido como fuera posible.

Cabía la posibilidad de que Garrett y Sachs ya hubieran pasado por la intersección y estuvieran camino al oeste, pero Rhyme ya tenía calculadas las distancias y no pensaba que andando, y manteniéndose ocultos, pudieran llegar tan lejos en tan poco tiempo.

Lucy ahora llamaba desde la barricada. Thom puso la llamada en el altavoz. La mujer policía, a todas luces todavía sospechando y sin saber bien de qué lado estaba Rhyme, dijo con escepticismo:

—No veo señales de ellos por aquí y hemos controlado todos los turismos que pasaron. ¿Está seguro de lo que hacemos?

—Sí —anunció Rhyme—. Estoy seguro.

Ella, a pesar de lo que pudiera pensar de esta respuesta arrogante, se limitó a decir:

—Espero que esté en lo cierto. Hay posibilidades de pasarlo muy mal aquí —dijo, y cortó.

Un momento después sonó el teléfono de Bell. Escuchó. Miró a Rhyme.

—Otros tres policías acaban de llegar a Canal Road, cerca de una milla al sur de la 112. Van a hacer una batida a pie hacia el norte, donde están Lucy y los otros. Localizarán a Garrett y Sachs —estuvo al teléfono un instante más. Miró a Rhyme, después apartó los ojos y siguió hablando—: Sí, está armada… y… sí, me han dicho que tira bien.

Sachs y Garrett estaban acurrucados en los arbustos, mirando los turismos que esperaban para pasar la barricada.

Luego, detrás de ellos, otro sonido que, aun sin el oído sensible de una polilla, Sachs pudo detectar perfectamente: sirenas. Vieron un segundo grupo de luces parpadeantes, provenientes del otro extremo de Canal Road, del sur. Otro coche patrulla se detuvo y de él bajaron otros tres policías, también armados con escopetas. Comenzaron a caminar lentamente por los arbustos, aproximándose a Garrett y Sachs. En diez minutos se encontrarían ya, justo en el matorral de juncos donde se escondían los fugitivos.

Garrett la miró expectante.

—¿Qué? —preguntó ella.

Él miró el arma.

—¿No vas a usarla?

Ella lo miró atónita.

—No. Por supuesto que no.

Garrett señaló la barricada con la cabeza.

—*Ellos* lo harán.

—¡Nadie va a iniciar ningún tiroteo! —murmuró con rabia, horrorizada porque él hubiera llegado a pensarlo. Miró hacia atrás, a los bosques. Era un suelo pantanoso e imposible de atravesar sin que los vieran u oyeran. Frente a ellos estaba la valla de eslabones encadenados que rodeaba las Industrias Davett. A través de la red vio los coches del aparcamiento.

Amelia Sachs había trabajado durante un año en la delincuencia callejera. Esa experiencia, combinada con lo que sabía de coches, significaba que podía introducirse en cualquier vehículo y hacerlo arrancar en menos de treinta segundos.

Pero aun cuando tomara gran velocidad, ¿cómo podrían salir del terreno de la fábrica? Había una entrada de entrega y recepción de artículos pero también daba a Canal Road. Todavía tendrían que pasar por la barricada. ¿Podrían robar un cuatro por cuatro o una camioneta y atravesar la valla por donde nadie los viera y luego dirigirse a campo traviesa hasta la ruta 112? Había colinas empinadas y abruptas, laderas que daban a pantanos por todas partes, en los alrededores de Blackwater Landing; ¿podrían escapar sin chocar contra un camión y matarse?

Los policías de a pie estaban a sólo sesenta metros.

Hicieran lo que hicieran, ahora era el momento. Sachs decidió que no tenían opción.

—Vamos, Garrett. Tenemos que atravesar la valla.

Agachados, se movieron hacia el aparcamiento.

—¿Estás pensando en un coche? —preguntó el chico, viendo hacia dónde se dirigían.

Sachs miró hacia atrás. Los policías estaban a treinta metros.

Garrett continuó:

—No me gustan los coches. Me asustan.

Pero ella no le prestaba atención. Seguía escuchando sus palabras de hacía un rato, que circulaban por su pensamiento.

*Las polillas cierran sus alas y se dejan caer al suelo.*

—¿Dónde están ahora? —preguntó Rhyme—. ¿Los policías que hacen la batida?

Bell transmitió la pregunta a su teléfono, escuchó y luego tocó un lugar del mapa casi a medio camino del cuadrado G-10.

—Están cerca de aquí. Ésta es la entrada de la empresa de Davett. Veinte o treinta metros, yendo al sur.

—¿Pueden Amelia y Garrett rodear la fábrica para ir al este?

—No, la propiedad de Davett está vallada. Más allá hay un pantano intransitable. Si van al oeste tienen que nadar por el canal y probablemente no puedan subir por los bancos de la orilla. De todos modos no se pueden ocultar allí. Lucy y Trey los verían de seguro.

La espera era tan difícil que Rhyme sabía que Sachs se rascaría y pellizcaría su piel en un intento de aliviar la ansiedad que constituía un oscuro complemento a su energía y talento. Hábitos destructivos, sí, pero cómo se los envidiaba. Antes de su accidente, Rhyme descargaba las tensiones dando pasos y caminando. Ahora no tenía nada que hacer sino mirar el mapa y obsesionarse con el riesgo que corría Sachs.

Una secretaria asomó la cabeza por la puerta.

—Sheriff Bell, la policía del Estado en la línea dos.

Jim Bell entró en la oficina que estaba al otro lado del hall y cogió la llamada. Habló unos pocos minutos y regresó al trote al laboratorio. Dijo excitadamente:

—¡Los tenemos! Localizaron la señal de su móvil. Está en marcha hacia el oeste por la ruta 112. Dejaron atrás la barricada.

Rhyme preguntó:

—¿Cómo...?

—Parece que se escabulleron hasta el aparcamiento de Davett y robaron un camión o un cuatro por cuatro. Anduvieron por el campo hasta volver a la ruta. Hombre, se necesita conducir muy bien para hacerlo.

Esa es mi Amelia, pensó Rhyme. Esa mujer puede subirse a un muro conduciendo un coche...

Bell continuó:

—Va a abandonar el vehículo y conseguir otro.

—¿Cómo lo sabes?

—Está hablando por el móvil con una empresa de alquiler de coches en Hobeth Falls. Lucy y los otros están detrás, en una persecución silenciosa. Estamos hablando con la gente de Davett para ver quién echa de menos un coche del aparcamiento. Pero no necesitaremos una descripción si se queda en la línea un rato más. Otros pocos minutos y los técnicos tendrán su ubicación exacta.

Lincoln Rhyme miró el mapa, aunque para entonces ya lo tenía impreso en su mente. Después de un instante suspiró y luego murmuró:

—Buena suerte.

Pero no podía decir si su deseo se refería al cazador o a la presa.

# 26

Lucy Kerr puso el al Crown Victoria a 130 kilómetros por hora.

Amelia, conduces rápido, ¿eh?

Bueno, yo también.

El coche corría por la ruta 112, con el foco rotativo en el techo dando vueltas a lo loco mientras emitía luces rojas, blancas y azules. La sirena estaba apagada. Jesse Corn iba al lado de Lucy, hablando por teléfono con Pete Gregg, de la oficina de la policía del Estado de Elizabeth City. En el coche patrulla que los seguía se encontraban Trey Williams y Ned Spoto. Mason Germain y Frank Sturgis, un hombre tranquilo que acababa de ser abuelo, iban en el tercer coche.

—¿Dónde están ahora? —preguntó Lucy.

Jesse hizo esta pregunta a la policía estatal y asintió al recibir la respuesta. Dijo:

—Sólo a 8 kilómetros. Salieron de la carretera rumbo al sur.

«Por favor», Lucy rezó otra plegaria, «por favor, quédate al teléfono sólo un minuto más.»

Apretó el acelerador.

«Tú conduces rápido, Amelia. Yo también conduzco rápido.»

«Tú tienes buena puntería.»

«Pero yo también tengo buena puntería. No lo demuestro como lo haces tú, que te complaces con todas esas tonterías de desenfundar en un segundo, pero he vivido con armas toda mi vida.»

Recordó que cuando Buddy la dejó, ella cogió toda la munición en buenas condiciones que había en la casa y la tiró en las tenebrosas aguas del canal Blackwater. Le preocupaba que se pudiera despertar una noche, mirar el costado vacío de su cama y entonces apretar los labios alrededor del caño aceitado de su revólver de servicio y mandarse al lugar donde su marido y la naturaleza parecían querer que estuviera.

Lucy había andado durante tres meses y medio con un arma descargada, deteniendo a destiladores de licor ilegal, milicianos, adolescentes grandotes y despreciables drogados con aerosoles. Ella los había manejado a todos con su engaño.

Se despertó una mañana y como si una fiebre la hubiera abandonado, fue a la ferretería de Shakey, en Maple Street y compró una caja de cartuchos Winchester 357. «Epa, Lucy, el condado está peor de finanzas de lo que imaginé, si hace que te tengas que comprar tus propias municiones.» Volvió a su casa, cargó el arma y desde entonces la tuvo cargada.

Resultó un suceso significativo para ella. El arma recargada constituyó un emblema de supervivencia.

«Amelia, compartí contigo mis momentos más terribles. Te conté mi operación; que es un agujero negro en mi vida. Te hablé de mi timidez con los hombres. Acerca de mi amor por los niños. Te respaldé cuando Sean O'Sarian te sacó el arma. Pedí disculpas cuando tú tuviste razón y yo no.»

«Confié en ti. Yo...»

Una mano tocó su hombro. Miró y vió a Jesse Corn, que le brindaba una de sus amables sonrisas.

—Más adelante la carretera hace una curva —dijo—. Me gustaría que *nosotros* también la hiciéramos.

Lucy exhaló lentamente, se sentó hacia atrás y dejó que sus hombros se relajaran. Disminuyó la velocidad.

Sin embargo, cuando tomaron la curva que Jesse había mencionado, y que tenía un cartel que indicaba 60 kilómetros, ella iba a cien.

—Unos tres metros de la ruta —susurró Jesse Corn.

Los policías habían salido de sus coches y se agrupaban alrededor de Mason Germain y Lucy Kerr.

La policía del Estado al final había perdido la señal del móvil de Amelia, pero sucedió después de que hubiera estado estacionada cerca de cinco minutos en la ubicación que ahora estaban mirando: un granero a diez metros de una casa, en el bosque, a un kilómetro y medio de la ruta 112. Estaba, notó Lucy, al *oeste* de Tanner's Corner. Justo como había predicho Rhyme.

—¿No crees que Mary Beth esté allí, verdad? —preguntó Frank Sturgis, tocando su bigote manchado de amarillo—. Quiero decir, estamos a once kilómetros del centro de la ciudad. Me sentiría muy tonto si esa chica hubiese estado todo el tiempo tan cerca.

—No, sólo están esperando que pasemos —dijo Mason—. Entonces se irán a Hobeth Falls a coger el coche alquilado.

—De todas formas —dijo Jesse—, alguien vive aquí —había averiguado a quién pertenecía esa dirección—. Pete Hallburton. ¿Alguien lo conoce?

—Creo que sí —respondió Trey Williams—. Casado. Sin ninguna conexión con Garrett que yo sepa.

—¿Tienen niños?

Trey se encogió de hombros.

—Podría ser. Me parece recordar un partido de fútbol del año pasado…

—Es verano. Los chicos pueden estar en casa —masculló Frank—. Garrett puede haberlos tomado como rehenes.

—Quizá —dijo Lucy—. Pero la triangulación de la señal del móvil de Amelia los ubicó en el granero, no en la casa. Podrían haber entrado pero no sé... No me los imagino tomando rehenes. Mason tiene razón, me parece que sólo se están escondiendo hasta que crean que es seguro llegar a Holbeth para conseguir el coche.

—¿Qué hacemos? —preguntó Frank—. ¿Bloquear la entrada con nuestros coches?

—Si nos acercamos y lo hacemos, nos oirán —dijo Jesse.

Lucy asintió.

—Pienso que debemos llegar al granero andando rápido desde dos direcciones...

—Yo tengo gas CS —dijo Mason. CS-38, un poderoso gas lacrimógeno militar, que se guardaba bajo cinco llaves en la oficina del sheriff Bell. No lo habían distribuido y Lucy se preguntó cómo lo habría conseguido Mason.

—No, no —protestó Jesse—. Pueden entrar en pánico.

Lucy pensó que eso no debería importar en absoluto. Apostó que él no quería exponer a su nueva amiguita a un gas espantoso. Sin embargo, estuvo de acuerdo con él y pensando que, como los policías no llevaban máscaras, el gas podría volverse contra ellos, dijo:

—Nada de gas. Yo voy al frente. Trey, tú llevas...

—No —dijo Mason con calma—. Yo voy al frente.

Lucy dudó y después continuó hablando:

—Bien. Yo voy por la puerta lateral. Trey y Frank, vosotros por el fondo y el lateral más lejano —miró a Jesse—. Quiero que tú y Ned mantengáis la vista en las puertas del frente y del fondo de la casa. Allí...

—Lo haremos —dijo Jesse.

—Y las ventanas —gritó Mason con severidad a Ned. No quiero que nadie desde el interior nos tome por la espalda.

Lucy continuó:

—Si salen en el coche, disparad a los neumáticos o si tenéis una Magnum como Frank apuntad al bloque del motor. No disparéis contra Amelia o Garrett, a menos que tengáis que hacerlo. Todos conocéis las normas. —Miraba a Mason cuando hablaba, pensando en el tiroteo del molino. Pero el policía pareció no escucharla. Lucy llamó por su radio para informar a Jim Bell de que estaban a punto de irrumpir en el granero.

—Tengo una ambulancia preparada —exclamó Bell.

—Éste no es un operativo SWAT* —dijo Jesse, oyendo la transmisión—. Tenemos que ser muy cuidadosos y evitar los disparos.

Lucy apagó la radio. Señaló el edificio con la cabeza.

—Vamos.

Corrieron, agachados, usando los robles y pinos para cubrirse. Los ojos de Lucy estaban fijos en las oscuras ventanas del granero. Dos veces tuvo la certeza de ver movimientos en el interior. Quizá fueran el reflejo de los árboles y de las nubes mientras corría pero no lo podía comprobar. Cuando se aproximaron, Lucy se detuvo pasando el arma a la mano izquierda. Se secó la palma y llevó el revólver nuevamente a su mano derecha, con la que tiraba.

Los policías se apiñaron en la parte trasera del granero, que no tenía ventanas. Estaba pensando que nunca había hecho una cosa igual.

*Esta no es una operación SWAT…*

Pero estás equivocado, Jesse. Eso es exactamente lo que es.

*Dios querido, permíteme hacer un disparo certero a mi Judas.*

* Equipos especializados en operativos especiales de la policía. *(N. de la T.)*

Una torpe libélula chocó contra Lucy. La apartó con la mano izquierda. El insecto retornó y revoloteó en las cercanías, como un mal presagio, como si Garrett la hubiera enviado para distraerla.

Qué pensamiento estúpido, se dijo y luego apartó con furia nuevamente a la libélula.

*El Muchacho Insecto…*

«Estáis perdidos», pensó Lucy en un mensaje para los dos fugitivos.

—No voy a decir nada —manifestó Mason—. Me limitaré a entrar. Cuando me escuches abrir la puerta de una patada, Lucy, entra por el costado.

Ella asintió. Preocupada como estaba por la ansiedad de Mason y deseosa como se sentía por coger a Amelia Sachs, se encontraba, no obstante, contenta de compartir la carga de su difícil tarea.

—Deja que me asegure de que la puerta del costado esté abierta —susurró.

Se dispersaron, marchando a sus posiciones. Lucy se agachó frente a una de las ventanas, apresurándose a llegar a la puerta del costado. No tenía llave y estaba entreabierta. Hizo un movimiento afirmativo con la cabeza hacia Mason, que estaba de pie en un ángulo, observándola. Él respondió de la misma forma levantando diez dedos, queriendo señalar, ella dedujo, que contara los segundos hasta que él entrara, luego desapareció.

*Diez, nueve, ocho…*

Se volvió a la puerta y olió el aroma mohoso de la madera mezclado con el dulce olor de gasolina y aceite que emanaba el granero. Escuchó con cuidado. Oyó un ruido, el del motor del coche o el camión que había robado Amelia.

*Cinco, cuatro, tres…*

Tomó aliento para calmarse. Otra vez…

Lista, se dijo.

Al entrar Mason se escuchó un fuerte estrépito en la parte delantera del edificio.

—¡Policía del condado! —gritó—. ¡Que nadie se mueva!

¡Ve!, pensó Lucy.

Pateó la puerta del costado, que se movió apenas unos centímetros atascándose; dio con una gran cortadora de césped ubicada justo detrás de la puerta. No podía abrir más. Empujó dos veces con el hombro, pero la puerta ni se movió.

—Mierda... —murmuró, corriendo hacia el frente del granero.

Antes de que hiciera la mitad del camino, oyó que Mason exclamaba:

—¡¡Oh, Jesús!!

Y entonces escuchó un disparo.

Seguido, tras un instante, por otro más.

—¿Qué está pasando? —preguntó Rhyme.

—Bien —dijo Bell inseguro, sosteniendo el teléfono. Había algo en su postura que alarmó a Rhyme; el sheriff estaba con el teléfono presionado contra la oreja y el otro puño apretado, alejado del cuerpo. Movía la cabeza mientras escuchaba. Miró a Rhyme.

—Hubo disparos.

—¿Disparos...?

—Mason y Lucy entraron al granero. Jesse dice que hubo dos disparos —levantó la vista y gritó hacia el otro cuarto—. Enviad la ambulancia a casa de Hallburton. Badger Hollow Road, fuera de la ruta 112.

Steve Farr gritó:

—Ya está en camino.

Rhyme apretó la cabeza contra el cabecero de la silla. Miró a Thom, que no dijo nada.

¿Quién disparaba? ¿Quién había sido herido?

Oh, Sachs...

Con desasosiego en la voz, Bell dijo:

—¡Bueno, entérate, Jesse! ¿Hay alguien herido? ¿Qué demonios está pasando?

—¿Amelia está bien? —gritó Rhyme.

—Lo sabremos en un minuto —dijo Bell.

Pero parecía que eran días.

Por fin Bell se puso nuevamente rígido cuando Jesse Corn u otra persona se puso al teléfono. Movió la cabeza.

—Jesús, ¿qué hizo? —escuchó unos instantes más para luego mirar la cara alarmada de Rhyme—. Está todo bien. No hay ningún herido. Mason entró de una patada al granero y vio unos monos colgados en el muro. Había un rastrillo o una pala al frente. Estaba muy oscuro. Pensó que era Garrett con un arma. Disparó dos veces. Eso es todo.

—¿Amelia está bien?

—Ni siquiera estaban allí. Sólo encontraron el camión que robaron. Garrett y Amelia. Deben de haber estado en la casa pero probablemente al escuchar los tiros huyeron hacia los bosques. No pueden ir muy lejos. Conozco el terreno, está rodeado de ciénagas.

Rhyme exclamó enfadado:

—Quiero que Mason salga de este caso. No se trató de un error, disparó a propósito. Te *dije* que es demasiado exaltado.

Bell obviamente estuvo de acuerdo. Al teléfono, dijo:

—Jesse, ponme a Mason... —hubo una pausa corta—. Mason, ¿qué diablos es todo esto?... ¿por qué disparaste?... Bueno, ¿y qué hubiera pasado si era Pete Hallburton? ¿O su mujer o uno de los chicos?... No me interesa. Te vuelves aquí en este mismo momento. Es una orden... Bueno, déjales que ellos investiguen en la casa. Súbete al coche y regresa... No te lo diré de nuevo. Yo... mierda —Bell colgó. Un momento después el teléfono volvió a sonar—. Lucy, ¿qué está pasando?... —el sheriff escuchó, frunciendo el ceño, con los ojos clavados en el suelo. Dio unos pasos—. Oh, Jesús... ¿Estás segura? —movió la cabeza y luego dijo—: Bien, quedaos allí. Te llamaré de nuevo —cortó.

—¿Qué sucedió?

Bell hizo un signo negativo con la cabeza.

—No lo creo. Nos engañaron. Nos preparó un numerito, tu amiga.

—¿Qué?

Bell dijo:

—Pete Hallburton está allí. Está en su hogar, en su casa. Lucy y Jesse acaban de hablar con él. Su mujer trabaja en la empresa de Davett, en el turno de tres a siete y olvidó el bocadillo, de manera que Pete se lo llevó hace media hora y volvió a casa.

—¿Volvió a casa? ¿Amelia y Garrett estaban escondidos en el camión?

Bell suspiró, disgustado.

—Tiene una camioneta. No hay ningún lugar donde esconderse. Al menos no para que ellos se escondan. Pero hay mucho espacio para el móvil de Amelia. Detrás de una nevera portátil que tenía en la parte posterior.

En ese momento, Rhyme, como si ladrara, lanzó una cínica carcajada.

—Sachs llamó a la empresa de coches de alquiler esta mañana. Se puso furiosa porque la dejaron esperando tanto tiempo.

—Sabía que pondríamos un localizador para el móvil —dijo Bell—. Esperaron hasta que Lucy y los coches patrulla dejaran Canal Road para luego irse tan campantes por el maldito camino —miró al mapa—. Nos llevan cuarenta minutos. Podrían estar en cualquier parte.

# 27

Después de que los coches patrulla de la policía abandonaran la barricada y desaparecieran por la ruta 112, hacia el oeste, Garrett y Sachs corrieron hasta el final de Canal Road, cruzando la carretera.

Rodearon las escenas del crimen de Blackwater Landing, luego doblaron a la izquierda y marcharon rápidamente a través de los matorrales y un bosque de robles, siguiendo el río Paquenoke.

Ochocientos metros bosque adentro, llegaron hasta un afluente del Paquo. Era imposible rodearlo y Sachs no estaba dispuesta a cruzarlo a nado, pues sus aguas eran oscuras, pululaban los insectos y había mucho fango y basura.

Pero Garrett había hecho otros arreglos. Señaló con sus manos esposadas un lugar en la costa.

—El bote…

—¿El bote? ¿Dónde?

—Allí, allí. —Señaló otra vez.

Sachs frunció el ceño y apenas pudo divisar la forma de un bote pequeño. Estaba cubierto de arbustos y hojas. Garrett caminó hacia él, y trabajó lo mejor que pudo con las esposas puestas. Comenzó a sacar el follaje que cubría la nave. Sachs lo ayudó.

—Camuflaje —dijo el chico con orgullo—. Lo aprendí de los insectos. Como ese pequeño grillo de Francia, la *truxalis*. Es muy inteligente, para adaptarse a los diferentes verdes del césped durante la estación, cambia de color tres veces cada verano. Los depredadores difícilmente lo pueden ver.

Bueno, Sachs también había utilizado parte de los conocimientos esotéricos del chico sobre los insectos. Cuando Garrett comentó los hábitos de las polillas, su capacidad de percibir señales electrónicas y de radio, se pudo dar cuenta que, naturalmente, Rhyme había instalado un localizador para su teléfono celular. Recordó que esa mañana, cuando llamó a la Piedmont-Carolina Car Rental, la habían mantenido en espera un largo tiempo. Tras escabullirse dentro del aparcamiento de Industrias Davett, llamó a la empresa de alquiler de coches y tiró el móvil, por el que se oía un interminable hilo musical, a la parte posterior de una camioneta vacía cuyo motor estaba en marcha, aparcada frente a la entrada de empleados del edificio.

Aparentemente el truco tuvo éxito. Los policías se fueron después que la camioneta dejara el lugar.

Mientras descubrían el bote, Sachs preguntó a Garrett:

—¿El amoniaco y el pozo con el nido de avispas? ¿También lo aprendiste de los insectos?

—Sí —confesó el chico.

—¿No tenías intenciones de lastimar a nadie, verdad?

—No, no, el pozo de la hormiga león era para asustaros, para retrasaros. Puse un nido vacío allí a propósito. El amoniaco era para advertirme si os acercabais demasiado. Es lo que hacen los insectos. Los olores son, para ellos, digamos, como un sistema de advertencia preventiva o algo así —sus ojos rojos y húmedos brillaban con curiosa admiración—. Fue muy inteligente lo que hiciste para encontrarme en el molino. Nunca pensé que llegaríais tan pronto como lo hicisteis.

—Y dejaste esa evidencia falsa en el molino, el mapa y la arena, para llevarnos a otro lado.

—Sí, te lo dije, los insectos son listos. Tienen que serlo.

Terminaron de destapar el deteriorado bote. Estaba pintado de un gris oscuro. Tenía casi tres metros de largo y un pequeño motor fuera de borda. Dentro se veían una docena de botellas plásticas de cuatro litros de agua cada una y una nevera portátil. Sachs sacó el tapón a una de las botellas y bebió unos cuantos tragos. Le alcanzó la botella a Garrett y él también bebió. De inmediato el muchacho abrió la nevera. En su interior había cajas de galletas y patatas fritas. Garrett las miró con cuidado para confirmar que todo estaba tal como las dejó. Asintió y luego subió al bote.

Sachs lo siguió y se sentó de espaldas a la proa, de frente al chico. Él sonrió con complicidad, como si reconociera que ella no le tenía suficiente confianza como para darle la espalda. Tiró de la cuerda del arranque y el motor comenzó a funcionar. Garrett alejó el bote de la orilla con un empujón. Como modernos Huck Finn, navegaron río abajo.

Sachs reflexionaba: «Éste es un tiempo de esfuerzos».

Era una frase que usaba su padre. Un hombre atildado, con una calvicie incipiente, que casi toda su vida trabajó como policía de calle en Brooklyn y Manhattan. Había hablado seriamente con su hija cuando ella le dijo que quería dejar su empleo como modelo e ingresar en la policía. Estaba de acuerdo con la decisión, pero le dijo esto acerca de la profesión:

—Amie, tienes que entenderlo: a veces es todo urgencia, a veces consigues modificar algo, a veces te aburres y a veces, no con demasiada frecuencia, gracias a Dios, es tiempo de esfuerzos. Puño con puño. Estás completamente sola, con nadie que te ayude. No me refiero tan sólo a situaciones de enfrentamiento con delincuentes. A veces estarás contra tu jefe. A veces contra *tus* jefes. Puede ocurrir que te enfrentes con tus propios compañeros. Si quieres ser policía, debes estar dispuesta a encontrarte sola. No hay manera de evitarlo.

—Puedo manejarlo, papá.

—Ésa es mi chica. Vamos a pasear, cariño.

Sentada en este bote destartalado, pilotado por un joven conflictivo, Sachs nunca se había sentido tan sola en toda su vida.

*Tiempo de esfuerzos... puño con puño.*

—Mira allí —dijo Garrett rápidamente, señalando un insecto—. Es mi favorito entre todos. El barquero acuático. Vuela bajo el agua. —Su rostro se iluminó con indescriptible entusiasmo—. ¡Lo hace en verdad! Oye, esto es muy ingenioso, ¿verdad? Volar bajo el agua. Me gusta el agua. Me hace bien a la piel —la sonrisa se desvaneció y se restregó el brazo—. Esta maldita hiedra venenosa... me pasa todo el tiempo. A veces me pica mucho.

Comenzaron a navegar trabajosamente a través de pequeñas ensenadas, alrededor de islas, raíces y árboles grises, semi-sumergidos. Siempre retomaban el rumbo al oeste, hacia el sol poniente.

A Sachs se le ocurrió una idea, como un eco de algo que había pensado con anterioridad, en la celda del chico, antes de que lo sacara de allí: al ocultar un bote lleno de provisiones, con abundante combustible, Garrett había anticipado que de alguna manera se escaparía de la cárcel. Y que el papel de Sachs en aquel viaje era parte de un plan elaborado y premeditado.

*Sea lo que sea lo que pienses de Garrett, no confíes en él. Tú piensas que es inocente. Pero trata de aceptar que quizá no lo sea. Tú sabes cómo nos manejamos en las escenas de crimen, Sachs.*

«Con una mente abierta. Sin ideas preconcebidas. En la creencia de que todo es posible...»

Entonces miró al muchacho otra vez. Sus ojos brillantes saltaban de felicidad de objeto en objeto. Mientras guiaba el bote a través de los canales, no tenía en absoluto el aspecto de un criminal fugado, sino el de un adolescente entusiasta en una salida de acampada, contento y excitado por lo que podría encontrar a la vuelta de la próxima curva del río.

—Es muy buena en esto, Lincoln —dijo Ben, refiriéndose al truco del móvil.

—Es buena —pensó el criminalista. Añadiendo para sí: tan buena como yo. A su pesar tuvo que admitir, que, aquella vez, ella había sido mejor.

Rhyme estaba furioso consigo mismo por no haberlo previsto. Esto no es un juego, pensó, un ejercicio, como los desafíos a los que la sometía cuando caminaba la cuadrícula o cuando analizaban evidencias en el laboratorio de Nueva York. Su vida estaba en peligro. Quizá sólo tuviera horas antes de que Garrett la atacara o la matara. No podía permitirse otro desliz.

Un policía apareció en la puerta. Llevaba una bolsa de papel de Food Lion. Contenía las ropas de Garrett, las que habían quedado en la cárcel.

—¡Bien! —dijo Rhyme—. Haced un diagrama, alguno de vosotros. Thom, Ben... haced un diagrama. Encontrado en la escena secundaria del crimen, el molino. Ben, ¡escribe, escribe!

—Pero ya tenemos uno —dijo Ben, señalando la pizarra.

—No, no, no —gruñó Rhyme—. Bórrala. Esas pistas eran falsas. Garrett las dejó para engañarnos. Como la caliza en la zapatilla que dejó cuando se llevó a Lydia. Si podemos encontrar alguna evidencia en sus ropas —señaló la bolsa con la cabeza—, nos diría donde está Mary Beth realmente.

—Si tenemos suerte —dijo Bell.

No, pensó Rhyme, si somos habilidosos. Gritó a Ben:

—Corta un trozo de los pantalones, cerca de los bajos, y pásalo por el cromatógrafo.

Bell salió de la oficina para hablar con Steve Farr para obtener frecuencias prioritarias en las radios, sin alertar a la policía del Estado de lo que estaba sucediendo, como Rhyme había insistido.

Ahora el criminalista y Ben esperaban los resultados del cromatógrafo. Mientras, Rhyme preguntó:

—¿Qué más tenemos? —preguntó, haciendo un movimiento hacia las ropas.

—Manchas de pintura marrón en los pantalones de Garrett —informó Ben mientras los examinaba—. Marrón oscuro. Parecen recientes.

—Marrones —repitió Rhyme, mirándolos—. ¿Cuál es el color de la casa de los padres de Garrett?

—No lo sé —empezó Ben.

—No esperaba que lo supieras —refunfuñó Rhyme—. Llámalos.

—Oh —Ben encontró el número en el archivo del caso y llamó. Habló brevemente con alguien y cortó—. Qué hijo de puta tan poco cooperador... el padre adoptivo de Garrett. De todos modos su casa es blanca y no hay nada pintado de marrón oscuro en la propiedad.

—De manera que es el color del lugar donde la tiene escondida.

El joven preguntó:

—¿Hay una base de datos de pinturas en algún lugar para poder compararla?

—Buena idea —dijo Rhyme—. Pero la respuesta es no. Tenía una en Nueva York pero no nos servirá aquí, y la base de datos del FBI se refiere a automóviles. Pero sigamos. ¿Qué hay en los bolsillos? Ponte...

Pero Ben ya se estaba colocando los guantes de látex.

—¿Esto es lo que ibas a decir?

—Sí —murmuró Rhyme.

Thom comentó:

—Odia que se le anticipen.

—Entonces trataré de hacerlo más seguido —dijo Ben—. Ah, aquí hay algo… —Rhyme entrecerró los ojos para mirar varios objetos blancos y pequeños que el joven extrajo del bolsillo de Garrett.

—¿Qué es?

Ben olisqueó.

—Queso y pan.

—Más comida. Como las galletas y…

Ben se reía.

Rhyme frunció el ceño.

—¿Qué es gracioso?

—Es comida, pero no es para Garrett…

—¿Qué quieres decir?

—¿Nunca ha pescado? —preguntó Ben.

—No, nunca he pescado —refunfuñó Rhyme—. Si quieres pescado lo compras, lo cocinas y lo comes. ¿Qué demonios tiene que ver la pesca con estos emparedados de queso?

—No son pedacitos de emparedados de queso —explicó Ben—. Son bolas pestilentes. Cebo para pesca. Juntas pan y queso y los dejas que se pongan rancios. Los peces de aguas profundas los prefieren. Como los bagres. Cuanto más malolientes, mejor.

La ceja de Rhyme se levantó.

—Ah, eso sí que es útil.

Ben examinó los bajos. Cepilló una cantidad de polvo sobre una tarjeta de suscripción de la revista *People* y luego la miró al microscopio.

—Nada muy claro —dijo—. Excepto pequeñas partículas de algo… Blancas…

—Déjame ver.

El zoólogo llevó el gran microscopio Bausch & Lomb a donde estaba Rhyme, quien miró por los oculares.

—Bien, muy bien. Son fibras de papel.

—¿Lo son? —preguntó Ben.

—Es *obvio* que es papel. ¿Qué otra cosa podría ser? Papel absorbente. Sin embargo no tengo pista alguna de dónde procede. Ahora, también… ese polvo es muy interesante. ¿Puedes conseguir más? ¿De los bajos?

—Trataré.

Ben cortó las puntadas que aseguraban los bajos de los pantalones y las desdobló. Cepilló más polvo en la tarjeta.

—Ponla al microscopio —ordenó Rhyme.

El zoólogo preparó un portaobjetos y lo colocó en la platina del microscopio compuesto. Luego lo sostuvo con firmeza para que Rhyme pudiera mirar por los oculares.

—Hay un montón de arcilla. Digo: un montón. Rocas feldespáticas, probablemente granito. Y, ¿qué es eso? ¡¡Oh!!, musgo de turba.

Impresionado, Ben preguntó:

—¿Cómo sabes todo eso?

—Lo sé —Rhyme no tenía tiempo para entrar en una discusión acerca de la forma en que un criminalista debe conocer tanto del mundo físico como del crimen. Preguntó—: ¿Qué más hay en los bajos? ¿Qué es eso? —señaló con la cabeza algo que quedaba en la tarjeta de suscripción. ¿Esa cosa pequeña verde blancuzca?

—Es de una planta —dijo Ben—. Pero ese no es mi campo. Estudié botánica marina pero no era mi asignatura favorita. Prefiero las formas de vida que tienen la posibilidad de escapar cuando las colecciono. Me parece más deportivo.

Rhyme ordenó:

—Descríbela.

Ben la miró con una lupa.

—Un tallo rojizo y una gota de líquido al final. Parece viscoso. Hay una flor blanca, en forma de campana, pegada al tallo... Si tuviera que arriesgarme...

—Tienes que hacerlo —gruñó Rhyme—. Y rápido...

—Estoy casi seguro de que es de una drosera.

—¿Qué demonios es eso? Suena a lavavajillas.

Ben dijo:

—Es como un atrapamoscas de Venus. Comen insectos. Son fascinantes. Cuando era niño solía sentarme y observarlas durante horas. La forma en que comen es...

—*Fascinante* —repitió Rhyme con sarcasmo—. No estoy interesado en sus costumbres manducatorias. ¿Dónde se las *encuentra*? Eso es lo *fascinante* para mí.

—Oh, por todas partes en esta región.

Rhyme frunció el entrecejo.

—Inútil. Mierda. Está bien, coloca una muestra de esa tierra en el cromatógrafo después de la muestra del tejido —luego miró la camiseta de Garrett, que estaba extendida sobre la mesa—. ¿Qué son esas manchas?

Había varias manchas rojizas en la camiseta. Ben las estudió con detenimiento y se encogió de hombros. Sacudió la cabeza.

Los delgados labios del criminalista se curvaron en una sonrisa irónica.

—¿Eres capaz de probarlas?

Sin vacilar, Ben levantó la camiseta y lamió una pequeña porción de la mancha.

Rhyme exclamó:

—Bien hecho.

Ben levantó una ceja.

—Deduje que era un procedimiento habitual.

—Ni por todo el oro del mundo lo hubiera hecho yo —respondió Rhyme.

—No lo creo ni por un minuto —comentó Ben. La lamió de nuevo—. Zumo de frutas, creo. No puedo distinguir de qué sabor.

—Bien, agrégalo a la lista, Thom —Rhyme señaló el cromatógrafo con la cabeza—. Saquemos los resultados de los trozos de tejido del pantalón y luego pasemos los detritus de los bajos.

Pronto la máquina les dijo de qué vestigios de sustancias estaban incrustadas las ropas de Garrett y cuáles se encontraban en el polvo de los bajos: azúcar, más canfeno, alcohol, queroseno y levadura. El queroseno estaba en cantidades significativas. Thom lo añadió a la lista y los hombres examinaron el diagrama.

ENCONTRADO EN LA ESCENA SECUNDARIA DEL CRIMEN
EL MOLINO

Pintura marrón en los pantalones
Drosera
Arcilla
Musgo de turba — Zumo de frutas
Fibras de papel
Cebo de bolas malolientes
Azúcar
Canfeno
Alcohol
Queroseno
Levadura

¿Qué significaba todo esto?, se preguntó Rhyme. Eran demasiadas pistas. No podía ver ninguna relación entre ellas.

¿Pertenecía el azúcar al zumo de frutas o a otro lugar donde habría estado el muchacho? ¿Compró el queroseno o sólo se había escondido en una estación de servicio o granero donde el propietario lo almacenaba? El alcohol se encuentra en más de tres mil productos comunes del hogar o la industria, desde disolventes a loción para después de afeitar. La levadura era indudable que la había cogido en el molino, donde se muele el grano y se hace harina.

Después de unos minutos, los ojos de Rhyme se posaron en otro diagrama.

ENCONTRADO EN LA ESCENA SECUNDARIA DEL CRIMEN
EL CUARTO DE GARRETT

Almizcle de mofeta
Agujas de pino cortadas
Dibujos de insectos
Fotos de Mary Beth y de su familia
Libros de insectos
Hilo de pescar
Dinero
Llave desconocida
Queroseno
Amoniaco
Nitratos
Canfeno

Se le ocurrió algo que Sachs mencionó cuando estaba examinando el cuarto del chico.

—Ben, ¿puedes abrir ese cuaderno que está allí, el cuaderno de Garrett? Lo quiero mirar otra vez.

—¿Quieres que ponga el dispositivo para dar vuelta las hojas?

—No, hojéalo tú —le dijo Rhyme.

Fueron pasando los dibujos de insectos realizados por el chico: un barquero de agua, una araña acuática, un zapatero.

Recordó que Sachs había dicho que, con excepción del bote de las avispas, la caja fuerte de Garrett, todos los insectos de su colección estaban en botes que contenían agua.

—Todos son acuáticos.

Ben asintió.

—Así parece.

—Le atrae el agua —musitó Rhyme y miró a Ben—. ¿Y ese cebo? Tú dijiste que es para los que se alimentan en las profundidades.

—¿Las bolas malolientes? Correcto.

—¿De agua salada o dulce?

—Bueno, dulce. Por supuesto.

—Y el queroseno, los botes lo usan en sus motores, ¿no?

—Gasolina blanca —dijo Ben—. Los pequeños motores fuera de borda lo utilizan.

Rhyme dijo:

—¿Qué les parece esta idea? ¿Van hacia el este en un bote por el río Paquenoke?

Ben dijo:

—Parece sensata, Lincoln. Y apuesto que hay tanto queroseno porque ha necesitado reabastecerse mucho, hizo muchos viajes, de ida y vuelta entre Tanner's Corner y el lugar en el que tiene a Mary Beth. Lo estaba preparando para ella.

—Buen razonamiento. Llama a Jim Bell y dile que venga, por favor.

Pocos minutos después Bell regresó y Rhyme le explicó su teoría.

Bell preguntó:

—Los bichos acuáticos te dieron la idea, ¿no?

Rhyme asintió.

—Si sabemos de insectos, conoceremos a Garrett Hanlon.

—Tu idea no resulta más fantasiosa que muchas de las cosas que pasaron hoy —musitó Jim Bell.

Rhyme preguntó:

—¿Tienes un barco policial?

—No. Pero de todos modos no nos serviría. No conoces el Paquo. En el mapa parece como cualquier otro río, con bancos y todo, pero tiene miles de ensenadas y brazos que entran y salen de los pantanos. Si Garrett va por él, no se quedará en el canal principal. Te lo garantizo. Será imposible encontrarlo.

Los ojos de Rhyme siguieron el curso del Paquenoke hacia el oeste.

—Si estuvo llevando provisiones al lugar donde tiene encerrada a Mary Beth, eso significa que probablemente no esté muy alejado del río. ¿Cuánto tiene que desplazarse hacia el oeste para encontrar una región habitable?

—Tiene que haber un lugar. ¿Ves aquí? —Bell tocó un lugar alrededor de la ubicación G-7—. Esto es al norte del Paquo; nadie vive allí. Al sur del río hay un área residencial. De seguro lo verían.

—¿De manera que al menos diez millas al oeste o algo así?

—Así es —dijo Bell.

—¿Ese puente? —Rhyme señaló el mapa con la cabeza. Miró la localización G-8.

—¿El puente Hobeth?

—¿Cómo son las comunicaciones en las cercanías? ¿La carretera?

—Es un terreno rellenado. Pero en una gran extensión. El puente tiene una altura de doce metros de manera que las rampas que conducen a él son largas. Oh, espera... Piensas que Garrett tendrá que volver al canal principal para pasar bajo el puente.

—Correcto. Porque los ingenieros deben haber rellenado los canales más pequeños cuando construyeron los accesos.

Bell estaba asintiendo.

—Sí… Tiene sentido para mí.

—Haz que vayan allí Lucy y los otros. Al puente. Ben, tú llama a ese tipo, Henry Davett. Dile que lo lamentamos pero que necesitamos nuevamente su ayuda.

WWJD…

Al pensar otra vez en Davett, Rhyme rezó una plegaria, pero no a alguna deidad, iba dirigida a Amelia Sachs: Oh, Sachs, ten cuidado. Es cuestión de tiempo que Garrett se invente una excusa para que le saques las esposas. Luego te llevará a algún lugar desierto. Más tarde se las compondrá para arrebatarte el arma… No dejes que las horas que pasen te hagan confiar en él, Sachs. No bajes la guardia. Ten la paciencia de una mantis religiosa.

# 28

Garrett conocía los canales navegables como un experto piloto fluvial y dirigió el bote por lo que parecían ser vías sin salida; sin embargo siempre lograba encontrar, a través del laberinto, arroyuelos estrechos como hilos de araña, que llevaban sin pausas hacia el oeste.

El muchacho señaló a Sachs nutrias de río, ratones almizcleros y castores, observaciones que podrían haber excitado a naturalistas aficionados, pero que a ella la dejaron fría. Su contacto con la vida silvestre se reducía a ratas, palomas y ardillas de la ciudad, sólo en la medida en que resultaban útiles para su trabajo forense y el de Rhyme.

—¡Mira allí! —gritó el muchacho.

—¿Qué?

Garrett señalaba algo que ella no podía ver. El chico miró fijamente un punto cerca de la orilla, ensimismado en algún drama minúsculo que se representaba en el agua. Todo lo que Sachs podía ver era un bicho que se deslizaba por la superficie del agua.

—Zapatero —le informó Garrett, volviéndose a sentar cuando hubieron pasado. Su rostro se puso serio—. Los insectos son, cómo diríamos, mucho más importantes que nosotros. Quiero decir, en lo que se refiere a que nuestro planeta siga viviendo. Mira, leí en algún lugar que, si toda la gente de la tierra desapareciera mañana, el mundo seguiría andando muy bien. Pero si los insectos desaparecieran, entonces, también la vida desaparecería rápidamente, digamos, en una generación. Morirían las plantas, luego los animales y la tierra se convertiría de nuevo en la gran roca que fue un día.

A pesar de su lenguaje adolescente, Garrett hablaba con la autoridad de un profesor universitario y el entusiasmo de un predicador. Continuó:

—Sí, algunos insectos son un grano en el culo. Pero eso pasa con pocos, más o menos el uno o dos por ciento —su cara se animó y dijo con orgullo—: ... y los que comen las cosechas y cosas parecidas, bueno, pero yo tengo esta idea, ¡es estupenda! Quiero criar una clase especial de crisopa dorada, para controlar los insectos dañinos, para reemplazar a los insecticidas, de manera que los insectos buenos y demás animales no mueran. La crisopa es el mejor. Nadie lo ha hecho todavía...

—¿Piensas que lo puedes hacer, Garrett?

—Aún no sé cómo exactamente. Pero aprenderé.

Sachs recordó lo que había leído en el libro del chico, el término de E. O. Wilson, biofilia: afecto que la gente siente por otros tipos de vida en el planeta. A medida que lo escuchaba contar todos estos detalles, todos prueba de amor por la naturaleza y la sabiduría, lo primero que se le ocurría era que nadie que estuviera tan fascinado por las criaturas vivientes como este chico y que en su particular y extraña manera las amara, podía ser un violador y un asesino en manera alguna.

Amelia se aferró a este pensamiento, que la sostuvo mientras navegaban por el Paquenoke, escapando de Lucy Kerr, del misterioso hombre del mono marrón y de la simple y conflictiva ciudad de Tanner's Corner.

Escapando también de Lincoln Rhyme. De su inminente operación y las terribles consecuencias que podría tener para los dos.

El angosto bote pasaba camuflado por los afluentes, que ya no tenían aguas negras sino doradas, reflejando la luz del sol que se ocultaba, de la misma forma que el grillo francés del que Garrett le había hablado. Finalmente el chico salió de las aguas secundarias y enfiló por el canal principal del río, bordeando la orilla. Sachs miró hacia atrás, hacia el este, para ver si los seguían barcos de la policía. No vio nada excepto una de las grandes barcas de Industrias Davett, que se dirigía río arriba, se alejaba de ellos. Garrett dio marcha atrás al motor y condujo hacia una cala pequeña. Escudriñó a través de la rama pendiente de un sauce y miró hacia el oeste, hacia un puente que cruzaba el Paquenoke.

—Tenemos que pasar por debajo —dijo—. No podemos rodearlo —estudió su extensión—. ¿Ves a alguien?

Sachs miró. Vio unos cuantos destellos de luz.

—Quizá. No lo puedo decir. Hay demasiado resplandor.

—Ese es el lugar donde esos imbéciles nos deberían esperar —dijo Garrett, nervioso—. Siempre me preocupa el puente. Te pueden ver.

*¿Siempre?*

Garrett varó el bote y apagó el motor. Desembarcó y desenroscó una tuerca que sostenía el motor fuera de borda, lo sacó y lo escondió en la hierba, junto al tanque de combustible.

—¿Qué estás haciendo? —preguntó Sachs.

—No podemos correr el riesgo de que nos localicen.

Garrett sacó del bote la nevera portátil y los botellones de agua y ató los remos a los asientos con dos trozos de cuerda grasienta. Derramó el agua de media docena de botellones y les puso nuevamente la tapa, luego los dejó a un lado. Señaló las botellas con la cabeza:

—Lástima de agua. Mary Beth no tiene nada. Necesitará algo para beber. Pero puedo conseguírsela del estanque

que está cerca de la cabaña —luego anduvo con dificultad por el río y cogió al bote por un costado—. Ayúdame —le dijo— tenemos que volcarlo.

—¿Vamos a hundirlo?

—No. Sólo le daremos la vuelta. Pondremos los botellones dentro. Flotará muy bien.

—¿La vuelta?

—Seguro…

Sachs se dio cuenta de lo que Garrett pensaba hacer. Se pondrían debajo del bote y pasarían el puente flotando. El oscuro casco, al pasar por debajo, sería casi imposible de ver desde el puente. Una vez que hubieran pasado, podrían darle vuelta otra vez y remar hasta donde estaba Mary Beth.

Garrett abrió la nevera y encontró una bolsa plástica.

—Podemos poner nuestras cosas en ella de manera que no se mojen. Colocó dentro su libro, *The Miniature World*. Sachs echó su cartera y el arma. Se puso la camiseta por dentro de los pantalones y deslizó la bolsa en la parte anterior.

Garrett dijo:

—¿Me puedes quitar las esposas? —acercó sus manos.

Sachs vaciló.

—No quiero ahogarme —dijo el chico con ojos suplicantes.

*Tengo miedo. ¡Dile que se detenga!*

—No haré nada malo. Lo prometo.

De mala gana, Sachs buscó la llave en su bolsillo y abrió las esposas.

Los indios Weapemeoc, nativos de lo que es ahora Carolina del Norte, pertenecían, por su lenguaje, a la nación algonquina y estaban relacionados con los Powhatans, los

Chowans y las tribus Pamlico de la región mesoatlántica de Estados Unidos.

Eran granjeros excelentes, y los demás nativos norteamericanos los envidiaban por sus proezas en el arte de la pesca. Eran extremadamente pacíficos y mostraban poco interés por las armas. Trescientos años atrás, el científico británico Thomas Harriot escribió: «Las armas que poseen son sólo arcos hechos con madera de castaño y flechas de caña; tampoco tienen mucho con que defenderse, excepto escudos realizados con corteza de árbol, y algunas armaduras hechas de varas unidas por hilos».

Los colonizadores británicos se encargaron de tornarlos belicosos y lo hicieron con mucha eficacia al usar varios métodos simultáneos: los amenazaron con la ira de Dios si no se convertían de inmediato, diezmaron la población al importar la gripe y la viruela, exigieron alimentos y vivienda, porque eran demasiado holgazanes para buscarlos por sí mismos y asesinaron a uno de los jefes más respetados de la tribu, Wingina, pues los colonizadores estaban convencidos de que preparaba un ataque contra los asentamientos británicos, lo que resultó completamente erróneo como se demostró después.

Ante la sorpresa indignada de los colonizadores, los indios prefirieron jurar lealtad a sus propias deidades, unos espíritus llamados Manitús, a aceptar a Jesucristo en sus corazones; luego hicieron la guerra contra los británicos. La primera acción de esta contienda, de acuerdo a la historia escrita por la joven Mary Beth McConnell, fue el ataque contra los colonos perdidos de la isla Roanoke.

Después de que huyeran los colonizadores, la tribu, previendo refuerzos británicos, tomó una postura distinta frente a las armas: comenzó a utilizar el cobre en la manufactura de sus propias armas. Hasta entonces sólo lo usaban para la decoración. Las puntas de flecha de metal eran mucho más agudas que el pedernal y más fáciles de hacer. Sin embargo, al contrario de lo que pasa en las películas, una flecha arrojada por un arco, que tiene poca fuerza, no penetra mucho en la piel y raramente es mortal. Por ello, para liquidar a su adversario el guerrero Weapemeoc le asestaba un *coup de grâce*, golpe en la cabeza con un garrote llamado, adecuadamente, un «palo mortal», que la tribu sabía construir con mucha habilidad.

Un «palo mortal» no era nada más que una piedra grande y redondeada, unida al extremo hendido de un palo y atada con una tira de cuero. Era un arma muy eficaz, y la que Mary Beth estaba fabricando, basada en su conocimiento de la arqueología de los nativos americanos, era de seguro tan letal como las que, según su teoría, habían aplastado los cráneos y quebrado las espinas dorsales de los colonos de Roanoke cuando pelearon en su última batalla a las orillas del Paquenoke, en lo que ahora se llamaba Blackwater Landing.

Había hecho el arma con dos varas curvas de la antigua silla de comedor de la cabaña. La piedra era la que Tom, el amigo del Misionero, le había arrojado. La montó entre las dos varas y la ató con largas tiras de tela desgarradas de la parte posterior de su camisa. El arma era pesada, tres o cuatro kilos, pero no demasiado para ella, que por lo general levantaba rocas de quince o veinte kilos en sus excavaciones arqueológicas.

Ahora se levantó de la cama y blandió el arma varias veces, complacida por el poder que el garrote le proporcionaba. A su oído llegó un zumbido, los insectos en los botes. Le hizo recordar el desagradable hábito de Garrett de hacer sonar sus uñas. Tembló de rabia y levantó el palo para descargarlo sobre el bote más cercano.

Pero entonces se detuvo. Odiaba a los insectos, sí, pero su cólera no estaba dirigida contra ellos. Era con Garrett con quien estaba furiosa. Dejó de preocuparse de los botes y caminó hacia la puerta, luego la golpeó con el garrote varias veces, cerca de la cerradura. La puerta ni se movió. Bueno, no había esperado que lo hiciera. Pero lo importante era que había atado la piedra al extremo de las varas muy firmemente. No se soltó.

Naturalmente, si el Misionero y Tom volvían con un arma de fuego, el garrote no serviría de mucho, pero había decidido que si entraban, mantendría el garrote escondido detrás de ella y el primero que la tocara saldría con el cráneo destrozado. El otro podría matarla pero se llevaría uno con ella. Se imaginaba que así había muerto Virginia Dare.

La chica se sentó y miró por la ventana, al sol que se ponía y a la hilera de árboles donde vio por primera vez al Misionero.

¿Qué sentimiento la dominaba? Supuso que el miedo.

Pero determinó que no se trataba en absoluto de miedo, sino de impaciencia. Quería que sus enemigos volvieran.

Levantó el palo y lo puso en la falda.

*Prepárate*, le había dicho Tom.

Bueno, se había preparado.

* * *

—Hay un bote.

Lucy se inclinó hacia delante a través de las hojas de un punzante laurel, en la orilla cercana al puente Holbeth. Su mano estaba sobre su arma.

—¿Dónde? —le preguntó a Jesse Corn.

—Allí —señaló río arriba.

Lucy pudo ver vagamente una leve oscuridad sobre el agua, a media milla. Se movía con la corriente.

—¿Qué quieres decir con que hay un bote? —preguntó—. Yo no veo...

—No, mira. Está dado vuelta.

—Apenas lo puedo ver —dijo Lucy—. Tienes buena vista.

—¿Son ellos? —preguntó Trey.

—¿Qué pasó? ¿Se dio la vuelta?

Pero Jesse Corn dijo:

—No, están debajo.

Lucy frunció el ceño.

—¿Cómo lo sabes?

—Sólo tengo un presentimiento —dijo Jesse.

—¿Hay suficiente aire ahí abajo? —preguntó Trey.

Jesse dijo:

—Seguro. Está bastante alto sobre el agua. Solíamos hacer lo mismo con canoas en el lago Bambert. Cuando éramos niños. Jugábamos al submarino.

Lucy dijo:

—¿Qué hacemos? Necesitamos un bote o algo para llegar hasta ellos —comentó, mirando a su alrededor.

Ned se quitó su cinto y se lo entregó a Jesse Corn.

—Diablos, me acercaré y lo empujaré hasta la orilla.

—¿Puedes nadar por aquí? —le preguntó Lucy.

El hombre se quitó las botas.

—He nadado por este río un millón de veces.

—Te cubriremos —dijo Lucy.

—Están bajo el agua —seguía diciedo Jesse—. No creo que vayan a dispararle a nadie.

Trey comentó:

—Un poco de grasa en los cartuchos y aguantan semanas bajo el agua.

—Amelia no va a disparar —dijo Jesse, el defensor de Judas.

—Pero no vamos a correr riesgos —agregó Lucy. Luego se dirigió a Ned—: No lo des vuelta. Limítate a nadar hasta el bote y tráelo para aquí. Trey, tu vas al otro lado, cerca del sauce, con la escopeta de perdigones. Jesse y yo estaremos aquí en la orilla. Los atraparemos en un fuego cruzado si pasa algo.

Ned, descalzo y sin camisa, caminó con brío por el embarcadero pedregoso hasta la playa barrosa. Miró a su alrededor con cuidado, Lucy supuso que por las víboras, y entró en el agua. Nadó con grandes brazadas hacia el bote, en silencio, manteniendo la cabeza fuera del agua. Lucy sacó su Smith & Wesson de la cartuchera. Montó el percutor. Miró a Jesse Corn, que echó una mirada al arma, nervioso. Trey estaba de pie junto a un árbol, con la escopeta en las manos y el caño levantado. Vio el arma cargada de Lucy y metió un cartucho en la recámara del Remington.

El bote estaba a diez metros, cerca de la mitad de la corriente.

Ned era un buen nadador y cubría la distancia con rapidez. Estaría allí en...

El disparo sonó fuerte y cercano. Lucy brincó cuando un espumarajo de agua saltó al aire a unos centímetros de Ned.

—¡Oh, no! —gritó Lucy, levantando el arma y buscando al tirador.

—¿Dónde, dónde? —gritó Trey, agachándose y cogiendo con firmeza su escopeta.

Ned se zambulló bajo la superficie.

Otro disparo. El agua saltó al aire. Trey bajó la escopeta y comenzó a disparar contra el bote. Disparos de pánico. El arma calibre doce no tenía más que siete cartuchos. El policía los disparó en segundos, acertando los siete en el bote, las astillas de la madera y el agua volaban por doquier.

—¡No! —gritó Jesse—. ¡Hay gente allí abajo!

—¿Desde dónde están disparando? —exclamó Lucy—. ¿De debajo del bote? ¿Del otro lado? No lo puedo entender. ¿Dónde están Amelia y Garrett?

—¿Dónde está Ned? —preguntó Trey—. ¿Le dieron? ¿Dónde está Ned?

—No lo sé —gritó Lucy con la voz ronca por el pánico—. No lo puedo ver…

Trey volvió a cargar y apuntó al bote una vez más.

—¡No! —ordenó Lucy—. No dispares. ¡Cúbreme!

Corrió por el embarcadero y entró con dificultad en el agua. De repente, cerca de la orilla, escuchó un jadeo como de ahogo y Ned apareció en la superficie.

—¡Ayúdame! —estaba aterrorizado y miró hacia atrás antes de salir del agua.

Jesse y Trey apuntaron sus armas a la orilla opuesta y caminaron lentamente por la pendiente hacia el río. Los ojos consternados de Jesse estaban fijos en el bote acribillado, en los terribles e irregulares agujeros del casco.

Lucy entró en el agua, guardó su pistola y tomó a Ned por un brazo, lo arrastró a la orilla. Había estado bajo el agua tanto tiempo como se pudo, se encontraba pálido y débil por la falta de oxígeno.

—¿Dónde están? —se empeñó en preguntar, ahogándose.

—No lo sabemos —contestó Lucy y lo llevó hacia un montón de arbustos. Ned se dejó caer a su lado, escupiendo y tosiendo. Lucy lo examinó cuidadosamente. No estaba herido.

Se les unieron Trey y Jesse, ambos en cuclillas y con los ojos fijos en el río, en busca de sus atacantes.

Ned se ahogaba todavía.

—Maldita agua. Sabe a mierda.

El bote se dirigía lentamente hacia ellos, ahora casi sumergido.

—Están muertos —murmuró Jesse Corn, mirando el bote—. Tienen que estarlo.

El bote se acercó. Jesse se sacó el cinto y caminó hacia él.

—No —dijo Lucy, sus ojos en la lejana orilla—. Deja que venga a nosotros.

# 29

El bote volcado flotó hasta un cedro cuyas raíces sobresalían y se extendían hasta el río, y allí se detuvo.

Los policías esperaron unos instantes. No había más movimiento que el balanceo del bote destrozado. El agua tenía un color rojizo y Lucy no llegaba a discernir si ese color se debía a la sangre o al ardiente crepúsculo.

Un Jesse Corn pálido y preocupado miró a Lucy, que asintió. Los otros tres policías siguieron apuntando al bote con sus armas mientras Jesse se movía con dificultad en el agua. Lo dio vuelta.

Restos de varias botellas de agua, rotas, surgieron desde abajo y flotaron tranquilamente por el río. No había nadie.

—¿Qué pasó? —preguntó Jesse—. No lo entiendo.

—Demonios —murmuró Ned con amargura—. Nos engañaron. Era una maldita emboscada.

Lucy no podía creer que la ira pudiera aumentar a ese punto. Sintió que la sacudía como una corriente eléctrica. Ned tenía razón; Amelia había usado el bote como uno de los señuelos de Nathan y les había preparado una emboscada desde la orilla opuesta.

—No —protestó Jesse—. Amelia no haría una cosa así. Si disparó fue sólo para asustarnos. Conoce las armas de fuego. Podría haberle dado a Ned, de haber querido.

—Por Dios bendito, Jesse, abre los ojos de una vez —soltó Lucy—. ¿Disparando a cubierto como lo hizo? No importa lo buena tiradora que sea, podría haber errado. ¿Y sobre el agua? La bala podría haber rebotado. Y si Ned se hubiera dejado llevar por el pánico, se podría haber colocado en la trayectoria de alguna bala.

Jesse Corn no tenía respuestas para estos argumentos. Se frotó la cara con la mano y miró hacia la orilla lejana.

—Bien, esto es lo que haremos —dijo Lucy en voz baja—. Se está haciendo tarde. Marcharemos todo lo que podamos mientras haya luz, luego haremos que Jim nos envíe algunas provisiones para la noche. Acamparemos a cielo abierto. Vamos a suponer que nos quieren atacar y vamos a reaccionar de la manera adecuada. Ahora, crucemos el puente y busquemos sus rastros. ¿Tenéis preparadas las armas?

Ned y Trey respondieron afirmativamente. Jesse Corn miró un instante el bote destrozado y luego asintió lentamente.

—Entonces vamos.

Los cuatro policías anduvieron los cincuenta metros del puente, sin protección, pero sin apiñarse. Fueron uno detrás del otro de manera que si Amelia Sachs disparaba de nuevo, no pudiera acertar más que a uno, antes de que los demás buscaran refugio y contestaran el fuego. La formación era idea de Trey, que la había visto en una película sobre la Segunda Guerra Mundial y como fue él quien la había propuesto, pensó que debía ponerse en el primer lugar. Lucy insistió en ser ella quien lo ocupara.

* * *

—Casi le das.

Harris Tomel dijo:

—De ningún modo.

Pero Culbeau persistió:

—Te dije que los *asustaras*. Si le hubieras dado a Ned, ¿sabes en qué clase de mierda estaríamos metidos?

—Yo sé lo que hago, Rich. Confía en mí.

Maldito niño de escuela, pensó Culbeau.

Los tres hombres estaban en la orilla norte del Paquo, en marcha a lo largo de un sendero que corría paralelo al río.

En realidad, si bien Culbeau estaba enfadado porque Tomel había disparado muy cerca del policía que nadaba hacia el bote, estaba seguro de que el tiroteo había hecho efecto. Lucy y los demás policías estarían tan inquietos como ovejas y se moverían con cuidado y lentitud.

Los disparos también lograron otro resultado beneficioso, Sean O'Sarian estaba más atemorizado y tranquilo que nunca.

Caminaron veinte minutos y luego Tomel preguntó a Culbeau:

—¿Tu sabes que el chico va en esta dirección?

—Así es.

—Pero no tienes idea de dónde se detendrá.

—Por supuesto que no —dijo Culbeau—. Si lo supiera podríamos ir directamente hacia allí, ¿verdad?

Vamos, niñato. Usa tu maldita cabeza.

—Pero…

—No te preocupes. Lo encontraremos.

—¿Puedo tomar agua? —preguntó O'Sarian.

—¿Agua? ¿Quieres agua?

O'Sarian contestó, complaciente:

—Sí, eso es lo que quiero.

Culbeau lo miró con sospecha y le alcanzó una botella. Nunca había visto al joven delgaducho beber otra cosa que no fuera cerveza, whisky o licor ilegal. Sean bebió toda el agua, se enjugó la boca rodeada de pecas y tiró la botella a un lado.

Culbeau suspiró y dijo con sarcasmo:

—Oye, Sean, ¿estás seguro de querer dejar algo con tus huellas digitales en el camino?

—Oh, cierto —el joven corrió hacia los matorrales y recuperó la botella—. Lo lamento.

¿*Lo lamento*? ¿Sean O'Sarian pidiendo perdón? Culbeau lo miró un momento con incredulidad y luego hizo una seña para que continuaran.

Llegaron a una curva del río y como estaban en un terreno elevado, pudieron observar el panorama varias millas río abajo.

Tomel dijo:

—Eh, mirad allí. Hay una casa. Apuesto que el chico y la pelirroja van hacia allá.

Culbeau suspiró y escudriñó por la mira telescópica de su rifle para ciervos. Unos tres kilómetros valle abajo descubrió una casa de veraneo con techo a dos aguas, justo a la orilla del río. Sería un escondite lógico para el chico y la mujer policía. Asintió.

—Apuesto a que están allí. Vamos.

Río abajo desde el puente Hobeth, el Paquenoke hace una curva cerrada hacia el norte.

Hay muy poca profundidad en ese lugar, cerca de la orilla y los bancos de barro están cubiertos de restos de maderas, vegetación y basuras.

Como esquifes a la deriva, dos formas humanas que flotaban en el agua evitaron la curva y fueron llevadas por la corriente hasta aquel montón de desechos.

Amelia Sachs soltó la botella de agua, su improvisado flotador, y extendió la mano arrugada para coger una rama. Se dio cuenta de que no era una acción muy inteligente puesto que sus bolsillos estaban llenos de piedras que servían de lastre y sintió que la empujaban hacia abajo, hacia las oscuras aguas. Enderezó las piernas y descubrió que el lecho del río estaba sólo a un metro debajo de la superficie. Se puso de pie, insegura, y caminó con dificultad. Garrett apareció a su lado un instante después; la ayudó a salir del agua y pisar el suelo barroso.

Subieron a gatas una suave pendiente, a través de una maraña de arbustos y se dejaron caer en un claro cubierto de hierba. Permanecieron así unos minutos, recuperando el aliento. Sachs sacó del interior de su camiseta la bolsa de plástico. Perdía un poco de agua, pero no se había producido ningún daño serio. Le entregó al chico su libro de insectos y abrió el tambor de su revólver. Lo puso encima de una mata de césped quebradizo y amarillo para que se secara.

Se había equivocado acerca de lo que planeaba Garrett. Es cierto que deslizaron botellas de agua vacías debajo del bote volcado para que flotara, pero luego él lo había enviado a la mitad de la corriente sin ponerse debajo. Le indicó que se llenara los bolsillos de piedras. Hizo lo mismo y corrieron río abajo, sobrepasando el bote unos dos metros, para luego entrar ambos en el agua, cada uno con una botella de agua semillena para ayudarles a flotar. Garrett le enseñó cómo poner la cabeza hacia atrás. Con las piedras como lastre, sólo sus rostros sobresalían del agua. Flotaron río abajo de la corriente, delante del bote.

—La araña acuática lo hace así —le explicó—. Como un submarinista que lleva el aire a su alrededor —en el pasado lo había hecho varias veces para «huir», aunque tampoco explicó de quién había estado escapando ni hacia dónde se dirigía. Garrett le había dicho que si la policía no estaba en el puente, entonces nadarían hasta el bote, lo traerían a la playa, lo sacarían del agua y continuarían el camino remando. Si los policías estaban en el puente, su atención se centraría en del bote y no verían a Amelia y a Garrett flotando delante. Una vez que pasaran el puente, volverían a la orilla y seguirían el viaje andando.

Bueno, tuvo razón en esa parte; pasaron el puente sin ser detectados. Pero Sachs estaba todavía conmocionada por lo que había pasado a continuación: sin mediar provocación alguna, los policías habían disparado varias veces contra el bote volcado.

Garrett también estaba muy trastornado por los disparos.

—Pensaron que estábamos abajo —susurró—. Los malditos trataron de matarnos.

Sachs no dijo nada.

Él agregó:

—He hecho algunas cosas malas... pero no soy ninguna *phymata*.

—¿Qué es eso?

—Un bicho que prepara emboscadas. Se queda esperando y mata. Es lo que pensaban hacer con nosotros. Dispararnos. No darnos ninguna posibilidad.

Oh, Lincoln, qué desastre es esto. ¿Por qué lo hice? Debería rendirme ahora. Esperar aquí a los policías, abandonar todo. Volver a Tanner's Corner y rendir cuentas de lo que hice.

Pensando así, Amelia miró a Garrett, quien se abrazaba y temblaba de miedo. Supo que no podía echarse atrás. Tendría que seguir, llegar hasta el fin del juego.

*Tiempo de esfuerzos...*

—¿Dónde vamos ahora?

—¿Ves esa casa de allí?

Una casa marrón con techo a dos aguas.

—¿Está allí Mary Beth?

—No, pero tienen un pequeño bote para pescar que podemos tomar prestado. Y nos podemos secar y comer algo.

Bueno, ¿qué podría importar irrumpir y entrar en una propiedad frente a los cargos criminales que ya había acumulado?

Garrett de repente tomó el revólver. Sachs se paralizó, mirando el arma negra y azul en manos del chico, que observó el tambor, viendo que estaba cargado con seis balas. Lo colocó en su lugar y balanceó el arma con una familiaridad que la puso nerviosa.

*Pienses lo que pienses de Garrett, no confíes en él…*

El chico la miró y sonrió. Luego le entregó el arma, tomándola del cañón.

—Vamos por aquí —señaló un sendero.

Sachs volvió a poner el revólver en su funda y sintió el revoloteo de su corazón por el susto.

Caminaron hacia la casa.

—¿Está vacía? —preguntó Sachs, señalándola con la cabeza.

—No hay nadie ahora. —Garrett se detuvo y miró hacia atrás. Después de un momento murmuró—: Ahora los policías están furiosos y nos buscarán con todas sus armas y ganas. ¡¡Mierda!! —gritó. Se volvió y la condujo por una senda hacia la casa. Estuvo callado unos minutos—. ¿Quieres saber algo, Amelia?

—¿Qué?

—Estaba pensando en esta polilla, la polilla gran emperador.

—¿Qué pasa con ella? —preguntó distraída, escuchando todavía los terribles disparos de escopeta, dirigidos a ella y al chico. Lucy Kerr trataba de matarla. El eco de los tiros nublaba todo lo que tuviera en la mente.

—La coloración de sus alas —le dijo Garrett—. Cuando están abiertas parecen los ojos de un animal. Quiero decir que es muy interesante, hasta tiene una pequeña manchita blanca como si reflejara la luz en la pupila, los pájaros la ven y piensan que se trata de un zorro o un gato, se asustan y se van.

—¿Los pájaros no pueden oler que es una polilla y no un animal? —preguntó Sachs, sin concentrarse en la conversación.

Él la miró un instante para ver si bromeaba. Dijo:

—Los pájaros no pueden oler —replicó, como si ella acabara de preguntar si la tierra era plana. Volvió a mirar atrás, río arriba otra vez—. Tenemos que hacer que vayan más despacio. ¿Crees que están cerca?

—Muy cerca —respondió Sachs.

*Con todas sus armas y sus cosas.*

—Son ellos.

Rich Culbeau estaba mirando las huellas de pies en el barro de la orilla.

—El rastro es de hace diez o quince minutos.

—Y se encaminan a la casa —dijo Tomel.

Se movieron con cautela por un sendero.

O'Sarian seguía sin comportarse de la forma extraña en que solía. Lo que en él era realmente singular. Daba miedo. No había tomado ningún trago de licor no había hecho travesuras, ni siquiera hablado, y Sean era el charlatán número uno de Tanner's Corner. El tiroteo en el río lo tenía conmocionado. Ahora, mientras caminaban por el bosque, apuntaba con el cañón de su rifle militar a todo sonido proveniente de los matorrales.

—¿Vieron disparar a ese negro? —dijo al fin—. Debe de haber dado con diez proyectiles en ese bote en menos de un minuto.

—Eran perdigones —lo corrigió Harris Tomel.

En lugar de negar y tratar de impresionarlos con lo que sabía de armas y actuar como el imbécil voluble que era, O'Sarian se limitó a decir:

—¡¡Ah, perdigones!! Claro. Debí pensarlo —movió la cabeza como un niño de escuela que acaba de aprender algo nuevo e interesante.

Se acercaron a la casa. Parecía un bonito lugar, pensó Culbeau. Probablemente una casa de veraneo, quizá de algún abogado o médico de Raleigh o Winston-Salem. Un lindo pabellón de caza, un buen bar, dormitorios, un frigorífico para la carne de venado.

—Oye, Harris —llamó O'Sarian.

Culbeau nunca había oído al joven usar el nombre de pila de nadie.

—¿Qué?

—¿Esta cosa dispara alto o bajo? —preguntó mostrándole el Colt.

Tomel miró a Culbeau, probablemente tratando también de imaginar dónde habría ido a parar el lado oscuro de O'Sarian.

—El primer tiro da justo en el blanco, pero el retroceso es un poco más alto del que estás acostumbrado. Baja el cañón para los próximos tiros.

—Porque la caja es de plástico —comentó O'Sarian—. ¿Significa que es más liviano que la madera?

—Sí.

Sean asintió otra vez. Su cara estaba aún más seria que antes.

—Gracias.

*¿Gracias?*

Los bosques terminaron y los hombres pudieron ver un gran claro alrededor de la casa, fácilmente cincuenta metros en todas direcciones, sin siquiera un árbol para cubrirse. Acercarse sería difícil.

—¿Crees que están dentro? —preguntó Tomel, acariciando su espléndida escopeta.

—Yo no… ¡Esperad, agachaos!

Los tres hombres se agacharon con rapidez.

—Vi algo en la planta baja. Por esa ventana a la izquierda. —Culbeau miró por la mira telescópica de su rifle para ciervos—. Alguien se mueve. En la planta baja. No puedo ver bien por las persianas. Pero estoy seguro de que hay alguien allí —escudriñó las otras ventanas—. ¡Mierda! —Un susurro aterrado. Se tiró al suelo.

—¿Qué? —preguntó O'Sarian, alarmado, empuñando su arma y haciendo un círculo.

—¡Agachaos! Uno de ellos tiene un rifle con una mira telescópica. Miran justo frente a nosotros. En la ventana de arriba. ¡Maldición!

—Debe de ser la chica —dijo Tomel—. El chico es demasiado marica para saber de qué extremo sale la bala.

—Que se joda esa perra —musitó Culbeau. O'Sarian estaba escondido detrás de un árbol, apretando su arma de Vietnam cerca de la mejilla.

—Desde allí puede cubrir todo el campo —dijo Culbeau.

—¿Esperamos a que se haga de noche? —preguntó Tomel.

—¿Oh, con esa pequeña señorita policía sin tetas detrás de nosotros? No pienso que vaya a funcionar, ¿eh, Harris?

—Bueno, ¿le puedes disparar desde aquí? —Tomel señaló la ventana.

—Probablemente —dijo Culbeau con un suspiro. Estaba a punto de a regañar a Tomel cuando O'Sarian dijo con voz curiosamente normal:

—Pero si Rich dispara, Lucy y los otros lo oirán. Pienso que debemos acercarnos por los costados. Ir alrededor de la casa y tratar de entrar. Un disparo dentro será más silencioso.

Era exactamente lo que Culbeau estaba a punto de decir.

—Eso nos llevará media hora —soltó Tomel, quizá enfadado porque O'Sarian se les había adelantado con la su idea.

Sean seguía con su conducta inusual. Sacó el seguro del arma y frunció el entrecejo mirando la casa.

—Bueno, diría que tenemos que hacerlo en *menos* de media hora. ¿Qué piensas, Rich?

# 30

Steve Farr condujo nuevamente a Henry Davett al laboratorio. El empresario le dio las gracias y luego saludó a Rhyme.

—Henry —dijo Rhyme—, gracias por venir.

Como antes, el empresario no prestó atención al estado del criminalista. Esta vez, no obstante, Rhyme no se alegró por esta actitud. La preocupación por Sachs lo consumía. Seguía oyendo la voz de Jim Bell.

*Generalmente se tienen veinticuatro horas para encontrar a la víctima; después, ésta se deshumaniza a los ojos del secuestrador que puede matarla sin dar importancia al hecho.*

Esta regla, que había aplicado a Lydia y Mary Beth, ahora incluía también el destino de Amelia Sachs. La diferencia estribaba, según creía Rhyme, en que Sachs podría tener mucho menos de veinticuatro horas.

—Pensé que habían detenido a ese muchacho. Es lo que oí.

Ben dijo:

—Se nos escapó.

—¡No! —Davett frunció el ceño.

—Sí, se escapó —comentó Ben—. Una huída de la cárcel a la vieja usanza.

Rhyme añadió:

—Tengo más evidencias, pero no sé como interpretarlas. Esperaba que me pudiera ayudar otra vez.

El empresario se sentó.

—Haré lo que pueda.

Rhyme fijó la mirada a la tira de corbata y a la inscripción WWJD. Inmediatamente señaló el diagrama con la cabeza y dijo:

—¿Podría echarle una mirada?... a esa lista de la derecha.

—El molino, ¿es allí donde lo encontraron? ¿En ese viejo molino al noreste de la ciudad?

—Correcto.

—Conocía ese lugar —Davett hizo una mueca airada—. Debería haber pensado en él.

Los criminalistas no deben permitir que el verbo «debería» se introduzca en su vocabulario. Rhyme dijo:

—Es imposible pensar en todo en este oficio. Pero mire el diagrama. ¿Hay algo en él que le resulte familiar?

Davett leyó cuidadosamente.

ENCONTRADO EN LA ESCENA SECUNDARIA DEL CRIMEN
EL MOLINO

Pintura marrón en los pantalones
Drosera
Arcilla
Musgo de turba — Zumo de frutas
Fibras de papel
Cebo de bolas malolientes
Azúcar
Canfeno
Alcohol
Queroseno
Levadura

Mientras miraba la lista, Davett habló con voz perturbada:

—Es como un rompecabezas.

—Esa cs la esencia de mi profesión —espetó Rhyme.

—¿Cuánto puedo fantasear? —preguntó el empresario.

—Tanto como quiera. —contestó Rhyme.

—Muy bien —aceptó Davett. Pensó un instante y luego continuó—: una torca de Carolina.

Rhyme preguntó:

—¿Qué es eso? ¿Un caballo?

Davett miró a Rhyme para ver si estaba bromeando, Luego dijo:

—No, es una estructura geológica que se ve en la costa este de los EE UU. Sin embargo, la mayoría se encuentra en las dos Carolinas. Norte y Sur. Básicamente se trata de estanques ovales, con una profundidad de un metro o un metro y medio, con agua dulce. Pueden tener una extensión desde menos de media hectárea a doscientas hectáreas. El fondo consiste por lo general en arcilla y turba. Justo lo que hay allí, en el diagrama.

—Pero la arcilla y la turba son muy comunes por aquí —dijo Ben.

—Lo son —convino Davett—. Y si se hubieran encontrado nada más que esos dos elementos no tendría ni idea de dónde proceden. Pero se ha encontrado algo más. Una de las características más interesantes de los estanques de Carolina es que a su alrededor crecen plantas que matan insectos. Se pueden ver cientos de atrapamoscas de Venus, droseras y *ascidium* alrededor de esas torcas, probablemente porque fomentan la presencia de insectos. Si se encuentra drosera junto a arcilla y turba, entonces no quedan dudas de que el chico pasó un tiempo al lado de una torca de Carolina.

—Bien —dijo Rhyme, para luego mirar el mapa y preguntar—: ¿Qué significa exactamente «torca»? ¿Una entrada de agua?

—No, se refiere a los laureles*. Crecen alrededor de los estanques. Sobre estos lugares existen todo tipo de mitos. Los colonos solían pensar que habían sido excavadas por monstruos marinos o brujas en sus sortilegios. Durante unos años se creyó que los meteoritos eran los causantes, pero sólo son depresiones naturales provocadas por los vientos y las corrientes de agua.

—¿Son específicas de una región en particular de aquí? —interrogó Rhyme, esperando poder delimitar la búsqueda.

—De alguna forma, sí. —Davett se levantó y caminó hacia el mapa. Con su dedo trazó un círculo abarcando una amplia región al oeste de Tanner's Corner. Localización B-2 a E-2 y F-13 y B-12—. Se encuentran generalmente por aquí, en esta región, justo antes de llegar a las colinas.

Rhyme estaba desalentado. Lo que había delimitado abarcaba setenta u ochenta millas cuadradas.

Davett percibió la reacción de Rhyme y dijo:

—Me gustaría ser de más ayuda.

—No, no, se lo agradezco. Nos será de ayuda. Sólo necesitamos delimitar un poco más las pistas.

El empresario leyó:

—Azúcar, zumo de frutas, queroseno... —serio, sacudió la cabeza—. Tiene una difícil profesión, señor Rhyme.

—Estos son casos complejos —convino Rhyme—. Cuando no se tienen pistas se puede fantasear con libertad.

* Torca de Carolina: Carolina Bay. Bay significa también bayo y laurel. *(N. de la T.)*

Cuando se tienen muchas, generalmente se obtiene la respuesta muy rápido. Pero teniendo unas pocas pistas como estas… —la voz de Rhyme se apagó.

—Estamos atrapados por los hechos —musitó Ben.

Rhyme se volvió hacia él.

—Exactamente, Ben. Exactamente…

—Tengo que irme a casa —dijo Davett—. Mi familia me espera. —Escribió un número en una tarjeta comercial—. Puede llamarme cuando quiera.

Rhyme le dio las gracias una vez más y volvió la mirada al diagrama de las evidencias.

*Atrapados por los hechos…*

Rich Culbeau lamió la sangre de su brazo donde las zarzas le habían producido profundos rasguños. Escupió contra un árbol.

Les había llevado veinte minutos de dificultosa caminata llegar al porche lateral de la casa de veraneo con techo a dos aguas. Todo para no ser vistos por la puta que seguía con el arma de caza. Hasta Harris Tomel, que por lo general parecía recién salido del patio de un country club, estaba manchado de sangre y polvo.

El nuevo O'Sarian, tranquilo, pensativo y cuerdo, esperaba en el sendero, tumbado en el suelo y con su escopeta negra, como un soldado de infantería en Khe Sahn, listo para detener a Lucy y los demás *vietcongs* disparando sobre sus cabezas, en el caso que aparecieran siguiendo el rastro en dirección a la casa.

—¿Estás listo? —preguntó Culbeau a Tomel, quien asintió.

Culbeau movió el pomo de la puerta del cuarto donde se dejaban la ropa y botas embarradas y la abrió. Empujó la puerta con su arma levantada y preparada. Tomel lo siguió. Estaban atemorizados como gatos, sabiendo que la policía pelirroja, con el rifle para ciervos, que seguramente sabría usar, podría estar esperándolos en cualquier lugar de la casa.

—¿Oyes algo? —susurró Culbeau.

—Sólo música.

Era *soft rock*, del tipo que Culbeau solía escuchar porque odiaba el *country-western*.

Los dos hombres se movieron lentamente por el oscuro vestíbulo, con las armas preparadas. Disminuyeron la marcha. Delante tenían la cocina donde Culbeau había visto a alguien, probablemente el muchacho en movimiento, cuando escudriñó la casa con la mira telescópica de su rifle. Señaló la habitación con la cabeza.

—No creo que nos oigan —dijo Tomel. La música estaba bastante alta.

—Entramos juntos. Disparamos a sus piernas o rodillas. No lo mates todavía, tenemos que hacerle decir dónde está Mary Beth.

—¿A la mujer también?

Culbeau pensó un instante.

—Sí, ¿por qué no? Podríamos querer que se mantenga con vida un rato. Sabes para qué...

Tomel asintió.

—Uno, dos... tres.

De un salto entraron a la cocina y se encontraron a punto de disparar contra un locutor que daba la predición del tiempo en una gran pantalla del televisor. Se agacharon y giraron buscando al chico y a la mujer. No los vieron. Culbeau, miró el televisor. Se dio cuenta de que no estaban allí. Alguien había traído el televisor de la sala y la había puesto delante de la cocina, mirando hacia las ventanas.

Culbeau echó un vistazo a través de las persianas.

—Mierda. Pusieron el televisor aquí para que lo viéramos a través del campo, desde el sendero y pensáramos que había alguien en la casa —subió las escaleras de dos en dos.

—Espera —dijo Tomel—. Ella está allí arriba. Con el rifle.

Pero por supuesto la pelirroja no estaba allí en absoluto. Culbeau irrumpió en el dormitorio donde había visto el cañón del rifle con la mira telescópica apuntándoles y ahora encontró lo que esperaba: un trozo de caño angosto sobre el cual habían atado la parte posterior de una botella de Corona.

Disgustado, explicó:

—*Ese* es el rifle y la mira. Jesucristo. Lo prepararon para engañarnos. Nos ha retrasado una maldita media hora. Y los jodidos policías están probablemente a cinco minutos de aquí. Debemos irnos.

Pasó como una tromba por detrás de Tomel, quien comenzó a decir:

—Es una chica muy inteligente... —pero al ver el fuego de los ojos de Culbeau, decidió no terminar la frase.

La batería se agotó y el pequeño motor eléctrico del bote enmudeció.

El angosto esquife que habían robado de la casa de veraneo iba a la deriva por la corriente del Paquenoke, a través de la niebla oleosa que cubría el río. El agua ya no era dorada sino de un gris triste.

Garrett Hanlon cogió un remo del fondo del bote y lo dirigió a la costa.

—Debemos desembarcar en algún lugar —dijo— antes de que sea totalmente de noche.

Amelia Sachs notó que el paisaje había cambiado. Los árboles escaseaban y grandes charcos cenagosos llegaban al río. El chico tenía razón; un rumbo equivocado los llevaría a una ciénaga impenetrable y sin salida.

—Eh, ¿qué te pasa? —le preguntó Garrett viendo su expresión preocupada.

—Estoy muy lejos de Brooklyn.

—¿Eso queda en Nueva York?

—Exacto —le contestó.

El chico hizo sonar las uñas.

—¿Y te disgusta no estar allí?

—Ya lo creo.

Mientras dirigía el bote hacia la orilla, Garrett dijo:

—Es lo que más atemoriza a los insectos.

—¿Qué?

—Digamos, es extraño. No les importa trabajar y no les importa pelear, pero se encolerizan tremendamente en un lugar que no les es familiar. Aun cuando sea seguro. Lo odian, no saben qué hacer.

Bien, pensó Sachs, creo que soy un insecto de tomo y lomo. Prefería la forma en que lo decía Lincoln: pez fuera del agua.

—Siempre te das cuenta cuando un insecto está trastornado. Se limpian las antenas una y otra vez… Las antenas de los insectos hablan sobre sus estados de ánimo. Como nuestros rostros. La única diferencia —agregó misteriosamente— está en que *ellos* no fingen como lo hacemos nosotros —y se rió de una extraña forma, con un sonido que ella no había oído antes.

El chico se metió al agua por un costado del bote y lo empujó a tierra. Sachs salió. Él la condujo por los bosques. Parecía saber exactamente adonde iba, a pesar de la oscuridad del crepúsculo y la ausencia de senderos.

—¿Cómo sabes por dónde vamos? —preguntó Sachs.

Garrett dijo:

—Creo que soy como las monarcas. Encuentro el rumbo muy bien.

—¿Las monarcas?

—Ya sabes, las mariposas. Migran a una distancia de mil millas y saben exactamente adónde van. Es realmente estupendo, realmente estupendo, navegan por el sol y, digámoslo así, cambian el rumbo automáticamente dependiendo de dónde se halle en el horizonte. Oh, y cuando está nublado u oscuro, usan el otro sentido que tienen, perciben los campos magnéticos de la tierra.

*Cuando el murciélago emite un sonido para encontrarlas, las polillas cierran sus alas, se tiran al suelo y se esconden.*

Sachs sonreía al escuchar la entusiasta conferencia de Garrett, cuando se detuvo de repente y se agachó.

—Cuidado —murmuró—. ¡Allí! Hay una luz.

Una débil luz se reflejaba en un lóbrego estanque. Una espeluznante luz amarilla, como una linterna a punto de apagarse.

Pero Garrett se reía.

Ella lo miró interrogativa.

—Sólo un fantasma. —dijo él.

—¿Qué? —preguntó Sachs.

—Es la Señora del Pantano. Ya sabes, una doncella india que murió la noche antes de su boda. Su fantasma todavía chapotea por el pantano Dismal buscando al tipo con el que se iba a casar. No estamos en el Great Dismal pero está cerca —señaló el resplandor con la cabeza—. Realmente es un fuego fatuo, causado por ese hongo voluminoso que resplandece.

A Sachs no le gustaba esa luz. Le recordaba la inquietud que sintió cuando pasaron por Tanner's Corner aquella mañana y vieron el pequeño féretro en el funeral.

—No me gusta el pantano, con o sin fantasmas —dijo.

—¿Sí? Quizá te llegue a gustar. Algún día... —agregó Garrett.

La condujo por un camino y después de diez minutos tomó una carretera estrecha, cubierta de vegetación. Había una vieja caravana asentada en un claro. En la oscuridad Sachs no podía ver bien, pero parecía destartalada, se inclinaba a un costado, los neumáticos estaban desinflados y la hiedra y el musgo la cubrían.

—¿Es tuya?

—Bueno, nadie vive aquí desde hace años, de manera que creo que es mía. Tengo una llave pero está en casa. No tuve ocasión de buscarla —dio la vuelta por un costado y logró abrir una ventana, se izó y penetró por ella. Un instante después abrió la puerta.

Sachs entró. Garrett estaba revolviendo una alacena de la minúscula cocina. Encontró unas cerillas y prendió una lámpara de propano que dio una luz cálida y amarilla. Abrió otra alacena y escudriñó su contenido.

—Tenía unos Doritos pero los ratones se los comieron —sacó unas fiambreras y las miró—. Se los tragaron. Mierda. Pero tengo unos macarrones John Farmer. Son buenos. Los como todo el tiempo. Y unos guisantes también —empezó a abrir latas mientras Sachs examinaba el remolque. Unas pocas sillas, una mesa. En el dormitorio podía ver un colchón sucio. Había una gruesa estera y una almohada en el suelo de la sala. El remolque en sí irradiaba pobreza: puertas y herrajes rotos, agujeros de bala en los muros, ventanas rotas, una alfombra tan sucia que no había modo de limpiarla. En sus días de oficial patrullero en el NYPD había visto muchos lugares tan tristes como aquél, pero siempre desde el exterior; ahora ése era su hogar temporal.

Pensó en las palabras de Lucy esa mañana.

*Las reglas normales no se aplican a nadie al norte del Paquo. Es nosotros o ellos. Te puedes encontrar disparando antes de leerle a nadie sus derechos y estaría perfectamente bien.*

Recordó el tremendo estruendo de la escopeta, cuyos proyectiles iban dirigidos a ella o a Garrett.

El chico colgó trozos de tela grasienta en las ventanas para que nadie pudiera ver la luz de dentro. Salió un momento y luego regresó con una taza mohosa, llena presumiblemente, de agua de lluvia. Se la alcanzó. Ella sacudió la cabeza.

—Me siento como si hubiera bebido la mitad del Paquenoke.

—Esto es mejor.

—Seguro que lo es. Sin embargo no quiero.

Él bebió el contenido de la taza y luego revolvió la comida que se calentaba en la pequeña cocina de propano. En voz baja cantó una y otra vez una melodía escalofriante: «*Farmer John, Farmer John. Enjoy it fresh from Farmer John...*»*. No era nada más que una cancioncilla publicitaria pero a Sachs le sacaba de quicio, así que se alegró cuando dejó de cantarla.

Estaba a punto de rechazar la comida, pero se dio cuenta de repente de que tenía mucha hambre. Garrett vertió el contenido en dos cuencos y le entregó una cuchara. Ella escupió en el cubierto y lo secó en su camisa. Comieron durante unos minutos en silencio.

Sachs percibió un sonido afuera, un ruido chillón y agudo.

—¿Qué es eso? —preguntó—. ¿Cigarras?

—Sí —contestó el muchacho—. Son los machos los que hacen ese ruido. Sólo los machos. Hacen todo ese ruido con esas placas que tienen en el cuerpo —frunció el ceño y reflexionó un

* Granjero John, granjero John. Disfrútalo fresco del granjero John. *(N. de la T.)*

instante—. Viven una vida totalmente espeluznante... Las ninfas cavan el suelo y se quedan allí, digamos, veinte años antes de salir a la luz. Cuando aparecen se suben a un árbol. Su piel se rompe en el dorso y el adulto se libra de ella. Todos esos años en el suelo, escondiéndose, antes de salir y convertirse en adultos.

—¿Por qué te gustan tanto los insectos, Garrett? —preguntó Sachs.

Él vaciló.

—No lo sé. Me gustan.

—¿Nunca te preguntaste por qué?

Él dejó de comer. Se rascó una de las ronchas de la hiedra venenosa.

—Creo que mi interés por ellos despertó después de que mis padres murieron. Cuando eso sucedió me sentí muy desgraciado. Sentía que mi cabeza funcionaba raro. Estaba confundido y, no lo sé bien, me sentía diferente... Los psicólogos de la escuela dijeron que era porque mamá y papá y mi hermana murieron. Me dijeron que tenía que trabajar duro para superarlo. Pero yo no podía hacerlo. Me sentía como si no fuera una persona de verdad. No me importaba nada. Todo lo que hacía era quedarme acostado en la cama o ir al pantano o los bosques y leer. Durante un año fue todo lo que hice. Además, nunca veía a nadie. Estuve en varios hogares adoptivos... Pero luego leí algo estupendo. En ese libro de allí...

Abrió *The Miniature World* y encontró una página. Se la mostró. Había trazado un círculo alrededor de un pasaje llamado «Características de las Criaturas Vivientes Sanas». Sachs lo ojeó y leyó algunas de las entradas de una lista de ocho o nueve.

*Una criatura sana se empeña en crecer y desarrollarse.*
*Una criatura sana se empeña en sobrevivir.*
*Una criatura sana se empeña en adaptarse a su medio.*

Garrett dijo:

—Lo leí y fue como, guau, podría ser así. Podría ser sano y normal otra vez. Traté por todos los medios de seguir las reglas que establecía. Eso hizo que me sintiera mejor. De manera que me sentí cercano a ellos, a los insectos, quiero decir.

Un mosquito aterrizó en el brazo de Sachs. Ella se rió.

—Pero también te chupan la sangre —lo golpeó—. Le dí...

—A *ella* —la corrigió Garrett—. Son las hembras las que chupan sangre. Los machos beben néctar.

—¿De veras?

El chico asintió y luego se quedó quieto un instante. Miró la manchita de sangre en el brazo.

—Los insectos nunca se van.

—¿Qué quieres decir?

Garrett encontró otro pasaje en el libro y leyó en voz alta: «Si alguna criatura puede ser llamada inmortal es el insecto, que habitó la tierra millones de años antes de la aparición de los mamíferos y que estará aquí mucho después que la vida inteligente haya desaparecido». Garrett dejó el libro y la miró:

—Mira, la cosa es que si matas uno siempre hay más. Si mamá, papá y mi hermana fueran insectos y murieran, siempre habría algunos como ellos y no estaría solo.

—¿No tienes amigos?

Garrett se encogió de hombros.

—Mary Beth. Es la única, se podría decir.

—¿Realmente te gusta, verdad?

—Por completo. Me salvó de ese chico que me iba a hacer algo malo. Y, digamos que habla conmigo... —meditó un momento—. Creo que eso es lo que me gusta de ella. Habla conmigo. Estaba pensando que quizá dentro de unos años, cuando yo sea mayor, ella quiera salir conmigo. Podríamos hacer las cosas que hace la gente. Ya sabes, ir al cine, o a picnics. La observé una vez en un picnic. Estaba con su madre y unos amigos. Se divertían. Los observé durante, digamos, horas. Me senté debajo de una mata de acebo con un poco de agua y unos Doritos y fingí que estaba con ellos. ¿Fuiste a un picnic alguna vez?

—Sí, por supuesto.

—Yo iba mucho con mi familia. Quiero decir, con mi verdadera familia. Me gustaba. Mamá y Kaye ponían la mesa y cocinaban cosas en un pequeño grill. Papá y yo nos quitábamos los zapatos y las medias y nos parábamos en medio del agua a pescar. Recuerdo como era el barro del fondo y el agua fría.

Sachs se preguntó si aquella era la razón de que le gustaran tanto el agua y los insectos acuáticos.

—¿Y pensaste que tú y Mary Beth iríais a picnics?

—No lo sé. Quizá —luego sacudió la cabeza y esbozó una triste sonrisa—. Creo que no. Mary Beth es bonita e inteligente y tiene un montón de años más que yo. Terminará saliendo con alguien guapo y brillante. Pero quizá podamos ser amigos, ella y yo. Pero aun si no lo fuéramos, todo lo que me importa en el mundo es que esté bien. Se quedará conmigo hasta que esté a salvo. Tú o tu amigo, ese hombre en silla de ruedas de quien todos hablan, podéis ayudarla a ir a algún lugar en que esté a salvo —miró por la ventana y calló.

—¿A salvo del hombre del mono? —preguntó Sachs.

El chico tardó un instante antes de contestar, luego afirmó con la cabeza:

—Sí, es cierto.

—Voy a tomar un poco del agua que me ofreciste —dijo Sachs.

—Espera —dijo el chico. Cortó una hojas secas de una rama pequeña que reposaba sobre la encimera de la cocina, le pidió que se frotara los brazos, el cuello y las mejillas con ellas. Emanaban un fuerte olor a hierbas—. Es una planta de toronjil —explicó—. Ahuyenta los mosquitos. No tendrás que aplastarlos más.

Sachs tomó la taza. Salió, miró el barril con agua de lluvia. Estaba cubierto por una fina pantalla. La levantó, llenó la taza y bebió. El agua parecía dulce. Escuchó los ruidos de los insectos.

*Tú y ese hombre en silla de ruedas de quien todos hablan podéis ayudarla a ir a algún lugar en que esté a salvo.*

La frase resonaba en su cabeza: el hombre en silla de ruedas, el hombre en silla de ruedas...

Volvió al remolque. Dejó la taza. Miró la pequeña sala.

—¿Garrett, me harías un favor?

—Sí

—¿Confías en mí?

—Sí.

—Ven y siéntate aquí.

El chico la miró por un momento, luego se puso de pie y caminó hacia el viejo sillón que señalaba Sachs. Ella cruzó el minúsculo cuarto y tomó una de las sillas de paja que estaban en el rincón. La llevó donde se sentaba el muchacho y la puso sobre el suelo, frente a él.

—¿Garrett, recuerdas lo que el doctor Penny te dijo que hicieras, cuando estabas en la cárcel? ¿Con la silla vacía?

—¿Hablar con la silla? —preguntó Garrett, mirándola, inseguro—. Ese juego.

—Correcto. Quiero que lo juegues otra vez. ¿Lo harás?

El muchacho vaciló y se limpió las manos en las perneras de los pantalones. Durante un momento miró fijamente la silla. Por fin dijo:

—Sí.

# 31

Amelia Sachs recordaba el cuarto de interrogatorios y la sesión con el psicólogo.

Desde el lugar privilegiado en que se encontraba, Sachs había observado al muchacho con detenimiento, a través de la ventana del otro lado, que era un espejo. Recordó cómo el doctor trató de hacerle imaginar que Mary Beth estaba en la silla, pero si bien Garrett no quiso decir nada a la chica, pareció desear hablar con otra persona. Sachs había visto la expresión en la cara del joven, cuando el doctor lo desvió del camino que quería tomar: denotaba ansia, decepción y también cólera.

Oh, Rhyme, comprendo que te gusten las evidencias duras y frías. Que no podamos depender de esas «cosas blandas», palabras, expresiones y lágrimas, de la vivacidad de los ojos de quien escuchamos historias cuando estamos sentados enfrente a él..., pero eso no significa que esas historias sean *siempre* falsas. Creo que hay más en el caso de Garrett Hanlon de lo que la evidencia nos muestra.

—Mira la silla —le dijo—. ¿Quién quieres imaginarte sentado allí?

Él sacudió la cabeza.

—No lo sé.

Sachs acercó la silla. Le sonrió para alentarlo.

—Dime. Todo está bien. ¿Una chica? ¿Alguien de la escuela?

Garrett sacudió de nuevo la cabeza.

—Dime…

—Bueno, no lo sé. Quizá… —después de una pausa, exclamó—: Quizá mi padre.

Enfadada, Sachs recordó los ojos fríos y malévolos modos de Hal Babbage. Supuso que Garrett tendría mucho que decirle.

—¿Sólo tu padre? ¿O la señora Babbage también?

—No, no, él no. Quiero decir, mi verdadero padre.

—¿Tu verdadero padre?

Garrett asintió. Estaba agitado, nervioso. Hacía sonar las uñas con frecuencia.

*Las antenas de los insectos manifiestan sus estados de ánimo…*

Al mirar su rostro, Sachs se dio cuenta con preocupación de que no tenía idea de lo que estaba haciendo. Los psicólogos utilizaban todo tipo de métodos para levantar las defensas de sus pacientes, para guiarlos, protegerlos cuando practicaban algún tipo de terapia. ¿Existía alguna posibilidad de que lo que iba a hacer empeorara el estado de Garrett? ¿Que lo empujara a traspasar una línea de manera que realmente hiciera algo violento, se lastimara o lastimara a otra persona? Sin embargo, iba a probar. El apodo de Amelia en el Departamento de Policía de Nueva York era P. D., que significaba «la hija del patrullero», o sea la hija de un policía de calle, y, a todas luces, salió a su padre: afición por los coches, amor por el trabajo policial, impaciencia con las tonterías y, en especial, talento para aplicar la psicología necesaria para su tarea. Lincoln Rhyme la denigraba por ser una «policía popular» y le advirtió que esa actitud la llevaría a la ruina. Él alababa su talento como criminalista y, si bien ella era una científica forense con mucho talento, en el fondo del corazón era igual que su padre; para Amelia Sachs el mejor tipo de evidencia era la que se encontraba en el corazón humano.

Los ojos de Garrett se desviaron hacia la ventana, donde los insectos golpeaban contra la pantalla herrumbrosa como si quisieran suicidarse.

—¿Cuál era el nombre de tu padre?

—Stuart. Stu.

—¿Cómo lo llamabas?

—La mayoría de las veces «papá». A veces «señor». —Garrett sonrió con tristeza—. Eso era cuando había hecho algo malo y pensaba que sería mejor portarme bien.

—¿Os llevábais bien?

—Mejor que la mayoría de mis amigos con sus padres. A ellos a veces los castigaban con azotes y los padres siempre estaban gritándoles: «Por qué perdiste ese tanto…?» «¿Por qué está tan desordenado tu cuarto…?» «¿Por qué no hiciste las tareas para la escuela…?» Pero papá era bueno conmigo. Hasta… —su voz se apagó.

—Sigue.

—No sé. —Se encogió de hombros.

Sachs insistió.

—¿Hasta qué, Garrett?

Silencio

—Dilo.

—No quiero decírtelo. Es estúpido.

—Bueno, no me lo digas a *mí*. Díselo a *él*, a tu padre —señaló la silla con la cabeza—. Aquí está tu padre, justo frente a ti. Imagínalo —el chico se inclinó hacia delante, mirando la silla casi con miedo—. Stu Hanlon está sentado aquí. Háblale.

Por un instante apareció una mirada de tanta añoranza en los ojos de Garrett que a Sachs le dieron ganas de llorar. Sabía que estaban cerca de algo importante y temía que él se echara atrás.

—Háblale de él —le dijo, cambiando levemente el rumbo—. Cuéntame cómo era. Lo que vestía.

Después de una pausa el muchacho continuó:

—Era alto y bastante delgado. Tenía el pelo oscuro y siempre se le quedaba de punta después de cortárselo. Se tenía que poner gomina para mantenerlo peinado dos días después del corte. Siempre usaba ropas bastante buenas. Ni siquiera tenía vaqueros, creo. Siempre usaba camisas con cuello. Y pantalones con los bajos vueltos —Sachs recordó que en el momento de examinar su cuarto había notado que Garrett no tenía vaqueros, sino pantalones con los bajos vueltos. Una leve sonrisa iluminó el rostro de Garrett—. Solía dejar caer una moneda por el costado de los pantalones y trataba de que cayera en los bajos. Si lo lograba, la moneda era para mi hermana o para mí. Era una especie de juego que teníamos entre los tres. En Navidad traía a casa dólares de plata y los deslizaba por los pantalones hasta que los cogíamos.

Los dólares de plata del bote de avispas, recordó Sachs.

—¿Tenía alguna afición? ¿Los deportes?

—Le gustaba leer. Nos llevaba mucho a las librerías y nos leía, mucha historia; libros de viajes y cosas sobre la naturaleza. Oh, también pescaba. Casi todos los fines de semana.

—Bueno, imagina que está sentado aquí en la silla vacía, y tiene puestos sus pantalones y su camisa. Está leyendo un libro. ¿De acuerdo...?

—Creo que sí.

—Deja a un lado el libro...

—No, primero marcaría la página por donde iba. Tenía una tonelada de señaladores. Casi los coleccionaba. Mi hermana y yo le regalamos uno en la Navidad antes del accidente.

—Bien, señala el lugar y deja a un lado el libro. Te está mirando. Ahora tienes la ocasión de decirle algo. ¿Qué dirías?

Garrett se encogió de hombros, sacudió la cabeza. Miró nerviosamente por el oscuro remolque.

Pero Sachs no iba a soltar su presa.

*Tiempo de esfuerzos…*

Le dijo:

—Pensemos en algo concreto que te gustaría hablar con él. Un incidente. Algo que te preocupa. ¿Había algo así?

*Pero papa era bueno conmigo. Hasta…*

El chico apretaba las manos, se las frotaba, hacía sonar las uñas.

—Díselo, Garrett.

—Bien, creo que hubo algo.

—¿Qué?

—Bueno, esa noche… la noche que murieron.

Sachs sintió un leve escalofrío. Supo que se adentraban en un tema muy difícil. Pensó por un momento en echarse atrás. Pero no estaba en su naturaleza el achantarse y no lo hizo.

—¿Qué pasó esa noche? ¿Quieres hablar con tu padre acerca de algo que sucedió?

Al chico asintió.

—Mira, estaban en el coche. Iban a cenar. Era un miércoles. Todos los miércoles íbamos a Bennigan's. Me gustan los palitos de pollo. Comería los palitos de pollo, patatas fritas y bebería una Coca-cola. Mi hermana Kaye pediría aros de cebolla y dividiríamos las patatas fritas y los aros. A veces hacíamos dibujos en un plato vacío con la botella de ketchup.

Su rostro estaba pálido y tenso. Sachs pudo observar en él muchísima pena. Trató de controlar sus propias emociones.

—¿Qué recuerdas de esa noche?

—Sucedió fuera de la casa, en el sendero. Estaban en el coche, mamá y papá y mi hermana. Se iban a cenar… y —tragó— sea por lo que fuere se iban sin mí.

—¿Sin ti?

Garrett asintió.

—Yo había llegado tarde. Había estado en los bosques de Blackwater Landing y perdí la noción del tiempo. Corrí algo así como media milla. Pero mi padre no me dejó entrar. Debía de estar furioso porque llegaba tarde. Yo quería entrar desesperadamente. Hacía mucho frío. Recuerdo que estaba temblando y ellos también. Hacia tanto frío que había escarcha en las ventanillas. Pero no me dejaban entrar.

—Quizá tu padre no te vio. A causa de la escarcha.

—No, me vio. Estaba justo del lado del coche donde estaba mi padre. Yo golpeaba la ventanilla y él me miró, pero no abrió la puerta. Se limitó a fruncir el ceño y gritarme. Yo seguía pensando: está furioso conmigo y tengo frío y no voy a comer mis palitos de pollo ni mis patatas fritas. No voy a cenar con mi familia —las lágrimas rodaron por sus mejillas.

Sachs quiso poner un brazo alrededor de los hombros del muchacho pero se quedó donde estaba.

—Continúa —señaló la silla con la cabeza—. Habla con tu padre. ¿Qué quieres decirle?

Garrett la miró pero ella señaló la silla. Finalmente él se volvió hacia el mueble.

—¡Hace tanto frío! —dijo, jadeando—. Hace frío y quiero entrar en el coche. ¿Por qué no me deja hacerlo?

—No. Pregúntaselo a *él*. Imagina que está aquí.

Sachs estaba pensando que aquella era la misma forma en que Rhyme le obligaba a imaginar como actuaba el criminal en las escenas de crimen. Resultaba algo totalmente mortificante. Sentía el temor del chico con absoluta claridad. Sin embargo, no cejó.

—Dile… dile a tu padre.

Garrett miró la silla, nervioso. Se inclinó hacia delante.

—Yo…

Sachs murmuró:

—Continúa, Garrett. Todo está bien. No dejaré que te pase nada. Díselo.

—¡Yo sólo quería ir a Bennigan's con vosotros! —dijo, sollozando—. Eso es todo. Digamos, para cenar, todos juntos. Sólo quería ir con vosotros. ¿Por qué no me dejaste entrar en el coche? Me viste llegar y cerraste la puerta. ¡No llegué *tan* tarde! —Garrett se iba enfadando cada vez más—. ¡Me dejaste afuera al poner el seguro! Estabas furioso conmigo y no era justo. Lo que hice, llegar tarde… no era *tan* malo. Debo de haber hecho algo más para que te enfadaras tanto. ¿Qué? ¿Por qué no querías que fuera con vosotros? Dime qué hice —se ahogó—. Vuelve y dímelo. ¡Vuelve! ¡Quiero saberlo! ¿Qué hice? ¡Dime, dime, dime!

Sollozando, sc lcvantó dc un salto dando una fuerte patada a la silla, que voló por el cuarto y cayó de costado. Garrett cogió la silla y gritando con furia, la rompió contra el suelo del remolque. Sachs retrocedió y parpadeó conmocionada por la cólera que había desatado. El chico aplastó la silla una docena de veces contra el suelo hasta que no fue más que una masa informe de madera y mimbre. Al final, Garrett cayó al suelo, rodeándose con sus brazos. Sachs se levantó y lo abrazó mientras él sollozaba y temblaba.

Después de cinco minutos dejó de llorar. Se puso de pie y enjugó el rostro con la manga.

—Garrett —comenzó Sachs en un susurro.

Pero el chico sacudió la cabeza.

—Me voy afuera —dijo. Seguidamente se levantó y empujó la puerta.

Ella se quedó unos instantes sentada sin saber qué hacer. Estaba completamente exhausta pero no se acostó en la estera que el chico le había dejado ni trató de dormir. Apagó la lámpara y quitó el trapo de la ventana, luego se sentó en el desvencijado sillón. Se inclinó hacia delante, oliendo el aroma picante del toronjil y observó la silueta encorvada del muchacho, sentado sobre el tocón de un roble mientras miraba fijamente las móviles constelaciones de bichitos de luz que llenaban el bosque a su alrededor.

# 32

Lincoln Rhyme murmuró:

—No lo creo.

Acababa de hablar con una furiosa Lucy Kerr, quien le informó que Sachs había disparado varias veces contra un policía bajo el puente Hobeth.

—No lo creo —repitió en un susurro a Thom.

El ayudante era un maestro en manejar cuerpos deshechos y espíritus quebrantados a causa de ello. Pero este era un asunto diferente, mucho peor, y todo lo que podía hacer era comentar:

—Se trata de una confusión. La han tomado por otra persona. Amelia no haría algo así.

—No lo *haría* —murmuró Rhyme. Esta vez dirigía su desmentido a Ben—. De *ninguna* manera. Ni siquiera para ahuyentarlos —se dijo que nunca dispararía contra un compañero, ni en el caso de tener que huir. Sin embargo, también pensaba en lo que hace la gente desesperada. Los demenciales riesgos que corre. (Oh, Sachs, ¿por qué tienes que ser tan impulsiva y terca? ¿Por qué tienes que parecerte tanto a mí?)

Bell estaba en la oficina frente al vestíbulo. Rhyme podía escuchar que murmuraba palabras tiernas en el teléfono. Supuso que la mujer del sheriff y su familia no estaban acostumbrados a aquellas ausencias nocturnas; la labor policial en una ciudad como Tanner's Corner probablemente no exigía tantas horas como el caso de Garrett Hanlon.

Ben Kerr estaba sentado al lado de uno de los microscopios, con los enormes brazos cruzados sobre el pecho. Miraba el mapa. A diferencia del sheriff, no había llamado a su casa y Rhyme se preguntó si tendría mujer o novia, o si la vida de aquel hombre tímido estaba totalmente dedicada a la ciencia y los misterios del océano.

El sheriff colgó. Volvió al laboratorio.

—¿Tienes más ideas, Lincoln?

Rhyme señaló con la cabeza el diagrama de evidencias.

ENCONTRADO EN LA ESCENA SECUNDARIA DEL CRIMEN
EL MOLINO

Pintura marrón en los pantalones
Drosera
Arcilla
Musgo de turba — Zumo de frutas
Fibras de papel
Cebo de bolas malolientes
Azúcar
Canfeno
Alcohol
Queroseno
Levadura

Repitió lo que sabían de la casa donde estaba oculta Mary Beth.

—Hay un estanque camino de la casa o cerca de ella. La mitad de los pasajes marcados en sus libros de insectos trata de camuflaje y la pintura marrón de los pantalones es del color de la corteza de los árboles, de manera que el lugar está dentro de un bosque o en sus proximidades. Las lámparas de canfeno datan del siglo XIX, así que el lugar es antiguo, probablemente de la época victoriana. Pero el resto de las pistas no ayuda mucho. La levadura sería del molino. Las fibras de papel pueden provenir de cualquier parte. ¿El zumo de frutas y el azúcar? De la comida o las bebidas que Garrett tenía con él. Sólo que no puedo...

Sonó el teléfono.

El dedo anular izquierdo de Rhyme se crispó sobre el ECU y el criminalista contestó la llamada.

—Hola —dijo al altavoz.

—Lincoln.

Reconoció la voz suave y cansada de Mel Cooper.

—¿Qué tienes, Mel? Necesito buenas noticias.

—Espero que sean buenas. Investigamos la llave que encontraron. Estuvimos consultando libros y bases de datos toda la noche. Finalmente descubrimos de dónde es.

¿De dónde?

—Es de un remolque construido por la McPherson Deluxe Mobile Home Company. Los remolques de este tipo se construyeron desde 1946 hasta principios de los setenta. La empresa ya no existe pero según los catálogos, el número de serie de la llave que tienes se ajusta a un remolque de 1969.

—¿Alguna descripción?

—No hay imágenes en el catálogo.

—Demonios. Dime, ¿se puede vivir en esas cosas en un parque específico? ¿O se pueden conducir como si fuera un Winnebago?

—Vive en ellas, me imagino. Miden dos metros y medio por seis. No es la clase de vivienda en la que harías un viaje. De todas maneras, no tiene motor. Hay que remolcarla.

—Gracias, Mel. Duerme un poco.

Rhyme colgó el teléfono.

—¿Qué piensas, Jim? ¿Hay algún parque para caravanas por aquí?

El sheriff parecía dudar.

—Hay un par a lo largo de la ruta 17 y 158. Pero no se hallan cerca del lugar a donde se dirigían Garrett y Amelia. Y están llenos. Es difícil ocultarse en un lugar así. ¿Debo mandar a alguien para que controle?

—¿A qué distancia están?

—Once o doce kilómetros.

—No. Garrett probablemente encontró un remolque abandonado en algún lugar de los bosques y se lo apropió —Rhyme miró el mapa. Pensó: «Y está aparcado en algún lugar en cien millas cuadradas de territorio selvático».

También se preguntó si se habría librado el muchacho de las esposas. ¿Tenía el revólver de Sachs? En aquellos momentos, la chica estaría durmiendo, con la guardia baja y Garrett esperaría el instante en que estuviera inconsciente. Se levantaría, se acercaría agazapado con una roca o un nido de avispas…

Con la ansiedad carcomiéndolo, extendió la cabeza hacia atrás y sintió el ruido de un hueso. Se paralizó, preocupado por las atroces contracturas que ocasionalmente torturaban los músculos que todavía estaban conectados a los nervios sanos. Parecía por completo injusto que el mismo trauma que dejaba paralizada la mayor parte de su cuerpo también sometiera a la parte sensible a unos temblores de agonía.

Esta vez no hubo dolor, pero Thom notó la alarma en el rostro de su jefe.

El ayudante dijo:

—Lincoln, ya está bien… Te tomo la tensión y te vas a la cama. Sin discusión.

—Está bien, Thom. Está bien. Sólo tengo que hacer una llamada telefónica antes.

—Mira la hora que es… ¿Quién puede estar despierto?

—No es cuestión de quién puede estar despierto ahora —dijo Rhyme con cansancio—. Es cuestión de quién está a punto de estarlo.

Medianoche, en el pantano.

Los sonidos de los insectos. Las sombras veloces de los murciélagos. Una lechuza o dos. La luz helada de la luna.

Lucy y los demás policías marcharon siete kilómetros hasta la ruta 30, donde les esperaba una caravana. Bell hizo uso de su influencia y «requisó» el vehículo de «Winnebagos Fred Fisher». Steve Farr lo había conducido hasta allí para encontrarse con la patrulla y proporcionarles un lugar para pasar la noche.

Entraron a la minúscula vivienda. Jesse, Trey y Ned comieron con apetito los bocadillos de ternera que Farr les trajo. Lucy bebió una botella de agua y dejó la comida. Farr y Bell, Dios los bendiga, también habían encontrado uniformes limpios para los exploradores.

Lucy llamó y contó a Jim Bell que habían seguido las huellas de los dos fugitivos hasta una casa de veraneo con techo a dos aguas, en la que habían entrado.

—Parece que estuvieron mirando la tele, por increíble que parezca.

Pero estaba demasiado oscuro para seguir las huellas desde allí y decidieron esperar hasta el alba para seguir con la búsqueda.

Lucy cogió ropas limpias y entró al aseo. En la pequeña ducha dejó que el débil chorro de agua cayera por su cuerpo. Se empezó a lavar el pelo, la cara y el cuello y luego, como siempre, sus manos tantearon el pecho liso, percibieron los bordes de las cicatrices y se hicieron más firmes al dirigirse al abdomen y muslos.

Se preguntó otra vez por qué sentía tanta aversión a la silicona o a la cirugía reconstructiva con la que según le explicó el doctor, sacando tejido adiposo de sus muslos o nalgas se podían rehacer los pechos. Hasta los pezones se podían reconstruir, o se los podía tatuar.

Porque era falsa, se contestó. Porque no era real.

Y entonces, ¿por qué preocuparse?

Pero entonces, Lucy pensó: Mira a ese Lincoln Rhyme. Es sólo un hombre a medias. Sus piernas y sus brazos son falsos, una silla de ruedas y un ayudante. Pensar en él le hizo recordar a Amelia y la cólera la invadió una vez más. Dejó a un lado sus cavilaciones, se secó y se puso una camiseta, mientras recordaba distraída el cajón de sostenes que guardaba en la cómoda del cuarto de huéspedes de su casa, y que tenía intención de tirar desde hacía dos años, aunque, por alguna razón, nunca lo había hecho. Después se vistió con la blusa y los pantalones del uniforme. Salió del aseo. Jesse estaba hablando por teléfono.

—¿Novedades?

—No —dijo—. Todavía están trabajando con las evidencias, Jim y el señor Rhyme.

Lucy rechazó con un movimiento de cabeza la comida que Jesse le ofrecía, luego se sentó a la mesa y sacó el revólver de servicio de la funda.

—Steve —llamó a Farr.

El joven de pelo bien cortado dejó de leer el periódico y la miró con una ceja levantada.

—¿Me trajiste lo que te pedí?

—Oh, sí. —Abrió la guantera y le entregó una caja amarilla y verde de balas Remington. Lucy retiró los cartuchos de punta redonda de su pistola y los reemplazó por las balas nuevas, de punta hueca, con mucho más poder de penetración y de causar daño en los tejidos blandos cuando alcanzan un ser humano.

Jesse Corn la observó con detenimiento pero pasó un instante hasta que habló, como ella sabría que haría.

—Amelia no es peligrosa —dijo en voz baja, pues las palabras iban dirigidas sólo a Lucy.

Ella dejó el arma sobre la mesa y lo miró a los ojos.

—Jesse, todos dijeron que Mary Beth estaba cerca del océano y resulta que está en la dirección opuesta. Todos decían que Garrett era sólo un chico estúpido, pero es listo como una víbora y nos engañó media docena de veces. No sabemos *nada* de nada. Quizá Garrett tenga un depósito de armas en algún lugar y algún que otro plan para eliminarnos cuando caigamos en su trampa.

—Pero Amelia está con él. No dejará que suceda.

—Amelia es una maldita traidora y no podemos fiarnos de ella ni una pizca. Escucha, Jesse, te vi esa mirada en la cara cuando te diste cuenta de que no estaba bajo el bote. Sentías alivio. Sé que te gusta y que esperas gustarle a ella... No, no, déjame terminar. Ella sacó por la fuerza a un asesino de la cárcel y si tú hubieras estado allá en el río en el lugar de Ned, Amelia te hubiera disparado lo mismo.

Jesse comenzó a protestar, pero la mirada helada de sus ojos lo hizo callarse.

—Es fácil enamorarse de alguien como ella —continuó Lucy—. Es guapa y viene de otro lugar, un lugar exótico... pero no entiende la vida de este pueblo y no comprende a Garrett. Tú lo conoces, es un muchacho enfermo y sólo por un golpe de suerte no está condenado a cadena perpetua.

—*Sé* que Garrett es peligroso. No te lo discuto. Es en Amelia en quien pienso...

—Bueno, *yo* pienso en nosotros y en toda la gente de Blackwater Landing. El chico podría estar planeando matar mañana o la próxima semana o el próximo año si se nos escapa. Cosa que podría conseguir gracias a Amelia. Ahora necesito saber si puedo contar contigo. Si no, te puedes ir a casa y haré que Jim envíe a otra persona en tu lugar.

Jesse miró la caja de proyectiles y luego a Lucy.

—Puedes contar conmigo, Lucy. De verdad.

—Bien. Espero que lo digas en serio. Porque con las primeras luces seguiré su rastro y los traeré de vuelta. Espero que vivos, pero, te lo advierto, eso es secundario.

Mary Beth McConnell estaba sentada sola en la cabaña, exhausta pero con miedo a dormirse.

Escuchaba ruidos por todas partes.

Había dejado el canapé. Temía que si se quedaba allí se tumbaría y se quedaría dormida y luego se despertaría para encontrar al Misionero y a Tom mirándola por la ventana, listos para entrar. De manera que se hallaba sentada en el borde de una silla del comedor, que era tan cómoda como un ladrillo.

Ruidos...

En el techo, en el porche, en los bosques...

No sabía qué hora era. Hasta tenía miedo de encender la débil lucecilla de su reloj pulsera para mirar el cuadrante, con el loco temor de que la luz de alguna manera atrajera a sus atacantes.

Exhausta. Demasiado cansada como para preguntarse otra vez por qué le había pasado aquello a ella y qué podría haber hecho para prevenirlo.

*Ninguna obra buena queda sin castigo...*

Miró hacia el campo que estaba frente a la cabaña, ahora por completo en la oscuridad. La ventana era como un marco alrededor de su destino: ¿a quién mostraría acercándose por el campo? ¿A sus asesinos o a los que la rescatarían?

Escuchó.

¿Qué era ese ruido: una rama rozando la corteza? ¿O el chasquido de una cerilla?

¿Qué era ese punto de luz en el bosque: una luciérnaga o el fuego de un campamento?

Ese movimiento: ¿un ciervo impulsado a correr por el olor de un lince o el Misionero y su amigo sentados alrededor del fuego, para beber cerveza y comer y luego deslizarse por el bosque para venir a buscarla y satisfacer sus cuerpos de otra forma?

Mary Beth McConnell no lo podía distinguir. Aquella noche, como en tantos momentos de la vida, sólo se sentía llena de dudas.

Encuentras restos de colonos muertos hace siglos y te preguntas si tu teoría es errónea.

Tu padre muere de cáncer, una muerte larga y desgastante que los médicos dicen que es inevitable pero tú piensas: a lo mejor no era así.

Dos hombres están allá afuera en los bosques, planeando violarte y matarte.

Pero quizá no.

Quizá hayan abandonado sus planes. Quizá estén demasiado embriagados. O atemorizados por las consecuencias, en la creencia de que sus obesas mujeres o sus manos callosas son más seguras que lo que habían planeado para ella.

*Con los miembros extendidos en tu casa…*

Un agudo chasquido llenó la noche. Saltó ante el sonido. Un disparo. Parecía venir de donde había visto el fuego. Un momento después hubo un segundo disparo. Más cerca.

Respiró con dificultad por el miedo y cogió el garrote. Incapaz de mirar por la ventana, incapaz de no hacerlo. Aterrorizada al pensar que vería la cara pastosa de Tom aparecer lentamente en la ventana, sonriendo. *Volveremos.*

Se levantó viento y dobló los árboles, los matorrales, el pasto.

Creyó que oía la risa de un hombre, cuyo sonido se perdió enseguida en el viento apagado, como el llamado de uno de los espíritus Manitú de los Weapemeocs.

Creyó escuchar a un hombre gritar:

—Prepárate, prepárate…

Pero quizá no era así.

—¿Escuchaste esos disparos? —preguntó Rich Culbeau a Harris Tomel.

Estaban sentados alrededor de un fuego que se extinguía. Se sentían intranquilos y ni la mitad de borrachos que hubieran estado si se tratara de una excursión normal de caza, ni la mitad de borrachos que hubieran querido estar. El licor ilegal no hacía efecto.

—Pistola —dijo Tomel—. De gran calibre. Diez milímetros o una 44, 45. Automática.

—Tonterías —le increpó Culbeau—. No puedes saber si es automática o no.

—Puedo —peroró Tomel—. Un revólver suena más fuerte, a causa de la brecha entre el tambor y el cañón. Lógico…

—Tonterías —repitió Culbeau. Luego preguntó—: ¿A qué distancia?

—Aire húmedo. Es de noche… calculo que a seis o siete kilómetros.

Tomel suspiró:

—Quiero que esto termine. Estoy harto.

—Te comprendo —dijo Culbeau—. Era más fácil en Tanner's Corner, ahora se está complicando.

—Malditos bichos —dijo Tomel, aplastando un mosquito.

—¿Por qué crees que alguien está disparando a estas horas de la noche? Casi es la una...

—Un mapache en la basura, un oso negro en una tienda, un hombre que se tira la mujer de otro.

Culbeau asintió.

—Mira, Sean se ha dormido. Ese hombre puede dormir a cualquier hora, en cualquier lugar —desparramó las ascuas para apagarlas.

—Está medicándose.

—¿Ah, sí? No lo sabía.

—Esa es la razón por la que se duerme a cualquier hora en cualquier lugar. Se porta de una forma extraña, ¿no crees? —preguntó Tomel, mirando al hombre delgado como si fuera una víbora echando una siesta.

—Me gustaba más cuando era impredecible. Ahora que está tan serio mete miedo. Coge el arma como si fuera su polla y todo.

—Tienes razón en eso —murmuró Tomel, luego miró durante unos minutos el sombrío bosque. Suspiró y dijo—: Eh, ¿tienes el antimosquitos? Me están comiendo vivo... Ya que estás, alcánzame también la botella de licor.

* * *

Amelia Sachs abrió los ojos cuando sonó el disparo de pistola.

Miró al dormitorio de la caravana, donde Garrett dormía sobre el colchón. No había oído el ruido.

Otro disparo.

«¿Por qué alguien está disparando tan tarde?», se preguntó.

Los disparos le recordaron el incidente en el río, Lucy y los otros disparando contra el bote debajo del cual pensaban que estaban Garrett y ella. Se imaginó los chorros de agua causados por los terribles impactos.

Prestó atención pero no escuchó más disparos. No oyó otra cosa más que el viento. Y las cigarras, por supuesto.

*Viven una vida totalmente espeluznante... Las ninfas cavan el suelo y se quedan allí, digamos, veinte años antes de salir a la luz... Todos esos años en el suelo, escondiéndose, antes de salir y convertirse en adultos.*

Su mente se vio otra vez ocupada por lo que había estado considerando antes de que los disparos interrumpieran sus pensamientos.

Amelia Sachs había estado pensando en una silla vacía.

No en la técnica terapéutica del doctor Penny, o en lo que Garrett le había contado de su padre y aquella noche terrible de cinco años atrás. No, estaba pensando en una silla diferente, la silla de ruedas roja Storm Arrow de Lincoln Rhyme.

Aquello era lo que, en definitiva, les había llevado a Carolina del Norte. Rhyme ponía en riesgo todo, su vida, lo que le quedaba de salud, la vida de ambos, con el propósito de llegar a salir de esa silla. De dejarla atrás, vacía.

Acostada en aquel asqueroso remolque, hecha una delincuente, afrontando sola su propio tiempo de esfuerzos, Amelia Sachs por fin admitió para sí misma lo que la había perturbado tanto de la insistencia de Rhyme en la operación. Naturalmente, se encontraba angustiada por la posibilidad de que muriese durante la misma. O de que quedase peor que antes. O de que no diera resultado y Rhyme se hundiera en una depresión.

Pero esos no eran sus temores principales. No eran la razón por la que había hecho todo lo que había podido para evitar que se operara. No, no. Lo que más le asustaba era que la operación tuviera éxito.

Oh, Rhyme, ¿no lo comprendes? No quiero que cambies. Te amo como eres. Si fueras como todo el mundo, ¿qué pasaría con nosotros?

Dices: «Siempre estaremos tú y yo, Sachs». Pero el tú y el yo se basa en lo que somos ahora. Yo y mis malditas uñas y mi impulsiva necesidad de moverme, moverme, moverme... Tú y tu cuerpo dañado, tu brillante mente funcionando con más velocidad y a mayor distancia de lo que yo podría andar con mi Camaro, preparado y despojado de todo lo superfluo.

Esa mente tuya que me atrapa con más fuerza que el amante más apasionado.

¿Y si volvieras a la normalidad? Cuando tengas tus propios brazos y piernas, Rhyme, ¿entonces para qué me querrías? ¿Por qué me necesitarías? Me convertiré en una policía de calle más con cierto talento para la ciencia forense. Encontrarás a otra de las traicioneras mujeres que en el pasado descarrilaron tu vida, otra esposa egoísta, otra amante casada, y te irás de mi vida de la misma forma en que el marido de Lucy Kerr la abandonó después de la cirugía.

Te quiero como eres...

Se estremeció al pensar cuán tremendamente egoísta era aquel deseo. Sin embargo, no lo podía negar.

¡*Quédate* en tu silla, Rhyme! No la quiero vacía... Quiero pasar mi vida contigo, una vida como la que hemos tenido siempre. Quiero hijos contigo, hijos que crecerán para saber exactamente cómo eres.

Amelia Sachs descubrió que estaba mirando el techo negro. Cerró los ojos. Pero pasó una hora antes que el sonido del viento y las cigarras, con sus élitros sonando como monótonos violines, la indujeran finalmente al sueño.

# 33

Sachs se despertó justo después de la aurora a causa de un zumbido, que en su sueño era provocado por plácidas cigarras, pero que en realidad era la alarma de su reloj Casio. La apagó.

Le dolía todo el cuerpo, la respuesta de la artritis por haber dormido sobre una fina estera en el suelo de metal remachado.

Pero se sentía extrañamente optimista. Tomó como un buen presagio que los primeros rayos del sol atravesaran las ventanas del remolque. Aquel día iban a encontrar a Mary Beth McConnell y volverían con ella a Tanner's Corner. La chica confirmaría la historia de Garrett y Jim Bell y Lucy Kerr comenzarían a buscar al verdadero asesino, el hombre del mono castaño.

Observó cómo despertaba Garrett en el dormitorio y se erguía sobre el apelmazado colchón. Con sus largos dedos se peinó el desordenado cabello. Se parece a cualquier otro adolescente por las mañanas, pensó Amelia. Larguirucho, listo y adormilado. Preparado para vestirse, tomar el autobús para la escuela y ver a sus amigos, para aprender cosas en clase, para tontear con las chicas, para jugar a la pelota. Al observarlo buscar a tientas la camisa, percibió su estructura huesuda y vio la necesidad de proporcionarle buena comida, cereales, leche, frutas, lavar su ropa y asegurarse de que tomara una ducha. Esto, pensó, es lo que significa tener hijos propios. No pedir prestados a los amigos niños por algunas horas, como su ahijada, la niña de Amy. Sino estar allí todos los días cuando se despiertan, en sus desordenados cuartos y enfrentar sus difíciles actitudes adolescentes, prepararles la comida, comprarles ropa, discutir con ellos, cuidarlos. Ser el norte de sus vidas.

—Buenos días —Sachs sonrió.

El chico le devolvió la sonrisa.

—Tenemos que irnos —dijo—. Debemos llegar a donde está Mary Beth. Ha estado sola mucho tiempo. Debe sentirse muy asustada y sedienta.

Sachs se puso de pie torpemente.

Garrett se miró el pecho, con las manchas de la hiedra venenosa, y pareció avergonzado. Se puso la camisa con rapidez.

—Salgo afuera. Tengo que ocuparme de algunas cosas, ya sabes. Dejaré un par de nidos de avispas vacíos en los alrededores. Puede retrasarlos un poco, si vienen por aquí —salió pero regresó un instante después. Dejó una taza de agua en la mesa que estaba al lado de Sachs—. Es para ti —Salió de nuevo.

Sachs la bebió. Añoró un cepillo de dientes y tiempo para una ducha. Quizá cuando llegaran a…

—¡Es *él*! —dijo la voz de un hombre en un susurro.

Sachs quedó paralizada y miró por la ventana. No vio nada. Pero de un grupo de arbustos altos cercano al remolque el forzado susurro continuó:

—Lo tengo en la mira. Tengo un blanco perfecto.

La voz le resultó familiar y decidió que sonaba como la del amigo de Culbeau, Sean O'Sarian. El flacucho. El trío de bribones los había encontrado, iban a matar al chico o a torturarlo para que dijera donde estaba Mary Beth con el propósito de cobrar la recompensa.

Garrett no había oído la voz. Sachs lo podía ver, estaba a diez metros, poniendo un nido de avispas en el sendero. Escuchó pisadas en los arbustos, que se acercaban hacia el claro donde estaba el chico.

Sachs cogió el Smith & Wesson y salió en silencio fuera del remolque. Se agachó e hizo desesperadas señas a Garrett. Él no la vio.

Las pisadas de los arbustos se acercaron.

—Garrett —murmuró.

El muchacho se dio vuelta y vio a Sachs que le hacía señas para que se acercara. Frunció el ceño al ver la urgencia en los ojos de ella. Luego dirigió la mirada a su izquierda, a los arbustos. Sachs vio el terror pintado en su rostro. El chico extendió los brazos en un gesto defensivo. Gritó:

—¡No me hagas daño, no me hagas daño, no me hagas daño!

Sachs se puso de cuclillas, rodeó con su dedo el gatillo, martilló la pistola y apuntó hacia los arbustos.

Todo sucedió muy rápido…

Garrett se tiró al suelo, asustado, y gritó:

—¡No, no!

Amelia levantó el arma, adoptó la postura de combate con ambas manos en el revólver, con el gatillo preparado y esperando que se presentase el blanco…

El hombre saltó de los arbustos hacia el claro, con su arma levantada contra Garrett…

En ese momento el policía Ned Spoto daba la vuelta a la esquina del remolque y aparecía al lado de Sachs, parpadeaba con sorpresa y saltaba hacia ella, con los brazos extendidos. Asustada, Sachs trastabilló tratando de alejarse de él. Su arma se disparó y la golpeó fuerte en la mano.

A diez metros, más allá de la leve nube de humo de la boca del arma, Sachs vio que la bala de su revólver alcanzó la sien del hombre que había estado en los arbustos, no Sean O'Sarian sino Jesse Corn. Un punto negro apareció sobre un ojo del joven policía y cuando su cabeza saltó hacia atrás, una horrible nube rosada surgió en su entorno. Sin un ruido cayó al suelo.

Sachs jadeó, mirando el cuerpo, que se contrajo dos veces y luego quedó completamente inmóvil. Sintió que le faltaba el aire. Cayó de rodillas y el arma se le escapó de las manos.

—Oh, Jesús —murmuró Ned, conmocionado, también mirando el cuerpo. Antes de que el policía pudiera recobrarse y sacar su arma, Garrett se adelantó. Cogió la pistola de Sachs del suelo y apuntó a la cabeza de Ned, luego tomó el arma del policía y la tiró a los arbustos.

—¡Tírate al suelo! —le ordenó Garrett, furioso—. ¡Cara abajo!

—Lo mataste, lo mataste —musitó Ned.

—¡Ahora!

Ned hizo lo que le ordenaba, y las lágrimas rodaron por sus atezadas mejillas.

—¡Jesse! —llamó la voz de Lucy en las cercanías—. ¿Dónde estás? ¿Quién dispara?

—No, no, no... —gimió Sachs. Observó cómo salía una enorme cantidad de sangre del cráneo destrozado del policía.

Garrett Hanlon miró el cuerpo de Jesse. Luego más allá. Hacia el lugar desde donde llegaba el sonido de pisadas que se aproximaban. Puso el brazo alrededor de Sachs.

—Tenemos que irnos...

Ella no contestó, se limitó a mirar, completamente obnubilada, la escena ante sus ojos, el fin de la vida del policía y el fin de la suya propia. Garrett la ayudó a ponerse de pie, luego la cogió de la mano y la llevó tras él. Desaparecieron en el bosque.

# IV

# Nido de avispas

# 34

¿Qué está pasando ahora? Se preguntaba un frenético Lincoln Rhyme.

Una hora antes, a las cinco de la mañana, había recibido por fin una llamada de un desconcertado funcionario de la División de Bienes Inmuebles del Departamento Fiscal de Carolina del Norte. Lo había despertado a la una y media de la madrugada, con el encargo de rastrear impuestos adeudados de cualquier terreno donde el derecho de residencia se basara en un remolque McPherson. Al principio Rhyme había averiguado si los padres de Garrett habían sido propietarios de un remolque de esas características y cuando supo que no, razonó que si el chico usaba el lugar como escondite significaba que estaba abandonado. Y si estaba abandonado, el propietario había dejado de pagar los impuestos.

El director asistente informó que había dos propiedades de ese tipo en el Estado. En un caso, cerca de Blue Ridge, al oeste, donde habían vendido la tierra y el remolque después de un juicio hipotecario por el cobro del gravamen a una pareja que seguía viviendo allí. El otro estaba ubicado sobre un terreno del condado de Paquenoke. La propiedad no valía ni el tiempo ni el dinero que costaría el juicio. El funcionario dio a Rhyme la dirección, una ruta RFD* a casi

* Rural Free Delivery: camino utilizado para la entrega de correspondencia y paquetes en zonas rurales. *(N. de la T.)*

un kilómetro del río Paquenoke. Localización C-6 en el mapa.

Rhyme había llamado a Lucy y a los otros para enviarlos a aquel lugar. Iban a acercarse con las primeras luces y si Garrett y Amelia estaban dentro, los rodearían y los convencerían para que se rindieran.

La última vez que Rhyme fue informado, habían localizado el remolque y se acercaban a él lentamente.

Disgustado porque su jefe casi no había dormido, Thom sacó a Ben del cuarto y cumplió cuidadosamente con el ritual matinal. Las cuatro B*: vejiga, vientre, cepillado de dientes y tensión.

—Está alta, Lincoln —musitó Thom, dejando de lado el esfigmomanómetro. Una presión arterial excesiva en un tetrapléjico puede provocar un ataque de disreflexia, que, a su vez, podría desembocar en una apoplejía. Pero Rhyme no le prestó atención. Se manejaba con energía pura. Quería encontrar a Amelia desesperadamente. Quería...

Rhyme levantó la vista. Jim Bell, con una expresión de alarma en su rostro, entró por la puerta. Ben Kerr, igualmente conmocionado, también entró detrás.

—¿Qué pasó? —preguntó Rhyme—. ¿Ella está bien? ¿Amelia...?

—Mató a Jesse —dijo Bell en un susurro—. Le disparó a la cabeza.

Thom se quedó helado. Miró a Rhyme. El sheriff siguió:

—Jesse estaba a punto de arrestar a Garrett. Ella le disparó. Luego huyeron.

* En inglés: *bladder, bowel, brushed teeth* y *blood pressure*. *(N. de la T.)*

—No, es imposible —murmuró Rhyme—. Hay un error. Otra persona lo hizo.

Pero Bell negaba con la cabeza.

—No. Ned Spoto estaba allí. Lo vio todo... No digo que ella lo haya hecho a propósito, Ned se le acercó y su revólver se disparó, pero sigue siendo un homicidio preterintencional. Oh, Dios mío...

Amelia... una policía de segunda generación, la Hija del Patrullero. Ahora había asesinado a uno de los suyos. El peor crimen que puede cometer un oficial de policía.

—Esto nos sobrepasa en mucho, Lincoln. Debo involucrar a la policía estatal.

—Espera, Jim —respondió Rhyme con urgencia—. Por favor... Ella estará desesperada, asustada. También lo está Garrett. Si llamas a los agentes estatales, mucha más gente resultará herida. Irían a cazarlos.

—Bueno, creo que deberían estar cazándolos —le soltó Bell—. Y me da la impresión de que debería haber sido así desde el primer momento.

—Los encontraré para ti. Estoy cerca. —Rhyme señaló con la cabeza el diagrama de evidencias y el mapa.

—Te di una posibilidad y mira lo que ha pasado.

—Los encontraré y le hablaré hasta que se rinda. Sé que puedo. Yo...

De repente Jim recibió un empujón del hombre que entró corriendo al cuarto. Era Mason Germain.

—¡Maldito hijo de puta! —gritó y se dirigió directamente a Rhyme. Thom se interpuso, pero el policía lo apartó con tal ímpetu que rodó por el suelo. Mason cogió a Rhyme de la camisa—. ¡Jodido inválido! Vienes hasta aquí para practicar tus pequeños...

—¡Mason! —Bell se le acercó, pero el policía lo hizo a un lado.

—... practicar tus pequeños juegos con las evidencias, tus pequeños rompecabezas. ¡Y ahora un hombre bueno está muerto por tu culpa! Rhyme olió la potente loción de afeitar del hombre cuando el policía echó hacia atrás el puño. El criminalista se encogió y apartó la cara.

—Voy a matarte. Voy a... —pero la voz de Mason se ahogó cuando un enorme brazo se enroscó alrededor de su pecho y lo levantó en vilo.

Ben Kerr llevó al policía lejos de Rhyme.

—Kerr, maldita sea, ¡suéltame! —jadeó Mason—. ¡Imbécil! ¡Estás arrestado!

—Cálmate, Mason —dijo el hombretón lentamente.

Mason movió la mano hacia la pistola, pero con la otra mano Ben le cogió con fuerza la muñeca. Ben miró a Bell, quien esperó un instante y luego asintió. Ben soltó al policía, que dio un paso atrás, mostrando furia en los ojos. Le dijo a Bell:

—Voy a ir allí y encontraré a esa mujer y...

—No lo harás, Mason —dijo Bell—. Si quieres seguir trabajando en este departamento, harás lo que yo te diga. Vamos a manejar esto a mi modo. Te quedarás aquí en la oficina. ¿Comprendes?

—Puta mierda, Jim. Ella...

—¿Comprendes?

—Sí, joder, te entiendo —salió del laboratorio como una tromba.

Bell preguntó a Rhyme:

—¿Estás bien?

Rhyme asintió.

—¿Y tú? —miró a Thom.

—Estoy bien —el ayudante arregló la camisa de Rhyme y a pesar de las protestas del criminalista, le tomó nuevamente la presión—. La misma. Demasiado alta pero no crítica.

El sheriff sacudió la cabeza.

—Debo llamar a los padres de Jesse. Señor, no quiero hacerlo. Caminó hacia la ventana y miró afuera.

—Primero Ed y luego Jesse. Qué pesadilla está resultando todo esto.

Rhyme respondió:

—Por favor, Jim. Déjame encontrarlos y dame la oportunidad de hablar con ella. Si no lo haces, será más grave. Lo sabes. Terminaremos con más muertos.

Bell suspiró. Miró al mapa.

—Tienen una ventaja de veinte minutos. ¿Piensas que puedes encontrarlos?

—Sí —contestó Rhyme—. Puedo encontrarlos.

—En esa dirección —dijo Sean O'Sarian—. Estoy seguro.

Rich Culbeau miraba hacia el oeste, hacia donde señalaba el joven, hacia donde habían oído los disparos y el griterío quince minutos antes.

Culbeau terminó de orinar contra un pino y preguntó:

—¿Qué hay por allí?

—Pantano, unas pocas casas viejas —dijo Harris Tomel, quien había cazado por todos los lugares del condado de Paquenoke—. No mucho más. Vi un lobo gris por allí hace un mes. Se suponía que los lobos se habían extinguido pero han reaparecido.

—No bromees —dijo Culbeau—. Nunca he visto un lobo y siempre lo he deseado.

—¿Le disparaste? —preguntó O'Sarian.

—No lo debes hacer —contestó Tomel.

Culbeau añadió:

—Están protegidos.

—¿Y qué?

Culbeau se dio cuenta de que no podía responderle.

Esperaron unos minutos más pero no hubo más disparos ni más gritos.

—Creo que podemos seguir —insistió Culbeau, señalando el lugar desde donde provenían los tiros.

—Podemos —dijo O'Sarian, tomando un trago de una botella de agua.

—Hace calor hoy también —comentó Tomel, mirando el disco ascendente del sol radiante.

—Todos los días hace mucho calor —musitó Culbeau. Levantó su rifle y marchó por el sendero, con su ejército de dos caminando penosamente detrás de él.

*Tunc.*

Los ojos de Mary Beth se abrieron de pronto, sacándola de un sueño profundo e indeseado.

*Tunc.*

—Eh, Mary Beth —llamó alegremente la voz de un hombre. Como un adulto hablando con un niño. En su obnubilación, ella pensó: «¡Es mi padre! ¿Qué hace de regreso del hospital? No tiene fuerza para cortar leña. Tendré que hacer que vuelva a la cama. ¿Tomó su medicamento?»

¡Espera!

Se sentó, mareada, con la cabeza palpitante. Se había quedado dormida en la silla del comedor.

*Tunc.*

Espera. No es mi padre. Está muerto... Es Jim Bell...

*Tunc.*

—Maryyyyy Beeeeeth...

Saltó cuando apareció en la ventana la cara con la mirada lasciva. Era Tom.

Otro golpe en la puerta cuando el hacha del Misionero penetró en la madera.

Tom se inclinó hacia adentro, entrecerrando los ojos por la oscuridad.

—¿Dónde estás?

Ella lo miró, paralizada.

Tom continuó:

—Oh, aquí estás. Caray, eres más bonita de lo que recordaba —levantó la muñeca y mostró los gruesos vendajes—, perdí medio litro de sangre, gracias a ti. Pienso que es justo que recupere algo.

*Tunc.*

—Debo decirte algo, cariño —manifestó Tom—. Me dormí anoche con el pensamiento de que toqué tus tetitas ayer. Muchas gracias por ese dulce recuerdo.

*Tunc.*

Con este golpe el hacha atravesó la puerta. Tom desapareció de la ventana y se unió a su amigo.

—Sigue, muchacho —gritó para darle aliento—. Lo estás haciendo muy bien.

*Tunc.*

# 35

Su mayor preocupación consistía en saber si Amelia se había hecho daño.

Desde que la conocía, Lincoln Rhyme había observado cómo sus manos desaparecían en su cuero cabelludo hasta sacarse sangre. Había observado cómo se comía las uñas y cómo se rascaba la piel. Recordaba haberla visto conducir a doscientos cuarenta kilómetros por hora. No sabía exactamente qué la impulsaba, pero sabía que había algo en su interior que la impulsaba a vivir al borde.

Ahora, tras aquella desgracia, ahora que había matado, la ansiedad podía empujarla a cruzar la línea. Después del accidente que lo dejó inválido, Terry Dobbins, el psicólogo de la NYPD, le había explicado a Rhyme que sí, que se sentiría con ganas de matarse. Pero no era la depresión lo que la impulsaría a actuar. La depresión agota toda energía; la causa principal de suicidio es una mezcla letal de desaliento, ansiedad y pánico.

Que era exactamente lo que Amelia Sachs, perseguida y traicionada por su propia naturaleza, debía de sentir en estos momentos.

¡Encontrarla! Aquél era el único pensamiento de Rhyme. Encontrarla pronto.

¿Pero dónde estaba? La respuesta a aquella pregunta todavía se le escapaba.

Miró el diagrama nuevamente. No había evidencias del remolque. Lucy y los demás policías lo habían examinado apresuradamente, demasiado velozmente, por supuesto. Se hallaban bajo el influjo del ansia del cazador, hasta el inmovilizado Rhyme podía experimentarla a menudo, y los policías estaban desesperados por encontrar el rastro del enemigo que había asesinado a su amigo.

Las únicas pistas que tenía del paradero de Mary Beth, adonde se dirigían ahora Garrett y Sachs, estaban justo frente a él. Pero eran más enigmáticas que cualquier otro conjunto de pistas que hubiera analizado jamás.

ENCONTRADO EN LA ESCENA SECUNDARIA DEL CRIMEN
EL MOLINO

Pintura marrón en los pantalones
Drosera
Arcilla
Musgo de turba — Zumo de frutas
Fibras de papel
Cebo de bolas malolientes
Azúcar
Canfeno
Alcohol
Queroseno
Levadura

¡Necesitamos más evidencias!, exclamó para sí.

Pero no tenemos más evidencias que éstas.

Cuando Rhyme se hundió de lleno en la etapa del duelo correspondiente a la negación, después del accidente, había tratado de apelar a una voluntad sobrehumana para hacer que su cuerpo se moviera. Había recordado las historias de gente que levantaba coches para librar a niños que estaban debajo o corrían a velocidades increíbles para encontrar ayuda en una emergencia. Pero al final había aceptado que esos tipos de fortaleza no estarían a su disposición nunca más.

Pero aún le quedaba un tipo de fuerza, la fuerza mental.

¡Piensa! Todo lo que tienes es tu mente y las evidencias frente a ti. Las evidencias no van a cambiar.

De manera que cambia tu forma de pensar.

Muy bien, comencemos de nuevo. Volvió a examinar el diagrama. Se había identificado la llave del remolque. La levadura podía proceder del molino. El azúcar, de alguna comida o zumo de frutas. El canfeno, de una lámpara antigua. La pintura, del edificio donde estaba encerrada Mary Beth. El queroseno, del bote. El alcohol podía proceder de cualquier parte. ¿La tierra en los bajos del pantalón del chico? No presentaba ninguna característica extraordinaria y era...

Espera... la tierra.

Rhyme recordó que él y Ben habían realizado el día anterior por la mañana la prueba del gradiente de densidad en la tierra obtenida en los zapatos y alfombrillas de los coches de los trabajadores del condado. Le había ordenado a Thom que fotografiara cada tubo y anotara, al dorso de las Polaroid, de qué empleado procedía.

—¿Ben?

—¿Qué?

—Haz la prueba de la tierra que encontraste en los bajos de los pantalones de Garrett que hallaron en el molino en la unidad de gradiente de densidad.

Después de que la tierra se hubo asentado en el tubo, el joven dijo:

—Tengo los resultados.

—Compáralos con las fotos de las muestras que hiciste ayer a la mañana.

—Bien, bien —el joven zoólogo asintió, impresionado por la idea. Examinó las fotos Polaroid, se detuvo—. ¡Tengo dos que concuerdan! —dijo—. Una es casi idéntica.

El zoólogo ya no dudaba en expresar opiniones y Rhyme se alegró al notarlo. Y tampoco estaba a la defensiva.

—¿De quién son los zapatos de donde proceden?

Ben miró la inscripción al dorso de la Polaroid:

—Frank Heller. Trabaja en el Departamento de Obras Públicas.

—¿Habrá llegado ya?

—Lo averiguaré —Ben desapareció. Volvió minutos después, acompañado por un hombre robusto con camisa blanca de manga corta que miró a Rhyme con incertidumbre—.

—Usted es el hombre de ayer. El que nos hizo sacar la tierra de los zapatos —se rió pero su risa delataba nervios.

—Frank, necesitamos nuevamente su ayuda —explicó Rhyme—. Un poco de la tierra que encontramos en sus zapatos concuerda con la que encontramos en la ropa del sospechoso.

—¿El muchacho que secuestró a esas chicas? —musitó Frank, con la cara roja y una expresión de total culpabilidad.

—Así es. Lo que significa que él podría, parece muy fantasioso pero podría... ocultar a la chica quizá a tres o cuatro kilómetros de donde usted vive. ¿Podría señalar en el mapa el punto exacto donde tiene su casa?

Frank alcanzó a decir:

—¿No soy sospechoso, verdad?

—No, Frank. En absoluto.

—Porque tengo gente que me avalaría. Estoy con mi mujer todas las noches. Vemos la televisión. *Jeopardy* y *Wheel of Fortune*. Puntual como un reloj. También *WWF*. A veces viene mi cuñado también. Quiero decir que me debe dinero pero que me respaldaría aunque no me debiera nada.

—Eso está bien —le alentó Ben—. Sólo necesitamos saber dónde vive. Señálelo en ese mapa de allí.

—Quedaría por aquí —se acercó al muro y tocó un punto. Localización D-3. Era al norte del Paquenoke, al norte del remolque donde Jesse fue asesinado. Había una cantidad de pequeñas rutas en la región pero ninguna población.

—¿Cómo es la región donde está su casa?

—Bosques y campos en su mayoría.

—¿Conoce algún lugar donde alguien pudiera esconder a la víctima de un secuestro?

Frank pareció considerar con seriedad esta pregunta.

—No conozco, no.

Rhyme:

—¿Le puedo hacer una pregunta?

—¿Además de las que me hizo ya?

—Así es.

—Creo que sí.

—¿Conoce las torcas Carolina?

—Seguro. Todos las conocen. Las hicieron los meteoros. Hace mucho tiempo. Cuando los dinosaurios desaparecieron.

—¿Y están cerca de su casa?

—Seguro que sí.

Era lo que Rhyme esperaba que dijera.

Frank continuó.

—Debe de haber cientos de ellas.

Que era lo que Rhyme esperaba que no dijera.

* * *

Con la cabeza hacia atrás, los ojos cerrados, volvió a ver en su mente los diagramas de las evidencias.

Jim Bell y Mason Germain habían regresado al laboratorio, junto a Thom y Ben, pero Lincoln Rhyme no les prestaba atención. Estaba en su propio mundo, un lugar ordenado donde reinaban la ciencia, las evidencias y la lógica, un lugar donde no necesitaba moverse, un lugar en el cual sus sentimientos por Amelia y lo que había hecho tenían la entrada prohibida, por suerte. Podía ver las evidencias en su mente con tanta claridad como si estuviera mirando las anotaciones de la pizarra. En realidad, las podía ver *mejor* con los ojos cerrados.

Pintura azúcar levadura tierra canfeno pintura tierra azúcar... levadura... levadura...

Un pensamiento cruzó por su mente y desapareció. Vuelve, vuelve, vuelve...

¡Sí! Lo atrapó.

Sus ojos de repente se abrieron. Miró el rincón vacío del cuarto. Bell siguió su mirada.

—¿Qué pasa, Lincoln?

—¿Tienes aquí una cafetera?

—¿Café? —preguntó Thom, disgustado—. Cafeína no. No, con la tensión arterial que tienes...

—¡No, no quiero una maldita taza de café! Quiero un filtro de café.

—¿Un filtro? Conseguiré uno —Bell desapareció y regresó un instante después.

—Dáselo a Ben —ordenó Rhyme. Luego le dijo al zoólogo—: Averigua si las fibras de papel del filtro concuerdan con los que encontramos en las ropas de Garrett en el molino.

Ben frotó algunas fibras del filtro en un portaobjetos. Las miró por los oculares del microscopio de comparación. Ajustó el foco y luego movió las platinas de manera que las muestras estuvieran una al lado de la otra en el visor de la pantalla dividida.

—Los colores son un poco diferentes, Lincoln, pero la estructura y el tamaño de las fibras son casi iguales.

—Bien… —dijo Rhyme, y sus ojos enfocaron ahora la camiseta con la mancha.

Le dijo a Ben:

—El zumo, el zumo de frutas en la camiseta. Pruébalo otra vez. ¿Sabe un poco ácido? ¿Acre?

Ben lo hizo.

—Quizá un poco. Es difícil de decir.

Los ojos de Rhyme se dirigieron al mapa e imaginó que Lucy y los otros se acercaban a Sachs en algún lugar de aquella maraña verde, ansiosos por disparar. O que Garrett tenía el arma de Sachs y podría apuntarle a ella.

O que ella se ponía el arma contra el cráneo y apretaba el gatillo.

—Jim —dijo—, necesito que me consigas algo. Para una muestra de control.

—Bien. ¿Dónde? —sacó las llaves del bolsillo.

—Oh, no necesitarás tu coche.

Muchas imágenes aparecían en los pensamientos de Lucy: Jesse Corn, en su primer día en el departamento del Sheriff, con los zapatos reglamentarios lustrados a la perfección pero con una media distinta de la otra; se había vestido antes del alba para estar seguro de no llegar tarde.

Jesse Corn, parapetado en la parte posterior de un coche patrulla, hombro con hombro con Lucy, mientras Barton Snell, con la mente incendiada por el PCP* disparaba al azar

* Droga psicodélica, *phenylcyclohexylbiphenyl*. *(N. de la T.)*

contra los policías. La serenidad burlona de Jesse hizo que el hombrón depusiera su arma.

Jesse Corn, conduciendo con orgullo su furgoneta Ford nueva, de color rojo cereza, llegando al edificio del condado en su día libre y dando una vuelta con unos niños por el aparcamiento. Los niños gritaban, «Huy,» al unísono cuando saltaban a causa de los badenes.

Estos recuerdos, y una docena más, la acompañaban ahora mientras ella, Ned y Trey marchaban por un gran bosque de robles. Jim Bell les había pedido que esperaran en el remolque y había mandado a Steve Farr, Frank y Mason para proseguir con la búsqueda. Quería que ella y los otros dos policías volvieran a la oficina. Pero ni se habían molestado en votar la cuestión. Con tanto respeto como era posible, colocaron el cuerpo de Jesse en el remolque y lo cubrieron con una sábana. Luego Lucy manifestó a Jim que iban en persecución de los fugitivos y que nada en la tierra los detendría.

Garrett y Amelia huían con rapidez y no se esforzaban por ocultar su rastro. Marchaban a lo largo de un sendero que bordeaba una tierra pantanosa. El suelo era blando y sus huellas claramente visibles. Lucy recordó algo que Amelia había dicho a Lincoln Rhyme acerca de la escena del crimen en Blackwater Landing, cuando la pelirroja examinó las huellas que se encontraban allí: el peso de Billy Stail se concentraba en los dedos de los pies, lo que significaba que había corrido hacia Garrett para rescatar a Mary Beth. Lucy ahora notó lo mismo en las huellas de las dos personas que perseguían. Andaban a la carrera.

Y por eso Lucy dijo a sus compañeros:

—Corramos —y a pesar del calor y del cansancio trotaron juntos por el sendero.

Siguieron de aquella manera durante un kilómetro y medio, hasta que el suelo se volvió más seco y ya no pudieron ver mas las huellas. Entonces la senda terminó en un amplio claro cubierto de pasto y no tuvieron idea de por dónde había seguido la presa.

—Maldición —musitó Lucy, recuperando el aliento y furiosa por haber perdido el rastro—. ¡Maldición!

Se movieron en círculo por el claro y estudiaron cada metro del terreno No encontraron ningún sendero ni pista alguna sobre el rumbo que Garrett y Sachs habían cogido.

—¿Qué hacemos? —preguntó Ned.

—Llamar y esperar —murmuró Lucy. Se recostó contra un árbol, cogió la botella de agua que le tiró Trey y bebió.

Recordando...

Jesse Corn, que le mostraba con timidez una reluciente pistola plateada que planeaba usar en sus torneos de la Asociación Nacional del Rifle. Jesse Corn, que acompañaba a sus padres a la Primera Iglesia Baptista de Locust Street.

Las imágenes continuaban apareciendo en su mente. Resultaban dolorosas y alimentaban su cólera. Pero no hizo ningún esfuerzo por alejarlas; cuando encontrara a Amelia Sachs quería que su furia no tuviera paliativos.

Con un quejido, la puerta de la cabaña se abrió unos centímetros.

—Mary Beth —llamó Tom—. Sal ahora, sal y ven a jugar.

Él y el Misionero murmuraban entre sí. Luego Tom habló de nuevo.

—Vamos, vamos, cariño. Hazlo fácil para ti. No te haremos daño. Ayer estábamos bromeando.

Mary Beth estaba de pie, erguida contra el muro, detrás de la puerta principal. No dijo una palabra. Cogió el garrote con ambas manos.

La puerta se abrió un poco más, y las bisagras chillaron. Una sombra cayó sobre el suelo. Tom entró, cauteloso.

—¿Dónde está esa chica? —susurró el Misionero desde el porche.

—Hay un sótano —dijo Tom—. Estará allí, supongo.

—Bueno, búscala y nos vamos… No me gusta este lugar.

Tom dio otro paso hacia el interior. En su mano relucía un enorme cuchillo de desollador.

Mary Beth conocía la filosofía de la guerra india y una de sus reglas consistía en que si todas las conferencias previas fracasan y la guerra es inevitable, no hay que burlarse ni amenazar; hay que atacar con toda la fuerza disponible. La razón de una batalla no es convencer al enemigo para que se someta, ni explicar ni reprender: es aniquilarlo.

De manera que Mary salió tranquilamente desde detrás de la puerta, aulló como un espíritu Manitú y balanceó el garrote con ambas manos. Tom se dio vuelta y sus ojos reflejaron terror. El Misionero gritó:

—¡Cuidado!

Pero Tom no tenía la menor oportunidad. El garrote le dio rotundamente en la parte anterior a la oreja, destrozando su mandíbula y cercenándole media garganta. Dejó caer el cuchillo y se agarró el cuello. Cayó de rodillas, sin aliento. Salió a gatas.

—Ahud… ahud… me —jadeó.

Pero no recibiría ninguna ayuda, el Misionero se limitó a extender la mano y a sacarlo del porche. Lo dejó caer al suelo. Tom se tomó la cara destrozada, mientras Mary Beth observaba desde la ventana.

—Imbécil —dijo el Misionero a su amigo; después sacó una pistola de su bolsillo trasero. Mary Beth cerró la puerta con un golpe, volvió a ocupar su lugar detrás de la misma. Se secó las manos sudorosas y cogió el garrote con más firmeza.

Escuchó el sonido del martillar un arma.

—Mary Beth, tengo una pistola y como te imaginarás, en estas circunstancias, no tengo problema en usarla. Sólo sal afuera. Si no lo haces, dispararé y probablemente te hiera.

Ella se agachó contra el muro detrás de la puerta, esperando el disparo.

Pero el Misionero nunca apretó el gatillo. Era una trampa; pateó con fuerza la puerta, que la golpeó y tiró al suelo, aturdida. Cuando el hombre entró, ella cerró de una patada la puerta, con tanta fuerza como la usada por él. El Misionero no esperaba más resistencia y la pesada tabla de madera le dio en un hombro e hizo que perdiera el equilibrio. Mary Beth se acercó y blandió el garrote contra el único blanco al que podía dar, el codo. Pero el hombre se tiró al suelo en el momento en que la piedra le hubiera golpeado, Mary había errado. El enorme impulso que imprimió al arma hizo que el garrote se escapara de sus manos sudorosas y se deslizara por el suelo.

No tenía tiempo de cogerlo. ¡Correr! Mary Beth saltó por encima del Misionero antes de que él pudiera volverse y disparar. Saltó por la puerta.

¡Al fin!

¡Al fin libre de aquel agujero infernal!

Corrió hacia la izquierda, dirigiéndose al sendero por donde su captor la había traído dos días antes, el que pasaba por una gran torca de Carolina. En la esquina de la cabaña se volvió hacia el estanque.

Y se encontró en brazos de Garrett Hanlon.

—¡No! —gritó—. ¡No!

Los ojos del muchacho parecían los de un loco. Tenía un revólver en la mano.

—¿Cómo saliste? ¿Cómo? —la cogió por la muñeca.

—¡Déjame ir! —Mary trató de soltarse pero el muchacho la tenía bien agarrada.

Con él estaba una mujer de semblante sombrío, bonita y con una larga melena roja. Sus ropas, como las de Garrett, estaban muy sucias. Se mantenía en silencio y sus ojos reflejaban tristeza. No parecía en absoluto sorprendida por la repentina aparición de la chica. Parecía drogada.

—Maldición —exclamó la voz del Misionero—. ¡Puta de mierda!

Dobló la esquina y se encontró con Garrett que le apuntaba a la cara. El chico aulló:

—¿Quién eres? ¿Qué haces en mi casa? ¿Qué le hiciste a Mary Beth?

—¡Ella nos atacó! Mira a mi amigo. Mira a...

—Tira el arma —dijo Garrett con furia, señalando la pistola con la cabeza—. ¡Tírala o te mataré! Lo haré. ¡Te volaré la cabeza!

El Misionero miró la cara del muchacho y el revólver. Garrett martilló el arma.

—Jesús... —el hombre tiró el arma al pasto.

—¡Ahora vete de aquí! Muévete.

El Misionero retrocedió, ayudó a Tom a levantarse y se tambalearon hacia los árboles.

Garrett caminó hacia la puerta delantera de la cabaña y llevó a Mary Beth con él.

—¡Entra en la casa! Tenemos que entrar. Nos persiguen. No debemos dejar que nos vean. Nos esconderemos en el sótano. ¡Mira lo que hicieron a la cerradura! ¡Me rompieron la puerta!

—¡No, Garrett! —dijo Mary Beth con voz ronca—. No vuelvo a ese lugar.

Pero el chico no dijo nada y la empujó a la cabaña. La silenciosa pelirroja caminó sin conservar el equilibrio y a duras penas entró. Garrett cerró la puerta de un golpe, mirando la madera resquebrajada y la cerradura rota con una expresión de congoja.

—¡No! —gritó, al ver en el suelo los trozos de cristal del bote que había contenido el escarabajo.

Mary Beth, atónita porque el chico parecía más trastornado al ver que uno de sus bichos había escapado, caminó hacia Garrett y le dio un fuerte bofetón. Él parpadeó por la sorpresa y tambaleó hacia atrás.

—¡Basura! —lo insultó la chica—. Me podrían haber matado.

El muchacho estaba aturdido.

—¡Lo lamento! —expresó con voz quebrada—. No sabía nada de ellos. Pensé que no había nadie por aquí. No quería dejarte tanto tiempo sola, pero me detuvieron.

Colocó pedazos de madera bajo la puerta para que se mantuviera cerrada.

—¿Detenido? —preguntó Mary Beth—. ¿Entonces qué haces aquí?

Por fin habló la pelirroja. Con una voz balbuceante dijo:

—Lo saqué de la cárcel. Para que pudiéramos encontrarte y traerte de vuelta. Para que ratificaras su historia del hombre del mono.

—¿Qué hombre?

—En Blackwater Landing. El hombre del mono castaño, el que mató a Billy Stail.

—Pero… —la chica sacudió la cabeza—. Garrett mató a Billy. Lo golpeó con una pala. Yo lo vi. Sucedió justo delante de mí. Después me secuestró.

Mary Beth nunca había visto una expresión semejante en otro ser humano. Una conmoción y pena sin igual. La pelirroja comenzó a dirigirse hacia Garrett cuando algo le llamó la atención: las hileras de botes de frutas y vegetales Farmer John. Caminó lentamente hacia la mesa, como si fuera sonámbula y cogió uno. Miró la imagen en la etiqueta, un alegre granjero rubio con un mono castaño y una camisa blanca.

—¿Lo inventaste? —le susurró a Garrett, levantando el bote—. No había tal hombre. Me mentiste.

Garrett se adelantó, rápido como un saltamontes para sacar un par de esposas del cinto de la pelirroja. Las cerró alrededor de las muñecas de Sachs.

—Lo lamento, Amelia —dijo—. Pero si te hubiera contado la verdad nunca me hubieras sacado de la cárcel. Era la única manera. Tenía que volver aquí. Tenía que volver a Mary Beth.

# 36

ENCONTRADO EN LA ESCENA SECUNDARIA DEL CRIMEN
EL MOLINO

Pintura marrón en los pantalones
Drosera
Arcilla
Musgo de turba — Zumo de frutas
Fibras de papel
Cebo de bolas malolientes
Azúcar
Canfeno
Alcohol
Queroseno
Levadura

Obsesivamente, los ojos de Lincoln Rhyme recorrían el diagrama de evidencias. De arriba a bajo, de abajo arriba.

Luego, otra vez.

¿Por qué demonios el cromatógrafo tardaba tanto?, se preguntó.

Jim Bell y Mason Germain estaban sentados cerca, ambos en silencio. Lucy había llamado unos minutos antes para contar que habían perdido el rastro y que esperaban al norte del remolque, en la localización C-5.

El cromatógrafo retumbó y todos los que estaban en el cuarto permanecieron quietos, a la espera de los resultados.

Largos minutos de silencio, rotos por fin por la voz de Ben Kerr. Habló con Rhyme en un murmullo.

—Solían llamarme así, sabe. Como usted está pensando.

Rhyme lo miró.

—«Big Ben». Como el reloj de Londres. Probablemente usted lo pensó también.

—No lo pensé. ¿Quieres decir en la escuela?

Ben asintió.

—En el instituto. Cuando tenía dieciséis años ya medía un metro noventa y pesaba ciento veinticinco kilos. Se reían mucho de mí. «Big Ben». Otros apodos también. De manera que nunca me sentí verdaderamente cómodo con mi apariencia. Pienso que quizá por eso me comporté de esa manera cuando lo vi.

—Los chicos te las hicieron pasar canutas, ¿eh? —preguntó Rhyme, admitiendo sus disculpas.

—Seguro que sí. Hasta que en los últimos años me incorporé al equipo de lucha e inmovilicé a Darryl Tennison en tres segundos con dos y a él le llevó más tiempo recuperar el aliento.

—Falté bastante a las clases de Educación Física —le contó Rhyme—. Conseguía que el doctor y mis padres me hicieran notas para librar, muy buenas notas debo decir, y me escabullía al laboratorio.

—¿Hacía eso?

—Por lo menos dos veces por semana.

—¿Y realizaba experimentos?

—Leía mucho, jugueteaba con el equipo... Unas pocas veces jugueteé también con Sonja Metzger.

Thom y Ben se rieron.

Pero Sonya, su primera novia, le hizo recordar a Amelia Sachs y no le gustó la dirección de sus pensamientos.

—Bien —dijo Ben—. Aquí estamos —la pantalla del ordenador había cobrado vida con los resultados de la muestra de control que Rhyme le había pedido. El hombretón movió la cabeza—. Esto es lo que tenemos: una solución al cincuenta y cinco por ciento de alcohol. Agua, muchos minerales.

—Agua de pozo —dijo Rhyme.

—Muy probablemente —el zoólogo continuó—: Luego hay vestigios de formaldehído, fenol, fructuosa, dextrosa y celulosa.

—Es suficiente para mí —anunció Rhyme. Pensó: «El pez puede estar todavía fuera del agua, pero le crecieron pulmones.» Anunció a Bell y Mason—: Me equivoqué. Cometí un gran error. Vi la levadura y supuse que provendría del molino, no del lugar donde Garrett tiene oculta a Mary Beth. Pero ¿por qué tendría un molino provisiones de levadura? Sólo las tienen las panaderías… O —levantó una ceja hacia Bell— algún lugar donde destilen eso.

Señaló con la cabeza la botella que estaba sobre la mesa. El líquido que contenía era el que Rhyme pidió a Bell que fuera a buscar al sótano del Departamento del Sheriff. Era un licor ilegal al 110 por ciento, proveniente de una de las botellas de zumo que Rhyme vió que un policía guardaba cuando entraba al cuarto de las evidencias transformado en laboratorio. Eso era lo que Ben acababa de pasar por el cromatógrafo.

—Azúcar y levadura —continuó el criminalista—. Esos son los ingredientes del licor, y la celulosa de esa partida de licor ilegal —siguió Rhyme, mirando la pantalla del ordenador— proviene probablemente de las fibras de papel; supongo que cuando se hace este tipo de licor, hay que filtrarlo.

—Sí —confirmó Bell. La mayoría de los destiladores utilizan filtros de café corrientes.

—Justo como la fibra que encontramos en las ropas de Garrett. La dextrosa y la fructuosa, azúcares complejos que se encuentran en la fruta, provienen del zumo de frutas que queda en las botellas. Ben dijo que era acre, como el zumo de arándano agrio de los pantanos. Y tú me dijiste, Jim, que esas botellas son las más usadas para envasar el licor. ¿Cierto?

—Ocean Spray.

—De manera que... —resumió Rhyme—, Garrett esconde a Mary Beth en la cabaña de un destilador ilegal, presumiblemente abandonada después de la incursión de los inspectores.

—¿Qué incursión? —preguntó Mason.

—Bueno, es como el remolque —replicó Rhyme secamente, pues odiaba tener que explicar siempre lo obvio—. Si Garrett usa el lugar para esconder a Mary Beth, significa que está abandonado. ¿Y cuál es la única razón por la cual alguien abandonaría una destiladora en funcionamiento?

—El departamento de ingresos fiscales la reventó —dijo Bell.

—Cierto —dijo Rhyme—. Ve al teléfono y averigua la ubicación de todas las destiladoras que hayan sido descubiertas en los dos últimos años. Debe ser un edificio del siglo XIX, en un monte de árboles y pintado de marrón, a pesar de que no fuera de ese color cuando llegaron los inspectores. Queda a cuatro o cinco millas de donde vive Frank Seller y hay una torca cerca o hay que pasar por alguna para llegar a la casa desde el Paquo.

Bell se retiró para hablar con el departamento de ingresos fiscales.

—Esto está muy bien, Lincoln —dijo Ben—. Hasta Mason Germain parecía impresionado.

Un momento después Bell entró corriendo.

—¡Lo tenemos! —examinó el folio que tenía en la mano y comenzó a trazar rumbos en el mapa, que terminaron en la localización B-4. Rodeó un punto—. Justo aquí. El jefe de investigaciones de ingresos me dijo que fue una operación grande. Irrumpieron allí hace un año y destruyeron la destiladora. Uno de sus agentes controló el lugar hace dos o tres meses y vio que alguien había pintado de marrón la cabaña, así que la examinó para ver si la usaban de nuevo. Pero constató que estaba vacía de manera que no le prestó más atención. Oh, y queda a cerca de veinte metros de una torca de buen tamaño.

—¿Hay alguna manera de hacer que llegue un coche? —preguntó Rhyme.

—Debe haber —dijo Bell—. Todas las destiladoras están cerca de rutas, para llevar las materias primas y sacar el licor terminado.

Rhyme asintió y pidió con firmeza:

—Necesito una hora a solas con Sachs, para convencerla. Sé que lo puedo hacer.

—Es peligroso, Lincoln.

—Quiero esa hora —dijo Rhyme, y mantuvo la mirada de Bell.

Por fin, el sheriff dijo:

—Bien. Pero si Garrett se escapa esta vez, saldremos a cazarlo con todo lo que tenemos.

—Comprendido. ¿Crees que mi camioneta puede llegar hasta allí?

Bell dijo:

—Los caminos no son buenos, pero…

—Yo te llevaré —dijo Thom con firmeza—. Sea como sea, yo te llevaré.

Cinco minutos después de que se hubieran llevado a Rhyme del edificio del condado, Mason Germain observó el retorno de Jim Bell a su oficina. Esperó un instante y seguro de que nadie lo veía, salió al pasillo y se encaminó a la puerta delantera del edificio.

Había docenas de teléfonos en el edificio del condado que Mason podría haber utilizado para hacer su llamada, pero prefirió afrontar el calor y caminar con rapidez a través de la plaza hacia el grupo de teléfonos públicos de la calle lateral. Buscó en sus bolsillos y encontró unas monedas. Miró a su alrededor y cuando vio que estaba solo las insertó una en la ranura, miró un número escrito en un trozo de papel y marcó los dígitos.

*Farmer John, Farmer John. Enjoy it fresh from Farmer John... Farmer John, Farmer John. Enjoy it fresh from Farmer John...*

Al mirar la hilera de botes delante de ella, una docena de granjeros vestidos con monos castaños que la observaban con miradas burlonas, la mente de Amelia Sachs se impregnó de aquella tonta cancioncilla comercial, el himno a su bobería.

Que le había costado la vida a Jesse Corn y arruinado la suya también.

Apenas si se daba cuenta de dónde se encontraba, la cabaña en la que se sentaba, prisionera del chico por el que había arriesgado la vida para salvarlo. Tampoco era muy consciente de la agria discusión que tenía lugar entre Garrett y Mary Beth.

No, todo lo que podía ver era el pequeño agujero negro que apareció en la frente de Jesse.

Todo lo que podía escuchar era el monótono anuncio. *Farmer John... Farmer John...*

Entonces, de repente Sachs comprendió algo: en ocasiones Lincoln Rhyme solía irse mentalmente. Podía conversar pero sus palabras eran superficiales, podía sonreír pero su sonrisa era falsa, podía dar la impresión de que escuchaba pero no oía ni una palabra. En momentos como esos, ella sabía que estaba pensando en morir. Pensaba en encontrar a alguien de un grupo de asistencia al suicidio como la Lethe Society para que lo ayudara. O, para el caso, pagar a un asesino a sueldo para que lo hiciera, como algunas personas gravemente inválidas habían hecho. (Rhyme, que había colaborado en la detención de cantidad de hampones del crimen organizado, obviamente tenía algunas conexiones en ese campo. En realidad, probablemente habría unos cuantos que harían la tarea alegremente y gratis.)

Pero hasta aquel momento, con su propia vida tan destrozada como la de Rhyme, si no más, Sachs había estado convencida de que aquellos pensamientos de Rhyme eran erróneos. En aquel momento, sin embargo, comprendía cómo se sentía.

—¡No! —gritó Garrett y miró hacia la ventana, aguzando el oído.

Tienes que escuchar todo el tiempo. Si no, pueden pillarte.

Sachs lo oyó también. Un coche se acercaba lentamente.

—¡Nos encontraron! —gritó el muchacho, cogiendo la pistola. Corrió hacia la ventana y miró hacia fuera. Parecía confundido—. ¿Qué es eso? —preguntó.

Una puerta se cerró de golpe. Luego hubo una larga pausa.

Y escuchó:

—Sachs, soy yo.

Una débil sonrisa cruzó la cara de Amelia. Nadie en todo el universo podía haber encontrado aquel lugar excepto Lincoln Rhyme.

—Sachs, ¿estás ahí?

—¡No! —murmuró Garrett—. ¡No digas nada!

Ignorándolo, Sachs se levantó y caminó hacia una ventana rota. Allí, frente a la cabaña, parada en un camino de tierra desigual, estaba la negra camioneta Rollx. Rhyme, en la Storm Arrow, había maniobrado para acercarse a la cabaña, tanto como pudo, hasta que un promontorio de tierra cerca del porche lo detuvo. Thom se hallaba a su lado.

—Hola, Rhyme —dijo Sachs.

—¡Cállate! —murmuró el chico ásperamente.

—¿Puedo hablar contigo? —preguntó el criminalista.

«¿Para qué?», se preguntó ella. No obstante, dijo:

—Sí —caminó hacia la puerta y dijo a Garrett—: Ábrela. Voy a salir.

—No, es una trampa —gritó el chico—. Nos atacarán.

—Abre la puerta, Garrett —dijo Sachs con firmeza y sus ojos lo atravesaron. Garrett miró a su alrededor. Luego se agachó y sacó las cuñas de debajo de la puerta. Sachs la abrió y las esposas que tenía en las muñecas sonaron como campanitas de trineo.

—Lo hizo él, Rhyme —dijo Sachs, sentada en los escalones del porche frente al criminalista—. Él mató a Billy… me equivoqué. Por completo.

Rhyme cerró los ojos. Qué horror debe estar sintiendo, pensó. La miró detenidamente, su cara pálida, sus ojos como piedras…

—¿Mary Beth está bien? —preguntó.

—Está bien. Asustada pero bien…

—¿Ella vio como lo mató?

Sachs asintió.

—¿No había ningún hombre del mono? —preguntó Rhyme.

—No. Garrett lo inventó todo. Para que yo lo sacara de la cárcel. Lo había planeado todo desde el principio. Nos engañó sobre los Outer Banks. Tenía oculto un bote y provisiones. Había planeado qué hacer si los policías se acercaban. Hasta tenía un lugar para ocultarse, ese remolque que encontraste. La llave, ¿verdad? ¿La que encontré en el bote de avispas? Así es como seguiste nuestro rastro.

—Fue la llave —confirmó Rhyme.

—Debería de haber pensado en ello. Deberíamos haber ido a otro lado.

Él vio las esposas y reparó en Garrett que estaba en la ventana, observándolos con ira y con una pistola. Aquella era una situación en la que había rehenes; Garrett no iba a salir por su propia voluntad. Era hora de llamar al FBI. Rhyme tenía un amigo, Arthur Potter, ahora jubilado, pero todavía el mejor negociador en los casos de rehenes que la Oficina tuviera jamás. Vivía en Washington DC, y podría estar allí en unas horas.

Se volvió hacia Sachs:

—¿Y Jesse Corn?

Ella sacudió la cabeza.

—No sabía que era él, Rhyme. Pensé que era uno de los amigos de Culbeau. Un policía me saltó encima y mi arma se disparó. Pero fue culpa mía, apunté a un blanco no identificado con un arma sin seguro. Rompí la regla número uno.

—Te conseguiré el mejor abogado del país.

—No importa.

—Importa, Sachs, importa. Ya pensaremos en algo.

Ella sacudió la cabeza.

—No hay nada que pensar, Rhyme. Es un asesinato. Un caso cerrado —entonces levantó la vista y miró por encima de Rhyme. Con el ceño frucido. Se puso de pie—. ¿Qué...?

De repente una voz de mujer gritó:

—¡Quédate quieta donde estás! Amelia, estás arrestada.

Rhyme trató de darse la vuelta pero no pudo rotar la cabeza lo suficiente. Sopló en el controlador de su silla y retrocedió en semicírculo. Vio a Lucy y otros dos policías, agachados y corriendo desde el bosque. Tenían sus armas en la mano y mantenían la vista en las ventanas de la cabaña. Los dos hombres utilizaban los árboles para cubrirse. Pero Lucy caminó con audacia hacia Rhyme, Thom y Sachs, la pistola levantada hacia el pecho de la pelirroja.

¿Cómo había encontrado la cabaña la patrulla de rescate? ¿Habían oído la camioneta? ¿Lucy había reencontrado el rastro de Garrett?

¿O Ben había roto el trato y se lo había dicho?

Lucy caminó derecha hacia Sachs y sin un instante de pausa la golpeó con fuerza en la cara, aplastando su puño contra la barbilla de la mujer. Sachs emitió un débil gemido por el dolor y retrocedió. No dijo nada.

—¡No! —gritó Rhyme. Thom se adelantó pero Lucy cogió a Sachs del brazo—. ¿Mary Beth está ahí dentro?

—Sí —la sangre le goteaba de la barbilla.

—¿Está bien?

Movimiento afirmativo de la cabeza.

Con los ojos en la ventana de la cabaña, Lucy preguntó:

—¿El chico tiene tu arma?

—Sí.

—Jesús. —Lucy llamó a los otros policías—. Ned, Trey, Garrett está adentro. Está armado —luego espetó a Rhyme—: Sugiero que se ponga a cubierto —empujó a Sachs sin delicadeza hacia la parte posterior de la camioneta del lado opuesto a la cabaña.

Rhyme siguió a las mujeres y Thom sostuvo la silla para lograr estabilizarla cuando cruzaba el terreno abrupto.

Lucy se volvió a Sachs, asiéndola por los brazos.

—¿Lo hizo él, verdad? ¿Mary Beth te lo dijo, no es cierto? Garrett mató a Billy.

Sachs miró al suelo. Finalmente dijo:

—Sí... Lo siento. Yo...

—Lo lamento no significa una maldita cosa para mí o para cualquier otro y menos que nadie para Jesse Corn... ¿Tiene Garrett otras armas ahí dentro?

—No lo sé. No vi ninguna.

Lucy se volvió hacia la cabaña y gritó:

—¿Garrett, puedes oírme? Soy Lucy Kerr. Quiero que dejes el revólver y salgas con las manos en la cabeza. Hazlo ahora mismo, ¿de acuerdo?

La única respuesta consistió en que la puerta se cerró de golpe. Un débil ruido llenó el claro cuando Garrett afirmó la puerta con un martillo o usando las cuñas de madera. Lucy sacó su teléfono móvil y empezó a hacer una llamada.

—Eh, policía —la interrumpió la voz de un hombre— ¿necesitas ayuda?

Lucy se volvió.

—Oh, no —murmuró.

Rhyme también miró hacia el lugar de donde venía la voz. Un hombre alto y con coleta, que llevaba un rifle de caza, corría por el pasto hacia ellos.

—Culbeau —le espetó Lucy— tengo una situación peligrosa y no puedo lidiar contigo también. Sólo sigue tu camino, sal de aquí —sus ojos percibieron algo en el campo. Había otro hombre que caminaba lentamente hacia la cabaña. Llevaba un rifle negro del ejército y entrecerraba los ojos pensativo mientras inspeccionaba el campo y la cabaña—. ¿Ése es Sean?—preguntó Lucy.

Culbeau dijo:

—Sí, y Harris Tomel está allí.

Tomel se acercaba hacia el alto policía de color. Estaban conversando informalmente, como si se conocieran.

Culbeau insistió:

—Si el chico está en la cabaña podrías necesitar alguna ayuda para hacerlo salir. ¿Qué podemos hacer?

—Este es un asunto policial, Rich. Vosotros tres, idos de aquí. Ahora. ¡Trey! —llamó al policía negro—. Sácalos.

El tercer policía, Ned, caminó hacia Lucy y Culbeau.

—Rich —lo llamó— ya no hay ninguna recompensa. Olvídala y…

El disparo del poderoso rifle de Culbeau abrió un agujero en el pecho de Ned y el impacto lo tiró varios metros hacia atrás. Trey miró a Harris Tomel, a sólo tres metros de él. Los dos hombres miraron a su alrededor tan conmocionados el uno como el otro. Ninguno se movió durante un instante.

Luego se oyó un alarido como el grito de una hiena, emitido por Sean O'Sarian, que levantó su rifle del ejército y disparó tres veces contra Trey por la espalda. Muerto de risa, desapareció por el campo.

—¡No! —gritó Lucy y levantó su pistola hacia Culbeau, pero para cuando disparó, los hombres estaban a cubierto en los altos pastos que rodeaban la cabaña.

# 37

Rhyme sintió el impulso instintivo de tirarse al suelo, pero, por supuesto, se quedó sentado en la silla de ruedas Storm Arrow. Más balas golpearon contra la camioneta donde Sachs y Lucy, ahora boca abajo en el césped, habían estado momentos antes. Thom estaba de rodillas, tratando de mover la pesada silla para sacarla de la depresión de tierra blanda donde estaba atascada.

—¡Lincoln! —gritó Sachs.

—Estoy bien. ¡Corre! Ve al otro lado de la camioneta. Cúbrete.

Lucy dijo:

—Pero Garrett nos puede dar desde allí.

Sachs rugió:

—¡Pero Garrett no es el maldito que nos dispara!

Otra ráfaga de escopeta falló por treinta centímetros; los perdigones sonaron a lo largo del porche. Thom puso el mecanismo de la silla de ruedas en automático y la empujó hacia el lado de la camioneta que daba a la cabaña.

—Mantente agachado —dijo Rhyme a su ayudante, que ignoró un disparo que silbó cerca de ellos destrozando una ventanilla lateral del vehículo.

Lucy y Sachs siguieron a los dos hombres a la zona sombreada que se extendía entre la camioneta y la cabaña.

—¿Por qué demonios están haciendo esto? —gritó Lucy. Disparó varios tiros e hizo que O'Sarian y Tomel corrieran en busca de refugio. Rhyme no podía ver a Culbeau pero sabía que el hombre se hallaba en algún lugar directamente frente a ellos. El rifle que llevaba era muy poderoso y estaba provisto de una gran mira telescópica.

—Quítame las esposas y dame el revólver —aulló Sachs.

—Dáselo —dijo Rhyme—. Tira mejor que tú.

—¡De ninguna manera! —la policía negó con la cabeza con expresión de sorpresa ante esta sugerencia. Más balas golpearon el metal de la camioneta y arrancaron trozos de madera del porche.

—¡Tienen unos jodidos rifles! —gritó Sachs con rabia—. No puedes competir con ellos. ¡Dame el revólver!

Lucy apoyó la cabeza contra un costado de la camioneta y observó conmocionada a los policías muertos que yacían sobre la hierba.

—¿Qué pasa? —murmuró, sollozando—. ¿Qué está pasando?

Su refugio, la camioneta, no les serviría durante mucho tiempo más. Los protegía de Culbeau y su rifle, pero los otros dos se acercaban por los costados. En pocos minutos iniciarían un fuego cruzado.

Lucy disparó dos veces más, hacia la hierba desde donde un momento antes había salido otra ráfaga de escopeta.

—No malgastes municiones —ordenó Sachs—. Espera hasta tener un blanco definido. Si no…

—Cállate de una vez —le gritó Lucy con furia. Se palmeó los bolsillos—. Perdí el maldito teléfono.

—Lincoln —dijo Thom—. Te voy a sacar de la silla. En ella eres un objetivo muy visible.

Rhyme asintió. El ayudante desató el arnés, colocó los brazos alrededor del pecho de Rhyme, lo sacó de la silla y lo puso sobre el suelo. Rhyme trató de levantar la cabeza para ver lo que pasaba pero una contractura, un calambre atroz, le agarró los músculos del cuello y tuvo que bajar la cabeza sobre la hierba hasta que el dolor pasó. Nunca se había sentido tan afectado por su inutilidad como en aquel momento.

Más disparos. Se acercaban. Y más risa insana por parte de O'Sarian.

—Eh, señorita, ¿dónde estás?

Lucy musitó:

—Casi están en posición.

—¿Municiones? —preguntó Sachs.

—Todavía tengo tres en la recámara, y un Speedloader.

—¿Con seis balas?

—Sí.

Un disparo dio en el respaldo de la Storm Arrow y la tiró a un costado. A su alrededor se levantó una nube de polvo.

Lucy disparó contra O'Sarian pero su risa y la respuesta graneada de su Colt dijeron que había fallado.

Los tiros del rifle también les hicieron advertir que en un minuto o dos estarían completamente rodeados. Morirían allí, tiroteados, atrapados en aquel lúgubre valle entre la camioneta destrozada y la cabaña. Rhyme se preguntó qué sentiría cuando las balas penetraran en su cuerpo. No sentiría dolor, por supuesto, ni siquiera una presión en su carne insensible. Miró a Sachs, que lo observaba con el desaliento reflejado en los ojos.

*Tu y yo, Sachs...*

Luego Rhyme miró hacia el frente de la cabaña.

—Mirad —llamó.

Lucy y Sachs siguieron sus ojos.

Garrett había abierto la puerta.

Sachs dijo:

—Entremos.

—¿Estás loca? —gritó Lucy—. Garrett está *con* ellos. Están de acuerdo.

—No —dijo Rhyme—. Ha tenido oportunidad de disparar desde la ventana y no lo hizo.

Dos disparos más, muy cerca. Los arbustos próximos crujieron.

Lucy levantó la pistola.

—¡No malgastes las municiones! —gritó Sachs. Pero Lucy se irguió y disparó dos rápidos tiros hacia el sonido. La piedra que uno de los hombres había lanzado para agitar los arbustos y engañar a Lucy para que saliera a descubierto rodó a la vista de todos. Lucy saltó a un lado justo cuando la ráfaga de la escopeta de Tomel, dirigida a su espalda, silbó a un lado y se incrustó en el costado de la camioneta.

—Mierda —gritó la policía. Tiró los cartuchos vacíos y recargó con el Speedloader.

—Adentro —dijo Rhyme—. Ahora.

Lucy asintió:

—De acuerdo.

Rhyme dijo:

—Llévame con el sistema del bombero —aquélla era una mala posición para transportar a un tetrapléjico, ponía tensión en partes del cuerpo que no estaban acostumbradas a ella, pero era más rápida y Thom estaría expuesto a los disparos durante el menor tiempo posible. Rhyme también pensaba que su propio cuerpo protegería al de Thom.

—No —dijo Thom.

—Hazlo, Thom. Sin discutir.

Lucy dijo:

—Os cubriré. Id los tres juntos. ¿Listos?

Sachs asintió. Thom levantó a Rhyme, acunándolo como a un niño entre sus fuertes brazos.

—Thom —protestó Rhyme.

—Cállate, Lincoln —soltó el ayudante—. Estamos haciéndolo a mi modo.

—Id —dijo Lucy.

Rhyme no pudo oir nada por el estruendo de algunos disparos. Todo se volvió confuso cuando subieron a la carrera los escasos escalones que llevaban a la cabaña.

Varias balas más penetraron en la madera de la cabaña cuando entraron. Un instante después Lucy irrumpió en el cuarto y cerró de un golpe la puerta. Thom puso a Rhyme suavemente sobre el canapé.

Rhyme vislumbró a una joven aterrorizada, sentada en una silla y que lo miraba. Mary Beth McConnell.

Garrett Hanlon, con su cara roja y manchada, los ojos muy abiertos por el miedo, se sentaba haciendo sonar las uñas de una mano como un maniático, sosteniendo el arma torpemente con la otra. Lucy le puso la pistola frente a la cara.

—¡Dame ese arma! —gritó—. ¡Ahora, ahora!

Garrett pestañeó e inmediatamente le dio la pistola. Lucy se la puso en el cinto y murmuró algo. Rhyme no lo pudo escuchar, estaba mirando los ojos sorprendidos y asustados del chico, los ojos de un niño. Y pensó: comprendo por qué tuviste que hacerlo, Sachs. Por qué creíste en él. Por qué tuviste que salvarlo.

Comprendo…

Dijo:

—¿Estáis todos bien?

—Bien —dijo Sachs.

Lucy asintió.

—En realidad —intervino Thom, casi pidiendo disculpas— no todos.

Levantó la mano que se apoyaba en su vientre liso y mostró la sangrienta herida por donde había penetrado la bala. Luego el ayudante cayó de rodillas, rompiendo los pantalones que con tanto esmero había planchado aquella misma mañana.

# 38

Examinar la herida para prevenir una hemorragia severa y detener la pérdida de sangre. Si fuera posible, controlar si el paciente sufre una conmoción.

Amelia Sachs, entrenada en un curso de primeros auxilios básicos de la NYPD para oficiales de patrulla, se inclinó sobre Thom y examinó la herida.

El ayudante yacía sobre la espalda, consciente pero pálido, sudando profusamente. Amelia apretó una mano sobre la herida.

—¡Quítame las esposas! —gritó—. No puedo asistirlo de esta forma.

—No —dijo Lucy.

—Jesús —murmuró Sachs y examinó lo mejor que pudo el estómago de Thom, con las esposas puestas.

—¿Cómo estás, Thom? —dejó escapar Rhyme—. Háblanos.

—No siento nada... Es como... Es gracioso... —puso los ojos en blanco y se desmayó.

Un crujido sobre sus cabezas. Una bala penetró por la pared, seguida por el estruendo de una ráfaga de escopeta que impactó en la puerta. Garrett alcanzó a Sachs un fajo de toallitas de papel. Ella las apretó contra la herida del vientre de Thom. Lo palmeó suavemente en la cara. Él no respondió.

—¿Está vivo? —preguntó Rhyme desalentado.

—Está respirando. Muy levemente pero respira. La herida de salida no es demasiado grave pero no sé que tipo de daño hay dentro.

Lucy miró rápido por la ventana y se agachó.

—¿Por qué están haciendo esto…?

Rhyme aventuró:

—Jim dijo que se dedicaban al licor ilegal. Quizá codiciaban este lugar y no querían que lo encontráramos. O quizá hay un laboratorio de drogas en las inmediaciones.

—Aparecieron dos hombres antes que vosotros, trataron de entrar —pudo decir Mary Beth—. Me dijeron que estaban exterminando campos de marihuana pero yo creo que la *cultivaban*. Podrían trabajar juntos.

—¿Dónde está Bell? —preguntó Lucy—. ¿Y Mason?

—Estará aquí en media hora —dijo Rhyme.

Lucy sacudió la cabeza con desánimo ante esta información. Luego miró por la ventana otra vez. Se puso rígida cuando pareció percatarse de un blanco. Levantó la pistola y apuntó con rapidez.

Demasiado rápido.

—¡No, déjame! —gritó Sachs.

Pero Lucy disparó dos veces. Su mueca les indicó que había errado. Entrecerró los ojos.

—Sean acaba de encontrar un bidón. Un bidón rojo. ¿Qué contiene, Garrett? ¿Gasolina? —el chico se acurrucó en el suelo, muerto de miedo—. ¡Garrett! ¡Háblame!

Se volvió hacia ella.

—¿El bidón rojo? ¿Qué hay en él?

—Es queroseno. Para el bote.

Lucy murmuró:

—Diablos, van a prendernos fuego para que salgamos.

—Mierda —gritó Garrett. Se puso de rodillas, mirando a Lucy con ojos desorbitados.

Sachs parecía ser la única que sabía lo que vendría.

—No, Garrett, no…

El muchacho la ignoró y abrió la puerta de golpe y medio corriendo y medio a gatas, atravesó el porche. Las balas impactaron en la madera, siguiéndolo… Sachs no podía saber si lo habían herido.

Entonces se hizo un silencio. Los hombres se acercaron a la cabaña con el queroseno.

Sachs miró alrededor del cuarto, lleno de polvo por el impacto de las balas y vio:

A Mary Beth, que se abrazaba llorando.

A Lucy, con los ojos llenos de un odio satánico, que examinaba su pistola.

A Thom, que lentamente se desangraba.

A Lincoln Rhyme, de espaldas, respirando con fuerza.

*Tu y yo…*

Con voz calma Sachs dijo a Lucy:

—Tenemos que salir. Tenemos que detenerlos. Nosotras dos.

—Ellos son tres y tienen rifles.

—Van a prender fuego a la cabaña. Nos quemaremos vivos o nos mataran cuando salgamos. No tenemos opción. Quítame las esposas. —Sachs levantó sus muñecas—. Tienes que hacerlo.

—¿Cómo puedo confiar en ti? —murmuró Lucy—. Nos preparaste una emboscada en el río.

Sachs preguntó:

—¿Una emboscada? ¿De qué hablas?

Lucy frunció el entrecejo.

—¿De qué estoy hablando? Usaste el bote como señuelo y disparaste contra Ned cuando lo fue a buscar.

—¡Qué dices! Tú pensaste que estábamos bajo el bote y nos disparaste.

—Sólo después que tu… —luego la voz de Lucy se apagó y movió la cabeza, al darse cuenta de lo sucedido.

Sachs dijo a la policía:

—Eran *ellos*. Culbeau y los otros. Uno de ellos disparó primero. Para asustaros y haceros ir más despacio…

—Y nosotros pensamos que érais vosotros.

Sachs levantó las muñecas.

—No tenemos opción.

La policía miró a Sachs con detenimiento; luego lentamente metió la mano en el bolsillo y sacó la llave de las esposas. Abrió los brazaletes de cromo. Sachs se restregó las muñecas.

—¿Cuál es la situación respecto a las municiones?

—Me quedan cuatro balas.

—Yo tengo cinco en mi cargador —dijo Sachs, tomando su Smith & Wesson de cañón largo de manos de Lucy y examinando el tambor.

Sachs miró a Thom. Mary Beth se adelantó.

—Yo lo cuidaré…

—Una cosa —dijo Sachs—, es gay. Se hizo los análisis pero…

—No importa —contestó la chica—. Tendré cuidado. Idos.

—Sachs —dijo Rhyme—. Yo…

—Luego, Rhyme. Ahora no tenemos tiempo. —Sachs se dirigió a la puerta, miró afuera rápidamente y sus ojos captaron la topografía del campo, lo que podía servir para cubrirse y las posiciones de tiro. Con las manos libres y con un poderoso revólver en la palma, se sentía confiada nuevamente. Aquél era su mundo: armas y velocidad. No podía pensar en Lincoln Rhyme y su operación, en la muerte de Jesse Corn, en la traición de Garrett Hanlon, en lo que le esperaba si salían de aquella terrible situación.

*Cuando te mueves no pueden pillarte…*

Dijo a Lucy:

—Saldremos por la puerta. Tú vas hacia la parte de atrás de la camioneta pero no te detengas, pase lo que pase. Sigue corriendo hasta llegar al pasto. Yo voy a la derecha, hacia ese árbol que está allí. Llegaremos a la hierba alta y nos agacharemos, nos moveremos hacia delante, hacia el bosque y los rodearemos.

—Nos verán salir por la puerta.

—Se supone que nos verán. Queremos que sepan que somos dos y que estamos en algún lugar del campo, entre la hierba. Se mantendrán nerviosos y mirando por encima del hombro. No dispares hasta no tener un blanco concreto. No puedes fallar. ¿Lo entiendes?… ¿Verdad?

—Sí.

Sachs tomó el pomo de la puerta con su mano izquierda. Sus ojos se encontraron con los de Lucy.

Uno de ellos, O'Sarian, con Tomel a su lado, arrastraba el bidón de queroseno hacia la cabaña, sin prestar atención a la puerta delantera. De manera que cuando las dos mujeres salieron corriendo, se dividieron y buscaron refugio, ninguno de los dos sacó el arma a tiempo para realizar un disparo certero.

Culbeau, ubicado de tal forma que podía cubrir el frente y los lados de la cabaña, no debía esperarse tampoco que saliera nadie, porque en el momento en que su rifle para ciervos disparó, tanto Sachs como Lucy rodaban en los altos pastos que rodeaban la cabaña.

O'Sarian y Tomel desaparecieron también en los pastos. Culbeau gritó:

—Las dejásteis salir. ¿Qué mierda estáis haciendo? —disparó otra vez contra Sachs, que se tiró a tierra; cuando miró de nuevo también Culbeau se ocultó.

Había tres víboras mortales frente a las mujeres. Y ni una pista de dónde estaban.

Culbeau gritó:

—Id a la derecha.

Uno de los otros dos respondió:

—¿Hacia dónde? —Sachs pensó que era Tomel.

—Pienso… espera.

Luego, silencio.

Sachs se deslizó hacia donde había visto a Tomel y O'Sarian un instante antes. Apenas si podía vislumbrar algo rojo y se movió en esa dirección. La brisa cálida empujó a un lado los pastos y Sachs vio que era el bidón de queroseno. Se acercó unos metros más, y cuando el viento cooperó nuevamente, apuntó hacia abajo y disparó directamente al fondo del bidón que tembló por el impacto y derramó un líquido claro.

—Mierda —gritó uno de los hombres y escuchó un movimiento entre los arbustos cuando, supuso Sachs, se alejó del bidón, que no obstante no se prendió.

Mas ruidos, pisadas.

¿Pero de dónde provenían…?

Sachs vio un destello de luz a quince metros dentro del campo. Era cerca de donde había estado Culbeau, y Sachs pensó que sería la mira telescópica o el receptor de su poderoso rifle. Levantó la cabeza con cuidado y se encontró con la mirada de Lucy, se señaló a sí misma y luego al destello. La policía asintió e hizo un gesto hacia el costado. Sachs afirmó con la cabeza.

Pero cuando Lucy se dirigió a través de la hierba hacia el costado izquierdo de la cabaña, corriendo agachada, O'Sarian se irguió y, riéndose como un loco, comenzó a disparar con su Colt. Lucy constituía, en aquel momento, un blanco perfecto y sólo porque O'Sarian era un tirador impaciente se salvó. La policía se echó a tierra mientras a su alrededor saltaba el polvo, luego se levantó y disparó una bala, que pasó muy cerca del hombrecillo, que buscó refugio dando un salto y gritando.

—¡Buen intento, cariño!

Sachs siguió hacia adelante, hacia el nido de francotirador de Culbeau. Escuchó varios disparos más. Tiraban con un revólver, un rifle militar y una escopeta.

Estaba preocupada por que hubieran herido a Lucy, pero un instante después escuchó la voz de la joven que gritaba:

—Amelia, va hacia ti…

El ruido de pisadas sobre la hierba. Una pausa. Crujidos. ¿Quién era? ¿Dónde estaba? Sintió pánico y miró a su alrededor, mareada.

Luego, el silencio. La voz de un hombre gritó algo ininteligible.

El viento dividió nuevamente los pastos y Sachs vio el destello de la mira telescópica del rifle de Culbeau. Estaba casi frente a ella, a quince metros, en una pequeña elevación, un buen lugar desde donde disparar. Podía aparecer entre los pastos con su formidable rifle y cubrir todo el campo. Marchó a gatas con rapidez, convencida de que estaría apuntando a Lucy a través de la poderosa mira telescópica, o a la cabaña y a Rhyme, o Mary Beth a través de la ventana.

¡Más rápido, más rápido!

Se puso de pie y comenzó a correr agachada. Culbeau estaba todavía a diez metros.

Pero sucedió que Sean O'Sarian estaba mucho más cerca, como descubrió Sachs cuando corrió hacia el claro y se lo llevó por delante. El hombre jadeó cuando la chica cayó de espaldas. Olía a licor y sudor.

Sus ojos eran los de un loco; parecía tan enajenado como un esquizofrénico.

Tras un instante interminable, Sachs levantó su pistola y él dirigió el Colt hacia ella. Sachs saltó hacia atrás y se escondió en los pastos. Ambos dispararon simultáneamente. La chica escuchó los tres disparos con los que O'Sarian vació su cargador. Erró los tres. Ella también erró su único disparo; cuando se echó por tierra y buscó un blanco, el hombre saltó por el campo, aullando.

No pierdas la oportunidad, se dijo Sachs. Y se arriesgó a que Culbeau le diera cuando se levantó y apuntó contra O'Sarian. Pero antes de que pudiera disparar, Lucy Kerr se plantó y disparó una vez mientras él corría hacia ella. La cabeza del hombre se levantó y pudo verse como se tocaba el pecho. Otra carcajada. Luego desapareció en los pastos.

La expresión de la cara de Lucy era de conmoción. Sachs se preguntó si sería la primera vez que mataba en acto de servicio. Luego Lucy se tiró al suelo. Un momento después varias ráfagas de escopeta destruían la vegetación donde había estado.

Sachs continuó yendo hacia Culbeau, que ahora se movía muy rápido. Era posible que conociera la posición de Lucy y cuando la chica se pusiera de pie otra vez le ofrecería un blanco perfecto.

Ocho metros, cinco...

El destello de la mira telescópica se hizo más brillante. Sachs se tiró al suelo. Se encogió, esperando el disparo. Pero aparentemente el hombre no la había visto. No hubo disparos y ella siguió el avance arrastrando el vientre, dirigiéndose a la derecha para flanquearlo. Sudaba y la artritis atormentaba sus articulaciones.

Dos metros.

Lista.

Se encontraba en una mala posición de tiro porque, al estar Culbeau en una colina, con el fin de apuntarle correctamente tendría que rodar hasta el claro a la derecha del hombre y ponerse de pie. No habría refugio. Si no lo superaba inmediatamente, ofrecería un blanco muy claro. Y aun si lo hería, Tomel dispondría de algunos largos segundos para darle con la escopeta de perdigones.

Pero no se podía hacer otra cosa.

*Cuando te mueves...*

Arriba el Smittie, presiona el gatillo.

Una respiración profunda...

No te pueden dar.

¡Ahora!

Saltó hacia delante y rodó por el claro. Se apoyó en una rodilla y apuntó al rifle.

Y gimió de desánimo.

El «rifle» de Culbeau era un caño de una antigua destiladora y la mira una parte de una botella apoyada en lo alto. Exactamente la misma triquiñuela que ella y Garrett habían utilizado en la casa a orillas del Paquenoke.

Engañada...

El pasto crujió cerca. Una pisada. Amelia Sachs se tiró al suelo como una polilla.

Las pisadas se acercaban a la cabaña, pisadas poderosas, primero a través de los matorrales y luego a través de la tierra y más tarde sobre los escalones de madera que llevaban a la cabaña. Se movían lentamente. A Rhyme le sonaban más a despreocupación que a cautela. Lo que significaba que estaban confiados y por lo tanto eran peligrosos.

Lincoln Rhyme se esforzó por levantar la cabeza del canapé pero no pudo ver quién se acercaba.

Un crujido de las maderas del suelo y Rich Culbeau, llevando un largo rifle, miró hacia adentro.

Rhyme sintió otro acceso de pánico. ¿Estaba bien Sachs? ¿Le había impactado uno de las docenas de disparos que había oído? ¿Yacía herida en algún lugar del polvoriento campo? ¿O muerta?

Culbeau miró a Rhyme y a Thom y llegó a la conclusión de que no constituían una amenaza. Todavía parado en la puerta, preguntó a Rhyme.

—¿Dónde está Mary Beth?

Rhyme mantuvo la mirada del hombre y contestó:

—No lo sé. Corrió hacia afuera a buscar ayuda. Hace cinco minutos.

Culbeau echó un vistazo por el cuarto y luego sus ojos se detuvieron en la puerta del sótano.

Rhyme dijo rápidamente:

—¿Por qué hace esto? ¿Qué está buscando?

—Corrió hacia afuera, ¿no? No la vi hacerlo. —Culbeau entró en la cabaña y sus ojos se mantuvieron en la puerta del sótano. Luego señaló con la cabeza detrás de él, hacia el campo—. No deberían haberlo dejado solo aquí. Cometieron un error —estudiaba el cuerpo de Rhyme—. ¿Qué le pasó?

—Me lesioné en un accidente.

—Usted es el tipo de Nueva York del que todos hablan, el que descubrió que Mary Beth estaba aquí. ¿Realmente no se puede mover?

—No.

Culbeau emitió una risita de curiosidad como si hubiera pescado una clase de pez desconocido.

Los ojos de Rhyme se dirigieron a la puerta del sótano y luego de vuelta a Culbeau.

El hombre dijo:

—Seguro que se metió en un lío con esto. Más de lo que supone...

Rhyme no contestó nada y finalmente Culbeau caminó hacia delante y apuntó con su rifle, que sostenía con una mano, a la puerta del sótano.

—Mary Beth se fue, ¿verdad?

—Se fue corriendo. ¿Adónde va usted? —preguntó Rhyme.

Culbeau dijo:

—Ella esta allí, ¿no es cierto? —abrió la puerta rápidamente y disparó, metió un cartucho y disparó otra vez. Tres veces más. Luego escudriñó la oscuridad llena de humo y cargó el arma de nuevo.

Fue entonces cuando Mary Beth McConnell, blandiendo su primitivo garrote, salió de detrás de la puerta delantera, donde había estado esperando. Frunció el ceño con determinación y golpeó fuerte con el arma. Le dio a un costado de la cabeza de Culbeau, rasgando parte de la oreja. El rifle cayó de su mano y se deslizó escaleras abajo hacia la oscuridad del sótano. Pero no estaba muy lastimado. Amagó con su enorme puño y golpeó a Mary Beth directamente en el pecho. Ella jadeó y cayó al suelo, sin resuello. Quedó de costado, lamentándose.

Culbeau se tocó la oreja y examinó la sangre. Luego observó a la chica. De una funda que tenía en el cinto tomó una navaja retráctil y la abrió. Cogió a la muchacha por el pelo y la levantó, dejando expuesta su garganta.

Ella lo cogió por la muñeca y trató de detenerlo, pero los brazos del hombre eran enormes y la hoja oscura se acercaba cada vez más a su garganta.

—Detente —ordenó una voz desde el umbral. Garrett Hanlon estaba entrando a la cabaña y en sus manos sostenía una gran roca gris. Se acercó a Culbeau—. Déjala ya y sal de aquí.

Culbeau soltó el cabello de Mary Beth cuya cabeza dio contra el suelo. El hombre retrocedió. Tocó de nuevo su oreja e hizo un gesto de dolor.

—Eh, muchacho, ¿quién eres tú para ordenarme nada?

—Vamos, sal…

Culbeau rió fríamente.

—¿Por qué volviste? Peso cuarenta kilos más que tú. Y tengo una navaja Buck. Todo lo que tú tienes es esa piedra. Bueno, ven aquí. Veamos quién gana y terminemos con esto.

Garrett hizo sonar dos veces las uñas. Se agachó como un luchador y caminó hacia delante con lentitud. Su cara mostraba una determinación siniestra. Simuló lanzar la piedra varias veces y Culbeau retrocedió e hizo una finta. Luego se rió, pues evaluó a su adversario y dedujo que no constituía una gran amenaza. Se lanzó hacia delante y arrojó el cuchillo hacia el angosto vientre de Garrett. El chico saltó hacia atrás y la hoja no le dio. Pero Garrett había calculado mal la distancia y se golpeó con fuerza contra el muro. Cayó de rodillas, atontado.

Culbeau se limpió la mano en los pantalones y cogió el cuchillo nuevamente. Inspeccionó a Garrett sin emoción, como si estuviera a punto de rematar un ciervo. Caminó hacia el chico.

Se produjo entonces un movimiento confuso en el suelo. Mary Beth, todavía echada, cogió el garrote y lo estrelló contra el tobillo de Culbeau, quien gritó al recibir el golpe y se volvió hacia la chica, levantando el cuchillo. Pero Garrett se lanzó hacia adelante y lo empujó con fuerza en el hombro. Culbeau perdió el equilibrio y se deslizó de rodillas por las escaleras del sótano. Se pudo detener a medio camino.

—Eres una mierdecita —gruñó.

Rhyme vio que Culbeau buscaba a tientas su rifle en las oscuras escaleras del sótano.

—¡Garrett! ¡Ve por el rifle!

El chico se limitó a caminar lentamente hacia el sótano y levantó la piedra. Pero no la tiró. ¿Qué estaba haciendo?, se preguntó Rhyme. Observó cómo Garrett sacaba un tapón de tela de un extremo. Bajó la vista hacia Culbeau y dijo:

—No es una piedra.

Y, cuando las primeras avispas de chaqueta amarilla salieron volando del agujero, lanzó el nido a la cara de Culbeau y cerró de un golpe la puerta del sótano. Puso el cerrojo y retrocedió.

Dos balas atravesaron la madera de la puerta del sótano y se perdieron en el techo.

Pero no hubo más disparos. Rhyme pensó que Culbeau dispararía más de una vez.

Pero también pensó que los aullidos provenientes del sótano durarían más de lo que lo hicieron.

Harris Tomel supo que era hora de salir de aquel infierno y volver a Tanner's Corner.

O'Sarian estaba muerto, no se perdía nada y Culbeau había entrado en la cabaña para despachar al resto. De manera que la tarea de Tomel consistía en encontrar a Lucy. Pero no le importaba. Todavía sentía vergüenza por haber retrocedido cuando se enfrentó a Trey Williams y fue aquel loquito de mierda de O'Sarian quien le salvó la vida.

Bueno, no iba a paralizarse otra vez.

Luego, cerca de un árbol un poco alejado, vislumbró algo marrón. Observó. Sí, allí, a través de una bifurcación de dos ramas, podía distinguir la blusa marrón del uniforme de Lucy Kerr.

Con la escopeta de dos mil dólares en la mano, se acercó más. No era un buen disparo, no se presentaba un blanco claro. Sólo parte de su pecho, visible a través de la horqueta de un árbol. Un disparo difícil con un rifle. Pero posible con la escopeta. Puso el obturador al final de la boca del cañón a fin de que los perdigones se desparramaran en un radio más amplio y tuviera una ocasión mejor de darle a la chica.

Se irguió, colocó la mira para que diera justo en el centro de la blusa y apretó el gatillo.

Un gran retroceso del arma. Luego Tomel entrecerró los ojos para ver si había dado en su objetivo.

Oh, Cristo... ¡Otra vez, no! La blusa flotaba en el aire, impulsada por el impacto de los perdigones. Lucy la había colgado en un árbol para engañarlo y hacer que descubriera su posición.

—Quédate quieto, Harris —ordenó la voz de Lucy, detrás de él—. Ya terminó todo...

—Estuvo bien —dijo él—. Me engañaste —se volvió para mirarla, sosteniendo la Browning a nivel de la cintura, escondido en la hierba y con la escopeta apuntando en dirección a la policía. Ella tenía una camiseta blanca.

—Deja caer tu arma —ordenó la chica.

—Ya lo hice —dijo él.

No se movió.

—Déjame ver tus manos. En el aire. Ahora, Harris. Último aviso.

—Mira, Lucy...

El paso medía un metro. Se dejaría caer y dispararía para darle en las rodillas. Luego la remataría a quemarropa. No obstante, era un riesgo. Ella todavía podría disparar una o dos veces.

Luego él se percató de algo: una mirada en sus ojos. Una mirada de incertidumbre. Y le pareció que la policía sostenía el arma demasiado amenazadoramente.

Estaba echándose un farol.

—No tienes más municiones —dijo Tomel, sonriente.

Hubo una pausa y la expresión de la cara de Lucy lo confirmó. Tomel levantó la escopeta con ambas manos y le apuntó. Ella miró hacia atrás sin esperanzas.

—Pero yo sí —dijo una voz cercana. ¡La pelirroja! La miró y el instinto dijo al hombre: «Es una mujer. Vacilará. Puedo disparar primero.» Se volvió hacia ella.

La pistola en manos de Sachs disparó y lo último que sintió Tomel fue un golpecito a un costado de la cabeza.

Lucy Kerr vio tambalearse a Mary Beth hasta el porche y gritar que Culbeau estaba muerto y que Rhyme y Garrett estaban bien.

Amelia Sachs asintió y caminó hacia el cuerpo de Sean O'Sarian. Lucy volvió su atención hacia el de Harris Tomel. Se inclinó y cogió con manos temblorosas la escopeta Browning. Pensó que si bien debería sentirse horrorizada por tomar aquella elegante arma del muerto, en realidad todo lo que pensaba era en la propia escopeta. Se preguntaba si estaría cargada todavía.

La pregunta fue contestada al martillar el arma, perdió un cartucho pero se aseguró de que había otro en la recámara.

A quince metros de ella Sachs se inclinaba sobre el cuerpo de O'Sarian, examinándolo, apuntando con su pistola al cadáver. Lucy se preguntó por qué se molestaba en hacerlo, luego decidió que sería el procedimiento usual.

Encontró su blusa y se la puso. Estaba rasgada por los perdigones de la escopeta pero le daba vergüenza su cuerpo con la liviana camiseta. Lucy se recostó contra el árbol, respiró pesadamente por el calor y observó la espalda de Sachs.

*Simple furia, por las traiciones de su vida. La traición de su cuerpo, de su marido, de Dios.*

*Y ahora de Amelia Sachs.*

Miró hacia atrás, donde yacía Harris Tomel. Había una línea directa de visión desde donde Tomel estuvo hasta la espalda de Amelia. El guión era plausible: Tomel había estado escondido en los pastos. Se levantó, disparó a Sachs por la espalda con su escopeta. Lucy entonces cogió el revólver de Sachs y mató a Tomel. Nadie diría algo distinto, excepto la propia Lucy y, quizá, el espíritu de Jesse Corn.

Lucy levantó la escopeta, que parecía tener tan poco peso como una flor de espuela de caballero en sus manos. Apretó la suave y fragante culata contra su mejilla, que le recordó la forma en que había apretado su cara contra el resguardo cromado de la cama de hospital después de la mastectomía. Dirigió la mira del liso cañón hacia la negra camiseta de la mujer y la detuvo en la espina dorsal. Moriría sin dolor. Y rápido.

Tan rápido como había muerto Jesse Corn.

Se trataba de canjear una vida culpable por una inocente.

*Querido Dios, dame un solo disparo certero contra mi Judas...*

Lucy miró a su alrededor. No había testigos.

Su dedo se dobló alrededor del gatillo, se tensó.

Con los ojos semicerrados, mantuvo firme la punta de cobre de la mira gracias a sus brazos fortalecidos por años de jardinería, años de administrar una casa, y una vida propia. Apuntó al centro exacto de la espalda de Sachs.

La brisa caliente sopló a través de la hierba que la rodeaba. Pensó en Buddy, en su cirujano, en su casa y su jardín.

Lucy bajó el ama.

La martilló hasta que estuvo vacía y con la cantonera reforzada en su cadera y la boca del cañón hacia el cielo, la llevó a la camioneta que estaba frente a la cabaña. La puso en el suelo y encontró su teléfono móvil. Llamó a la policía del Estado.

El helicóptero sanitario fue el primero en llegar y los médicos rápidamente sacaron a Thom bien envuelto y volaron con él al centro médico. Uno se quedó para cuidar de Rhyme, cuya tensión arterial rozaba el punto crítico.

Cuando los mismos agentes del Estado aparecieron en un segundo helicóptero unos minutos después, fue a Amelia Sachs a quien arrestaron primero y dejaron esposada con las manos atrás, sentada en la tierra caliente en el exterior de la cabaña, mientas entraban para arrestar a Garett Hanlon y leerle sus derechos.

# 39

Thom sobreviviría.

El doctor del Departamento de Emergencias del Centro Médico Universitario de Avery dijo lacónicamente: «¿La bala? Entró y salió. No tocó nada importante.» Sin embargo, el ayudante estaría de baja un mes o dos.

Ben Kerr se había ofrecido como voluntario para faltar a clase y quedarse unos días en Tanner's Coner para ayudar a Rhyme. El joven pudo mascullar:

—Realmente no mereces mi ayuda, Lincoln. Quiero decir, demonios, que nunca te cuidas a ti mismo.

Como todavía no se sentía seguro con las bromas sobre inválidos, miró rápidamente a Rhyme para ver si esta clase de chiste era aceptable. La mueca agria del criminalista le confirmó que lo era. Rhyme añadió que, si bien valoraba mucho el ofrecimiento, el cuidado y la alimentación de un tetrapléjico constituyen una tarea ardua y a tiempo completo. En gran medida también poco agradecida, sobre todo si el paciente era Lincoln Rhyme. Así que la doctora Cheryl Weaver estaba haciendo los arreglos para que un asistente profesional del centro médico ayudara al criminalista.

—Pero quédate por aquí, Ben —le dijo—. Todavía puedo necesitarte. La mayoría de los ayudantes no duran más de unos días.

Los cargos contra Amelia Sachs eran graves. Las pruebas de balística demostraron que la bala que mató a Jesse

Corn provenía de su arma y, a pesar de que Ned Spoto estaba muerto, Lucy Kerr había prestado declaración y describió lo que Ned le había comentado sobre el incidente. Bryan McGuire ya había anunciado que pediría la pena de muerte. El bonachón Jesse Corn era una figura popular en la ciudad, y ya que fue muerto tratando de arrestar al Muchacho Insecto, se habían levantado muchas voces que reclamaban una condena a muerte.

Jim Bell y la policía estatal fueron los que investigaron por qué Culbeau y sus amigos atacaron a Rhyme y los policías. Un investigador de Raleigh encontró decenas de miles de dólares en efectivo escondidas en sus casas. «Es mucho para deberse al alcohol ilegal», manifestó el detective. Luego repitió lo que había pensado Mary Beth: «Esa cabaña debe de estar cerca de una plantación de marihuana, esos tres la explotarían, junto a los hombres que atacaron a Mary Beth. Garrett debe de haber interferido en sus operaciones».

Al día siguiente de los terribles acontecimientos en la cabaña de los destiladores de alcohol ilegal, Rhyme estaba sentado en la Storm Arrow, que se podía conducir a pesar del estigma del agujero de bala, en el laboratorio improvisado, a la espera de la llegada del nuevo ayudante. Malhumorado, cavilaba acerca del destino de Sachs cuando una sombra apareció en el umbral.

Alzó la vista y vio a Mary Beth McConnell. Ella entró en el cuarto.

—Señor Rhyme...

Él advirtió cuán bonita era, qué ojos confiados tenía, qué sonrisa pronta. Comprendió por qué Garrett se había encaprichado con ella.

—¿Cómo está tu cabeza? —preguntó, señalando el vendaje en su frente.

—Tengo una cicatriz espectacular. No creo que pueda llevar el pelo peinado hacia atrás. Pero no hay ningún daño serio.

Como todos, Rhyme se sintió aliviado al saber que Garrett no la había violado. El chico había dicho la verdad sobre el pañuelo de papel ensangrentado: la asustó en el sótano de la cabaña y al enderezarse, ella se golpeó la cabeza con una viga baja. En ese momento Garrett, se excitó visiblemente, era cierto, pero eso se debía a las hormonas de un adolescente de dieciséis años; sin embargo no la había tocado más que para llevarla con cuidado escaleras arriba, limpiar la herida y vendarla. Incluso le pidió disculpas un montón de veces por haberla herido.

La chica le dijo a Rhyme:

—Sólo quiero darle las gracias. No sé qué hubiera hecho de no ser por usted. Lamento lo de su amiga, la policía. Pero si no fuera por ella ahora estaría muerta. Estoy segura de ello. Esos hombres iban a... bueno, se lo puede imaginar. Agradézcaselo de mi parte.

—Lo haré —dijo Rhyme—. ¿Te importaría contestarme una pregunta?

—¿Qué?

—Sé que hiciste una declaración ante Jim Bell pero sólo conozco lo que pasó en Blackwater Landing por las evidencias. Y algunas no eran claras. ¿Me podrías contar lo sucedido?

—Seguro... Yo estaba cerca del río, limpiando algunos de los vestigios que había encontrado. Levanté la vista y allí estaba Garrett. Me puse nerviosa. No quería que me molestaran. Siempre que me veía se acercaba y comenzaba a charlar como si fuésemos amigos íntimos. Esa mañana estaba agitado. Decía cosas como: «No deberías haber venido sola, es peligroso, la gente muere en Blackwater Landing». Ese tipo de cosas. Me quería asustar. Le dije que me dejara tranquila, que tenía una tarea que realizar. Me tomó de la mano e intentó hacer que me alejara. Luego Billy Stail salió del bosque y dijo: «Hijo de puta», o algo así y comenzó a golpear a Garrett con una pala, pero Garrett se la quitó y lo mató. Luego me cogió de nuevo, me hizo entrar en el bote y me llevó a la cabaña.

—¿Cuánto tiempo hacía que Garrett te acechaba?

Mary Beth se rió.

—¿Acecharme? No, no. Usted ha estado hablando con mi madre, seguramente. Yo estaba en el centro de la ciudad, hace más o menos seis meses y algunos de los chicos de su instituto se estaban metiendo con él. Los asusté e hice que se fueran. Eso me convirtió en su novia, imagino. Me seguía por todas partes, pero eso era todo. Me admiraba de lejos, ese tipo de cosas. Estaba segura de que era inofensivo —su sonrisa se desvaneció—. Hasta el otro día —Mary Beth miró su reloj—. Debo irme. Pero quería preguntarle, y esa es la otra razón por la que vine, si no los necesita ya como evidencia, ¿me puedo llevar el resto de los huesos?

Rhyme, cuyos ojos estaban mirando por la ventana mientras por su mente cruzaban pensamientos acerca de Amelia Sachs, se volvió lentamente hacia Mary Beth.

—¿Qué huesos? —preguntó.

—Los de Blackwater Landing, donde Garrett me secuestró.

Rhyme sacudió la cabeza.

—¿Qué quieres decir?

El rostro de Mary Beth mostró preocupación.

—Los huesos, esos eran los vestigios que encontré. Estaba desenterrando el resto cuando Garrett me secuestró. Son muy importantes… ¿Quiere decir que se han perdido?

—Nadie recuperó ningún hueso de la escena del crimen —dijo Rhyme—. No estaban en el informe de las evidencias.

Ella sacudió la cabeza.

—No, no... ¡No pueden haberse perdido!

—¿Qué clase de huesos?

—Encontré los restos de algunos de los Colonos Perdidos de Roanoke. Son de finales del siglo XVI.

La historia que conocía Rhyme se limitaba en gran medida a la de la ciudad de Nueva York.

—No estoy demasiado familiarizado con eso —dijo, si bien asintió cuando ella le explicó acerca de los colonos de Roanoke y su desaparición—. Recuerdo algo de lo que aprendí en la escuela. ¿Por qué piensas que eran sus restos?

—Los huesos eran realmente viejos y deteriorados y no se encontraban en un lugar de enterramiento de los Algonquin ni en un cementerio colonial. Estaban enterrados en el suelo sin inscripciones ni nada. Es típico de lo que los guerreros hacían con los cuerpos de sus enemigos. Aquí... —abrió su mochila— ya había guardado algunos antes de que me llevara Garrett —le mostró varios, envueltos en papel cebolla, ennegrecidos y carcomidos. Rhyme reconoció un radio, una porción de omóplato, una cadera y varios centímetros de fémur.

—Había una docena más —dijo la chica—. Este es uno de los mayores descubrimientos en la historia arqueológica de los Estados Unidos. Son muy valiosos. *Tengo* que encontrarlos.

Rhyme miró fijamente el radio, uno de los dos huesos del antebrazo. Después de un momento levantó la vista.

—¿Podrías ir por el pasillo hasta el departamento del sheriff? Pregunta por Lucy Kerr y pídele que venga aquí un minuto.

—¿Es por lo de los huesos?

—Podría ser.

Era una expresión del padre de Amelia: cuando te mueves no pueden pillarte.

La expresión significaba varias cosas. Pero más que nada era una declaración de la filosofía que compartían padre e hija. Ambos admiraban los coches veloces, amaban el trabajo policial en las calles, temían los espacios cerrados y las vidas que iban a ninguna parte.

Pero ahora la habían encerrado.

Para siempre.

Y sus valiosos coches, su hermosa vida como policía, su vida con Lincoln Rhyme, su futuro con hijos... todo estaba destruido.

Sachs, en la celda de la prisión, sufría el ostracismo. Los policías que le traían comida y café no decían nada, se limitaban a mirarla con frialdad. Rhyme logró que un abogado volara desde Nueva York pero, como gran parte de los oficiales de policía, Sachs conocía tanto derecho penal como la mayoría de los abogados. Sabía que, aunque el eminente defensor de Nueva York y el fiscal de distrito del condado de Paquenoke llegaran a un acuerdo, su vida tal como era hasta entonces había terminado. Su corazón estaba tan paralizado como el cuerpo de Rhyme.

Sobre el suelo un insecto de alguna clase hacía un caminito diligente desde un muro al otro. ¿Cuál era su misión? ¿Comer, aparearse, encontrar refugio?

*Si toda la gente de la Tierra desapareciera mañana, el mundo seguiría andando muy bien. Pero si los insectos desaparecieran, entonces, también la vida desaparecería rápidamente, digamos en una generación. Morirían las plantas, luego los animales y la Tierra se convertiría de nuevo en la gran roca que fue un día.*

La puerta de la oficina principal se abrió. Un policía que no conocía apareció en el umbral.

—Tiene una llamada.

Abrió la puerta de la celda y la condujo hasta una pequeña mesa de metal donde estaba el teléfono. Sería su madre, supuso Sachs. Rhyme iba a hablar con ella y contarle lo sucedido. O quizá fuera su mejor amiga de Nueva York, Amy.

Pero no, cuando cogió el auricular, con las pesadas cadenas en sus muñecas haciendo ruido, la que escuchó fue la voz de Rhyme.

—¿Cómo estás, Sachs? ¿Cómoda?

—Estoy bien —musitó ella.

—Ese abogado estará aquí esta noche. Es bueno. Se dedica al derecho penal desde hace veinte años. Consiguió la libertad de un sospechoso en un caso de robo en donde yo fundamenté la acusación. Cualquiera que haga eso tiene que ser capaz, tú lo sabes.

—Rhyme, vamos a ver. ¿Por qué se iba a tomar tanta molestia? Soy una extraña que saqué a un asesino de la cárcel y maté a uno de los policías locales. No tengo ninguna posibilidad.

—Hablaremos de tu caso más tarde. Tengo que preguntarte algo más. Pasaste un par de días con Garrett. ¿Hablasteis de algo?

—Ya lo creo.

—¿De qué?

—No lo sé. Insectos. Los bosques, el pantano —¿Por qué le preguntaba esas cosas?—. No me acuerdo.

—*Necesito* que te acuerdes. Necesito que me repitas todo lo que dijo.

—¿Por qué molestarse, Rhyme? —insistió.

—Vamos, Sachs. Complace a un viejo inválido.

# 40

Lincoln Rhyme estaba solo, en el laboratorio improvisado, mirando los diagramas de evidencias.

ENCONTRADO EN LA ESCENA PRIMARIA DEL CRIMEN
BLACKWATER LANDING

Kleenex con sangre
Polvo de caliza
Nitratos
Fosfatos
Amoniaco
Detergente
*Canfeno*

ENCONTRADO EN LA ESCENA SECUNDARIA DEL CRIMEN
EL CUARTO DE GARRETT

Almizcle de mofeta
Agujas de pino cortadas
Dibujos de insectos
Fotos de Mary Beth y de su familia
Libros de insectos
Hilo de pescar

Dinero
Llave desconocida
Queroseno
Amoniaco
Nitratos
Canfeno

ENCONTRADO EN UNA ESCENA SECUNDARIA
DEL CRIMEN — LA MINA

Vieja bolsa de arpillera — Con un nombre ilegible
Maíz — ¿Forraje y cereales?
Huellas de algo chamuscado
Agua Deer Park
Crackers de queso
Mantequilla de cacahuete Planters

ENCONTRADO EN LA ESCENA SECUNDARIA DEL CRIMEN
EL MOLINO

Pintura marrón en los pantalones
Drosera
Arcilla
Musgo de turba — Zumo de frutas
Fibras de papel
Cebo de bolas malolientes
Azúcar
Canfeno
Alcohol
Queroseno
Levadura

Luego estudió el mapa, y recorrió con sus ojos el curso del río Paquenoke desde el pantano Great Dismal, por Blackwater Landing, hasta la terminación en meandros al oeste.

Había un pico en el rígido papel del mapa, una arruga que daban ganas de alisar.

Esa ha sido mi vida en los últimos años, pensó Lincoln Rhyme: picazones que no pueden rascarse.

Quizá pronto sea capaz de hacerlo. Después de que la doctora Weaver corte y suture y me llene con sus pociones mágicas y los ungüentos de tiburones jóvenes... quizá entonces sea capaz de deslizar la mano por mapas como esos y alisar una pequeña arruga.

Un gesto innecesario, realmente sin sentido. Pero qué victoria sería.

Sonaron unas pisadas. Botas, dedujo Rhyme por el sonido. Con sólidos tacones de cuero. Por los intervalos entre las pisadas tenía que ser un hombre alto. Rhyme esperaba que fuera Jim Bell y así resultó.

Respiró con cuidado en el controlador que manejaba su silla de ruedas y se alejó de la pared.

—Lincoln —exclamó el sheriff—. ¿Qué pasa? Nathan dijo que era urgente.

—Entra. Cierra la puerta. Pero primero, ¿hay alguien en el vestíbulo?

Bell dibujó una débil sonrisa ante tanta intriga y miró con cuidado.

—Vacío.

Rhyme pensó que el primo de este hombre, Roland, hubiera pronunciado algún dicho del Sur. «Tranquilo como una iglesia el día de paga» era uno que había escuchado decir de vez en cuando al Bell del norte.

El sheriff cerró la puerta y luego se acercó a la mesa, se apoyó en ella y cruzó los brazos. Rhyme se volvió un poco y siguió estudiando el mapa de la región.

—Nuestro mapa no abarca suficiente terreno al norte como para mostrar el canal del pantano Dismal, ¿verdad?

—¿El canal? No, no aparece allí.

Rhyme preguntó:

—¿Qué sabes de él?

—No mucho, realmente —dijo Bell con deferencia. Conocía a Rhyme desde hacía poco tiempo pero sabía cuándo hablar con franqueza.

—He estado investigando un poco —dijo Rhyme, señalando el teléfono—, el canal del pantano Dismal es parte de la Vía Navegable Intercostera. ¿Sabes que puedes tomar un barco desde Norfolk, Virginia y navegar hasta Miami sin tener que salir a mar abierto?

—Seguro. Todos en Carolina conocen la Intracoastal. Nunca navegué por ella. No soy un gran navegante. Me mareo viendo *Titanic*.

—Tardaron doce años en construir el canal. Tiene veintidós millas de largo. Se cavó totalmente a mano. Sorprendente, ¿no crees?... Relájate, Jim. Ya llegaremos al tema. Te lo prometo. Mira a esa línea de allí, la que está entre Tanner's Corner y el río Paquenoke. G-11 a G-10 en el mapa.

—¿Te refieres a *nuestro* canal, el canal Blackwater?

—Exacto. Bien, un barco podría navegar por ahí hasta el Paquo, luego al Great Dismal y...

Las pisadas que se acercaban no eran tan ruidosas como las de Bell, pues la puerta estaba cerrada y no se hicieron oír hasta que se abrió la puerta. Rhyme dejó de hablar.

Mason Germain estaba en el umbral. Miró a Rhyme, luego a su jefe y dijo:

—Me preguntaba dónde te habrías metido, Jim. Tenemos que hacer una llamada a Elizabeth City. El capitán Dexter tiene algunas preguntas acerca de lo que sucedió en la cabaña de los destiladores.

—Sólo estaba aquí charlando con Lincoln. Hablábamos de…

Pero Rhyme lo interrumpió con rapidez.

—Escucha, Mason, me pregunto si nos podrías dejar solos unos minutos.

Mason miró a uno y a otro. Asintió lentamente.

—Tienen pensado hablar contigo enseguida, Jim —salió antes de que Bell pudiera contestarle.

—¿Ya se fue? —preguntó Rhyme.

Nuevamente Jim miró por el pasillo y asintió.

—¿De qué se trata, Lincoln?

—¿Podrías mirar por la ventana y asegurarte que Mason se fue? Oh, y cierra de nuevo la puerta, por favor.

Bell hizo lo que le pedía. Luego fue hacia la ventana y miró para afuera.

—Sí. Va calle arriba. ¿Por qué todo este…? —levantó las manos para completar su pensamiento.

—¿Conoces bien a Mason?

—Tan bien como a la mayoría de mis policías. ¿Por qué?

—Porque él asesinó a la familia de Garrett Hanlon.

—¿*Qué*? —Bell comenzó a sonreír pero enseguida se borró su sonrisa—. ¿Mason?

—Mason —dijo Rhyme.

—¿Pero por qué razón?

—Porque Henry Davett le pagó para que lo hiciera.

—Espera un poco —dijo Bell—. Vas demasiado rápido para mí.

—Todavía no lo puedo probar. Pero estoy seguro.

—¿Henry? ¿Por qué está involucrado?

Rhyme dijo:

—Tiene que ver con el canal Blackwater —empezó a dar una conferencia con los ojos en el mapa—. Bien, la razón de la construcción de canales en el siglo XVIII consistía en contar con medios de transporte seguros porque las rutas eran muy malas. Pero en cuanto las rutas y los ferrocarriles mejoraron, los transportistas dejaron de usar los canales.

—¿Dónde lo averiguaste?

—En la Sociedad Histórica de Raleigh. Hablé con una dama encantadora, Julie De Vere. Según lo que me contó, el canal Blackwater se cerró justo después de la Guerra Civil. No se usó durante ciento treinta años. Hasta que Henry Davett comenzó a usar barcazas en su curso.

Bell asintió.

—Eso fue hace cinco años.

Rhyme continuó.

—Déjame preguntarte, ¿nunca se te ocurrió pensar por qué comenzó a usarlo?

El sheriff sacudió la cabeza.

—Recuerdo que algunos de nosotros estábamos un poco preocupados por si los chicos trataban de nadar hasta las barcazas y se lastimaban o ahogaban, pero nunca lo hicieron y no pensamos más en ello. Pero ahora que lo mencionas, no sé por qué usaría el canal. Tiene camiones que van y vienen todo el tiempo. Norfolk está muy cerca para los camiones.

Rhyme señaló con la cabeza el diagrama de evidencias.

—La respuesta está ahí. Esa pequeña pista que nunca supe de dónde provenía: el canfeno.

—¿El combustible para lámparas?

Rhyme sacudió la cabeza e hizo una mueca.

—No. Me equivoqué en eso. Es cierto que el canfeno se usaba para lámparas. Pero también se usa para algo más. Puede procesarse para lograr toxafeno.

—¿Qué es eso?

—Uno de los pesticidas más peligrosos que existen. Se usaba mayormente en el Sur, hasta que fue prohibido en la década de los ochenta por la EPA* en casi todos sus usos. —Rhyme sacudió la cabeza encolerizado—. Supuse que como el toxafeno es ilegal no tenía sentido considerar a los pesticidas como origen del canfeno y que tenía que provenir de lámparas antiguas. Pero nunca encontramos ninguna. Mi mente siguió senderos trillados y no podía encontrar la respuesta. ¿No había lámparas antiguas? Entonces debería haber seguido con la lista y empezar a buscar insecticidas. Cuando lo hice, esta mañana, encontré el origen del canfeno.

Bell asitió, fascinado.

—¿Y dónde lo encontraste?

—*Por todas partes* —dijo Rhyme—. Hice que Lucy tomara muestras de tierra y de agua por los alrededores de Tanner's Corner. Hay toxafeno por todas partes, el agua, la tierra. Debería haber escuchado lo que Sachs me contó el otro día cuando estaba buscando a Garrett. Vio enormes extensiones de tierras yermas. Pensó que era por la lluvia ácida, pero no es así. El toxafeno lo hizo. Las concentraciones más altas se encuentran en tres kilómetros a la redonda de la fábrica de Davett, Blackwater Landing y el canal. Davett fabrica asfalto y papel alquitranado como tapadera porque en realidad elabora toxafeno.

—Pero está prohibido, creo que dijiste.

* Agencia de Protección Medioambiental. *(N. de la T.)*

—Llamé a un agente del FBI amigo mío y habló con la EPA. No está totalmente prohibido, los granjeros lo pueden usar en una emergencia. Pero no es así como Davett gana sus millones. Este agente de la EPA explicó algo llamado «el círculo de veneno».

—No me gusta cómo suena.

—Y con razón. El toxafeno está prohibido aquí, pero la prohibición en los Estados Unidos se refiere sólo al *uso*. Puede fabricarse aquí y venderse a países extranjeros.

—¿Y *ellos* lo pueden usar?

—Es legal en la mayoría de los países latinoamericanos y del Tercer Mundo. Ese es el círculo: esos países rocían los alimentos con pesticidas y los envían a los Estados Unidos. La FDA* sólo inspecciona un pequeño porcentaje de las frutas y verduras importadas, de manera que hay muchas personas en este país que todavía están envenenadas, aun cuando el toxafeno esté prohibido.

Bell soltó una risa cínica.

—Y Davett no puede transportarlo por carretera para así evitar todos los condados y poblaciones que no dejan que la carga tóxica pase por sus territorios. Y la documentación de la ICC** de los camiones establece cuál es la carga. Sin mencionar el problema de relaciones públicas si se supiera en todas partes lo que Davett está haciendo.

—Exactamente —dijo Rhyme asintiendo—. Así que volvió a abrir el canal para enviar el toxafeno a través de la Intracoastal Waterway hasta Norfolk, donde es embarcado en navíos extranjeros. Sólo había un problema, cuando el canal se cerró en el siglo XVIII, las propiedades que lo rodeaban

* Administración de Alimentos y Drogas. *(N. de la T.)*
** Comisión de Comercio Interestatal. *(N. de la T.)*

se vendieron en forma privada. Las personas cuyas casas daban al canal tenían derecho a controlar quién lo usaba.

Bell dijo:

—De manera que Davett les pagó para alquilarles su parte del canal —movió la cabeza al entenderlo todo—. Y debe de haber pagado mucho dinero, mira cómo son de grandes esas casas de Blackwater Landing. Y piensa en esos lindos camiones y Mercedes y Lexus que la gente conduce por aquí. ¿Pero qué tiene que ver eso con Mason y la familia de Garrett?

—La tierra del padre de Garrett estaba sobre el canal. Pero no quería vender sus derechos de uso. De modo que Davett o alguien de su empresa pagó a Mason para que convenciera al padre de Garrett de vender y cuando no quiso, Mason escogió a unos delincuentes locales para que le ayudaran a matar a la familia: Culbeau, Tomel y O'Sarian. Luego me inclino a pensar que Davett sobornó al albacea testamentario para que le vendiera la propiedad.

—Pero la familia de Garrett murió en un accidente. Un accidente de coche. Yo mismo vi el infome.

—¿Fue Mason el oficial que lo redactó?

—No recuerdo, pero pudo haber sido —admitió Bell. Miró a Rhyme con una sonrisa de admiración—. ¿Cómo diablos descubriste todo?

—Oh, resultó fácil, porque no hay escarcha en julio. Al menos no en Carolina.

—¿Escarcha?

—Hablé con Amelia. Garrett le dijo que la noche en que su familia murió, el coche estaba cubierto de escarcha y sus padres y su hermana temblaban de frío. Pero el accidente tuvo lugar en julio. Recuerdo haber visto un artículo en el archivo, una foto de Garrett y su familia. El chico llevaba una camiseta y la foto la sacaron en una fiesta por el Cuatro de

Julio. El artículo periodístico decía que la foto fue sacada una semana antes que sus padres murieran.

—¿Entonces de qué hablaba el chico? ¿Escarcha, temblores?

—Mason y Culbeau utilizaron el toxafeno de Davett para matar a la familia. Hablé con mi doctora del centro médico. Me dijo que en casos extremos de envenenamiento neurotóxico, el cuerpo tiene espasmos. Ese es el temblor que vio Garrett. La escarcha se debía probablemente a los vapores o a los residuos del producto químico en el coche.

—¿Si lo vio por qué no se lo dijo a nadie?

—Le describí el muchacho a la doctora. Y dijo que parece que él también se envenenó esa noche. Justo lo suficiente para provocarle MCS, sensibilidad química múltiple. Pérdida de memoria, daño cerebral, reacción aguda a otros productos químicos en el aire y el agua. ¿Recuerdas las ronchas en su piel?

—Seguro.

—Garrett piensa que se debe a la hiedra venenosa pero no es así. La doctora me dijo que las erupciones en la piel constituyen un síntoma clásico de MCS. Aparecen cuando uno se expone a pequeñas cantidades de sustancias que no afectarían a nadie más. Hasta el jabón o el perfume pueden causar una erupción en estas personas.

—Tiene sentido —dijo Bell. Luego, con el ceño fruncido, añadió—: Pero si no tienes ninguna evidencia concreta todo lo que hacemos es especular.

—Oh, debería mencionar —Rhyme no pudo resistirse a sonreír levemente, la modestia nunca fue una cualidad de la que pudiera alardear— que *tengo* una evidencia concreta. Encontré los cuerpos de la familia de Garrett.

# 41

En el Albemarle Manor Hotel, a cien metros de la cárcel del condado de Paquenoke, Mason Germain no esperó el ascensor y subió por las escaleras cubiertas por una desgastada alfombra marrón.

Encontró el cuarto 201 y golpeó.

—Está abierto —contestó una voz.

Abrió la puerta lentamente y entró en un cuarto rosa bañado por la luz del sol color naranja. Dentro hacía un calor insoportable. Mason no pudo imaginar que al ocupante del cuarto le gustara aquella temperatura, de manera que dedujo que o era demasiado perezoso para encender el acondicionador de aire o demasiado estúpido para saber cómo funcionaba. Lo que aumentó sus sospechas.

El hombre de color, delgado y con piel particularmente oscura, vestía un traje negro arrugado, que parecía por completo fuera de lugar en Tanner's Corner. Quieres atraer la atención, ¿por qué no?, pensó Mason con desdén. Malcolm Maldito X.

—¿Tú eres Germain? —preguntó el hombre.

—Sí.

Tenía los pies sobre una silla y cuando retiró la mano de una copia del *Charlotte Observer*, sus largos dedos sostenían una pistola automática.

—Eso contesta una de mis preguntas —dijo Mason—. Si tenías o no un arma.

—¿Cuál es la otra? —preguntó el hombre del traje.

—Si sabes cómo usarla.

El hombre no dijo nada pero marcó con cuidado un párrafo del artículo periodístico que estaba leyendo, usando un lápiz romo. Parecía un escolar de tercer grado luchando con el alfabeto.

Mason lo estudió nuevamente, sin decir una palabra, luego sintió un irritante hilo de sudor que bajaba por su cara. Sin pedir permiso al hombre, se dirigió al baño, cogió una toalla y se enjugó la cara con ella. Luego la dejó caer en el suelo.

El hombre rió, de una manera tan irritante como las gotas de sudor, y dijo:

—Tengo la clara impresión de que a ti no te gustan los de mi tipo…

—No, creo que no —respondió Mason—. Pero si sabes lo que haces, lo que a mi me guste o me deje de gustar no tiene importancia.

—Totalmente cierto —respondió el negro con frialdad—. Entonces, dime. No quiero estar aquí más tiempo del necesario.

Mason continuó:

—Así están las cosas. En estos momentos Rhyme está hablando con Jim en el edificio del condado. Y esa Amelia Sachs, está en la cárcel, calle arriba.

—¿Dónde deberíamos ir primero?

Sin vacilar, Mason dijo:

—La mujer…

—Entonces, eso es lo que haremos —aseveró el hombre, como si hubiera sido idea suya. Guardó el arma, colocó el periódico sobre la cómoda y, con una cortesía que Mason pensó que era más burla que otra cosa, prosiguió—: Después de ti —e hizo un gesto hacia la puerta.

—¿Los cuerpos de los Hanlon? —preguntó Jim Bell a Rhyme—. ¿Dónde están?

—Allí —dijo Rhyme. Señaló la pila de huesos que habían salido de la mochila de Mary Beth—. Ésos son los restos que Mary Beth encontró en Blackwater Landing —dijo el criminalista—. Ella pensó que eran los huesos de los sobrevivientes de la Colonia Perdida. Pero tuve que decirle que no son tan antiguos. Parecen deteriorados pero eso se debe a que fueron parcialmente quemados. He trabajado mucho en antropología forense y supe enseguida que han estado enterrados sólo cinco años, el tiempo transcurrido desde que mataron a la familia de Garrett. Son los huesos de un hombre de treinta y pico años, de una mujer de la misma edad que tuvo hijos y de una niña de diez. Coincide perfectamente con la familia de Garrett.

Bell los miró.

—No entiendo.

—La propiedad de la familia de Garrett estaba en Blackwater Landing, justo al lado de la ruta 112 desde el río. Mason y Culbeau envenenaron a la familia, luego quemaron y enterraron los cuerpos. Hundieron el coche en el agua. Davett sobornó al juez de instrucción para que redactara un informe falso y pagó a alguien de la funeraria para que simulara cremar los restos. Te garantizo que las tumbas están vacías. Mary Beth debe de haber mencionado a alguien que encontró unos huesos y la noticia llegó hasta Mason. Pagó a Billy Stail para que fuera a Blackwater Landing a matarla y a robar la evidencia, los huesos.

—¿*Qué*? ¿Billy?

—Sólo que Garrett estaba allí, vigilando a Mary Beth. Tenía razón, sabes: Blackwater Landing *es* un lugar peligroso. La gente muere allí, recuerda los otros casos de los últimos años. Sólo que no fue Garrett quien los mató. Fueron Mason y Culbeau. Los asesinaron porque habían enfermado con el toxafeno y comenzaron a hacer preguntas acerca de la causa. Todos en la ciudad conocían al Muchacho Insecto de manera que Mason o Culbeau mataron a esa otra chica, Meg Blanchard, con el nido de avispas para que pareciera que Garrett era el asesino. A los otros los golpearon en la cabeza y luego los arrojaron al canal para que se ahogaran. A la gente que no hizo preguntas cuando enfermó, como el padre de Mary Beth o Lucy, la dejaron tranquila.

—Pero las huellas dactilares de Garrett estaban en la pala... el arma del crimen.

—Ah, la pala —musitó Rhyme—. Hay algo muy interesante en esa pala. Me equivoqué otra vez... Había dos conjuntos de huellas en ella...

—Es verdad. Las de Billy y las de Garrett.

—¿Pero dónde estaban las de Mary Beth? —preguntó Rhyme.

Los ojos de Bell se achicaron. Asintió.

—Cierto. No había ninguna de ella.

—Porque no era su pala. Mason se la dio a Billy para que la llevara a Blackwater Landing, después de quitar sus propias huellas, por supuesto. Pregunté a Mary Beth sobre el asunto. Me dijo que Billy salió de los matorrales con la pala. Mason imaginó que sería el arma del crimen perfecto, porque como arqueóloga, Mary Beth probablemente llevaría con ella una pala. Bueno, Billy llega a Blackwater Landing y ve a Garrett con la chica. Piensa en matar también al Muchacho Insecto. Pero Garrett le quitó la pala y golpeó a Billy. Pensó que lo había matado. Pero no lo hizo.

—¿Garrett no mató a Billy?

—No, no, no... Únicamente golpeó a Billy dos o tres veces. Lo desmayó pero no lo lesionó seriamente. Luego

Garrett llevó con él a Mary Beth a la cabaña de los destiladores ilegales. Mason apareció primero en la escena. Lo admitió.

—Es cierto. Él cogió la llamada…

—Es mucha coincidencia que estuviera tan cerca, ¿no crees? —preguntó Rhyme.

—Creo que sí. No lo pensé en su momento.

—Mason encontró a Billy. Levantó la pala, con los guantes de látex puestos, y golpeó al muchacho hasta que murió.

—¿Cómo lo sabes?

—Por la posición de las huellas de látex. Hice que Ben volviera a examinar el mango de la pala hace una hora con una fuente alternativa de luz. Mason sostuvo la pala como un bate de béisbol. No es la forma en que alguien cogería una evidencia en la escena de un crimen. Y modificó varias veces la posición de las manos para hacer palanca mejor. Cuando Sachs estuvo en la escena del crimen informó de que la forma de las manchas de sangre demostraban que primero Billy recibió un golpe en la cabeza y cayó al suelo. Pero todavía estaba vivo. Hasta que Mason lo golpeó en la nuca con la pala.

Bill miró por la ventana. Su rostro estaba demudado.

—¿Por qué Mason mataría a Billy?

—Probablemente imaginó que Billy se asustaría y diría la verdad. O quizá el chico estaba consciente cuando Mason llegó allí y le dijo que estaba harto y deshacía el acuerdo.

—De manera que por eso querías que Mason se fuera… hace unos minutos. Me preguntaba de qué se trataría. Entonces, ¿cómo vamos a probar todo lo que me has dicho?

—Tengo las huellas de látex en la pala. Tengo los huesos, que dieron positivo en el test de toxafeno en grandes concentraciones. Quiero que un submarinista busque el coche de los Hanlon en el Paquenoke. Alguna prueba habrá sobrevivido, aun después de cinco años. Luego deberíamos examinar la casa de Billy y ver si hay algún dinero que se pueda conectar con Mason. También registraremos la casa de Mason. Será un caso difícil —Rhyme dibujó una débil sonrisa—. Pero soy bueno, Jim. Puedo hacerlo —su sonrisa se desvaneció—. Pero si Mason no presta una declaración en regla contra Henry Davett será muy difícil sostener un caso contra *él.* Todo lo que tenemos es eso. —Rhyme señaló con la cabeza un frasco de muestras de plástico lleno con aproximadamente un cuarto litro de un líquido claro.

—¿Qué es eso?

—Toxafeno puro. Lucy consiguió una muestra del depósito de Garrett hace media hora. Dijo que debería de haber allí como diez mil galones de la sustancia. Si podemos establecer la identidad en la composición entre el elemento químico que mató a la familia Garrett y lo que está en el frasco, podríamos convencer al fiscal de preparar un caso contra Davett.

—Pero Davett nos ayudó a encontrar a Garrett.

—Por supuesto que lo hizo. Le interesaba encontrar al muchacho... y a Mary Beth, tan pronto como fuera posible. Davett era quien más quería tenerla muerta.

—Mason —murmuró Bell, sacudiendo la cabeza... Lo conozco desde hace años... ¿Piensas que sospecha?

—Tú eres el único a quien se lo he dicho. Ni siquiera se lo conté a Lucy, sólo le pedí algunas tareas de rutina. Tuve miedo que alguien nos oyera y se lo contara a Mason o a Davett. Esta ciudad, Jim, es un nido de avispas. No sé en quién confiar...

Bell suspiró.

—¿Cómo puedes estar tan seguro de que es Mason?

—Porque Culbeau y sus amigos aparecieron en la cabaña de los destiladores justo después de que nos dimos cuenta dónde estaba. Mason era el único que lo sabía... aparte de tú y yo y Ben. Debió llamar a Culbeau y decirle donde estaba la cabaña. De manera que… llamemos a la policía estatal, hagamos que venga aquí uno de sus submarinistas e investigue Blackwater Landing. También deberíamos conseguir los permisos para registrar los domicilios de Billy y de Mason.

Rhyme observó que Bell asentía. Pero en lugar de dirigirse al teléfono, caminó hacia la ventana y la cerró. Luego fue hacia la puerta, la abrió, miró si había alguien y la cerró.

Colocó el cerrojo.

—¿Jim, qué estás haciendo?

Bell dudó y luego dio un paso hacia Rhyme.

El criminalista miró al sheriff a los ojos y cogió el controlador rápidamente entre los labios. Sopló en él y la silla de ruedas comenzó a moverse. Pero Bell se colocó detrás y desconectó la batería. La Storm Arrow se movió hacia adelante unos centímetros y se detuvo.

—Jim —murmuró Rhyme—. ¿Tú también estás en esto?

—Sí, así es…

Los ojos de Rhyme se cerraron.

—No, no —susurró. Bajó la cabeza. Pero sólo unos pocos milímetros. Como en casi todos los grandes hombres, sus gestos de derrota eran muy sutiles.

# V

# La ciudad sin niños

# 42

Mason Germain y el hosco hombre de color caminaron lentamente por la callejuela próxima a la cárcel de Tanner's Corner. El negro sudaba. Con irritación mató de una palmada a un mosquito. Murmuró algo y pasó la larga mano por su pelo corto y ondulado.

Mason sintió el impulso de fastidiarlo, pero se controló.

El hombre era alto y al erguirse de puntillas pudo mirar por la ventana de la cárcel. Mason advirtió que usaba botines negros, de brillante charol, lo que por algún motivo aumentó el desdén del policía por el forastero. Se preguntó a cuántos hombres habría disparado.

—Está allí —dijo el hombre—. Está sola.

—Garrett está encerrado al otro lado.

—Tú vas por el frente. ¿Se puede entrar por la parte de atrás?

—Soy policía, ¿recuerdas? Tengo una llave. Puedo abrirla —lo dijo con un tono sarcástico, preguntándose nuevamente si el hombre era medio tonto.

Consiguió que le respondiera con otro sarcasmo.

—Sólo preguntaba si hay una *puerta* en la parte de atrás. No lo sé, pues nunca estuve antes en este estercolero de ciudad.

—Oh. Sí, hay una puerta.

—Bueno, vamos.

Mason notó que el hombre sostenía el arma en la mano y que no le había visto sacarla.

Sachs estaba sentaba en un banco de su celda, hipnotizada por el vuelo de una mosca.

¿De qué clase es?, se preguntó. Garrett lo sabría en un instante. Era un pozo de sabiduría. Se le ocurrió una idea: debe de haber un momento en que el conocimiento que tiene un chico sobre un tema sobrepasa al de sus padres. Debe ser algo maravilloso, excitante, saber que uno ha producido esta creación que se ha elevado más alto. Te hace más humilde también.

Una experiencia que ahora nunca conocería.

Pensó nuevamente en su padre. El hombre quería *disuadir* a los delincuentes. Nunca disparó su arma en todos los años de servicio. Orgulloso como estaba de su hija, le preocupaba su fascinación por las armas. «Dispara la última», le aconsejaba a menudo.

Oh, Jesse... ¿Qué te puedo decir?

Nada, por supuesto. No puedo decir una palabra. Estás muerto.

Creyó ver una sombra fuera de la ventana de la celda. Pero la ignoró, y sus pensamientos se concentraron en Rhyme.

Tú y yo, pensaba. Tú y yo.

Evocó el momento, unos meses atrás, en que yacían juntos en la opulenta cama Clinitron de Lincoln, en su casa de Manhattan, mientras observaban la elegante versión de Baz Luhrmann de *Romeo y Julieta*, modernizada y situada en Miami. Con Rhyme, la muerte siempre rondaba cerca y, mirando las últimas escenas de la película, se había dado cuenta de que, como los personajes de Shakespeare, ella y Rhyme eran amantes perseguidos por el destino. Y también había surgido en su mente otro pensamiento: que ambos morirían juntos.

No se había animado a compartir aquel pensamiento con el racional Lincoln Rhyme, que no poseía ni una célula de sentimiento en el cerebro. Una vez que se le ocurrió la idea, se asentó permanentemente en su mente y por alguna razón le produjo un gran alivio.

Sin embargo, ahora ni siquiera podía encontrar solaz en aquel extraño pensamiento. No, ahora, gracias a ella, vivirían separados y morirían separados. Los dos.

La puerta de la cárcel se abrió y entró un joven policía. Ella lo reconoció. Era Steve Farr, el cuñado de Jim Bell.

—Hola, tú —gritó.

Sachs saludó con la cabeza. Luego percibió dos cosas en él. Una era que tenía puesto un reloj Rolex que debía costar la mitad del salario anual de un poli típico de Carolina del Norte.

La otra era que llevaba un arma en el cinto y que la lengüeta de la funda estaba suelta, a pesar del cartel colgado en el exterior de la puerta de acceso a las celdas: COLOQUE TODAS LAS ARMAS EN LA CAJA ANTES DE ENTRAR AL ÁREA DE CELDAS.

—¿Cómo te va? —le preguntó Farr.

Ella lo miró, sin reaccionar.

—¿Estás silenciosa hoy, eh? Bueno, señorita, tengo buenas noticias para ti. Estás libre y puedes irte —se tocó una de sus prominentes orejas.

—¿Libre? ¿Para irme?

Él buscó las llaves.

—Sí. Decidieron que el tiroteo fue accidental. Puedes irte.

Ella estudió su cara minuciosamente. Él no la miraba.

—¿Y qué hay del informe resolutorio?

—¿Qué es eso? —preguntó Farr.

—Nadie que esté acusado de un delito puede ser liberado y salir de prisión sin un informe resolutorio que lo exonere de los cargos firmado por el fiscal.

Farr quitó el cerrojo de la puerta y retrocedió. Su mano se acercó a la culata de la pistola.

—Oh, quizá sea así como hacen las cosas en la gran ciudad. Pero por aquí somos mucho más informales. Sabes, dicen que somos mucho más lentos en el Sur. Pero no es cierto. No, señora. En realidad somos más eficientes.

Sachs se quedó sentada.

—¿Puedo preguntarte porqué llevas pistola en la cárcel?

—Oh, ¿ésta? —palmeó la pistola—. Nosotros no tenemos reglas firmes al respecto. Bueno, vamos. Estás libre y puedes irte. La mayoría de la gente estaría dando saltos de alegría ante la noticia.

—¿Por la puerta de atrás?

—Cierto.

—No le puedes disparar por la espalda a un preso que huye. Constituye un asesinato.

Él asintió lentamente.

¿Cómo lo habrían preparado?, se preguntó Sachs. ¿Habría otra persona fuera de la puerta para realizar los disparos? Probablemente. Farr se golpea la cabeza y grita pidiendo ayuda. Hace un disparo al techo. Fuera, alguien, quizá un ciudadano «interesado», alega que oyó un disparo y deduce que Sachs está armada y la mata de un tiro.

Ella no se movió.

—Ponte de pie ya y mueve el culo afuera —Farr desenfundó la pistola.

Lentamente ella se puso de pie.

*Tú y yo, Rhyme...*

—Te acercaste mucho, Lincoln —dijo Jim Bell. Después de un instante, añadió—: Noventa por ciento de exactitud. Mi experiencia policial me indica que es un buen porcentaje. Resulta una desgracia para ti que *yo* sea el diez por ciento de error.

Bell apagó el aire acondicionado. Con la ventana cerrada, el cuarto se caldeó inmediatamente. Rhyme sintió las gotas de sudor en su frente. Su respiración se hizo trabajosa.

El sheriff continuó:

—Dos familias asentadas a lo largo del canal Blackwater le negaron al señor Davett el permiso para que pasaran las barcazas. —Rhyme tomó nota del respetuoso *señor* Davett—. De manera que su jefe de seguridad nos empleó a varios de nosotros para resolver el problema. Tuvimos una larga charla con los Conklin y decidieron otorgar el permiso. Pero el padre de Garrett nunca estuvo de acuerdo. Íbamos a hacer algo que pareciera un accidente de coche y conseguimos una lata de esta porquería —señaló con la cabeza el frasco que estaba sobre la mesa— para dejarlos inconscientes. Sabíamos que la familia salía a cenar todos los miércoles. Derramamos el veneno por la rejilla de ventilación del coche y nos escondimos en el bosque. Montaron en el coche y el padre de Garrett encendió el aire acondicionado. La sustancia se desparramó encima de ellos. Pero usamos demasiada… —miró nuevamente el frasco— Había suficiente como para matar a un hombre dos veces —continuó, frunciendo el ceño ante el recuerdo—. La familia empezó a temblar y tener convulsiones… Era algo muy feo de ver. Garrett no estaba en el coche, pero corrió hacia él y vio lo que estaba sucediendo. Trató de entrar pero no pudo. Le llegó bastante cantidad del veneno, no obstante, y se convirtió en este zombi que conocemos. Se dirigió tambaleando al bosque antes de que pudiéramos detenerlo. En el momento que reapareció, una semana o dos después, no recordaba lo que había pasado. Esa cosa MCS que mencionaste, supongo. De manera que por el momento lo dejamos tranquilo, era demasiado sospechoso que muriera justo después que su familia... Entonces hicimos lo que supusiste. Prendimos fuego a los cuerpos y los enterramos en Blackwater Landing. Empujamos el coche hasta la ensenada dc Canal Road. Pagamos al juez de instrucción cien mil dólares para que hiciera unos informes amañados. Siempre que nos enterábamos de que alguien tenía algún tipo de cáncer extraño y andaba preguntando la razón, Culbeau y los otros se ocupaban de ellos.

—Ese funeral que vimos al llegar a la ciudad. ¿Vosotros matasteis al chico, verdad?

—¿Todd Wilkes? —dijo Bell—. No. Se suicidó.

—Pero porque estaba enfermo a causa del toxafeno, ¿no es así? ¿Qué tenía, cáncer? ¿Lesiones hepáticas? ¿Daño cerebral?

—Quizá. No lo sé —pero la cara del sheriff indicaba que lo sabía muy bien.

—Pero Garrett no tuvo nada que ver con ello, ¿no?

—No.

—¿Y qué es de esos hombres en la cabaña de los destiladores ilegales? ¿Los que atacaron a Mary Beth?

Bell asintió una vez más, torvo.

—Tom Boston y Lott Cooper. También estaban en esto, se ocupaban de probar las toxinas de Davett en las montañas donde hay menos población. Sabían que estábamos buscando a Mary Beth, pero cuando Lott la encontró supongo que postergaron darme la noticia hasta que se divirtieran un rato con ella. Y... sí, contratamos a Billy Stail para matarla, pero Garrett llegó antes de que pudiera hacerlo.

—Y me necesitabais para encontrarla. No para salvarla, sino para poder matarla y destruir las demás evidencias que pudiera haber encontrado.

—Después de que encontraras a Garrett y lo trajéramos de vuelta del molino, dejé la puerta de la cárcel abierta para que Culbeau y sus compinches pudieran, digamos, convencer a Garrett para que nos dijera donde estaba Mary Beth. Pero tu amiga fue y lo sacó antes de que llegara Culbeau.

Rhyme dijo:

—Y cuando encontré la cabaña, llamaste a Culbeau y los otros. Los enviaste allí a matarnos a todos.

—Lo lamento... se ha convertido en una pesadilla. No quería pero... así son las cosas.

—Un nido de avispas...

—Oh, sí, esta ciudad tiene unas cuantas avispas.

Rhyme sacudió la cabeza.

—Dime, ¿vale la pena destruir toda una ciudad por unos coches lujosos, unas enormes mansiones y una gran cantidad de dinero? Mira a tu alrededor, Bell. El del otro día era un funeral por un chico, pero no había niños en el cementerio. Amelia me dijo que casi no hay niños en la ciudad. ¿Sabes por qué? La gente es estéril.

—Es un riesgo pactar con el diablo —dijo Bell, secamente—. Pero, en lo que a mí respecta, la vida consiste en una compensación enorme entre riesgos y ganancias —miró a Rhyme durante un largo momento, caminó hacia la mesa. Se puso unos guantes de látex y tomó el frasco de toxafeno. Se acercó a Rhyme y lentamente comenzó a desenroscar el tapón.

* * *

Steve Farr condujo con brusquedad a Amelia Sachs hacia la puerta de atrás de la cárcel, con la pistola apoyada en la espalda de la mujer.

Steve cometía el error clásico de apoyar la boca del cañón del arma contra el cuerpo de la víctima. Le otorgaba a Sachs una posibilidad: cuando caminara hacia el exterior de la cárcel, sabría exactamente dónde estaba la pistola y podría darle un golpe con el codo. Si tenía suerte, Steve Farr dejaría caer el arma y ella correría a toda velocidad. Si pudiese llegar a Main Street encontraría testigos y Farr dudaría en disparar.

Él abrió la puerta de atrás.

Un haz de ardiente luz solar inundó la polvorienta cárcel. Sachs parpadeó. Una mosca zumbó alrededor de su cabeza.

Si Farr se mantenía justo detrás, apretando la pistola contra su piel, ella tendría una oportunidad...

—¿Y ahora qué? —preguntó.

—Libre para irte —le dijo Farr alegremente, y se encogió de hombros. Ella se puso tensa, lista para golpearlo, planeando todos sus movimientos. Pero en ese momento él retrocedió con rapidez y la empujó hacia el terreno descuidado de la parte de atrás de la cárcel. Farr permaneció dentro, fuera de su alcance.

De un lugar cercano, detrás de un alto matorral, ella escuchó otro sonido. Creyó que alguien martillaba una pistola.

Pensó nuevamente en Romeo y Julieta.

Y en el hermoso cementerio sobre la colina que dominaba Tanner's Corner por el que habían pasado hacía un tiempo que ahora parecía toda una vida.

Oh, Rhyme...

La mosca voló cerca de su rostro. Instintivamente la apartó y comenzó a andar hacia los pastos bajos.

Rhyme le dijo a Bell:

—¿No piensas que se harán preguntas si muero de esta forma? Difícilmente puedo abrir un frasco.

El sheriff respondió:

—Tropezaste con la mesa. El tapón no estaba firme. Se derramó sobre ti. Yo fui a buscar ayuda pero no te pudimos salvar.

—Amelia no lo dejará pasar. Lucy tampoco.

—Tu novia no será un problema mucho tiempo más. ¿Y Lucy? Podría enfermar de nuevo… y esta vez quizá no haya nada que cortar para salvarla.

Bell dudó apenas un instante, luego se acercó y derramó el líquido sobre la boca y la nariz de Rhyme. Vertió el resto sobre la delantera de la camisa.

El sheriff tiró el frasco en el regazo de Rhyme, retrocedió rápidamente y se cubrió la boca con un pañuelo.

La cabeza de Rhyme cayó hacia atrás, sus labios se abrieron involuntariamente y parte del líquido se deslizó a su boca. Empezó a ahogarse.

Bell se sacó los guantes y los guardó en los pantalones. Esperó un momento, estudió a Rhyme con calma, luego caminó con lentitud hacia la puerta, le quitó el cerrojo y la abrió. Gritó:

—¡Ha habido un accidente! ¡Necesito ayuda! —caminó por el pasillo—. Necesito…

Fue derecho hacia la línea de fuego de Lucy, cuya pistola apuntaba a su pecho.

—¡Jesús, Lucy!

—Basta ya, Jim. Quédate ahí quieto.

El sheriff retrocedió. Nathan, el policía de la buena puntería, entró en el cuarto, detrás de Bell, y cogió la pistola del sheriff de su funda. Otro hombre entró, un hombre grande con un traje marrón y una camisa blanca.

También Ben entró corriendo, ignoró a todos y se acercó a Rhyme. Le enjugó el rostro con una servilleta de papel.

El sheriff miró fijamente a Lucy y los demás.

—¡No, no lo entendéis! ¡Hubo un accidente! El veneno se derramó. Debéis…

Rhyme escupió en el suelo y estornudó a causa del líquido y los gases astringentes. Le dijo a Ben:

—¿Puedes limpiarme más arriba en la mejilla? Temo que me entre en los ojos. Gracias.

—Seguro, Lincoln.

Bell dijo:

—¡Estaba pidiendo ayuda! ¡Esa cosa se derramó! Yo...

El hombre del traje sacó unas esposas de su cinto y las colocó en las muñecas del sheriff. Dijo:

—James Bell, soy el detective Hugo Branch de la Policía del Estado de Carolina del Norte. Está arrestado —Branch miró a Rhyme con amargura—. Le *dije* que lo derramaría sobre la camisa. Deberíamos haber puesto el dispositivo en otro lugar.

—¿Pero ha grabado lo suficiente?

—Oh, mucho. Ese no es el problema. El problema es que esos transmisores cuestan *dinero*.

—Yo lo pagaré —dijo Rhyme con acritud, mientras Branch abría la camisa del criminalista y despegaba el micrófono y el transmisor.

—Estaba arreglado —murmuró Bell.

*Estás en lo cierto*.

—Pero el veneno...

—Oh, no es toxafeno —dijo Rhyme—. Apenas un poco de licor ilegal. De ese frasco que examinamos. Ya que estamos, Ben, si queda algo, me tomaría un trago ahora. Y, por Dios, ¿puede alguien encender el aire acondicionado?

Prepárate, vete hacia la izquierda y corre como el diablo. Me darán pero si tengo suerte no me detendrán.

*Cuando te mueves no te pueden pillar*...

Amelia Sachs dio tres pasos hacia el pasto.

Lista..

Preparada...

Luego la voz de un hombre, desde atrás, desde el área de la prisión, gritó:

—¡Quieto, Steve! Pon el arma en el suelo. ¡Ahora! ¡No te lo diré dos veces!

Sachs se volvió y vio a Mason Germain con su pistola apuntando a la cabeza de cabello bien recortado del joven, que tenía las orejas color tomate. Farr se agachó y dejó la pistola en el suelo. Mason se apresuró a esposarlo.

Sonaron pisadas desde afuera y las hojas crujieron. Mareada por el calor y la adrenalina, Sachs se dio la vuelta y vio a un negro delgado que salía de los matorrales y guardaba una gran Browning automática.

—¡Fred! —gritó Sachs.

El agente del FBI Fred Dellray, sudando copiosamente en su traje negro, se le acercó y cepilló con petulancia su manga.

—Hola, Amelia. Dios, hace demasiado calor por aquí. No me gusta esta ciudad ni un poquito. Y mira este traje. Está todo, cómo decir, polvoriento o algo así. ¿Qué es esta mierda, polen? No tenemos algo así en Manhattan. ¡Mira esta manga!

—¿Qué haces por aquí? —preguntó Sachs, atónita.

—¿Qué crees? Lincoln no estaba seguro de en quién confiar y en quién no, de manera que me pidió que viniera y me enganchó con el policía Germain, aquí presente, para cuidarte. Me imaginé que necesitaría ayuda, al ver que no podía confiar en Jim Bell o los suyos.

—¿*Bell*? —murmuró Sachs.

—Lincoln piensa que es él quien organizó todo. En estos momentos está averiguando la verdad. Pero parece que tiene razón, ya que este es su cuñado —Dellray señaló con la cabeza a Steve Farr.

—Casi me mata —dijo Sachs.

El delgado agente rió.

—Nunca corriste ni una pizca de riesgo, de ninguna manera. Le estuve apuntando a ese individuo justo en medio de sus dos grandes orejas desde el segundo en que se abrió la puerta de atrás. Si hubiera intentado apuntarte siquiera, lo hubiera matado antes.

Dellray percibió que Mason lo estudiaba con sospecha. El agente se rió y dijo a Sachs:

—A nuestro amigo de la policía local no le gusta demasiado la gente de mi clase. Me lo dijo...

—Espera —protestó Mason—. Yo sólo dije...

—Apuesto a que te refieres a los agentes federales —dijo Dellray.

El policía sacudió la cabeza y respondió con brusquedad:

—Me refería a los norteños.

—Es cierto, no le gustan —confirmó Sachs.

Ella y Dellray se rieron. Pero Mason se calló, solemne. No eran las diferencias culturales las que lo ponían de mal humor. Le dijo a Sachs:

—Perdona, pero tengo que llevarte de vuelta a la celda. Todavía estás bajo arresto.

La sonrisa de Sachs se desvaneció y ella miró nuevamente al sol que bailaba sobre el pasto amarillo y reseco. Inhaló el aire ardiente del exterior una vez y luego otra. Finalmente se dio la vuelta y caminó de regreso a la cárcel oscura.

# 43

—Tú mataste a Billy, ¿verdad? —preguntó Rhyme a Jim Bell.

Pero el sheriff no dijo nada.

El criminalista continuó:

—La escena del crimen quedó sin protección durante una hora y media. Y, es cierto, Mason fue el primer oficial en llegar, pero tú estuviste allí antes que él. No recibiste una llamada de Billy anunciándote la muerte de Mary Beth y comenzaste a preocuparte, de manera que te dirigiste a Blackwater Landing y encontraste que ella se había ido y Billy estaba herido. El chico te contó que Garrett se había llevado a Mary Beth. Entonces te pusiste los guantes de látex, cogiste la pala y lo mataste.

Al fin la cólera del sheriff se manifestó, desbaratando su pose:

—¿Por qué sospechaste de *mí*?

—Al principio pensé que se trataba de Mason, sólo nosotros tres y Ben sabíamos lo de la cabaña de los destiladores. Supuse que llamó a Culbeau y lo envió allí. Pero se lo pregunté a Lucy y lo que sucedió es que Mason la llamó a ella y la mandó a la cabaña, para asegurarse de que Amelia y Garrett no escaparan otra vez. Luego me dio por pensar y me di cuenta de que en el molino Mason intentó matar a Garrett. Cualquiera que estuviera en la conspiración hubiera querido que siguiera con vida, como lo hiciste tú, de manera que pudiera llevarte hacia donde estaba Mary Beth. Controlé las finanzas de Mason y descubrí que vive en una casa barata y que tenía muchas deudas de MasterCard y Visa. Nadie le pagaba dinero sucio. A diferencia de tu cuñado y de ti mismo, Bell. Posees una casa de cuatrocientos mil dólares y mucho dinero en el banco. Steve Farr tiene una casa valorada en trescientos noventa mil dólares y un barco que cuesta ciento ochenta mil. Hemos pedido una orden judicial para echar una ojeada a tus cajas de seguridad. Me pregunto cuánto encontraremos allí.

Rhyme continuó:

—Tenía un poco de curiosidad por saber por qué Mason estaba tan ansioso por coger a Garrett, pero él tenía una buena razón para hacerlo. Me dijo que se sentía muy preocupado cuando tú asumiste el cargo de sheriff, no llegaba a imaginar la razón, puesto que él tenía mejores antecedentes y más antigüedad. Pensó que si podía arrestar al Muchacho Insecto, la Junta de Supervisores lo designaría sheriff cuando tu mandato se cumpliera.

—Toda tu jodida comedia…—murmuró Bell—. Pensaba que tú sólo creías en las evidencias.

Rhyme raramente cruzaba fintas verbales con su presa. Las burlas resultaban inútiles excepto como un bálsamo para el alma y él todavía tenía que descubrir alguna evidencia concreta sobre el lugar de residencia y la naturaleza del alma. Sin embargo, dijo a Bell:

—Hubiera *preferido* la evidencia. Pero a veces hay que improvisar. Realmente no soy la *prima donna* que todos piensan.

* * *

La silla de ruedas Storm Arrow no entraba a la celda de Amelia Sachs.

—¿No es accesible para inválidos? —se quejó Rhyme—. Constituye una violación de las leyes contra la discriminación.

Sachs pensó que aquella fanfarronada era en su honor, para que pudiera presenciar que aún conservaba sus familiares arranques. Pero no dijo nada.

A causa del problema de la silla de ruedas, Mason Germain sugirió que probaran con el cuarto de interrogatorios. Sachs arrastró los pies hasta allí, pues tenía los grilletes en tobillos y muñecas que el policía insistió en colocarle; después de todo, ya había conseguido escapar del lugar una vez.

El abogado de Nueva York había llegado. Se llamaba Salomon Geberth y su pelo era gris. Miembro de los colegios de abogados de Nueva York, Massachussets y Washington, fue admitido en la jurisdicción de Carolina del Norte *pro hac vice*, por un único caso, el del *Pueblo contra Sachs*. Curiosamente, con su cara suave y bien proporcionada y sus gestos aún más suaves, parecía más un gentil abogado sureño sacado de una novela de John Grisham que un bulldog litigante de Nueva York. El cuidado cabello brillaba con loción y su traje italiano resistía con éxito las arrugas, pese a la sorprendente humedad de Tanner's Corner.

Lincoln Rhyme estaba sentado entre Sachs y el abogado. Ella puso su mano en el apoyabrazos de la deteriorada silla de ruedas.

—Trajeron un fiscal especial desde Raleigh —explicaba Geberth—. Con el sheriff y el juez de instrucción acusados de soborno, no creo que confíen plenamente en McGuire. De todos modos, ha examinado la evidencia y decidió anular los cargos contra Garrett.

Sachs se interesó.

—¿Lo hizo?

Geberth dijo:

—Garrett admitió haberle pegado al chico, Billy; llegó a pensar que lo había matado. Pero Lincoln tenía razón. Fue Bell quien mató al muchacho. Y aunque llegaran a acusarlo de lesiones, queda en claro que Garrett actuó en defensa propia. ¿Ese otro policía... Ed Schaeffer? Se determinó que su muerte fue accidental.

—¿Qué hay del secuestro de Lydia Johansson? —preguntó Rhyme.

—Cuando ella se dio cuenta de que Garrett nunca tuvo la intención de hacerle daño, levantó los cargos. Mary Beth hizo lo mismo. Su madre quería seguir con la acusación pero deberíais haber oído a esa chica hablar con su madre. Salían chispas durante la conversación.

—¿De manera que Garrett está libre? Preguntó Sachs, con los ojos en el suelo.

—Lo soltarán en unos minutos —respondió Geberth. Luego dijo—: Bien, ahora lo desagradable, Amelia. La posición del fiscal es que aun si Garrett resultó no ser un delincuente, tú ayudaste a escapar a un preso que estaba arrestado en base a una causa probable y mataste a un policía durante la perpetración de ese delito. El fiscal va por asesinato en primer grado y agregará los delitos por lo general menos incluidos: dos cargos de homicidio, voluntario e involuntario, y homicidio por imprudencia y homicidio por negligencia criminal.

—¿Primer grado? —saltó Rhyme—. No fue premeditado. ¡Fue un accidente! ¡Por Dios!

—Que es lo que yo intentaré demostrar en el juicio —dijo Geberth—. Ese otro policía, el que te cogió, constituye una causa inmediata parcial del disparo. Pero aseguró que conseguirán una condena por homicidio imprudente. Con estos hechos no hay dudas de ello.

—¿No hay posibilidades de una absolución?

—Pocas. Un diez o quince por ciento, en el mejor de los casos. Lo lamento, pero debo aconsejarte que hagas una alegación.

Sachs sintió como un golpe en el pecho. Cerró los ojos y cuando respiró pareció que el alma abandonaba su cuerpo.

—Jesús —murmuró Rhyme.

Sachs estaba pensando en Nick, su antiguo novio. Cuando fue arrestado por apropiación ilícita y aceptar sobornos, rehusó hacer una alegación y corrió el riesgo de un juicio por jurado. Entonces le dijo: «Es como dice tu padre, Amelia, si te mueves no te pueden pillar. Es todo o nada».

El jurado se tomó dieciocho minutos para condenarlo. Todavía estaba en una prisión de Nueva York.

Sachs miró a Geberth y sus afeitadas mejillas. Preguntó:

—¿Qué ofrece el fiscal para que haga la alegación?

—Todavía nada. Pero probablemente acepte homicidio voluntario, si cumples la condena totalmente. Pienso en ocho o diez años. Debo decirte, sin embargo, que en Carolina del Norte cumplir la condena es duro. Aquí no hay clubes de campo.

Rhyme gruñó:

—Contra una posibilidad del diez por ciento de absolución.

Geberth dijo:

—Así es —luego el abogado agregó—: Tienes que comprender que no se producirá ningún milagro, Amelia. Si vamos a juicio, el fiscal va a probar que eres una policía profesional y una campeona de tiro y al jurado le resultará difícil aceptar que el disparo fue accidental.

*Las reglas normales no se aplican a* nadie *al norte del Paquo. Ni a nosotros ni a ellos. Te puedes encontrar disparando antes de leerle a alguien sus derechos y estaría perfectamente bien.*

El abogado continuó:

—Si eso sucede te podrían condenar por asesinato en primer grado y te darían veinticinco años.

—O pena de muerte —murmuró Sachs.

—Sí, es una posibilidad. No te puedo decir que no lo sea.

Por alguna razón la imagen que apareció en su mente en ese momento fue la de los halcones peregrinos que hacían su nido fuera de la ventana de Lincoln Rhyme en la casa de Manhattan: el macho, la hembra y el polluelo. Dijo:

—Si hago una alegación de homicidio involuntario, ¿cuánto tiempo cumpliré de condena?

—Probablemente seis o siete años. Sin libertad condicional.

Tú y yo, Rhyme.

Respiró profundamente.

—Haré la alegación.

—Sachs... —empezó Rhyme.

Pero ella le repitió a Geberth:

—Haré la alegación.

El abogado se puso de pie. Asintió.

—Llamaré al fiscal ahora y veremos si acepta. Te informaré en cuanto sepa algo. —Con un saludo a Rhyme abandonó el cuarto.

Mason observó la cara de Sachs. Se puso de pie y caminó hacia la puerta. Sus botas hicieron ruido.

—Los dejaré solos durante unos minutos. No tengo que registrarte, ¿verdad, Lincoln?

Rhyme sonrió débilmente.

—No tengo armas, Mason.

Cerró la puerta.

—Qué follón, Lincoln —dijo Sachs.

—Uh-uh, Sachs. No digas nombres.

—¿Por qué no? —preguntó ella cínicamente, casi en un susurro—. ¿Mala suerte?

—Quizá.

—No eres supersticioso. O al menos es lo que me dices.

—Generalmente no. Pero este es un lugar espeluznante. Tanner's Corner… La ciudad sin niños.

—Debería haberte escuchado —dijo Rhyme—. Tenías razón respecto a Garrett. Yo estaba equivocado. Miré a la evidencia y me equivoqué por completo.

—Pero yo no *sabía* que tenía razón. No *sabía* nada. Sólo tuve una corazonada y actué.

Rhyme dijo:

—Pase lo que pase, Sachs, no me voy a ningún lado —señaló con la cabeza la Storm Arrow y rió—. No podría ir muy lejos aun si quisiera. Si cumples una condena, estaré aquí cuando salgas…

—Palabras, Rhyme —dijo Sachs—. Sólo palabras… Mi padre dijo también que no iba a ningún lado. Eso fue una semana antes que el cáncer lo callara para siempre.

—Soy demasiado terco para morir.

Pero no eres demasiado terco para ponerte mejor, pensó ella, para encontrar a otra persona. Para seguir tu camino y dejarme atrás.

La puerta del cuarto de interrogatorios se abrió. Garrett estaba en el umbral y Mason detrás. Las manos del chico, que ya no tenían grilletes, estaban unidas.

—Eh —dijo Garrett como saludo—. Mirad lo que encontré. Estaba en mi celda —abrió la mano y un insecto salió volando—. Es una esfinge. Les gusta buscar su alimento en las flores de valeriana. No se ven mucho en los interiores. Son muy listas.

Sachs sonrió apenas y le agradaron los ojos llenos de entusiasmo del chico.

—Garrett, hay algo que quiero que sepas.

Garrett se acercó y la miró.

—¿Recuerdas lo que me contaste en el remolque? ¿Cuándo estabas hablando con tu padre en la silla vacía?

El chico asintió, dudoso.

—Me contaste cómo te sentiste de mal cuando pensaste que tu padre no te quería en el coche esa noche.

—Me acuerdo.

—Pero ahora sabes por qué no te quería... Estaba tratando de salvarte la vida. Sabía que había veneno en el coche y que iban a morir. Si entrabas al coche con ellos también morirías. Y no quería que sucediera.

—Creo que lo sé —dijo el chico. Su voz sonaba insegura y Amelia Sachs supuso que reescribir la propia historia era una tarea abrumadora.

—Sigue recordándolo.

—Lo haré.

Sachs observó la polilla pequeña, de color beis, que volaba por el cuarto de interrogatorios.

—¿Me dejaste a alguien en la celda? ¿Para que me haga compañía?

—Sí. Hay un par de mariquitas, su nombre verdadero es *coccinellidae*. Y un saltamontes y una mosca *syrphus* o mosca de las flores. Es fantástico la forma en que vuelan. Los puedes observar durante horas —hizo una pausa—. Escucha, lamento haberte mentido. La cosa es que si no lo hubiera hecho, no podría haber salido y no podría haber salvado a Mary Beth.

—Está bien, Garrett.

El chico miró a Mason.

—¿Me puedo ir ahora?

—Puedes irte.

Garrett caminó hacia la puerta, se dio la vuelta y dijo a Sachs:

—Vendré y me quedaré un rato. Si está bien.

—Me gustaría que lo hicieras.

El muchacho salió y a través de la puerta abierta Sachs pudo verlo dirigirse a un cuatro por cuatro. Era el de Lucy Kerr. Sachs la vió salir y abrirle la puerta, como una madre buscando a su hijo después de practicar fútbol. La puerta de la prisión se cerró y ocultó esta escena doméstica.

—Sachs —comenzó Rhyme. Pero ella sacudió la cabeza y empezó a arrastrar los pies hacia la celda. Quería estar lejos del criminalista, lejos del Muchacho Insecto, lejos de la ciudad sin niños. Quería estar en la oscuridad de la soledad.

Y enseguida lo estuvo.

En las afueras de Tanner's Corner, en la ruta 112, donde todavía conserva dos carriles, hay una curva cerca del río Paquenoke. Justo al lado del arcén se ve un frondoso matorral de pastos plumosos, carrizos, índigos y altos colombos que mostraban sus particulares flores rojas como banderas.

La vegetación crea un rincón que constituye un popular aparcamiento para los policías del condado de Paquenoke, que beben té helado y escuchan radio mientras esperan que en los visores de sus radares se registren velocidades de 90 kilómetros por hora o superiores. Entonces aceleran hacia la ruta en persecución del conductor sorprendido en falta para agregar otros cien dólares al erario del condado.

Hoy domingo, mientras un negro Lexus pasaba por esta curva de la ruta, el visor del radar en el salpicadero de Lucy registraba unos legales 75 kilómetros por hora. Pero ella puso en marcha el coche patrulla, movió el interruptor que hacía funcionar el faro que estaba sobre el techo del coche y se dirigió velozmente detrás del cuatro por cuatro.

Se acercó al Lexus y estudió detenidamente el vehículo. Había aprendido, tiempo atrás, a controlar el espejo retrovisor de los coches que detenía. Si se veían los ojos del conductor, se podía tener una idea del tipo de delitos que podría haber cometido, en caso de haberlo hecho, aparte de la velocidad excesiva o alguna luz trasera que no funcionaba. Drogas, armas robadas, alcoholismo. Se percibe la peligrosidad de la acción policial. Ahora vio que los ojos del hombre se dirigían al espejo y la miraban sin un asomo de culpa o preocupación.

Ojos invulnerables…

Lo que hizo que su cólera aumentara, pero respiró profundamente para controlarla.

El coche, de grandes dimensiones, se detuvo en el arcén polvoriento y Lucy lo hizo detrás. Las reglas establecían que debía pedir la documentación, pero Lucy no se molestó en hacerlo. No había nada que tuviera interés para ella en ese registro. Con manos temblorosas abrió la puerta y salió del coche patrulla.

Los ojos del conductor ahora se movieron hacia el espejo central para seguir examinándola con mirada crítica. Mostraron algo de sorpresa, al notar, supuso Lucy, que no llevaba uniforme, sólo vaqueros y una camisa de trabajo, a pesar de tener el arma en la cadera. ¿Qué estaría haciendo un policía fuera de servicio que detiene a un conductor que no sobrepasa el límite de velocidad?

Henry Davett bajó la luna.

Lucy Kerr miró hacia adentro, más allá de Davett. En el asiento delantero iba una mujer en la cincuentena, su bien peinado cabello sugería frecuentes visitas a la peluquería. Llevaba diamantes en las muñecas, las orejas y el pecho. Una chica adolescente se sentaba atrás, repasando algunas cajas de CD, disfrutando mentalmente de la música que su padre no le dejaba oír.

—Oficial Kerr —dijo Davett—, ¿cuál es el problema?

Pero ella pudo ver en sus ojos, ya no por el espejo, que él sabía exactamente cuál era el problema.

Todavía esos ojos permanecían tan libres de culpa y bajo control como cuando habían registrado los giros de las luces intermitentes de su Crown Victoria.

Estaba tan enfadada que apenas podía mantener el control; ordenó:

—Salga del coche, Davett.

—Cariño, ¿qué has hecho?

—Oficial, ¿qué sentido tiene? —preguntó Davett con un suspiro.

—Afuera. Ahora —Lucy metió la mano y abrió las puertas.

—¿Puede hacer eso, cariño? ¿Puede...?

—Cállate, Edna.

—Está bien. Lo siento.

Lucy abrió la puerta. Davett soltó el cinturón de seguridad y salió al polvoriento arcén.

Un semirremolque pasó a toda velocidad y los cubrió de polvo. Davett miró con disgusto la arcilla gris de Carolina que se posaba en su blazer azul.

—Mi familia y yo estamos llegando tarde a la iglesia y no pienso...

Lucy lo tomó del brazo y lo empujó del hombro hasta la sombra de arroz salvaje y espadañas al lado de un pequeño arroyo, afluente del Paquenoke, que corría al lado de la carretera.

Davett repitió, exasperado:

—¿Cuál es el motivo?

—Lo sé todo...

—¿Lo sabe, oficial Kerr? ¿Sabe todo? ¿Y qué sabe...?

—El veneno, los asesinatos, el canal...

Davett dijo con calma:

—Nunca tuve el menor contacto con Jim Bell ni nadie de Tanner's Corner. Si hay algunos malditos estúpidos en mi nómina que emplearon a otros malditos estúpidos para hacer cosas ilegales no es culpa mía. Y si eso sucedió, cooperaré con las autoridades al cien por ciento.

Como si no hubiera oído su tranquila respuesta, Lucy gruñó:

—Se condenará junto con Bell y su cuñado.

—Por supuesto que no. Nada me relaciona con ningún delito. No hay testigos. No hay cuentas, ni transferencias de dinero, ni evidencia de ningún hecho ilegal. Soy un fabricante de productos petroquímicos, ciertos limpiadores, asfalto y algunos pesticidas.

—Pesticidas ilegales.

—Falso —retrucó Davett—. La EPA todavía permite que el toxafeno se use en los Estados Unidos en algunos casos. Y no es ilegal en absoluto en la mayoría de los países del Tercer Mundo. Lea un poco, policía Kerr; sin pesticidas, la malaria, la encefalitis y la hambruna matarían a cientos de miles de personas cada año y…

—Provocan cáncer, defectos genéticos y enfermedades hepáticas a las personas expuestas a ellos y…

Davett se encogió de hombros.

—Muéstreme los estudios, policía Kerr. Muéstreme las investigaciones que lo demuestran.

—¿Si es tan jodidamente inofensivo, entonces por qué dejó de transportarlo en camiones? ¿Por qué comenzó a usar barcazas?

—No podía llevarlo a puerto de ninguna otra forma porque hay algunos condados y ciudades impulsivos que prohibieron el transporte de ciertas sustancias de las que no saben nada. Y yo no tenía tiempo para emplear grupos de presión que cambiaran las leyes.

—Bueno, apuesto a que la EPA está interesada en lo que hace usted por aquí.

—Oh, por favor —se burló Davett—. ¿La EPA? Olvídela. Yo le daré su número de teléfono. Si alguna vez llegan a visitar la fábrica, encontraran niveles permitidos de toxafeno por todo Tanner's Corner.

—Quizá lo que hay sólo en el agua tiene un nivel permitido, quizá sólo el aire, quizá sólo los productos locales... ¿Pero qué me dice la mezcla de todos ellos? ¿Qué me dice de un niño que toma un vaso de agua del pozo de sus padres, luego juega en el césped, después come una manzana de una huerta local, después...?

Davett se encogió de hombros.

—Las leyes son claras, policía Kerr. Si no le gustan, escriba a su representante en el Congreso.

Ella lo cogió de la solapa. Dijo con furia:

—No entiende. Irá a prisión.

Él se liberó y murmuró con saña:

—No, *usted* no entiende, oficial. Yo soy muy, muy bueno en lo que hago. No cometo errores —miró el reloj—. Tenemos que irnos ahora.

Davett regresó a su vehículo, arreglando su escaso cabello. El sudor lo había oscurecido y pegado en las sienes.

Subió al coche dando un portazo.

Lucy caminó hacia el lado del conductor cuando Davett lo puso en marcha.

—Espere —dijo.

Davett la miró. Pero la policía lo ignoró. Miraba a sus pasajeras.

—Me gustaría que vierais lo que hizo Henry —sus fuertes manos hicieron saltar los botones de la camisa. Las mujeres del coche se quedaron con la boca abierta mirando las cicatrices rosadas que remplazaban los pechos de Lucy.

—Oh, por Dios —dijo Davett, mirando para otro lado.

—Papá... —murmuró la chica, conmocionada. Su madre observaba, sin habla.

Lucy dijo:

—¿Dice que no comete errores, Davett? Falso. Cometió éste.

El hombre puso el coche en primera, apretó la señal de giro, controló el ángulo muerto y condujo el coche lentamente hacia la carretera.

Lucy quedó de pie por un largo momento, mirando desaparecer al Lexus. Buscó en sus bolsillos y se cerró la blusa con unos imperdibles. Se apoyó contra el coche patrulla un instante, luchando contra las lágrimas, luego se le ocurrió bajar la vista y percibió una flor pequeña y rojiza al lado de la carretera. Entrecerró los ojos. Era una *cypripedium* rosa, un tipo de orquídea. Sus flores parecen minúsculas chinelas. Esas plantas eran raras en el condado de Paquenoke, y Lucy nunca había visto una tan bonita. En cinco minutos y con la ayuda del limpiaparabrisas para nieve, la arrancó de raíz y la guardó cuidadosamente en una lata grande de 7 Eleven. Prefirió sacrificar la gaseosa por la belleza de su jardín.

# 44

La placa colocada en el edificio de los tribunales explicaba que el nombre del estado provenía del latín *Carolus*, que significa Carlos. Fue el rey Carlos III quien otorgó un título territorial para que se asentara la colonia.

Carolina...

Amelia Sachs suponía que el estado se llamaba así por Carolina, alguna reina o princesa. Nacida y educada en Brooklyn, era evidente que tenía poco interés en la realeza, o conocimientos sobre ella.

Ahora se sentaba, todavía esposada, entre dos guardias, en un banco de los tribunales. El edificio, construido con ladrillos rojos, era antiguo, de suelos de mármol y muebles de caoba. Hombres severos, con trajes negros, que Sachs supuso serían jueces o gobernadores, la miraban desde cuadros al óleo, como si supieran que era culpable. No parecía que hubiera aire acondicionado pero las brisas y la oscuridad refrescaban el lugar gracias a la eficiente ingeniería del siglo XVIII.

Fred Dellray se dirigió a ella:

—Eh, tú, ¿quieres un café u otra cosa?

El guardia que estaba a la izquierda alcanzó a decir:

—No se puede hablar con... —antes de que la tarjeta de identificación del Departamento de Justicia acabara con el recitado.

—No, Fred. ¿Dónde está Lincoln?

Eran cerca de las nueve y media.

—No lo sé. Ya lo conoces. Para un hombre que no camina, anda por ahí más que cualquier persona que conozco.

Lucy y Garrett tampoco habían llegado.

Sol Geberth, en un costoso traje gris, se dirigió hasta ella. El guardia de la derecha se movió a un costado, dejando que el abogado se sentara.

—Hola, Fred —saludó Geberth al agente.

Dellray fríamente movió la cabeza y Sachs dedujo que, como le había pasado con Rhyme, el abogado de la defensa debía de haber conseguido absoluciones de sospechosos que el agente había detenido.

—Ya está acordado —comentó Geberth a Sachs—. El fiscal está de acuerdo con el homicidio involuntario, sin otros cargos. Cinco años. Sin libertad condicional.

Cinco años...

El abogado continuó:

—Hay un aspecto en este caso en el que no pensé ayer...

—¿Cuál es? —preguntó Sachs, tratando de evaluar a partir de su mirada la seriedad del nuevo problema.

—El problema es que tú eres policía.

—¿Qué tiene que ver?

Antes de que el abogado pudiera decir algo, Dellray acotó:

—El que seas un oficial para garantizar el cumplimiento de la ley te pone en una situación distinta. Dentro... —como Sachs todavía no comprendía, el agente le explicó—: Dentro de la prisión. Tendrás que estar segregada. O no durarías ni una semana. Será duro, Amelia. Será terriblemente duro.

—Pero nadie sabe que soy policía.

Dellray rió apenas.

—Todo lo que hay que saber sobre ti, por pequeño que sea el detalle, lo sabrán en el mismo momento en que te entreguen el uniforme y la ropa de cama.

—No he detenido a nadie por aquí. ¿Por qué tiene que importarles que sea policía?

—No importa de dónde provengas —dijo Dellray, mirando a Geberth, quien asintió con la cabeza—. No te pondrán con los presos comunes de ninguna manera.

—Entonces básicamente son cinco años en aislamiento.

—Me temo que sí —dijo Geberth.

Sachs cerró los ojos y una sensación de náusea recorrió su cuerpo.

Cinco años sin moverse, de claustrofobia, de pesadillas...

Y, como ex convicta, ¿de que manera podría encarar una futura maternidad? Se ahogaba de desesperación.

—¿Entonces? —preguntó el abogado—. ¿Qué hacemos?

Sachs abrió los ojos.

—Me quedo con la alegación.

La habitación estaba llena de gente. Sachs vio a Mason Germain y a otros pocos policías. Una pareja doliente, con los ojos rojos, probablemente los padres de Jesse Corn, se sentaba en primera fila. Le hubiera gustado decirles algo pero la mirada desdeñosa que recibió la disuadió. Sólo vio dos caras que la miraban con bondad: Mary Beth McConnell y una mujer obesa que presumiblemente era su madre. No había señales de Lucy Kerr. Ni de Lincoln Rhyme. Supuso que no había tenido valor para ver como la llevaban encadenada. Bueno, estaba bien; ella tampoco quería verlo en esas circunstancias.

El alguacil la condujo a la mesa de la defensa. Le dejó los grilletes. Sol Geberth se sentó a su lado.

Se pusieron de pie cuando entró el juez, un hombre, enjuto y fuerte, vestido con una voluminosa toga negra que se sentó en un banco alto. Pasó unos minutos ojeando documentos y hablando con su secretario. Por fin, hizo una señal con la cabeza y el secretario dijo:

—El pueblo del estado de Carolina del Norte contra Amelia Sachs.

El juez señaló con un movimiento de cabeza al fiscal de Raleigh, un hombre alto y de cabellos grises, quien se puso de pie.

—Señoría, la acusada y el Estado han acordado un arreglo de alegación, por el cual la acusada conviene en declararse culpable de homicidio en segundo grado en la muerte del policía Jesse Randolph Corn. El Estado desecha todos los otros cargos y recomienda una sentencia de cinco años, que deberán cumplirse sin posibilidad de libertad condicional ni reducción de la pena.

—Señorita Sachs, ¿ha hablado de este arreglo con su abogado?

—Sí, Señoría.

—¿Y le ha dicho que tiene el derecho de rechazarlo y presentarse a juicio?

—Sí.

—Y usted comprende que al aceptar el trato se declara culpable en una acusación de homicidio criminal.

—Sí.

—¿Toma esta decisión voluntariamente?

Ella pensó en su padre, en Nick. Y en Lincoln Rhyme.

—Sí, así es.

—Muy bien. ¿Cómo se declara en la acusación de homicidio en segundo grado hecha en su contra?

—Culpable, Su Señoría.

—A la luz de la recomendación del Estado la alegación será registrada y por lo tanto la condeno...

Las puertas de cuero rojo que llevaban al pasillo se movieron hacia adentro y con un chirrido agudo, la silla de ruedas de Lincoln Rhyme maniobró para entrar. Un alguacil había tratado de abrir las puertas para la Storm Arrow pero Rhyme parecía tener prisa y arremetió contra ellas. Una golpeó contra el muro. Lucy Kerr iba detrás.

El juez levantó la vista, dispuesto a reprender al intruso. Cuando vio la silla, se refugió, como la mayoría de la gente, en la corrección política que Rhyme despreciaba y no dijo nada. Se volvió hacia Sachs:

—Por lo tanto la condeno a cinco años...

Rhyme dijo:

—Perdóneme, Señoría. Necesito hablar un minuto con la acusada y su abogado.

—Señor —se quejó el juez—, estamos en el medio de una audiencia. Puede hablar con ella en algún otro momento.

—Con todo respeto, Señoría —respondió Rhyme—, necesito hablar con ella *ahora* —su voz también expresaba una queja, pero mucho más ruidosa que la del jurista.

Justo como en los viejos tiempos, estar en una sala de tribunal.

La mayor parte de la gente piensa que la única tarea de un criminalista consiste en buscar y analizar evidencias. Pero cuando Lincoln Rhyme dirigía las actuaciones forenses del NYPD, la División de Investigaciones y Recursos, pasaba casi tanto tiempo testimoniando en juicios como en el laboratorio. Era un buen testigo experto. (Blaine, su ex esposa, a menudo comentaba que Rhyme prefería *actuar* frente a la gente, incluida ella misma, antes que interactuar con los demás.)

Cuidadosamente, Rhyme se dirigió a la barandilla que separaba las mesas de los abogados de la galería en los Tribunales del Condado de Paquenoke. Miró a Amelia Sachs y lo que vio casi le rompió el corazón. En los tres días de permanencia en prisión, había perdido mucho peso y su rostro estaba amarillento. Su pelo rojo estaba sucio y atado en un ajustado moño, el mismo que se hacía en las escenas de crímenes para evitar que algunos cabellos sueltos tocaran la prueba; estas circunstancias hacían que su cara, bonita como siempre, pareciera severa y demacrada.

Geberth caminó hacia Rhyme y se agachó. El criminalista habló con él unos minutos. Por fin, Geberth asintió y se puso de pie.

—Señoría, comprendo que ésta es una audiencia referente a un arreglo de alegación. Pero tengo una propuesta inusual. Hay unas nuevas evidencias que han salido a la luz...

—Que usted puede presentar en el juicio —gruñó el juez—, si su cliente opta por rechazar el arreglo de alegación.

—No me propongo presentar nada al tribunal; me gustaría dar a conocer al estado esta evidencia, para ver si mi digno colega consiente en considerarla.

—¿Con qué propósito?

—Posiblemente para modificar los cargos contra mi cliente —añadió Geberth tímidamente—: Lo que podría hacer que la lista de casos pendientes de Su Señoría parezca menos abrumadora.

El juez puso los ojos en blanco para mostrar que la maña de los yanquis no contaba para nada en su jurisdicción. Sin embargo, miró al fiscal y preguntó:

—¿Bien?

El fiscal de distrito le preguntó a Geberth:

—¿Qué tipo de evidencia? ¿Un nuevo testigo?

Rhyme no se pudo controlar más.

—No —dijo—. Evidencia física.

—¿Usted es el Lincoln Rhyme del que he oído hablar? —preguntó el juez.

Como si hubiera *dos* criminalistas inválidos haciendo su trabajo en el estado de Carolina del Norte.

—Lo soy, sí.

El fiscal preguntó:

—¿Dónde está esta evidencia?

—Bajo mi custodia, en el Departamento de Policía del condado de Paquenoke —dijo Lucy Kerr.

El juez le preguntó a Rhyme:

—¿Consiente en dar testimonio bajo juramento?

—Ciertamente.

—¿Está de acuerdo, señor fiscal? —preguntó el juez.

—Lo estoy, Señoría, pero si es una maniobra táctica o si la evidencia resulta irrelevante, presentaré una acusación de interferencia contra el señor Rhyme.

El juez pensó unos instantes y luego dijo:

—Para que conste, esto no es parte de ninguna audiencia. La corte se limita a prestarse a las partes para que se haga una deposición anterior al arreglo. El examen se realizará de acuerdo a las normas de procedimiento penal de Carolina del Norte. Tome juramento al declarante.

Rhyme se colocó frente al juez. Cuando un empleado se acercó, inseguro, llevando la Biblia en la mano, el criminalista dijo:

—No, no puedo levantar mi mano derecha —luego recitó—: Juro que el testimonio que voy a prestar es la verdad, de acuerdo a mi solemne juramento —trató de captar la mirada de Sachs, pero ella tenía la vista puesta en los desvaídos mosaicos del suelo de la sala.

Gerberth caminó hacia el frente de la sala.

—Señor Rhyme, puede darnos su nombre, domicilio y ocupación.

—Lincoln Rhyme, 345 Central Park West, ciudad de Nueva York. Soy criminalista.

—Eso es más que un científico forense, ¿no es cierto?

—Algo *más* que eso, pero la ciencia forense constituye el núcleo de lo que hago.

—¿Y cómo conoció a la acusada, Amelia Sachs?

—Ha sido mi asistente y compañera en una cantidad de investigaciones criminales.

—¿Y cómo llegaron a Tanner's Corner?

—Estábamos ayudando al sheriff James Bell y al departamento de policía del condado de Paquenoke. Investigábamos el asesinato de Billy Stail y las desapariciones de Lydia Johansson y Mary Beth McConnell.

Geberth preguntó:

—Entonces, señor Rhyme, ¿dice que tiene nuevas evidencias que presentar en este caso?

—Sí, así es.

—¿Cuál es esa evidencia?

—Después de que supimos que Billy Stail había ido a Blackwater Landing a matar a Mary Beth McConnell comencé a preguntarme por qué lo habría hecho. Llegué a la conclusión de que le habían pagado para hacerlo. Él...

—¿Por qué pensó que le pagaron?

—La razón era obvia —gruñó Rhyme. Tenía poca paciencia con las preguntas irrelevantes y Geberth se desviaba de su guión.

—Compártala con nosotros, por favor.

—Billy no tenía una relación romántica de ningún tipo con Mary Beth. No estaba involucrado en el asesinato de la familia de Garrett Hanlon. Ni siquiera la conocía. De manera que no tenía ningún motivo para matarla salvo que fuera por un beneficio económico.

—Siga.

Rhyme continuó:

—Quien lo contrató no le iba a pagar con un talón, por supuesto, sino en efectivo. La policía Kerr fue a la casa de los padres de Billy Stail, quienes le dieron permiso para examinar su cuarto. Descubrió diez mil dólares escondidos bajo el colchón.

—¿Qué tiene que ver...?

—¿Por qué no me deja terminar el relato? —preguntó Rhyme al abogado.

El juez dijo:

—Buena idea, señor Rhyme. Pienso que el abogado ha trabajado bien los preliminares.

—Por sugerencia de la oficial Kerr, hice un análisis del borde de fricción, es un examen de las huellas dactilares, de los billetes primero y último del fajo. Encontré un total de sesenta y una huellas latentes. Aparte de las huellas de Billy, dos de esas huellas resultaron ser de una persona involucrada en este caso. La policía Kerr consiguió otra orden judicial para allanar la casa de esa persona...

—¿También la examinó? —preguntó el juez.

Rhyme contestó con una paciencia forzada:

—No, no lo hice. No era *accesible* para mí. Pero *dirigí* la investigación, que fue hecha por la policía Kerr. Dentro de la casa encontró un recibo por la compra de una pala idéntica al arma del crimen y ochenta y tres mil dólares en efectivo, sujetos con unas fajas idénticas a las encontradas alrededor de los dos fajos de billetes en la casa de Billy Stail —teatral como siempre, Rhyme había dejado lo mejor para el final—. La policía Kerr también encontró fragmentos de huesos en la barbacoa de la parte posterior de la casa. Estos fragmentos concuerdan con los huesos de la familia de Garrett Hanlon.

—¿A quién pertenece la casa de la que habla?

—Al policía Jesse Corn.

De los asientos de la sala de audiencias se elevó un acentuado murmullo. El fiscal siguió impasible, pero se irguió apenas y sus zapatos se movieron sobre el suelo de mosaicos. Susurró a sus colegas, mientras consideraban las implicaciones de la revelación. En la galería los padres de Jesse se miraron, conmovidos; la madre sacudió la cabeza y comenzó a llorar.

—¿Adónde quiere ir a parar exactamente, señor Rhyme?

Rhyme se resistía a decir al juez que la conclusión era obvia. Dijo:

—Señoría, Jesse Corn era uno de los individuos que conspiraron con Jim Bell y Steve Farr para matar a la familia de Garrett Hanlon hace cinco años y luego para matar a Mary Beth McConnell el otro día.

*Oh, sí. Esta ciudad tiene algunas avispas.*

El juez se reclinó en su sillón.

—Esto no tiene nada que ver conmigo. Ustedes dos deben arreglarlo. —Señaló con la cabeza a Geberth y al fiscal—. Tienen cinco minutos, luego ella puede aceptar el arreglo de la alegación o fijo la fianza y doy fecha para el juicio.

El fiscal le dijo a Geberth:

—No significa que no haya matado a Jesse. Aun si Corn era otro de los conspiradores, sigue siendo la víctima de un homicidio.

Ahora le tocó al norteño poner los ojos en blanco.

—Oh, vamos —soltó Geberth, como si el fiscal del distrito fuera un estudiante atrasado—. Lo que significa es que Corn estaba operando fuera de su jurisdicción como policía y que cuando se enfrentó a Garrett era un criminal armado y peligroso. Jim Bell admitió que planeaban torturar al chico para encontrar el paradero de Mary Beth. Una vez que la hubieran encontrado, Corn habría llegado con Culbeau y los otros para matar a Lucy Kerr y los demás policías.

Los ojos del juez se movían de derecha a izquierda lentamente mientras asistía a aquel partido de tenis sin precedentes.

El fiscal:

—Yo sólo puedo concentrarme en el crimen al que nos referimos. Si Jesse Corn iba a matar a alguien o no, no tiene importancia.

Geberth sacudió lentamente la cabeza. El abogado dijo al secretario del tribunal:

—Suspendemos la sesión. Esto queda fuera del acta —luego se dirigió al fiscal—: ¿Qué sentido tiene seguir? Corn era un asesino.

Rhyme se le unió y habló con el fiscal:

—Lleve esto a juicio ¿y qué piensa que sentirá el jurado cuando demostremos que la víctima era un policía corrompido que planeaba torturar un chico inocente para encontrar a una jovencita y luego matarla?

Geberth cotinuó:

—No quiere esta muesca en su pistola. Tiene a Bell, tiene a su cuñado, al juez de instrucción...

Antes de que el fiscal pudiera protestar nuevamente, Rhyme levantó la vista hacia él y dijo en voz baja:

—Le ayudaré...

—¿Qué? —preguntó el fiscal.

—Usted sabe quién está detrás de todo esto, ¿verdad? ¿Sabe quién está matando a la mitad de los residentes de Tanner's Corner?

—Henry Davett —dijo el fiscal—. He leído los expedientes y las declaraciones.

Rhyme preguntó:

—¿Y cómo va el caso contra él?

—Mal. No hay evidencias. No hay relación entre él y Bell, nadie de la ciudad. Utilizó intermediarios y todos callan o están fuera de mi jurisdicción.

—Pero —dijo Rhyme—, ¿no le gustaría cogerlo antes de que más gente muera de cáncer? ¿Antes que más niños enfermen y se suiciden? ¿Antes que más bebés nazcan con defectos genéticos…?

—Por supuesto que sí.

—Entonces me necesita a *mí*. No encontrará a ningún criminalista de este Estado que pueda incriminar a Davett. Yo puedo. —Rhyme miró a Sachs. Podía ver lágrimas en sus ojos. Sabía que el único pensamiento que ocupaba su mente era que, la mandaran o no a la cárcel, no había matado a un inocente.

El fiscal lanzó un profundo suspiro. Luego asintió. Rápidamente, como si pudiera cambiar de decisión, dijo:

—De acuerdo —miró al juez—. Señoría, en el caso del Pueblo contra Sachs, el Estado retira todos los cargos.

—Así queda establecido —dijo un juez aburrido—. La acusada puede irse. Siguiente caso —ni siquiera se molestó en bajar el martillo.

# 45

—No sabía si aparecerías —dijo Lincoln Rhyme.

Estaba sorprendido de verdad.

—Yo tampoco sabía si iba a venir —replicó Sachs.

Estaban en el cuarto de hospital de Rhyme, en el centro médico de Avery.

Él dijo:

—Acabo de bajar de visitar a Thom en la quinta planta. Qué extraño que en este momento tenga más movilidad que él.

—¿Cómo está?

—Se pondrá bien. Saldrá en un día o dos. Le dije que iba a considerar la terapia física desde un ángulo completamente distinto. No le hizo gracia.

Una agradable guatemalteca, la cuidadora temporal, estaba sentada en un rincón, tejiendo un chal amarillo y rojo. Parecía soportar bien los cambios de humor de Rhyme, si bien él creía que eso se debía a que no comprendía el inglés lo suficientemente bien como para apreciar sus sarcasmos e insultos.

—Sabes, Sachs —dijo Rhyme—, cuando supe que habías sacado por la fuerza a Garrett de la cárcel, casi se me ocurre que lo habías hecho para darme la posibilidad de pensar dos veces en la operación.

Una sonrisa curvó los labios de Sachs, tan parecidos a los de Julia Roberts.

—Quizá hubo algo de eso.

—¿De manera que ahora estás aquí para convencerme de que no lo haga?

Sachs se levantó de la silla y caminó hasta la ventana.

—Hermosa vista.

—Tranquila, ¿verdad? Fuente y jardín. Plantas. No sé de qué clase.

—Lucy te lo podría decir. Conoce las plantas de la misma forma que Garrett conoce los bichos. Perdona, *insectos*. El bicho es sólo un tipo de insecto… No, Rhyme, no estoy aquí para convencerte de que no te operes. Estoy aquí para acompañarte ahora y estar en el cuarto de recuperación cuando despiertes.

—¿Cambiaste de parecer…?

Ella se volvió hacia él.

—Cuando Garrett y yo estábamos huyendo, me contó sobre algo que leyó en uno de sus libros, *The Miniature World*.

—Tengo un respeto que antes no sentía por los escarabajos peloteros después de leerlo —dijo Rhyme.

—Había algo que me mostró, un pasaje. Era una lista de las características de las criaturas vivientes. Una de ellas consiste en que los seres sanos se esfuerzan por crecer y por adaptarse al medio. Me di cuenta de que es algo que tú tienes que hacer, Rhyme, pasar por el quirófano. No puedo interferir.

Después de un momento, Rhyme comenzó a hablar:

—Sé que no me va a curar, Sachs. ¿Pero cuál es la naturaleza de nuestro trabajo? Las pequeñas victorias. Encontramos una fibra allí, una huella dactilar parcial allá, unos pocos granos de arena que pueden conducir a la casa del asesino. Eso es todo lo que busco en este lugar, una pequeña mejora. No voy a salir de esta silla, lo sé. Pero necesito una pequeña victoria.

*Quizá la ocasión de tomarte de la mano de verdad.*

Ella se inclinó, lo besó con fuerza y luego se sentó sobre la cama.

—¿Por qué pones esa cara, Sachs? Pareces un poco retraída.

—Volvamos al pasaje del libro de Garrett…

—Bien.

—Había otra característica de las criaturas vivientes que quería mencionar.

—¿Cuál es?

—Todas las criaturas vivientes se esfuerzan por perpetuar la especie.

Rhyme gruñó:

—¿Me equivoco o es otro arreglo judicial el que se viene? ¿Un trato de algún tipo?

Ella respondió:

—Quizá podamos hablar de algunas cosas cuando regresemos a Nueva York.

Una enfermera apareció en la puerta.

—Necesito llevarlo a la sala preoperatoria, señor Rhyme. ¿Listo para el paseo?

—Oh, apuesto que sí… —Se volvió hacia Sachs—. Seguro que hablaremos.

Sachs lo besó una vez más y le apretó la mano izquierda, donde Rhyme podía, apenas levemente, sentir la presión en su dedo anular.

Las dos mujeres se sentaban a cada lado de un grueso haz de luz solar.

Frente a ellas, sobre una mesa naranja cubierta de marcas marrones, producidas en la época en que en los hospitales se permitía fumar, había dos vasos de papel con café de máquina muy malo.

Amelia Sachs miró a Lucy Kerr, que estaba inclinada hacia delante, con las manos juntas, apagada.

—¿Qué pasa? —preguntó Sachs—. ¿Estás bien?

La policía dudó y finalmente dijo:

—Oncología está en el ala de al lado. Pasé meses allí. Antes y después de la operación. —Sacudió la cabeza—. Nunca se lo dije a nadie pero el Día de Acción de Gracias, después de que Buddy me dejara, vine aquí. Anduve dando vueltas. Tomé café y bocadillos de atún con las enfermeras. ¿No es divertido? Podía haber ido a ver a mis padres y primos de Raleigh, y hubiera comido pavo y me hubiera puesto elegante. O a casa de mi hermana y su marido en Martinsville, los padres de Ben. Pero quería estar donde me sentía en casa. Que de seguro no era en mi casa.

Sachs dijo:

—Cuando mi padre se moría, mi madre y yo pasamos tres fiestas en el hospital. Acción de Gracias, Navidad y Año Nuevo. Papa hizo una broma. Dijo que deberíamos hacer pronto nuestras reservas para Semana Santa. Sin embargo, no vivió hasta entonces.

—¿Tu madre vive todavía?

—Oh, sí. Anda mejor que yo. Yo heredé la artritis de papá. En cantidad —Sachs casi hizo una broma acerca de que esa era la razón por la cual tiraba tan bien, para no tener que correr atrás de los delincuentes. Pero entonces se acordó de Jesse Corn, evocó el agujero de la bala en su frente y se quedó en silencio.

Lucy dijo:

—Se pondrá bien, sabes. Lincoln.

—No, no lo sé —respondió Sachs.

—Tengo un presentimiento. Cuando has pasado tanto como yo pasé, en los hospitales, quiero decir, tienes presentimientos.

—Te lo agradezco —dijo Sachs.

—¿Cuánto tiempo crees que tardará? —preguntó Lucy. Una eternidad…

—Cuatro horas, calculó la doctora Weaver.

A la distancia apenas si podían escuchar el superficial y forzado diálogo de una serie televisiva. Un reclamo distante de un médico. Una alarma de reloj. Una carcajada.

Alguien pasó al lado y se detuvo.

—Hola, chicas.

—Lydia —dijo Lucy sonriendo—. ¿Cómo estás?

Lydia Johansson. Al principio Sachs no la había reconocido porque llevaba uniforme verde y una cofia. Recordó que Lydia trabajaba de enfermera en ese centro médico.

—¿Te has enterado? —preguntó Lucy—. Jim y Steve están arrestados ¿Quién lo hubiera pensado?

—Ni en un millón de años —dijo Lidia—. Toda la ciudad habla de ello —luego le preguntó a Lucy—: ¿Tienes una cita en oncología?

—No. El señor Rhyme se opera hoy. De la espina dorsal. Somos sus animadoras.

—Bueno, le deseo todo lo mejor —dijo Lydia a Sachs.

—Gracias.

La muchacha siguió por el pasillo, saludó con la mano y pasó por una puerta batiente.

—Buena chica —dijo Sachs.

—¿Te imaginas qué trabajo, ser enfermera en oncología? Cuando lo de mi operación, pasaba por el pabellón todos los días. Tan alegre como podía estar. Tiene más agallas que yo.

Pero Sachs apenas la escuchaba. Miró al reloj. Eran las once de la mañana. La operación estaría a punto de comenzar.

Trataba de portarse bien.

La enfermera de la sala preoperatoria le explicaba cosas y Lincoln Rhyme asentía pero ya le habían dado un Valium y no prestaba atención.

Quería decirle a la mujer que se callara y siguiera con los preparativos, sin embargo suponía que había que ser muy cortés con la gente que está a punto de abrirle el cuello a uno.

—¿De verdad? —dijo cuando ella hizo una pausa—. Es interesante —no tenía ni idea de lo que le había dicho.

Luego llegó un celador y lo trasladó desde la sala preoperatoria a la misma sala de operaciones.

Dos enfermeras lo trasladaron de la camilla a la mesa de operaciones. Una de ellas fue a un extremo alejado de la sala y comenzó a sacar instrumental del autoclave.

La sala de operaciones era más informal de lo que hubiera creído. Los azulejos eran verdes, el equipo de acero inoxidable, se veían los instrumentos y los tubos previstos. También cantidad de cajas de cartón y un radiograbador portátil. Estaba a punto de preguntar que clase de música iban a oír cuando recordó que estaría inconsciente y en consecuencia no debía preocuparse por la banda sonora.

—Es muy divertido —murmuró como un borracho a una enfermera que estaba cerca. Ella se volvió. Rhyme sólo podía ver sus ojos por encima de la mascarilla.

—¿Qué es tan divertido? —preguntó la enfermera.

—Me operan en el único lugar en el que necesito anestesia. Si fueran a sacarme el apéndice podrían cortar sin darme nada.

—Es gracioso, señor Rhyme.

Él se rió brevemente y pensó: de manera que me conoce.

Miró al techo, con humor reflexivo y confuso. Lincoln Rhyme dividía a la gente en dos categorías: los que viajaban y los que llegaban. Algunos gozaban del viaje más que de la llegada. Él, por naturaleza, era una persona de llegada, encontrar las respuestas a los interrogantes forenses era su meta y disfrutaba descubriendo las soluciones más que el proceso de buscarlas. Sin embargo ahora, acostado sobre la espalda y mirando la pantalla cromada de la lámpara quirúrgica, sintió lo opuesto. Prefería quedarse en este estado de esperanza, disfrutar de la alentadora sensación de anticiparse.

La anestesista, una mujer india, entró y le colocó una aguja en el brazo, preparó una inyección y la ajustó al tubo conectado con la aguja. Tenía manos muy hábiles.

—¿Listo para echar una siesta? —le preguntó con un leve acento cantarín.

—Totalmente listo —musitó.

—Cuando inyecte esta sustancia le pediré que cuente hacia atrás desde cien. Se dormirá antes de lo que piensa.

—¿Cuál es el récord? —bromeó Rhyme.

—¿De contar hacia atrás? Un hombre, que era mucho más grande que usted llegó al setenta y nueve antes de dormirse.

—Yo llegaré a setenta y cinco.

—Hará que este quirófano lleve su nombre si lo hace —replicó ella, inexpresiva.

Rhyme observó como deslizaba un tubo con un líquido claro en la intravenosa. Después, se volvió para observar el monitor. Rhyme comenzó a contar.

—Cien, noventa y nueve, noventa y ocho, noventa y siete…

La otra enfermera, la que había mencionado su nombre, se agachó. En voz baja le dijo:

—Hola.

Un tono extraño en la voz.

Rhyme la miró.

Ella siguió:

—Yo soy Lydia Johansson. ¿Me recuerda? —antes de que pudiera contestarle que sí, por supuesto, ella agregó en un sombrío murmullo—: Jim Bell me pidió que le dijera adiós.

—¡No! —murmuró Rhyme.

La anestesista, con los ojos en el monitor, dijo:

—Está bien. Sólo relájese. Todo está bien.

Con su boca a centímetros de la oreja de Rhyme, Lydia murmuró:

—¿No se preguntó cómo Jim y Steve Farr descubrieron a los pacientes de cáncer?

—¡No! ¡Deténgase!

—Yo di sus nombres a Jim para que Culbeau se asegurara de que sufrieran accidentes. Jim Bell es mi novio. Hace años que tenemos una relación. Es él el que me envió a Blackwater Landing después de que Mary Beth desapareciera. Esa mañana fui a poner flores para estar por ahí en caso de que Garrett apareciera. Iba a hablar con él para darle a Jesse y a Ed Schaeffer la ocasión de cogerlo, Ed estaba con nosotros también. Luego le iban a obligar a decirles dónde estaba Mary Beth. Pero nadie pensó que me secuestraría a *mí*.

*Oh, sí, esta ciudad tiene algunas avispas...*

—¡Deténgase! —gritó Rhyme. Pero su voz salió entre dientes.

La anestesista dijo:

—Pasaron quince segundos. Quizá rompa el récord después de todo. ¿Está contando? No lo escucho.

—Volveré enseguida —dijo Lydia acariciando la frente de Rhyme—. Hay muchas cosas que pueden salir mal durante una cirugía, ya sabe. Se puede obstruir el tubo de oxígeno, se pueden administrar las drogas equivocadas. ¿Quién sabe?

Lo podrían matar o dejarlo en coma. Pero de seguro no va a poder ir a testificar.

—¡Espere! —jadeó Rhyme— ¡Espere!

—Ja —dijo la anestesista, riendo, con los ojos aun en el monitor—. Veinte segundos. Creo que va a ganar, señor Rhyme.

—No, no creo que lo haga —susurró Lydia y lentamente se puso de pie mientras Rhyme veía que el quirófano se tornaba gris y luego negro.

# 46

Amelia pensó que se trataba de uno de los lugares más bonitos del mundo.

Para ser un cementerio.

Tanner's Corner Memorial Gardens, en la cima de una redondeada colina, dominaba el río Paquenoke, que fluía a unas millas de distancia. Desde el mismo cementerio se apreciaba mejor su belleza que visto desde la carretera, como lo hizo Amelia cuando se acercaba desde Avery.

Entornó los ojos a causa del sol, percibiendo la cinta resplandeciente del canal Blackwater que se unía al río. Desde allí, hasta sus aguas, oscuras y coloreadas, que habían producido tanta pena a tantos, le daban un aire amable y pintoresco.

Amelia se encontraba entre un grupo de gente de pie ante una tumba abierta. Uno de los hombres de la empresa funeraria colocaba en la fosa una urna. Amelia Sachs estaba al lado de Lucy Kerr. Garrett Hanlon se mantenía próximo a ellas. Del otro lado de la tumba se podía ver a Mason Germain y a Thom, que llevaba un bastón y estaba vestido con pantalones y camisa inmaculados. Lucía una corbata audaz, con estampado rojo estridente, que parecía apropiada a pesar de lo sombrío del momento.

También estaba ahí, a un costado, Fred Dallray, de traje negro, solo, pensativo, como si recordara algún pasaje de uno de los libros de filosofía que le gustaba leer. Hubiera parecido un reverendo de la Nación del Islam si llevara una camisa blanca en lugar de la verde limón con lunares amarillos.

No había ministro que oficiara, aun cuando esa región se destacaba por su religiosidad y, probablemente, se podía encontrar una docena de clérigos a espera que los llamaran para oficiar funerales. El director de la funeraria miró a la gente reunida y preguntó si alguien quería decir algo a la asamblea. Mientras todos miraban a su alrededor, preguntándose si habría voluntarios, Garrett comenzó a hurgar en sus amplios pantalones de los que sacó un libro muy manoseado, *The Miniature World*.

Con voz titubeante, el chico leyó:

—«Están los que sugieren que no existe una fuerza divina, pero nuestro cinismo se pone a prueba cuando consideramos el mundo de los insectos, que ha sido agraciado con tantas características sorprendentes: alas tan finas que apenas parecen haber sido hechas con materia viviente, cuerpos sin un solo miligramo de exceso de peso, detectores de velocidad del viento tan exactos que registran hasta una fracción de milla por hora, movimientos tan eficientes que los ingenieros mecánicos los toman como modelo para robots y, lo que es más importante, la extraordinaria capacidad de los insectos para sobrevivir frente a la abrumadora oposición del hombre, los predadores y los elementos. En momentos de desesperación, podemos recurrir al ingenio y la perseverancia de estas criaturas milagrosas para encontrar solaz y restaurar nuestra fe perdida.» —Garrett levantó la vista y cerró el libro. Hizo sonar sus uñas nerviosamente. Miró a Sachs y preguntó—: ¿Quieres decir algo?

Ella se limitó a negar con la cabeza.

Nadie más habló y después de unos minutos, todos los que rodeaban la tumba se volvieron, disgregándose colina arriba por un sinuoso sendero. Antes de que rodearan la cima que llevaba a la zona de comidas campestres, el personal del cementerio había comenzó a rellenar la tumba con una excavadora. Cuando llegaron a la cima de la colina poblada de árboles, cerca del aparcamiento, Sachs respiraba con dificultad.

Recordó la voz de Lincoln Rhyme:

*No es un mal cementerio. No me molestaría que me enterraran en un lugar así…*

Se detuvo para enjugar el sudor de su rostro y recobrar el aliento; el calor de Carolina del Norte todavía resultaba inmisericorde. Sin embargo Garrett no pareció percibir la temperatura. Se adelantó corriendo y comenzó a sacar bolsas de alimentos del maletero del Bronco de Lucy.

No era exactamente ni el lugar ni el momento para hacer un picnic, pero Sachs supuso que la ensalada de pollo y el melón constituían una forma de recordar a los muertos tan buena como cualquier otra.

También el whisky escocés, por supuesto. Amelia buscó en varias bolsas de la compra, hasta encontrar finalmente la botella de Macallan de dieciocho años. Sacó el corcho que hizo un leve ruido.

—Ah, mi sonido favorito —dijo Rhyme.

Se acercaba en su silla de ruedas, conduciendo con cuidado por el césped desigual. La colina que descendía hasta la tumba era demasiado empinada para la Storm Arrow por lo que tuvo que esperar en la zona ajardinada. Había observado desde la cima cómo enterraban las cenizas de los huesos que Mary Beth había encontrado en Blackwater Landing, los restos de la familia de Garrett.

Sachs sirvió el whisky en el vaso de Rhyme, equipado con una larga pajita y se sirvió un poco para ella. Todos los demás tomaban cerveza.

Rhyme dijo:

—El licor ilegal es realmente malo, Sachs. Evítalo a toda costa. Esto es mucho mejor.

Sachs miró a su alrededor:

—¿Dónde está la mujer del hospital? ¿La cuidadora?

—¿La señora Ruiz? —Murmuró Rhyme—. Es una inútil. Se fue. Me dejó en la estacada.

—¿Se fue...? —comentó Thom—. La volviste loca. Sería lo mismo que si la hubieras despedido.

—Fui un santo —gruñó el criminalista.

—¿Cómo anda tu temperatura? —preguntó Thom.

—Está bien —masculló Rhyme—. ¿Cómo anda la *tuya*?

—Probablemente un poco alta pero *yo* no tengo problemas de tensión.

—No, tienes un agujero de bala.

El ayudante insistió:

—Deberías...

—Te dije que estoy bien.

—... ubicarte más allá, en la sombra.

Rhyme gimió y se quejó del suelo inestable pero por fin se ubicó a la sombra, un poco más lejos.

Garrett colocaba con cuidado comida, bebida y servilletas sobre un banco bajo un árbol.

—¿Cómo te va? —le preguntó Sachs a Rhyme en un susurro—. Y antes de que me gruñas a mí también, no te hablo del calor.

Él se encogió de hombros, emitiendo un gruñido silencioso con el cual quería decir: estoy bien.

Pero no estaba bien. Un estimulador del nervio frénico impulsaba corriente a su cuerpo para ayudar a sus pulmones a inhalar y exhalar. Odiaba el artefacto, se había librado de él hacía unos años, pero no había duda de que ahora lo necesitaba. Dos días antes, en la mesa de operaciones, Lydia Johansson había estado muy cerca de detener para siempre su respiración.

En la sala de espera del hospital, después de que Lydia se despidiera de Sachs y de Lucy, la pelirroja había notado que la enfermera desaparecía por la puerta que decía: NEUROCIRUGÍA. Sachs había preguntado:

—¿No me dijiste que trabaja en oncología?

—Así es.

—¿Entonces para qué entró allí?

—Quizá para saludar a Lincoln —sugirió Lucy.

Pero Sachs no creía que las enfermeras hicieran visitas de cortesía a pacientes a los que estaban a punto de operar.

Entonces pensó: Lydia sabría acerca de los nuevos diagnósticos de cáncer en pacientes de Tanner's Corner. Inmediatamente recordó que alguien había dado información a Bell sobre los pacientes con cáncer, las tres personas de Blackwater Landing que Culbeau y sus amigos mataron. ¿Quién mejor que una enfermera en el pabellón de oncología? Era un poco fantasioso, pero Sachs se lo mencionó a Lucy, quien cogió su móvil y realizó una llamada de emergencia a la compañía telefónica, cuyo departamento de seguridad hizo una búsqueda en sus registros, si bien apresurada y a vuelo de pájaro, de las llamadas telefónicas de Jim Bell. Había cientos de Lydia y para ella.

—¡Lo va a matar! —gritó Sachs. Y las dos mujeres, una con el arma en la mano, irrumpieron en la sala de operaciones, escena digna de un episodio melodramático de la serie *Urgencias*, justo cuando la doctora Weaver iba a realizar la primera incisión.

Lydia se descontroló y antes de que la dos mujeres la detuvieran, al tratar de escapar, o de hacer lo que le había pedido Bell, arrancó el tubo de oxígeno de la garganta de Rhyme. A causa de ese trauma y de la anestesia, los pulmones de Rhyme dejaron de funcionar. La doctora Weaver lo revivió, pero luego su respiración no volvió a ser la de antes y tuvo que recurrir al estimulador.

Lo que resultaba bastante malo. Incluso peor, la doctora Weaver, para enfado y desagrado de Rhyme, se negaba a realizar nuevamente la operación antes de que transcurrieran al menos seis meses, hasta que las funciones respiratorias estuvieran normalizadas completamente. Lincoln trató de insistir, pero la cirujana se demostró tan obcecada como él.

Sachs sorbió más *scotch*.

—¿Le contaste a Roland Bell lo de su primo? —preguntó Rhyme.

Ella asintió.

—Se lo tomó muy mal. Dijo que Jim era la oveja negra, pero que nunca hubiera creído que hiciera algo como lo que hizo. Está muy trastornado por la noticia —miró al noreste—. Mira —dijo—, por allí. ¿Sabes lo que es?

Tratando de seguir sus ojos, Rhyme preguntó:

—¿Qué miras? ¿El horizonte? ¿Una nube? ¿Un avión? Acláramelo, Sachs.

—El pantano Great Dismal. Allí es donde está el lago Drummond.

—Fascinante —comentó Rhyme, con sorna.

—Está lleno de fantasmas —agregó ella, como una guía turística.

Lucy se acercó y vertió un poco de whisky en un vaso de papel. Lo probó. Luego hizo una mueca.

—Es horrible. Sabe a jabón —abrió una Heineken.

Rhyme dijo:

—Cuesta ochenta dólares la botella.

—Jabón caro, entonces.

Sachs observó a Garrett mientras llenaba su boca de copos de maíz y luego corría por el pasto. Le preguntó a Lucy:

—¿No tienes noticias del condado?

—¿De los papeles para ser madre adoptiva? —preguntó Lucy. Luego negó con la cabeza—. Me rechazaron. No por ser soltera, no hay problema con eso, sino por mi trabajo. Soy policía. Trabajo muchas horas.

—¿*Ellos* qué saben? —Rhyme frunció el entrecejo.

—No importa lo que saben —dijo Lucy—. Lo que importa es lo que *hacen*. Se va a ir con una familia de Hobeth. Buena gente. Los estudié muy bien.

Sachs no dudó de que lo había hecho.

—Pero nos vamos de excursión la semana próxima.

En las cercanías, Garrett cruzaba por el césped, al acecho de un espécimen.

Cuando Sachs se dio vuelta, vio que Rhyme la estaba observando mientras ella miraba al muchacho.

—¿Qué? —le preguntó, frunciendo el ceño ante su expresión tímida.

—Si tuvieras que decirle algo a una silla vacía, Sachs, ¿qué le dirías?

Ella vaciló un instante:

—Creo que eso me lo quedo para mí por el momento, Rhyme.

De repente, Garrett soltó una fuerte carcajada y empezó a correr por el césped. A través del aire polvoriento perseguía un insecto, que no hacía caso de su perseguidor. El chico lo alcanzó y con los brazos extendidos, hizo ademán de cogerlo y se cayó al suelo. Un rato después se levantó, mirando a sus manos unidas y caminando hacia los bancos del picnic.

—Adivinad lo que he encontrado —gritó.

—Ven a enseñárnoslo —dijo Amelia Sachs—. Quiero verlo.

# Nota del autor

Espero que los habitantes de Carolina del Norte me perdonen por haber modificado un poco la geografía y el sistema educativo de su Estado para adecuarlos a mis inicuos propósitos. Si les sirve de consuelo, pueden tener la seguridad de que lo hice con el mayor de los respetos por el Estado que posee los mejores equipos de béisbol del país.

# Acerca del autor

Jeffery Deaver antes de escribir se dedicaba a la abogacía y era cantante de folk; más tarde se convirtió en autor de catorce novelas que según el *New York Times* se encuentran en los primeros puestos de ventas. Ha sido propuesto como candidato a tres premios Edgar de la asociación Mystery Writers of America y recibió dos veces el premio al mejor cuento corto del año del Ellery Queen Reader. Su libro *A Maiden's Grave* fue llevado a la pantalla por la cadena HBO con el nombre de *Dead Silence*, interpretado por James Gardner y Marlee Matlin, así como su novela *The Bone Collector (El coleccionista de huesos)*, realizada por Universal Pictures y protagonizada por Denzel Washington. Sus novelas más recientes son *El bailarín de la muerte* y *The Devil's Teardrop*. Vive en Virginia y California.

# Índice

## Otros títulos de Jeffery Deaver en Punto de Lectura

### El coleccionista de huesos

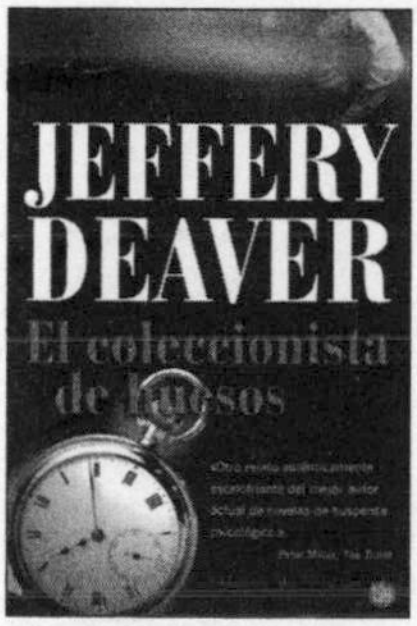


Lincoln Rhyme, uno de los principales criminalistas forenses del mundo, es tetrapléjico, por lo que vive atado a su cama. Cuando planea suicidarse recibe la llamada de un antiguo compañero: enterrada en una vía de tren del West Side neoyorquino se ha encontrado la mano de un hombre que cogió un taxi del que nunca saldría... Su conductor era «el coleccionista de huesos». Sólo Rhyme puede descifrar las pistas que va dejando este inteligentísimo psicópata. La oficial de policía Amelia Sachs será sus brazos y sus piernas en una frenética y apasionante carrera para detener el horror.

Esta novela inspiró al realizador Phillip Noyce para su película *El coleccionista de huesos*, protagonizada por Denzel Washington y Angelina Jolie.

**El mono de piedra**

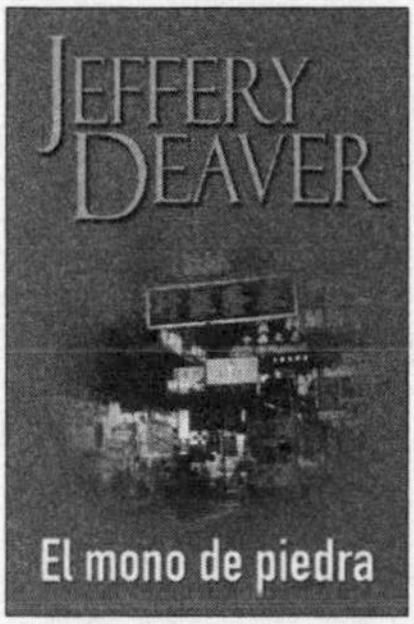


Lincoln Rhyme, el astuto criminalista tetrapléjico de *El coleccionista de huesos*, deberá enfrentarse en esta ocasión con el Fantasma, un peligroso delincuente chino que se dedica al tráfico humano de sus compatriotas. Gracias a la habilidad del detective, uno de los barcos que transportan inmigrantes es interceptado en la costa de Nueva York; sin embargo, el Fantasma lo hace explosionar, iniciando de inmediato una feroz caza de los supervivientes, que se han refugiado en Chinatown. Para impedir que sean asesinados, Rhyme deberá adentrarse en el mundo chino, en sus creencias, mitos y filosofía, y dejar que su científico método de trabajo se impregne de una cultura tan ajena como rica.

Una trepidante novela policiaca en la que el lector quedará nuevamente subyugado por la inteligencia sorprendente de un investigador que roza lo genial.

**La estancia azul**

Jeffery Deaver nos cuenta en *La estancia azul* cómo Internet puede convertirse en un territorio siniestro. Phate, cuyo verdadero nombre es Jon Patrick Holloway, no es más que un hacker, un inofensivo pirata informático, pero su mente perversa ha ideado un programa llamado Trapdoor que le permite asaltar los ordenadores de sus víctimas potenciales, apoderarse de todos sus archivos personales e iniciar así un juego macabro cuyo objetivo final es la eliminación del usuario elegido.

Para atrapar a este peligroso psicópata, la policía recurre a Wyatt Gillette, un hacker experto que cumple un año de condena en la cárcel por un delito informático menor. Es preciso actuar deprisa, pues los asesinatos se suceden uno tras otro, y nadie está a salvo en la red.

## El bailarín de la muerte

A pesar de que un accidente le ha dejado tetrapléjico, Lincoln Rhyme, el protagonista de *El coleccionista de huesos*, sigue siendo uno de los mejores criminalistas del mundo. De hecho, se le considera el único que podría frenar a un asesino muy particular apodado El Bailarín, un matón a sueldo que cambia de aspecto con una rapidez asombrosa. Sólo dos de sus víctimas han podido dar una pista: lleva en un brazo un tatuaje de la Muerte bailando con una mujer delante de un féretro. Su arma más peligrosa es el conocimiento de la naturaleza humana, que maneja sin piedad.

Rhyme y su ayudante, Amelia Sachs, se embarcan en una partida estratégica contra «el bailarín de la muerte». El cerebro de Rhyme y las piernas de Amelia se convierten en los únicos instrumentos para perseguir al asesino por todo Nueva York, y sólo tienen cuarenta y ocho horas antes de que El Bailarín vuelva a matar.